STEPHANIE LAURENS
Una novia descarada

Cualquier forma de reproducción, distribución, comunicación pública o transformación de esta obra solo puede ser realizada con la autorización de sus titulares, salvo excepción prevista por la ley.
Diríjase a CEDRO si necesita reproducir algún fragmento de esta obra.
www.conlicencia.com - Tels.: 91 702 19 70 / 93 272 04 47

Editado por Harlequin Ibérica.
Una división de HarperCollins Ibérica, S. A.
Avenida de Burgos, 8B - Planta 18
28036 Madrid

© 2010, Savdek Management Proprietary Ltd.
© 2023 Harlequin Ibérica, una división de HarperCollins Ibérica, S.A.
Una novia descarada, n.º 16 - 1.2.23
Título original: The Brazen Bride
Publicado originalmente por HarperCollins Publishers LLC, New York, U.S.A.
Traductora: Amparo Sánchez

Todos los derechos están reservados, incluidos los de reproducción total o parcial en cualquier formato o soporte.
Esta edición ha sido publicada con autorización de HarperCollins Publishers LLC, New York, U.S.A.
Esta es una obra de ficción. Nombres, caracteres, lugares, y situaciones son producto de la imaginación del autor o son utilizados ficticiamente, y cualquier parecido con persona, vivas o muertas, establecimientos de negocios (comerciales), hechos o situaciones son pura coincidencia.

® Harlequin, TOP NOVEL y logotipo Harlequin son marcas registradas por Harlequin Enterprises Limited.
® y ™ son marcas registradas por Harlequin Enterprises Limited y sus filiales, utilizadas con licencia. Las marcas que lleven ® están registradas en la Oficina Española de Patentes y Marcas y en otros países.

Imagen de cubierta: Shutterstock

I.S.B.N.: 978-84-1141-483-8
Depósito legal: M-29655-2022

CAPÍTULO 1

10 de diciembre de 1822
Una de la madrugada
Cubierta del Heloise Leger, en el Canal de la Mancha

No había mayor furia en los cielos que cuando se desataba el cataclismo de las tormentas que asolaban el Canal de la Mancha en invierno.

Con la primitiva tempestad rugiendo a su alrededor, el mayor Logan Monteith esquivó de un salto la cuchillada del asesino de la secta de la Cobra Negra. Mientras alzaba el sable para enfrentarse al ataque del segundo hombre y utilizaba el puñal que llevaba en la mano izquierda para deshacerse del cuchillo del primer atacante, Logan sospechó que en breve descubriría lo que había después de la vida.

El viento aullaba, las olas rompían. El agua inundaba la cubierta en una serie de oleadas.

La noche era más negra que el infierno; la lluvia, un velo que entorpecía la visión. Dando un paso atrás, Logan se secó el agua de los ojos.

Todos a una, los asesinos avanzaban, arrinconándolo hacia la proa. Las cuchillas se encontraron, acero chocando contra acero; las chispas saltaban, pequeños destellos de luz en la profunda oscuridad. La cubierta se inclinó bruscamente y los tres combatientes lucharon con desesperación por mantener el equilibrio.

El barco, un mercante portugués que se dirigía a Portsmouth, estaba en apuros. Cinco días antes, Logan se había visto obligado a unirse a su tripulación cuando, al llegar a Lisboa, descubrió que la ciudad estaba infestada de sectarios. Golpeado por el embate de las olas, zarandeado y sacudido sobre el mar asolado por la tormenta, mientras la cubierta se nivelaba, el barco se bamboleó y osciló. Ya no estaba a merced del viento. Logan no habría sabido decir si el timón se había roto o el capitán lo había abandonado. Y no tenía tiempo para esforzarse en mirar a través de la oscuridad empapada por la lluvia hacia el puente de mando.

El instinto y la experiencia le hacían mantener los ojos fijos en los hombres que tenía frente a él. Hubo un tercero, pero Logan se ocupó de él en el primer asalto. El cuerpo había desaparecido, reclamado por las voraces olas.

Logan hizo girar el sable y atacó, pero fue inmediatamente obligado a defenderse y contraatacar antes de retroceder un paso más hacia la cada vez más estrecha proa. Que confinaba aún más sus movimientos y reducía sus opciones. Daba igual, dos contra uno bajo el diluvio helado, la sujeción del puñal y el sable le provocaba calambres en las agarrotadas manos, las botas de cuero resbalaban y se deslizaban... mientras que los asesinos iban descalzos y conseguían aún una ventaja mayor. En esas circunstancias, Logan no podía pasar a la ofensiva con la esperanza de tener éxito.

No iba a sobrevivir.

Mientras hacía frente y rechazaba otro golpe salvaje, sintió resurgir su innata cabezonería. Había sido oficial de caballería durante más de una década, luchado en guerras por medio mundo y atravesado el infierno en más de una ocasión, y había sobrevivido.

Ya se había enfrentado en otras ocasiones a asesinos, y había salido ileso para contarlo.

Los milagros sucedían.

Se lo repetía a sí mismo mientras, los dientes apretados, inclinaba el sable para bloquear un ataque hacia su cabeza y sus pies resbalaban, hasta que su espalda se golpeó contra la barandilla.

El portarrollos de madera pegado su espalda se le clavó en la su columna.

Por el rabillo del ojo, vio brillar unos dientes blancos en un rostro oscuro, una sonrisa salvaje, mientras el segundo asesino se lanzaba contra él y atacaba. Logan siseó cuando la cuchilla se hundió en su costado izquierdo, atravesando el abrigo y la camisa hasta llegar al músculo y rozar el hueso, y luego se volvía hacia su estómago con intención de destriparlo. El instinto le hizo aplastarse contra la barandilla y la cuchilla le cortó, aunque el corte no fue suficientemente profundo.

Pero eso no iba salvarlo.

Un relámpago crujió, una línea dentada de brillante blancura que atravesó el cielo negro. En el breve instante de luz, Logan pudo ver a los dos asesinos reunirse —sus oscuros ojos brillando fanáticos, el triunfo dibujado en sus rostros—, para saltar sobre él y derribarlo.

Tenía una fuerte hemorragia.

Vio a la Muerte, la sintió, saboreó las cenizas mientras unos gélidos dedos atravesaban su cuerpo e intentaban arrancarle el alma.

Respiró hondo por última vez y se preparó. Dada su misión, dada su ocupación durante los últimos años, san Pedro debería por lo menos considerar dejarlo entrar en el cielo.

Una oración largo tiempo olvidada se formó en sus labios.

Los asesinos saltaron.

¡Crac!

El impacto, repentino, brusco, catastrófico, lo arrojó a él y a los asesinos por la borda. La zambullida en las turbulentas profundidades, en el furioso remolino del mar, los separó.

Mientras se hundía en la helada oscuridad, el instinto se hizo con el mando. Enderezándose, Logan se impulsó hacia arriba. Todavía sujetaba el puñal con la mano izquierda, el sable lo había soltado, pero lo llevaba sujeto al cinturón por el cordón de seguridad y sintió el tranquilizador golpeteo de la empuñadura contra su pierna.

Era un nadador experto. Los asesinos, casi con total seguridad, no. Sería sorprendente que supieran siquiera nadar. Se olvidó de ellos, pues tenía preocupaciones más urgentes, salió a la superficie y tomó aire con fuerza. Sacudió la cabeza e intentó ver algo a través del agua depositada sobre sus pestañas.

La tormenta estaba en el punto álgido y las olas parecían montañas. Era incapaz de ver más allá de la siguiente gigantesca ola mientras, con una furia primitiva, el viento golpeaba, ametrallaba, aullaba más que mil almas en pena.

El barco se había encontrado con la tormenta en mar abierto, en mitad del Canal, pero Logan no tenía ni idea de hasta dónde los había empujado la tempestad ni en qué dirección. No tenía ni idea de si la tierra estaba cerca o…

Cuando cayó al agua, perdía mucha sangre. ¿Cuánto tiempo iba a durar en esa caldera de gélidas olas? ¿Cuánto faltaba para que sus ya disminuidas fuerzas fallaran…?

Su mano tocó algo… madera, un tablón. No, algo mejor, un fragmento de la tablazón. Desesperado, Logan lo agarró y se sujetó como pudo cuando la siguiente ola intentó alejarlo de un golpe. Apretó con fuerza los dientes y se subió sobre la improvisada balsa.

El frío lo había entumecido, pero el corte en el costado le provocaba sacudidas punzantes de dolor en todo el cuerpo.

Durante unos instantes, permaneció tumbado bocabajo sobre las tablas, jadeando, antes de hacer acopio de la poca fuerza que le quedaba, intentar relajarse y arrastrarse hacia el centro de la estructura hasta que pudo cerrar la mano derecha sobre el borde delantero. Sus pies todavía colgaban en el agua, pero el cuerpo estaba apoyado sobre las rodillas. No podía hacer más.

Las olas se elevaban y la balsa se inclinó, pero pudo cabalgarlas.

Bajo el rugido de la tormenta rompía el oleaje. Con la mejilla apoyada sobre la madera mojada, escuchó concentrado y confirmó que las olas se estrellaban contra algo cercano.

El barco, pensó, se escoraba hacia su derecha inmerso en la oscuridad. Rompiéndose en pedazos. Hundiéndose. De la forma en que él y los asesinos habían sido arrojados por la borda, el impacto debía haberse producido en el centro del barco. Hizo acopio de toda la fuerza que le quedaba, y consiguió levantar la cabeza. Miró a su alrededor, vio restos del naufragio, pero ningún cuerpo… ningún otro superviviente. Únicamente él y los asesinos estaban en la parte delantera, en la proa.

El relámpago volvió a crujir y le mostró la silueta desnuda de los mástiles del barco contra en el cielo negro.

Mientras se desvanecía el estallido del trueno, Logan oyó un sonido de succión. Consciente de lo que eso significaba, miró hacia el barco.

Este se inclinaba y zozobraba.

De repente el mástil principal cayó de golpe…

Logan ni siquiera tuvo tiempo de soltar un juramento antes de que la parte superior se estrellara sobre él y todo se volviera oscuro.

—¡Linnet! ¡Linnet! ¡Deprisa, ven! ¡Ven a ver esto!

Linnet Trevission levantó la vista desde el camino de piedra que discurría entre el establo y la puerta de la cocina. Acababa de salir del establo y se acercaba al huerto de plantas aromáticas, y justo enfrente estaba la sólida edificación de su hogar, Mon Coeur, acogedor y sereno, anclado entre el protector abrazo de los olmos y los abetos, que se inclinaban y retorcían, adquiriendo extrañas formas por culpa de los incesantes vientos del mar.

De momento, sin embargo, tras la tormenta que había rugido la mitad de la noche, los vientos se habían suavizado casi hasta un dulce susurro, y el sol del invierno iluminaba la pálida piedra de la fachada de la casa con un brillo color miel.

—¡Linnet! ¡Linnet!

Ella sonrió mientras Chester, uno de sus tutelados, un pilluelo rubio de tan solo siete años, se acercaba corriendo como un rayo por un lado de la casa, dirigiéndose hacia la puerta trasera.

—¡Chester! Estoy aquí.

El muchacho alzó los ojos y giró hacia el sendero del establo.

—¡Tienes que venir! —Parándose en seco, el muchacho le agarró una mano y tiró—. ¡Ha habido un naufragio! —Su rostro se iluminó excitado y la tensión marcaba su voz mientras la miraba a los ojos—. ¡Hay cuerpos! ¡Y Will dice que uno de los hombres está vivo! ¡Tienes que venir!

La sonrisa abandonó el rostro de Linnet.

—Sí, por supuesto. —Se recogió las faldas y, deseando haberse puesto pantalones, caminó deprisa hacia la puerta trasera mientras repasaba mentalmente lo que había que hacer, cosas de las que se había ocupado a menudo con anterioridad.

En la punta suroeste de Guernsey, ocuparse de los naufragios formaba parte de la vida.

Chester trotaba a su lado sin soltarle la mano, que apretaba con demasiada fuerza. Su padre se había perdido en el mar tres años atrás. Mientras se acercaban a la puerta de la cocina, esta se abrió y apareció la tía de Linnet, Muriel.

—¿He oído bien? ¿Un naufragio?

—Will ha enviado a Chester. —Linnet asintió—. Hay por lo menos un superviviente. Yo me dirijo hacia allí, ¿podrías avisar a Edgar y a los demás? Diles que traigan la vieja puerta y el paquete de vendajes y tablillas.

—Sí, de acuerdo. Pero ¿adónde?

—¿En qué cala? —Linnet se volvió hacia Chester.

—La del oeste.

Linnet hizo una mueca y miró a Muriel a los ojos. Tenía que ser esa, la más rocosa y peligrosa. Sobre todo para quien hubiese sido arrastrado a la orilla.

—Casi con total seguridad habrá huesos rotos.

—Márchate. —Muriel asintió y agitó una mano en el aire—. Lo tendré todo preparado aquí cuando volváis.

—Démonos prisa. —Linnet miró a Chester a los ojos.

El niño sonrió, le soltó la mano, se volvió y echó a correr.

Con las dos manos libres, Linnet recogió sus faldas y echó a correr detrás de él. Al tener las piernas más largas, pronto le estaba pisando los talones. El sendero atravesaba la arboleda y salía hacia la extensión rocosa que bordeaba el filo de los bajos acantilados.

—¡Espera! —gritó ella mientras rodeaba la punta más al sur del prolongado extremo noroeste de la isla y la cala del oeste se abría a sus pies.

Chester se detuvo en lo alto del sendero, poco más que un camino de cabras, que conducía hasta una franja de arena gruesa. Más allá estaban las rocas, que con la marea baja habían quedado expuestas, un revoltijo de granito que abarcaba desde piedras del tamaño de un puño hasta otras más pequeñas que formaban el suelo de la cala. Esta en sí no era demasiado ancha, y estaba flanqueada por dos promontorios de roca más grandes e irregulares que se adentraban en las grises aguas.

Mirando hacia abajo, Linnet vio tres cuerpos, dos de ellos como si hubiesen sido abandonados descuidadamente sobre las rocas. Esos dos estaban muertos, por fuerza tenían que estarlo, dada la postura retorcida de las piernas, las cabezas y las espaldas. Del tercero, solo alcanzaba a ver una parte. Willis y Brandon, otros dos tutelados suyos, estaban agachados sobre ese hombre.

—De acuerdo —asintió Linnet al percibir la mirada suplicante de Chester—, vamos.

El muchacho saltó como una liebre. Ella volvió a recogerse la falda y lo siguió, descendiendo a saltos por el familiar sendero con una temeridad casi igual a la de Chester. Mientras bajaba, volvió a contemplar la cala y se fijó en los restos arrojados en la orilla por la tormenta. Para sus expertos ojos, la evidencia sugería que un mercante de buen tamaño se había estrellado contra las afiladas rocas que se escondían bajo las olas hacia el noroeste.

Al alcanzar la arena, Chester corrió hacia Will y Brandon. Linnet reprimió la urgencia de seguirlo y se abrió paso cuidadosamente hacia las rocas para confirmar que los otros dos hombres estaban, en efecto, muertos, sin posibilidad de ser socorridos. Eran, por su aspecto, marineros, ambos de piel atezada. ¿Españoles?

Dejándolos donde estaban, avanzó entre las rocas de regreso a la arena y se dirigió hacia donde estaba el tercer cuerpo, cerca del acantilado.

De espaldas a ella, Will levantó la vista y se volvió cuando ella se acercó, su rostro quinceañero extrañamente sombrío.

—Estaba tumbado sobre la tablazón, de modo que la levantamos y lo trasladamos aquí.

Linnet se detuvo y posó una mano sobre el hombro de Will, para contestar la pregunta que el muchacho no había formulado.

—Si ya estaba tumbado sobre ella, fue acertado moverlo.

Desvió la mirada del rostro de Will y contempló por primera vez al superviviente. Estaba tumbado bocabajo en una sección de la tablazón, con una empapada maraña de cabello negro cubriéndole la cara.

Era alto. Corpulento. No un gigante, aunque resultaría impresionante en cualquier lugar. Tenía los hombros anchos y unas largas y fuertes piernas. Deslizó la mirada por la espalda y frunció el ceño ante el bulto bajo el empapado abrigo. Se inclinó, alargó una mano y lo tocó. Sintió algo duro y de extraña forma.

—Es un cilindro de madera envuelto en una tela encerada —le explicó Will—. Lo lleva enganchado con una tira de cuero que forma un bucle alrededor del cinturón. Creemos que los brazos deben pasar por otros bucles para sujetarlo en su sitio.

—Qué curioso —afirmó Linnet. ¿Estaría transportando ese cilindro en secreto? Acomodado entre los músculos que flanquean la columna, en posición erguida, el abrigo lo habría ocultado.

Se irguió y recorrió las largas piernas con la mirada, pero no vio ninguna evidencia de rotura o heridas. El hombre llevaba pantalones y un abrigo sueltos, de la clase que vestían muchos marineros. Tenía el brazo derecho extendido, los dedos de una mano grande cerrados sobre el borde delantero de la tablazón. La otra mano, sin embargo, permanecía a la altura del rostro, los dedos cerrados en un mortal agarre alrededor de la empuñadura de una daga.

Lo cual resultaba algo extraño en un naufragio.

Consciente de que el pulso se le había acelerado, y que la carrera hasta el acantilado no explicaba que su corazón latiera tan deprisa, Linnet se inclinó para echar un vistazo a la daga. No era simplemente una daga, comprendió, un puñal. Los delicados arabescos de la hoja eran exquisitos, la empuñadura, más grande que en la mayoría de los cuchillos, con una piedra redondeada en la cruz. Linnet se agachó y apartó los largos, duros, helados dedos de la empuñadura y le entregó el puñal a Will.

—Sujétame esto.

El hombre no se había movido, ni un solo músculo se había siquiera tensado. Linnet se apartó, consciente del aviso de su instinto, que la advertía sin lugar a dudas, pero era incapaz de descifrar el sentido a su mensaje.

El extraño estaba prácticamente muerto, de hecho no estaba segura del todo de que no lo estuviera ya, ¿cómo iba a suponer un peligro?

—También lleva una espada —anunció Brandon desde su posición, arrodillado al otro lado de la tabla—. A este lado.

Linnet rodeó al hombre y miró hacia donde señalaba Brandon antes de agacharse y desenganchar el cordón que sujetaba el arma al cinturón. Sacó cuidadosamente la cuchilla de debajo de la pierna del náufrago, se irguió y la estudió.

—Es un sable, una espada de caballería. —Había visto muchos durante la guerra, pero esta había terminado hacía tiempo y la caballería prácticamente se había disuelto. Quizás ese hombre había sido soldado, convertido en marinero tras la guerra.

—Creemos que está vivo —afirmó Brandon—, pero no encontramos el pulso, y no respira, bueno, al menos no de manera evidente.

Linnet dejó el sable junto a Brandon y regresó al lado de Will. La cabeza del hombre estaba girada en esa dirección.

—Tiene que estar vivo porque está sangrando —señaló Will—. ¿Lo ves?

El chico levantó la ropa que cubría el costado del hombre y

abrió un resquicio que dejó expuesta la pálida carne y un largo y feo corte. Un corte reciente.

Linnet se agachó junto a Will, observó y reconoció la herida de espada. Eso explicaba la daga y el sable. Mientras Will sujetaba las ropas, ella se acercó un poco más y examinó la herida, siguiéndola hasta el lateral del pecho de nombre. El grueso músculo había sido atravesado. Continuó hacia abajo y contuvo la respiración al ver el hueso: una costilla. Esa parte de la herida estaba en la parte inferior del torso, donde no había tanto músculo entre la tensa piel y la caja torácica.

—Está sangrando —insistió Will—. ¿Lo ves?

Linnet ya se había fijado en el líquido rosáceo que salía de la herida. Asintió, sin querer sugerir que podría ser simplemente el agua del mar que salía de la herida, teñida con la sangre que ya vertida. Antes de que el hombre muriera.

Aun así, era posible que siguiera vivo. El mar prácticamente había congelado su cuerpo y cualquier sangrado se produciría de manera extremadamente lenta, incluso aunque estuviera vivo.

Continuó trazando la herida y descubrió que se curvaba hacia dentro, en un ángulo descendiente que cruzaba el estómago. No era capaz de ver más desde ese costado, pero una herida en el estómago... Si la tenía, casi seguro estaría muerto o lo iba a estar.

Tumbado como estaba, la presión de su cuerpo junto a los efectos del gélido mar podrían haber mantenido la herida cerrada y contenido la habitual hemorragia.

Miró a Brandon a la cara, y luego a Will a su lado. Chester se asomaba por encima de su hombro.

—Necesito echarle un vistazo a la herida del estómago. Necesito que me ayudéis a girarlo levantando este costado... lo suficiente para que pueda mirar.

Los chicos se apresuraron a agarrar el hombro izquierdo del hombre y su costado. Arrodillándose, Linnet colocó las manos de Brandon sobre el hombro del hombre y las de Will bajo la cadera izquierda; por último, situó a Chester para que ayudara a sujetar el hombro que Brandon iba a levantar.

—Todos a una. —Se humedeció los labios y pronunció una breve oración. Tenía demasiada experiencia en los asuntos de la vida, la muerte y el mar como para implicarse en la supervivencia de un extraño. Se dijo a sí misma que lo hacía por los chicos, que esperaba que ese extraño sobreviviera por ellos—. Ahora.

Los chicos levantaron, empujaron, sujetaron. En cuanto tuvieron al hombre girado y sujeto con firmeza, Linnet se agachó junto al pesado cuerpo y miró por debajo para seguir el rastro de la herida… y soltó el aire que no se había dado cuenta que estaba reteniendo. Retrocedió, asintió.

—Bajadlo.

—¿Se va a poner bien? —preguntó Chester.

—La herida es menos profunda en el estómago, no supone un gran peligro. —Todavía no podía prometer nada—. Ha tenido suerte.

Una imagen empezaba formarse en su mente, una imagen de cómo había podido recibir el hombre una herida como esa. Debería haber sido un corte mortal, o por lo menos incapacitante. Había escapado a la muerte por menos de un centímetro, justo antes de que el barco se hundiera.

—Pero sigue sin respirar realmente —observó Brandon.

Y ella seguía sin estar segura de que estuviera vivo. Linnet buscó el pulso en la muñeca del hombre y luego en su musculoso cuello. No fue capaz de detectarlo, ni ninguna elevación o descenso discernible del pecho, pero todo eso podría deberse a que había estado a punto de congelarse. No había nada que hacer al respecto. Se acercó y retiró con una mano los negros cabellos que ocultaban su rostro, se inclinó un poco más hacia él, se fijó… y dejó de respirar.

Ese hombre era sorprendente, desgarradora, impresionantemente hermoso. Su rostro, de facciones limpias y angulosas, de rasgos esculpidos, representaba la esencia misma de la belleza masculina. No tenía el menor gesto de dulzura. Junto con la musculosa dureza de su cuerpo, ese rostro prometía virilidad, pasión, y un pecado directo, claro, en estado puro.

Un rostro así no podía pertenecer a un hombre dado a la ternura sino a la acción, al mando y a la exigencia.

Los labios esculpidos, firmes y delgados, le provocaron un seductor escalofrío en la columna. La línea de la mandíbula hizo temblar las yemas de sus dedos. Tenía las cejas negras de forma alada, la frente amplia y unas pestañas tan espesas, negras y largas, que ella se sintió instantáneamente celosa.

Linnet se había quedado helada.

Los chicos se movieron inquietos, observando, esperando su veredicto.

Como de costumbre, su instinto había sido acertado. Ese hombre era, sería, peligroso. Como mínimo, para su paz de espíritu.

Los hombres como ese, los que tenían un aspecto como el suyo, un cuerpo como el suyo, conducían a las mujeres al pecado.

Y a la estupidez.

Tomó aire y obligó a sus ojos a dejar de ahogarse en él, obligó a su mente a dejar de desmayarse. Titubeó, sintiendo la necesidad acercarse, demasiado inquieta como para arriesgarse a hacerlo a la ligera.

A una distancia que ya era demasiado pequeña, sostuvo los dedos bajo su nariz y no notó nada.

Giró la mano y colocó la sensible piel del interior de la muñeca cerca, pero no detectó el menor soplo de aire.

Apretó los labios y murmuró mentalmente una imprecación contra los ángeles caídos mientras se agachaba, se acercaba y giraba la cara hasta que la mejilla estuvo prácticamente pegada a sus labios…

Y sintió un ligero roce de aire, un aliento, una exhalación.

Se echó hacia atrás, se irguió sobre las rodillas y fijó la mirada en el rostro del hombre. A continuación, regresó a la herida del costado y volvió a comprobarla. Y sí, eso era sangre, no una mera filtración.

—Está vivo.

Chester gritó de júbilo. Los otros dos sonrieron.

Pero ella no sonrió. Se puso en pie y contempló su problema.

—Tenemos que subirlo a casa.

—¡Uf! ¡Es condenadamente pesado! —Linnet soltó con cuidado los hombros del extraño, resistiéndose al impulso de dejarlo caer, y lo acomodó contra los almohadones. Por supuesto, tenía que disponer de su cama. Era la única de toda la casa lo suficientemente grande y, probablemente, fuerte para soportar su peso.

Reculó un paso, apoyó sus manos sobre las caderas y prácticamente lo fulminó con la mirada a pesar de que estaba inconsciente.

—Ahora hay que descongelarlo. —Muriel lo arropó desde el otro lado de la cama—. Haré que los niños suban los ladrillos calientes.

Linnet asintió sin apartar la mirada de la figura comatosa de su cama. Oyó a Muriel salir de la habitación y la puerta cerrarse tras ella. Se cruzó de brazos y sustituyó la mirada asesina por un ceño fruncido mientras luchaba por vaciar su mente y sus sentidos de preocupación respecto al cuerpo tumbado en su cama, de la idea de todos esos músculos, desnudos, lavados, secados y con la herida cosida, curada y bien vendada, hundiéndose en su colchón.

Había visto a más hombres desnudos, de todo tipo, de los que era capaz de contar, algo inevitable tras pasar la mayor parte de su niñez en el barco de su padre. Por tanto, no era la novedad, ni un ataque de sensibilidad remilgada lo que la había dejado temblorosa, inquieta, con la respiración agitada y tensa, con una curiosa sensación de vacío en el estómago. Habría asegurado con toda certeza que ver a otro hombre desnudo apenas le dejaría huella, apenas produciría un efecto en ella, una impresión.

Sin embargo... allí, en su cama, había un ángel caído desnudo, y ella aún sentía el pulso acelerado.

Por supuesto, después de que Edgar, John y los otros hombres llegaran a la playa y llevaran al forastero a la casa, a su dormitorio, tumbándolo sobre su cama, había tenido que ayudar a Muriel a atenderlo. Había tenido que ayudar a su tía a desvestirlo, dejando al descubierto todos esos fuertes músculos. Había tenido que ayudar a bañarlo y secarlo, a coser y vendar su herida. No era de extrañar que todavía se sintiera acalorada después de tanto esfuerzo.

Esperaba que su tía culpara a ese hecho del inusual rubor en sus mejillas.

Entre las dos habían cosido y vendado concienzudamente al forastero. A medida que se descongelaba y su sangre empezaba fluir con normalidad, había sangrado como era de esperar. Su inmersión en agua helada lo había ayudado en ese aspecto. No habían podido ponerle una camisa de dormir, ni siquiera las de su padre le valían, y ante la dificultad de manejar los pesados brazos y piernas del hombre… Muriel al fin había optado por cubrirlo con más mantas.

—Aquí están los ladrillos. —Will empujó la puerta con el hombro y entró en la habitación con dos ladrillos envueltos en franela que habían sido calentados sobre el fuego de la cocina.

Los demás: Brandon, que a los trece años era casi tan alto como Will; Jennifer, de doce; Gillyflower, de ocho, y Chester siguieron a Will al interior de la habitación, cada uno llevando al menos un ladrillo.

Tras levantar la manta, Linnet tomó cada uno de los ladrillos y los colocó sobre la sábana que cubría el cuerpo el forastero, hasta dejarlo dentro de una armadura ardiente que discurría desde su pecho hacia abajo y alrededor de sus muy grandes pies. Cuando el último ladrillo estuvo en su sitio, volvió a arroparlo con el edredón de plumas.

—No podemos hacer más. —Se apartó y contempló a su paciente—. Ahora solo queda esperar.

Los niños permanecieron un rato, pero al ver que el hombre no hacía ni el menor movimiento, terminaron por marcharse. Linnet se quedó.

Inquieta, recelosa, extrañamente en guardia, no sabía qué tenía ese hombre para obligarla a pasear por la habitación arriba y abajo con la mirada fija, casi todo el rato, en ese rostro de ángel caído mientras silenciosamente, y para sus adentros, le imploraba que sobreviviera.

De vez en cuando se detenía junto a la cama y colocaba una mano sobre su frente.

Que seguía estando helada.

Mortalmente helada.

A pesar de todo lo que habían hecho, era totalmente posible que jamás despertara, mucho menos que se recuperara.

Era incapaz de imaginarse por qué, en aquella ocasión, le importaba tanto la vida de un extraño, pero quería que viviera. Activa y continuamente lo animaba a vivir.

Que un ángel caído entrara en su vida solo para morir antes de siquiera averiguar el color de sus ojos era sencillamente inaceptable. Los ángeles no caían del cielo ni eran arrastrados a su cala por el mar todos los días. Jamás en sus veintiséis años había visto un hombre como él, despierto o comatoso, y quería, anhelaba, saber más.

Quizás fuese un deseo peligroso, pero ¿desde cuándo rehuía ella el peligro?

La tarde murió sin que se produjera ningún cambio en su paciente. Cuando se hizo de noche, Linnet suspiró. Los niños subieron con otro montón de ladrillos calientes y ella los ayudó a cambiar los fríos por los calientes. Mientras los niños corrían escaleras abajo, ansiosos por cenar, ella echaba las cortinas de las ventanas, comprobaba el estado del hombre una vez más, y se volvía hacia la puerta.

Su mirada se posó sobre los objetos que había dejado sobre la cómoda alta junto a la puerta. Linnet se detuvo, contempló de nuevo el cuerpo inmóvil en su cama y tomó los tres objetos, lo único que ese hombre llevaba encima aparte de su ropa.

La daga, una pieza magnífica, mucho más de lo que uno esperaría que poseyera un marinero.

El sable, definitivamente la espada de un hombre de caballería, desgastada y primorosamente afilada.

Haría que los chicos pulieran las dos hojas. La funda del sable quizás pudiera aún salvarse.

El tercer objeto, un cilindro de madera, era lo más curioso. Tal y como había supuesto Will, el hombre lo llevaba envuelto en telas encerradas sujeto por un cabestrillo de cuero. Dado que él había sido incapaz de quitárselo, tuvieron que cortar las tiras que le rodeaban los hombros para arrancárselo. La madera era extranjera, a ella le pareció palisandro. Las bisagras de latón que sujetaban las tiras de madera y cerraban un extremo del portarrollos olían a costas lejanas.

Linnet recogió los tres objetos y echó otro vistazo a su cama, a la oscura cabellera sobre sus almohadas, silenciosa e inmóvil, y se volvió, salió de la habitación y cerró despacio la puerta.

Logan despertó en una habitación a oscuras.

En una cama blanda, que olía a mujer. Eso lo reconoció de inmediato. Lo demás, sin embargo…

¿Dónde demonios estaba?

Con mucho cuidado, abrió los ojos y miró a su alrededor. Le dolía la cabeza, le palpitaba, martilleaba. Tanto que apenas era capaz de ver algo a través del dolor. Al intentarlo, localizó un fuego al otro lado de la habitación, un fuego sobre un montón de carbones ardientes.

¡Por todos los demonios! ¿Dónde estaba?

Intentó pensar pero fue incapaz. El dolor se intensificaba cuando lo intentaba, simplemente con fruncir el ceño. Al moverse un poco, comprendió que no tenía la cabeza vendada, aunque sí tenía… un vendaje grande y extenso rodeándole el torso.

Donde lo habían herido.

¿Cómo? ¿Dónde? ¿Por qué?

Las preguntas se agolpaban en su mente, aunque no así las respuestas.

De repente oyó voces a lo lejos, a través de paredes y puertas. Su oído parecía tan agudo como de costumbre...

Niños. Las voces pertenecían a niños. Juveniles, demasiado agudas para ser otra cosa.

No tenía ningún recuerdo de niños.

Inquieto, indeciso, movió los brazos y luego las piernas. Sus extremidades funcionaban todas bajo su control. Solo la cabeza le dolía horriblemente. Apartó con cuidado unos obstáculos que identificó como ladrillos envueltos y se acercó a un extremo de la cama.

Un recuerdo primigenio no paraba de insistirle en que había enemigos a su alrededor, aunque no recordaba nada en concreto. ¿Lo habían capturado? ¿Estaba en algún campamento enemigo?

Con mucho cuidado, se incorporó en la cama antes de sacar las piernas por un lado y sentarse. La habitación empezó a dar vueltas hasta casi marearlo, pero al fin se detuvo.

Animado, se puso en pie.

La sangre abandonó su cabeza.

Y Logan se desmayó.

Aterrizó en el suelo con un horrible golpe y casi gritó... quizás lo hiciera, cuando su cabeza golpeó el suelo de madera. Logan gimió y, al oír pisadas subir corriendo las escaleras, lentamente intentó levantarse.

La puerta se abrió de golpe.

Apoyado sobre un codo, giró lentamente la cabeza y miró, consciente de estar demasiado débil e indefenso para defenderse. Sin embargo, lo que irrumpió en la habitación no era ningún enemigo.

Sino un ángel de cabellos rojos, brillantes y salvajes como una llama, que recorrió la habitación con la mirada, lo vio y corrió a su lado.

Quizás hubiera muerto y estaba en el cielo.

—¡Serás idiota! ¿Qué demonios crees que haces intentando levantarte? ¡Estás herido, pedazo de imbécil!

No, definitivamente no era un ángel. Y tampoco estaba en el

cielo. La mujer continuó insultándolo, cada vez más furiosa, mientras comprobaba el vendaje. Unas pequeñas manos, sorprendentemente fuertes, lo agarraron del brazo mientras ella se esforzaba por levantarlo, algo que él sabía que era imposible. Pero entonces dos muchachos, que la habían seguido al interior de la habitación, se colocaron al otro lado. El no ángel dio unas cuantas órdenes y uno de los muchachos se agachó bajo el otro brazo del Logan, el segundo se colocó al lado de ella para, a la de tres, levantarlo...

Le dolió.

Todo.

Gimió mientras lo giraban y, con sorprendente delicadeza, lo colocaban de nuevo en la cama, tumbado sobre el costado izquierdo para luego rodarlo con mucho cuidado de espaldas.

El no ángel se afanó en retirar las mantas revueltas, quitar los ladrillos, y levantar y sacudir las sábanas. Logan observó sus labios formar palabras... una retahíla de improperios cada vez más contundentes mientras lo peor del horrible dolor empezaba a remitir y él se descubría sonriendo.

Ella lo vio, lo fulminó con la mirada y lo tapó con las mantas. Logan seguía sonriendo, seguramente con aspecto bobalicón. Le dolía tanto que no era capaz de saberlo con certeza, pero de una cosa si se había dado cuenta: estaba desnudo. Completamente. Salvo por el vendaje, completamente desnudo... Y su no ángel ni siquiera se había inmutado.

Mientras que casi todo su cuerpo había perdido las fuerzas, había una parte que no y ella tenía que haberlo notado. Sin duda no le habría pasado desapercibido al mirar hacia abajo cuando lo había conducido a la cama y luego tumbado, estirándolo.

Lo cual seguramente quería decir que él y ella eran amantes. ¿Qué otra cosa podría significar? Logan no conseguía recordarla, ni siquiera su nombre. No recordaba haber hundido las manos en esos cabellos ardientes y espesos, no recordaba haber posado su boca sobre esos pecaminosos labios... labios que se imaginaba haciendo cosas muy malas... ninguna de las cuales era capaz de recordar. Por otra parte, tampoco recordaba nada de nada a través del horrible dolor.

Una dama de mayor edad entró en la habitación, habló y frunció el ceño al mirarlo. Se acercó a la cama mientras su amante intentaba empujarlo más hacia el centro del ancho colchón. A Logan se le ocurrió que debería ayudar y rodó hacia su costado derecho...

El dolor estalló. El mundo desapareció.

Linnet dio un respingo ante el estallido que surgió de la boca del forastero y vio su cuerpo perder toda fuerza, y supo que volvía a estar inconsciente.

—¡Maldita sea! No tuve la oportunidad de preguntarle quién era. —Se inclinó sobre un lado del colchón y contempló su rostro—. ¿Qué le ha provocado esto?

—¿Comprobaste si tenía alguna herida en la cabeza? —Muriel frunció el ceño.

—No tenía ninguna... bueno, ninguna que se viera. —Linnet se arrodilló a su lado y alargó una mano hacia la cabeza—. Pero su cabellera es tan espesa que quizás... —Con extraordinaria delicadeza, tomó la cabeza entre las manos. Separó los dedos, buscó, palpó...—. ¡Dios mío! Tiene una enorme contusión. —Retiró las manos y se miró la punta de los dedos—. Sangre, por tanto, la piel se ha abierto.

La observación les condujo a otra ronda de cuidadosas atenciones, de agua caliente en palanganas, toallas, bálsamos y al final una buena cantidad de vendaje mientras entre Muriel y ella lavaban, secaban, acolchaban y vendaban la herida.

—Parece que fue golpeado en la cabeza con un palo.

Con el fin de amortiguar la zona adecuadamente para que, una vez vendado, el paciente fuera capaz de girarse sobre las almohadas sin sufrir un atroz dolor, necesitaron que Edgar y John lo sujetaran en posición erguida, con mucho cuidado de no desplazar el vendaje de su pecho y abdomen.

—Debe tener la cabeza bien dura para haber sobrevivido a eso —opinó Edgar mientras examinaba la herida.

—Un tipo con suerte — afirmó John—, además de ese corte, el naufragio y la tormenta. Una vida afortunada, podría decirse.

Linnet les dio las gracias y les dejó volver a su cena, al igual que Muriel. Después de cerrar la puerta tras su tía, Linnet regresó al interior de la habitación. Se cruzó de brazos, sujetándose los codos, y se detuvo junto a la cama para contemplar al paciente.

Había sido un hombre de guerra y cumplido servicio en distintas ocasiones, supuso ella. Tenía numerosas cicatrices, pequeñas y viejas en su mayor parte, esparcidas por todo el cuerpo. ¿Una vida afortunada? No en sentido literal. Y ella se moría de ganas por saber quién era.

Y dada su posición en ese rincón del mundo, Linnet *necesitaba* saber quién era.

Se retiró al sillón junto a la ventana, se sentó y lo observó durante un rato. Al ver que no mostraba ninguna señal de que fuera a moverse, mucho menos despertarse y cometer alguna estupidez como intentar saltar de la cama, se levantó y bajó las escaleras. Para terminar de cenar y organizar otra tanda de ladrillos calientes.

Tres horas más tarde, Linnet estaba de nuevo junto a la cama, cruzada de brazos y con el ceño fruncido hacia el ángel caído comatoso. Con ayuda de la tenue luz de la lámpara que había dejado sobre la mesita junto a la cama, estudió su rostro y se esforzó por apaciguar su preocupación.

No tenía mal color, pero dado que su cara estaba bronceada, podría dar una impresión equivocada. La respiración, sin embargo, era profunda y uniforme y el pulso, cuando lo había comprobado hacía unos minutos, fuerte y estable.

Aunque no mostraba ninguna señal de ir a despertarse.

Tras la mala idea de su pequeña excursión, se había vuelto a quedar inconsciente, incluso más profundamente que antes. Eso ya era bastante malo, pero lo que en verdad le preocupaba era la piel, que seguía helada. Incluso aquellas partes que ya deberían haberse calentado permanecían gélidas.

Por lo menos había averiguado que sus ojos eran de color azul oscuro. Tan oscuros que al principio le habían parecido negros, pero cuando él la había mirado directamente a los suyos, había visto las llamaradas azules en la oscuridad.

De modo que se trataba de un ángel caído de cabellos negros y ojos azul medianoche y, a pesar de las cuatro tandas de ladrillos calientes que le habían aplicado, continuaba demasiado frío para lo que a ella le habría gustado. Demasiado inconsciente, demasiado cerca de la muerte. Linnet no podía quitarse de encima la absoluta convicción de que, por algún motivo, era de vital importancia que ese hombre viviera. Que, de algún modo, ella debía asegurarse de que lo lograra.

Era ridículo, pero tenía la sensación de que se trataba de alguna prueba enviada por Dios. Linnet rescataba personas constantemente, a eso se dedicaba, era una parte de su función. ¿Podría rescatar a un ángel caído?

Caminó de un lado a otro de la habitación, con el ceño fruncido, y siguió caminando mientras a su alrededor la casa, su casa, su hogar, se deslizaba hacia un confortable sopor. Edgar y John la ayudaban en las tareas de la casa solariega y, después de la cena, tras la habitual charla en el salón, que esa noche había tratado básicamente del naufragio y el superviviente, la pareja se había retirado a la cabaña que compartían con Vincent, el jefe de los mozos de cuadra, y Bright, el jardinero. La señora Pennyweather, la cocinera, y Molly y Prue, las dos criadas para todo, ya debían estar acostadas en sus camas de las habitaciones del servicio, en la segunda planta.

Muriel y Buttons, la señorita Lillian Buttons, la gobernanta de los niños, tenían habitaciones en el ala enfrente del amplio dormitorio de Linnet. Los niños tenían sus habitaciones en el extenso ático, a ambos lados del salón de juegos y de estudio.

Al incluir los terrenos de la casa solariega la franja suroeste de Guernsey, Mon Coeur era una pequeña comunidad por derecho propio, con Linnet, la señorita Trevission, como su incuestionable líder. En efecto, ella era más un señor feudal, un gobernante por herencia. Y, desde luego, así la veía su gente.

Quizás nobleza obligaba, y ese sentido de la responsabilidad para aquellos bajo su cuidado era lo que la empujaba a asegurarse de que el forastero viviera.

Linnet se detuvo junto a la cama y contempló su rostro. Conminó a sus pestañas a que se agitaran, lo conminó a abrir los ojos y mirarla de nuevo. Quería volver a ver curvarse sus labios como habían hecho antes, de una manera absolutamente seductora, pero sospechaba que lo había hecho movido por el delirio.

Por supuesto, él se limitó a quedarse allí tumbado. Ella posó una mano sobre su frente y la deslizó hacia la curva de su garganta, confirmando que seguía frío en exceso. Estaba, literalmente, en coma, y nada de lo que habían hecho hasta entonces había conseguido calentarlo lo suficiente.

Retiró la mano y soltó el aire ruidosamente. Su intención había sido dormir en la cama de día junto a las ventanas, pero… Su cama, la cama del señor de la mansión, era muy grande, diseñada para una pareja en la que el hombre fuera de gran envergadura. Por supuesto, si iba a calentarlo, necesitaba dormir cerca de él y no apartada.

Se dio media vuelta, se acercó al arcón y buscó el camisón de franela más grueso que tenía. Tras echar una ojeada hacia la cama, se quitó el cálido vestido, la ropa interior de lana y la camisa, y se puso el camisón.

Su paciente ni se había movido, no había abierto los ojos.

Linnet se soltó deprisa el pelo y deslizó los dedos por la melena, agitando los largos cabellos. Descolgó la bata de lana del gancho al lado del armario y se la puso, apretándose el cinturón, otra capa de armadura contra cualquier ataque, por débil que fuera, a su modestia.

Se acercó a la cama y soltó un bufido para sus adentros. Fuera quien fuera ese hombre, ella se había pasado la vida manejando hombres, y no le cabía la menor duda de que era perfectamente capaz de manejarlo a él. Al igual que los demás, el forastero aprendería. Ella daba órdenes y ellos obedecían. Así funcionaba, y siempre funcionaría, su mundo.

Levantó las mantas, comprobó el estado de los ladrillos y, tal y como había sospechado, descubrió que estaban fríos. Los retiró, los apiló junto a la puerta y regresó a la cama.

Levantó tranquilamente las mantas y se deslizó en la familiar calidez, a la izquierda de su ángel caído. Posó las manos junto al costado vendado y empujó con delicadeza, insistiendo hasta que él rodó sobre el ileso costado derecho. Se acercó rápidamente para pegarse a él utilizando su cuerpo para acomodarlo en esa posición.

Deslizando un brazo por encima y otro por debajo, Linnet lo envolvió con sus brazos todo lo que pudo. Finalmente, y dado que la espalda de ese hombre estaba allí, apoyó la mejilla contra la piel fría y suave. Dudaba de que fuera capaz de dormir, pero de todos modos cerró los ojos.

Despertó con la sensación de estar flotando. Su cerebro funcionaba despacio, reticente a emerger del plácido mar en el que se había sumergido. Un curioso calor la inundaba, tentándola a relajarse y permitir que la marea de sensación táctil la arrastrara hacia…

Pasaron varios minutos antes de que su mente mostrara la suficiente coherencia como para hacer saltar la alarma, e incluso entonces una parte de ella la cuestionó, incapaz de creer, incapaz de percibir ningún peligro… en eso no.

No en las largas y ondulantes oleadas de placer que algo, algún ser, hacía que se deslizaran delicadamente a través de ella.

Pero de repente una mano dura y unos largos y firmes dedos se cerraron en torno a su pecho desnudo y ella despertó con un espantado respingo de sensual deleite.

Mientras su cordura se tambaleaba, bailando a un son que nunca había escuchado, Linnet abrió los ojos para orientarse. Para confirmar que sí, de algún modo, sus posiciones habían cambiado, que tanto ella como su ángel caído se habían girado y que era él quien en ese momento la rodeaba, su pecho contra la espalda de Linnet.

Sus manos sobre su cuerpo.

Su erección empujando entre sus muslos.

Linnet era perfectamente consciente de que debía saltar de la cama en ese momento, sin más dilación, antes de que la mano del forastero y el placer que le producía su contacto volviera a sitiar su juicio.

Pero... la mano, los dedos, acariciaban y frotaban, jugaban y seducían, y ella soltó un suspiro y cerró los ojos.

Maldito fuera, ese hombre sabía lo que hacía. Lo sabía mejor que cualquiera que ella hubiera conocido. Linnet se mordió el labio y gimió mientras la inquieta mano se movía y volvía a cerrarse, antes de acomodarse para honrar debidamente el otro pecho.

Era evidente que tenía experiencia, y ella no era ninguna virgen temblorosa, nada que ver con la modestia de una damisela, pero...

No podía permitirlo.

Si lo permitía, no podría perdonarse a sí misma por la mañana. Básicamente porque, como bien sabía, dejar que su ángel caído la tomara con tanta facilidad, sin siquiera haber intercambiado una palabra, le daría demasiado poder sobre ella.

O por lo menos le haría pensar que tenía ese poder sobre ella, y eso provocaría innecesarias batallas. Ella era la reina de ese reino, y cosas como esa solo sucedían por su voluntad, únicamente ante una orden suya.

Tras aceptar que debía ponerle fin sin más demora, Linnet volvió a suspirar, abrió los ojos, evaluó la situación... y empezó a sentir un inusual estremecimiento en la columna.

Tenía la bata desatada, completamente abierta. El camisón estaba enrollado hasta más arriba de los pechos por delante y hasta la mitad de la espalda por detrás, de ahí que fuera capaz de sentir...

Aquello tenía que terminar de inmediato, pero Linnet era demasiado lista para intentar escabullirse o saltar de la cama. Cualquiera de esos movimientos le otorgaría el poder de dejarla marchar o no. Y quizás no la dejara. No de buen grado. Podría intentar que suplicara.

Acostumbrada a los juegos de poder, una especie de ajedrez, con los hombres, se preparó mentalmente para el enfrentamiento, recuperó el juicio y levantó los brazos por encima de la cabeza, estirando su largo cuerpo y dándose la vuelta dentro del abrazo para quedar frente a él.

Pero no salió como había esperado.

En lugar de encontrarlo sonriendo con una expresión de perezoso triunfo masculino, dispuesto a aceptar su rendición, Linnet apenas tuvo tiempo de registrar que tenía los ojos cerrados, la expresión todavía en blanco, como si, a diferencia de ella, no hubiese despertado, antes de que hundiera una mano entre sus cabellos, sujetándole la cabeza mientras la suya, totalmente vendada, se alzaba y sus labios se posaban sobre los de ella.

Vorazmente.

Ansiosamente.

Como si él fuera un hombre muerto de hambre y ella el remedio.

Una oleada de calor se estrelló contra ella, el beso cargado de ardiente pasión, hambre, necesidad y deseo. Entre ellos estalló de inmediato el incendio. Linnet tenía la sensación de que se estaba derritiendo, los músculos tensos, aunque cada vez más pasivos, fluidos y dadivosos. Un vacío, un profundo dolor, surgía de su seno y ansiaba ser llenado.

Primitivo. Urgente. Exigente.

Ese hombre era todo eso, y le hacía sentir lo mismo a ella.

Linnet deslizó las manos por los hombros del forastero. Aunque se esforzaba por recuperar el control mental, no le pasó desapercibido el calor que se extendía bajo la todavía fría piel.

Por lo menos, el intercambio lo estaba caldeando.

De haber estado despierto, el hecho de que ella se girara le habría hecho detenerse el tiempo suficiente para poder apagar su llama. Sin embargo, su estado de inconsciencia, de ensoñación, había percibido el sensual giro que había hecho para quedar frente a él como un consentimiento cargado de estímulo. Como una rendición.

Para cuando Linnet fue consciente de ello, el forastero ya había tomado posesión de su boca y todos sus sentidos con una pasión primitiva que hizo que se le encogieran los dedos de los pies.

El hombre se lanzó, su lengua encontrándose con la de ella, y el cuerpo de Linnet revivió como nunca antes. Sin embargo él... ¿estaba soñando?

Y mientras ella se enfrentaba a esa conclusión, mientras intentaba averiguar qué podría significar, qué debería hacer, él despegó los labios de los suyos, inclinó la cabeza y posó la boca en sus pechos.

Tomó un tieso pezón y chupó.

Con fuerza.

Linnet arqueó el cuerpo y se esforzó por reprimir un grito, el primero de puro placer que habría emitido jamás. Él la empujó sobre la espalda y se irguió sobre ella en la oscuridad. Linnet se agarró a sus hombros mientras los jadeos se enredaban en su garganta y él, con la cabeza agachada, continuaba deleitándose, lamiendo y chupando sus pechos.

Aunque estuviera dormido, sabía con precisión cómo hacer que su cuerpo despertara rápida, salvajemente. Sabía cómo hacer cantar a su cuerpo, cómo hacerlo arder.

Linnet había tenido tres amantes, había hecho el amor exactamente en tres ocasiones, una con cada uno de ellos. Las experiencias la habían convencido de que esa actividad no era para ella, no era algo para lo que fuese apta.

Y dado que no iba a casarse nunca, no había visto ninguna razón para aprender más

Pero en esos momentos se enfrentaba a una elección que no había esperado. Mientras el placer volvía a atravesarla y su cuerpo se quedaba bajo el del hombre, pegándose seductoramente a él, Linnet sabía que podría detenerlo, su ángel caído, pero para ello iba a tener que despertarlo. Incluso herido y debilitado, era demasiado fuerte para que pudiera simplemente apartarlo de un empujón y calmarlo para que volviera a dormirse. Sin embargo, sus motivos para no ceder no podrían aplicarse si él seguía durmiendo. Si no era consciente, no recordaría nada cuando despertara...

El forastero deslizó los labios hacia abajo y colocó las manos con firmeza en los costados de Linnet, y el cuerpo de ella vibró, apasionadamente vivo, hambriento y necesitado. Las manos de él, duras y rugosas, esculpieron y dieron forma a sus curvas, se deslizaron hacia abajo y la rodearon hasta acunar los globos de su trasero, los largos dedos amasando, acariciando.

Por primera vez en su vida, Linnet se sintió... abrumada. Ligeramente indefensa. Aunque realmente no fuera así, al menos no hasta el punto de asustarla, la fuerza de ese hombre la envolvía, la manejaba, la controlaba... hasta donde ella se lo permitía.

Él se colocó sobre ella, completamente encima de ella, los duros y atléticos muslos separando los suyos para poder acomodar sus caderas entre ellos.

Linnet contuvo la respiración. Tenía que decidirse, y ya. La erección le rozaba la cara interna del muslo, sensación y promesa, despertando una llameante curiosidad, fracturando y deshaciendo su resolución.

¿Sería diferente con un ángel caído?

Cada nervio, cada centímetro de su cuerpo deseaban averiguarlo.

¿Se despertaría? ¿Sería posible que él alcanzara el inevitable final sin liberarse del abrazo de Morfeo?

Descubrirlo era todo un riesgo, pero desde siempre Linnet se había crecido ante los desafíos, al correr riesgos calculados y ganar.

Él levantó la cabeza y su cuerpo se alzó sobre el de ella, y volvió a posar sus labios sobre los suyos.

Invadió su boca, reclamó, conquistó. Y ella levantó las manos y las posó sobre la cabeza vendada para devolverle el beso.

Se hundió deliberadamente en el calor, en la refriega, aprovechando el momento, asumiendo el riesgo.

Linnet lo besó tan vorazmente como él la había besado a ella, como si jamás hubiese besado a ningún hombre. Pues ningún hombre se había atrevido jamás a devorarla, ni la había invitado a devorarlo a él.

Durante unos acalorados y desquiciantes momentos combatieron, antes de que él cambiara de postura, flexionando la espalda, un ejemplo de control de fuerza, y ella sintiera la cabeza dura como el mármol de la erección separar sus pliegues. Inexorablemente, él se empujó hacia el interior a través de la suavidad de una instintiva bienvenida.

El forastero ni siquiera la había tocado allí, y sin embargo ella estaba preparada... preparada, dispuesta y lascivamente ansiosa por sentir su miembro, por experimentar su fuerza, el puro poder y peso mientras él se abría paso con firmeza en su interior y, en el último momento, hasta el fondo de su seno.

La estiró, llenándola como jamás la habían llenado antes. Linnet nunca se había sentido tan invadida, tan absolutamente poseída.

Tan completa.

Él se lanzó a unas profundas y firmes embestidas que la sacudieron bajo su cuerpo... en cuestión de segundos. Ella jamás se había sentido tan poseída, nunca la habían poseído, pero él tomaba sin dudar todo lo que ella era capaz de dar, todo lo que podía reunir para darle, y se lo dio... pues él no le daba elección.

Pero de repente la balanza se inclinó hacia el otro lado y fue ella la que hundió sus dedos en el trasero de él, agarrándolo, aferrándose, impaciente y exigente. Y fue él quien le dio, prodigándoselo sin descanso, todo su poder, su pasión, y la impregnó de sensaciones atravesándola con ellas, aumentó la gloria más y más, cabalgando con fuerza en su interior hasta que ella estalló.

Hasta que la gloria explotó y la sensación se rompió en deslumbrantes esquirlas mientras ella se deshacía con un grito amortiguado.

Logan lo oyó, el seductor sonido de la conclusión femenina, y soltó las riendas. Permitió que el sueño lo arrastrara hacia el familiar calor y el fuego, y se rindió a la primitiva urgencia, prescindiendo de toda esperanza de prolongar el acalorado abrazo del húmedo seno de su amante, cuyas oleadas de liberación apenas se desdibujaban mientras él embestía cada vez con más fuerza, esa amante en sueños que claramente lo conocía tan bien.

Que le había permitido montarla, y luego lo había montado a él. Que había estado a la altura de sus exigencias, igualándolas, correspondiéndolas.

Que lo había conducido a esa cima de sueños eróticos.

Logan sintió acercarse la liberación, cómo lo atrapaba, arrastraba y envolvía. Con una última embestida, se hundió profundamente dentro de ella y se rindió. Permitió que lo tomara.

Que lo barriera.

Hasta que al fin se estremeció y el sueño espeso se cerró de nuevo a su alrededor y lo transportó a un reino más profundo en el que la satisfacción y el contento se mezclaban y lo consolaban, acunándolo en la terrenal dicha.

Linnet permaneció tumbada bajo su ángel caído, el peso muerto, un extraño consuelo mientras se esforzaba, luchaba, por recuperar el uso de cualquier cosa, ya fuera su sentido común o sus piernas. Incluso sus sentidos parecían desfigurados más allá de toda posibilidad de reconocimiento, como si se hubieran acercado demasiado a una llama y se hubieran quemado.

«Oh... Dios... Mío», fue su primer pensamiento coherente, el único de que fue capaz durante varios largos minutos. Por fin, cuando recuperó el suficiente control de sus extremidades, y la necesaria agudeza mental, se retorció suavemente, empujó, y consiguió moverlo lo bastante para poder deslizarse de debajo de él.

El forastero se derrumbó, pesado y flácido, a su lado, pero ella ya no temía despertarlo. Si los esfuerzos recientes no lo habían logrado, nada lo haría, por lo menos no en un tiempo. Y si de algo estaba segura era de que no se había despertado. Linnet había aprovechado el momento, había asumido el riesgo... Y había recibido la recompensa.

Magnífica.

Al fin capaz de llenar los pulmones de aire, respiró hondo y lo soltó prolongada y lentamente.

—Maldita sea... qué bueno ha sido —susurró con la mirada fija en el techo.

A continuación, miró de reojo al hombre, su ángel caído, tumbado bocabajo en la cama a su lado.

—Puede que tenga que repasar mis normas de conducta con los hombres.

CAPÍTULO 2

11 de diciembre de 1822
Mon Coeur, Torteval, Guernsey

Linnet despertó como de costumbre, que en diciembre significaba una hora antes del amanecer. Extrañamente relajada, inusualmente fresca, se estiró saboreando el inesperado fulgor interno antes de abrir los ojos... y encontrarse mirando fijamente el cuello de un extraño.

Bronceado. Masculino. La incipiente alarma quedó ahogada por la cautela a medida que el recuerdo del día anterior, y de la noche, atrapó su mente.

Deslizó con brusquedad la mirada hacia arriba.

Y se encontró con un par de ojos de color azul medianoche.

Apoyado sobre un codo, él la miraba, su expresión aguda y observadora, y curiosa.

—¿Dónde estoy?

Su voz encajaba con todo lo demás, inquietante y gutural. Ligeramente ronca.

—Y, sobre todo —continuó él—, ¿qué estás haciendo en mi cama?

Ella se esforzó por sentarse, dando gracias al cielo de que antes de dormirse por segunda vez hubiera tenido el buen juicio de ponerse el camisón y volver a atarse la bata, además de encajar la manta sobrante entre los dos cuerpos, una barrera entre su cuerpo y el de él.

—En realidad eres tú el que está en mi cama.

Al ver que él enarcaba las cejas negras, Linnet se apresuró a añadir con cierta mordacidad:

—Estabas herido, inconsciente, y esta es la única cama en toda la casa lo bastante grande y, con seguridad, lo suficientemente fuerte para acomodarte.

—De modo que hay otras camas —murmuró él tras una pausa.

Linnet sintió la tentación de mentir, pero asintió con sequedad.

—Me preocupaba lo frío que estabas y decidí que lo mejor sería... hacer todo lo posible por mantenerte caliente durante la noche.

Apartó las mantas a un lado y saltó de la cama tirando con fuerza hacia abajo de la bata y el camisón mientras se ponía en pie.

Él la observaba como un depredador a su presa.

—En ese caso, supongo que debería darte las gracias.

—Sí, deberías. —Y ella debería caer de rodillas ante él y agradecérselo también... cosa que jamás haría. Prescindió de la distracción de los recuerdos y contempló el vendaje de la cabeza del forastero—. ¿Qué tal la cabeza?

—Me palpita. —Frunció el ceño como si la pregunta se lo hubiera recordado—. Pero no creo que resulte incapacitante.

—Te sentirás mejor después de comer algo. —Linnet se acercó al armario, lo abrió y buscó en su interior, ignorando el peso de la firme mirada azul.

Él no lo recordaba, de eso estaba segura. No parecía la clase de hombre que se callaría si lo hubiera hecho.

—Aún no me has dicho dónde estoy —insistió él mientras ella elegía un vestido.

—Guernsey. —Linnet se volvió hacia él—. En la punta suroeste... En la parroquia de Torteval, por si te suena. —El ceño fruncido se hizo más profundo mientras Logan apartaba a la vista de ella.

Linnet cerró el armario, abrió un cajón y sacó una muda nueva. Y se volvió de nuevo hacia él.

—¿Cómo te llamas?

—Logan. —Él la miró fijamente y, tras titubear un instante, preguntó—: ¿Y tú?

—Linnet Trevission. Esta casa es Mon Coeur. —Linnet se volvió de nuevo hacia los cajones y añadió unos calcetines y una camisa al montón de ropa que llevaba en los brazos, antes de acercarse adonde había dejado los botines, recogerlos y mirar hacia la cama—. ¿Y bien? ¿Logan qué?

Él la miró, volvió a mirarla, y soltó un juramento por lo bajo mientras sacaba las piernas de debajo de las mantas y se sentaba en el borde de la cama.

Tenía unos bonitos pies y unos largos y atléticos gemelos salpicados de vello negro, anchas rodillas y unos muslos profundamente musculados. Linnet dio gracias por el pedazo de sábana que le cubría el regazo. Inconsciente, con la mitad del torso cubierto por los vendajes, ya había resultado una visión impresionante. Despierto y activo, el impacto era enloquecedor.

Necesitaba salir de la habitación, pero... al verlo dejar caer la cabeza entre las manos y agarrársela con fuerza con los dedos, ella frunció el ceño.

—No me acuerdo. —Las palabras salieron con dificultad antes de que él bajara la mirada, contemplara el vendaje alrededor del pecho y el abdomen, y deslizara una mano sobre él.

—Estabas en un barco, seguramente un mercante. Hubo una tormenta hace dos noches, una muy mala, y el barco naufragó en los arrecifes no muy lejos de aquí. —Linnet lo miró a los oscuros ojos que se alzaban, casi esperanzados, hacia su rostro—. ¿Recuerdas el nombre de tu barco?

Logan lo intentó, intentó arrancar algún destello de recuerdo del vacío que había en su cerebro, pero no consiguió nada. Nada en absoluto.

—Ni siquiera recuerdo haber estado en un barco.

Hasta él oyó el pánico en su voz.

—No te preocupes. —Su espléndida compañera de cama, ¿acaso no era una terrible maldición haber dormido como un tronco con todas esas deliciosas curvas al alcance de la mano y no saberlo?, lo miró con sus ojos color esmeralda claro—. Has sufrido una herida muy fea en la cabeza, casi seguro por haber recibido el golpe de un palo. Has tenido la tremenda suerte de haberte subido a una sección del barco antes de perder el conocimiento. Estabas agarrado con fuerza a la tablazón, eso fue lo que te llevó hasta la orilla y a la cala, y evitó que te estrellaras contra las rocas. Más aún. —Ella asintió hacia la cabeza vendada—. El golpe te habrá sacudido el cerebro. Tu memoria seguramente regresará en uno o dos días.

—¿Uno o dos días? —Él la observó mientras ella se acercaba a una cómoda apoyada contra la pared más alejada y recogía un cepillo y un peine. Su mirada se deslizó hasta la ondulante caída de sus cabellos rojos y dorados. Incluso en la penumbra que precede al amanecer, parecían fuego. Sintió que sus dedos y las palmas de sus manos le hormigueaban, como si recordaran una sedosa calidez. Frunció el ceño—. ¿Seguramente? ¿Y si no recuerdo? —La idea le horrorizaba.

—Lo harás. Casi con total seguridad. —Ella echó a andar hacia la puerta pero se detuvo, lo miró y dio media vuelta, encaminándose hacia el armario—. Pero no deberías esforzarte por intentar recordar. Lo mejor es dejarlo estar, dejar que tus recuerdos se deslicen de nuevo a tu mente por propia voluntad.

—¿Eres médico? —La miró con los ojos entornados.

Linnet enarcó las cejas marrones y lo miró con suficiencia antes de volverse de nuevo hacia el armario.

—No, pero he visto bastantes hombres que habían sufrido golpes en la cabeza como para saberlo. Si estás vivo, y eres capaz de caminar, tus recuerdos regresarán.

Logan frunció el ceño, ni siquiera era una sanadora, pero había visto a suficientes hombres...

—Señorita Linnet Trevission de Mon Coeur... ¿Quién es esa mujer?

Linnet cerró el armario y dio unos pocos pasos en su dirección antes de arrojarle una bata guateada de lana. Logan la atrapó al vuelo y ella asintió hacia la bata.

—Era de mi padre... mi difunto padre. —Ella lo miró a los ojos—. De modo que, entre otras cosas, soy tu anfitriona.

Antes de que él pudiera responder, ella se dirigió hacia la puerta.

—Hay un excusado al final del pasillo. —Señaló hacia la izquierda—. Con una bañera al lado. Haré que te suban todo lo necesario para afeitarte y cualquier ropa que podamos encontrar... Mi tía está comprobando qué puede salvarse de lo que llevabas, pero hasta entonces puede que te sirvan algunas cosas de mi padre.

Linnet se detuvo con la mano sobre la puerta y miró hacia atrás. Se tomó un instante para embeberse de la visión del impresionante hombre desnudo sentado en su cama.

—Puedes descansar aquí todo el tiempo que quieras, y cuando te encuentres bien, podrás reunirte con nosotros abajo.

Abrió la puerta, salió y alargó la mano para cerrarla detrás de ella, pero se quedó contemplándola: seguía viéndolo... sintiéndolo...

Exasperada, se sacudió la imagen de la cabeza, apartó un mechón de cabellos del rostro de un soplido y echó a andar por el pasillo.

Había acertado. Ese hombre iba a ser un problema.

Más de una hora después, Logan descendió lentamente las largas escaleras de roble, mirando a su alrededor. Mon Coeur. ¿Qué clase de hombre le ponía ese nombre a su casa? ¿Mi Corazón?

En cualquier caso, el padre de Linnet Trevission no debía haber sido ningún pelele enclenque. Sus ropas le encajaban a Logan lo suficientemente bien como para salir del paso. La camisa y el abrigo le quedaban algo estrechos a la altura de los hombros, y había tenido que aflojarse el pantalón en la cintura, pero la longitud de las mangas y de las perneras eran casi perfectas. La propia Linnet era alta para ser mujer, de modo que no resultaría sorprendente que su padre también lo fuera.

Había encontrado la ropa esperándolo en un ordenado montón sobre la cama al regresar después de afeitarse. Después de utilizar el excusado, su existencia, una indicación de que Mon Coeur no era una pequeña granja, había echado una ojeada a la sala de la bañera y encontrado, ordenado, todo lo necesario para afeitarse. Y se había servido de ello. Cuando ya casi había retirado la barba de varios días, comprendió que sabía lo que estaba haciendo. Se había enjabonado la barbilla y las mejillas, tomado la afilada navaja y la había aplicado como en infinitas ocasiones antes, en un patrón que había aprendido hacía muchos años.

Su sensación de pánico por no poder recordar las cosas, muchas cosas, había disminuido al darse cuenta de que recordaba otras muchas, como el significado de Mon Coeur y aquello que hacía por costumbre.

Cuando Linnet le informó de que estaba en Guernsey, supo de inmediato qué era aquello... Sabía que era una isla en el golfo de Saint-Malo, que disfrutaba de los especiales privilegios de ser propiedad de la corona inglesa. No creía haber estado allí jamás, ni siquiera en alguna otra parte de la isla. Si recordaba bien, y se alegró del hecho de recordarlo, Guernsey no era muy grande.

Lo tomó como una señal de que su vacío de memoria sería, en efecto, temporal.

Había sabido cómo vestirse, sabía cómo afeitarse. Sabía que él, quienquiera que fuera, no había apreciado precisamente la altiva superioridad de su anfitriona.

Pero seguía sin saber quién era. Ni qué clase de hombre ni qué hacía en el barco.

Al llegar al final de la escalera, y tras haber visto lo

suficiente como para confirmar que los Trevission eran, como mínimo, el equivalente en Guernsey de la alta burguesía inglesa, avanzó por un pasillo hacia el sonido de unas voces.

Voces de niños. Aquello pareció despertar algún recuerdo, pero en cuanto se detuvo e intentó concentrarse en él, se le escapó de regreso al vacío. Evitó un gesto de desagrado y siguió avanzando hasta llegar a un acogedor salón que ocupaba uno de los lados de la casa. Aunque la chimenea estaba encendida, no había nadie allí, pero al entrar vio una puerta de doble hoja en la parte más alejada y un brillante y espacioso comedor al otro lado.

El parloteo que llegaba a sus oídos provenía de allí. Parecía como si un diminuto ejército se hubiese reunido alrededor de la extensa mesa.

Logan se detuvo en el umbral. Sentada a la cabecera, Linnet levantó la vista, lo vio y asintió.

—Bien. Estás levantado. —Su mirada se deslizó minuciosamente sobre su rostro—. Ven y siéntate, y desayuna.

Señaló una silla vacía a su lado. Él avanzó observando a los demás ocupantes. Niños, tal y como había pensado, dos muchachas y tres muchachos, una mujer de mediana edad y otra mayor que esta sentada en el otro extremo de la mesa. Recordó la mención de Linnet de una tía y agachó la cabeza con educación.

—Señora.

—Soy Muriel Barclay —La mujer mayor sonrió—, la hermana del padre de Linnet. Por favor, siéntese y desayune, señor...

Logan cerró la mano sobre el respaldo de la silla junto a la de Linnet y sonrió con una ligera tensión.

—De momento solo Logan, señora. Me temo que no recuerdo lo demás.

Sacó la silla y miró a Linnet, que tenía los labios ligeramente apretados; era evidente que no había informado al resto de la casa de su falta de memoria.

—¿No sabes tu nombre completo?

La pregunta, formulada por una sonora voz infantil, desvió la mirada de Logan hacia la pequeña niña sentada al otro lado de su silla. Unos grandes ojos de color aciano lo miraban. Se dejó caer en la silla y permitió que su sonrisa se suavizara.

—No hay que preocuparse por eso. —El tono de voz enérgico de la señora Barclay era una versión más moderada y menos autoritaria de la de su sobrina—. Estoy segura de que todo regresará pronto. Espero que le guste el jamón y los huevos, ¿y quizás unas salchichas?

—Gracias, señora —asintió Logan.

—Le haré saber a la señora Pennyweather que está aquí. —La señora Barclay se levantó y salió por otra puerta.

Ahora que se daba cuenta de la existencia de esa puerta, Logan reconoció tras ella el entrechocar de cazos y otros objetos propios de la cocina. Se trataba de una casa solariega, decidió. Lo que, presumiblemente, convertía a su anfitriona en la señora de la mansión.

Logan la miró y la descubrió esperando captar su atención. Tras hacerlo, repasó con la mirada el resto de la mesa.

—Este es Will, y ese a su lado es Brandon. —Los dos muchachos de más edad asintieron y sonrieron—. Fueron ellos los que te encontraron ayer por la mañana, y Chester —Señaló hacia el más joven de los tres— vino aquí corriendo a buscarme.

—Gracias —dijo Logan a los tres muchachos—. Os estoy muy agradecido.

—Al lado de Chester —continuó Linnet— está la señorita Buttons… Solo Buttons para todos. Se esfuerza por enseñar a esta horda las letras y los números.

Logan inclinó la cabeza hacia la mujer de mediana edad, que le devolvió una sonrisa.

—Bienvenido a Mon Coeur, señor —le saludó—, aunque me atrevería a decir que habría preferido llegar de un modo menos doloroso —añadió mirando hacia su cabeza—. ¿Duele mucho?

—No tanto como antes.

—Remitirá a lo largo del día —dijo la señora Barclay, que regresaba detrás de una pequeña doncella que sonrió tímidamente mientras colocaba delante de Logan un plato lleno hasta arriba de suculentos huevos, panceta, salchichas y jamón.

Él le dio las gracias y desplegó la servilleta que encontró junto al plato.

—Jen, por favor, pásale a Logan las tostadas. —Linnet señaló hacia las últimas dos personas sentadas a la mesa—. Estas dos jóvenes damas son Jennifer y Gillyflower... Gilly.

Logan sonrió y les dio las gracias a las dos por las tostadas que le pasaron. Había una curiosa escasez de hombres a esa mesa, aunque se fijó en que había cuatro platos sucios delante de cuatro sillas vacías. Will, el mayor de los muchachos, parecía tener alrededor de quince años. Mientras todos retomaban su comida, Logan untó una tostada con mantequilla, la mordisqueó y se dio cuenta de que estaba famélico.

Tomando el cuchillo y el tenedor, cortó un pedazo de un grueso jamón, masticó y casi gimió de placer. Abrió los ojos y miró al otro lado de la mesa.

—Ayer estuvimos buscando durante todo el día, por todas las calas —Will llamó su atención—, pero no encontramos a ningún otro superviviente.

—Únicamente los dos cadáveres que estaban a tu lado —añadió Chester.

—¿Dos muertos? —Logan miró a Linnet.

—Los cuerpos están aquí, en el almacén de hielo. Dos marineros. Los chicos te llevarán a verlos después, por si acaso los conoces.

Por si acaso los recordaba. Ella no lo había dicho, pero el pensamiento estaba claramente reflejado en sus ojos. Logan se limitó a asentir y continuó devorando el jamón. Le sabía a manjar de dioses.

Los chicos continuaron con su charla. Al parecer ninguno tenía la menor pista sobre el nombre del barco, de dónde venía, ni hacia dónde se dirigía.

Jennifer empezó a hablar con Buttons. Linnet le habló a Gilly sobre algunos polluelos. La conversación discurría alrededor de Logan, regresando gradualmente al volumen que había oído al principio, con muchas conversaciones mantenidas al mismo tiempo, voces entrecruzándose, una calidez que florecía en una risa por allí, una sonrisa y un comentario bromista por allá.

Aquella no era la familia habitual, y aun así era una familia. Logan reconoció la dinámica y se sintió inexplicablemente cómodo, reconfortado, en el cálido abrazo mientras soltaba el cuchillo y el tenedor y alcanzaba la taza de café que Linnet le había llenado sin preguntar. Se preguntó qué significaría esa sensación de sentirse en casa en ese lugar, ¿qué le decía de la vida a la que estaba acostumbrado?

Los chicos habían terminado de comer y lo esperaban ansiosos. Logan apuró la taza y asintió hacia ellos.

—De acuerdo. Vamos.

Los tres sonrieron y, preparados para levantarse de un salto de las sillas, miraron a Linnet.

Ella asintió.

—Pero después de acompañar a Logan hasta el almacén de hielo, os quiero de vuelta para hacer las tareas.

Con la promesa de obedecer, Will y Brandon se levantaron. A Chester ya le habían recordado que tenía clase con Buttons. Su rostro era de decepción, pero, se fijó Logan, no discutió. Ni siquiera protestó.

—He dejado una capa gruesa junto a la puerta trasera. —Linnet lo miró mientras él se levantaba de la silla y estudió su rostro—. ¿Todavía no ha vuelto nada más?

—Aún no. —Él la miró a los ojos verdes y meneó la cabeza.

Will y Brandon condujeron a Logan por delante de la cocina. Él se detuvo para dar las gracias y expresar sus cumplidos a la señora Pennyweather, una mujer jovial de mirada brillante y rostro colorado, y luego siguió a los chicos hasta un pequeño vestíbulo junto a la puerta trasera. Mientras los niños se ponían los abrigos, Logan encontró la capa que Linnet le había dejado y se la echó sobre los hombros antes de salir todos a la mañana invernal. El aire era fresco, cortante y los alientos se empañaron mientras avanzaban por un sendero que atravesaba lo que él supuso el huerto de plantas aromáticas. Los ordenados macizos permanecían en su mayor parte en barbecho bajo una blanca capa de hielo, las cañas para sujetar las frambuesas y las grosellas estaban atadas y arrinconadas. Más allá del huerto, una hilera de árboles ocultaba lo que resultó ser un enorme establo con un granero a su lado, un cobertizo, y numerosos edificios anexos dispuestos alrededor de un amplio patio. Logan entró en él junto con los chicos y alguien lo llamó en ese instante.

Logan se detuvo y esperó a que un hombre robusto de mediana edad y estatura media se acercara a ellos. El hombre lo estudió atentamente, calibrándolo, y le ofreció la mano.

—Edgar Johnson, capataz de la propiedad.

—Logan... —Aceptó su mano y la estrechó—, todavía no estoy seguro de lo demás.

—Ya, de acuerdo, recibiste un feo golpe y tienes ese corte también. ¿Cómo se está curando?

—Siempre que no estire demasiado el brazo izquierdo, la herida no me supone un gran problema. La cabeza todavía me martillea, pero según me han dicho, remitirá. —Logan sonrió mientras otros tres hombres y dos muchachos mayores, que habían salido de diferentes edificios, se acercaban a ellos.

Edgar los presentó a todos. Los hombres estrecharon la mano de Logan o asintieron con respeto. Todos emitieron exclamaciones diversas cuando mencionó su falta de memoria. John, un ser lúgubre, alto y delgado era, según averiguó Logan, el hombre para todo de la casa, mientras que Vincent, un veterano de cabellos grises se encargaba de los establos. Bright, no tan mayor como los otros tres, era el jardinero. Los dos muchachos, Matt y Young Henry, trabajaban a las órdenes de Vincent cuidando de los diversos caballos y carretas. Estaban a punto de partir hacia el pueblo más cercano con repollos para vender en el mercado.

Logan les pidió a los dos muchachos que mantuvieran los oídos bien abiertos por si alguien decía algo sobre el naufragio. Se llevaron las manos a las gorras y le aseguraron que así lo harían y, tras cruzar el patio, se subieron a la carreta y se pusieron en marcha, tirada por unos caballos robustos, hacia un sendero que se alejaba por una meseta relativamente plana.

Desde el instante en que Logan había puesto un pie en el patio, los hombres de más edad lo habían estado evaluando, sopesando y examinando, algo de lo que fue muy consciente. De repente, y como si se hubieran puesto de acuerdo en aceptarlo, de momento, tal y como era, todos asintieron y regresaron a sus tareas dejando a Will y a Brandon con el huésped.

—No está lejos. —Brandon señaló hacia un estrecho sendero que se alejaba del patio principal.

Flanqueado por los chicos, Logan siguió su camino, barajando impresiones sobre cómo había sido su encuentro con los hombres y lo que pensarían de él. Enterrado en su mayor parte bajo un montículo de tierra apilada, en esa época del año el almacén de hielo estaba vacío, aunque muy frío. Más adelante en el invierno, se repondrían las existencias, pero de momento había espacio suficiente para los dos cuerpos tumbados sobre viejas puertas de madera colocadas sobre caballetes.

Los cadáveres no le proporcionaron ninguna información. Logan no reconoció a ninguno de ellos.

Los muchachos se habían parado en la puerta y se movían inquietos, quizás incómodos ante el olor de la muerte.

Un olor que, comprendió Logan, él conocía bien.

Pero, de nuevo, qué podría significar eso… no lo sabía.

—¿Por qué no regresáis a vuestras tareas? —dijo volviéndose hacia los chicos y sonrió—. Ya conozco el camino de vuelta.

—Es difícil perderse. —Brandon también sonrió.

Logan inclinó la cabeza y los dos chicos levantaron las manos, ondeándolas en el aire… ¿saludando? Logan no frunció el ceño hasta que hubieron desaparecido, pero, de nuevo, en cuanto intentó retener el recuerdo, este se esfumó.

Se volvió hacia los marineros muertos y estudió sus rostros, su ropa, pero no los reconoció en lo más mínimo.

—Pobres almas —murmuró al fin—. ¿Qué sucederá con vosotros ahora?

—Yo puedo responder a eso.

Logan se volvió bruscamente y vio a un hombre, un caballero por su vestimenta, en la puerta. Cuando el hombre entró, Logan vio el alzacuellos blanco alrededor de su cuello.

—Hola. —De cabellos y ojos marrones, y una estatura media, el hombre sonrió y le ofreció la mano—. Tú debes ser nuestro superviviente.

—Logan. —Estrechó con fuerza la mano del hombre—. Me temo que de momento no recuerdo nada más. —Señaló su cabeza vendada—. Recibí un golpe, pero me han dicho que mis recuerdos terminarán por regresar.

—Oh, entiendo. —Detrás de su manifiesta jovialidad, el vicario, al igual que Edgar y el resto de los hombres antes que él, estaba evaluando a Logan—. Geoffrey Montrose, vicario de la parroquia de Torteval.

—De modo que estos dos ahora son suyos. —La mirada de Logan se desvió hacia los hombres muertos.

—Por desgracia, sí. He venido para rezar por ellos. —El hombre se acercó un poco más a los cadáveres e hizo una mueca—. Aunque sospecho que mis oraciones no serán las adecuadas.

—No estoy seguro de que sean españoles... Podrían ser portugueses, en cuyo caso sus oraciones sí serían adecuadas. —Logan no tenía ni idea de cómo se le había ocurrido eso, pero sabía que era así.

Y al parecer, Montrose también lo sabía, pues asintió.

—Cierto, muy cierto. —Miró a Logan—. ¿Sabe quiénes son?

—Ni siquiera sé si lo he sabido alguna vez. —Logan meneó la cabeza.

Montrose sacó una estola bordada del bolsillo y se la colocó alrededor del cuello antes de mirar a Logan.

—¿Va a quedarse?

—Iban en el mismo barco que yo. —Logan reflexionó sobre los hombres—. Ellos murieron, yo no. Lo menos que puedo hacer es estar aquí para dar testimonio de su muerte.

Montrose asintió y con una voz solemne y cultivada empezó a rezar.

Logan inclinó la cabeza y siguió las palabras, pero, aunque le resultaban familiares, sobre todo la cadencia, no despertaron ningún recuerdo.

Después de que el vicario hubiese realizado los ritos que consideró apropiados, Logan lo siguió de regreso al exterior bajo el pálido sol.

—¿Se dirige hacia la casa? —preguntó Montrose.

—Sí —Logan acomodó su paso al del vicario—, no estoy seguro de que se me permita alejarme más todavía —añadió dibujando una mueca con los labios—. Lo cierto es que temo perderme, pues no sé hasta qué punto está dañada mi memoria.

—Bueno, si lo que necesita es curarse y convalecer, ha caído en las mejores manos. —Montrose lo miró fijamente—. Linnet, la señorita Trevission, es famosa por acoger personas perdidas y, supongo que podría decirse, devolverles su salud plena.

Logan dudo de si aquello era o no un insulto, si bien de una manera sutil, pero dejó pasar el comentario. Estaba bastante seguro de tener una buena coraza y, además, tenía ganas de saber.

—¿Se refiere a los niños?

—Y a los hombres también. Y luego están los animales.

Los labios de Logan dibujaron una fugaz sonrisa, pero continuó insistiendo:

—Yo pensaba que los niños eran parientes. —No todos, pero Gilly guardaba ciertas semejanzas con Linnet... le había parecido una posibilidad.

Montrose se sonrojó levemente al comprender con claridad qué clase de relación se había imaginado Logan que mantenían.

—No, en absoluto, todos son huérfanos cuyos padres

murieron siendo empleados de la familia. Linnet, la señorita Trevission, insiste en acogerlos a todos y criarlos en Mon Coeur.

Logan enarcó las cejas sinceramente sorprendido.

—Una actitud loable. —Al salir de entre los árboles, Logan contempló la casa. Desde luego las proporciones eran las de una mansión, sólida y bien atendida—. Sobre todo sin un esposo.

—En efecto. —Las palabras surgieron con dureza, pero en un segundo Montrose intentó suavizarlas—. Todos ayudamos como podemos. En una comunidad tan pequeña, los niños habrían tenido que trasladarse a otra parte, seguramente incluso marcharse de Guernsey.

Logan se limitó a asentir. Una vez contestadas sus preguntas más apremiantes, caminó junto a Montrose hasta el sendero del huerto. Y continuó reflexionando sobre el enigma que suponía Linnet... la señorita Trevission. La extrañeza del grupo que habitaba su casa derivaba de ella, todo en esa casa se centraba en ella, anclado por ella. Y seguramente, empezaba a sospechar, gobernado por ella.

Por lo que había averiguado hasta entonces, por lo que había visto, era una dama muy deseable, al parecer razonablemente adinerada, atractiva en extremo y bien educada, de veintitantos años y, aun así, a pesar de todo eso, permanecía soltera.

Más aún, Montrose era un caballero pasablemente atractivo y, a juzgar por Logan, de una edad similar a la de la encantadora señorita Trevission. El buen vicario sin duda debía albergar alguna esperanza hacia ella. La población de Guernsey, sobre todo en ese remoto rincón, no podía ser muy numerosa, y las damas elegibles escasas y alejadas entre sí. Y si bien había detectado una actitud protectora en Montrose, similar a la de los demás hombres, los que tenían edad suficiente como para considerarlo a él una potencial amenaza para la virtud de la señorita Trevission, ninguno había sugerido que tuviera intención de abordar el asunto ni con ella ni con él.

Lo cual, en su impresión, posiblemente equivocada, le parecía extraño. Los hombres como Montrose y los otros solían manifestarse más abiertamente sobre quién tenía permitido residir bajo el mismo techo que las mujeres que significaban algo para ellos. Solían ser más desafiantes. En efecto, no le habría sorprendido haber recibido una sutil, incluso una nada sutil, advertencia. Pero aunque lo habían estado evaluando, ninguno había hecho ningún comentario directo, ni siquiera Montrose.

Ni Edgar ni ninguno de los otros hombres dormía en la propia casa solariega, algo que ya hablaba por sí mismo. De momento, él, un completo extraño, era el único hombre adulto que pasaba la noche en la residencia, y además ocupaba la cama de la señorita Trevission.

Si bien ese aspecto parecía ser del conocimiento general, pues al parecer Edgar y John habían ayudado a instalarlo allí, Logan dudaba seriamente de que el hecho asociado, que la señorita Trevission había compartido la cama con él, fuera también conocido por todos.

Mientras se acercaban a la puerta trasera, Logan miró a Montrose y se preguntó qué diría el vicario si lo supiera.

Pero eso le recordó...

Con un gesto de la mano, dejó pasar a Montrose delante de él y lo siguió hasta el salón pasando por delante de la cocina y el comedor. La señora Barclay estaba allí y recibió al vicario con calidez. Se acomodaron para charlar sobre los servicios de la iglesia local de cara a la Navidad. Los niños, que en ese momento estaban en la habitación de estudio con la señorita Buttons, según entendió Logan, constituían una parte significativa del coro.

Él se sentó tranquilamente en un sillón y dejó que los comentarios fluyeran a su alrededor, pues no despertaron ningún recuerdo, no parecían conectar con él de ninguna manera. Sospechaba que no era asiduo a la iglesia. Dado el tema que ocupaba su mente, se contentaba con tener al vicario distraído mientras él se debatía con sus recuerdos.

El problema era que no sabía, no podría decir, si su recuerdo de la noche anterior era tal o solo un sueño. Al despertar esa mañana, había asumido que había experimentado un increíble, profusamente detallado, profundamente erótico sueño, con las consecuencias predecibles. Hacía décadas que no había tenido un sueño como ese. La cuestión de por qué lo había tenido en ese momento al principio lo había dejado perplejo, pero al encontrar a Linnet dormida a su lado no había sabido qué pensar. Qué imaginar. Sin embargo, ella estaba tapada y cubierta como una monja, y había una manta enrollada entre los dos. Por tanto había concluido que su primera impresión había sido la correcta: todo lo que recordaba había sido un sueño.

Pero entonces ella había despertado, había abierto los ojos y lo había mirado, le había hablado. Y desde ese momento ya no había estado tan seguro. Y cuanto más aprendía de ella, de su extraña familia, de su inusual estatus, surgían más preguntas sobre si sus cada vez más claros recuerdos eran realmente un sueño o...

Todavía estaba dudando entre las dos opciones cuando Linnet entró en la habitación.

Aunque Logan no movió un músculo, su atención se intensificó mientras fijaba la mirada en ella. Linnet lo notó. Ni siquiera miró hacia él, pero sintió el peso, la afilada mirada azul oscura.

¿Lo había recordado? ¿Lo sabía?

Linnet había supuesto que, con su habitual prepotencia, no tendría ningún problema en continuar fingiendo que nada había sucedido entre ellos, pero para su irritación, para su verdadero disgusto, se descubrió atrapada entre la espada y la pared en un dilema totalmente imprevisto.

Mientras él pensara que todo había sido un sueño, y permaneciera convencido de ello, no sucedería nada más. No habría más intercambios, y los dos se separarían como simples conocidos cuando él recordara quién era.

Y ella jamás volvería a experimentar lo que había sentido la noche anterior.

Ahí radicaba el problema.

Pero si él lo recordaba, si comprendía que todos esos acalorados momentos habían sido reales... ella podría conseguir más.

Muchos más, durante las noches que quedaran antes de que él recordara quién era y dónde se suponía que debería estar.

Sin embargo, Linnet tampoco quería ir por ese camino. No había necesitado más que unos pocos intercambios para comprender que él era de la clase de hombre que no se dejaba «manejar», bien. Cuando tenían que enfrentarse a su cotidiana tendencia natural para el mando, la mayoría de los hombres claudicaba con facilidad, pero ese no lo haría. La visión de Logan sentado, prácticamente desnudo, en el borde de su cama estaba grabada en su cerebro. No era un hombre al que se pudiera conducir con facilidad, y jamás lo sería.

¿Debería darle algunas pistas para que se diera cuenta o no? Ese era el dilema de Linnet. Y mientras su sabio y sensato ser se inclinaba por no arriesgarse a enredarse de nuevo con él, su lado salvaje deseaba abrazar la posibilidad, arriesgada o no. En cuanto a su lado salvaje, los riesgos estaban allí para asumirlos, y por eso se encontraba en la situación en la que estaba.

Incluso mientras sonreía y le ofrecía a Geoffrey sus manos, Linnet supo que Logan estaba observando, fijándose, evaluando, considerando... Y ella sintió la tentación de proporcionarle alguna señal, pero rechazó la idea y se volvió hacia el vicario.

—¿Qué tal está la señora Corbett? ¿La ha visto últimamente?

—Está mejorando —afirmó el vicario asintió—, pero sigue empeñada en permanecer en la casita, ¿y quién puede culparla por ello? Ha sido su hogar desde que... desde que yo recuerdo.

—Ya vivía allí cuando nosotros éramos niños, pero su esposo estaba vivo y sus hijos también estaban allí —Linnet hizo una pausa antes de continuar—. Le echaré un vistazo, pasaré por allí con frecuencia.

Ella se sentó y continuó hablando con Geoffrey sobre asuntos locales, sobre la gente de la propiedad Trevission y sobre otros asuntos más alejados. Logan escuchaba atentamente, pero sin decir nada, sin hacer preguntas. Para ser un hombre tan corpulento y vigoroso, era capaz de permanecer muy quieto y callado, era capaz de conseguir que los demás se olvidaran de su presencia.

Ella mantuvo la mirada fija en el vicario e ignoró por completo a Logan, algo que no pasó desapercibido para Geoffrey, que se sintió perplejo. Sin embargo, Linnet no quería entablar conversación con Logan, ni siquiera una conversación claramente inocente. No confiaba en que la tensión que existía entre ellos permaneciera oculta. Y si bien Geoffrey quizás no lo comprendiera, o lo reconociera por lo que era realmente, sí percibiría lo suficiente como para preocuparse, y ella no necesitaba eso.

Sobre todo si decidía arriesgarse, más aún, con Logan.

Para cuando se levantó a acompañar a Geoffrey hasta el establo, Linnet estaba cada vez más decidida a correr el riesgo. Hablar con el vicario había subrayado la realidad de su vida. Geoffrey era su amigo de la infancia. Durante sus primeros años, que habían pasado en su mayor parte en la isla, los dos se habían comportado como salvajes. Ella lo amaba... como a un hermano.

Y sin embargo era el único hombre deseable por allí. Si ella viajara hasta la capital de la isla, quizás encontraría a uno o dos más, pero ¿de qué le serviría eso? Cerca de su hogar no había ningún hombre con el que ella pudiera relacionarse, y si bien hasta la noche anterior no había sido consciente de lo que se estaba perdiendo, en esos momentos sí lo era.

Y deseaba más, por lo menos un poco más.

Logan podía darle ese más.

Frente al establo, Geoffrey se volvió hacia ella mientras Vincent iba en busca de su caballo.

—Este último extraviado tuyo... Tendrás cuidado, ¿verdad? Sé que parece un perfecto caballero, pero es... bueno, no hace falta más que un vistazo para saber que es...

—¿Peligroso? —Los labios de Linnet se curvaron.

—Bueno, no quería decir exactamente eso... Estaba pensando más bien en que no es ninguna malva. Sí que es cierto que no es fácil juzgar a un hombre que ni siquiera sabe quién es, pero, bueno, ya sabes a qué me refiero.

—Lo sé, Geoffrey querido, y sabes que no tienes motivos para preocuparte.

—Podrías enviarlo Saint Peter Port, al castillo.

—No, no podría. Sabes que no podría.

—Sé que no te preocupa lo que puedan pensar o decir los demás —El vicario suspiró—, ni cómo será visto que se esté alojando en la casa, pero...

—Geoffrey, contesta a una pregunta... ¿quién habrá para verlo? ¿Quién va a saber dónde ha dormido?

—Quieres decir que nadie de por aquí discutirá tus decisiones. —Geoffrey frunció el ceño.

—Exactamente. —Sonriendo, Linnet se estiró y rozó la mejilla del vicario con sus labios—. Cuídate, te veré la próxima vez que vaya a la iglesia.

Vincent apareció con la montura de Geoffrey y Linnet se apartó mientras, capitulando, el vicario saltaba a lomos del caballo. Tras despedirlo agitando una mano en el aire, ella permaneció en el patio para verlo alejarse.

A continuación se volvió y caminó de regreso a la casa. Tras salir de la línea de árboles, se detuvo y levantó la vista. Y vio a Logan en la ventana de su dormitorio... observándola.

Con total descaro, ella le devolvió la mirada y retuvo la visión de los anchos hombros, la envergadura, la sensación de innata virilidad del poderoso cuerpo antes de, sin ninguna prisa, reanudar el paseo hacia la casa.

No quería, y no lo haría, enviar a Logan lejos de allí, no hasta que recordara quién era. Y si eso le proporcionaba tiempo para experimentar algo más de ese singular placer que podía ofrecerle, que así fuera.

Después de comer, le sugirió que descansara, pero Logan tenía otras ideas.

—Os acompañaré a ti y a las niñas. —Le sostuvo la mirada—. Montrose mencionó que cuidas animales, pero no explicó de qué clase.

—¡De todas clases! —Gilly lo tomó alegremente de la

mano—. De muchas clases. Podrás ayudarnos... Nosotras te enseñaremos.

Poniéndose en pie, Logan sonrió al Linnet con toda la inocencia de la que fue capaz.

Ella entornó los ojos pero no discutió. Se pusieron los abrigos y las capas, y con Jen, siguió a Logan y a Gilly fuera de la casa.

—Los corrales están por aquí.

Girando a la izquierda desde la puerta trasera, Gilly lo arrastró por un sendero que discurría junto a la parte de atrás de la casa y hacia otra línea de árboles. Al mirar a su alrededor, Logan se fijó en que la casa estaba casi rodeada de árboles por completo, viejos y retorcidos, que proporcionaban una excelente protección de los vientos predominantes. El sendero los condujo a través de un arco formado por ramas vivas hasta una extensión más abierta y amplia de pastos y cercados protegidos por más árboles.

—Tenemos que dar de comer a los bebés. —Gilly lo arrastró hasta un enorme cubo de madera con una tapa del mismo material. Le soltó la mano y lo miró con expectación—. Tienes que abrirla.

Él sonrió y obedeció, recordando en el último minuto utilizar el brazo derecho y no el izquierdo.

—Cuidado con los puntos —De repente Linnet estaba su lado ayudándolo a levantar la tapa. Cuando él enarcó las cejas en su dirección, ligeramente divertido, ella continuó en un tono mordaz—. Muriel y yo pasamos más de una hora cosiéndote, no quiero que nuestra obra sufra ningún daño.

—Entiendo. —No dejó de sonreír, le divertía la irritación de Linnet. Se había fijado en que nadie se atrevía a provocarla.

Por otro lado, era de esperar dado que tenía el pelo rojo.

Y unos maravillosos ojos verdes, que lo miraron entornados antes de que alargara una mano hacia el cubo y sacara un saco que le arrojó.

—Gilly y tú podéis dar de comer a los cabritillos.

Logan tomó el saco y se giró ante una impaciente Gilly. Con una sonrisa, la niña echó a correr. Él la siguió hasta uno de los cercados más alejados y le permitió instruirlo sobre cómo alimentar a los cabritillos.

Para cuando terminaron de hacer la ronda de todos los corrales, alimentando a los terneros, burros, cervatillos, incluso algunos potrillos, además de los revoltosos niños, Logan entendió a qué se había referido el vicario al hablar de los «extraviados» de Linnet. Extraviados, huérfanos... cualquiera que no tuviera familia. Ella los acogía y hacía todo lo posible por cuidar de ellos.

Mientras la luz del día se apagaba por lo que parecía una inminente tormenta, volvieron a guardar los sacos de grano, zanahorias y nabos en el cubo, y entre Linnet y él bajaron la tapa y la aseguraron. Apenas habían intercambiado un par de palabras desde que empezaron a dar de comer a los animales. Al caminar a su lado, detrás de Jen y de Gilly, que saltaban por delante de ellos y comparaban sus opiniones sobre sus mascotas favoritas, él contempló el rostro de Linnet, sonrió y miró hacia delante.

—No eres precisamente la típica dama de buena cuna —murmuró decidiendo que era poco probable que ella hiciera algo más que fulminarlo por su presunción.

Sintió la mirada verde que ella le dedicó.

—¿Acaso conoces a muchas damas de buena cuna?

—Supongo que sí —contestó Logan tras considerar la pregunta—, dado mi comentario.

—Si no recuerdas los detalles —Linnet soltó un bufido—, ¿cómo puedes saber cómo son las damas de buena cuna... cuáles son los límites del buen comportamiento?

—Sé que no compartirían su cama con un extraño bajo ninguna circunstancia. —La miró a los ojos, a los enormes ojos verdes, y ella lo fulminó con su mirada—. Al menos eso sí lo recuerdo.

¿Cuánto recordaba?

Logan leyó la pregunta en sus ojos y solo se le ocurrió un motivo de que estuviese allí. El pulso se le aceleró, pero antes de poder insistir y arrancarle una confesión, ella apartó la mirada.

—Gracias por ayudar, se te dan muy bien los niños. Quizás

hayas pasado tiempo con algunos… ¿No lo recuerdas? Tal vez tengas hijos…

La idea le produjo un sobresalto. Pero…

—No, no lo creo.

Sin embargo, no podía estar seguro. La idea le produjo una sensación de vacío ante el hecho de que podría tener hijos y haberse olvidado de ellos, aunque solo fuera temporalmente. Sintió frío… Y en algún rincón de su mente, supo que había un motivo para sentirse así.

Mientras él continuaba en silencio, caminando al lado de Linnet, la capa echada hacia atrás y las manos hundidas en los bolsillos del pantalón, la cabeza baja y el ceño fruncido, Linnet intentó felicitarse a sí misma por haber conseguido distraerlo tan fácilmente, pero el insistente silencio la irritaba. Casi como si le hubiera dado un golpe bajo.

Y sospechaba que así había sido.

Se había fijado en lo bien que se relacionada con los chicos. Solo lo conocían desde hacía un día, pero habían simpatizado con él de inmediato. Quizás no fuera tan sorprendente. Incluso vendado, su aspecto era espectacular, con ese peculiar aire de peligro que lo rodeaba, casi tan palpable como la vieja capa de su padre. Pero las chicas solían ser mucho más reservadas, y sin embargo, incluso la silenciosa Jen había sonreído y charlado con él como si lo conociera desde hacía meses, incluso años.

Se había mostrado atento, receptivo, comprometido, y aun así absolutamente dictatorial. Había impedido que Gilly trepara demasiado alto sobre una valla con una sencilla orden:

—No… bájate.

Había sido tajante, y era evidente que esperaba obediencia y la había obtenido.

Ese momento, más que en ningún otro, Linnet se había preocupado. Ella lo sabía todo sobre mandar y le gustaba, insistía en hacerlo.

Logan, quienquiera que fuera, era un líder nato, y desde que había empezado a observarlo, veía las señales que lo delataban. Y su instinto le decía que no era de su tamaño ni de su fuerza de lo que debería preocuparse, en personalidad y carácter eran muy parecidos. Si le diera algún motivo para considerarla alguien a quien su deber, su derecho, le obligara a proteger, y por tanto a dar órdenes, órdenes que él esperaría fueran obedecidas, el resultado sería una continua confrontación, una batalla que él no ganaría. Pero de todos modos ella no quería sufrir esa clase de confrontación en su vida.

No quería tener cerca a un hombre que esperaba controlarla, doblegarla a su voluntad.

Sobre todo si existía la posibilidad de que tuviera éxito.

Su lado más cuerdo había dado un paso al frente. A pesar de su osadía al querer pasar todas las noches que fueran posibles en sus brazos, un sentido de autoprotección aplastó su recién descubierto deseo de obtener satisfacción sexual.

Y el resultado había sido su instintiva, y al parecer perfectamente calibrada, maniobra de distracción.

Linnet lo miró, lo vio taciturno e hizo una mueca para sus adentros al sentirse un poco culpable.

Pero por lo menos había podido disponer de tiempo para calmar el latido de su corazón. Ese hombre había despertado el recuerdo de un momento de pánico inusual, pero ya lo había superado. Por mucho que él pudiera sospechar, por mucho que él pudiera intuir, jamás podría saberlo, no con certeza. A no ser que ella se lo contara o se delatara de algún modo, él jamás podría estar seguro de haberla hecho sollozar y gemir la noche anterior.

Entraron en la casa pisándoles los talones a las chicas. Al detenerse para colgar los abrigos en el vestíbulo, ella volvió a mirarlo.

Logan seguía taciturno, sin expresión.

Linnet aprovechó el momento para mirarlo, para volver a estudiarlo y permitir que sus sentidos informaran a su mente de todo lo que podían detectar.

Y lo que vio le provocó un escalofrío.

Se giró bruscamente y encabezó la comitiva hacia el salón.

Ese hombre, quienquiera que fuera, eran demasiado... demasiado grande, demasiado fuerte, demasiado poderoso, demasiado viril, demasiado dominante. Y si bien en la idea de tener una relación salvaje con un hombre como ese subyacía cierto desafío, cualquier mujer mínimamente sabía mantendría las distancias.

Y ella, motivada, podía ser muy muy sabia.

CAPÍTULO 3

Con excepción de los otros hombres, que continuaban con sus tareas en la propiedad, el resto de los habitantes de la casa se reunieron en torno a la mesa del comedor para tomar el té de la tarde con bollitos, mermelada de frambuesa y nata.

—Sé que me gustan los bollos y la mermelada —contestó Logan en respuesta a la pregunta de Muriel—, pero por algún motivo... —Después de una pausa, hizo una mueca—, creo que hace mucho que no los pruebo.

—En ese caso, tome otro. —Buttons le pasó la bandeja—. Hay de sobra.

Linnet lo vio servirse dos más, pero mientras las niñas charlaban y Buttons y Muriel intercambiaban de nuevo chismorreos locales, Logan se quedó tan inmóvil que parecía no estar allí.

Batallaba de nuevo con sus recuerdos. Ella deseaba poder decirle que no le conduciría a nada bueno, que aporrear su cerebro no iba a ayudar.

Del mismo modo que ella no había ayudado con su comentario sobre los niños.

Linnet estudió su rostro. Tenía buen color y los ojos limpios. Le hubiera gustado echar un vistazo a la herida del costado, pero todavía no quería levantar el vendaje... Quizás al día siguiente. Mientras tanto... su condición física había mejorado considerablemente y no había mostrado ninguna señal de desarrollar fiebre. Quizás había llegado el momento de intentar estimular su memoria.

Linnet se levantó y se dirigió al salón, al cajón de la mesita lateral donde había guardado los tres objetos que Logan llevaba cuando lo encontraron. Su mano se detuvo sobre el sable, pero al final optó por tomar la daga y llevarla con ella de regreso a la mesa.

Logan pestañeó al regresar al mundo cuando ella apareció a su lado y colocó la daga sobre el mantel blanco delante de él.

—Llevabas esto cuando te encontramos, la agarrabas con tanta fuerza que tuve que separarte los dedos de la empuñadura. Al parecer es importante para ti.

Ella no dijo nada más, se limitó a sentarse en la silla a la cabecera de la mesa, a la izquierda de Logan.

Él tomó el arma.

Sabía que era una daga. Sabía que era suya. Sujetándola con la mano izquierda, deslizó los dedos de la derecha sobre la empuñadura ornamentada, sobre la pulida piedra incrustada en ella...

Y recordó.

Cerró los ojos mientras los años regresaban.

Su infancia. Glenluce. La casita en lo alto de la población. Su madre, cariñosa y dulce. Su tío, hermano de su madre, que lo había criado, lo había enseñado, lo había aconsejado con tanta sabiduría. Su padre... ah, sí, su padre.

—Monteith. —Logan abrió los ojos y buscó los de Linnet—. Me llamo Logan Monteith.

La conversación en torno a la mesa cesó. En el silencio que siguió, él relató los hechos... Que había nacido y crecido en Glenluce, en Galloway, una pequeña ciudad en el campo junto al río, The Water of Luce, justo por encima de donde este desembocaba en la bahía de Luce.

Recordaba mucho más: la luz que brillaba en el agua, el viento en sus cabellos. Su primer poni, la primera vez que había salido a navegar y a pescar con su tío en la bahía de Luce. El aroma del brezo en los páramos, el olor del pescado en los muelles. Los chillidos de las gaviotas que volaban en lo alto.

Y su padre... sobre todo su padre.

Explicó que este no vivía con su madre, que solía aparecer de vez en cuando en la casita en lo alto de la ciudad. Omitió mencionar que no se había casado con su madre y que ni siquiera en el lecho de muerte a su madre le había importado.

Pero a Logan, sí. Incluso de joven, demasiado para comprender realmente la situación, le había importado por los dos.

—Después fui al colegio elemental Hexham. —Esos recuerdos eran vívidos, el frío de los edificios de piedra, las pequeñas hogueras, los ecos de docenas de pies correteando por los pasillos. Los gritos de los chicos, las peleas, la camaradería. Los maestros con sus túnicas negras—. Recuerdo mis años allí. Era un estudiante pasable. —Académicamente le había ido bastante bien, avispado, agudo, y con una verborrea capaz de hacerle superar cualquier obstáculo—. Lo recuerdo todo hasta el último año. Cuando regresé a casa y yo...

Los recuerdos cesaron bruscamente y Logan frunció el ceño. Por mucho que lo intentó no fue capaz de ver más allá, de empujar su mente más allá. Era como si hubiese llegado a un muro de piedra negra. Miró sin ver al otro lado de la mesa.

—Ya no recuerdo nada más.

Linnet intercambió una rápida mirada con Muriel.

—No te preocupes, la niebla se despejará si le das tiempo. —Contempló el arma, todavía en las grandes manos de Logan—. ¿Quién te dio esa daga?

—Mi padre. —Bajó la vista y giró la daga en sus manos. Después de unos segundos, continuó—. Lleva siglos en su familia.

—Una herencia entonces —observó Muriel.

Logan posó la mirada sobre la hoja de la daga y asintió.

—Tu madre, tu padre —preguntó Linnet con delicadeza—, ¿están vivos?

Logan levantó la cabeza y la miró a los ojos.

—¿Esperando mi regreso a casa? —Cuando ella asintió, él la miró fijamente y frunció el ceño—. No creo... tengo la sensación de que sí, pero... —Después de una pausa, meneo la cabeza—.

No puedo asegurarlo. No logro recordar. Estaban vivos los dos cuando terminé mis estudios en Hexham.

Linnet se resistió al impulso de aconsejarle que lo dejara estar, que dejara descansar su mente después del repentino despertar de los recuerdos y se diera tiempo para recuperar el aliento.

—Ahora que has empezado a recordar, el resto sin duda vendrá.

—Así es. —Muriel asintió con entusiasmo—. A menudo regresa así, de forma intermitente.

Los niños habían permanecido en un silencio encomiable, escuchando y observando, pero Brandon no fue capaz de contenerse por más tiempo.

—¿En qué clase de barco solías navegar con tu tío?

La pregunta arrancó a Logan de su ensimismamiento. Linnet bendijo mentalmente a Brandon mientras Logan, que lo recordaba con claridad, contestaba.

Y esa fue la señal para que los demás empezaran a hacer preguntas, bombardeándole con cuestiones como mascotas... numerosas, hermanos... ninguno, y detalles de Glenluce y las costumbres escocesas.

La distracción proporcionó a Linnet la oportunidad de concretar su idea de Logan a la luz de lo que este recordaba. Incluso en Guernsey se conocía la escuela elemental Hexham. Mientras que la escuela Winchester estaba en el sur de Inglaterra, Hexham estaba en el extremo norte. Los chicos que asistían a esas escuelas eran de la alta burguesía y, en su mayor parte, de las más altas esferas: la aristocracia rural, incluso la nobleza. Muchas casas nobiliarias de las regiones fronterizas enviaban a sus hijos a Hexham. Los modales arraigados en Logan, su aire de mando y su sentido protector hacia quienes consideraba más débiles, combinados con la asistencia a una escuela como esa dibujaban la imagen de un caballero de una clase muy parecida a la de Linnet, nacido en una buena familia, como mínimo noble, criado en el campo...

Las preguntas de los niños terminaron y Logan se sumió de nuevo en el silencio, el ceño fruncido que juntaba sus negras cejas.

Por fin soltó la daga, que todavía sujetaba entre las manos, y la dejó caer en la mesa. Colocó ambas manos sobre ella y miró a Linnet con los labios apretados, sacudiendo la cabeza.

—No recuerdo nada más. —La frustración se dibujó en su rostro y oscureció su mirada—. ¿Qué hice después? ¿En qué me convertí?

Ella deslizó la mirada hasta las manos de Logan y, siguiendo un impulso, las tomó entre las suyas.

Y un recuerdo de otra clase apareció de repente.

Linnet se sobresaltó por la intensidad de la sensación recordada.

De la excitación, pura, sin adulterar, aguda, que atravesó sus sentidos. El calor, sensual y potente, desatado... que le hacía rechinar mentalmente los dientes. Linnet fijó su mirada en los dedos de Logan, en las palmas de sus manos, e ignoró la sensación. Ignoró el golpeteo sin precedentes de su corazón y se concentró.

Examinó.

Consiguió respirar lo suficientemente hondo para hablar con un tono uniforme y menos afectado.

—No tienes las callosidades de un marinero. —Soltó las manos de Logan y se resistió al impulso de deslizar las yemas de los dedos sobre esas callosidades.

Para su alivio, cuando levantó la vista, lo encontró con la mirada fija en sus manos.

—Y sin embargo tengo callosidades.

—Sí, pero no las conseguiste navegando.

—¿Algún otro trabajo repetitivo? —dijo él aceptando la sugerencia—. ¿Riendas? —La miró—. Quizás era chófer.

—O jinete. —Linnet pensó en el sable que seguía en el cajón de la mesita lateral.

Estaba a punto de levantarse para buscarlo cuando él dejó caer la cabeza entre sus manos, sujetándola durante un instante, inmóvil, antes de empezar a masajearse las sienes. Linnet titubeó y miró a Muriel.

Con la preocupación reflejada en sus ojos, Muriel meneó la cabeza.

Linnet se volvió hacia Logan justo en el momento en que este se frotaba el rostro con las manos y luego la nuca y se mostró de acuerdo con su tía. Quizás fuera físicamente fuerte, pero su aspecto era de tener la mente agotada. Presionar demasiado de una sola vez podría no ayudar.

—¿Qué camino tomasteis en vuestro paseo? —preguntó volviéndose hacia Will.

Más tarde, después de cenar, Logan siguió a los niños al salón y, tirándose con ellos al suelo delante de la chimenea, les enseñó un juego de cartas que había recordado de su niñez.

Los niños se mostraron rápidamente entusiasmados, gritaron, rieron, y lanzaron exclamaciones de triunfo mientras robaban cartas y ganaban puntos.

Era un juego que Logan podía jugar sin tener que pensar, pues había pasado muchas largas tardes de invierno jugándolo con su madre y su tío. La actividad le proporcionó tiempo y espacio mental para revisar todo lo que había recordado. Su propia infancia, memorias que no había compartido.

Al fin había comprendido por qué se sentía tan a gusto allí, en el calor y la alegría de una casa llena de niños, una casa grande, de elegancia sencilla y sin adornos, y una sensación vital, casi tangible, de familia. Era la antítesis de su propia infancia, la de un niño solitario, el hijo bastardo de un distante conde que vivía tranquilo con su madre soltera, ajeno a una familia, de la pensión que enviaba el conde. Su tío había sido su única ancla, el único miembro de la bien conectada familia inglesa de su madre que no había cortado los lazos con ella.

Con una sonrisa dibujada en los labios, observó a los niños jugar, ayudó a la pequeña Gilly a elegir sus cartas y admitió para sus adentros que el motivo por el que se sentía tan maravillosamente en paz allí, en Mon Coeur, no era porque se pareciera de algún modo a su hogar, sino porque esa enorme casa contenía y representaba el hogar de infancia de sus sueños.

Aquello era todo lo que había deseado, incluso mejor de lo que había sido capaz de imaginarse de niño o de hombre. Mon Coeur tenía todo lo que podría desear un alma solitaria: un montón de niños, mujeres adultas de las dos generaciones necesarias, madre y abuela, necesarias para lograr una atención completa, para todos esos cuidados femeninos, incluso tenía hombres adultos que proporcionaran esa influencia masculina esencial. Edgar y John se habían reunido con el resto en torno a la mesa y luego los habían seguido al salón. Los dos estaban sentados en lo que parecían sus sillones habituales, dispuestos en un rincón apartado de la chimenea, y charlaban con tranquilidad sobre eso y aquello. Conversación masculina, discusiones a las que Will y Brandon, incluso a veces Chester, prestaban atención y en las que intervenían.

Logan se alejó mentalmente para ver todo el cuadro, para absorberlo, y sintió la tentación de decirles a Will, Brandon, Chester, Jen y Gilly la suerte que tenían. Pero ellos no lo entenderían, no serían capaces de ver, como veía él, a través de unos ojos que siempre, hasta ese momento, habían observado ese mundo desde fuera.

Estaba en la naturaleza humana no valorar lo que uno tenía hasta que lo perdía. Logan esperaba, por el bien de los niños, que jamás llegaran a esa situación.

Miró a Linnet y sintió, de manera extraña, que ella se lo aseguraba, que jamás permitiría que ninguno de ellos perdiera lo que tenía: Mon Coeur.

Mon Coeur. Un nombre cuyo significado por fin entendía.

—¡Logan! —Gilly tironeó de su manga—. Presta atención. ¿Qué carta debería sacar?

Logan se concentró en las cinco cartas que la niña sujetaba con fuerza entre las manos y señaló.

—Esa.

Permaneció atento mientras ella agarraba la carta y la dejaba en el suelo.

Los demás miraron y gruñeron.

—¿He ganado?

—Sí, cielo. —Logan soltó una carcajada y le revolvió los brillantes cabellos—. Has ganado.

Desde el otro lado del salón, Muriel observó iluminarse el rostro de Gilly, que saltó sobre las rodillas, vio a Logan recoger las cartas y volver a barajar. Observó el interés reflejado en los ojos de los otros niños, sobre todo en los de los chicos, mientras miraban y aprendían.

Una gran parte de su recelo hacia el último extraviado de Linnet se había disipado. Pero al contemplar a su sobrina sentada en un sillón, observando al grupo frente a la chimenea, Muriel se preguntó si alguna vez la había visto mirar a un hombre tal y como estaba mirando en esos momentos a Logan Monteith. Desde luego no que ella recordara.

Había interés, claro como el día, en los verdes ojos de Linnet, no un interés calculado, sino fascinado. Una atracción curiosa.

De repente, Linnet se movió, descruzó las piernas y se levantó.

—Esa va a ser la última partida de esta noche.

Los niños y Logan levantaron la vista. Los niños esperaron, mirando de Logan a Linnet con esperanza, pero él se limitó a inclinar la cabeza y continuar barajando las cartas.

—La última mano.

El desagrado se dibujó en los rostros de los niños, pero ninguno protestó.

Volviéndose, Linnet se acercó a Muriel, sentada con Buttons a su lado.

Al ver la sutil sonrisa que curvaba los labios de su sobrina, Muriel se sintió impulsada a preguntarle:

—¿Qué hay de los arreglos para dormir?

Quizás Logan fuera un caballero de buena cuna, pero aun así...

Linnet no fingió no entender e hizo una pequeña mueca.

—Logan tendrá que seguir durmiendo en mi cama, todavía le duele mucho la cabeza y no hay ninguna otra en la que pueda sentirse cómodo. Dudo que el camastro del trastero pueda soportar su peso, pero a mí me servirá, por lo menos para unas cuantas noches.

Muriel asintió y desvió la mirada hacia Logan.

—Supongo que es la mejor organización posible dadas las circunstancias. Cuanto más descanse, más probable será que recupere la memoria. —Muriel se levantó del sillón—. Haré que Pennyweather traiga el té.

Linnet permaneció donde estaba y su mirada regreso a Logan, se deslizó sobre sus hombros, las largas y fuertes piernas estiradas ante él, los limpios y duros rasgos de su rostro, los firmes labios.

Permitió a sus ojos embeberse de él, y pensó en ese pequeño camastro del cuarto trastero.

Como de costumbre, Linnet fue la última en retirarse. En cuanto todos se hubieron marchado, hizo la ronda. En la creciente oscuridad, las suaves y envolventes sombras, recorrió la planta baja de su hogar, habitación por habitación, comprobando cada ventana, cerrando cada puerta. Mon Coeur estaba situado en una zona de escasa población, y precisamente por ese hecho era una casa aislada, muy retirada de la seguridad de una ciudad o un pueblo, y a apenas cien metros de la costa, una costa que en el pasado había sido guarida ocasional de piratas, y que era asolada con frecuencia por feroces e impredecibles tormentas.

En su opinión, había suficientes motivos para permanecer vigilantes.

En cuanto todo estuvo asegurado, subió al ático, echó un vistazo a los niños, arropó a Chester y luego hizo lo mismo con Gilly en la habitación que compartía con Jen.

Por fin segura de que todo estaba como debía, descendió a la primera planta. La vela encendida que portaba lanzaba un cálido fulgor sobre la madera pulida del suelo y los paneles de las paredes. Linnet se dirigió hacia la puerta cerrada de su habitación.

Y por primera vez aquella noche titubeó, insegura de sí misma.

Se irritó al darse cuenta y, cuadrándose de hombros, se recordó a sí misma su intención de ser prudente. Levantó una mano para dar un golpe de nudillos en la puerta. Esperó y, al no oír nada, giró el picaporte para abrirla y mirar dentro de la habitación.

Logan no estaba en la cama. No había ninguna lámpara encendida, pero las cortinas estaban descorridas y la pálida luz de la luna bañaba de plata el extenso cubrecama. La llama de la vela apenas iluminaba la amplia habitación. Nada más entrar, dejó el candelabro sobre la cómoda junto a la puerta, se volvió y vio su silueta a contraluz en la ventana. Había estado contemplando el mar, pero giró la cabeza para mirarla a ella.

Al enfocar los ojos, Linnet vio que seguía completamente vestido. Cerró la puerta y lo miró con el ceño fruncido.

—Pensaba que estarías acostado. Ya deberías estar en la cama.

—¿Vas a acompañarme? —La contempló durante un silencioso momento.

No podía saberlo. Seguro que no lo sabía. Linnet intentó convencerse de ello, recordándose de nuevo su resolución.

—Solo he venido en busca de mi bata y mi camisón. Dormiré en el cuarto trastero, aquí al lado.

Él se movió inquieto antes de reducir la distancia que los separaba con unas largas zancadas.

—¿Prefieres dormir con trastos que conmigo?

Ella contuvo el impulso de recular a medida que el espacio que los separaba disminuía. Logan se detuvo a menos de treinta centímetros de ella, obligándola a levantar la vista para poder mirarlo a los ojos. La luz de la vela los envolvía en unas profundas y peligrosas sombras. Linnet le sostuvo la mirada.

—Compartir una cama contigo sería, dadas las circunstancias, poco prudente —afirmó ella sin emoción.

—¿Poco prudente? —Con una ceja arqueada en un gesto travieso, él le sostuvo la mirada durante un instante antes de acercarse un poco más.

Linnet sintió que sus nervios saltaban e, instintivamente, dio un paso atrás y chocó contra la puerta.

Malhumorada, abrió la boca para reprenderlo.

Logan agachó la cabeza y cubrió los labios de Linnet con los suyos.

La besó. Un beso con la boca abierta, de labios contra labios, que la dejó sin aliento y mareada.

Él se retiró un instante, lo justo para que ella sintiera sus labios pegados a los de él, sintiera su sabor, la promesa que encerraba ese beso, antes de que Logan gruñera y reanudara el beso con voracidad. Su lengua se hundió sin pedir permiso, acarició, reclamó, se acomodó. Él se inclinó, dominó, exigió, y ella descubrió que era imposible no devolverle el beso, imposible permitir que unas exigencias tan claras, tan flagrantes, no fueran correspondidas.

Y de repente estaban de nuevo como la noche anterior, ofreciendo y recibiendo, dando y tomando.

Deseando.

Fue él quien, al final, se apartó.

Solo unos centímetros, lo suficiente para mirarla a los ojos a través del fulgor de la llama. Los ojos de Logan estaban entornados y ella habría jurado que ardían.

—Anoche no te pareció poco prudente dormir conmigo.

Ella se esforzó por recuperar el aliento, por encontrar el modo de distraerlo, de disuadirlo. De redirigirlo.

La mirada de Logan se detuvo en sus pechos mientras estos se hinchaban, antes de desviarla a tiempo para fijarla sobre su boca justo en el instante en que ella se humedecía los repentinamente los secos labios.

—Eso...

—Eras tú la de anoche, la hurí debajo de mí. A la que conduje hasta la inconsciencia, la hurí que me tomó y cabalgó conmigo. Recuerdo tu sabor.

Su natural atrevido estaba fascinado de que él hubiera podido, hubiera querido recordar. En contra de su propia voluntad, la mirada de Linnet descendió hacia los labios de Logan. Se centró en ellos mientras se curvaban de una forma típicamente masculina.

—Fue una manera excelente de hacerme entrar en calor. Muy noble. Siento que debería mostrarme... agradecido sin reservas. —Logan había colocado sus manos en la puerta, a ambos lados de los hombros de Linnet, dejándola encajada entre sus brazos, que ella sabía que estaban hechos de puro acero. Deslizó una mano hasta capturar un mechón de cabellos que se le había soltado del moño y lo deslizó entre sus dedos—. También recuerdo esto, suave como la seda, ardiente como el fuego.

Ella apartó la mirada, llena de la fascinante visión de Logan acariciándole el pelo, y lo miró a los ojos; él sonrió antes de contemplar de nuevo sobre sus labios.

Sus labios, que palpitaban. Linnet reprimió la urgencia de deslizar la lengua por su labio inferior.

—Eso... la noche anterior... Fue un...

Logan deslizó sus largos dedos entre el brazo de Linnet y su costado, y los enganchó a los lazos del vestido.

El pulgar navegó y acarició con una inaudita ligereza su pecho.

Ella contuvo el aliento mientras su piel reaccionaba, mientras el pezón se endurecía y una oleada de seductor calor la invadía.

—Estaba pensando —continuó él con voz profunda, un murmullo gutural con una ligera aspereza— que esta noche debería superarme para agradecértelo.

¿Superarse?

Ella lo miró a los ojos desde apenas unos centímetros de distancia y respiró su calor, sintió ese ardor latente, la fuerza de los músculos, acercándose a ella...

«No, no, no, no».

«Pero...».

—No debería. —Atrapada por sus ojos, ella cedió y se humedeció el labio.

Él le sostuvo la mirada, sus ojos buscando los de ella, hasta que los labios se curvaron lentamente.

—Pero lo harás.

Logan se apartó y, con los dedos encajados en los lazos del vestido de Linnet, tiró de ella para llevarla con él, contra él y a sus brazos, hasta que agachó la cabeza y volvió a besarla.

La besó hasta que Linnet se olvidó de cada gramo de sentido común que hubiera tenido jamás.

Hasta que se derritió.

Hasta que le rodeó el cuello con los brazos y se rindió.

CAPÍTULO 4

No se estaba rindiendo a él, sino a sí misma... a ese atrevido ser que deseaba saber cuánta más de esa magia podría enseñarle. La noche anterior había supuesto una revelación, pero si había algo más que saber, más que experimentar, necesitaba conocerlo, necesitaba aprenderlo.

Conocimiento, experiencia, comprensión... Desde su infancia sabía lo importante que era, lo crucial que resultaba para convertirse en el líder. Arriesgarse para conseguirlo era, a su juicio, algo consustancial, sencillamente una parte de lo que ella era.

Cuando se hundió en Logan, le rodeó el cuello con los brazos y le devolvió el beso, tan osada como él era voraz, su decisión ya estaba tomada. Tomada y comunicada, y ya no había vuelta atrás. Linnet ni siquiera lo consideró. Dar un paso atrás, apartarse de un desafío, no era su estilo.

Y el beso de Logan... ese beso, su boca y la de ella unidas, esa era la primera fascinación. La primera llamada de calor, la primera degustación de la pasión. Era más, mucho más que cualquier beso que ella hubiera compartido con ninguno de sus anteriores amantes, todos muchachos, meros apéndices, principiantes.

Ese beso, el beso de Logan, era un beso que reclamaba, un beso de desafío, de clara promesa. De una sensual amenazadora. Una afirmación de intenciones, desde luego de dominio. Mientras con labios y lengua él saqueaba y hacía girar sus sentidos,

Linnet se aferró con fuerza y se esforzó por devolverle el placer, por igualar y replicar el experimentado asalto de Logan, mientras por dentro su atrevido ser se regocijaba.

Estimulada, expectante, disfrutando el momento.

Los brazos de Logan se habían cerrado en torno a ella, sus firmes manos la sujetaron antes de deslizarse para esculpir sus curvas... de manera posesiva, depredadora.

La excitación estalló y los nervios de Linnet despertaron, conscientes, vivos, como nunca antes lo habían hecho. Tensos y anhelantes, se anticiparon...

A la siguiente caricia, a la siguiente caricia claramente posesiva.

Y llegó. La firme mano se cerró sobre uno de sus glúteos, la redondeada curva llenó su palma. Los dedos amasaban mientras la sujetaba contra él, la levantaba sobre la punta de los pies y se movía, empujándola de forma sugerente con las caderas, el borde de la erección contra su montículo, la dura longitud que imprimía su fuerza, intención y promesa erótica contra el vientre firme de Linnet.

Y encendía unas llamas insaciables que inflamaban el vacío que se había abierto.

El vacío que ella necesitaba que él llenara.

Pero... Linnet sintió un tirón y comprendió que él le había desatado las cintas. Sintió soltarse el corpiño. En cuestión de segundos se lo había arrancado, había liberado sus brazos y deslizado el vestido hasta sus caderas, que continuó descendiendo hasta el suelo. Sus manos se cerraron, duras y exigentes, sobre los pechos de Linnet, separadas de ellos solo por la fina muda interior y la aún más fina camisa.

Jadeando, Linnet interrumpió el beso. Con los ojos cerrados y colocada de puntillas, las yemas de los dedos hundidas en los firmes músculos de los hombros de Logan, que con sus traviesos dedos jugaba con su pezón, ella exclamó en apenas un susurro:

—Despacio.

De inmediato sintió aflojarse el contacto.

Y fue toda una delicia... un temblor de conocimiento, de comprensión, se deslizó por su columna. Linnet alzó los pesados párpados y lo miró a los ojos.

Unos ojos que brillaban a través de las oscuras pestañas, unos ojos casi cerrados.

—Mientras «despacio», no signifique «para»...

Las palabras eran graves, casi guturales, y arrancaron una sonrisa a Linnet.

—No, solo despacio. Despacio para que yo pueda... —«Sentirlo todo, hasta el más pequeño detalle. Para que yo pueda aprender sobre mí misma y más aún sobre ti», pensó Linnet. La sonrisa se hizo más profunda y dijo—: disfrutar.

—Estaré encantado de complacerte en eso —murmuró Logan mientras sus ojos buscaban los de ella.

Su mano no había dejado de acariciar el pecho, jugueteaba con firmeza, claramente, pero sin la urgencia que ella había sentido que estaba a punto de arrastrarlos a ambos.

Logan inclinó la cabeza y volvió a besarla, tomó de nuevo sus labios, volvió a unirse a ella y Linnet lo sintió al instante, sintió el control que ese hombre ejercía sobre sus pasiones.

Que mantenía mientras, lentamente, le quitaba el vestido, la ropa interior y la camisa, y la tumbaba sobre la cama antes de quitarse su propia ropa... lentamente, para que ella tuviera la oportunidad de recuperar el aliento y admirar las líneas del cuerpo masculino más magnífico sobre el que ella hubiera posado los ojos jamás, a pesar de los vendajes. Por fin él se unió a ella.

Sin ninguna prisa, sujetándose sobre un codo a su lado, deslizó una mano, una mano rugosa, desde el cuello hasta las pantorrillas, despacio.

Linnet dejó que su cuerpo respondiera por instinto y se descubrió arqueándose ligeramente bajo las caricias. Su cuerpo, ardiente y ansioso, pidiendo más sin tapujos, desinhibido.

Si era lo que ella deseaba, si deseaba saber, aprender, experimentar, la inhibición no tenía ningún sentido. Ningún lugar allí, ningún propósito entre ellos dos.

Algo en los ojos de Logan al mirarla, al estudiar su rostro durante unos segundos, le dio la impresión de que de algún modo él lo entendía, que lo había visto, tomado nota, y que emplearía sus conocimientos para responder de manera apropiada.

Logan inclinó la cabeza y posó los labios sobre sus pechos.

Primero uno, luego el otro, probando, saboreando, disfrutando. Muy despacio. Incluso mientras ella se retorcía, jadeaba, gemía suavemente, mientras sus dedos se enredaban en la espesa cabellera de Logan y se agarraba y lo sujetaba contra ella con desesperación, ofreciéndose, ofreciendo su cuerpo para disfrutar, Linnet supo que había sido un acierto insistir en que fuera despacio.

Despacio. La palabra se convirtió en un latido, en el pulso del deseo. De esa seducción que él llevaba a cabo en el cuerpo de Linnet, en su mente.

En sus sentidos, sobre cada centímetro de su piel.

Ella despertó a la vida en sus manos como jamás había hecho antes, y en esa ocasión, lo supo, sintió el cambio en sus huesos: disfrutaba con el inexpresable placer, con la libertad y la felicidad de saber que aquel hombre era suyo.

Que podría tenerlo, ser suya, la hurí, como él la había llamado.

Logan le abrió los sentidos, y ella estuvo a la altura del desafío, aguardó ansiosa por experimentar lo que fuera a suceder a continuación mientras él, lenta y perezosamente, se abría paso por su cuerpo depositando ardientes y húmedos besos por todas partes, por debajo del ombligo, sobre la curva de su estómago.

Logan descansó la cabeza en la cintura de Linnet y miró hacia abajo, atento, mientras sus dedos dibujaban círculos entre los rojos rizos que asomaban en el ápice de los muslos, y a continuación se detuvo, bajó un poco más y la tocó.

Separó los ya húmedos pliegues y la acarició.

Lenta. Concienzudamente.

Como si tuviera todo el tiempo del mundo para sentirla, tocarla, acariciarla.

Linnet se sintió asaltada por una sensación de urgencia. Contuvo la respiración mientras sus muslos se separaron por instinto, invitándolo, deseándolo.

Y sintió más que oyó la risa de Logan.

—Despacio, ¿no te acuerdas?

—Sí, pero... —Linnet se interrumpió asaltada por un jadeo mientras la siguiente caricia, muy habilidosa, le hizo arquear la espalda bajo el cuerpo de Logan, mientras hundía los dedos en sus hombros.

—Aunque... ¿Quizás es esto lo que deseas?

Antes de que ella pudiera recuperar los sentidos, Logan deslizó una mano entre sus muslos y hundió un largo dedo, lentamente, en su interior, más y más profundo en su seno, hasta que ya no pudo hundirlo más.

La respiración que ella había estado conteniendo salió de golpe, mitad suspiró, mitad gemido.

—Sí. Oh... sí... —La cabeza le daba vueltas.

—Bien.

Él acarició lentamente, profundamente su interior, una y otra vez.

Los nervios de Linnet se tensaron.

Se tensaron.

Logan continuó con sus lentas caricias hasta que el calor la golpeó en oleadas ardientes que corrían por sus venas, palpitaban y se extendían bajo su piel.

Hasta dejarla húmeda, desesperada y necesitada.

Hasta dejarla a un paso de suplicar con lascivia.

Hasta dejarla tan tensa que estuvo segura de que con la siguiente caricia se rompería.

Pero esa caricia nunca llegó. Logan se deslizó hacia abajo en la cama y su dedo la abandonó. Le separó más los muslos, sujetando uno con el hombro y el otro con una fuerte mano.

Linnet abrió los ojos y miró hacia abajo, a su cuerpo y a él... Y lo vio mirándola a ella... a ese punto palpitante e inflamado de su cuerpo.

Y de repente él agachó la cabeza y posó su boca directamente allí.

Linnet despegó de la cama con un grito.

—¿Hay alguna posibilidad de que alguien te oiga? —Él hizo una pausa y la miró.

—¿Qué? —A ella le llevó un momento entender la pregunta y reflexionar la respuesta—. No. Las habitaciones del ático no están justo encima de nosotros.

—Mejor.

Sin decir nada más, Logan posó la otra mano sobre el estómago de Linnet y, sujetándola, agachó la cabeza, tomó su carne más suave e íntima con la boca, y chupó.

Linnet gritó, esforzándose por ahogar el sonido, esforzándose por respirar, las manos en busca de algo con lo que poder aferrarse a la realidad mientras ese hombre jugaba con sus sentidos.

En aquel campo, Logan era un maestro. Sabía mucho mucho más que ella. Linnet tenía la piel húmeda, sonrojada, el corazón le latía con fuerza mucho antes de que él interrumpiera el exquisito tormento.

Jadeando, y con la mente esforzándose por mantenerse en el presente, ella sintió su mirada, que la evaluaba, pero fue incapaz de reunir la fuerza necesaria para abrir los ojos, fue incapaz de enfrentarse a lo que sabía que iba sentir al verlo darse un festín con ella.

En cuanto la hubo consumido por completo, lentamente, y la hubo reducido a una masa de nervios en tensión, agarrotados y desesperadamente conscientes, Logan se movió, lamió e inició una exploración con la lengua.

Y la arrojó a una pasión como nunca había conocido antes. Linnet cerró las manos, se agarró con desesperación a los cabellos de Logan. Era lo único que podía hacer mientras él la conducía, temblorosa, estremecida, al borde del éxtasis.

Y entonces se retiró.

Logan se alzó sobre ella, que sintió su calor y, a pesar de los vendajes, el inexpresable placer de ese cuerpo firme a escasos centímetros de ella mientras encajaba las caderas entre sus muslos separados, se acomodaba y se hundía en su interior.

Linnet arqueó el cuerpo. Se agarró ansiosa por sentir cada fracción de él mientras Logan embestía con fuerza en el interior de su acalorado cuerpo, dispuesto hasta la desesperación, y necesitado hasta la locura.

Linnet sintió tensarse su interior para tomar con afán toda la dura longitud mientras él se hundía profundamente y ella se aferraba a él y lo sujetaba pegado a su cuerpo. Con sus brazos, con su cuerpo, lo envolvió y se sujetó a él con fuerza.

Y oyó el gemido mientras él se acomodaba en su interior antes de agachar la cabeza y encontrar sus labios. Linnet saboreó el néctar de esos labios y esa lengua mientras él la besaba con voracidad. De repente Logan dobló la columna, poderoso y con seguridad, y su erección palpitó dentro de ella, mientras las caderas empezaban a imprimir un ritmo firme y contundente.

Linnet ya no era capaz de aguantar más. No podía sujetar la marea que se alzaba y se estrellaba contra ella, y surgía una y otra vez para inundarla.

El éxtasis estalló en su interior. Una marea de sensaciones que inundó cada vena, cada nervio, hasta explotar en una brillante gloria.

Que la rompió en pedazos, vaciándola, agotándola, antes de llenar ese hueco con una gloriosa dicha.

Una dicha que no hizo más que aumentar, hacerse más fuerte, cuando él se tensó y ella sintió el cálido torrente poco antes de que él gimiera y se derrumbara entre sus brazos.

Linnet lo abrazó con fuerza y se sintió maravillada mientras flotaba en la sensación más intensa que hubiera sentido nunca. Mientras las manos se movían débilmente entre sus cabellos en una instintiva caricia, ella permaneció tumbada y relajada debajo de él, más que impresionada ante la profundidad y la intensidad, la absoluta viveza de los sentimientos que había acompañado, que había contenido el acto.

Nunca, jamás, en ninguno de sus tres intentos anteriores, había sido como en ese. Ni siquiera se le asemejaba de lejos.

Logan sabía que debía moverse, que la estaba aplastando contra la cama y que ella seguramente no podía respirar, pero... sentía su mano entre sus cabellos, acariciándolos con delicadeza, y una parte de él no quería que aquel momento terminara. Todavía no.

Ella lo había querido despacio, y él había ido tan despacio como había podido. Nada fácil dado que en el momento en que Linnet se había derretido en sus brazos, él supo que iba a tenerla de nuevo, que su cuerpo era suyo para volver a tomarlo, y su fuero interno se había mantenido concentrado en eso, en conseguirlo tan rápida y directamente como fuera posible.

Por qué era eso último tan importante, por qué una parte de él había sentido la urgencia de imponer, recrear, reiterar su posesión sobre ella... no lo sabía. Le gustaban las mujeres, le gustaba disfrutar con ellas, pero nunca antes había deseado hacer algo más que disfrutar de sus cuerpos. ¿Poseerlas? No. Él no.

Él no era un amante posesivo, o por lo menos nunca lo había sido... Durante unos segundos se preguntó cómo lo sabía, y tras consultar sus más profundos sentimientos, se dio la razón. Él nunca antes había sentido la necesidad de marcar a una mujer como suya.

Pero con Linnet Trevission así era como se sentía.

¿Quizás el hecho de que hubiera sufrido un golpe en la cabeza lo había cambiado?

Pero... ¿por qué ella?

Cierto que la sentía mejor debajo de él, encajaba mejor con él, le resultaba más adecuada que cualquier otra mujer que hubiese conocido. Aun así...

Quizás cuando recuperara por completo la memoria perdería esa primitiva urgencia por atarla a él, por no dejarla marchar nunca.

Quizás.

Respiró hondo y consiguió apartar su cuerpo del de ella, separando a regañadientes su piel de la húmeda piel antes de tumbarse despacio bocarriba, a su lado. Logan era muy consciente de que la herida de su costado todavía no estaba curada. Había sentido los tirones de los puntos durante el esfuerzo, pero estaba bastante seguro de que ninguno se había soltado.

El aire frío se deslizaba sobre su piel, que se enfriaba. Logan no se había dado cuenta de la temperatura que hacía. Alargando una mano, agarró las mantas y los tapó a ambos. Ella levantó débilmente una mano para ayudar. Sonriendo para sus adentros, él volvió a tumbarse de espaldas y permaneció inmóvil. Le pareció que hacía mucho tiempo que no se limitaba a quedarse así tumbado después, y permitió que la calidez de las postrimerías lo inundara antes de desaparecer lentamente.

No podía levantar el brazo izquierdo para atraerla hacia sí, no sin estirar la herida. Al final, aunque tenía la sensación de que ella estaba despierta, se giró con cuidado sobre el costado y deslizó el brazo derecho sobre su cintura. Y se sintió reconfortado al mantenerla bajo su brazo, en su abrazo.

Linnet lo miró fugazmente, pero apartó la vista de inmediato, confirmando que estaba despierta. Él sabía bien por qué, estaba deleitándose, saboreaba demasiado el momento como para sucumbir al sueño y perderse, pero él también sabía que la había dejado satisfecha, completa, profunda, absolutamente, de modo que el único motivo que explicaba su estado comatoso sería que estaba pensando. Sopesando.

Y él sospechaba sobre qué. La débil luz de la lejana vela jugueteaba sobre ellos, lo bastante como para permitir que sus ojos se ajustaran a la penumbra hasta lograr ver razonablemente bien. Logan mantuvo los labios apretados, la expresión vacía, permitió que sus párpados se cerraran hasta que solo fue capaz de ver a través de las pestañas, y murmuró:

—Tus otros amantes… Tengo la sensación de que no eran tan… imaginativos como yo.

La mirada que ella le dedicó fue ligeramente de horror, pero se esfumó como vino.

—Yo no diría «imaginativo». —Asumiendo que él tenía los ojos cerrados, Linnet estudió su rostro y frunció el ceño—. Sospecho que «experimentado» se acerca más.

—Entiendo. —Él consiguió sonreír sin delatarse y que descubriera que la estaba mirando—. ¿Cuántos ha habido?

Por qué deseaba saberlo era otro misterio. Logan jamás había querido conocer ese detalle de ninguna otra amante. Pero con ella... quería saber.

—Tres —contestó sin dejar de fruncir el ceño.

—¿Solo tres?

—Tres antes que tú —Linnet cruzó los brazos bajo el pecho, por encima de las mantas—, tres veces fueron más que suficientes para convencerme de que esta actividad tenía poco que pudiera interesarme —añadió.

Eso sí que consiguió que Logan abriera los ojos por completo para mirarla fijamente a esos ojos color esmeralda claro. Era imposible que quisiera decir...

—¿Tres amantes... tres veces? —Eso explicaba por qué él la había encontrado, alto asombroso y excitante, apretada.

—No había ningún motivo para seguir dándoles placer si yo no conseguía nada a cambio.

—¿Nada? —Logan estaba confuso. Esa mujer se había mostrado receptiva de una manera gloriosa, desinhibida—. Debían ser unos patanes.

—No lo eran. —Ella se encogió de hombros—. Solo que... no tan «imaginativos» como tú.

Logan le sostuvo la mirada y contuvo la respiración.

—Debo interpretar que, al ser tan innovador, imaginativo y experimentado como soy, ¿no te disgustaría volver a repetir conmigo?

Linnet titubeó, pero a Logan apenas le sorprendió dado que ya había completado el rompecabezas de su situación. Sabía de sobra que no debía insistir, sino limitarse a esperar. A fin de cuentas ella era una dama de alta cuna, de modo que el hecho de que hubiera mantenido una relación con alguien...

—¿Cuántos años tienes? —Él volvió a entornar los ojos.

—Veintiséis. —Ella también entornó los ojos.

Al ver que la expresión de Logan se relajaba, Linnet frunció el ceño.

—¿Por qué? ¿Qué importancia tiene?

—No la tiene, pero sí explica por qué has permitido que esto sucediera... Veintiséis es una edad algo avanzada.

—Así es. Como sin duda recordarás, veintiséis es más o menos una solterona.

—Y aquí, la sociedad local, espera que te cases.

—Sí, pero ese no fue motivo por el que decidí buscar un amante. No me cortejaban, nunca se trató de eso.

Logan se extrañó. O bien las costumbres habían cambiado radicalmente, o se estaba perdiendo algún dato relevante.

Antes de poder pensar en la siguiente pregunta, fue Linnet la que habló.

—Por entonces ya había decidido que jamás me casaría.

—¿Por qué no? —Logan frunció el ceño.

Linnet enarcó las cejas, de nuevo altiva. Incluso desnuda, era incapaz de no mostrarse así.

—Por el mismo motivo por el que la reina Isabel no lo hizo.

—Ya, entiendo. —De manera extraña, tenía mucho sentido.

Linnet se sorprendió. De hecho dudaba que él lo hubiese entendido de verdad, pero él no hizo más que confirmarlo.

—Es una cuestión de poder.

—Sí. Mi posición aquí es básicamente la del señor feudal, un estatus hereditario para el que me criaron, y no siento ninguna inclinación a renunciar a él.

Logan le sostuvo la mirada durante largo rato, tanto que ella se preguntó qué estaría pasando por su mente.

—No has contestado a mi pregunta.

—¿Qué pregunta? —Ella frunció el ceño.

—La de sí, dada mi experiencia, estarías dispuesta a repetir conmigo.

Linnet no veía ningún motivo para no hacerlo. Y sí en cambio se le ocurrían unos cuantos para hacerlo.

—Pregúntamelo dentro de un rato, cuando vuelvas a ser capaz.

Algo ardiente, esa especie de llama azul, se agitó detrás de los oscuros ojos de Logan. La visión dejó a Linnet sin aliento y le hizo sentir un cosquilleo por el cuerpo, obligándola a buscar una distracción.

—¿De verdad supiste por el beso que era yo la que estaba contigo anoche? —Aparte de distraerlo, quería saberlo.

—Eso y más cosas. —Él sonrió lentamente.

—¿Qué cosas?

—Déjame mostrártelas. —El pesado brazo apoyado sobre la cintura de Linnet se alzó, llevándose con él las mantas.

Y antes de que ella comprendiera qué se proponía, él ya estaba encima de ella, separándole los muslos con sus largas piernas y acomodando sus caderas entre ellos, para demostrarle que, en contra de lo que ella pensaba, estaba más que capacitado.

Logan bajó la mirada a ese lugar entre sus cuerpos, se movió, y ella sintió la amplia cabeza de su erección abrirse paso entre sus pliegues... incendiando al instante sus nervios, tensando su cuerpo por la expectación, por el ardor. Él se detuvo y levantó la cabeza, la miró a los ojos y se acomodó sobre los codos.

Desde una distancia de apenas centímetros, la mirada de Logan se clavó en la de ella.

—Esto... cómo te sientes cuando entro en ti —Le hizo una demostración penetrándola despacio pero con firmeza—, cómo te cierras, tan apretada, a mi alrededor cuando te lleno... —Con una fuerte embestida, la llenó por completo y la hizo jadear, provocando que su cuerpo se arqueara debajo del suyo, que sus ya tensos pezones se frotaran contra el rugoso vendaje que rodeaba su pecho, y le hicieran gritar.

Que se contrajera con fuerza alrededor de la erección, haciendo que él soltara una exclamación y cerrara los ojos.

Pero Logan enseguida volvió a abrirlos y los clavó en ella.

—Esto —continuó él con voz grave y baja mientras se retiraba antes de volver a hundirse profundamente y con fuerza— fue la prueba final.

Linnet había pensado que tendría los nervios destrozados, agotados, incapaces de reaccionar, no de nuevo, no tan pronto.

Pero los descubrió ya chispeantes, tensándose, apretándose. En cuanto a él...

—Yo no pensaba que... —fue lo único que consiguió decir mientras él la llenaba de nuevo.

—No pienses. —Logan agachó la cabeza para apoyarla junto a la de ella—. Deja de pensar. Limítate a sentir.

Linnet no era persona que recibiera órdenes de buen grado, pero en esa ocasión obedeció.

Sentía la respiración fuerte junto al oído, su propia respiración en entrecortados jadeos, el pesado cuerpo de Logan moviéndose sobre el suyo, el suyo que respondía, las caderas y las piernas de Logan la sujetaban, separándole las piernas y abriéndola debajo de él. Y no tuvo realmente ninguna elección cuando él adoptó un ritmo palpitante que reescribía todo lo que ella sabía sobre lo que podía suceder entre un hombre y una mujer.

Las llamas surgieron y los envolvieron. Redujeron a cenizas cualquier pensamiento, cualquier inhibición remanente. Cuando ella lo sintió tirar de una de sus rodillas, respondió levantando las piernas y rodeándole las caderas con ellas, abriéndose aún más.

Para que la tomara. La llenara. La devorara.

Logan no se contuvo. Linnet le había dado una información esencial, su comentario sobre la reina Isabel. Sobre su posición allí. Sus otros amantes sin duda lo habían sabido y se habían doblegado y... por tanto, fracasado. Ella era demasiado fuerte para que le hicieran el amor con delicadeza, con reverencia, por lo menos al principio. No necesitaba un hombre que se inclinara ante ella, sino uno que la tomara, la poseyera, le mostrara cómo era, qué se sentía al ser deseada y poseída.

De modo que Logan tomó, ofreció deseo y hambre depredadora con libertad y poseyó sin restricciones, sin contenerse. Exigió, ordenó, y tomó todo lo que ella tenía que dar, saboreando sus gemidos, sus respiraciones entrecortadas, su rendición, hasta que el clímax la alcanzó.

El consiguiente cataclismo lo sacudió incluso a él.

Jadeó sobre ella, esperando a que su galopante corazón se

relajara y su respiración se tranquilizara, y miró hacia abajo y vio, en esa ocasión saciada más allá de toda posibilidad, cómo se deslizaba, casi inane y relajada, en un profundo sueño.

Logan sintió una satisfacción más profunda de la que hubiese conocido jamás mientras se retiraba del apretado abrazo de su cuerpo y se dejaba caer a su lado.

Durante el tiempo que permaneciera allí, durante el tiempo que durara ese extraño paréntesis en su vida, esa mujer sería suya. Suya para poseerla cada vez que así lo deseara.

Cada vez que pudiera persuadirla.

12 de diciembre de 1822
Mon Coeur, Torteval, Guernsey

Logan despertó cuando el amanecer se deslizaba dentro de la habitación, y sintió un espacio vacío en la cama a su lado. A medida que los sucesos de la noche se repetían en su cerebro, se descubrió sonriendo, pero a medida que la realidad de la situación se hizo patente, su sensación de euforia se esfumó.

Todavía no sabía quién era Logan Monteith, no como adulto, no en el presente. No sabía a qué se dedicaba, cómo se ganaba la vida, no sabía dónde vivía ni hacia dónde se dirigía. Necesitaba estimular su memoria y recordar, pero en cualquier caso, había un hecho absolutamente claro.

A pesar de su falta de memoria, por fuerza tenía una vida a la que necesitaba regresar. Por tanto, el tiempo que iba a pasar allí, con Linnet, era limitado.

Él lo sabía y ella, también. En efecto, y en cierto modo, Linnet contaba con ello, consciente de que, independientemente de lo que creciera entre ellos, al final él se marcharía. El punto crítico era que Linnet y su posición no corrían peligro con él.

Apartó a un lado las mantas, deslizó las piernas fuera de la cama y frunció el ceño. Saber que su relación ya estaba condenada a ser temporal, fugaz, era empezar mal… Como si hubiesen experimentado muchos encuentros sin significado en el pasado y ya no encontraran consuelo en ellos.

Quizás fuera cierto. Logan hizo una mueca, se levantó y se acercó al sillón junto a la ventana para tomar la bata que Linnet le había dejado. Tras ponérsela y atar el cinturón, decidió que necesitaba hacer todo lo posible para recuperar la memoria.

Salió al pasillo, se lavó y se afeitó. Se giró ante el pequeño espejo e intentó deshacer el nudo que aseguraba el vendaje de su pecho, pero no pudo. Quería echar un vistazo a la herida, mas iba a necesitar ayuda para hacerlo. Desvió la atención al vendaje de su cabeza y empezó a desenrollarlo para descubrir que se le había quedado pegado al cuero cabelludo y que no lo podía soltar. Frustrado, lo volvió a enrollar lo mejor que pudo.

Regresó por el pasillo a la habitación de Linnet y vio a una de las doncellas de pie frente a la puerta intentando mantener en equilibrio una pila de ropa y a la vez llamar a la puerta.

—Aquí tiene, señor. —Al oír sus pisadas, la chica se volvió con expresión aliviada—. Le he traído esto. —Le ofreció el montón de ropa—. Estas son las que llevaba puestas. Hemos hecho lo que hemos podido, pero la señorita Trevission dice que si le resulta imposible ponérsela, que siga utilizando las que ella le dio.

—Gracias. —Logan tomó la ropa recién lavada.

La doncella hizo una reverencia, se volvió y se marchó con prisa.

Logan entró en el dormitorio, cerró la puerta y dejó la ropa sobre la cama. La observó con atención: el sencillo abrigo y la camisa de lino, los pantalones negros… e intentó recordar algo sobre ella, dónde la había comprado, incluso cuándo o por qué lo había hecho, pero no le decía nada. Ni siquiera sentía que fuera suya. Quizás era de la clase de hombre que no daba importancia a la ropa.

Pero esa idea no encajaba, no le hacía sentirse bien.

Se encogió de hombros para sus adentros y se vistió con esa ropa, con rotos en la camisa y en el abrigo que encajaban con la herida remendados con esmero. Los pantalones le quedaban mejor que los del padre de Linnet. Decidió utilizar los calcetines que ella le había dado y las botas de su padre, aunque le quedaban algo apretadas. Las suyas todavía no habían aparecido.

Sintiéndose extrañamente más como él mismo, se dirigió escaleras abajo hacia el comedor y el batiburrillo que se oía dentro. En esa ocasión, llegó lo suficientemente temprano como para encontrar a los otros hombres a la mesa. Intercambiando asentimientos y saludos, Logan se sentó en la silla vacía junto a la de Linnet.

—Esto es tuyo. —Brandon le ofreció un cinturón desde el otro lado de la mesa—. Lo hemos vuelto a engrasar y ha quedado bastante bien, pero no pudimos salvar las botas.

—Gracias. —Logan tomó el cinturón, lo desenrolló y vio que la hebilla era... algo que debería recordar, pero nada. Se removió en la silla y deslizó el cinturón a través de las presillas del pantalón para ajustárselo.

Mientras los otros hombres se levantaban y abandonaban la mesa para dirigirse a sus tareas, Linnet llamó la atención de Logan con la mirada.

—Tus botas eran Hoby. ¿Te dice eso algo? —preguntó cuando él parpadeó.

Logan asintió, aunque no fue capaz de saber qué significaba eso. Las botas de un caballero solían estar hechas a medida y por tanto no eran fácilmente intercambiables, y como ejemplo bastaba el dolor que sentía en los dedos de los pies. De modo que las botas con las que había llegado a la orilla serían con seguridad las suyas, y Hoby era uno de los fabricantes de botas más importantes de la capital.

La otra joven doncella, Molly, creía recordar que se llamaba, le llevó un plato todavía más lleno que el del día anterior. Logan le dio las gracias y comenzó a comer distraído mientras intentaba resolver el acertijo.

—Esas botas tan caras no encajan con tu ropa sencilla —murmuró Linnet, por si él no lo había comprendido.

Logan la miró, pero no dijo nada.

Linnet lo dejó con sus pensamientos mientras los niños terminaban de comer y ella les indicaba a cada uno las diversas tareas que debían hacer y lecciones que estudiar. Buttons siguió a Jen, Chester y Gilly fuera del comedor, empujándolos hacia la habitación de estudios.

En el comedor solo quedaron Linnet, Muriel y Logan. Linnet desvió de nuevo la mirada hacia Logan… y esperó. Al final él levantó la vista y la miró a los ojos antes de hacer una mueca.

—No tengo ni idea de qué puede significar ese contraste entre mi ropa y las botas.

De nuevo quedó sumido en el silencio, el ceño, por lo menos lo que se veía bajo el torcido vendaje, profundamente fruncido. Linnet miró a su tía al otro lado de la mesa, que bebía a sorbos una última taza de té, y enarcó una ceja. Su tía la comprendió, reflexionó y asintió.

Linnet se levantó y se acercó al salón, de donde regresó con el sable enfundado y el cilindro de madera, y dejó ambos objetos sobre la mesa, delante de Logan.

—Esto era lo único que llevabas encima, aparte de tu ropa, las botas y la daga.

Logan lo miró fijamente y alargó una mano hacia el sable.

—Como creo haber mencionado —continuó ella imperturbable mientras señalaba con la cabeza a Muriel, que observaba atentamente desde el otro extremo de la mesa—, hemos tenido experiencias significativas con la pérdida temporal de memoria. Nunca sirve de nada intentar forzarla, intentar recordar demasiado de golpe. —Lo observó con curiosidad mientras él sacaba el sable y examinaba la hoja—. En cualquier caso, tenía pensado darte el sable ayer, después de ver lo útil que había resultado la daga para hacer regresar una buena parte de tus recuerdos, pero, si te acuerdas, terminaste agotado y no me pareció buena idea seguir insistiendo.

Logan la miró, hizo una mueca y desvió la mirada hacia el sable.

—A pesar de tu solicitud, esto no está teniendo el mismo efecto que la daga.

—Quizás no sea suyo —sugirió Muriel.

Logan deslizó una mano dentro de la funda del sable y agarró la empuñadura. Lo sacó y giró la muñeca ligeramente para sopesarlo.

—No, creo que es mío. Me resulta familiar, pero... —frustrado, sacudió la cabeza—. No recuerdo qué significa, qué me dice.

Dejó el sable de nuevo sobre la mesa y tomó el cilindro de madera. Tras examinar las tiras que lo formaban, sujetas por unos cierres de latón, frunció el ceño.

—Esto me dice todavía menos. Estoy bastante seguro de que no es mío. —Intentó abrir lo que parecía ser la tapa, asegurada mediante una combinación de manivelas de latón, pero hiciera lo que hiciera, nada parecía conseguir que se soltara.

—Tiene que ser importante para ti —observó Linnet—. Lo llevabas encima, envuelto en telas enceradas, en un cabestrillo de cuero especialmente diseñado. El cilindro descansaba sobre tu espalda, asegurado por un lazo y otras dos tiras que pasaban sobre tus hombros. Tuvimos que cortarlo entero para poder curarte.

—No sé abrirlo... Y no estoy seguro de haberlo sabido nunca. —Logan dejó el cilindro y lo miró fijamente—. Yo debía ser alguna especie de correo, que llevaba esta cosa a alguien en alguna parte. Pero ¿por qué? ¿A quién? ¿Hacia dónde me dirigía?

No hubo respuestas.

—Eso da igual de momento. —Después de unos segundos, Linnet se levantó—. Te aconsejo que lo dejes estar y el recuerdo regresará a ti. Sin embargo, ya que de todos modos es evidente que vas a estar preguntándote por ello, acompáñame para que pueda echar un vistazo a tu cabeza mientras piensas. Ese vendaje necesita que lo recoloquen.

El vendaje, que había quedado suelto, había desarrollado una tendencia deslizarse sobre una de las cejas de Logan, que soltó un gruñido y se levantó. Muriel también se levantó para dirigirse a la cocina. Logan siguió a Linnet al pasillo que conducía a la puerta trasera y después giraron por otro más estrecho. Ella se detuvo ante una puerta, la abrió y entró en un pequeño cuarto de baño.

—Siéntate aquí. —Señaló hacia un banco junto a una pila.

Al notar que la autoritaria voz de Linnet había regresado en todo su esplendor, Logan se sentó a regañadientes.

Linnet ignoró el ceño fruncido, deshizo el chapucero nudo, evidentemente hecho por él, y desenrolló con cuidado el vendaje, retirando los diversos trozos de tela acolchada que habían incluido para proteger la herida.

—Está pegado —le informó Logan justo en el momento en que ella llegó a ese punto—, por eso no pude quitármelo yo mismo.

—No deberías haberlo intentado. —Ella lo inspeccionó y soltó un bufido—. Voy a tener que humedecerlo para poderlo retirar. Espera aquí mientras voy a buscar agua caliente.

Linnet salió del cuarto de baño y se dirigió a la cocina. Cuando regresó varios minutos más tarde con una palangana de agua caliente, Logan seguía sentado en la misma postura, las manos apoyadas sobre las rodillas, la mirada fija en la distancia, las cejas juntas en un marcado ceño fruncido de color negro.

—Si sigues así, te vas a provocar una encefalitis. —Linnet dejó la palangana, sacó del agua el paño que había sumergido y lo estrujó antes de empujar la cabeza de Logan hacia delante y, con mucho cuidado, humedecer el vendaje donde estaba pegado.

Él se movió, pero ella no le soltó la cabeza.

—¿Te duele?

—Solo cuando aprietas.

—Eso es bueno. —El vendaje al fin se soltó y ella lo retiró—. Inclínate un poco más hacia delante para que pueda echarle un vistazo a la herida... puede que no necesites otro vendaje.

Logan obedeció. Ella levantó la gruesa mata de cabellos y revisó la contusión. Aunque seguía hinchada, no parecía en absoluto tan fea como dos noches antes, y la herida del cuero cabelludo se estaba cerrando limpiamente.

—Lo dejaremos al aire durante el día —sentenció ella mientras se erguía—. Ayudará a que se cure. Pero puede que haga falta acolchar la herida para que puedas dormir con comodidad... Ya veremos.

—Suelo dormir bocabajo.

Ella recordó que, en efecto, él se había pasado casi toda la noche tumbado sobre el estómago... encima de ella.

—Necesito echarle un vistazo a la herida del costado. —Él se estiró y la miró a los ojos—. Me pica, pero hasta que no la vea no sabré decir si eso es bueno o malo. No pude deshacer el nudo.

—Tanto mejor. Es obra mía... Seré yo quien lo desate y compruebe los vendajes y la herida.

—Como quieras. —Logan se encogió de hombros y se quitó el abrigo. Ella lo ayudó a soltarse las mangas y se volvió para dejar la prenda a un lado.

Cuando se giró de nuevo hacia él, Logan casi se había quitado la camisa por la cabeza. Linnet se apresuró a ayudarlo a deslizarla por su brazo izquierdo. Tras soltarla, la sacudió y la dejó encima del abrigo volviéndose de nuevo hacia él.

Frunció el ceño para sus adentros al sentir la boca seca ante la visión de ese hombre. Se preguntó cómo era posible que le pareciera más grande, más ancho, más duro, más musculado de lo que le había parecido en su cama la noche anterior. Ya entonces le había parecido más que suficientemente grande, suficientemente poderoso. Por supuesto, la noche anterior la pálida luz del invierno no lo bañaba e iluminaba cada línea, cada curva, cada protuberancia.

Y ella tampoco había tenido tiempo para observar.

Linnet apartó la visión de su mente y se acercó a él con premura haciéndole un gesto con la mano para que se girara y ella pudiera alcanzar el nudo que había quedado en el centro de la amplia espalda.

Al alargar los brazos para deshacer el nudo, el olor de Logan, un olor nítido que gritaba masculinidad, sedujo sus sentidos.

Linnet contuvo la respiración y se concentró en el nudo.

Que se deshizo antes de que ella consiguiera soltar el aire.

Se enderezó, y respirando hondo sin que él lo percibiera, empezó a desenrollar el largo vendaje. En realidad una serie de vendajes. Logan tuvo que ayudar, pero al final, después de que de nuevo tuviese que aplicar el paño húmedo, los vendajes fueron retirados y él quedó desnudo de cintura para arriba, sentado en el banco.

—Ven. —Linnet le agarró la muñeca izquierda y la levantó—. Inclínate sobre el lavabo. Necesito comprobar los puntos... puede que se te haya soltado alguno.

Los oscuros ojos la contemplaron, pero Logan se limitó a obedecer sin decir nada.

Linnet se agachó bajo el brazo levantado y siguió la línea de la herida, centímetro a centímetro, comprobando cada punto, deslizando un dedo por un lado de la herida, todavía muy fea aunque, gracias a Dios, se estaba curando sin ninguna señal de infección. Continuó hacia abajo por un lado del torso, inclinándose para examinar el punto donde la costilla había quedado expuesta antes de continuar la inspección hacia la cintura.

Al acercarse al punto en el que la herida desaparecía bajo los pantalones, Logan alargó una mano hacia los botones que cerraban la cintura, pero se detuvo.

—¿Quieres inspeccionar el resto?

La parte inferior de la herida, la que discurría a través del estómago, no había necesitado puntos, pero Muriel y ella habían aplicado una pomada.

—Debería echarle un vistazo, solo para asegurarme de que no haya infección.

Él mismo podría haber comprobado esa zona, pero prefería verlo por ella misma.

—Como quieras.

Algo en el tono de voz de Logan hizo que Linnet levantara la mirada a su rostro mientras él deslizaba las manos hacia los dos botones y los desabrochaba, pero cuando sus miradas se encontraron, él se limitó a arquear las cejas.

Linnet frunció el ceño y miró hacia abajo.

—¡Oh! —exclamó mientras daba un salto hacia atrás.

Sus mejillas se sonrojaron mientras la mirada de Logan permanecía inamovible en la cabeza de su pene completamente erecto. A ella no se le había ocurrido... no había esperado que se pusiera en posición de firmes así, sin más.

—¡Lo has hecho a propósito! —Ella respiró hondo y obligó a su mirada a deslizarse hacia arriba, entornando los ojos.

Logan rio. El sonido resultó tan encantador, tan rotundo, que ella parpadeó perpleja.

—Te aseguro que no responde a mis órdenes. —Él la miró a los ojos.

Linnet ya lo sabía, pero... verlo así le había revuelto temporalmente la sesera. Más allá de su control, la mirada se deslizó de nuevo hacia abajo, hacia donde él estaba si acaso aún más erguido. Esa parte suya parecía mucho más grande de lo que ella se había imaginado... ¿de verdad había entrado todo eso en ella?

—Por tu expresión deduzco que tus anteriores experiencias tuvieron lugar de noche o, por lo menos, en una cama.

—¿Y dónde pues...? ¡Oh! —Linnet consiguió desviar la mirada hacia arriba y fruncir el ceño.

Jamás conseguiría hacer desaparecer el rubor si no dejaba de pensar...

—Es evidente que todavía te quedan muchas cosas por experimentar. Y yo estaré encantado de enseñártelas... pero ¿querías comprobar mi herida primero o no?

—Sí. —Ella parpadeó y recuperó la compostura.

—En ese caso —Logan agitó la mano izquierda, la que tenía apoyada sobre el lavabo—, sírvete.

La otra mano estaba abierta sobre el banco a su lado. Linnet sospechaba que podría, si quisiera, utilizarla para ayudarla, pero por el brillo de su mirada, ese maldito hombre la estaba provocando. La estaba desafiando.

Y ella no había rechazado un desafío en su vida.

Se cuadró de hombros y se acercó. La rodillas de Logan

estaban completamente separadas y ella se detuvo en medio. Luego miró hacia abajo, con osadía alargó una mano hacia la erección y cerró los dedos de la mano izquierda a su alrededor para apartarla hacia un lado.

De pie no conseguía ver la herida con claridad. Se agachó con agilidad y deslizó los dedos por la erección, manteniendo la cabeza inclinada a un lado para poder centrarse en lo que en ese momento aparecía como una roncha de color rojo en vías de curación. La pomada había ayudado a sellarla. Hasta donde ella podía ver, la herida había soportado los esfuerzos de la noche anterior.

Satisfecha, Linnet se tensó para ponerse en pie, pero más allá de su capacidad de control, los ojos se desviaron hacia la izquierda. Hacia la sólida vara que sujetaba entre los dedos, más o menos a la altura de su rostro. El llameante borde, más morado que rojo, llamó su atención. La piel bajo las yemas de sus dedos, delicada como las mejillas de un bebé, resultaba extraña en contraste con la rígida y acerada longitud. Fascinada, ella giró los dedos y acarició.

Y se dio cuenta de que él no solo se había quedado silencioso, sino inmóvil.

Total, absolutamente inmóvil, como un enorme gato a punto de saltar.

Antes de que ella pudiera reaccionar, Logan cerró las manos sobre sus hombros. Ella se alzó mientras él la levantaba.

—No lo sueltes.

Las palabras, una orden, surgieron con esfuerzo, y tras echar una mirada a su rostro, una que ella se iba a dignar a obedecer. La excitación la inundó, el ardor recorrió su columna.

Una voluminosa mano se deslizó alrededor de la nuca de Linnet, atrayéndola hacia él, hacia el beso.

Los labios de Logan se cerraron sobre los de ella en el mismo instante en que ella sintió la otra mano cerrarse sobre sus dedos alrededor de la erección. Ella lo agarró con más fuerza y sintió el respingo en su respiración. Sintió que, con su caricia, mantenía toda la atención de Logan, toda su concentración, por completo.

—Entonces enséñame. —Linnet interrumpió el beso el tiempo suficiente para susurrar sobre sus labios—. Muéstramelo.

En esa ocasión la orden provenía de ella y él estuvo dispuesto a complacerla.

Logan la besó con una lengua ardiente y unos labios voraces, mientras guiaba la mano de Linnet y le mostraba cómo darle placer.

La mano de Logan se deslizó desde la nuca de Linnet por la espalda hasta su cintura. Y continuó hasta cerrarse en torno a su trasero. A continuación la pegó más a él.

Le estaba levantando la falda, y ella se sentía curiosa y ansiosa por saber cómo sería disfrutar así a plena luz del día, cuando se oyó un golpe de nudillos sobre la puerta.

Lo soltó, se dio la vuelta y miró hacia la puerta, a la que había llamado Molly.

—Señorita, ¿ha terminado ya con la palangana?

—Eh... casi. —Ella tragó, nerviosa, y se esforzó por imprimir serenidad a su voz—. Enseguida termino. Cuando haya acabado, la llevaré a la cocina.

—De acuerdo, señorita.

Unas suaves pisadas se alejaron por el pasillo y Linnet volvió a respirar con tranquilidad.

A continuación se volvió... y descubrió a Logan alcanzando su camisa.

Linnet miró hacia abajo. Los pantalones estaban abrochados. Durante un loco instante, ella no supo decir si se sentía aliviada o no.

—Tanto mejor. —Ella lo miró a los ojos—. Esta mañana tengo que trabajar con los burros.

Logan enarcó una ceja antes de ponerse la camisa. La expresión de su rostro cuando asomó la cabeza era más dura, más sombría.

—Necesito recordar... Si soy un correo, entonces hay algún lugar en el que yo debería estar, y sin duda habrá personas esperando mi llegada.

—No puedes forzar tu memoria —Linnet frunció el ceño antes de apartarse para que él pudiera ponerse de pie y meterse la camisa dentro del pantalón—, tienes que dejar de intentarlo.

Él no contestó y se limitó a ponerse el abrigo.

Linnet reprimió un bufido de enfado antes de tomar la palangana y dedicarle una mirada deliberadamente desafiante.

—Me vendría bien un poco de ayuda, si es que estás dispuesto.

Él la miró de una manera tan directa que ella llegó a preguntarse qué es lo que acababa de decir, pero entonces sus labios se apretaron y señaló hacia la puerta.

—Burros. Muéstrame el camino.

Linnet lo hizo, esperó junto a la puerta a que él la abriera y después llevó la palangana a la cocina.

CAPÍTULO 5

Los burros, descubrió Logan, eran esenciales para la vida en Guernsey. Eran los animales preferidos para llevar cargas, más que los caballos, por los caminos abruptos de la isla, más ágiles que los bueyes y, según le contaron, esenciales para transportar bienes arriba y abajo por las empinadas calles de Saint Peter Port, el principal puerto marinero de la isla, capital y centro del comercio.

Arropado en la capa del padre de Linnet, acompañó a esta y a Vincent, por los helados campos y por el camino fue contando las desarrapadas bestias de color marrón grisáceo que veía.

Cuando por fin regresaron al patio del establo, Vincent dio varias palmadas con sus manos enguantadas y la respiración formó una nube alrededor de su rostro.

—Calculo que podremos mandar a la feria unos veinte, quizás veintidós.

—Vamos a enviar a los veintidós. —Linnet había estado tomando notas en un libro de contabilidad—. Seguro que los vendemos, será mejor que mantenerlos aquí hasta la primavera que viene. Nuestro ganado de cría es bueno, este año no necesitamos ajustarlo.

—Haré que los chicos los traigan la semana que viene a los corrales de espera —afirmó Vincent—. Dedicaremos las siguientes semanas a asegurarnos de que estén en perfecto estado y con el mejor aspecto posible para la feria.

—Hazlo. —Linnet sonrió mientras cerraba el libro y recorría el rostro de Logan con la mirada—. Ya que estamos dando una vuelta por aquí fuera, podríamos echar un vistazo a las cabras.

Él se limitó a enarcar una ceja y, tras despedirse con resignación de Vincent, que sonrió a modo de respuesta, caminó obediente detrás de ella fuera del patio para tomar el sendero por el que los chicos habían llevado la carreta al mercado.

—¿Adónde lleva este sendero? —Logan alargó la zancada y se puso a la altura de su autoritaria anfitriona.

—Poco más adelante se une a la carretera principal que recorre la costa sur, y luego se desvía hacia Saint Peter Port. —Se detuvo frente a una puerta en la valla, quitó el cerrojo y pasó por ella.

Él la siguió y volvió a echar el cerrojo antes de darle alcance. El prado era más escarpado, más rocoso. Una estructura de madera, un cobertizo largo y bajo, asomaba de una hondonada un poco más adelante, protegido por una hilera de árboles en su parte trasera.

—¿También crías cabras?

—Más que criar, administro. —Linnet se detuvo y señaló hacia un rebaño que pastaba a cierta distancia—. Las cabras siempre han vivido salvajes en la isla, y en gran parte sigue siendo así. La mayoría de las vallas no son lo suficientemente altas para mantenerlas encerradas. Pero en invierno bajan de las zonas altas en busca de comida y cobijo.

—Son doradas. —Logan observó el extraño color del pelaje que lucía la mayoría de los ejemplares del pequeño rebaño.

—La mayoría de ese grupo son Golden Guernsey. —Linnet volvió a sacar el libro de contabilidad. Bajó la vista e hizo una anotación—. El color viene y va según lo mucho que se crucen con otras cabras, en esta isla hay distintas variedades.

—¿También envías las cabras al mercado?

—Algunas, pero normalmente no tantas como burros. Las aprovechamos y luego llevamos al mercado de Saint Peter Port las que consideramos apropiadas para sacrificar. Dado que por aquí hay muchas cabras, solo hay una verdadera demanda en las ciudades más grandes.

Recorrieron unos cuantos prados escarpados contando los ejemplares. En un campo, Linnet quiso echar un vistazo más de cerca a algunos cabritillos.

Logan se había quedado atrás, observándola atraer a los más jóvenes hacia ella, cuando oyó un resoplido, miró y vio a un macho bajar la cabeza y golpear el suelo con una pezuña.

Linnet se echó hacia atrás cuando Logan apareció de repente a su lado, espantando a los cabritillos, pero entonces vio que tenía la mano derecha cerrada en torno a los cuernos de un macho iracundo que no paraba de retorcerse... y que había estado a punto de cornearla.

Linnet dejó escapar el aire mientras Logan apartaba al animal. El macho resopló, lo miró furioso, pero se dio media vuelta y se marchó.

—Gracias. —Miró a Logan a los ojos—. Se me había olvidado ese.

—Tengo la sensación de que sueles hacer esto a menudo... —Frunció el ceño— echar un vistazo a los animales tú sola.

—Normalmente.

—¿Y qué pasa si uno de ellos te derriba?

—Me levanto, me sacudo el polvo y luego me pongo algún ungüento en los golpes.

—Las damas de buena cuna no deberían caerse de culo sobre mierda de cabra. —Logan la siguió meneando la cabeza.

—Las damas de buena cuna tampoco deberían acostarse con extraños.

Aquello logró que Logan cerrara la boca. Con la cabeza alta, ella lo condujo de un prado a otro donde pastaban las vacas lecheras.

Mientras caminaban entre los animales para comprobar su condición, anotando qué terneros parecían más prometedores, él se mantuvo a un lado y observó.

—No he visto ninguna vaquería entre los cobertizos.

—Está en un edificio aparte. —Señaló hacia norte—. Al otro lado de esa colina.

—¿Y todo pertenece a tu propiedad? —Cuando ella asintió, Logan continuó—. ¿Cuántas personas hay empleadas aquí?

—Fuera de la casa, cincuenta y tres.

Logan sabía que se trataba de una cifra significativa. Cincuenta y tres empleados externos supondrían unas cuarenta o más familias dependientes de la propiedad. Una cifra nada despreciable.

—Eso convertirá a esta propiedad en el mayor empleador de la región, si no de todo Guernsey.

—Las dos cosas. —Levantó la mirada y sonrió—. De ahí mi comentario sobre la reina Isabel.

Logan asintió. Esa mujer se veía a sí misma como la responsable del bienestar de un gran número de personas y, de hecho, así era. No sabía por qué, pero entendía perfectamente el concepto del deber.

—Las vacas y el ganado de Glenluce son de otra raza: Ayrshire para leche, Black Galloway y Belted Galloway para carne —observó él mientras recorría con la mirada el rebaño de vacas, grande y plácido.

—He visto Ayrshire y Black. ¿Las Belted son muy diferentes?

—Aparte de la banda blanca, no que yo sepa.

Finalmente regresaron a la casa. Lo que más se le había pegado a Logan eran los olores, lo que más despertaba sus recuerdos. Los olores de los burros, las cabras y las vacas le habían resultado familiares, pero... sus recuerdos sugerían unas versiones más secas y polvorientas, aunque eso no tenía ningún sentido, no si esos recuerdos provenían de Escocia.

Sintió la mirada de Linnet sobre su cara, levantó la vista y la sostuvo.

—Por lo menos te ha dado un poco de aire fresco. —Ella buscó en sus ojos antes de desviarlos hacia la casa.

Al entrar descubrieron que se estaba sirviendo el almuerzo. Logan pasó la comida charlando con los hombres, en su mayor parte sobre tierras y granjas.

Terminada la comida, y cuando los otros se habían marchado, Linnet lo miró con intención.

—No eres granjero.

Aunque había estado hablando con los niños, no había dejado de prestar oído a las conversaciones que él había mantenido con los hombres.

—Solo sé lo básico, lo que se aprende al criarse en el campo. —Hizo una mueca—. El ritmo de las estaciones, el clima. Pero no siento ninguna conexión con el trabajo de la granja en sí mismo, los trabajos, los detalles...

—Tus manos no son las de un granjero. —Linnet empujó la silla hacia atrás y se levantó.

—Voy a salir a montar.

Lo miró a los ojos mientras él también se levantaba.

—Dada la distancia que caminaste esta mañana, seguramente deberías descansar.

—¿En tu cama? —Logan enarcó una ceja negra.

—Montar podría afectar a tu cabeza —Linnet ignoró la sugerencia dibujada en los ojos de Logan— y también a la herida del costado. Se está curando muy bien... no hay ninguna necesidad de tentar al destino.

Él le sostuvo la mirada, mientras la contrariedad se dibujaba en las negras profundidades de sus ojos azul medianoche.

—Quiero montar. —Logan meneó ligeramente la cabeza—. No discutas... estoy bastante seguro de que monto. A menudo.

Exasperada, y no poco, ella le sostuvo la mirada y buscó en sus ojos... y leyó la determinación y la necesidad añadida de recordar.

—De acuerdo. —Soltó un suspiro—. Pero primero tendrás que dejarme que vende tu pecho de nuevo.

Logan aguantó el proceso del vendaje, cualquier cosa con tal de subirse a un caballo. Cuanto más pensaba en montar, más se preguntaba por qué no se le habría ocurrido antes.

Se sintió ilusionado como un niño ante la llegada de un regalo cuando por fin se encontró caminando junto a Linnet por el largo pasillo central del establo.

—Disponemos de varios rocines... Todos montamos. Puedes...

—Este. —Logan se detuvo frente a la puerta de un gran cubículo en el que había un enorme semental gris.

—Ese es Storm. —Linnet retrocedió para detenerse junto a Logan—. Mi padre lo compró siendo un potro, pero nunca consiguió montarlo. Lo utilizamos básicamente para criar.

—Pero está domado. —Logan descorrió el pestillo de la puerta y la abrió.

—Sí, pero no se le ha montado mucho. Es condenadamente fuerte, hasta Vincent tiene que pelear con él. —Linnet frunció el ceño al ver a Logan dirigirse directo a la cabeza del enorme semental, colocar una mano sobre su nariz y rascarle entre las orejas.

—Por si no te habías dado cuenta —La fulminó con la mirada—, yo también soy condenadamente fuerte.

Cosa que ella no podía discutir. Resistiéndose al impulso de desperdiciar el aliento para amonestarlo e conseguir que eligiera una montura más segura, Linnet sacudió la cabeza y dio un paso atrás.

—Las monturas están por aquí.

Vincent estaba ocupado ensillando a la yegua ruana de Linnet, Gypsy. Antes de que ella pudiera detenerlo, Logan eligió bridas y una silla, y regresó con todo al cubículo de Storm.

Linnet se apoyó en la puerta y lo observó preparar al enorme caballo, que daba muestras de cooperar, sin duda ansioso por poder correr, y dio gracias por haber insistido en vendar de nuevo su pecho. Los movimientos que realizaba mientras fijaba las bridas y colocaba la silla sobre la amplia espalda del caballo gris, eran los de un experto. Era evidente que había realizado esa misma tarea incontables veces.

Vincent se acercó con Gypsy. Al ver ensillado a Storm, enarcó las cejas.

—Esto promete ser interesante.

—Así es. —Linnet esperaba que no resultara demasiado interesante. A Logan no le iba a ayudar en nada caerse del caballo.

Pero mientras él conducía a Storm fuera del establo hacia el patio, seguido por ella con Gypsy, Linnet no percibió otra cosa que no fuera una confianza suprema. Cuando plantó la bota en el estribo, saltó a lomos de Storm y recogió las riendas mientras el enorme semental se movía bajo su peso, ella dejó de dudar.

Logan sonrió. Sonrió como un niño.

Linnet apartó un mechón de cabellos de su rostro con un soplido, se subió al taburete y montó en su silla de amazona. Le gustaba más llevar pantalones e ir a horcajadas, pero cada vez lo hacía con menos frecuencia. Echaba de menos la libertad. Al salir al patio, fue consciente de una punzada de envidia.

Storm y su jinete se mantuvieron al paso sin dificultad mientras ella se encaminaba al sendero. Storm intentó una serie de sus habituales trucos, pero cada vez que lo hacía, era inmediatamente sujetado. Al encontrarse con una invencible mano a las riendas, el caballo desistió y se acomodó al paso.

—Podremos galopar en cuanto salgamos a campo abierto. —Ella miró a Logan y comprobó que montaba con destreza.

—Te sigo —contestó él con la expectación iluminando su rostro.

Ella los guio bajo la pálida luz de la tarde invernal, mientras las nubes grises surcaban el cielo plomizo. Siguieron el recorrido habitual alrededor del perímetro de la propiedad, comprobando verjas y puertas, y galoparon de vez en cuando, aunque fueron a ritmo de paseo casi todo el tiempo.

Logan se sumió en un profundo silencio, absorto en sus recuerdos.

Cuando la luz empezó a desaparecer a su alrededor, regresaron al patio del establo, donde Vincent y Young Henry se acercaron a toda prisa para hacerse cargo de los caballos. Logan detuvo a Storm y, por primera vez en más de una hora, miró a Linnet a los ojos.

—Servía en la caballería.

Ella asintió antes de moverse para saltar de la silla. Él desmontó, cedió las riendas de Storm y la alcanzó para regresar caminando hasta la casa.

Linnet lo miró y enarcó una ceja.

—No ha sido como con la daga. —Él frunció el ceño—. Esta vez ha regresado en pedazos, pequeños fragmentos, detalles. Como piezas de un puzle que tengo que recolocar para ver la imagen completa.

—Deja que regrese. —Ella miró hacia la casa—. Y si no le encuentras ningún sentido a alguna de las piezas, apártala un lado para más tarde, para cuando tengas más con las que trabajar.

Logan gruñó en asentimiento y la siguió al interior de la casa.

Después de lavarse y ponerse un vestido limpio, Linnet bajó a cenar y lo encontró en el salón, de pie ante la cómoda donde habían dejado la daga, el sable y el cilindro de madera. Tenía el sable en la mano y lo estaba probando.

—Esto es mío —afirmó levantando la vista y mirándola a los ojos.

Ella se limitó a sonreír y con la cabeza hizo un gesto hacia el comedor.

Logan permaneció en silencio y retraído durante toda la cena, solo espabiló para disculparse con Gilly por no haber oído su pregunta. Los demás comprendieron que estaba luchando con sus recuerdos y lo dejaron tranquilo.

Pero al terminar la cena, cuando todos se levantaron para dirigirse al salón, él se detuvo detrás de su silla y parpadeó.

—¿Qué sucede? —Linnet se colocó a su lado y posó una mano sobre su brazo.

—La cantina —Logan la miró, concentrándose en su rostro—, la recuerdo. Solía acudir a la cantina de oficiales.

—Eres un oficial de caballería. —No fue una pregunta, pues la idea encajaba demasiado bien.

—De la Guardia Real... —Él asintió lentamente—. No estoy seguro del regimiento.

—Ven y siéntate junto al fuego —Linnet le dio una palmada en el brazo—, y cuéntanos todo lo que puedas.

Para sorpresa de Linnet, Logan aceptó la propuesta. Se sentó en el sillón a un lado de la chimenea, frente al sillón de Linnet, con los niños tirados en el suelo entre ambos.

Logan contempló los rostros inocentes que lo miraban ansiosos e inquisitivos.

—Soy un oficial de caballería de la Guardia Real. —O al menos lo había sido, aunque tenía la sensación de seguir siéndolo—. No sé cuál es mi rango, pero sí que era capitán durante la guerra en la península.

—¿Luchaste en Waterloo? —preguntó Will.

Logan asintió. Recordaba aquel terrible día, todavía oía los gritos de los hombres y los caballos, el rugido ensordecedor de los cañones.

—Todavía no recuerdo todos los detalles. —Aunque estaba seguro de que al final lo haría—. En un momento dado quedamos atrapados en la defensa de Hugomont, pero aparte de eso... fue un día bastante complicado, la mayoría de las grandes batallas son así.

—¿Estuviste en España? —Brandon lo miraba con ojos desmesuradamente abiertos.

—Al principio —afirmó Logan—, antes de la retirada de Coruña, y después, cuando regresamos.

—Mi padre capitaneó uno de los barcos que ayudaron en la evacuación en Coruña. —Linnet se removió en el asiento.

—Hicieron falta muchos barcos para retirar al ejército, o lo que quedaba de él. —Logan la miró y, sin necesidad de que lo empujaran a ello, les dibujó un esquema de cómo había sido, el pánico y la confusión, los caballos que habían tenido que dejar atrás.

Al recordarlo y relatarlo, fijó el recuerdo con más fuerza en su mente y lo colocó en el hueco al que pertenecía. Animado, les habló de las siguientes batallas, tras haber regresado para defender Portugal, y luego se habían abierto paso peleando por

España: Talavera, Ciudad Rodrigo, Badajoz, Salamanca, Vitoria, el cruce de los Pirineos, la batalla a las afueras de Toulouse.

—Después de eso regresamos a casa, pero de nuevo fuimos allí para luchar en Waterloo.

Él frunció el ceño antes de girarse cuando Muriel le ofreció una taza de té. Dándole las gracias, se reclinó en el sillón y, agradecido, permitió que Linnet, que se había dado cuenta de su repentino titubeo, distrajera a los niños.

En cuanto los niños se marcharon escaleras arriba, y Muriel y Buttons siguieron a Edgar y John, marchándose también, Linnet enarcó una ceja hacia él.

—No sé si será solo porque Waterloo fue una pesadilla infernal —Logan hizo una mueca de desagrado—, porque ese día fuera un descontrol, primero mandándonos acá, luego allá... pero —Respiró hondo y soltó un suspiro cargado de frustración— no consigo ver los rostros. Sé que luché junto a hombres que conocía, que conocía bien, camaradas desde hacía años, pero no soy capaz de ver sus rostros, no con claridad. Y no recuerdo ningún nombre.

—Tal y como acabas de demostrar —Linnet lo observó durante unos segundos antes de ponerse en pie—, tu memoria está regresando. Puede que los detalles estén borrosos, incompletos, pero con el tiempo llegarán con nitidez.

Logan no respondió, se limitó a fruncir el ceño con la vista puesta en el suelo. Linnet suspiró para sus adentros.

—Voy a hacer la ronda. Regresaré en un momento.

Se dirigió al comedor. Cuando regresó tras comprobar las ventanas y las puertas de la planta baja, lo encontró sentado donde lo había dejado, pero dando vueltas al cilindro de madera una y otra vez en sus manos.

Logan levantó un momento la vista antes de devolverla al cilindro.

—Me he topado con otro muro negro. ¿Qué demonios significa esta cosa? ¿Qué he estado haciendo desde Waterloo? ¿Con quién? ¿Para quién transporto esto? —Lo agitó en el aire—. ¿Y qué contiene? ¿O acaso es mío, para almacenar papeles de valor?

Era como un perro royendo un hueso. Y la intensidad que lo empujaba empezó a preocupar a Linnet.

—Darle vueltas a las cosas casi nunca ayuda.

Logan la fulminó con la mirada y ella rio.

—Sí, lo sé, es más fácil decirlo que hacerlo, pero ya es hora de subir arriba. Después de lo que hemos cabalgado, necesitas descansar. —O por lo menos distraerse.

Logan se levantó a regañadientes, devolvió el cilindro a la cómoda y la siguió fuera del salón.

En lo alto de las escaleras, ella se detuvo y lo miró a los ojos entre la penumbra.

—Voy a echar un vistazo a los niños, me reuniré contigo enseguida.

Él asintió y mientras ella subía el siguiente tramo de escaleras, entró lentamente en la habitación de Linnet.

Logan se detuvo junto a la ventana desde la que se contemplaba una invernal oscuridad. Un hueco entre dos de los árboles que rodeaban la casa le ofreció una fugaz visión del mar iluminado por la plateada luz de la luna que ondulaba bajo un cielo de obsidiana.

Cuanto más recordaba, cuantas más cosas recordaba de sí mismo, de su pasado, mejor comprendía qué clase de hombre era. Lo cual, en ese momento y lugar, le generaba un dilema. Era un hombre de honor, intentaba vivir bajo ese precepto, por tanto, acostarse con su anfitriona, una hermosa dama de buena cuna sin ninguna protección, aprovecharse de ella como la mayoría lo interpretaría, ¿sería la acción de un hombre honorable?

Para el hombre que él ya sabía que era, la respuesta era rotundamente no.

La noche anterior... no sabía en qué había estado pensando. Lo cierto era que no había pensado, había respondido al desafío, la intriga, la necesidad de averiguar si la noche de antes había sido sueño o realidad. Pero al satisfacer su curiosidad, había iniciado otra cosa, algo que no entendía, pues Linnet no era cualquier mujer, no lo era para nadie, pero sobre todo no lo era para él.

La puerta se abrió y él se volvió. No se había molestado en encender la lámpara.

La suave luz de la vela que llevaba Linnet en la mano la precedió al entrar en la habitación. Ella entró, miró a su alrededor y lo vio, se giró para dejar el candelabro sobre la cómoda y cerró la puerta. A continuación se acercó a él, las faldas del bonito vestido de lana verde que se había puesto para la noche revoloteaban de forma seductora entre sus largas piernas. La tela se pegaba adorablemente a las impecables curvas de pechos y caderas, recordándole la sensación de esas firmes curvas debajo de él.

Logan apretó un puño y apartó ese recuerdo perturbador de su mente. Linnet se había propuesto ser inalcanzable y, como buen bastardo de nacimiento, él había trazado su propio camino... lo llevara adonde lo llevara. No habría ningún beneficio para ninguno de ellos en permitir que lo que fuera que hubiese prendido entre ellos se hiciera más profundo, evolucionara.

Él lo sabía, lo reconocía y lo admitía, sabía que lo honorable era terminar la incipiente relación allí, de inmediato, pero...

Linnet se detuvo, cerca, demasiado cerca como para fingir que no habían sido, que no eran, amantes. A pesar de la cercanía, ella era lo bastante alta como para mirarlo a los ojos con facilidad.

—Tengo una proposición para ti —anunció tras observarlo durante unos segundos.

Logan enarcó las cejas y se sintió inmediatamente receloso, aunque no sabría decir si de ella, de él o de lo que se avecinaba.

—No creo que vaya a doler. —Los labios de Linnet se curvaron mientras hacía una pausa—. Quiero que me instruyas en las maneras de la carne. En cada erótico y pecaminoso placer.

Una certeza cargada de lujuria lo abofeteó de lleno.

Por instinto, esa parte honorable de su cuerpo se mantuvo firme y Logan tuvo que apretar la mandíbula y estrangular con más fuerza sus bajos impulsos.

—Quizás sería más sensato no seguir adelante.

Linnet enarcó las cejas. ¿De modo que estaba dispuesto a pasarse toda la noche obsesionándose con lo que no podía recordar?

—Vaya... no. Eso no servirá. Tengo la sospecha de que en la actualidad careces de dinero o cualquier otro medio material con el que pagar mi hospitalidad.

—Te ayudaré con los burros. —Apretó los labios—. Y con las cabras.

—No es suficiente —Ella rio sin apartar la mirada de sus ojos—, ni de lejos.

—Me ocuparé de las vacas... y tengo muy buena mano con los caballos.

—Empiezas a sonar desesperado... y, si lo piensas, resulta algo insultante. —Ella se acercó un poco más y le sostuvo la mirada con firmeza—. Deja de discutir.

Logan la miró con los ojos entornados.

Sin dejar de sostenerle la mirada, Linnet bajó una mano y con descaro la cerró alrededor de la sólida erección.

Él soltó el aire en un siseo y cerró los ojos.

—Dime —ronroneó ella—, ¿por qué no quieres seguir mi plan?

Linnet conocía de sobra la respuesta: porque era la clase de hombre que había demostrado ser durante los últimos días, y por tanto se sentía obligado a retirarse a una posición de honor convencional. Lo había visto llegar, y tras decidir que aceptar esa decisión no redundaría en beneficio de ninguno de los dos, había ideado la manera de esquivarla, obligándolo a aceptar su plan al convertirlo en un mandato. Él sin duda querría pagarla, y ella le había mostrado la manera de hacerlo.

Con los labios firmemente apretados, Logan abrió los ojos y le sostuvo la mirada.

—¿De verdad es eso lo que quieres? ¿Ser tomada, poseída, tu cuerpo utilizado de maneras que jamás te habrías imaginado? —La voz se convirtió en apenas un susurro—. ¿De verdad quieres ponerte en mis manos, de ese modo, hasta ese punto?

En su voz subyacía una amenaza salvaje, que ardía entre los

rescoldos de medianoche de sus ojos, y que produjo un escalofrío de placer en la espalda de Linnet. Por desgracia para él, el efecto fue el contrario del que había pretendido.

Linnet disfrutaba con los desafíos, cuanto más arriesgados, más excitantes, más atractivos, mejor. La sonrisa se hizo más profunda mientras levantaba el rostro y reducía la escasa distancia que aún los separaba.

—Sí. Tómame —afirmó ella categóricamente, sosteniéndole la mirada— como quieras, como desees... Tómame ahora.

Antes de darse cuenta siquiera, los labios de Logan estaban sobre los de ella, su lengua hundiéndose en su boca, sus manos cerrándose entre sus cabellos. Y después de eso... ya no pudo.

Pensar.

Lo único que oía eran las palabras de su seductora orden.

«Tómame ahora».

Y desde luego que lo haría.

«Como quieras, como desees...».

Mientras le sujetaba el rostro entre las manos y devoraba su boca, Logan recordó que se suponía que debía instruirla, pagarla... abriéndole los ojos a todo lo que encerraba el dominio del placer sensual.

Ella había secuestrado su honor, de manera que ni siquiera podía apelar a él para negarse a sus deseos.

De manera que sí, seguiría sus órdenes. Pero ¿cómo?

Para cumplir con la orden, Logan consultó sus fantasías, rechazó una sin dudarlo, luego aquellas en las que era incapaz de imaginársela. En las que era incapaz de situarla. Quizás Linnet hubiera accedido a cada experiencia erótica y pecaminosa, pero era una persona relativamente inocente sin una verdadera idea de lo que eso significaba.

Pero... sí, esa sí. Inmediatamente supo que funcionaría, que ella disfrutaría siendo tomada, poseída así.

Apartó su boca de la de ella y contempló su rostro durante un breve instante antes de tomar la mano que seguía sujetando su erección y tirar de ella, arrastrarla, por la habitación. Después de la inicial sorpresa, Linnet se recogió las faldas y lo siguió de buen grado.

Al llegar al extremo de la cama, Logan la acercó a él, levantó un brazo por encima de su cabeza y la giró, la giró... y la detuvo bruscamente delante del espejo de cuerpo entero del rincón.

Logan miró por encima de su cabeza al reflejo que se revelaba bajo la suave luz de la vela que ella había dejado encendida en la cómoda.

La luz bañaba su cuerpo, lo suficiente como para que ambos pudieran ver sus ojos muy abiertos, el suave rubor que teñía su piel de alabastro, mientras que él, vestido con su abrigo oscuro y pantalones negros, botas negras, cabellos negros y piel bronceada, parecía poco más que una oscura presencia detrás de ella.

Perfecto.

—Esto es una actuación. —Logan cerró las manos en torno a los hombros de Linnet e inclinó la cabeza para depositar un ardiente beso con la boca abierta en el punto en que el cuello desnudo se encontraba con el hombro.

Sin levantar la cabeza, alzó la mirada hacia el espejo y la detuvo sobre el reflejo de los ojos de Linnet.

—Una actuación erótica, y serás tú quien la lleve a cabo.

Linnet respiró hondo y sus pechos se inflaron bajo el vestido de lana. Cuando separó los labios, él puso un dedo sobre ellos.

—Primera regla de esta clase... tú no hablas. Yo daré las órdenes y tú obedecerás. Aparte de eso, puedes gemir, lloriquear, incluso gritar... y créeme, lo harás, pero bajo ningún concepto saldrá ninguna palabra de tus labios. Ni siquiera mi nombre —Le sostuvo la mirada—, ¿lo has entendido? —preguntó en voz baja.

Ella abrió la boca, vio las cejas enarcadas de Logan, la volvió a cerrar y asintió.

—Excelente. Empecemos.

Lo primero que él hizo fue quitarle las horquillas del pelo. Linnet esperaba que las quitara todas, pero no... Eligió una aquí y otra allá, concentrándose en soltar primero ese mechón y luego el otro sobre sus hombros, y otros más sobre la nuca. Ella permaneció inmóvil y lo observó a través del espejo. Solo veía lo que estaba haciendo, hacia dónde se dirigían sus bronceadas manos, cuando las deslizaba sobre sus hombros. Únicamente entonces quedaban suficientemente iluminadas para que ella pudiera verlas.

Linnet estaba pensando que debería haber llevado un candelabro en lugar de una sencilla vela cuando él perdió interés en sus cabellos y se centró en sus pechos. Ella sintió el cambio en su mirada, sintió el calor en sus pechos... Lo sintió tensarse, erguirse.

En el espejo vio el reflejo de sus pezones erguidos bajo la lana del vestido.

—Desata el corpiño.

«Esto es una actuación, una actuación erótica, y serás tú quien la lleve a cabo».

Linnet al fin lo entendió. Mientras sus manos se alzaban para obedecer la orden, se preguntó qué iba a aprender de esa lección. El vestido verde estaba atado por la parte delantera, el corpiño cerrado con una fila de botones de perla. Ella desabrochó el primero, ansiosa por descubrirlo.

La mirada de Logan siguió sus dedos mientras descendían con firmeza. Linnet se detuvo al llegar a la cinturilla... y lo miró.

—Sigue.

Sentía el calor de su cuerpo en la espalda, la solidez, la fuerza, el poder masculino, todo controlado a apenas unos centímetros de ella. A punto, preparado para la acción, pero totalmente controlado. A ella no le habría importado romper ese control, hacerlo estallar, fracturarlo, pero eso, sospechaba, era una lección para otro día. Esa noche... al alcanzar el final de la fila de botones a la altura de las caderas, Linnet se detuvo. Estaba a punto de preguntar «¿Y ahora qué?», pero se acordó a tiempo.

—Desliza el vestido por tus hombros, libera brazos y manos, y déjalo caer al suelo.

Ella obedeció. Mientras el vestido se deslizaba hasta sus pies, ella comprendió por qué solo le había soltado unos cuantos mechones del cabello. Tenía el pelo muy largo, prácticamente le llegaba la cintura, y era espeso y ondulado; si le hubiera soltado todo, habría tapado la parte superior de su cuerpo.

Era evidente que su objetivo no era simplemente tenerla desnuda ante él.

—Quítate la enagua —fue la siguiente orden— y dámela.

La enagua le llegaba por debajo de sus rodillas. Al inclinarse para recoger la parte baja, su trasero encontró la entrepierna de Logan. Él ni se movió. Cuando perdió contacto al erguirse y quitarse la combinación por encima la cabeza, sintió un extraño escalofrío de conciencia de sí misma.

Tras liberar sus brazos de la prenda, ella se la ofreció con una mano hacia atrás, por encima del hombro. Él la tomó y sus dedos se rozaron.

Otro extraño escalofrío amenazó con atravesarla.

Linnet esperaba que le ordenara quitarse la camisa del mismo modo, pero...

—Y ahora, veamos...

Los pechos de Linnet ya estaban hinchados, sensibles, aunque él ni siquiera los había tocado, ni siquiera los había rozado. Los pezones estaban tan tensos que dolían.

—Desabróchala.

La camisa tenía una abertura delantera que llegaba hasta el ombligo, cerrada por diminutos botones planos que ella nunca se molestaba en desabrochar. Pero, uno a uno, los soltó. La parte delantera se abría a medida que sus manos descendían, revelando la sedosa blancura de su piel, el valle entre los pechos.

Para cuando llegó al final, los nervios de Linnet se habían tensado, la expectación la agarrotaba.

—Ábrela del todo y muéstrame tus pechos. Soy tu público... Exponlos para mí.

Linnet cerró las manos sobre la delicada tela y con osadía apartó los dos lados para dejar sus pechos expuestos a su ardiente mirada. Mirada que sentía moverse sobre su expuesta piel.

—Mantén los ojos sobre tu propio cuerpo, no sobre mí.

Ella obedeció, desvió la mirada desde la oscuridad a su espalda hasta el blanco brillo de sus pechos... Y encontró que la peculiaridad de ver y sentir a la vez le resultaba muy excitante. Vio el ligero rubor extenderse por su blanca piel, sintió el calor, contempló cómo se endurecían sus pezones más aún a medida que las sensaciones se intensificaban y sus pechos se volvían más rotundos.

—Muy bien. —El ronco murmullo sopló en su oreja—. Sigue mirando.

Logan la rodeó con los brazos y tomó sus pechos con las manos ahuecadas. Al principio con demasiada suavidad, pero al cabo de un minuto su caricia había cambiado... a una de flagrante posesión. Las manos y dedos bronceados destacaban en un claro contraste contra la piel blanca mientras rodeaba sus pechos, mientras capturaba los pezones, los hacía girar, los apretaba... y ella sentía que se le doblaban las rodillas.

—Yérguete... No te inclines hacia atrás.

Linnet tragó nerviosa e intentó obedecer. Sentía el cuerpo de Logan muy cerca detrás de ella... a apenas unos centímetros, a tenor del calor que inundaba su espalda. Los fuertes brazos la rodeaban, la mantenían enjaulada, pero únicamente sus manos... esas traviesas y voraces manos... la tocaban.

Ella quería más, su cuerpo ardía en deseo de más, pero durante unos largos minutos, las manos de Logan permanecieron sobre los pechos, amasando, reclamando explícitamente cada vez más, incendiándose bajo su piel, transformando los tensos e inflamados montículos, dándoles un tono rosado... hasta que ella gimió y echó la cabeza hacia atrás, con mucho cuidado de no apartar la mirada del espejo. Lo cierto era que le habría resultado difícil arrancar la mirada del espejo, pues una fascinación que jamás se había imaginado podría existir mantenía sus ojos fijos en su propio cuerpo.

En las manos de Logan, que disfrutaba de él a su antojo.

Un escalofrío recorrió la columna de Linnet.

—Ya es hora de que me muestres qué más hay escondido

debajo de tu camisa. —El ronco susurro le hizo cosquillas en la oreja. Brevemente, los labios de Logan se deslizaron sobre la delicada piel y desataron un reguero de fuego, una promesa de más—. Utiliza las dos manos para levantarla. Muéstramelo.

Con el corazón al galope, ella obedeció. Levantó la delicada tela y dejó expuestos los muslos, luego siguió hacia arriba y reveló el fuego rojo dorado de los rizos en el ápice de esos muslos.

Respiró hondo y siguió levantando la camisa hasta el estómago.

—Excelente —ronroneó Logan.

Ella todavía llevaba puestas las medias, las ligas y las zapatillas, pero él no parecía interesado en eso, y lo cierto era que ella tampoco. Era incapaz de apartar la vista de las manos de Logan. Mientras una de ellas seguía jugando, firme y posesiva, con sus pechos, la otra se deslizó hacia abajo, hacia el borde de la camisa, para acariciar los rizos.

Los tocó, los revolvió, hasta que ella respiró de forma entrecortada y se movió, lo que le arrancó una pequeña risa gutural.

—Veamos.

Logan inclinó la cabeza para poder seguir mirando mientras hundía un largo dedo en el sombreado hueco bajo los rizos.

Linnet tomó aire agitadamente y lo retuvo mientras la sensación de contacto con el dedo de Logan, de cada sucesiva y deliberada caricia, se correspondía con la imagen del espejo.

El impacto no hizo más que crecer mientras ella separaba por instinto los pies y él hundía el dedo más, profundamente, y la estimulación combinada provocaba una ola tras otra en su interior.

Linnet se mordió el labio para reprimir el gemido, vio el rubor de la excitación oscurecerse y extenderse hasta que su piel brilló rosada a la luz de la vela. Sintió el sudor del deseo estallar como una fiebre sobre su piel expuesta.

Las manos de Logan se movían por su cuerpo, sus pechos, la inflamada carne entre los muslos, Linnet observaba, incapaz de apartar la vista mientras las oleadas crecían en su interior, avivadas sin piedad por él.

—Coloca tus manos sobre la mía. —La orden apenas resultó comprensible por el tono bajo y grave—. Una sobre la otra… cierra tus manos sobre el dorso de la mía y siente lo que te estoy haciendo.

Linnet obedeció porque tenía que hacerlo. Porque no soportaba no hacerlo, no averiguar qué iba a pasar.

Pero no estaba preparada para la instantánea escalada de sensaciones a través de las manos de Logan, los movimientos tensos. Ella sabía lo que iba a suceder un momento antes de que sucediera. Y como lo sabía, lo veía, lo sentía, la certeza se añadió al tumulto sensual que crecía en su interior.

Jadeaba, respiraba entrecortadamente, apenas era capaz de permanecer de pie, y sintió que no podría soportar mucho más…

—Eh, eh… —Las manos de Logan se detuvieron—, todavía llevas puestas las medias y las zapatillas.

Pero solo porque él aún no le había ordenado que se las quitara. Linnet se mordió el labio para contener esa respuesta descarada que, sospechaba, él esperaba el oír.

La risa de Logan le indicó que había acertado.

—Suelta mis manos.

Ella lo hizo y, para su decepción, él apartó las suyas. Y ella se sintió desolada por haber perdido el contacto.

—Quítate la camisa por la cabeza.

Linnet se apresuró a hacerlo y se dio cuenta de que él se había movido. Mientras se volvía para centrarse en las sombras detrás de ella, él colocó la silla de respaldo recto, que estaba al lado del tocador a su izquierda, con el asiento hacia ella.

Ella la miró fijamente. Pero antes de poder imaginarse qué iba a pedirle que hiciera, él se lo aclaró:

—Mira hacia delante. Mantén los ojos sobre tu cuerpo.

Desde luego, no había duda de que había sido oficial de caballería. Linnet devolvió rápidamente su mirada… y sintió estremecerse algo en su interior. Casi nunca utilizaba el espejo, y desde luego nunca para verse a sí misma desnuda.

—Deja caer la camisa.

Dándose cuenta de que todavía sujetaba la prenda con la mano derecha, Linnet la soltó y la miró mientras flotaba hacia el suelo.

Olvidó todo mientras se veía a sí misma, desnuda y expuesta, y comprendía que él estaba haciendo lo mismo. Un estremecimiento que no pudo ocultar la asaltó.

—¿Tienes frío?

A pesar del fuego que ardía en la cercana chimenea, Linnet podría el aire frío, pero el calor de la mirada de Logan, el calor que desprendía su propia piel, no se lo permitían. Abrió la boca, recordó y sacudió la cabeza.

—Ya me pareció a mí que no —contestó él con la voz cargada de experiencia y conocimiento.

Las manos de Logan aparecieron sobre sus hombros, tocándola ligeramente. Y luego se deslizaron.

Sobre ella. Él la tocó, la acarició, exploró... cada centímetro de su piel, hasta donde pudo alcanzar.

Ella se tambaleaba, los sentidos ahogados en el placer táctil de sus experimentadas caricias cuando, fuera de su vista, Logan le acarició el trasero, exploró, sopesó y amasó... hábilmente, con firmeza, abiertamente posesivo.

Siguiendo sus órdenes, Linnet había mantenido los ojos sobre sí misma... sobresaltada primero, y luego ensimismada por lo que había visto en su propio rostro. ¿Siempre había mostrado esa expresión lasciva, ese abandono sexual?

¿Había estado esperándolo a él para poder ser ella misma? ¿Para que él le demostrara quién era ella?

Logan se acercó, su oscura cabeza se inclinó junto a la oreja de Linnet, aunque sus fuertes manos siguieron manoseando su trasero.

—Coloca tu pierna izquierda sobre la silla, inclínate hacia delante y lentamente desenrolla la liga y la media. Déjalo todo, junto con la zapatilla, sobre la silla y espera a mi siguiente orden.

Respirar se había convertido en una tarea complicada. Linnet se sentía mareada mientras obedecía, incapaz de pensar mientras levantaba el pie izquierdo hasta apoyarlo en la silla de madera y, agarrando la liga, desenrollarla despacio hacia abajo e inclinándose mientras lo hacía.

Dos largos y duros dedos se deslizaron en su interior desde atrás. Con las manos sobre la pantorrilla, Linnet se quedó helada, se inclinó hacia delante, estremeciéndose por dentro mientras una rugosa mano le acariciaba el trasero y los dedos de la otra la exploraban íntimamente.

Recordando su orden, ella se esforzó por desenrollar la media con la liga hasta abajo del todo, deslizarla por la zapatilla e, inclinándose sobre la rodilla, las manos sobre sobre el asiento de la silla, esperar, esperar...

Linnet jadeaba, prácticamente sollozaba, los nervios despiertos de manera insoportable, consciente hasta los huesos de cada caricia, tanto por dentro como por fuera, cuando llegó la siguiente orden: erguirse. A continuación, Logan movió la silla hasta colocarla a su derecha y le dio instrucciones para que repitiera los mismos movimientos con la otra liga, media y zapatilla.

Linnet necesitó toda la capacidad de control que poseía para complacerlo... y rendirse a una exploración de tal intimidad.

Pero deseaba cada caricia, se glorificaba con cada hábil roce de los duros dedos en su interior.

Sabía que Logan era capaz de hacerla estallar solo con sus dedos, esperaba que lo hiciera, pero cuando ya se sentía inexorablemente tensa, él se retiró. Apartó sus manos de ella.

—Levántate.

Ella bajó la pierna derecha y obedeció, parpadeó mientras intentaba enfocar su reflejo en el espejo.

Más mechones de su cabello se habían soltado, un río de fuego sobre su acalorada piel. Tenía los labios entreabiertos y se los humedeció con la lengua. En la penumbra, sus ojos brillaban como dos verdes esmeraldas. Y su cuerpo...

¿Esa era ella?

—Ha llegado la hora de recibir el resto de la lección de esta noche.

Antes de que ella pudiese pensar siquiera, él la agarró por la cintura, la hizo girar hasta tenerla frente a él y la levantó, se volvió y la lanzó sobre la cama.

Linnet aterrizó con la cabeza casi sobre los almohadones y rebotó una vez. Él alargó los brazos y agarró las almohadas para colocar una a cada lado de su cuerpo.

—Espera.

Logan se quitó el abrigo, se desató el pañuelo del cuello y arrojó ambas prendas a un lado antes de sentarse para quitarse las botas del padre de Linnet y también los calcetines.

A continuación se subió a la cama de rodillas y se acercó a ella. Su mirada estaba fija en la parte inferior del cuerpo de Linnet. Alargó las manos, le agarró las pantorrillas y le separó las piernas.

Linnet no podía respirar, no podía moverse. La necesidad casi le hacía sollozar.

Él contempló lo que había revelado al separarle las piernas. Su rostro era una dura máscara de puro deseo masculino. Soltó una pierna, se agachó y deslizó un largo dedo en la empapada humedad interior. Los labios de Logan se curvaron de puro ardor.

Logan agarró las almohadas, le levantó las caderas con un brazo y metió los almohadones bajo su cuerpo, elevando sus caderas mientras él se deslizaba hacia abajo para acomodarse entre las piernas separadas. Los hombros de Logan mantenían las piernas de Linnet abiertas mientras su boca descendía sobre ella, lamía, chupaba, y ella gritaba.

En escasos segundos la había reducido a una masa de deseo que no podía dejar de retorcerse.

En apenas un minuto ella sintió la necesidad, la absoluta necesidad de liberarse.

Pero por mucho que gemía y sollozaba, por mucho que se retorcía y suplicaba sin palabras, incluso cuando hundió las manos en los cabellos de Logan y tiró de ellos, él siguió tensándola, luego soltándola, de nuevo tensándola, una y otra vez, hasta que Linnet pensó que iba a enloquecer.

Y entonces la tomó con su lengua y ella se lanzó por el precipicio.

Ella había creído saber lo que él podría hacerle, pero en esa ocasión llegó hasta las estrellas. En esa ocasión sintió el cataclismo sacudirla hasta el alma.

Para cuando sus sentidos, ahogándose en la gloria, hubieron resurgido lo suficiente como para ser conscientes, él se había quitado la camisa y los pantalones. Desnudo salvo por los vendajes que ella le había colocado firmemente alrededor del torso, parecía un dios herido mientras volvía a arrodillarse entre sus piernas, deslizaba los brazos bajo sus muslos, de modo que las corvas de Linnet quedaron sobre los codos de Logan, y cerraba sus grandes manos en torno a sus caderas.

Y la levantaba hacia arriba y hacia él.

Colocó la cabeza de su erección en la entrada, la miró a los ojos y se lanzó con fuerza en su interior, dura y profundamente.

Mirando hacia abajo, él se retiró y repitió el proceso.

Incapaz de hacer otra cosa, ella observaba mientras él le sujetaba las caderas, inmovilizándolas, y se lanzaba en su interior hundiéndose sin piedad hasta el fondo, con dureza, cada vez con más rapidez, más ardiente, más profundamente.

La fricción era casi insoportable.

Linnet llegó con un grito salvaje, pero él continuó utilizándola, utilizándola, llenándola, tomándola, poseyéndola... hasta que ella estalló de nuevo, más completa, profunda y desgarradoramente que nunca.

Y en esa ocasión él la siguió.

Incapaz de resistirse por más tiempo, de aguantar las poderosas contracciones que lo ordeñaban, Logan jadeó, cerró los ojos, se inclinó hacia delante para colocar un brazo sobre ella mientras basculaba desesperadamente las caderas y se hundía dentro de ella antes de, con un rugido ahogado, embestir una última vez y verter su semilla.

El cuerpo de Linnet se apretó, agarró.
Lo sujetó.

A medida que la brillante constelación se borraba, Logan fue consciente de unas pequeñas manos que acariciaban suavemente su cuerpo, con delicadeza. Hizo acopio de la poca fuerza que le quedaba, apartó los almohadones y se dejó caer. Sobre ese cuerpo femenino en el que el suyo encajaba a la perfección. Y se hundió en su abrazo.

Más tarde, mucho mucho más tarde, cuando al fin fue capaz de moverse lo suficiente como para quitarse de encima de ella, y tras levantar las mantas acomodarse a su lado, Logan pensó que, en la mayoría de sus encuentros sexuales, aquel sería el momento en el que abandonaría la cama de la dama.

Pero no tenía ninguna intención de abandonar la cama Linnet.

La determinación tras el pensamiento, la innata tozudez, se contradecía con lo que susurraba la razón.

En ese momento, la idea de que no era posible ningún futuro para ellos desapareció de su mente. La certeza de que su permanencia en esa cama conduciría inevitablemente a problemas emocionales no parecía importar.

Lo único que importaba era que estaba allí, y que ella estaba tumbada a su lado tras haber sido tomada, poseída y saciada hasta la punta de los dedos de los pies.

Logan era incapaz de pensar más allá de la maravillosa sensación de estar dentro de su cuerpo, de la plenitud, el triunfo que había hallado al poseerlo. Al acercarse mucho más a ella.

Eso último era peligroso, pero a él ya no le importaba.

Si ella pedía, él daría, y seguiría dando hasta que ella ya no quisiera.

Independientemente del honor, de la seguridad, del peligro, esa era su nueva realidad.

El sueño lo reclamó. Seguro de que no tenía ningún sentido

seguir reflexionando sobre el asunto, Logan cedió y permitió que el sueño se lo llevara.

12 de diciembre de 1822
Casi medianoche
Shrewton House, Londres

—Desde luego es una habitación hermosa. —Alex agitó descuidadamente una mano en el aire y señaló las delicadas molduras blancas y doradas, el papel pintado de seda en un tono azul claro, las sillas de estilo imperio tapizadas con la misma seda azul. Se giró hacia la enorme cama y enarcó las cejas—. La colcha también. Solo lo mejor para el hijo de nuestro querido padre. —Miró a Daniel mientras cerraba la puerta—. A pesar de que nosotros naciéramos en el lado equivocado de la cama —añadió.

—Ha sido una buena idea utilizar Shrewton House como nuestra base en Londres. —Los labios de Daniel se curvaron—. Disfrutemos de la hospitalidad de nuestro padre, aunque él nunca llegue a saberlo.

—Qué afortunado que pase el invierno en Wymondham.

—En efecto.

Daniel se quitó el abrigo y lo dejó sobre una silla antes de agacharse para calentarse las manos frente al fuego de la chimenea. La habitación había sido elegida y preparada por su hombre, Creighton, y por el hombre de confianza de Alex, M'wallah. Mientras observaba a Alex dar la vuelta a la habitación examinando los diversos y carísimos objetos colocados por todas partes, Daniel bendijo mentalmente a Creighton. Cuando Alex estaba distraído, la vida era mucho menos estresante.

Y sus vidas habían tomado un rumbo estresante de manera inesperada.

Alex, su hermanastro, Roderick y él habían formado un círculo muy cerrado años antes. Mientras que Roderick era el hijo legítimo del conde de Shrewton, Alex y él eran ilegítimos, pero los dos eran de buena cuna y por tanto aceptados en sociedad. Londres había sido durante años su tablero de juego, pero cuando el puesto de Roderick en el Ministerio de Asuntos Exteriores le había dado la oportunidad de visitar la India, los tres la habían aprovechado, y menuda oportunidad había demostrado ser.

Roderick había solicitado, y se le había concedido, un puesto en la oficina del gobernador de Bombay, un puesto que le permitía conocer detalles de muchas de las caravanas de comerciantes. En cuanto Alex y Daniel se habían reunido con él, habían empezado a explotar la situación.

El resultado había sido la secta de la Cobra Negra, una creación propia que había satisfecho los brutales apetitos de los tres de una manera que ni siquiera ellos se habían atrevido a soñar. Durante los últimos años, la secta de la Cobra Negra les había proporcionado de manera continua dinero, sexo, placer sádico y, sobre todo, poder.

Los tres se habían vuelto adictos a manipular y explotar a los miembros de la secta, de los que no podía decirse que fueran unos inocentes, para que se pusieran de su lado y expandir sus actividades. Durante varios años habían perseguido sus propósitos hedonistas sin llamar la atención de las autoridades, representadas por la honorable Compañía de las Indias Orientales. Como conde de Shrewton, su querido padre era miembro de la junta, y como gobernador de la India, el marqués de Hastings estaba sometido al príncipe regente, quien a su vez estaba profundamente endeudado con el conde. Por tanto no parecía existir ningún motivo para temer una amenaza por esa parte, al menos ninguna que no pudieran contener.

Todo eso había cambiado un día a finales de agosto cuando una carta escrita por Roderick como la Cobra Negra, firmada con la marca distintiva de la secta, pero, por desgracia, sellada con el sello personal de la familia de Roderick, había caído en manos de un grupo de oficiales que Hastings había hecho llamar meses antes desde Calcuta con órdenes específicas para sacar a la luz a la Cobra Negra.

Hasta entonces, Roderick, Daniel y Alex se habían burlado de los esfuerzos de los oficiales, pero al darse cuenta de que esa carta podría, si llegara a las manos adecuadas en Inglaterra, defenestrar a Roderick y, por tanto, comprometer la capacidad de la Cobra Negra para asaltar las caravanas, la principal fuente de la riqueza de Daniel y Alex habían dejado de reír. Aunque el único que se arriesgaba era Roderick, Alex se había mostrado de acuerdo en que para salvaguardar la futura prosperidad de la secta, Daniel y Alex debían regresar a Inglaterra con Roderick para ayudarlo a recuperar la carta y ocuparse debidamente de los oficiales responsables.

Esas amenazas contra la Cobra Negra no podían quedar sin castigo.

Desafortunadamente, en cuanto descubrieron la existencia de la carta y la amenaza que suponía, los cuatro oficiales habían hecho copias de la misma y se habían separado, huyendo de Bombay. Nadie sabía cuál de los cuatro llevaba la carta auténtica, la original con el sello incriminatorio de Roderick, la única carta que necesitaban recuperar.

Por suerte, y gracias a una buena gestión, habían llegado a Inglaterra antes que ninguno de los oficiales.

El intento dos días antes de matar al oficial en jefe, el coronel Derek Delborough, cuando desembarcó en Southampton había fracasado por la interferencia de una mujer.

Daniel y Alex acababan de separarse de Roderick después de una breve conferencia durante la que habían sido discutidos y revisados sus esfuerzos, pasados y presentes, para detener a los oficiales y recuperar la carta.

Apartándose del fuego, Daniel se volvió al notar que Alex se aproximaba.

—Ahora que Delborough está aquí, en Londres, escondido en el Grillon's, ¿cómo ves el progreso de nuestra campaña? ¿Podemos confiar en Larkins para que cumpla con su trabajo?

Larkins era el hombre de Roderick, un inglés con una vena sádica. Había conseguido infiltrar a un ladronzuelo entre el séquito del coronel, con el propósito expreso de robar la carta, ya fuera copia u original, que el buen coronel llevara encima.

Alex se detuvo junto a Daniel y lo miró a los ojos sonriendo. Mientras que Daniel tenía el color de su madre, cabellos oscuros y ojos marrones, Alex y Roderick habían heredado los distintivos cabellos rubios y ojos azul claro del conde. En el caso de Alex, unos ojos azul hielo.

—Larkins conoce el precio del fracaso... Estoy seguro de que se las apañará, de una u otra manera. Me preocupa más el resto... Aunque he permitido que Roderick se crea que él está al mando, M'Wallah, como de costumbre, es quien recibe primero todas las comunicaciones de los miembros de la secta. De manera que, si bien lo que Roderick acaba de contarnos es cierto, y tenemos hombres y asesinos siguiendo el rastro de los otros tres con órdenes estrictas de informarnos en cuanto alguno de ellos alcance alguno de los puertos del continente, la última noticia, de hace una hora, es que Hamilton ha llegado a Boulogne.

—Y supongo que el mayor seguirá conservando su habitual buena salud —dijo Daniel mientras empezaba a desabrocharse los puños.

—Por desgracia, sí. Sin embargo, Tío... ¿Sabes quién es, ese adulador siempre feliz de rebanar el cuello que tenga más cerca «para mayor gloria y placer de la Cobra Negra»? —Cuando Daniel asintió, Alex prosiguió—: Pues Tío y sus hombres ya están en Boulogne. Llegados a este punto, debemos confiar en ellos para asegurarnos de que Hamilton no siga avanzando.

—¿Alguna noticia de los otros dos? —A Daniel no le sorprendió saber que Alex le había ocultado esa información a Roderick. Era práctica habitual entre ellos dos mantener a su querido hermanastro lo bastante ignorante para que fueran ellos quienes controlaran la secta. Eran ellos los que tenían el poder tras la fachada de Roderick.

—Las noticias sobre Monteith son bastante mejores. Nuestros hombres en Lisboa lo vieron en el instante en que puso un pie en el muelle. Se había alistado como miembro de la tripulación de un mercante portugués cerca de Diu, por eso no encontramos su rastro a partir de allí. Se fue de Bombay por tierra, dirigiéndose a Diu, muy por delante de nuestros rastreadores, pero vio a nuestros hombres en los muelles de Lisboa. Aunque estaba solo, se enfrentó a ellos y consiguió librarse de una emboscada creando tal tumulto que le permitió. Embarcó de inmediato en otro mercante que con destino a Portsmouth. Eso fue el cuatro de diciembre, hace más de una semana. Lo que el querido mayor no sabe era que tres asesinos consiguieron subir a bordo del barco antes de que zarpara. A poco que hayan tenido suerte, Monteith estará muerto ya. En cuanto a Carstairs, ¿te conté que nos comunicaron que había atravesado Budapest y se dirigía hacia Viena?

Daniel se sacó la camisa de los pantalones y asintió.

—Desde entonces no hemos vuelto a saber nada, pero parece ser el más lento de los cuatro, el que está más lejos. De momento no hace falta que nos ocupemos de él. —Alex sonrió cuando Daniel se quitó la camisa—. En efecto —murmuró—, creo que podemos aplazar toda discusión sobre el cansino tema de la carta perdida de Roderick... por lo menos por ahora.

Alex tomó a Daniel de la mano y lo condujo hasta la cama.

—Hora de dedicarnos a otras cosas, querido.

Alex se detuvo junto a la suntuosa cama y se volvió para fundirse en los brazos de Daniel.

CAPÍTULO 6

13 de diciembre de 1822
Mon Coeur, Torteval, Guernsey

Había intentado hacer lo correcto, pero Linnet lo había vuelto contra él.

La mañana siguiente, Logan estaba sentado a la mesa del desayuno escuchando sin demasiado interés una discusión sobre las actividades planeadas para el día mientras, mentalmente, repasaba el revés sufrido durante la noche.

Su astuta anfitriona, la de los cabellos de fuego, ojos de peridoto y esa piel increíblemente blanca y delicada, lo había manipulado con habilidad a su antojo, antojo que él no había sido capaz de rechazar dado que concedérselo entraba de lleno en sus dominios: pagarle su hospitalidad enseñándole algo más sobre los placeres posibles cuando un hombre y una mujer se unían.

De tratarse nada más que de placer físico, dar y tomar, no se sentiría tan... inquieto. Pero era un comandante demasiado bueno como para no ver los problemas que merodeaban a su alrededor. Eran quienes eran, aunque... ella podría llegar a significar, quizás incluso había empezado ya a significar, demasiado para él.

Desde el momento en que puso los ojos en ella, Logan supo que era diferente, un ángel que no era un ángel. Desde el momento en que se deslizó dentro de su dispuesto cuerpo en el sueño que no había sido un sueño, supo que era especial, que ella encerraba la promesa, la oportunidad, la esperanza de más... Que en ella, de algún modo, resonaba necesidad profundamente enterrada dentro de él, necesidad que todavía no sabía precisar, pero que de algún modo, por instinto, ella cumplía.

Todo eso estaba muy bien, pero hasta que no recordara quién era, qué estaba haciendo y dónde se suponía que debía estar, cualquier relación entre ellos dos estaba... reprimida. Para el caso, como si estuviera estrangulada desde el momento en que surgió.

Ella habría podido no desearlo aunque él la deseara.

—Deja de fruncir el ceño.

Las palabras llegaron desde su izquierda, en ese tono típicamente mandón, y le hicieron cambiar el gesto ausente por un ceño fruncido dirigido a ella.

Linnet hizo una mueca. Lo habían notado de un humor extraño desde que había bajado a desayunar.

—He estado pensando en tu procedencia, en dónde podrías haber estado estos últimos meses.

Él enarcó las cejas y escuchó con atención. Por lo menos ya no fruncía el ceño.

Ella levantó la vista mientras los demás hombres se marchaban. Correspondió a su saludos con un asentimiento y esperó a que estuvieran lo bastante lejos como para poder oír algo antes de volverse hacia Logan.

—Tus manos están muy bronceadas.

Logan se las miró y le dedicó al Linnet una mirada azul medianoche, al comprender por qué la oscuridad de sus manos se había quedado grabada en su mente. Linnet todavía las veía deslizándose sobre su cuerpo blanco.

Se removió en la silla, disimulando el movimiento mientras se volvía hacia él, y no hizo más que señalar lo obvio.

—Has estado en el trópico, en algún sitio donde hace mucho más calor, mucho más sol. Eres un oficial de caballería. Quizás si miras algún mapa, algo podría llamar tu atención. —Se levantó y posó una mano sobre su hombro—. Espera aquí, traeré nuestro libro de mapas.

El libro de mapas de los Trevission contenía una excelente colección de todos los países, costas, y rutas navieras alrededor del mundo: todas las implicadas en el comercio. Linnet lo dejó sobre la mesa y lo abrió para mostrar un mapa del canal occidental.

—Aquí está Guernsey —señaló—. Aquí es donde naufragó el barco, y esa tormenta en concreto venía del noroeste. —Con un dedo dibujó una línea desde la cala hacia el mar—. Tu barco viajaba en alguna parte de esta línea, lo que significa que seguramente se dirigía hacia Plymouth, Weymouth, Portsmouth o Southampton. Dado que era un mercante, y parecía tener un tamaño razonable, Plymouth o Southampton sería lo más probable, sobre todo Southampton.

Los niños se inclinaron sobre la mesa y miraron. La geografía era uno de los temas con los que Buttons nunca tenía que esforzarse para llamar su interés.

—Plymouth o Southampton… si uno de esos dos era el destino, ¿de dónde venía el barco? —Logan la miró.

Linnet abrió la portada del libro para mostrar un enorme mapa, que desplegó y en el que aparecían los principales países y rutas navieras. Señaló las más relevantes, que eran muchas.

—Southampton es el puerto inglés con más tráfico. Tu barco podría venir de las Américas, pero dada la actual situación que se vive allí, lo más probable es que viniera de las Indias Occidentales. —Linnet miró a Logan—. Allí hay soldados británicos, ¿verdad?

Logan estudió el mapa y asintió con gesto sombrío. La información estaba allí, en su cerebro.

—Pero tenemos tropas en medio mundo, en muchos países desde los que los barcos podrían dirigirse a Plymouth o a Southampton y tendrían que pasar frente a Guernsey. —Él señaló el mapa—. Aparte de las Indias Occidentales, aunque hace tiempo que terminó la guerra, seguimos teniendo tropas en Portugal, e incluso algunas en España, y hay destacamentos por todo el norte de África, y regimientos enteros en la India.

Logan contempló fijamente el mapa antes de reclinarse en la silla y levantar la vista hacia Linnet.

—Existe otra posibilidad. Yo fui comandante de caballería, de eso estoy seguro... pero quizás ya no lo sea. Podría ser un mercenario. —Señaló una amplia zona en el centro del mapa—. Hay mercenarios luchando en la mayor parte del mundo.

Cuando volvió a bajar la vista, el ceño fruncido hacia el mapa, Linnet hizo una mueca para sus adentros. Desvió su atención hacia los niños y les mandó tareas y lecciones para que se marcharan, y luego se centró de nuevo en Logan... que seguía estrujándose el cerebro.

Linnet plegó el extenso mapa antes de cerrar el libro.

Cuando Logan levantó la vista, sus miradas se fundieron.

—Acompáñame para ayudarme con los cerdos. Todavía no los conoces. ¿Quién sabe? Quizás te recuerden algo.

Ella se levantó y esperó hasta que él la siguiera para mostrale el camino.

Más tarde aquella mañana, segura de que ninguna otra ocupación encajaría tan bien con él, Linnet hizo que ensillaran a Gypsy y a Storm y cabalgó con Logan hacia las colinas, atajando hacia la costa sobre la bahía Roquaine.

El destino era una pequeña cabaña de pescadores de piedra, acurrucada en una hondonada en la cima del acantilado, con vistas al mar. La anciana señora Corbett, viuda de un pescador desde hacía mucho tiempo, vivía allí sola.

—Hace un mes sufrió una mala caída, pero se niega a marcharse de aquí, podría vivir con su hijo en L'Eree, más al norte. —Linnet tiró de las riendas al llegar a la cima del acantilado. El pedregoso descenso hasta la cabaña era demasiado empinado para los caballos—. Supongo que todos lo entendemos y por eso intentamos echarle un vistazo de buen vecino.

Tras desmontar, Logan se detuvo junto a Gypsy, y antes de que Linnet comprendiera sus intenciones, alargó los brazos, la agarró por la cintura y la ayudó a desmontar. Ser sujetada, atrapada, entre las dos grandes manos... ese breve instante de impotencia trajo a su mente recuerdos de la noche anterior.

Cuando la dejó de pie en el suelo, Linnet tuvo que respirar hondo para acallar su galopante corazón.

—Esperaré aquí con los caballos. —Logan la miró antes de soltarla—. Podría sentirse incómoda, abrumada, si voy contigo.

La mera idea de la señora Corbett enfrentándose a una presencia masculina de tal envergadura en su pequeña casa... La anciana, desde luego, se sentiría profundamente alterada. Linett asintió y le entregó las riendas antes de iniciar el descenso por el empinado sendero.

La puerta de la cabaña se abrió y apareció la señora Corbett secándose las manos con un paño.

—Buenos días, señorita... y dado que no se está preparando ninguna tormenta, sí que es un buen día.

—Buenos días, señora Corbett. ¿Cómo está la cadera?

—Duele un poco, pero puedo soportarlo. —La señora Corbett tenía la mirada fija en Logan, sentado sobre una roca al comienzo del sendero y mirando hacia el mar. Linnet se giró y vio la brisa marina revolverle los negros cabellos, el cálido fulgor del sol jugando sobre sus facciones esculpidas.

—¿Podría ser el que apareció en su cala?

—Sí, es él. Todavía no ha recuperado plenamente la memoria.

—Sin duda regresara con el tiempo. Pero pase y siéntese, he preparado tortas esta mañana.

Linnet siguió a la anciana al interior de su casa. Se sentó y charlaron sobre naderías, los asuntos mundanos que conformaban la vida de la señora Corbett, y luego pasaron a los cotilleos locales. Dado que eran muchos los convecinos que solían pasarse por su casa para echar un vistazo, a menudo era ella la que tenía las noticias más frescas.

Al fin satisfecha de ver que la señora Corbett se las apañaba bien, Linnet se levantó.

—Tengo que irme. Gracias por las tortas.

La señora Corbett tomó una garrota que descansaba junto a la puerta y la siguió al exterior.

—Siempre es un placer recibir su visita.

Linnet se detuvo al comienzo de la empinada cuesta.

La anciana se detuvo a su lado y miró a Logan.

—¿Existe la posibilidad de que sea tan bueno como parece? —murmuró la viuda.

—Eso creo, es muy probable —tuvo que contestar Linnet mientras sonreía tras seguir la mirada de la mujer.

—Entonces quizás le interese aferrarse a él. —La señora Corbett soltó un bufido—. Una dama de su edad, con sus responsabilidades, necesitaba a alguien que la espere por las noches.

Linnet rio y empezó a subir el sendero. Por mucho que apreciara a Logan, sobre todo por las noches, no olvidaba que en cuanto recuperara completamente la memoria, se marcharía. Tendría que marcharse, porque era evidente que se suponía que debía estar en algún lugar, haciendo algo en concreto.

A su espalda, la señora Corbett se apoyó en la garrota y elevó la voz para que llegara hasta Logan.

—Usted no es un marinero, ¿verdad?

—No, señora. —Logan se levantó e inclinó la cabeza con educación—. Sé navegar, pero no soy marinero.

—Mejor.

Al llegar a lo alto del sendero, Linnet permitió que Logan la elevara hasta la silla de Gypsy. Recogió las riendas, lo observó montar de un salto y se giró hacia atrás para despedirse de la señora Corbett.

Con las manos cruzadas sobre el pomo de la garrota, la anciana la miró.

—No olvide lo que le he dicho, señorita. A veces la vida deja que caer una manzana en tu regazo, y no es buena idea arrojarla a un lado.

Linnet sonrió, agitó una mano en el aire y giró a Gypsy para dirigirse hacia su casa.

—¿A qué se refería?

—A nada. —Ella espoleó a la yegua para iniciar el galope y notó cómo Storm llegaba a su lado. Miró brevemente a Logan y luego al frente.

Por mucho que lo deseara, aferrarse a él... aferrarse a un hombre como él... no era una opción viable.

En el trayecto de regreso a Mon Coeur, se encontraron con Gerry Taft, el mayoral de los pastores, y a su cuadrilla, que estaban reuniendo a las vacas para llevarlas desde las colinas a los pastos más protegidos de invierno. Logan no conocía a ese hombre y ella los presentó antes de que ambos se unieran para ayudar a reagrupar al ganado disperso para que se dirigiera en la dirección deseada.

Con unos campos tan grandes, con tan pocas vallas y el suelo repleto de rocas y ocasionales árboles retorcidos por el viento, lo que debería haber sido una tarea sencilla no lo fue en absoluto.

Cabalgaron y comprobaron, cambiando de dirección constantemente, patrullaron y reforzaron el perímetro del rebaño, urgiéndolo con gritos para que siguiera en movimiento. A los cinco minutos, al parecer incapaz de evitarlo, Logan ya estaba dando órdenes.

Linnet por lo menos sabía lo que era ese hombre, pero su comportamiento fue tal que ni Gerry ni sus hombres se molestaron. El don de mando era el fuerte de Linnet, que sin embargo optó por observar resignada mientras Logan hacía preguntas para evaluar los conocimientos de los hombres y hacía sugerencias, que a ellos les parecieron sensatas y que pusieron de inmediato en práctica.

La pátina del mando encajó suavemente sobre los hombros de Logan, como una segunda naturaleza, algo que hacía sin pensar.

Mientras ella rodeaba el ganado y se preguntaba cómo se

sentía sobre eso, se dio cuenta de que la matriarca del rebaño había sido arrinconada por los perros. Linnet señaló con el látigo y gritó:

—Abridle paso... dejad que guíe a la manada.

Logan era quien más cerca estaba de Linnet. Miró y modificó sus órdenes anteriores para poner en práctica las de Linnet.

Ella continuó montando cerca de él, y él siguió teniendo en cuenta cualquier observación que ella hiciera. Para cuando por fin vieron ante ellos el destino del rebaño, Linnet tuvo que admitir que ese hombre sabía lo que hacía tanto al mandar como en el dormitorio. Era uno de esos casos raros de hombre tan a gusto en su propia piel, tan seguro de sus propias fortalezas, que no tenía ningún problema en delegar ante otros. No consideraba que el estatus de los demás socavara el suyo.

No pensaba que cumplir órdenes de una mujer socavara su masculinidad.

Pensar en su masculinidad, en su fuerza innata, hizo que Linnet se estremeciera.

Condenado hombre... Realmente se le había metido bajo la piel.

Mientras Gerry y sus hombres hacían pasar el ganado por la puerta hacia los pastos de invierno, Logan se acercó.

—¿Volvemos a casa?

Ella asintió, agitó una mano para despedirse de los demás e hizo girar a Gypsy en dirección a su casa. Logan acomodó a Storm a su paso.

Cabalgaron durante toda la mañana con el creciente viento en sus rostros. Una mirada a su cara le indicó a Linnet que Logan se estaba estrujando el cerebro de nuevo, intentando recordar su presente y su pasado reciente.

De forma espontánea, las palabras de la señora Corbett resonaron en su mente. En cierto modo proféticas. Si Logan era una manzana que el destino había dejado caer en su regazo, ella ya la había mordido. Y tenía intención de tomar más... hasta que él recordara quién era y se marchara.

La idea aplastó con eficacia la incipiente noción de que, siendo al parecer un hombre capaz de seguir las órdenes de una mujer, ella podría, quizás, querer conservarlo.

Sin embargo no podía, porque él no iba a quedarse. Seguramente no podía quedarse. Sus lecciones nocturnas eran fiel testimonio de la considerable experiencia que poseía en ese campo. Para el caso, y aunque él no lo recordara, podría tener una esposa esperándolo en Inglaterra. Ningún otro pensamiento podría haber enfriado con tanta eficacia cualquier idea salvaje y romántica que pudiera haber empezado a germinar en su cerebro. Linnet debía ser realista, Logan terminaría por recordar y se marcharía... Y el hecho de que esas ideas salvajes y románticas siquiera se le hubieran ocurrido le demostraba que lo más inteligente y sensato que podía hacer era ayudarlo a recordar. Para que pudiera marcharse antes de que ella empezara a anhelar cosas que jamás podrían ser.

—Torteval... el pueblo —Linnet lo miró—, no está lejos. Deberíamos acercarnos y averiguar si hay alguien que sepa algo más sobre el naufragio.

—Te sigo. —Logan la miró a los ojos antes de inclinar la cabeza.

Ella se desvió hacia el este, decidida a encontrar alguna pista que hiciera resurgir la memoria de Logan para que así pudiera seguir su camino.

Entraron en Torteval, un pueblo apenas lo bastante grande como para albergar una diminuta taberna. Dejaron las monturas atadas a un poste yLogan siguió a Linnet al interior. Los vecinos la saludaron entusiastas. Era evidente que esa mujer era reconocida, apreciada y respetada. Ella les presentó a Logan, que rápidamente despertó la curiosidad de todos.

Los que estaban sentados a las mesas eran viejos marineros y granjeros, ninguno era joven.

—Tuviste una suerte del demonio —le aseguró un viejo lobo

de mar—. Al venir de esa dirección, de no haber caído en Pleinmont Point, habrías sido arrastrado a mar abierto... Siguiente parada, Francia.

—Sufrí un golpe en la cabeza —Logan hizo una mueca— y todavía no recuerdo hacia dónde se dirigía mi barco.

Linnet se quitó los guantes y se sentó en uno de los bancos junto a la larga mesa de madera en torno a la cual estaban todos reunidos.

—¿Alguien ha descubierto algo, averiguado algo, por aquí? —Levantó la mirada hacia la tabernera, que salía de la cocina—. Bertha, ¿has oído algo sobre los restos del naufragio?

—No, señorita —Bertha sacudió su rizada cabeza—, y de haber habido alguna noticia yo lo sabría. Oímos que hubo un naufragio, de modo que todos los de por aquí han estado buscando, pero nadie ha encontrado ni un pedazo.

—Merecía la pena intentarlo. —Linnet se volvió hacia Logan y de nuevo hacia Bertha—. Ya que estamos aquí, tomaremos dos raciones de tu guiso de pescado, Bertha, y dos pintas de sidra.

La tabernera hizo una pequeña reverencia y corrió de regreso a la cocina. Al comprender que iban a comer en la taberna, Logan se sentó en el banco junto a Linnet.

Uno de los viejos marineros se inclinó hacia delante y la miró.

—¿No hay ninguna señal de restos del naufragio en la bahía Roquaine?

—Mis hombres lo han comprobado —Ella sacudió la cabeza—, nadie ha encontrado nada.

—Entonces lo más probable es que el barco se hiciera pedazos contra los arrecifes al norte y al oeste de la cala. Dada la dirección del viento que soplaba, si los restos no han aparecido en la cala del oeste, habrán pasado de largo nuestra costa. —El marinero miró a Logan—. En ese caso, no habrá nada en ninguna parte de la isla que pueda ayudarte a recuperar la memoria.

Los demás marineros asintieron todos con sus canosas cabezas.

Bertha apareció con dos platos humeantes y llenos que colocó con una floritura ante Linnet y Logan.

—¡Aquí tienen! Esto les calentará antes de que vuelvan a salir ahí fuera. El viento se está levantando. Enseguida les traeré la sidra.

La conversación volvió al habitual tema de los marineros: las capturas del día. Logan dio buena cuenta del sabroso guiso de pescado mientras la charla se desarrollaba a su alrededor.

Estaba preparado para marcharse cuando Linnet se levantó y se despidió de todos los presentes. Logan hundió la mano en el bolsillo, pero se acordó de que no llevaba la cartera.

Linnet se despidió de Bertha agitando una mano en el aire y pidiéndole que lo apuntara a la cuenta de Mon Coeur. Logan la siguió al exterior de la taberna frunciendo el ceño mientras se acercaban a los caballos.

Levantó a Linnet hasta la silla y la sujetó, buscando su mirada.

—Si llevaba unas botas Hoby, debía tener dinero en alguna parte. Cuando recuerde dónde, te recompensaré por el gasto en la comida.

—Yo estaba pensando que podrías recompensarme esta noche. —Ella enarcó las cejas.

Logan apretó los labios y le sostuvo la mirada.

—Eso apenas lo cubre todo —aseguró después de unos segundos.

Soltó a Linnet y se volvió hacia Storm, agarró las riendas y saltó a la silla.

—Pues entonces asegúrate de que merezca la pena. —Linnet lo miró a los ojos—. Estoy segura de que, si te esfuerzas, lo conseguirás.

Y sin más, espoleó a la yegua para que echara a andar.

Logan sujetó a Storm en el sitio mientras miraba fijamente la espalda de Linnet. Tenía el ceño cada vez más fruncido cuando, por fin, soltó un poco las riendas y arrancó tras ella.

Tras regresar a la casa, Logan insistió en hacer todo lo que pudiera para ayudar en la propiedad, lo cual significaba esa tarde ayudar a los otros hombres a levantar un nuevo cercado para proteger un pequeño rebaño de ciervos que Linnet había importado para criar para carne.

Se lanzó a ello con entusiasmo, ahogando su frustración por no ser capaz de recordar... y por ella. No le había gustado su sugerencia de que podría recompensar su hospitalidad con sexo la primera vez que lo había oído, y todavía le disgustaba más que hubiese pisoteado sus escrúpulos y lo hubiese empujado a seguirle el juego la noche anterior.

Su continua insistencia en arrojar sus interludios nocturnos bajo esa luz le hacía... no sabía qué, pero hundir la pala en la tierra para hacer un agujero donde clavar un palo le hacía sentir bien.

Notaba la herida que le tiraba, la piel tensa, pero mientras protegiera el costado izquierdo, no tendría demasiadas dificultades. Había recuperado en gran medida las fuerzas y, dado que era diestro, era capaz de manejar un mazo con más fuerza que cualquiera de los otros hombres allí.

De modo que cavó y golpeó y, junto con los otros hombres, colocó los postes y el alambre en su sitio, mientras ignoraba a la mujer que los observaba con mirada crítica.

Linnet permanecía bajo un árbol cercano mirando cómo tomaba forma su corral para ciervos. El recinto en sí mismo era de su gusto, el tamaño perfecto, tanto en extensión como en altura. Con lo que no estaba tan conforme era con su último extraviado, pero apenas tenía razones para quejarse. Construir cercados no era su fuerte, sin embargo él, al parecer, sabía lo suficiente como para dirigir a Vincent, Bright, Gerry y sus respectivas cuadrillas. Dado el respeto con el que habían acogido inmediatamente sus «sugerencias», Logan parecía estar, de nuevo, a cargo de todo.

Aportaba lo suyo como el que más. A pesar del gélido viento y las nubes grises que surcaban el cielo, todos los hombres se habían quitado los abrigos y trabajaban en mangas de camisa, con o sin chaleco. En el caso de Logan, sin. Ella observaba cómo sus músculos, visibles a través de la fina tela de algodón de una de las viejas camisas de su padre, se contraían y se movían, se relajaban y tensaban, mientras levantaba un enorme poste para colocarlo en el último agujero.

Agarró de inmediato una pala y empezó a rellenar el agujero. Young Henry corrió a ayudarlo. Incluso desde cierta distancia, Linnet era capaz de detectar una expresión reverencial en el rostro del muchacho.

Linnet soltó un bufido. Todo eso estaba muy bien, pero... ¿era así como pretendía Logan saldar cuentas con ella en lugar del deleitarla en la cama? En su opinión, no existía realmente tal deuda, ella haría lo mismo por cualquier hombre en su situación sin esperar nada a cambio, a excepción de un sincero agradecimiento, pero su relación se había establecido más a través de las acciones de Logan que de las suyas, y a la luz de eso, su petición para que la educara en materias en las que era un experto le parecía por completo razonable. Sin embargo, aunque quisiera acostarse con ella, ni la noche anterior ni aquella tarde se había mostrado en absoluto ansioso por seguirle el juego.

En efecto, tras la conversación de ese día, del desafío que ella le había lanzado, él había insistido en salir de casa para poder construirle el corral para ciervos.

Linnet se cruzó de brazos y frunció el ceño mientras la última sección de la valla quedaba colocada en su sitio y asegurada. Mientras hacía girar descuidadamente una maza para la que ella necesitaría las dos manos solo para levantarla del suelo, Logan se acercó a Vincent y a Bright, que estaban montando la puerta.

El mensaje era claro: no iba a dejar de trabajar hasta que el corral estuviera terminado.

Ella contempló su espalda con los ojos entornados. Sabía que los hombres la encontraban bastante más que pasablemente atractiva. Y Logan era, en ese sentido, el típico hombre. De modo que ¿por qué no aceptaba su propuesta?

Seguramente porque no le gustaba el lenguaje en que había sido formulada.

La noche anterior su reticencia había surgido por un sentido del honor. Y aunque no estuviera de acuerdo con él, era capaz de respetarlo. Cuanto más recordara Logan del hombre que era, el comandante de caballería, el caballero, más se afianzaría su código de honor. Sin embargo, si ella no tenía la excusa de permitirle que le devolviera el favor enseñándole cosas que ella, a su edad, realmente debería saber ya, cosas que no iba poder aprender de, ni con, ningún otro hombre, entonces, ¿qué motivos tendría para acostarse con él?

¿Qué otra excusa podría tener para desear acostarse con él?

Se sentía como la reina Isabel, preocupada por Robert Dudley. Al menos ella juzgaba a Logan más sincero y menos hambriento de poder de lo que había sido Dudley.

Pero al igual que Isabel, ella tenía la sensación de estar peleando con una relación que amenazaba con evolucionar de un modo que ella no quería.

De un modo que solo podía conducir a un corazón roto.

De modo que no. Logan iba a tener que acceder y aceptar su propuesta tal y como se la había planteado, era lo más sensato. Mientras que su relación permaneciera asentada sobre esa base, un intercambio casi comercial, ni ella ni él olvidarían fácilmente que lo que sucediera en su cama no tenía nada que ver con su corazón.

Y tampoco se iba a crear mayores expectativas.

Los hombres por fin colocaron la puerta y la aseguraron. Todos a una, se apartaron y la contemplaron, supervisaron el corral, admirando su obra, y finalmente se felicitaron los unos a los otros por un trabajo bien hecho.

Los muchachos recogieron las herramientas. Logan se apartó de los demás hombres y se agachó para recoger el abrigo de donde lo había dejado, sobre un tronco, y Linnet vio el vendaje alrededor de su torso moverse y deslizarse.

Con gesto de contrariedad, salió de debajo del árbol y aguardó en el sendero mientras, colocándose el abrigo, él se acercaba.

Y mientras se acercaba, Logan enarcó una ceja.

—Gracias por tu ayuda. Y ahora acompáñame dentro y déjame echar un vistazo a la herida y luego volver a apretar ese vendaje.

Dándose media vuelta, Linnet abrió el paso de regreso a la casa.

Logan apretó los labios y la siguió.

Tras detenerse un instante para lavarse las manos en la fuente junto a la puerta trasera, Logan dio alcance a Linnet, que bajaba las escaleras hacia el cuarto de baño. Sin pronunciar una palabra, se quitó el abrigo y la camisa y se sentó en el banco junto al lavabo para que ella lo atendiera.

Hacía un buen rato ya que había dejado de sentir frustración, pero sí curiosidad sobre qué estaba molestando a Linnet. Mientras ella se afanaba de un lado a otro deshaciendo el largo vendaje, él estudió su expresión.

Y en la siguiente ocasión en que pasó frente a él, Logan la agarró por la cintura, la sujetó entre las rodillas, examinó su frente y luego levantó un dedo para frotar el ceño fruncido.

—¿A qué ha venido eso? —Linnet echó la cabeza hacia atrás y lo miró fijamente.

—Se te estaba formando una arruga ahí.

La arruga regresó de inmediato y él volvió a levantar un dedo.

—Deja de hacer eso. —Ella le apartó el dedo de un manotazo.

—No tienes ningún motivo para fruncir el ceño, así que, ¿por qué estás haciéndolo?

—Haces que todo sea demasiado complicado —contestó ella después de mirarlo a los ojos y titubear—. Limítate... —El último de los vendajes se soltó, cayó al suelo y ella lo recogió— limítate a quedarte ahí sentado y deja que eche un vistazo a los puntos.

Linnet le apartó el brazo y lo sujetó mientras se concentraba en los puntos. Respiró hondo, y se hizo fuerte ante la cercanía con su cuerpo. «Concéntrate en los puntos».

Examinó y apretó con delicadeza. De nuevo se preguntó cómo le habrían hecho esa herida. Y aprovechó la ocasión.

—Alguien se enfrentó a ti con una espada... alguien que

sabía cómo manejarla. Diestro, igual que tú. Intentó matarte, pero tú te apartarse lo suficiente y justo a tiempo. Seguramente debías estar peleando sobre la cubierta durante la tormenta. Sin duda acababas de recibir esta herida cuando caíste al agua. Perdiste algo de sangre, pero de no haberte hundido en las aguas heladas habrías perdido mucha más.

—Eran dos.

Ella levantó la mirada y vio los ojos de Logan fijos en la distancia.

—No. —Él entornó los ojos—. No es verdad. Había tres, pero yo maté a uno... después de que saltaran sobre mí al salir yo de las escaleras delanteras. Subía a cubierta para ver qué pasaba con la tormenta.

Linnet contuvo la respiración mientras se erguía con cuidado. Las palabras de Logan surgían despacio, como si las estuviera colocando una a una según recuperaba la memoria.

—No los conocía... y no recuerdo quiénes eran. Ni siquiera estoy seguro de que lo supiera entonces. No soy capaz de ver sus rostros.

—¿Y qué ves? —susurró ella cuando Logan se quedó callado.

—Aparte de la tormenta, aparte de los destellos de las espadas... nada —La mirada de Logan se concentró de repente en el rostro de Linnet—. Pero sé que buscaban algo que yo tenía. Por eso me querían muerto, para poder robar... —Hizo una pausa antes de continuar, con el rostro y la voz endurecidos— lo único que llevaba encima en ese momento que pudiera tener un valor potencial. Seguramente iban tras el cilindro de madera.

Logan se tensó para levantarse.

—¡No! —Linnet apoyó las manos sobre sus hombros y lo mantuvo sentado—. El cilindro está donde lo dejamos. De hecho, en un minuto podrás recuperarlo, pero primero tengo que terminar de comprobar estos puntos y luego lavar, secar y volverte a vendar. Mientras lleves estos puntos, no puedes salir sin vendaje.

La mirada que él le dedicó podría haber derretido el acero, pero ella se mantuvo firme y no cedió ni un ápice.

Con un bufido de fastidio, él volvió a sentarse en el banco.

Logan la dejó terminar de atender la herida mientras se esforzaba por encontrarle algún sentido a lo que recordaba. Los hechos eran meras pinceladas desordenadas, algunos recuerdos visuales, otros solo pequeños fragmentos de certeza.

Al juntarlos todos... se le heló la sangre. No sabía quiénes eran sus enemigos, ni por qué querían el cilindro, pero dado su salvajismo, su absoluto desprecio por la vida, su crueldad, su despiadada maldad, a Logan no le cupo la menor duda.

Quizás no recordara quiénes eran, pero sabía qué eran.

La idea de que tanta maldad podría haberlo seguido hasta ese lugar, podría estarlo buscando en esos momentos en ese pequeño rincón del mundo aislado, batido por el viento y hermosamente completo... el rincón de Linnet, sus dominios... hizo que se estremeciera.

—Tengo que marcharme. —Miró a Linnet a los ojos cuando ella se volvió tras dejar a un lado el paño—. Podrían seguirme hasta aquí.

—Tonterías. —Ella frunció el ceño—. Ya oíste a esos viejos lobos de mar: si no acabaron arrastrados a nuestras calas, sin duda, y con casi total seguridad, habrán muerto.

Logan frunció el ceño y se removió mientras ella le limpiaba la herida con una toalla húmeda.

—Podría haber otros esperando nuestra llegada y que ahora estén buscando... Podrían oír que hubo un superviviente y venir aquí a comprobarlo.

—Si estaban esperando más adelante —Linnet soltó un bufido—, entonces estarán, bien en alguna parte de Inglaterra, o aún más lejos... Supusimos que tu barco se dirigía al norte, pero también podría haber ido en la dirección contraria.

Ella abrió un tarro de ungüento, hundió dos dedos en él e, intentando no fijarse en el propietario del torso que estaba curando, no fijarse en ningún aspecto de ese torso, extendió la potente crema de Muriel por la herida todavía roja, pero en proceso de curación.

—Y —continuó sin dejar de extender la crema—, aparte de los vecinos, nadie más sabe que estás aquí. ¿Cómo podría alguien, sobre todo fuera de esta isla, saber que estás aquí?

Linnet levantó la vista y vio la mandíbula apretada de Logan. Dejando a un lado la pomada, tomó el rollo de vendas limpias que había dejado preparado.

—Matt y Young Henry fueron al mercado con las coles mi segundo día aquí... se lo mencionarían a alguien.

—No, no lo harían. Confía en mí, saben de sobra que no deben chismorrear sobre algo así. —Ella se movía a su alrededor, vendándole de nuevo el pecho. Al mirarlo a la cara, leyó su incredulidad—. Por si necesitas sentirte seguro sobre eso, debes saber que los dos muchachos son unos mocosos piratillas. Saben mantener la boca cerrada sobre cualquier cosa que el mar arroje a la costa.

Logan decidió dejar de discutir. No tenía suficientes datos para ganar, ni siquiera para encontrarle algún sentido a su incipiente temor. Sus perseguidores eran gente a la que cualquier comandante con sentido común temería, de eso estaba absolutamente seguro. Y en ese sentido, el miedo que sentía no era personal: todo su miedo era para ella y los suyos.

Logan no sabía por qué... no podía formular un argumento racional... pero sabía lo que sentía.

Más tarde, de pie frente a la cómoda del salón, y mientras hacía girar el cilindro de madera una y otra vez entre sus manos, seguía sin saber por qué la sensación era tan fuerte, pero la premonición de un peligro, de una amenaza inminente, era imposible de negar.

Después de cenar, él se sentó en el suelo del salón con los niños y les enseñó otro juego de cartas.

Linnet estaba sentada en su sillón observando... no a los niños, sino a él.

Casi podía ver las conexiones que se formaban en su cerebro, las intangibles asociaciones. Tenía a Brandon y a Chester comiendo de su mano desde el instante en que había abierto los ojos, pero Willlard... Will era a la vez mayor y más precavido. Aunque amistoso, se había mantenido al principio alejado, dudando de si debería unirse a la adoración casi de héroe que los más pequeños le profesaban con entusiasmo. Sin embargo, en esos momentos, Will ya era un converso más.

Los tres hacían preguntas sobre esto y aquello, preguntas de chicos, que Logan o bien contestaba o bien desviaba sus pensamientos en una dirección más apropiada.

Las chicas, ellas también, Jen y Gilly, disfrutaban con su compañía. Y si bien no se aprovechaban de su presencia tanto como ellos, también se beneficiaban de tener cerca a un adulto grande y fuerte con quien interactuar libremente, y confiar en que iba a cuidarlas y protegerlas.

Los niños sabían. Sus niños, sus protegidos, desde luego sabían. Muriel, Buttons y ella los habían criado para ser avispados y brillantes. Lo suficiente como para desconfiar de los extraños, dispuestos a sospechar, dispuestos a reaccionar al más mínimo indicio de que algo no estuviera bien del todo.

Y todos habían mirado a Logan, lo habían mirado y habían visto, y sabido, que era de fiar.

Y en eso tenían razón. Él se portaba bien con ellos, por instinto, sabía cuándo mostrarse firme, cuándo reír y bromear. Cuándo ser amable. Era bueno con ellos de maneras que ni Edgar ni John, a quienes les gustaban los niños, podían igualar. Mientras que los hombres se esforzaban por encontrar la manera, Logan simplemente lo sabía.

Linnet dudaba de que él siquiera fuera consciente de esto. Sus reacciones hacia los niños eran inmediatas, innatas. Se le ocurrió que, si bien él seguía esforzándose por saber qué clase de hombre era, ella y sus niños podrían ilustrarlo sobre muchos rasgos, desde luego los importantes.

Era bueno, amable, considerado sin ser agobiante. Era

autoritario, cierto, pero solo en el ámbito en el que tenía experiencia. Era de fiar, sensible, fuerte, capaz y, tras su reacción al último recuerdo, Linnet podía añadir leal y protector, muy protector, a la lista.

También sospechaba que podía ser valiente hasta la imprudencia.

Llegados a ese punto, Linnet decidió detenerse. Estaba haciéndole parecer un santo y, desde luego, no lo era.

Bajo su capa protectora yacía un afán posesivo y dictatorial que ella reconocía muy bien, pues ella poseía ese mismo rasgo. Y ese era uno de los motivos por los que jamás podrían ser compatibles más allá de cierto punto. Durante unos cuantos días, incluso unas cuantas semanas, podrían llevarse bastante bien, pero al final se produciría el inevitable choque... y ella ganaría. Siempre ganaba, y él se marcharía... suponiendo que llegado ese momento no hubiera recordado y no se hubiera marchado ya.

—Hora de irse a la cama. —Ella se levantó del sillón y esperó a que sus faldas cayeran rectas mientras posaba una mirada directa sobre los niños que enfrió sus protestas antes siquiera de que pudieran formularlas.

Edgar y John ya se habían retirado. Buttons se esforzaba por reprimir unos bostezos. Muriel apartó la mirada de su labor de punto y sonrió por encima de sus gafas.

—Desde luego. Se ha hecho tarde.

En pocos minutos, Linnet se había quedado sola con Logan en el salón, con una única vela encendida y el sonido de pisadas que subían las escaleras. Ella enarcó una ceja hacia él, preguntándole sin palabras por qué se había quedado.

—Recuerdo que anoche dijiste algo sobre hacer la ronda.

—Compruebo toda las puertas y ventanas de la planta baja —Linnet debería haberlo supuesto—, una costumbre que mi padre me inculcó. —Protegió la llama de la vela y empezó por la puerta trasera, sonriendo con ironía cuando notó que Logan la seguía—. Hubo un tiempo en que eran piratas, luego bucaneros, acostumbrados a merodear hacia el sur de la bahía Roquaine.

—Siempre he oído que las gentes de las islas descendían de piratas.

—Y has oído bien: así es.

—¿Queda algún pirata o, para el caso, bucanero por aquí?

—Más cerca de lo que podrías imaginarte. —Ella sonrió—. Pero no suponen ninguna amenaza para ti, mucho menos para esta casa.

Alargando una mano hacia la puerta trasera, Linnet corrió los dos pestillos y, mientras seguía avanzando, fingió no darse cuenta de que él comprobaba si lo había hecho bien.

Una vez completadas las rondas, ella se separó de Logan en la primera planta y continuó escaleras arriba para echar un vistazo a sus niños. Él la vio marchar y se la imaginó inclinada sobre las pequeñas camas, metiendo las pequeñas manos bajo las mantas antes de besar las frentes.

Se la imaginó haciendo todas esas pequeñas cosas bondadosas que las mujeres, las madres, hacían, aunque ella no fuese su madre.

Todavía no estaba seguro de qué pensar de los habitantes de esa casa, pero cuanto más tiempo pasaba allí, más cuenta se daba de que, aunque poco convencional, funcionaba. Proporcionaba a quienes vivían en ella todo lo que necesitaban para tener una vida plena y feliz.

Y también segura, hasta donde Linnet podía garantizarla.

Logan se dirigió a la habitación de Linnet y entró. Tras cerrar la puerta se acercó a la ventana y, tal y como había hecho la noche anterior, miró hacia fuera. La noche anterior había pensado que lo que le atraía de la vista era el hecho de que en esa dirección estaba Inglaterra, pero en realidad era la sensación de paz, incluso ante los fuertes vientos y bajo las nubes que surcaban los cielos. Y era eso mismo lo que lo mantenía allí en aquel momento.

Al otro lado de esa ventana la naturaleza regía sobre un paisaje elemental, salvaje y rudo, y aun así la gente había vivido allí desde hacía siglos, seguramente desde hacía más tiempo que en

Inglaterra. El aspecto agreste, la rudeza, le recordaba a la Glenluce, aunque en ese lugar los elementos eran presagio de emoción, aventura y diversión, carentes del tono sombrío y gris que caracterizaba a Escocia.

Se sentía en casa, aunque no: le resultaba familiar y a la vez diferente, y en cierto modo más acogedor. Quizás por eso tenía esos sentimientos tan intensos que lo empujaban a protegerla, a defenderla de cualquier amenaza.

Nunca antes había tenido una sensación innata de protección tan profunda, en ningún lugar, por nadie. Quizás sus recuerdos aún tuvieran lagunas, pero sobre eso estaba seguro.

Del mismo modo que sabía que la propia Linnet le negaría cualquier derecho a sentirse así, no existía ninguna lógica ni racionalidad detrás de su firme convicción de que era, de algún modo, el protector y defensor de esos inocentes, de ese pequeño reino. Como si hubiese caído bajo algún hechizo, ya fuera de la casa o de la mujer. Quizás de ambas.

En cualquier caso, sentía cada vez más que Mon Coeur era la cerradura en la que encajaba su llave.

La puerta se abrió y él volvió la cabeza para ver entrar a Linnet.

Tras localizarlo, ella dejó el candelabro sobre la cómoda y avanzó con decisión, con seguridad, hacia él. Llevaba otro de sus delicados vestidos de lana, una creación sencilla y humilde de un color verde ahumado, aunque las mangas resaltaban las elegantes líneas de sus brazos, el profundo escote llamaba la atención sobre los rotundos pechos y las faldas, que se pegaban a sus largas piernas, jugaban con los sentidos de Logan.

Fijó la mirada en su rostro y se preparó para oírla hablar de su «acuerdo», según el cual él debería recompensarla educándola, enseñándola las maneras de la carne.

De la carne de ella y de la suya propia.

Pero Logan no quería eso, no quería hacerlo, no se sentía capaz de tratarla así, de verla a ella y a su cuerpo como parte de un intercambio. Él, en cuerpo, mente y alma, estaría encantado de hacerle el amor si ella lo quisiera a él, si quisiera libremente acostarse con él para explorar ese lado del paraíso sin un ápice de obligación ni coerción.

Quería relacionarse con ella en otro plano, en el de un hombre con una mujer, un caballero con una dama, un amante con una amante. No quería que hubiese nada, ninguna otra consideración que mancillara lo que compartían, coloreándolo, corrompiéndolo.

Cuando Linnet se detuvo delante de él y lo miró a los ojos, él quiso decirle, quiso encontrar las palabras para reescribir su relación, para redirigirla hacia un camino sencillo, directo y convencional, un camino que no había seguido con ninguna mujer, pero que quería seguir con ella.

Logan sabía lo que necesitaba decir, pero le faltaban las palabras.

En cualquier caso, no podía pronunciarlas. La indecisión, la falta de memoria, le forzaban a permanecer en silencio.

Todavía no conocía su pasado reciente, no sabía si tenía una esposa esperándolo. No creía que la tuviera, pero la posibilidad existía.

Hacerle el amor a Linnet ante la sugerencia de ella, más aún, ante su insistencia, era una cosa... Algo que su honor no aprobaba, pero algo con lo que podría vivir, dado que no tenía realmente ninguna elección. Ella no le daba ninguna. Pero hablar con ella y hacerle creer que podría haber más entre ellos cuando ni siquiera sabía si era posible, era comportarse como un canalla.

Logan la miró a los ojos, brillantes bajo la luz de la luna, y supo que no le iba a gustar adónde quería conducirlo. Pero hasta que lo supiera todo sobre Logan Monteith, el hombre que era en esos momentos, los compromisos que había contraído y debía cumplir, no podía tomar las riendas de manos de Linnet.

Ella estudió su mirada, examinó lo que veía en su rostro, en los cincelados ángulos y planos.

—Piensas demasiado. —Estaba segura de que pensaba en cómo discutir, protestar, por su situación, y atrapó su oscura mirada—. Deja de resistirte. Sabes que no tiene ningún sentido. Tu deuda conmigo no hace más que aumentar, así que dime cómo piensas equilibrar la balanza.

Linnet se sentía osada y un poco culpable al mantener esa actitud, al obligarlo de un modo que sabía no le gustaba, pero que era el único para que ella mantuviera el control, para que gobernara su relación.

Para asegurarse de que permaneciera superficial.

Para asegurarse de no hacer nada que lo animara a creer que podría ser algo más. Que podría llegar a ser más. Que ella incluso pudiera desear más.

—¿Qué quieres de mí? —Él la miró con los ojos entornados—. ¿Qué lección se supone debo enseñarte esta noche?

Logan hablaba en voz baja y ella ocultó una sonrisa. Al parecer, iba a claudicar.

—Quiero aprender más... Quiero que me enseñes más de lo que ya hemos compartido.

—Tendrás que ser más específica. —Él apretó los labios.

Linnet también entornó los ojos. Quizás se había apresurado al asumir la capitulación de Logan. ¿Cómo podía ser específica si no conocía? Sonrió con aire de suficiencia.

—Quiero que me trates como tratarías a una esclava... a una esclava sexual.

Logan abrió los ojos desmesuradamente.

—Como a una mujer que se te entrega para que hagas lo que quieras —La sonrisa de Linnet se hizo más profunda—, sobre todo para que hagas realidad tus fantasías más fuertes. — Abierta, francamente atrevida, enarcó una ceja—. ¿Te parece lo bastante específico?

—No tienes ni idea de lo que estás pidiendo. —Él apretó los labios con fuerza. Sus ojos eran del color de la medianoche más profunda—. Inténtalo de nuevo... no es eso lo que quieres.

—Sé lo que quiero —aseguró ella mientras enarcaba las cejas con altivez—. Tus deseos sin restricciones. Quiero saber... experimentar lo que supone enfrentarme a esos deseos. Qué se siente al verte hacer realidad tus deseos más salvajes.

Logan miró fijamente los ojos verdes de bruja, leyó la expresión orgullosa y arrogante y sintió estremecerse todo en su interior.

Se sentía como un depredador a punto de saltar. Que le ofrecieran tal festín sexual, que le obligaran a participar en él... Pero no podía. Ella no debería. Con desesperación, buscó algún modo de rechazarla.

Linnet alzó la barbilla y le sostuvo la mirada, la testarudez dibujada en cada línea de su rostro, de su cuerpo.

—Esta noche —sentenció con una voz cargada de desafío— ese es mi precio —continuó sin dejar de sostenerle la mirada—. Y en mi opinión, estás obligado a pagarlo.

Logan se esforzó por no reaccionar y prácticamente se estremeció ante el impulso de agarrarla y devorarla. ¿Cómo se había metido en eso? Cada vez que pensaba que era capaz de controlarla, ella avanzaba un paso más en las aguas profundas y, sin ningún esfuerzo, lo arrastraba con ella.

Si hacía lo que le pedía...

«No tienes ni idea de lo que estás pidiendo».

Jamás había pronunciado palabras más ciertas. Logan sabía con total certeza que ella no tenía ninguna idea. Comparada con él, era inocente. El motivo por el que lo estaba empujando en esa dirección en concreto se le escapaba, pero dada esa supuesta inocencia, si accedía, aunque solo fuera a medias... Quizás ella no volvería a insistir. Por lo menos no en una dirección tan peligrosa.

Lo último que quería Logan era leer el miedo en la mirada de Linnet, pero con suerte, un lametón, una sugerencia, haría que se alejara de cualquier otro juego peligroso... Con él o con cualquier otro.

Que Dios no permitiera que ella lo intentara con cualquier otro.

Esa idea fue lo que selló su destino. Mejor él que cualquier otro. Si quería proteger a esa condenada bruja, lo mejor sería aceptar el guante que ella acababa de arrojar a sus pies.

Asegurarse de que no volviera a arrojarlo nunca más.

—De acuerdo —consintió—. Serás mi esclava sexual durante esta noche. No hables a no ser que yo haga una pregunta, y obedecerás al instante cada orden que yo te dé... sin dudar.

Los labios de Linnet se curvaron en un sutil gesto de triunfo mientras inclinaba la cabeza.

—Trae el candelabro.

Ella se volvió y echó a andar hacia la cómoda mientras él se dejaba caer en el sillón situado ante el amplio ventanal. Linnet regresó con el candelabro en la mano.

—Déjalo sobre la mesilla junto a la cama.

Ella obedeció y se volvió hacia él.

Logan señaló un punto a casi un metro delante de sus pies. Obedientemente ella se colocó en ese punto. La luz de la luna y las estrellas, amortiguada por las nubes, entraba por la ventana, mezclándose con el fulgor que desprendía la vela para iluminar a Linnet mientras que él quedaba en gran parte en la sombra.

—Quítate la ropa. —Él e sostuvo la mirada.

Linnet curvó los labios y accedió. Era evidente que entendía cuál era su papel y lo desempeñó sin apresurarse, aunque tampoco titubeó innecesariamente.

Logan la observaba desnudarse, las largas piernas, las deliciosas curvas, todo cubierto por una piel blanca como el alabastro. Tras un momento de discusión consigo mismo, decidió no ordenarle que se soltara los cabellos. La ondulada mata de pelo ocultaría demasiado su cuerpo y él no iba a permitirle la menor modestia esa noche.

Era parte de su plan. Mientras observaba, siguió maquinando.

Cuando ella arrojó la camisa a un lado y la prenda cayó flotando para reunirse con el resto de la ropa desperdigada a un lado del suelo, él la examinó sin restricciones con su mirada; lentamente recorrió las blancas curvas, las sombras, los rotundos y erguidos pechos, la estrecha cintura, los rizos rojos y dorados en el vértice de los muslos. Los largos y finamente musculados muslos, las rodillas esculpidas, las esbeltas pantorrillas y los delicados pies.

Despacio, mientras la evaluaba, Logan deslizó la mirada de nuevo hacia arriba, hasta su rostro.

—Coloca las manos sobre tus pechos. Con las manos ahuecadas.

Ella parpadeó pero obedeció, y sujetó las blancas redondeces en sus manos.

—Juguetea con ellos. —Él le dio indicaciones y observó mientras ella las llevaba a cabo, y vio la expresión contenida en sus ojos. Se debatió sobre hasta dónde podría llevarla en esa dirección, pero lo que veía no estaba facilitando su vida en absoluto.

Con la mirada fija en sus pechos, que desbordaban las manos de Linnet, él se desató el pañuelo del cuello soltándolo lentamente, consciente de que ella lo estaba observando.

—Sigue jugueteando. —Logan se levantó lentamente y se acercó. Sin ninguna prisa caminó a su alrededor antes de detenerse detrás de ella, a menos de treinta centímetros.

Posó el pañuelo sobre los hombros de Linnet con la clara intención de utilizarlo más adelante. Ella ya tendría ocasión de imaginarse para qué.

A continuación curvó las palmas de sus manos sobre los hombros y empezó.

Linnet tuvo que esforzarse por permanecer de pie, por mantener la columna rígida mientras las duras manos y los largos y fuertes dedos gobernaban sus sentidos y dominaban su voluntad.

Las manos de Logan surcaron el cuerpo de Linnet y la posesión hizo que su piel ardiera.

Hasta que las terminaciones nerviosas chisporrotearon, hasta que cada centímetro de su piel despertó, delicadamente sonrojada, ardiente.

De repente, él deslizó las manos bajo las de ella, que todavía sujetaban suavemente sus pechos.

—Coloca las tuyas encima de las mías.

La brusca orden fue pronunciada en su oreja. Logan cerró las manos y masajeó los pechos con mucha más firmeza, un conocimiento más profundo, que ella. Los dedos encontraron sus pezones y apretaron, apretaron hasta que ella se colocó de puntillas, echando la cabeza hacia atrás mientras la espalda se arqueaba y respiraba entrecortadamente.

—Así.

Apartó las manos y colocó las de Linnet sobre los inflamados y doloridos pezones.

Una orden que ella intentó obedecer mientras se mordía el labio. Mientras las manos de Logan se deslizaban hasta su cintura y rodeaban sus caderas. Para acariciarle el trasero. Para explorar, descaradamente posesivo, para examinar.

A medida que su piel ardía y se humedecía, el aire de la noche se volvía frío.

Sin previo aviso, él le sujetó una cadera con fuerza con una mano, mientras que la otra se deslizaba bajo el trasero y desde ahí la tocaba, la acariciaba una vez, con firmeza, antes de hundir un dedo en su interior penetrándola con profundidad.

Linnet sintió que los pulmones se quedaban sin aire, no podía respirar. Cerró los ojos y sintió sus propias manos sobre los pechos, sintió crecer su excitación, las sensaciones atravesarla como un relámpago.

Cerró las manos y jadeó mientras él sacaba la mano, pero solo para introducir un segundo dedo junto con el primero.

Logan la acarició con fuerza, una presión que invadía su intimidad.

El corazón de Linnet se aceleró. Desesperada, se agarró los pezones y apretó mientras él movía los dedos sin piedad dentro de ella, el puño cerrándose bajo su trasero, empujándola más y más.

La tensión creció y se disparó. Con la cabeza inclinada hacia atrás, Linnet jadeó. Con la mano de hierro sujetándole la cadera, él guiaba su cuerpo mientras ella cabalgaba impotente sobre los dedos invasores.

A medida que la liberación se acercaba, deslumbrante, a medida que sus nervios se tensaban y se enroscaban.

Los dedos de Logan se detuvieron y salieron de ella.

Linnet abrió los ojos de golpe, los labios entreabiertos y secos, esforzándose por mantener el equilibrio mientras sus sentidos giraban descontrolados.

Logan la rodeó hasta quedar frente a ella. Su rostro era una máscara grabada en piedra mientras la miraba a los ojos.

—Las esclavas sexuales tienen que ganarse el placer. —La mirada descendió hasta las manos, que seguían cerradas en torno a sus pechos—. Extiende las manos, con las muñecas juntas.

Ella respiró entrecortadamente y obedeció. Logan retiró el pañuelo de sus hombros y ató las muñecas lo bastante apretadas para que ella no pudiera separar las manos, aunque sí moverlas hacia delante y hacia atrás.

—Arrodíllate.

Linnet se sentía acalorada aunque vacía, y deliciosa, fascinantemente fuera de lugar. La excitación la atravesaba mientras se arrodillaba en el suelo y levantaba la vista hacia él.

—Abre mis pantalones y toma mi miembro entre tus manos. —Los ojos de Logan eran dos pozos oscuros.

Ella sabía lo suficiente, había oído lo suficiente, como para saber hacia dónde los conducía aquello. Intentó no mostrarse demasiado ansiosa, mantenerse en el papel de la esclava, mientras desabrochaba los botones de la cinturilla del pantalón, la abría y tomaba la fuerte erección entre sus manos.

No era la primera vez que lo había tocado ahí, piel con piel, pero era incapaz de ocultar su creciente curiosidad, su ávida fascinación. Sin esperar instrucciones, deslizó un dedo por toda la longitud, rodeó la amoratada cabeza y cerró una mano mientras apretaba ligeramente.

Oyó la respiración de Logan detenerse bruscamente.

Sintió la tensión saltar y atraparlo. Sintió los músculos de su cuerpo tensarse mientras, bajo las palmas de sus manos, la erección se convertía en acero. Un acero rígido, cubierto por una piel de la textura del más delicado satén. Un gran contraste, una extraña suavidad.

Linnet se olvidó de recibir órdenes y jugó, exploró, aprendió.

Sintió las manos de Logan deslizarse entre sus cabellos, bajo el moño que colgaba sobre la nuca, los dedos abriéndose entre los mechones enroscados, agarrándolos con fuerza.

—Tómame con tu boca.

Ella lo complació al instante,

Con ansía.

Logan cerró los ojos mientras soltaba un gruñido, un gruñido que apenas consiguió retener cuando los labios de Linnet se deslizaron sobre la inflamada cabeza, luego más abajo, y la ardiente boca lo tomó. Él le agarró con más fuerza la cabeza para guiarla, y un pensamiento lógico se formó en su mente mientras ella lamía y chupaba.

¿Dónde demonios había aprendido ella...?

Pero incluso mientras ella despedazaba su control, él comprendió que estaba improvisando. En realidad no sabía, simplemente hacía lo que le apetecía...

Que Dios se apiadara de él.

Como si fuese una respuesta a su oración, ella se apartó y lo soltó, pero solo para formular un ruego.

—Indícame cómo darte placer.

Él abrió los ojos y la miró.

En el mismo instante en que ella levantaba la mirada hacia él.

—Amo.

La palabra surgió en un ronroneo, los pecaminosos y traviesos labios acariciaban esa piel tan sensible que lo quemaba.

Al mirar esos ojos verdes, lo único que se le ocurrió a Logan fue: «¿Amo?». ¿Quién era el amo allí?

Pero cuando ella volvió a lamerlo, se rompió el hechizo y las manos de Logan se tensaron sobre la cabeza de Linnet, y volvieron a empujarla para que lo sirviera, a lo cual ella se dedicó con entusiasmo mientras, con una voz ronca por la pasión, él la guiaba.

Mientras le explicaba cómo destrozar su voluntad y hacerle caer de rodillas...

Al comprenderlo, Logan miró hacia abajo y vio la roja cabellera contra su entrepierna, sintió los sedosos cabellos rozar su piel expuesta, sintió cómo perdía el control. Llenando los tensos pulmones de aire, se obligó a sí mismo a actuar, a deslizar un pulgar entre los labios de Linnet y sacar la palpitante erección del paraíso de su boca.

Ella accedió a la implícita orden, se sentó sobre los talones y lo miró con expectación... Impertérrita, sin intimidarse, sin inmutarse.

Lo único que vio en sus ojos fue el deseo y una descarada determinación.

Regocijo y una pura anticipación del placer.

Logan apretó los labios. Cerró las manos sobre los hombros de Linnet y la levantó. Plantó su boca sobre la suya, la besó, la devoró. Apasionada, posesivamente exigente, dirigiendo y, por último, devorando sin piedad. Tal y como él deseaba, tal y como él quería.

Tal y como ella también quería.

Se encontraron con un choque de lenguas y un deseo creciente.

Logan no conseguía saciarse de ella, de su sabor, salvaje y lascivo, y tan suya.

Rendido aunque feliz, ansioso, alegre.

Peligroso, muy peligroso...

Se suponía que él debía enseñarle aquello que ella no debía, no le convenía saber...

Apartó la boca de la suya y la hizo girar hasta que quedó frente a un lado de la cama. Linnet seguía con las manos atadas y, agarrándola por la cintura, él la levantó.

—Arrodíllate en el borde.

Ella lo hizo. El colchón situó sus caderas a la altura perfecta, las rodillas separadas para mantener el equilibrio, ella miró hacia atrás por encima del hombro.

—Mira hacia delante. Mantén la mirada fija en el frente.

Las palabras surgieron como poco más que un gruñido.

Linnet las descifró lo bastante bien como para obedecer, los pechos doloridos, el pulso acelerado, mientras esperaba a lo que siguiera.

Una ardiente, dura, presencia masculina, se pegó a ella por detrás, colocándose entre sus muslos, tocándola de nuevo, aunque de manera diferente.

Le enseñó cómo podía utilizarse la fuerza contra ella, le enseñó cómo sentirse desvalida podía añadir un aspecto afilado a la pasión, cómo podía destrozar sus sentidos solo con un roce, cómo el deseo podía convertirse en un látigo con el que fustigarla hasta hacerla sollozar.

Hasta que ella gimiera.

Hasta que la desesperación le calara hasta los huesos.

Logan le enseñó cómo esperar su caricia podía hacerla estremecer, cómo recibirla podía hacerla jadear, luego gemir. Luego sollozar, y luego gritar.

Le enseñó cómo la pasión podía crecer y crecer hasta que le salían garras afiladas que la arañaban antes de despedazarla.

Le enseñó cómo el placer podía despellejarla, cómo la necesidad salvaje podía golpearla desde el interior, cómo el placer podía convertirse en un rugiente fuego que la consumía.

Las duras manos de Logan se movieron sobre ella con descarada intención. De manera brusca, convincente, empujándola. Si antes ya le había impuesto su posesión, en esos momentos le ofrecía fuego y conflagración, no le dejaba elección alguna salvo la de aceptarla y dejar que la quemara. Que la dominara. La consumiera.

Con los ojos cerrados y algo mareada, ella se esforzó por mantenerse erguida, por evitar que su cabeza se inclinara hacia atrás. Intentó no fijarse en cómo sus jadeos se convertían de nuevo en gemidos y luego en crecientes sollozos.

La voraz pasión saltó hasta lo más alto, estalló como una cometa antes de cubrir su cuerpo, introducirse bajo su piel y subir como la fiebre.

Hasta que ella volvió a arder.

Hasta que una primitiva pasión se fundió en sus venas.

Hasta que un deseo visceral se convirtió en un horno vacío en su estómago que le hizo sufrir con la necesidad de sentirlo dentro de ella. Y tuvo que contener el impulso de retorcerse bajo las manos de Logan.

Los endiablados dedos continuaban amasando, apretando y explorando, poseyendo cada curva, cada íntima oquedad. Desde detrás, él volvió a introducirse en ella, pero simplemente para confirmar que estaba preparada, mojada y ardiente y húmeda para recibirlo de nuevo.

Mientras jadeaba y se estremecía de placer, ella lo sintió acercarse. Entre sus muslos, él deslizó los dedos más adelante y con la yema de uno de ellos dibujó círculos en torno al delicado botón que palpitaba bajo los rizos, provocando un remolino de sensaciones ascendentes que llevaron su excitación a niveles incluso más elevados.

—¿Qué es lo que quieres? —Las palabras surgieron como un susurro junto a su oído.

—Te quiero dentro de mí. —Ella cerró los ojos y se humedeció los labios—. Muy dentro. Ahora.

—Bien.

Linnet lo sintió detrás de ella. De repente una mano la aplastó y la presionó entre los hombros, obligándola a bajar.

—Inclínate. Coloca los codos sobre la cama.

Linnet sentía espasmos de necesidad por toda la piel y obedeció. Las manos de Logan le agarraron las caderas con fuerza.

Linnet dispuso de un instante, un instante para que sus nervios, cada sentido que poseía, aprovechara la expectación antes de que él se hundiera en ella con fuerza, profundamente, con seguridad.

En el interior del húmedo horno de su seno.

Ella no pudo evitar un gemido al sentir cómo la llenaba. A continuación, Logan se retiró, pero solo para volver a lanzarse con fuerza dentro de ella, empujando más dentro aún, y el gemido de Linnet se convirtió en un sollozo ahogado.

La tela de los pantalones se frotaba contra la sensible piel de trasero de Linnet, recordándole que él estaba casi vestido mientras que ella… estaba agachada, desnuda y desvalida delante de él, sobre su cama, las muñecas atadas, ofreciéndole su sexo para su uso y disfrute.

Otra capa de excitación, una posesión más profunda.

Linnet sollozó, jadeó, incapaz de hacer nada más que sacudir la cabeza de lado a lado mientras él se hundía en su interior y ella lo recibía feliz, muy feliz. Mientras ella se tensaba y agarraba, abrazando la plenitud de la erección y él se empujaba profundamente en su interior y la llenaba, mientras ella se aferraba con desesperación a la cordura y él la transportaba cada vez más alto por el pico de la sensación.

Ella deseaba cada momento, cada instante demoledor de placer.

Linnet intentó moverse, cabalgar con las embestidas de Logan y prolongar la unión, pero descubrió que no podía. Descubrió hasta qué punto estaba desvalida mientras él la sujetaba, la inmovilizaba y repetida, despiadadamente, la llenaba.

Mientras una y otra vez introducía su erección, acero y fuego, en su interior hasta que la fricción se pareció más a una llama ardiente.

Logan la sujetó en esa postura, y le impidió arquear la espalda, solo le permitía mover las caderas mientras se hundía una y otra vez, mientras la sentía tensarse y apretar, en esa caricia primigenia.

Linnet sacudió la cabeza mientras él cabalgaba cada vez con más fuerza sobre ella, ascendiendo por el pico. Los sonidos que surgían de sus labios eran sollozos entrecortados de súplica y rendición.

Logan sintió tensarse los músculos de Linnet, cerró los ojos y embistió con fuerza, oyó su grito cuando se rompió, su interior cerrándose con fuerza alrededor de su miembro, tirando de él hacia dentro.

Logan apretó la mandíbula y bombeó rítmicamente a través

de las fuertes y ondulantes contracciones, hasta que las sintió desvanecerse despacio.

Abrió los ojos y la miró. Los cabellos de Linnet se habían soltado y formaban una revuelta cortina roja que fluía sobre sus hombros y le ocultaba el rostro mientras ella permanecía tumbada, jadeando, respirando entrecortadamente, una mejilla sobre la colcha, intentando recuperar el aliento.

Su piel brillaba como una perla rosada, sonrojada de deseo, lustrosa de pasión saciada.

Logan seguía sujetándole las caderas con fuerza, seguía hundido hasta el fondo en su cuerpo.

Sin dejar de mirar, aflojó el ritmo de sus embestidas. Adquirió un nuevo ritmo y hundió la erección más adentro en el cuerpo rendido, disfrutando con la sensación de tenerla tan abierta, tan expuesta, conquistada.

Siguió hundiéndose y se estremeció, atravesado por las sensaciones, prolongadas, deliciosas sensaciones de posesión triunfal.

Su idea había sido retirarse y volver a saquear su cuerpo, terminar así, en esa posición, para recalcar la que esperaba fuera la lección que ella había aprendido: que la pasión podía dejarla desvalida, hacer que la tomaran, la conquistaran y la utilizaran al antojo del conquistador.

Había pensado que eso era lo que quería, pero... no. Ella le había pedido que la utilizara para satisfacer sus deseos más intensos.

No había ningún motivo para no hacerlo.

Logan se retiró, reculó un paso y se desnudó.

La levantó y la tumbó bocarriba en el centro de la cama, el cuerpo estirado, la cabeza apenas tocando las almohadas, los brazos extendidos sobre su cabeza, las manos, todavía atadas, entre los almohadones. Las piernas seguían flojas y ella se esforzaba por abrir los ojos, por intentar fruncir el ceño. Desnudo, arrodillado, él le agarró los tobillos y los separó todo lo que pudo antes de colocarse en medio y descender sobre ella.

Apoyándose en los codos, acomodó las caderas entre las de

Linnet y captó su mirada en el instante en que abrió los párpados para revelar unos aturdidos ojos verdes.

Logan se hundió con fuerza dentro de ella.

Vio un destello en los ojos verdes, oyó la respiración contenida.

Y agachó la cabeza para tomar su boca.

Salvaje, vorazmente, hundiéndose muy hondo y reclamando tanto su boca como su cuerpo.

Y la sintió alzarse bajo él. La sintió unirse a él y cabalgar las desinhibidas crestas de la pasión desatada, del deseo sin restricciones.

Eso era lo que él deseaba, su deseo más salvaje, tenerla tumbada bajo su cuerpo para poder saquearla, pero al mismo tiempo que ella lo acompañara, una participante activa, cada acalorado centímetro del camino.

La llenó con fuerza, repetida, despiadadamente. Y cuando le agarró las rodillas, ella levantó las piernas, le rodeó las caderas y basculó las suyas, imitándolo, invitándolo a hundirse más aún, animándolo, cabalgándolo mientras él la cabalgaba en una primitiva consumación sin reservas.

Tomando sin reservas.

Siendo tomado sin reservas.

Pero al sentir el clímax de ambos descender rugiendo sobre ellos, mientras la ola de liberación se detuvo, a punto de estallar, mientras el cuerpo de Linnet se aferraba al suyo, abandonado y seductor, él comprendió...

Y entonces ella gritó su nombre y se hizo pedazos, y su liberación provocó la de él, y todo pensamiento quedó ahogado bajo una orgía de sensaciones.

La dicha rodó sobre ellos en una pesada ola de consumación.

En el instante antes de sucumbir, él admitió su derrota.

Pues Linnet no se había retraído. No se había asustado, ni siquiera había mostrado el menor gesto de reticencia.

Le había encantado cada instante, cada intenso segundo.

Emitió un prolongado gruñido y se dejó caer sobre ella.

Había logrado lo contrario de lo que pretendía y más aún. Peor.

Solo un pensamiento, una reacción, logró emerger en su agotado cerebro. «¿Cómo demonios había llegado la situación hasta allí?».

Debería haber imaginado que Linnet disfrutaría con la fuerza, la pasión, la intensidad. No se parecía a ninguna mujer que hubiese conocido antes, por tanto…

Pasado un tiempo, cuando consiguió quitarse de encima de ella y tumbarse en la cama, Linnet acurrucada a su lado, Logan permaneció con la mirada fija en el techo, pensando. En lo que, bajo todo el calor y el fuego, gracias a la fuerza, la pasión y la intensidad que los había dominado sin ninguna duda, había ocurrido de verdad.

Había sucedido.

Ya no había marcha atrás.

Desde luego aquello no era lo que él pretendía, seguramente tampoco lo que ella había esperado. Pero había sido Linnet la que lo había provocado, testaruda, había maquinado el encuentro, y había sucedido, y por tanto se encontraban en la situación en que estaban.

En un lugar en el que nunca habían estado.

Logan pensó que, siendo una persona tan dominante, ella no resistiría ser dominada, que no le gustaría, que se retiraría. Sin embargo, Linnet había disfrutado al ser poseída, lo había recibido de buen grado, lo había abrazado y lo había envuelto en algo parecido al cielo, como un abrazo de ángel. Él había creído que saldría huyendo gritando, al menos en sentido figurado. Sin embargo… él había sido el conquistado.

El que se había convertido en un adicto.

Linnet había satisfecho cada sueño, cada fuerte deseo, que él había tenido nunca.

Y si seguía soñando, cosa que podía hacer sin dudar, estaba seguro de que ella haría felizmente realidad esos sueños.

Después de lo sucedido, la situación entre los dos había cambiado. De manera irreparable, irrecuperable. Él no iba a retroceder, ya no podía apartarse. No después de saber qué se sentía al tocar el cielo y descansar en los brazos de un ángel.

A pesar de que ella, desde luego, no era ningún ángel.

CAPÍTULO 7

14 de diciembre de 1822
Mon Coeur, Torteval, Guernsey

Linnet despertó, una vez más, con la sensación de ser llenada, de ser arrastrada, dulce, irresistiblemente, por una marea de placer y tranquila pasión, de ser tomada, levantada, despedazada, agotada y luego impregnada de una indescriptible gloria mientras se hundía en el sopor, saciada y feliz, en los brazos de su amante.

Mientras se deslizaba impotente de nuevo en el sueño, Logan se dejó caer a su lado y ella sintió curvarse sus labios. Su nueva dirección era la correcta. Satisfecho, tranquilo, él se rindió a la atracción del calor de Linnet y de su propia saciedad, y permitió que el sueño lo volviera a tomar.

Se despertó al notar que Linnet se levantaba de la cama. Abrió los ojos, levantó la cabeza y la miró. Enarcó las cejas.

Linnet miró fijamente los ojos azul oscuro, la expresión engreída, tan masculina, satisfecha, que habitaba en ellos... Y se sintió al borde del pánico.

Ella nunca entraba en pánico.

—No te levantes, aún es pronto. Deberías descansar —«Después del impresionante ejercicio de anoche. Y de la mañana», pensó.

Ignoró, desesperada, su desnudez y se acercó al montón de ropa tirada, agarró la camisa y se la puso.

Así mejor, pues sentía la mirada de Logan por todo el cuerpo. La fina camisa no suavizó la intensidad de esa mirada. La muda que se puso encima ayudó, le dio un poco más de confianza.

Suficiente para ignorarlo mientras revolvía entre el montón para encontrar el vestido.

Le había dicho que volviera a dormirse, y por eso no iba a hablar con él. Hablar podía esperar hasta que su mente funcionara de nuevo.

Era temprano, más que de costumbre, pero tenía que salir de allí. Tenía que alejarse de su vista, alejarse de su alcance, antes de cometer alguna estupidez.

Como volver a agarrarlo y exigirle que le hiciera el amor como él quisiera.

Qué estupidez, qué estupidez, pero ¿cómo iba a saberlo ella? Nadie le había explicado nunca que hacer el amor sería así, algo que te atrapaba, que hundía sus garras tan profundamente que era imposible escapar, y luego te volvía loca de deseo.

Antes de satisfacer hasta la última pizca de ese deseo con un placer que controlaba tu mente.

Y su mente, desde luego, había sido controlada. Linnet no creía poder confiar en que volviera a funcionar, no respecto a Logan.

Se mantuvo de espaldas a la cama. Pero, maldita fuera, ya estaba pensando, flirteando mentalmente con cosas con las que no debería. Como imaginarse cómo sería conservarlo en su vida. Tenerlo allí para satisfacer... todo lo que le había enseñado, los profundos anhelos que ella no sabía que tenía.

Pero ya lo sabía, y no podía deshacer el daño. Ya sabía lo que anhelaba, preferentemente con él, para el resto de su vida.

Su solitaria vida. La vida que se había presentado ante ella, la vida que había tenido hasta ese momento... Una vida sin un hombre enorme, desnudo, absolutamente capaz en su cama.

Sin un hombre a su lado para compartir las tareas cotidianas... No, eso no era nada bueno.

A un nivel personal, Linnet estaba sola y siempre lo había estado.

Ya había sobrevivido antes, y volvería a hacerlo... en cuanto él se marchara y ella recuperara el equilibrio.

Una sensación de enojo y de irritación acudió en su ayuda. Enojo hacia él por ser todo lo que ella nunca había sabido que deseaba desesperadamente. Irritación hacia sí misma por desear algo que jamás podría ser.

Sacó un vestido azul marino del armario y se lo puso por la cabeza, ató los lazos y se dirigió hacia la puerta. Se sintió casi sorprendida al alcanzarla sin recibir ningún comentario, pero se dijo a sí misma que se sentía agradecida. «No mires atrás».

Posó una mano sobre el picaporte... y miró hacia la cama.

Él permanecía tumbado, observándola, los brazos cruzados bajo la nuca, como un oscuro Adonis.

—Te veo en el desayuno. —Abrió la puerta y salió, cerrándola con cuidado detrás de ella.

Cualquier día, quizás ese día, él recordaría las piezas que faltaban en el puzle de su vida y entonces se marcharía.

Y eso era lo que, por encima de cualquier cosa, debía recordar.

Lo que no podía permitirse olvidar

Logan permaneció tumbado en la cama de Linnet, los labios curvándose despacio en una sonrisa satisfecha.

Quizás no parecía obvio, pero su ángel, que no era tal ángel, estaba nerviosa, por eso había huido tan deprisa. Dudaba de que ella aprobara que sus sentidos, mucho menos su voluntad, se hubieran sometido con tanta facilidad.

Esperaba que el intercambio de aquella mañana le hubiera dado algo más sobre lo que pensar, otra perspectiva sobre lo que habían compartido la noche anterior. La misma pasión posesiva, pero en una versión más delicada, menos descarada.

La sonrisa se borró poco a poco a medida que el desafío que permanecía ante él se hizo fuerte en su mente.

No creía estar casado. Empezaba a sentirse lo bastante seguro de sus reacciones como para creer que era imposible que lo estuviera. De haber estado casado, su educación calvinista le habría hecho morir de culpabilidad, independientemente de que recordara o no.

Estaba casi convencido de que no tenía esposa, casi convencido de que podría pedirle a Linnet que ocupara ese lugar.

Y estaba aún más convencido de que, cuando llegara el momento, podría convencerla de que accediera.

Un hecho que se volvía más claro, más nítido cada día, era que no era la clase de hombre que se rendía. No cuando se había decidido sobre algo, sobre conseguir algo.

Y Logan deseaba a Linnet con una pasión que iba más allá de cualquier cosa que hubiese sentido antes.

En unos pocos días, ella lo había obligado, lo había forzado a enfrentarse a su futuro, a entender y aceptar que ella y ese lugar eran elementos sin los que él no podía sobrevivir. Que le llenaban de un modo, y con una profundidad, que él nunca había creído posible. Que ese lugar, mantenerlo seguro, era esencial. Que no tenía otra elección salvo la de incorporarla a ella, y todo lo que le pertenecía, a su vida.

Ella sería la piedra alrededor de la cual se desarrollaría el resto de su vida.

Sin embargo, cómo hacérselo ver, cómo persuadirla para que aceptara las inevitables consecuencias... sobre eso no estaba tan seguro.

Apartó las mantas, se levantó y se estiró, sintiéndose más vivo, más vital, de lo que recordaba haberse sentido jamás. Bajó los brazos y miró hacia la puerta. Al margen de lo que Linnet pudiera pensar, él ya tenía un lugar en su vida, uno que estaba llenando en ese momento. Pensara lo que pensara ella, no iba a ceder ese lugar, no podía cederlo.

No iba a dejarla marchar.

Cuando se reunió con ella en la mesa del desayuno, decidió que lo mejor sería empezar por donde pretendía continuar.

Después de tomar asiento en el lugar habitual a la izquierda de ella, y de sonreír y darle las gracias a Molly, que llegó corriendo con un plato lleno de salchichas, jamón y *kedgeree*, Logan miró a Linnet a los ojos.

—¿Qué vamos a hacer hoy?

—Aún no he decidido qué necesito hacer. —Ella le sostuvo la mirada y contestó con cierta contención.

—Decidas lo que decidas, te acompañaré.

—Estaba pensando que quizás sería mejor para ti descansar después de la agitada noche… Quizás podrías ayudar a Buttons con los niños.

Logan le sostuvo la mirada durante un segundo, antes de desviarla hacia la ventana, hacia el día gris que se veía al otro lado.

—El tiempo está empeorando… Los niños seguramente se quedarán dentro de casa. Creo que sería más útil yendo contigo.

Logan devolvió la mirada al rostro de Linnet, tomó una porción de *kedgeree*, masticó y mantuvo la mirada fija en la suya.

—En mi opinión, deberíamos hacer todo lo posible por estimular tu memoria —opinó Linnet con los ojos entornados—, pero no estoy segura de qué más podemos hacer.

—Tiene que haber algo. —Él asintió y desvió toda su atención al plato—. Ya pensaré en ello.

Linnet se mordió la lengua ante la tentación de responder. Si Logan había decidido dejar de provocarla, y estaba bastante segura de que eso era lo que hacía, entonces lo más sensato sería dejarlo estar.

Desde el otro lado de la mesa, Vincent le preguntó a Logan sobre las monturas en la caballería y la estabulación. Mientras Logan contestaba, Linnet miraba alrededor de la mesa, para confirmar que ninguno de los demás había prestado atención al intercambio y el choque de voluntades que se había producido.

Con la cabeza inclinada, terminó el desayuno, absorbiendo las conversaciones que se mantenían alrededor de la mesa, oyendo más los sonidos que las palabras. Buttons y Muriel charlaban en el extremo más alejado, con sus voces alegres pero suaves.

Edgar, John y Bright discutían sobre las cosechas, las voces bajas, mientras los chicos se unían con sus voces ansiosas a la conversación que había empezado Vincent. Incluso Gilly hizo una pregunta con su vocecilla aguda. La voz gutural de Logan era el contrapunto a todas las demás, equilibraba y conectaba las demás hasta formar un todo armonioso...

Linnet se sacudió a sí misma para sus adentros y apartó la mente de ese sendero. Por muy bien que Logan encajara, no iba a quedarse.

Una sensación de exasperación salpicada de frustración floreció en su interior. Quizás ella quisiera que él se quedara, podría quererlo, y a él, hasta un punto que apenas unos días atrás le habría resultado imposible, pero siendo realistas, sabía que no funcionaría. Si él se quedaba, se producirían problemas. Él iba a querer dirigir, era esa clase de hombre, mientras que ella jamás consentiría ceder las riendas, hacerse a un lado, apartarse del puesto para el que había nacido y sido educada.

Linnet ignoró el molesto hecho de que Logan ya había mostrado cierta sensibilidad para no ocupar su puesto, de que podría ser lo bastante inteligente como para aceptar la necesidad de comprometerse en el asunto de quién era el líder. Si se quedaba, iban a tener que formalizar su relación, y allí residían los problemas más espinosos. Ese lugar le pertenecía, jamás lo abandonaría, pero el lugar de Logan estaba en Escocia. Y también había asuntos propios de la nobleza, de lo que se esperaba del comportamiento de una dama. Él era un caballero, un oficial y, si bien ella había nacido dama, y desde luego había sido criada como tal, no tenía ni la inclinación ni la formación para desempeñar el papel de una esposa al uso.

Y desde luego no tenía el carácter.

Con una última y oscura mirada hacia la negra cabellera de Logan, Linnet se apartó de la mesa, se levantó y siguió a Muriel a la cocina.

Sintió la oscura mirada de Logan sobre su espalda, pero él permaneció sentado a la mesa, charlando con los otros hombres mientras Buttons reunía a los niños y se preparaba para llevárselos a la planta superior donde les aguardaba un día completo de lecciones.

La señora Pennyweather, Molly y Prue estaban ocupadas en el lavadero. Encontró a Muriel con una taza de té en la mano junto a la ventana, mirando hacia el huerto. Linnet se sirvió una taza del aromático té negro de la tetera que reposaba en medio de la enorme mesa y tomó un sorbo antes de reunirse con su tía.

—No voy a hacer preguntas, y tú no vas a contestar, pero —murmuró Muriel sin apartar la mirada del huerto— sientes algo por Logan.

Linnet contempló los arriates marrones y tomó otro sorbo de té mientras consideraba esas palabras.

—Puede que sienta algo, pero en cualquier caso, en cuanto recuerde todo... las piezas que faltan, se marchará. —Titubeó antes de continuar—. Y cuanto antes suceda, mejor.

Así limitaría el dolor, la decepción que ella, y los niños también, sentirían.

—Sí, eso está bien pensado. —Muriel asintió—. No es una perspectiva agradable, pero sí inevitable.

Linnet no contestó, solo bebió su té a sorbos e intentó evitar que esa lúgubre perspectiva le afectara al ánimo.

—Olfato.

Linnet miró perpleja a su tía, que frunció el ceño, concentrada.

—Oí en alguna parte que el olfato es el estimulador más potente de la memoria.

Antes de que Linnet pudiera responder a eso, unas fuertes pisadas le hicieron darse la vuelta.

—Los otros han sugerido que echemos un vistazo en L'Eree —Logan se detuvo a la entrada de la cocina— por si hubiera aparecido allí alguien o algo del naufragio.

Con el objetivo de encontrar algo que despertara su memoria, la sugerencia era razonable, pero lógicamente necesitaría que ella le presentara a los vecinos, y también que formulara las preguntas. Linnet no deseaba pasar más tiempo a solas con él, pero cuanto antes recordara y se marchara... antes acabaría con eso... Su ánimo inquieto, desafectado, descontento.

—De acuerdo —contestó ella asintiendo mientras dejaba su taza—, vámonos.

Muriel siguió mirando por la ventana y vio a Linnet y a Logan, las capas ondeando al viento, dirigirse hacia los establos. Detrás de ella, la señora Pennyweather salió del lavadero secándose las manos con su delantal.

—Pennyweather —llamó Muriel sin apartar la mirada de las dos figuras que se dirigían hacia el patio de las cuadras—, ¿qué especias tienes en tu alacena?

Logan cabalgó al lado de Linnet de regreso al patio de las cuadras de *Mon Coeur* a primera hora de la tarde. Montar le resultó refrescante, excitante por momentos, pero las horas pasadas en L'Eree habían resultado decepcionantes. Y en más de un sentido.

Nadie en la pequeña ciudad tenía siquiera conocimiento de que hubiese habido un naufragio, de modo que en ese aspecto no avanzaron nada.

Durante el largo trayecto de regreso había empezado a llover. Tras dejar las monturas en manos de Matt y de Young Henry, Linnet y él caminaron deprisa, con las cabezas agachadas, hacia la casa.

En el pequeño vestíbulo de la entrada trasera, Logan sacudió la capa del padre de Linnet y la colgó de un gancho antes de tomar la de ella. Mientras levantaba la capa, pesada por la humedad, de sus hombros, ella lo fulminó con una mirada brusca e irritada, antes de inclinar rígidamente la cabeza.

—Gracias.

Logan reprimió un bufido. La tensión de Linnet era tan espesa que se podía cortar.

Y así había sido entre ellos durante todo el día, una especie de batalla en la que ninguno de los dos tenía ventaja. Él había aprovechado cualquier oportunidad para subrayar, para dejarle clara su opinión sobre ella con respecto a él, y ella se había mostrado igual de determinada en mantenerse firme en su amabilidad rígida y su acuerdo, y había acabado con las pretensiones de Logan.

Él la siguió al interior, al salón, tan determinado como se mostraba ella en permanecer, igualmente irritado y, sospechaba, un poco más gruñón. El resto de los habitantes de la casa ya se habían reunido para tomar el té y se pasaban las delicadas tazas y una bandeja de, según le pareció oler, una especie de bizcocho especiado.

Evitó los sillones y se reunió con los niños en el suelo delante de la chimenea. Buttons le entregó un tazón de té que él aceptó con un agradecimiento, junto con el plato de bizcochos que Muriel le había servido. Dejó el plato delante de los hambrientos niños.

—¿Y bien, que habéis aprendido hoy?

Linnet aceptó una taza de té de Buttons y se sentó en su habitual sillón, con la mirada apartada de ese hombre de gran envergadura tirado en el suelo a unos pocos metros de ella. Sus últimas interacciones le recordaban la embestida de un ariete contra las puertas de un castillo, una implacable fuerza que se encontraba con una resistencia inquebrantable.

Desde el instante en que habían abandonado la casa, la atención de Logan había sido constante. Su mirada apenas la había abandonado, su consciencia de ella jamás se había debilitado, no más que la de ella hacia él. Esa exagerada consciencia resultaba irritante, pero Linnet no había podido hacer nada al respecto. La maldición parecía el ineludible resultado de los acalorados encuentros que habían disfrutado.

Cuanto antes se marchara, antes recuperaría sus nervios, sus sentidos y su estúpido y lascivo corazón.

Sin humor para conversar, se dedicó a observar a los niños en su interacción con Logan...

¡Maldito fuera! ¿Cómo demonios se había vuelto tan cercano a ellos en tan poco tiempo?

Se removió en el sillón y estudió al grupo, y sintió un escalofrío en el corazón. No solo por la feliz y entusiasmada mirada en los ojos de Will, y la expresión de adoración hacia su héroe que se dibujaba en los rostros de Brandon y Chester, o por el contento reflejado en el de Jen sino, y sobre todo, por el absoluto y descarado arrobo que se reflejaba en los inocentes ojos de Gilly.

Se suponía que ella debía protegerlos. Su deber incontestable era protegerlos lo mejor que pudiera de las decepciones, los disgustos que se producirían cuando Logan se marchara.

Miró a Buttons, y luego a Muriel, Edgar y John, y comprendió que todos los habitantes de la casa, cada uno a su manera, había caído bajo el hechizo de Logan Monteith.

—Voy a darme un paseo por los acantilados —anunció Linnet tras consultar la hora y mirar por la ventana.

—Te acompaño. —Tal y como ella había esperado, Logan levantó la vista hacia ella.

—Como quieras. —Como quería ella. Lo mejor sería que solo ella resultara devastada por su marcha. Al volverse, captó la mirada sorprendida de Muriel—. Echaremos un vistazo a las calas occidentales, por si hubiese aparecido algún resto más del naufragio. Según los expertos, ese parece ser el único lugar en el que podría encontrarse algo.

—Tened cuidado si bajáis hasta las rocas —les advirtió Edgar—. La marea está subiendo.

Linnet asintió y echó a andar hacia la puerta.

A sus espaldas, oyó a Muriel preguntar a Logan:

—¿Le han gustado los bizcochos?

Sentía su mirada fija en ella mientras contestaba a su tía.

—Sí, gracias, señora. Estaban deliciosos —aseguró él antes de seguir a Linnet.

Muriel observó a Linnet y a Logan marcharse y suspiró.

—No sé —se dirigió a Buttons—. Quizás no fueran las especias correctas.

Muriel se levantó y se dirigió hacia la cocina.
—¿Pennyweather?

Linnet permaneció en lo alto del sendero que descendía hacia la cala oeste. Era la tercera y última de las calas en esa estrecha franja de la isla y, al igual que las otras dos, estaba desprovista de todo salvo de pequeños fragmentos del naufragio.

—Si aparte de ti y esos otros dos cuerpos hubo algo más arrojado en esta dirección, las olas lo habrán estrellado hasta destrozarlo en las rocas antes de que tuviera la posibilidad de alcanzar la orilla —observó Linnet mientras sacudía la cabeza después de recorrer la zona con la mirada por última vez.

—Supongo que habrá rocas sumergidas ahí fuera. —Logan, a su lado, las manos hundidas en los bolsillos, miró hacia el mar y señaló con la barbilla hacia las agitadas aguas.

—Hay muchos acantilados, y cuando las olas son altas y el espacio entre ellas profundo, sobresalen como dientes de sierra. Han destrozado el casco de más barcos de lo que nadie es capaz de recordar. —Linnet le dio la espalda al mar que se iba elevando e inició el camino de regreso, eligiendo la ruta más larga, la que atravesaba el bosque al suroeste de la casa.

Logan le pisaba los talones, la mirada fija en su capa, mientras su mente rememoraba las conversaciones que habían mantenido a lo largo del día, por poco satisfactorias que le hubieran resultado. Mostrase sutil no funcionaba. Ella rechazaba con demasiada facilidad cualquier observación que él intentaba hacer. Necesitaba mostrarse más contundente. Más directo.

El silencio se hizo a su alrededor mientras se adentraban bajo los primeros árboles. Logan registró la falta incluso del trino de los pájaros, pues con el olor de la tormenta en el aire, los animales y las aves ya habían buscado refugio, y miró a su alrededor, fijándose en la relativa quietud tras la creciente ferocidad del viento en los acantilados.

Los árboles eran viejos y sus ramas se entrelazaban mientras los retoños surgían allí donde tenían espacio, y llenaban los huecos que había dejado algún compañero caído o cosechado para leña. El aroma punzante del mar estaba suavizado por el del ciprés y el abeto. A ambos lados del sendero se cerraban las sombras a tono con el oscuro día.

Linnet seguía su camino con pisadas uniformes y seguras.

Más adelante, en las profundidades del bosque, se abría un claro a un lado del sendero. El espacio ligeramente circular alojaba un par de piedras planas rodeadas de madera cortada y húmeda.

Nadie acudiría ese día al bosque a cortar leña.

Logan agarró a Linnet de un brazo y la detuvo. Cuando ella se volvió hacia él, la soltó y le sostuvo la mirada.

—Podemos jugar, esquivar el tema para siempre, pero eso no cambiará nada. No se conseguirá nada con eso.

La comprensión se mostró con claridad en los ojos verdes, pero ella no estaba dispuesta a ayudar. Logan buscó las palabras adecuadas para seguir adelante.

—No tiene ningún sentido fingir que lo que es, no es.

Ella se tensó un poco y enarcó débilmente una ceja.

—Para mí —Él respiró hondo, le sostuvo la mirada y se lanzó— eres como una droga, una ambrosía adictiva, y no pienso renunciar a ti. Puede que tenga que marcharme, entregar ese cilindro de madera a quienquiera que se supone que debería tenerlo, o adonde quiera que se supone que debería estar, pero volveré —Hizo una pausa y permitió que cada gramo de su determinación adornara la afirmación—. Volveré a por ti.

—Eso no puedes saberlo... no puedes decirlo. —Los ojos verdes brillaron entornados—. Es imposible que puedas prometer eso.

—Sé lo que quiero. —Logan apretó la mandíbula y sintió crecer su mal humor—. Sé de lo que soy capaz para conseguirte.

—¿En serio lo sabes? —preguntó ella con voz incisiva y tan dura como la mirada que se oscurecía—. Si crees que volverás aquí, a mí, a nosotros, después de recordar lo que todavía no has recordado y de marcharte para continuar tu vida en Inglaterra, entonces no te conoces tan bien como te conozco yo.

Logan abrió la boca, pero ella levantó una mano.

—¡No discutas conmigo! Eres la clase de hombre que se compromete y cumple hasta el final. ¿Tengo razón en eso?

Con los labios apretados, él solo pudo asentir.

—Exactamente. —Linnet miró hacia abajo, cruzó los brazos, se apartó del sendero y regresó pasando por delante de él—. ¿Qué crees que haría falta para que ignoraras un compromiso adquirido, un juramento solemne?

Logan no respondió.

Ella se dio la vuelta bruscamente e inclinó la cabeza. El silencio era respuesta suficiente.

—Tú jamás romperías un juramento, un compromiso. Eso va en contra de todo lo que eres. —Se detuvo delante de él y lo miró a la cara—. De modo que, ¿cómo puedes jurar que volverás cuando no tienes ni idea de qué compromisos has adquirido? —Hizo un gesto en el aire—. Ya sea en Inglaterra o donde sea que hayas estado.

Linnet le sostuvo la mirada con determinación, de igual a igual.

—Ya tienes claro que estás en alguna clase de misión, que eras el correo de alguien, que llevabas ese cilindro a alguna parte, sin duda por algún motivo excelente y seguro que importante. Y en cuanto regreses a tu vida anterior, ¿quién sabe qué otros compromisos descubrirás que ya has adquirido? Compromisos que tendrán prioridad sobre cualquiera que puedas adquirir aquí y ahora.

Sin apartar la mirada de los ojos de Logan, ella respiró hondo y sus pechos se hincharon por encima de los brazos cruzados.

—De modo que no me digas que volverás, no lo jures, no te atrevas a hacerme... ni a los niños... promesas que no tienes ni idea de si podrás cumplir.

Logan se recriminó para sus adentros y le sostuvo la mirada. Quería apartar el pasado a un lado, declarar que ella y ese lugar tenían preferencia, al margen de lo que hubiese hecho con anterioridad... pero no pudo.

Ella no le creería aunque lo hiciera.

Tenía la mandíbula tan apretada que rechinaba los dientes.

—Entonces... ¿qué? ¿Continuamos como hasta ahora y ya veremos?

—No. Continuamos como yo estipulé al principio. A cambio de mi ayuda material, tú me enseñas lo que yo quiero saber. —Linnet levantó la barbilla y lo miró a los ojos—. Eso es lo único que habrá entre nosotros... un trueque. Eso es lo que se suponía que debía ser, lo único que podrá ser. —Sus ojos brillaron—. Eso es todo lo que te puedo ofrecer.

Una violenta reacción surgió en el interior de Logan. Pero, apretó los puños y la reprimió. Buscó sus ojos y comprendió que había querido decir cada una de las palabras que había pronunciado. Logan se obligó a sí mismo a asentir. Una vez.

—Muy bien. Si eso es todo lo que permitirás que suceda... lo aceptaré.

Antes de que ella pudiera moverse, él le agarró los codos y tiró de ella. Inclinó la cabeza y la besó. Ladeó la cabeza y obligó a Linnet a entreabrir los labios para saborearla.

Empujándola mientras lo hacía.

Cuando Linnet sintió que su espalda tocaba el tronco de un voluminoso árbol, se apartó jadeando de la boca de Logan y lo miró con los ojos muy abiertos.

—¿Qué? —Miró a un lado y a otro, y de nuevo a los ojos de Logan, que le soltó los brazos, le agarró las muñecas y se acercó a ella.

—Una nueva lección: *Alfresco*. —Introdujo un muslo entre los de Linnet.

Ella agarró a Logan por los hombros, aunque no parecía estar muy segura de si quería empujarlo o apartarlo.

—¿Aquí?

—Aquí mismo. —Él le sostuvo la mirada y le abrió la capa para agarrar la falda y levantarla—. Ahora mismo.

—Pero... —Linnet se humedeció los labios y lo miró fijamente a los ojos.

Logan le levantó la falda y apartó la muda para poder hundir la mano en su interior, la deslizó bajo la camisa y encontró los rizos rojos. Siguió hundiendo la mano, y la encontró.

Observó cómo ella separaba los labios, oyó su respiración entrecortada, la sintió tensarse mientras la acariciaba, azuzando su pasión. Observó cómo su mirada se descentraba y su respuesta inmediata le impregnaba los dedos de un calor húmedo.

Con la otra mano, Logan se desabrochó los pantalones y, retirando los dedos de entre los muslos de Linnet, apartó la ropa a un lado y le sujetó el trasero para levantarla.

Hasta la altura perfecta.

Linnet contuvo la respiración y cerró con fuerza las manos en torno a los hombros de Logan mientras miraba con ojos desmesuradamente abiertos las ardientes llamas azules que refulgían en las profundidades de los ojos de Logan. Tenía que esforzarse por respirar, por asimilar la sensación de la dura cabeza de la erección posada en su entrada.

Tenía que asimilar lo preparado, lo dispuesto que estaba su cuerpo, ansioso por recibirlo. Para que él la llenara y la tensara, se hundiera en su interior y le diera placer.

Él le sostuvo la mirada y Linnet fue incapaz de apartar la vista. Con sus manos Logan amasaba, le agarraba las caderas para inclinarlas. Y ella se rindió al impulso, levantó una pierna y le rodeó la cadera con ella.

Descarada, se humedeció los labios mientras miraba los de él.

Desafiándolo sin palabras.

Los labios de Logan se curvaron, mitad mueca, mitad sonrisa de reconocimiento.

—Esto no será lento, y no será breve. Puedes gritar todo lo que quieras... nadie te va oír. —Logan movió las caderas, excitándola con la promesa de la rígida vara cabalgando en su entrada.

La certeza le provocó a Linnet un escalofrío afilado como un cuchillo. Él repitió el movimiento y ella cerró los ojos, contuvo la respiración. Deslizó una mano sobre sus hombros y hundió los dedos.

Logan se inclinó más cerca, ladeó la cabeza para susurrarle al oído mientras se empujaba un poco en su interior.

—Voy a tomarte a conciencia y te aseguro que vas a gritar.

—De acuerdo. —Linnet abrió los ojos y le sostuvo la mirada—. Enséñame. —Enarcó las cejas—. Es lo menos que puedes hacer.

Logan la hizo callar, llenó su boca con su lengua y la silenció.

Devoró y tomó, consciente de que era exactamente eso lo que ella quería. Que ella se deleitaría con el calor, la pasión y el ansia.

De una profunda embestida la llenó, y simplemente se dejó llevar. Permitió que sucediera todo lo que podía realizar, sin restricciones, sin ataduras, con ella. Eso era lo que ella quería y, después de la pequeña charla que le había soltado sobre el compromiso, era lo que él necesitaba.

Necesitaba grabarse en el alma de Linnet.

Ella se agarró con fuerza y permitió que la pasión de Logan la tomara, sintió la suya elevarse para unirse a ella, seducir y desafiar, e igualarse con descaro, dar y tomar en una tormenta de sensaciones.

Sintió cómo aumentaban el calor y el deseo, y cómo se fundían en una ardiente oleada de avariciosa necesidad.

Hambrienta necesidad.

Enloquecedora ansia.

Los labios de ambos permanecieron enganchados, las bocas unidas tan profunda y completamente como sus cuerpos. Ella lo sujetaba con fuerza, se movía contra él mientras corrían hacia la distante cima.

Tal y como él le había prometido, no fue breve.

Pero sí fue rápido. Duro. Fuerte. Excitante.

Él tomó su aliento y se lo devolvió. Ella arqueó el cuerpo contra el suyo, pidiendo más.

Exigiendo más. Espoleándolo, impulsándose a sí misma tanto como lo impulsaba a él.

Linnet interrumpió el beso y echó la cabeza hacia atrás, jadeando, esforzándose por conseguir suficiente aire para respirar. Esforzándose por expandir los sentidos y absorberlo todo.

Para apreciar plenamente las fuertes embestidas de las caderas de Logan entre sus muslos, los fuertes y repetitivos movimientos que la balanceaban contra el árbol. Que la sujetaban allí mientras él la llenaba y se llenaba de ella.

El ritmo creció y creció. Ella le sujetó la nuca mientras pegaba sus labios a los suyos... Y se entregó.

Sintió la urgencia al alcanzar el último tramo, el emergente poder mientras cabalgaban hasta la cima.

Más y más alto, más deprisa y más duro.

Linnet echó la cabeza hacia atrás y, sin aliento, gritó.

En el indescriptible momento de gloria, mientras juntos coronaban la cima y se lanzaban por el precipicio al vacío.

Linnet era consciente de que el intercambio había sido espoleado, al menos en parte, por la ira... La ira de Logan al pensar que ella no creía en él, quizás porque no le había suplicado que regresara, y la ira de ella porque ese hombre era todo lo que había deseado, pero sabía que jamás podría tener.

Y le daba igual.

Con la cabeza inclinada hacia atrás contra el árbol, los ojos cerrados, ella se preguntó cuándo iba poder volver a llenar sus pulmones de aire. Logan se apoyaba contra ella, relajado, la cabeza sobre su hombro, sus propios hombros clavándose en el pecho de Linnet, las manos todavía bajo el trasero, sujetándola.

No parecía más capaz de moverse que ella.

De modo que Linnet permitió que sus ojos permanecieran

cerrados, permitió que sus labios se curvaran en la sonrisa de satisfacción que deseaban dibujar, y se deleitó. Absorbió.

Archivó todos los pequeños detalles de haberlo tomado ahí fuera, en la naturaleza. En su naturaleza, en su bosque.

Cierto que Logan la había sorprendido, pero ella tampoco había hecho ascos en absoluto a recibir otra de sus lecciones. Necesitaba, debía aprender todo lo que pudiera de él mientras aún estuviera allí.

Linnet tenía una fuerte premonición de que el tiempo de Logan allí, con ellos, con ella, llegaba a su fin.

La oscuridad del invierno se había cerrado sobre ellos para cuando llegaron de vuelta a la casa. Tuvieron que esperar en el claro del bosque hasta que ella recuperara la plena capacidad de las piernas para poder caminar.

Logan se había ofrecido a llevarla en brazos, pero ella lo había rechazado. Aparte de no ver ninguna necesidad de sentirse tan pronto desvalida otra vez, a Linnet le preocupaba que los esfuerzos de Logan pudieran perjudicar a los puntos.

Al comentárselo, él la había mirado y luego le recordó que él no había gritado.

Linnet lo fulminó con la mirada mientras salían del bosque e hizo una mueca que él no vio. Maldito hombre... la irritaba tanto... solo por el modo en que le hacía sentir.

El gesto de Logan era sombrío. Sombrío porque ella no le había dejado arrastrarla con él a su sueño imposible, pero lo que más irritaba a Linnet era que, aunque sabía lo fútil y estúpido que sería, se sentía ridículamente tentada a permitirle hacer eso... Solo por verlo sonreír.

Solo por hacerle feliz.

El que fuera capaz de considerarlo siquiera, a sabiendas de que era una pura ilusión y que solo la llevaría a una devastación emocional aún peor que cualquier cosa que podría llegar a sentir tal y como estaban las cosas en ese momento, indicaba la verdadera medida de lo peligroso que se había vuelto ese hombre para ella.

Jamás se había imaginado sentir por un hombre lo que ya sentía por él. Jamás había imaginado que sus emociones podrían estar tan profundamente comprometidas.

Entraron en la casa por la puerta de la cocina. Nadie utilizaba la delantera. Por algún motivo que ella nunca había sabido, la puerta trasera había sido toda su vida para ella «la puerta». Al detenerse en el pequeño vestíbulo para quitarse las capas y colgarlas, el rico olor de una mezcla de especias llegó hasta ellos desde la cocina.

Linnet aspiró profundamente y se le hizo la boca agua ante el exótico olor.

—Hacía meses que Pennyweather no preparaba curry.

Se volvió hacia Logan... y se quedó paralizada.

Él también estaba paralizado, atrapado en el acto de colgar la capa en el gancho. Con los brazos levantados, permanecía totalmente inmóvil, los ojos descentrados, la expresión no tanto en blanco, sino solo ausente.

El corazón de Linnet latió con fuerza, con un latido doloroso. Esperó un instante, hasta que, con la boca de repente seca, preguntó:

—¿Qué sucede?

Aunque ya lo sabía.

Logan regresó despacio, la vida le coloreaba de nuevo los rasgos, y por fin su mirada se fijó en el rostro de Linnet.

Poco a poco la posó en sus ojos y pronunció las palabras que ella siempre había sabido que llegarían:

—Lo recuerdo. Todo.

Fue como si se abriera una compuerta, y un poderoso torrente de hechos y recuerdos irrumpía. Logan se sentía abrumado, y al principio a punto de ahogarse.

Sentado a la mesa del comedor, rodeado del resto de los habitantes de la casa, todos ansiosos y emocionados por oír las noticias, él empezó por los hechos más importantes, los más pertinentes.

—Soy el mayor Logan Monteith, y trabajaba en la Honorable Compañía de las Indias Orientales a las afueras de Calcuta, bajo las órdenes directas del marqués de Hastings, gobernador general de la India.

Mientras comía distraídamente el guiso de curry y arroz que le habían servido, frunció el ceño. Las piezas que faltaban habían aparecido, pero no en un orden concreto. Tenían que colocarlas, encajarlas en los huecos adecuados antes de poder ver la imagen completa.

En un extremo de la mesa, Muriel resplandecía, encantada de que al parecer había sido su estratagema de utilizar el olfato para estimularle la memoria lo que había funcionado. Logan se había mostrado sinceramente agradecido, pero ya había recordado lo suficiente como para saber que no había necesidad de agobiarlos, a esos inocentes miembros de la casa, con todo lo que sabía.

Después de una mirada inquisitiva, Linnet agitó una mano en el aire para acallar a los niños, que bullían con preguntas.

—Dejémosle recordarlo todo primero. Cuanto antes terminéis de comer, antes podremos ir al salón. Y entonces Logan nos contará lo que ha recordado.

Los niños lo miraron antes de concentrarse diligentemente en sus platos.

Logan se lo agradeció a todos. Había muchas piezas que encajar, que realinear y que confirmar.

Que reconocer.

Su instinto no se había equivocado al presagiar un peligro inminente. Había estado en lo cierto al pensar que los asesinos que lo habían atacado en el barco formaban parte de un todo más grande, y que sus colegas no se habrían rendido.

Cuanto más recordaba, más sombrío se sentía, pero se obligó a sí mismo a repasarlo todo, a examinar y verificar cada segmento de memoria que de repente se mostraba claro, consistente, sin huecos. Debía asegurarse de que lo que recordaba era cierto.

El recuerdo de la última vez que había visto a su amigo y

compañero, el capitán James Macfarlane, la visión del cuerpo de James, de la tortura que había sufrido a manos de los sectarios de la Cobra Negra antes de morir… eso, sobre todo, estaba grabado en su mente.

Eso y la certeza de que él y los otros tres íntimos amigos de James, el coronel Derek Delborough, el mayor Gareth Hamilton y el capitán Rafe Carstairs, a todos los cuales Logan consideraba sus hermanos tras haber combatido juntos durante más de una década, llevaban una evidencia esencial a Inglaterra, evidencia que podría suponer el fin del reino de terror de la secta de la Cobra Negra.

Y eso, su compromiso con eso, estaba por encima de cualquier otra cosa.

El movimiento a su alrededor le hizo salir de su ensimismamiento. Cuando Molly y Prue aparecieron para despejar la mesa, dejó la cuchara a un lado y descubrió que él, al igual que los niños, había limpiado el plato, no solo el plato principal, sino también la crema de sabor a coco que lo había seguido.

Miró a Linnet.

—Vayamos al salón —propuso ella y, tras captar su mirada, empujó la silla y se levantó—. Y entonces podrás contarnos lo que has recordado.

Logan asintió y se quedó atrás mientras Linnet, Muriel y Buttons encabezaban la marcha, seguidas por los niños, para ocupar sus lugares ante la chimenea. Él los siguió con Edgar y John, igualmente curiosos, pisándole los talones.

Al entrar en el salón, su mirada fue directa al cilindro de madera que reposaba sobre la cómoda. El portarrollos que él debía llevar al duque de Wolverston. Se acercó, lo tomó y lo llevó hasta el sillón que ocupaba ocasionalmente, el que quedaba situado frente al de Linnet delante de la chimenea. El lugar que, en tan solo unos pocos días, había llegado a sentir como suyo.

Los niños se volvieron hacia él cuando se sentó, y con ojos muy abiertos observaron cómo, con unos movimientos seguros, abría las seis palancas de latón de la parte superior del cilindro en el orden correcto y levantaba la tapa.

Metió la mano y sacó la única hoja que contenía el portarrollos, la desenrolló y la repasó con la mirada, par verificar que eso también era tal y como lo recordaba.

Pues lo era. Había recuperado su pasado, hasta el último fragmento.

La buena noticia era que no existía ningún impedimento para regresar junto a Linnet y permanecer con ella el resto de su vida.

La mala noticia...

—Tengo que ir a Plymouth. —Levantó la vista y buscó la mirada verde de Linnet.

CAPÍTULO 8

Tres horas después, Logan subió las escaleras detrás de Linnet. Durante esas tres horas había hablado y contestado preguntas, satisfaciendo todo lo que había podido la curiosidad de los moradores de la casa. Los únicos elementos que había omitido eran los sórdidos detalles de las atrocidades que había cometido la secta de la Cobra Negra y que, supuestamente, seguía cometiendo en la India. Eso era material para una pesadilla.

Los niños se habían retirado después de la primera hora, empujados a la cama por Buttons, que había regresado enseguida para sentarse con Linnet, Muriel, Edgar y John mientras él seguía describiendo su misión, que explicaba por qué debía llegar a Plymouth lo antes posible. Según las órdenes que había memorizado meses atrás, ya iba con dos días de retraso.

Linnet le había asegurado, con excesiva calma, que lo ayudaría a organizar la continuación del viaje el día siguiente. Iba a tener que cruzar la isla hasta Saint Peter Port, el puerto de aguas profundas de la costa este donde atracaban los barcos que surcaban el mar, y alquilar uno que lo llevara hasta Plymouth.

Pensó en ello, en la parte que Linnet iba a tener que jugar en la organización de su marcha, en cómo su brusca partida, al tener que marcharse de inmediato tras haberlo recordado todo, encajaba con la discusión que habían mantenido horas antes en el bosque, mientras la seguía hasta las habitaciones de los niños y se asomaba por la puerta para comprobar que, tal y como se había imaginado, ella los arropaba y los besaba aunque ya estuvieran dormidos.

Ya se había convertido en una costumbre para él seguirla en su ronda de la planta baja, para asegurarse él mismo de que todo estaba correcto y seguro, algo doblemente importante desde que había recordado quién lo perseguía. No había vuelto a mencionar su preocupación de que los sectarios pudieran haberlo seguido hasta allí. Linnet la rechazaría como había hecho la primera vez. La mejor manera que tenía de proteger esa casa era marcharse lo antes posible.

Y por eso la había seguido a la planta superior, consciente de que sería la última oportunidad que tendría durante mucho tiempo de observarla arropar a sus protegidos, la última oportunidad de tendría, hasta que regresara, de contemplar el lado más tierno de esa mujer, el que solo permitía que aflorara con los niños.

Quería que ese recuerdo se añadiera a los que ya tenía, para equilibrar su mente ante algunos de los horrores.

Para recordarle, para darle un motivo concreto de por qué su misión era tan importante, por qué su determinación inamovible de completarla era lo adecuado. Por qué la muerte de James debía ser vengada, por qué el mal, un mal real y muy presente, debía ser derrotado.

Para que el bien pudiera vivir.

Para que mujeres como Linnet arroparan a unos niños que no eran suyos en la cama por las noches.

Para que esos niños pudieran crecer sanos y salvos sin conocer jamás el terror, sin ver jamás el frío rostro del mal.

Linnet se irguió de la cama de Gilly y, tomando el candelabro, se acercó a él. Él se apartó del marco de la puerta, dio un paso atrás hacia el pasillo para dejarla pasar, y la siguió escaleras abajo hasta su dormitorio.

Ella abría el camino con el candelabro, que dejó sobre la cómoda y se acercó al tocador para sentarse ante él.

Logan cerró la puerta y, tras una pausa, observó cómo

retiraba las horquillas de su moño. Era la primera vez que la veía ocuparse de sus largos cabellos. Cuando la masa de ondulantes mechones se liberó y le ocultó los hombros y la espalda bajo un fuego rojo dorado, él respiró hondo y se colocó a su espalda.

Hundió las manos en los bolsillos y contempló cómo deslizaba un cepillo por los sedosos mechones, antes de encontrarse con su mirada en el espejo.

—Mañana. Tendré que alquilar un barco, pero como bien sabes, no tengo dinero aquí. Necesitaré contactar con Londres, pero eso llevará días.

—No te preocupes. —Ella sonrió fugazmente—. Conozco a un capitán que te llevará a cuenta.

Logan se preguntó qué se suponía que debía pensar. ¿Era ese capitán sin nombre un rival o solo otro de los conocidos de Linnet? Se había dado cuenta de que, presumiblemente, debido a su peculiar estatus como reina de sus dominios, las interacciones de Linnet con los hombres —a su mente acudió la imagen del vicario— eran diferentes, más como las de un señor que una dama.

Linnet había regresado a sus cabellos, al calmante y repetitivo movimiento del cepillo descendiendo por los largos mechones.

Incapaz de evitarlo, Logan alargó una mano y la cerró sobre la de Linnet para quitarle el cepillo. Ignoró su mirada inquisidora, se colocó detrás de ella y se dispuso a cepillarle los cabellos.

Ese era otro recuerdo que deseaba atesorar, el del cepillo deslizándose suavemente hacia abajo, las negras cerdas acariciando la brillante cortina de fuego, haciendo que brillará aún más.

Otra imagen a la que aferrarse, a la que regresaría.

Linnet lo observaba, observaba la concentración en el rostro de Logan mientras, con calma, se abría paso entre la espesa mata y soltaba cada mechón cepillado como si en verdad se tratara del oro rojo que parecía ser.

Intentó ignorar el suave y rítmico tirón, la calmante y sutil, casi hipnótica, caricia.

Sintió que se le cerraban los ojos, a pesar de todo, seducida.

Al día siguiente se marcharía y, aunque ella también iría con él, sería la última noche que compartirían allí, en su dormitorio de Mon Coeur.

Por mucho que él dijera, ella sabía que no regresaría.

Alargo una mano y le tomó la suya y el cepillo, que dejó sobre el tocador. A continuación se levantó y se dio la vuelta.

Y, audaz, se arrojó en sus brazos.

Logan la estaba esperando para rodearla con sus brazos, inclinar la cabeza y tomar los labios que ella le ofrecía.

Besarla prolongada y lenta, intensa, posesivamente, tal y como ella deseaba, tal y como ella quería. Esa noche Linnet estaba decidida a reclamar una última lección... y ya sabía lo qué quería aprender.

Logan percibió su intención, su concentración, su determinación cuando le abrió el abrigo y lo deslizó por sus brazos. Interrumpió el beso y la soltó, y sacó los brazos de las mangas para arrojar a un lado el abrigo. Para cuando lo hubo hecho, ella ya le había abierto el chaleco y empezaba a desabrocharle los botones de la camisa.

A él no le molestaba que ella lo desvistiera... hasta cierto punto.

Pero, para su sorpresa, una vez desembarazado de la camisa, ella le dio la vuelta y empezó a desatar el nudo del vendaje que le rodeaba el pecho.

—Necesito examinar la herida. —Linnet tironeó hasta soltar el vendaje.

A medida que ella desenrollaba las vendas, él suspiró de alivio. La herida, los puntos que ella tan pulcramente le habían cosido en la carne, llevaban todo el día picándole como el fuego. Sabía que era una buena señal, pero estaba aún más que contento por poder deshacerse de lo que le constreñía. Ella lo liberó de los largos vendajes y lo empujó hacia la luz de la vela, que le iluminó el costado. Logan apartó el brazo izquierdo para no entorpecerla mientras ella presionaba y pellizcaba por toda la herida.

—Bien. —Linnet se irguió—. Está bien. —Lo miró a los

ojos—. Aún faltan unos cuantos días para poder quitar los puntos, pero ya no te hacen falta los vendajes, por lo menos esta noche.

Sus manos estaban posadas en la cintura de Logan. Los ojos le sostenían la mirada mientras seguía desabrochándole los botones.

Logan contuvo la respiración y dio un paso atrás.

—Las botas. —Dio dos pasos más y se sentó en el borde de la cama.

Linnet entornó los ojos y lo siguió, la falda color azul marino pegada a sus piernas, sus pisadas, que le recordaron a Logan las de un gato al acecho.

—De acuerdo. —Con las manos apoyadas en las caderas, Linnet lo observó quitarse las botas—. Pero date prisa. Te quiero desnudo en mi cama... ahora.

Logan estuvo a punto de reír. ¿Acaso pensaba que iba discutir? Pero... levantó la vista hacia ella.

—Y tú ¿qué? ¿También vas a quitarte la ropa?

Ella frunció el ceño. Era evidente que todavía no había dibujado el escenario hasta ese punto.

—Posiblemente, probablemente.

Después de un momento de reflexión, durante el cual Logan arrojó primero una bota y luego la otra al suelo, ella se colocó entre sus rodillas y se giró, dándole la espalda.

—Ayúdame con estas cintas.

Él lo hizo, desatando ágilmente los lazos de su espalda. Para entonces, Linnet ya había soltado los del costado.

—Ahora desnúdate y túmbate en la cama. —Apartándose, ella agitó una mano hacia él.

Tras quitarse el vestido por la cabeza, se apartó un poco más.

Sin perder detalle del espectáculo, Logan se incorporó y, sin ninguna prisa, siguió las órdenes de Linnet. Se tumbó desnudo, tal y como le había pedido, bocarriba en mitad de la cama, la cabeza y los hombros sobre un montón de almohadones y los brazos cruzados detrás de la cabeza mientras la observaba quitarse la cálida muda, dejarla a un lado junto al vestido y desenrollar las medias, quitarse las ligas y también las zapatillas.

Por fin, y vestida solo con la camisa, el algodón tan fino que era traslúcido, ella regresó a la cama y se detuvo a los pies. Lo miró, lo supervisó con un aire posesivo para que él le ofreciera toda su atención, antes de sonreír y subirse a la cama.

Cuando se acurrucó junto a él, la luz de la vela atravesó la camisa y reveló cada esbelta línea, cada curva sensual, cada hueco seductor.

Linnet se tumbó, apoyada sobre un codo y la cadera, junto a él. Y volvió a supervisar su cuerpo antes de levantar la mirada hasta sus ojos.

—Quiero que te tumbes allí, las manos donde están, y que me dejes... satisfacer mi curiosidad.

Logan estudió su rostro y leyó el nada sutil desafío en los ojos verdes

—De acuerdo —consintió—. Lo haré. Pero antes...

Con un suave movimiento, la tumbó bocarriba y colocó su pecho sobre el de ella.

—Antes de empezar, hay unas cuantas cosas que quiero dejar claras.

Porque cuando ella empezara su juego, él no estaría en situación de discutir nada, y ella lo estaría aún menos de escuchar.

Linnet enarcaba las cejas y lo miraba con una expresión altiva y fría. Sin embargo, inclinó ligeramente la cabeza.

—De acuerdo. Te escucho.

Él no pudo evitar sonreír, pero la expresión se borró al mirarla a los ojos mientras presentaba sus argumentos.

—No estoy casado. —Ese era el primer punto—. Pero no puedo pedirte que compartas tu vida conmigo hasta que sepa que tendré una vida que compartir. —Segundo punto, su única duda—. La misión en la que estoy implicado es mortalmente peligrosa. Mis enemigos estarían encantados de verme muerto... tal y como ilustra de manera elocuente mi herida. Y como bien dijiste, tengo un compromiso vital, uno que no puedo romper, para que la misión llegue a buen fin... o morir en el intento. —Ese era el motivo de sus dudas—. Pero... —Él le sostuvo la mirada— el compromiso de completar esta misión es el único que tengo. En cuanto la misión haya concluido, y suponiendo que sobreviva, volveré aquí. Para reclamarte.

Logan vio los labios de Linnet apretarse, no vio ningún rechazo ante la perspectiva, aunque sí a creer en sus palabras, que nublaban sus ojos. Él mismo apretó los labios.

—Veo que por algún motivo... que no logro entender... no crees que volveré. Pero hay una cosa que puedo jurarte y que te juro: si cuando esta misión concluya sigo teniendo una vida que merezca la pena compartir, volveré aquí y la pondré a tus pies.

Linnet parpadeó una vez, dos. Lo miró fijamente a los ojos antes de que una dulce sonrisa inusual curvara sus labios. Levantó una mano, la posó en su mejilla, pero la incredulidad no abandonó su mirada.

—Aprecio tus palabras... no creas que no lo hago. Pero llevo ocupándome de mí misma durante demasiado tiempo como para no hacer frente a la realidad, y mi realidad es que, digas lo que digas, al final, no volverás.

Logan abrió la boca...

Linnet le cubrió los labios con sus dedos para callarlo, para impedirle decir nada más que continuara retorciéndole el corazón más de lo que ya lo había hecho.

—No —aseguró con toda la fuerza y decisión de que fue capaz—, esta es nuestra última noche juntos aquí, y no quiero desperdiciarla discutiendo.

Bajó la mirada a sus labios y apartó la mano, antes de volver a levantarla hacia los ojos de él.

—Quiero pasar esta noche amándote. Quiero que te tumbes de espaldas y me dejes hacer.

Con una mano en su hombro, ella lo empujó.

Claramente exasperado, él le sostuvo la mirada durante un instante más antes de suspirar a través de los dientes encajados y tumbarse de espaldas como estaba antes.

Y le permitió incorporarse sobre el codo y la cadera a su lado. Los oscuros ojos de Logan brillaban mientras doblaba los brazos bajo la nuca.

—¿Y ahora qué?

Ella contempló el cuerpo robusto, la extensión de deliciosa carne masculina, sólido músculo, fuerte hueso, piel tersa. Los cabellos encrespados, negros como la noche, esparcidos por su torso, estrechándose hacia la entrepierna... donde estaba completamente erecto.

—Ahora, tú te quedas ahí tumbado y me dejas disfrutar.
—Ella sonrió y le sostuvo la mirada.

Logan obedeció. Linnet se lo debía. Y aunque lo empujó hasta el límite de estallar, se esforzó por permanecer tumbado y permitirle hacer con él lo que quisiera.

Le permitió acariciarlo, primero con sus manos, abriéndolas para deslizarlas sobre sus hombros, sobre los abultados músculos de los antebrazos, y luego hacia abajo, dibujando el contorno de su pecho, marcándolo de manera encantadora antes de continuar hacia el fuerte y ondulante abdomen, sobre la concavidad de su cintura, sobre el estómago plano y hasta los duros músculos de los muslos de oficial de caballería, la sólida longitud de las pantorrillas y los grandes pies, para regresar después acariciándolo en sentido ascendente hasta tomar su miembro entre las manos y acariciar, juguetear, frotar.

Examinar, sopesar, evaluar.

Linnet continuó tocándolo allí, donde él era más sensible, donde más le gustaba que lo tocaran, mientras ella se alzaba sobre su pecho, encontraba sus labios y lo besaba de manera prolongada, pausada, tan posesiva como era él con ella, antes de apartarse y deslizar los labios para dibujar el camino que sus manos ya habían forjado.

Fuera, la tormenta que había estado amenazando todo el día por fin estalló e hizo retumbar las ventanas. Golpeó la casa, lanzó la lluvia con furia contra los cristales. Linnet la oía a lo lejos, demasiado envuelta en el calor, en el placer, mientras, por fin, se apoyó sobre las rodillas y se sentaba a horcajadas sobre él y, con su ayuda, con su dirección, lo tomaba.

Echó la cabeza hacia atrás, jadeando ante la sensación de Logan llenándola. La excitación se extendió por su piel al comprender que en esa ocasión, todo... todo lo que sentía... estaba bajo su control.

Que en esa ocasión él le había cedido las riendas y que la estaba permitiendo que los condujera a ambos.

Entre respiraciones entrecortadas abrió los ojos y lo miró. El rostro de Logan reflejaba el esfuerzo, la batalla que libraba por no hacerse con el control mientras, las manos cerradas sobre las caderas de Linnet, la urgía y la enseñaba.

Cómo cabalgarlo.

Cómo darle placer mientras se lo daba ella misma.

—La camisa... quítatela.

Las palabras guturales rasgaron la concentración de Linnet, su ensimismamiento en todo lo que era capaz de sentir. Las consideró. Cerró los ojos, se elevó, se hundió, abajo, más abajo, y por fin alcanzó el bajo de la camisa.

Abrió los ojos, se la quitó por la cabeza y la arrojó lejos.

Sonrió mientras utilizaba los músculos y volvía a elevarse una vez más. Cerró los ojos mientras se deslizaba hacia abajo.

Sintió las manos de Logan acariciar, reclamar, sus pechos. Sintió los largos dedos cerrarse sobre sus pezones.

Ella cabalgó y él le rindió homenaje. No había otra palabra para describir el modo en que sus manos se movían sobre su cuerpo, reverentes y seguras.

Demasiado pronto, Linnet empezó a jadear, sonrojada y acalorada, sus cabellos, una mata de fuego vivo que se retorcía alrededor de sus hombros y golpeaba su sensible piel, provocándole unas sensaciones que la atravesaban hasta estallar donde la exquisita fricción crecía y crecía entre sus muslos.

Con los ojos abiertos, aunque casi ciega, Linnet cabalgó con creciente desesperación, buscando, deseando. La cima estaba muy cerca, pero todavía no a su alcance.

Debajo de ella, él se retorció antes de empujarse hacia arriba dentro de ella y acompasar sus embestidas con los descensos de Linnet para que ella sintiera, más que antes, cómo encendía un fuego muy dentro de ella.

Una mano cura agarró uno de sus pechos y sujetó la inflamada carne. Ella miró hacia abajo y a través de las pestañas lo vio apoyarse sobre un codo y llevar la boca a ese pecho.

Logan chupó, lamió e introdujo la arrugada areola y el pezón en la ardiente humedad de su boca. La sensación de un calor que la escaldaba cerrándose en torno al pezón tenso hizo que ella se quedara sin aliento.

Y cuando él chupó, Linnet gritó.

Él continuó chupando con más fuerza y ella estalló. Se deshizo en una larga agonía de delicia que continuó más y más. La boca de Logan se estaba dando un festín con su pecho, sus caderas bombeaban bajo su cuerpo y la llevaban todo el camino a través del rugiente fuego, sobre el precipicio y a los brazos del éxtasis que los aguardaba.

Linnet apenas fue consciente cuando él le agarró las caderas, la sujetó y volvió a embestirla con fuerza y dureza una última vez. Durante un instante él se mantuvo rígido antes de emitir un prolongado gruñido y derrumbarse sobre los almohadones.

Inane, ella se dejó caer sobre él.

Logan permaneció tumbado, con el corazón martilleando, sintiendo el de Linnet latir contra su pecho. Y esperó a que los dos se calmaran.

Al final, levantó una mano y apartó los cabellos de Linnet lo suficiente para poder inclinar la cabeza y mirarla.

—Hablaba en serio. No es posible que creas que no volveré a por ti.

Linnet se movió, pero no parecía capaz, no parecía tener fuerzas para levantar la cabeza y mirarlo.

—Digas lo que digas, en cuanto vuelvas a tu vida normal... —Ella agitó débilmente una mano en el aire—. Encajarás allí y te darás cuenta de que allí es donde perteneces. —Hizo una pausa antes de continuar—. ¿Qué puedo ofrecerte yo que tú no tengas... en mucha más cantidad... allí?

Logan conocía las respuestas... las múltiples respuestas. Una familia, el hogar de sus sueños. Un lugar al que pertenecía. Ella. Todas esas respuestas ardían en su lengua, pero no las pronunció. Aparte de para Linnet, no tenía argumentos sólidos para ninguna de esas cosas que significaban tanto para él si no revelaba las condiciones de su nacimiento, su condición de bastardo.

Era un detalle que todavía no estaba preparado para mencionar. Iba a tener que hacerlo, pero todavía no... no hasta haber creado el marco idóneo.

Explicarle a una dama con la que querías casarte que habías nacido bastardo, aunque fueras de buena cuna, necesitaba ser manejado con cuidado.

A Linnet no le sorprendió su silencio, ¿qué respuesta podía darle? Ella no era una persona que se infravalorara, pero en ese caso solo estaba constatando un hecho y aferrándose a la realidad con la punta de los dedos.

Con el fin de proteger su estúpido corazón.

No podía permitirse creer en sus casi promesas.

Porque su estúpido corazón ya había cometido ese acto de rebeldía y se había enamorado de él.

Pero él no la amaba. Quizás la deseara, pero ella no estaba hecha para ser esposa, y él se daría cuenta en cuanto regresara a Inglaterra. Pronto seguiría su camino y sería el final de lo que tenían. De ellos.

Logan alargó una mano y los tapó a ambos con las sábanas y las mantas antes de acomodarla a ella junto a él. Linnet percibió un instante de duda.

—Diga lo que le diga —murmuró él— no vas a creer que volveré, ¿verdad?

—No. —Puso una mano sobre el corazón de Logan, que latía con fuerza, y apoyó la mejilla sobre el fuerte músculo de su torso—. Soy realista.

—Lo que eres es una bruja testaruda —Logan suspiró—, y me va a encantar demostrar que estás equivocada.

15 de diciembre de 1822
Mon Coeur, Torteval, Guernsey

—Conduzco yo —Linnet fulminó a Logan con la mirada y, sin soltar las riendas, se apartó y señaló con una mano hacia el asiento del pescante del carro—. Puedes sentarte a mi lado.

Logan le devolvió una mirada igual de furiosa, pero dado que Edgar y John se acercaban por el sendero desde la cabaña más allá de los establos para reunirse con ellos en el patio, se subió a regañadientes y levantó la bolsa, la que Muriel le había dado para que llevara sus escasas pertenencias, hasta la bandeja del carro detrás del asiento y se volvió extendiendo una mano para tomar la bolsa de Linnet.

Como si de repente recordara que la tenía, ella soltó un bufido y se la entregó. Al colocarla al lado de la suya, oyó un extraño sonido al dar la bolsa con el suelo del carro. Se preguntó qué lo había causado, qué llevaba ahí dentro que sonaba como una espada enfundada.

Mientras se giraba de nuevo y se acomodaba en el asiento, Edgar y John aparecieron a su lado. Sonrieron y arrojaron bolsas similares a las de Linnet al carro y se sentaron de espaldas a la dirección de la marcha y con las piernas colgando sobre el borde.

Logan se volvió y vio a Linnet despedirse de Vincent y Bright. Ya se habían despedido de Muriel, Buttons y los niños de la casa. Al bajar esa mañana, Linnet le había pedido en un susurro que no mencionara su posible regreso a Mon Coeur a nadie más. Y dado que era consciente de que los siguientes días iba a estar coqueteando con la muerte, él había accedido a regañadientes.

De modo que el resto de los habitantes de la casa estaban convencidos de que se marchaba para siempre, pero todos y cada uno de ellos le habían insistido en que regresara.

Y él les había dicho la verdad, que lo intentaría.

Por lo menos ellos se lo habían creído.

De modo que no los sorprendería cuando volviera... no tanto como a la bruja que se subió al carro y se sentó a su lado antes de sacudir las riendas.

Los cuatro burros levantaron las orejas y empezaron a trotar.

Logan nunca había viajado en un vehículo tirado por burros. Se reclinó en el asiento, se cruzó de brazos y contempló el paisaje por el que pasaban.

Tomaron la carretera principal, que, según le explicó Linnet, discurría por la costa sur de la isla, y al final giraron hacia el norte en dirección a Saint Peter Port. El viaje, al parecer, les llevaría unas tres horas o más.

—Estamos saliendo de la propiedad —murmuró ella casi dos kilómetros después.

Al reflexionar sobre sus palabras, Logan sintió un curioso tirón, a la vez hacia atrás y hacia delante. Desde que había abandonado Mon Coeur, se sentía impaciente por terminar su misión para poder regresar. El apremio era real, una fuerza palpable en su interior.

Miró a Linnet, sentada a su lado, la gruesa capa de lana enrollada sobre un vestido rojo oscuro, guantes de cabritilla que cubrían las manos que sujetaba las riendas, competente y segura mientras manejaba un látigo y mantenía a sus burros al trote. Él estuvo a punto de preguntar qué llevaba en la bolsa, pero después de la escena en los establos, seguramente le arrancaría la nariz de un mordisco antes de decirle que no tenía ningún derecho a cotillear.

Una afirmación a la que él podría responder, pero lo cierto era que Linnet tenía las riendas en la mano. Junto con un látigo.

Edgar y John no apreciarían acabar tirados en una zanja. Y los burros casi seguro que tampoco.

Además, debía controlar su lengua porque necesitaba la ayuda de Linnet para llegar a Plymouth. Ese era el principal motivo por el que había controlado el impulso de arrancarle las riendas de las manos en el patio del establo. Necesitaba que ella le presentara a ese capitán que podría, según había insistido Linnet, estar dispuesto a llevarlo allí, solo porque Linnet se lo pedía.

No sabía mucho sobre los barcos que navegaban en el mar, pero le parecía extraño que uno de ese tipo estuviera simplemente allí, el capitán dispuesto a una travesía movida por el Canal, y todo simplemente por complacer a una amiga.

Pero necesitaba llegar a Plymouth lo antes posible.

—Si el capitán que mencionaste no puede zarpar de inmediato —Logan se volvió y miró a Linnet—, ¿qué probabilidades hay de encontrar otro barco?

—Deja de preocuparte. —Ella lo miró y sonrió—. El Esperance te llevará... te lo garantizo. Pero no será esta noche.

Antes de que él pudiera hacer ningún comentario, Linnet volvió la cabeza hacia atrás y llamó a los dos hombres sentados en el pescante.

—Edgar, John... Estoy pensando que la marea adecuada para que zarpe el Esperance sería la de mañana por la mañana. ¿Sobre las ocho?

—Así es —contestó John—. Las ocho sería buena hora.

—Aunque un barco consiguiera salir del puerto navegando con los remos —Linnet devolvió su atención a Logan—, la costa lo a seguir navegando a remo, en contra del viento y la marea, hasta rodear la punta al norte de la isla, y eso es demasiado lejos. De modo que no podrás salir del puerto, en ningún navío, hasta mañana por la mañana.

Logan hizo una mueca. No podía enfrentarse al viento y a la marea.

Sin embargo, se preguntó qué era lo que Linnet ponía tanto esmero en no contarle.

Llegaron a Saint Peter Port poco después del mediodía. La ciudad, situada al este, estaba frente a una rocosa bahía con forma de herradura delimitada por unos remotos y rocosos cabos.

Un castillo y varios edificios anexos bordeaban la orilla derecha, con cañones que protegían el estrecho canal que unía la bahía con el mar.

—El castillo de Cornet —le informó Linnet—, todavía está guarnecido.

Logan asintió. Al mirar hacia las empinadas y estrechas calles adoquinadas que conducían a los muelles en la parte baja de la ciudad, comprendió por qué había tanta demanda de burros en Saint Peter Port.

Pero en lugar de conducir a sus cuatro bestias y el carro más abajo, Linnet entró en el patio de una posada de la parte alta.

El posadero asomó la cabeza para ver quién había llegado e inmediatamente sonrió resplandeciente y acudió a darle la bienvenida a Linnet.

Logan observaba mientras Linnet intercambiaba saludos y luego se volvía para incluir a Edgar y a John, que habían saltado del pescante del carro. No muy seguro de cuáles eran los planes, Logan se limitó a escuchar. Cuando Linnet hizo los preparativos para dejar el carro y los burros estabulados durante varios días, él salto y bajó tanto su bolsa como la de ella. Se hizo a un lado cuando tres mozos de cuadra, que acudieron al grito del posadero, llegaron corriendo para ocuparse del vehículo. En cuanto lo quitaron de en medio, Logan se acercó a Linnet mientras Edgar y John saludaban tocándose las gorras y, balanceando las bolsas, se adentraban en la ciudad. Logan los observó marcharse contrariado.

—Este es Logan. —Linnet se lo presentó al posadero.

Logan lo saludó con una inclinación de cabeza, encantado de que ella hubiese recordado su insistencia en que hablara lo menos posible de él con el fin de procurar que ningún esbirro de la Cobra Negra descubriera que se había estado alojando en Mon Coeur.

—Estaba pensando —continuó Linnet— que Logan y yo estaríamos encantados de que nos sirviera algo de comer antes de continuar con nuestros asuntos.

—Por supuesto... pasen. —Resplandeciente, el posadero

señaló la posada—. La señora estará encantada de servirlos. Acaba de sacar unas tartas del horno.

Linnet sonrió y acompasó su paso al de Henri, muy consciente de que Logan la seguía de cerca. Siempre dejaba sus burros y el carro con Henri y su esposa Martha, hasta que lo necesitaba para cargar los suministros comprados en la parte baja de la ciudad.

—Entonces ¿el Esperance va a volver a salir? —Henri la miró—. El tiempo ha cambiado y hay tormentas hacia el norte.

Linnet sonrió, no resultaba sorprendente que Henri sintiera curiosidad por el motivo por el que el Esperance iba a zarpar en esa época del año.

—Espero que solo se marche para un breve trayecto… un negocio inesperado que hay que atender allí. —Al llegar a la puerta de la posada, ella entró. No necesitaba mirar a Logan para saber que no le gustaría que lo animar a hacer más preguntas—. Esperaremos la comida en el salón —le indicó a Henri tras detenerse.

—Sí, por supuesto. Hay un buen fuego en la chimenea. Enviaré a Martha.

Linnet llamó la atención de Logan con la mirada y él la siguió al interior del pulcro y, a esa hora del día, desierto saloncito.

Logan tenía algunas preguntas que hacerle, pero Linnet no le desveló más que al posadero. Al parecer tenía algún asunto que atender en la ciudad. Con la esposa del posadero entrando y saliendo todo el rato, y las camareras, y la charla de Linnet sobre la ciudad, y la deliciosa tarta, la comida acabó y él la siguió fuera de la posada sin haber averiguado nada.

Con las bolsas, una en cada mano, él la siguió por las empinadas calles, mientras se fijaba en los numerosos burros y en toda la gente ocupada a su alrededor. Descendieron frente a unas casas construidas muy juntas, una sujetando a la siguiente. Todo parecía muy bien cuidado, cuidadosamente pintado, las entradas barridas y lavadas. Más abajo llegaron a una zona de tiendas y negocios de todo tipo. Dado que Saint Peter Port era el centro de todo el comercio de la isla, alojaba bancos y comercios de cualquier clase imaginable.

Al fin salieron al largo muelle frente al puerto. Con los amarraderos para las barcas de los barcos, casi todos pinazas y barcazas, en el lado del mar, en el lado del muelle que daba a la ciudad se alineaban las oficinas y los almacenes de las distintas compañías navieras.

Tras apenas echar un vistazo a los muchos barcos anclados en la bahía, sus mástiles, un pequeño bosque de palos desnudos que se inclinaban a un lado y a otro con el oleaje, Linnet caminó confiada hacia un sólido edificio de piedra de aspecto opulento.

Detrás de ella, Logan contempló la placa de latón sobre el muro que flanqueaba la entrada: Barcos Trevission.

Todavía estaba asimilándolo mientras seguía a Linnet por las puertas basculantes de madera y cristal, que de nuevo anunciaba los barcos de Trevission con letras doradas, con un logotipo de un barco de vela dentro de un círculo de cuerda grabado debajo. Se detuvo a su lado, preguntándose sí estaría ella relacionada con el dueño, quizás un tío o un primo, y observó a varios empleados sentados a sus mesas levantar la vista, verla, y sonreír mientras un hombre bien vestido, encargado en jefe por su vestimenta y porte, se apresuraba a salir de una oficina para saludar con una reverencia.

—Señorita Trevission. Encantado de verla, señora.

—Señor Dodds. —Linnet sonrió y, tras quitarse los guantes, inclinó la cabeza—. ¿Cómo van las cosas por aquí?

—Estupendamente, como de costumbre, señora... aunque debo decir que me alegro de que haya pasado por aquí. Tengo algunos asuntos que me gustaría consultar con usted.

—Por supuesto. —Ella se volvió y Dodds hizo una nueva reverencia antes de dedicar una mirada curiosa a Logan y acompasar su paso al de Linnet.

Ella se detuvo frente a un par de bonitas puertas de madera y Dodds se adelantó para abrirle una.

—He dejado algunos papeles sobre su escritorio. —Dodds se hizo a un lado—. ¿Quiere que traiga el resto?

Linnet se detuvo a la entrada, se volvió para mirar a Dodds y asintió.

—Sí. También necesito saber si hay alguna mercancía que el Esperance pudiera llevar a Plymouth. Va a tener que hacer un rápido viaje allí, de modo que podríamos sacarle mayor provecho.

—Por supuesto, señora. Traeré el registro de mercancías ahora mismo.

Dodds se marchó con premura en busca de los documentos. Linnet se volvió y entró en la habitación, seguida en silencio por Logan.

Tras cerrar la puerta, él miró a su alrededor y vio la confirmación de que, en efecto, ella... Linnet... era la dueña de Barcos Trevission. La estancia estaba dominada por una grande y alargada mesa central rectangular, el extremo más alejado del cual ella utilizaba como escritorio. Ella se detuvo en ese extremo, dejó los guantes junto al papel secante, se sentó y tomó los papeles para empezar a leer.

Logan soltó las bolsas y aprovechó el momento para echar un vistazo al lugar... el lugar de Linnet, su espacio. Un par de largos ventanales daban al muelle y el puerto, y más allá. La amenazante masa del castillo, también construido en piedra, limitaba las vistas a la derecha. Las ventanas estaban enmarcadas por unas cortinas de terciopelo. La habitación estaba ricamente decorada sin resultar ornamentada, desde las molduras doradas de los cuadros que colgaban de las paredes, los brillantes colores de los objetos pintados y la alfombra de color azul real bajo la brillante mesa hasta el cristal tallado de las lámparas.

Numerosos armarios con cajones se alineaban contra las paredes paneladas en madera bajo los cuadros. Un bonito busto de Nelson descansaba sobre un pedestal junto a la puerta.

Logan hundió las manos en los bolsillos y por fin se movió para iniciar un lento recorrido de la habitación y estudiar los cuadros. La mayoría representaban barcos navegando. Uno de ellos se llamaba Esperance, lo que explicaba la certeza de Linnet de que el capitán de ese navío estaría encantado de hacer lo que ella le pidiera. Por supuesto que lo haría, era dueña del barco, un bonito navío de tres mástiles, provisto de una vela cuadrada en el de proa y en el central, y con una vela de popa en la mesana. La imagen mostraba al barco prácticamente volando sobre las agitadas olas. Logan dedicó un rato a reflexionar sobre el cuadro antes de continuar.

Atraído de manera irresistible por el retrato que colgaba en el lugar de honor detrás de la silla de Linnet. Al pasar junto a ella, Linnet tomó una pluma, comprobó la punta y abrió un tintero en el que la mojó para firmar algunos de los papeles que había estado ojeando.

«La naviera trabajando», pensó Logan con ironía. Su pasaje a Plymouth sería otra cosa más que le debería. Se detuvo a un lado de donde ella estaba sentada, la espalda hacia la habitación, y dedicó su atención al retrato, al hombre que contemplaba toda la habitación. Sus labios dibujaban una sonrisa irónica, y sus verdes ojos emitían un brillo travieso y temerario. Sus cabellos eran de un rojo dorado y bruñido.

Logan leyó el nombre del cuadro, situado en la base del marco, y no le sorprendió averiguar que ese hombre era el capitán Thomas Trevission del Esperance.

—¿Tu padre? —preguntó en un murmullo sin volverse.

—Sí.

Él miró a Linnet, que seguía inclinada sobre sus papeles. Se volvió hacia el retrato y sintió que unas cuantas piezas del puzle que constituía esa mujer y su casa encajaban en su lugar. El que se dedicara a acoger huérfanos cuyos padres habían sido marineros, desaparecidos seguramente en algún barco de Trevission. Y todos los hombres relacionados con la casa, incluido Vincent, Bright e incluso los muchachos más jóvenes, pensándolo bien, tenían ese paso oscilante característico de los marineros.

La puerta se abrió y Dodds regresó con la nariz metida en un libro de cuentas.

—Como cargamento inmediato para el Esperance, Cummins tiene un envío esperando por el que le gustaría, supongo, pagar una cantidad extra para que llegara a Plymouth antes de Navidad.

—Esa es precisamente la clase de mercancía que estoy buscando. —Linnet levantó la vista—. Envíe un mensaje a Cummins y dígale que si está dispuesto a pagar nuestro precio, y a embarcar su cargamento antes de que zarpemos, lo llevaremos. También puede hacer correr la voz de que aceptaremos, hasta la marea de la mañana, cualquier pequeño envío que necesite llegar a Plymouth. Pueden hablar directamente con Griffiths.

—Sí, señora. —Dodds se fijó en los papeles que ella ya había firmado y sonrió—. Excelente. El único otro tema pendiente son estas tres consultas. —El hombre le entregó unos documentos—. Si pudiera decirme cómo le gustaría que nos ocupásemos de ello, yo puedo encargarme.

Linnet tomó los papeles y echó un rápido vistazo antes de devolvérselos a su hombre.

—Como siempre, no nos interesa vender ningún barco o almacén a nadie. Por favor, dele las gracias a los señores Cartwright y Collins por su interés, y luego rechace amablemente sus ofertas. En cuanto a la consulta del astillero de Falmouth es... —Hizo una pausa antes de continuar—. Dígales que estamos interesados en hablar sobre su barco, pero que no tenemos pensado poner en servicio nuevas flotas hasta marzo del año que viene, como muy pronto.

Ella se levantó y sacudió la cabeza.

—Nunca deja de sorprenderme que piensen que podríamos comprar un barco nuevo al final de la temporada de navegación. ¿Alguna otra cosa?

—No, señora. —Dodds cerró el libro de cuentas—. Eso es todo.

—Bien —Linnet señaló el libro—. Lo primero es conseguir cargamento para el Esperance, lo demás puede esperar.

—Desde luego, señora. Ahora mismo. —Dodds hizo una reverencia y, dándose media vuelta, se marchó.

—De momento podemos dejar aquí nuestras cosas. —Linnet se volvió hacia Logan—. Necesito ir a otro sitio antes de poder llevarte al barco.

Él inclinó la cabeza y echó a andar detrás de ella, rodeando la mesa y cruzando la puerta.

Al llegar al muelle, Linnet giró a la derecha. Se cerró más estrechamente la capa, que se agitaba en la creciente brisa, y se dirigió al castillo. Logan alargó la zancada y se colocó a su lado.

Cuando empezó a subir el camino que conducía a la puerta del castillo, Logan se quedó atrás.

—No te preocupes —murmuró ella intercambiando un asentimiento con el guardia, que, al igual que todas las personas en el castillo de Cornet, la conocían por lo menos de vista—, no mencionaré tu misión. —Linnet levantó la voz y se dirigió al guardia—. ¿El teniente coronel Foxwood?

—Tengo entendido que está en su despacho, señorita.

—Gracias.

Sin darle a Logan la oportunidad de protestar, ella continuó su marcha, cruzó con confianza las puertas principales y siguió por los pasillos en los que resonaba el eco de sus pisadas.

Logan tenía que esforzarse por mantenerse a su paso mientras se preguntaba, se debatía. Había demasiadas personas a su alrededor como para detenerla y exigirle una explicación de lo que estaba haciendo. Pero... al ver a un par de guardias que flanqueaban una puerta al final del pasillo que tenían enfrente, la agarró del brazo y le hizo reducir el ritmo.

—No le menciones a nadie mi rango —le susurró, inclinando la cabeza hacia ella—. Soy un amigo de la familia a quien estás ayudando facilitándole un pasaje a Plymouth.

Ella le ofreció una de sus miradas altivas, pero no contestó. Logan la soltó al llegar junto a la puerta custodiada.

Linnet se detuvo y sonrió a los guardias.

—Por favor, compruebe si el teniente coronel puede dedicarme unos minutos.

Con un rápido saludo, el guardia de más edad asintió, llamó a la puerta y la abrió para asomarse al interior.

—La señorita Trevission, señor, está aquí para verlo, si tiene un momento.

Desde su lugar junto a Linnet, Logan oyó una voz en el interior de la habitación.

—¿La señorita Trevission? Sí, por supuesto, hazla pasar.

—Si quieres, puedes esperar aquí.

Ante el suave susurro, Logan miró a los ojos verdes de Linnet.

—Ni lo sueñes.

—En ese caso —Ela agachó la cabeza—, déjame hablar a mí. —Se volvió hacia el guardia—. Viene conmigo.

El guardia le sujetó amablemente la puerta. Logan siguió a Linnet al interior e hizo un rápido barrido visual de la estancia antes de centrarse en sus dos ocupantes.

El de más edad, Foxwood, a juzgar por los galones del uniforme, estaba intentando levantarse pesadamente desde detrás de una mesa grande y desordenada en extremo. Logan lo catalogó de inmediato como un soldado de carrera, enviado allí para pasar sus últimos años de servicio. El segundo hombre, un joven capitán, sin duda el asistente de Foxwood, estaba de pie a un lado de la mesa, la mirada entusiasmada y apreciativa fija en Linnet.

Mientras Linnet se detenía ante el escritorio, Logan se colocó con expresión severa a su lado, entre ella y el muy ansioso capitán. ¿Qué demonios estaba haciendo Linnet allí?

Sonriendo amablemente, ella extendió una mano.

—Buenos días, Foxwood —saludó mientras ignoraba al capitán.

Resplandeciente, Foxwood le tomó la mano con las dos suyas desde el otro lado del escritorio.

—Como siempre encantado, querida. Por favor, siéntense.

Foxwood le dedicó una mirada inquisidora a Logan que, atento a las instrucciones de Linnet, no habló.

—No, gracias —contestó Linnet—. Solo he venido para

informarle de que el Esperance zarpará mañana por la mañana con destino a Plymouth. Un rápido viaje de ida y vuelta, pero dado que hay mercancías que entregar, y posiblemente alguna que traer de vuelta, quizás tardará unos pocos días en regresar.

—¿En serio, querida? Yo pensaba que con este tiempo... —Foxwood se interrumpió y sonrió—. Pero tú sabes más de esto que yo, de modo que te deseo un viaje bueno y seguro.

Linnet hizo una inclinación de cabeza y se dispuso a marcharse, sin dejar de ignorar en ningún momento al joven capitán que la miraba con adoración y, volviéndose hacia la puerta, salió del despacho. Perplejo, mientras asentía con educación hacia Foxwood, Logan la siguió.

—¿Qué ha sido todo eso? —Logan esperó hasta que estuvieron fuera del castillo para preguntar.

—Una mera cortesía.

—¿Qué me estoy perdiendo? —insistió él después de unos minutos.

—Necesitas llegar a Plymouth —Ella lo miró de refilón—, yo te estoy organizando el viaje. No agites mi barca.

Sombrío, y cada vez más convencido de que le faltaba algún dato relevante, pero incapaz de adivinar qué era lo que no sabía, Logan la siguió de regreso a las oficinas de Trevission, donde recuperó las bolsas y Dodds la puso al día sobre el cargamento que llevarían tanto hacia Plymouth como de regreso. Por último, salieron de nuevo hacia los muelles. En esa ocasión, Linnet giró a la izquierda.

Cargado con las bolsas, él la siguió. Al tomar la de Linnet, de nuevo había sentido moverse algo muy parecido a una espada envainada. Era un objeto con el que estaba tan familiarizado que sus sentidos lo identificaban de inmediato. De haber pertenecido la bolsa a cualquier otra mujer, habría rechazado la idea como una tontería y preguntado qué llevaba ahí dentro que tanto lo estaba confundiendo... pero se trataba de Linnet, y en ese caso no creía que se estuviera confundiendo.

Con la mirada fija en la espalda de la mujer, Logan

intentaba pensar en una manera inocente de formular la pregunta, algo que no diera como resultado una cáustica respuesta en la que ella le dijera que lo que llevara en esa bolsa no era asunto suyo, cuando sus pies pisaron las gruesas tablas de madera del muelle.

Miró a su alrededor, observando los navíos, la mayoría de los cuales estaban anclados en el puerto. Buscó el barco que había visto en el cuadro, pero había muchos de tres mástiles y el cuadro había sido pintado desde una distancia excesivamente grande como para proporcionar algún detalle identificativo.

Linnet continuaba su marcha. Logan estaba a punto de pedirle que señalara el Esperance cuando dos marineros apoyados sobre un costado de un navío la llamaron... no señorita Trevission, sino alguna otra cosa seguida de Trevission. La fuerte brisa se llevó las palabras y él no consiguió identificar el título que habían utilizado, pero Linnet sonrió y levantó la cabeza. Y siguió su marcha, girando a la izquierda para continuar por un muelle a lo largo del cual había atracados varios barcos de mayor tamaño.

El muelle estaba muy activo, con marineros y obreros cargando y descargando mercancías. Varios marineros más vieron a Linnet y saludaron agitando una mano en el aire, pero ningún otro la llamó. Justo detrás de ella, Logan comprendió que se dirigían hacia el último barco. Al mirar al frente, vio un elegante barco, y sin duda rápido, de tres mástiles que, por la actividad que se desarrollaba en cubierta, acababa de atracar hacía escasos minutos.

Y en efecto, cuando se alejaron del caos que había delante del barco anterior a ese, y se adentraron en el espacio relativamente despejado a lo largo del elegante barco, él vio el nombre grabado en la proa: Esperance.

Sabía que el nombre significaba *esperanza* o *expectación* en francés, el idioma base del guernais, el dialecto de la isla. Linnet se dirigió directamente hacia la pasarela y él la siguió confiado mientras su mirada se impregnaba de la visión del barco.

Al igual que la dueña, el barco era precioso. No era nuevo,

pues la madera mostraba la brillante pátina del roble bien cuidado, pero estaba claro que había sido diseñado tanto para la fuerza como para la velocidad. Poseía unas líneas más minimalistas, más esculpidas que los otros barcos que lo rodeaban, se balanceaba suavemente sobre las olas, elegante, moviéndose al ritmo de la marea en el puerto, una princesa entre burgueses.

Como su dueña.

Linnet echó a andar sobre la pasarela y subió con agilidad, sin siquiera molestarse en agarrarse a la cuerda. Acortando la distancia entre ellos, Logan estaba ya pegado a su espalda cuando, sin esperar ninguna ayuda, ella saltó sin dificultad a cubierta.

—¡Ah del barco, capitán! —Un corpulento marinero se dejó caer por la escala desde cubierta de popa y saludó con desenfado.

Durante un instante, todo se detuvo dentro de Logan cuando el hombre posó un pie en cubierta y se acercó despacio, y él volvió para mirar fijamente a Linnet.

Quien, ignorándolo, devolvió el saludo.

—Buenas tardes, señor Griffiths.

—Y sí que son buenas, señora, si lo que oigo es cierto. —Griffiths se detuvo alegre ante ella—. Bienvenida a bordo, señora. Edgar y John parecen creer que nos dirigimos a alguna parte.

CAPÍTULO 9

Logan miraba fijamente a Linnet, con creciente horror, mientras ella sonreía a Griffiths.

—Así es, nos vamos. —Señaló hacia Logan—. El mayor Monteith debe llegar urgentemente a Plymouth y me he ofrecido a llevarlo.

Linnet echó a andar hacia la escotilla trasera. Griffiths se colocó a su lado y Logan los siguió, sin dejar de esforzarse por asimilarlo, sintiéndose como si le hubieran vuelto a golpear en la cabeza.

—Zarparemos con la marea de la mañana —continuó Linnet—. Por favor, avise a la tripulación y téngalo todo preparado. Dodds y Cummins tienen mercancía para que llevemos, y puede que haya más. Si llegan aquí a tiempo para cargarla antes de que suba la marea, he accedido a transportarla... Le dije a Dodds que los comerciantes debían dirigirse directamente a usted.

—Sí, señora. Lo tendremos todo preparado para zarpar con la marea. —Griffiths estaba mirando a Logan de reojo, de la misma manera en que lo habían hecho Edgar, John y el resto de los hombres de la casa al conocerlo.

—Excelente. —Linnet se detuvo junto a la escalerilla de la escotilla y se volvió hacia Logan—. El mayor Monteith dispondrá del camarote junto al mío. Pasaremos la noche a bordo. Indíqueles a Jimmy y al cocinero que cenaremos en mi camarote.

—Y sin más, empezó a bajar.

—Un momento. —Logan seguía peleándose con la noticia de que Linnet, *Linnet*, era el capitán del Esperance, pero... Fijó la mirada en su rostro mientras ella se volvía, las cejas arqueadas con cierta altivez—. Hay algo que necesito decirle al capitán... a quienquiera que sea el capitán al que has inducido para que me lleve al otro lado del Canal. —Al parecer era ella, y cada instinto de Logan se rebelaba ante la idea. Apretó los labios—. Puede que encontremos alguna resistencia en algún momento entre este punto y Plymouth.

—¿De los sectarios que te persiguen? —Ella frunció el ceño.

—No son marineros experimentados, pero sus bolsillos están llenos, lo suficiente como para contratar capitanes y tripulaciones capaces de navegar y dispuestos a pelear, incluso contra un pacífico navío. —Miró a Griffiths, que supuso debía ser su primer oficial—. No se puede esperar de ellos que actúen con racionalidad... Son peligrosos por la sencilla razón de que es imposible predecir hasta dónde serán capaces de llegar para conseguir lo que desean.

—¿Y lo desean a usted? —preguntó Griffiths con los ojos entornados.

—Desean el documento que yo transporto —contestó Logan—. Es una evidencia crucial para descabezar a un villano, un inglés que ha estado provocando el caos en la India, y que, por supuesto, no desea que ese documento llegue a las autoridades.

—Bueno —Griffiths soltó un bufido y miró a Linnet—, no conseguirán alcanzar al Esperance, eso seguro.

—Transmita las órdenes oportunas y tenga a la tripulación armada y dispuesta para zarpar al amanecer —afirmó ella—. Saldremos en cuanto cambie la marea... Los demás nos cederán el paso. ¿Qué vientos se esperan?

—Hacia Plymouth, a favor. Deberíamos poder atrapar una buena brisa en cuanto bordeemos el cabo.

—Bien. —Linnet cruzó la escotilla—. Estaré abajo. Asegúrese de que los demás se presenten en cuanto suban a bordo. Por lo que parece, vamos a necesitar a toda la tripulación para este viaje.

—A la orden, capitán.

Logan permaneció inmóvil mientras la observaba bajar la escalerilla. Quería poner fin a toda esa locura, la mera idea de que ella se enfrentara a los sectarios hacía que se le encogiera el estómago hasta el vómito. Pero... ¿cómo hacer eso sin pisarle un callo... o, peor aún, el orgullo? Aún luchaba contra las ramificaciones de ese último giro sobre quién era ella, sintiéndose extrañamente impotente, como si fuera empujado por una corriente que era incapaz de controlar, cuando agarró los bolsos y la siguió por la estrecha escalera y luego por el angosto pasillo hasta la puerta del camarote al que ella había entrado.

Él agachó la cabeza y entró por la puerta abierta. El camarote era grande, ocupaba todo el espacio bajo la popa y, al igual que el despacho de Linnet en los muelles, estaba bellamente decorado, los paneles de madera de las paredes y los muebles, atornillados al suelo, eran de roble bruñido. A un lado había un escritorio con un sillón almirante detrás y dos sillas más pequeñas delante. En el centro de la estancia se veía una mesa redonda con bancos fijados a ella, mientras que en el rincón más lejano descansaba una enorme cama construida desde la pared, con estanterías encima y cajones debajo. Un arcón descansaba a los pies de la cama, y había un armario extenso y un lavabo equipado con todo lo necesario.

En el centro de la mesa había una lámpara, soportes para tazas y candelabros colocados en lugares estratégicos alrededor de la habitación.

Era camarote mejor y más confortable que Logan hubiese visto jamás.

Linnet arrojó la capa sobre la cama y empezó a quitarse las horquillas del cabello.

—Cierra la puerta y dame mi bolsa.

Logan cerró la puerta, dejó en el suelo su propia bolsa y cruzó el camarote para dejar la de Linnet sobre la cama. Con los cabellos ya sueltos sobre los hombros, ella abrió la bolsa, revolvió en su interior y sacó una camisa blanca de manga larga. Apartó a

Logan a un lado y se acercó al arcón, del que extrajo un par de pantalones de cuero, un chaleco y un abrigo.

Logan parpadeó perplejo. Cuando ella arrojó la ropa sobre la cama, él alargó una mano y tocó los pantalones, y descubrió que estaban hechos de cuero de ciervo, suave como la mantequilla. La imagen que empezaba formarse en su mente no le gustaba lo más mínimo.

—Linnet...

—Ayúdame con estas cintas. —Le dio la espalda.

—Así debía sentirse el rey Canuto —murmuró él con el ceño fruncido.

—¿Cómo?

—Da igual. —Logan desató hábilmente los lazos mientras evaluaba sus opciones—. Linnet... aprecio todo lo que has hecho y estás haciendo por mí, pero... —Tras haber desatado los lazos dio un paso atrás, se sentó en uno de los bancos, con la espalda contra la mesa. Apoyó los antebrazos sobre los muslos y entrelazó los dedos de las manos para apartarlas de ella. Fijó la miraba en su rostro de expresión inquisitiva y continuó—. Francamente, preferiría viajar en algún otro barco.

Ella reflexionó durante unos momentos antes de sonreír, con mucho secretismo, y quitarse el vestido.

—No, no es así. Quiero decir que no lo preferirías. Déjame explicarte por qué.

Logan frunció el ceño y se descubrió observando con curiosa fascinación mientras ella se quitaba la muda y luego se dispuso a vendarse el pecho con una larga venda de lino que sacó de la bolsa. Sabía que algunas mujeres lo hacían a veces, para cabalgar deprisa o hacer algún ejercicio violento... Sacudió la distracción de su mente y se obligó a continuar mirándola a la cara. Y recordó sus últimas palabras.

—Pues explícamelo.

La fugaz sonrisa sugería que ella sabía muy bien hacia dónde se dirigía a su mente. Pero de repente su expresión se volvió seria.

—En este momento, completar la misión es tu principal prioridad, y con razón. Es importante... El resultado tiene repercusiones a largo plazo, afecta a muchas vidas de un modo positivo. Las decisiones que tomes deben ser aquellas que proporcionen a tu misión la mejor oportunidad de éxito, y si eso significa que debes dejar a un lado tus sentimientos personales, entonces es lo que harás. —Ató la venda debajo del pecho izquierdo y lo miró a los ojos—. Eres esa clase de hombre.

Logan apretó los labios, incapaz de mostrarse en desacuerdo, aunque...

—Que así sea, hay muchos barcos en este puerto, y sin duda alguno de ellos...

—No. —Se puso la camisa, que ondeaba alrededor de los finos brazos. Se colocó el cuello y lo ató—. De todos los barcos que hay en el puerto, el Esperance es, de lejos, tu mejor oportunidad de llegar a Plymouth sano y salvo. —Linnet se quitó los botines, agarró los suaves pantalones y se los puso. Remetiendo el borde de la camisa, se ató la cinturilla—. Y en contra de lo que te estás imaginando, la perspectiva de una persecución y ataque, de acción, solo me da la razón.

Logan se sentía a la deriva, desconectado de nuevo del momento. La suave tela de cuero se ajustaba deliciosamente a las largas piernas. Mientras ella se ponía el chaleco, lo abotonaba y se colocaba encima el abrigo de capitán, lo único en lo que él podía pensar era que ese atuendo masculino no hacía más que hacerle parecer más intensamente femenina.

Más descaradamente femenina.

Y también más peligrosa.

—Nuestra capacidad es mayor, nuestra velocidad no puede ser igualada y nuestra tripulación posee una gran experiencia. —Linnet se acercó al armario, buscó dentro y sacó un par de botas altas. Se detuvo para abotonar las perneras del pantalón y miró a Logan—. Créeme, de no ser así, si no pensara que el Esperance es el mejor barco para tu misión...

Se calzó las botas, de un brillante cuero negro, que le llegaban por encima de las rodillas, tironeó y dio un golpe con los pies en el suelo antes de erguirse y mirarlo a los ojos.

—Si yo no supiera que el Esperance es el barco más seguro para ti, dejaría aparte mis sentimientos y te buscaría el mejor barco y el mejor capitán, y le retorcería el brazo hasta que aceptara llevarte.

Linnet levantó los brazos, se separó el pelo en mechones y se dispuso a trenzarlo.

—Sin embargo, se da la circunstancia de que vas a tener que aceptar que, en este caso, yo sé qué es lo mejor y, a juzgar por todos los criterios que importan, el Esperance es el mejor barco para llevarte a ti y tu carta a Plymouth.

El rostro pétreo, los ojos entornados, Logan permaneció sentado observándola. Linnet lo veía buscar el modo de contraatacar sus argumentos. Se ató las trenzas y se acercó al pequeño espejo colocado en la puerta del armario para colocárselas a modo de diadema, sujetándolas con horquillas.

Miró el reflejo de Logan en el espejo, estudió su rostro.

Era muy consciente de que no le resultaba fácil verla allí, como el capitán del barco, y precisamente por eso había evitado mencionárselo, había tenido mucho cuidado en no dejarlo caer antes de tiempo. Pero le había dicho la verdad, el Esperance, con ella al timón, era la mejor oportunidad que tenía de llegar sano y salvo a Plymouth... No había nadie en todo Guernsey que no le dijera lo mismo.

Por supuesto, todavía no le había confesado la peculiaridad más pertinente del Esperance, la que confirmaba su argumento más allá de toda duda, pero, por una necesidad irritante, quería que él aceptara su palabra, su juicio, que comprendiera y reconociera que, en esa área, ella no solo sabía qué era lo mejor, sino que también era el comandante adecuado para tomar las decisiones correctas respecto a la misión y la seguridad de Logan. Su opción de llevarlo a bordo del Esperance estaba basada en lo que era correcto, en lo que debería ser, no en un capricho personal.

Con los cabellos ya sujetos, buscó de nuevo en el armario y sacó el sombrero de capitán con su alegre escarapela, y regresó junto a la cama para coger un pañuelo de la bolsa y atárselo alrededor del cuello.

A continuación, tomó de la bolsa su sable envainado.

Y de inmediato notó como la tensión asaltaba a Logan.

—Sí, sé manejarlo. —Se abrió el abrigo, rodeó las caderas con el cinturón de cuero y lo ajustó antes de levantar la vista hacia los ojos de Logan—. ¿Cómo crees que fui capaz de diagnosticar tu herida tan acertadamente? Tenía razón, ¿verdad?

La pregunta lo distrajo, desvió su atención mientras intentaba recordar y, con una evidente reticencia, los labios apretados, asintió.

—Sí.

Un golpe de nudillos en la puerta hizo que ambos desviarán la mirada en esa dirección.

—¡Adelante! —exclamó ella.

La puerta se abrió y el grumete, Jimmy, asomó la cabeza.

—¿Todo bien por aquí, capitán?

—Sí. —Linnet era incapaz de contener una sonrisa cada vez que veía a Jimmy—. ¿Qué tal va todo por ahí arriba?

—Todos se han presentado en sus puestos. El señor Griffiths ya los tiene ocupados. Lo cierto es que habríamos estado preparados para zarpar esta noche si la marea fuese la adecuada, pero no lo es, por eso vamos a tener que esperar hasta mañana, pero todos nos morimos de ganas por marcharnos. No esperaba ninguna aventura a estas alturas del año… Es como un regalo de Navidad, eso es… —Jimmy no había dejado de mirar a Logan con curiosidad.

—Ya me lo imagino. Este es el mayor Monteith —Linnet lo señaló con una mano—, y él, o más concretamente su misión, es el motivo por el que vamos a hacer este rápido viaje a Plymouth, de modo que es a él a quien tienes que dar las gracias.

—Mayor. —Jimmy sonrió a Logan e inclinó la cabeza—. No oirá ninguna queja de la tripulación. Es un placer ser de utilidad.

Logan, que apenas conseguía mantener los labios en una fina línea, inclinó a su vez la cabeza.

—Encantado de poder ser de alguna utilidad a cambio.

—Jimmy, el mayor utilizará el camarote contiguo y cenaremos aquí esta noche. A la hora habitual. Y ahora... —Desvió la mirada de nuevo hacia Logan, tomó su sombrero y echó a andar hacia la puerta—. Voy a hacer la ronda en cubierta.

Logan la siguió un paso por detrás mientras recorría la cubierta, oyó a todos los marineros, uno tras otro, saludarla como «capitán», la luz en sus ojos, las expresiones en sus rostros, atestiguaban la ilusión y el respeto, la confianza que depositaban en ella como su líder. Él había visto generales de renombre inspirar menos devoción.

Y cuanto más oía las preguntas que formulaba a cada hombre sobre su familia, sobre su hogar o acerca de cuáles de las pequeñas comunidades de la isla provenían, más comprendía la sagacidad y la atención al detalle de esa mujer. Cuanto más oía sus rápidas y firmes órdenes, más comprendía que, aunque en cierto modo hubiese heredado el rango de su padre, el respeto que lo acompañaba en tal abundancia era algo que ella misma se había ganado.

Pero, cómo había llegado eso, cómo había alcanzado una posición de ese modo, era un misterio para él.

Y no tuvo ninguna oportunidad de perseguir el tema cuando, con la noche cerrándose en torno al tranquilo barco, regresaron al camarote de Linnet para sentarse a la mesa y cenar. Jimmy estaba constantemente entrando y saliendo, a menudo permanecía en posición de firme detrás de la silla de Linnet y charlaba sin cesar para ilustrar a Linnet sobre los últimos chismorreos entre la tripulación.

Logan comprendió enseguida que Jimmy no veía ninguna necesidad de censurar los temas sobre los que informaba a Linnet por respeto a su condición femenina.

Cuanto más pensaba en ello, más sospechaba que la tripulación la veía como... Desde luego, no como un hombre, sino de una categoría diferente de mujer, una que había demostrado ser capaz de liderarlos.

Las comparaciones que ella solía hacer entre la reina Isabel y su persona parecían aún más apropiadas.

Después de cenar, Logan la siguió de nuevo a cubierta, otra vez detrás de ella, mientras bajo la débil luz de la luna Linnet comprobaba cada cuerda que sujetaba las velas.

—Yo pensaba que los marineros eran muy supersticiosos ante la idea de tener a una mujer a bordo —murmuró él cuando al fin estuvieron a solas.

Linnet soltó una carcajada. Al llegar a la proa, ella se giró, apoyó una cadera sobre un montón de cuerda y lo miró a la cara. Lo analizó a través de las sombras y sonrió levemente.

—La mayor parte de la tripulación, desde luego los que son mayores que yo, ha navegado conmigo desde que yo era una niña. El Esperance suele hacer viajes relativamente cortos, de modo que mi padre me llevaba a menudo con él. —Ella miró a su alrededor, el afecto grabado en su rostro—. Yo corría salvaje por este barco siendo casi un bebé, y de joven. Y desde que mi madre murió, yo tenía once años, navegué en todos los viajes. —Lo miró a los ojos—. Incluso estuve a bordo cuando asistimos en la evacuación de Coruña.

Logan se apoyó en un lado y la estudió también.

—De modo que eras la cría de un marinero, y cuando tu padre murió, heredaste su cargo...

—Más o menos. El rango, por supuesto, es honorario, pero no encontrarás a nadie en Guernsey que lo ponga en duda. —Sonrió con ironía—. Del mismo modo que nadie, ni un solo capitán de puerto, aquí o en Inglaterra, ni siquiera en Francia, o ninguna otra autoridad marítima, cuestionaría mi derecho a hacerme cargo del timón aunque, como mujer, no se me puede otorgar la licencia de capitán. —Linnet señaló hacia el barco con la cabeza—. Hay dos a bordo con esa licencia que podrían gobernar el barco, pero no les importa dejarme esa tarea a mí. La experiencia manda, y en el mar hay mucha menos tolerancia con los errores.

¿Hasta dónde alcanzaba esa experiencia? ¿Había presenciado alguna batalla naval? ¿Cuánto tiempo pasaba embarcada en un año? ¿Alguna vez había zarpado el Esperance sin ella? Logan formuló las preguntas y ella las contestó, directamente, con sinceridad.

La confirmación de que había presenciado batallas reales, de que sí, había desenvainado el sable y matado cuando había sido necesario, le produjo a la vez tranquilidad y horror, aunque la información de que llevaba el sable con ella desde hacía más de una década le proporcionó cierto alivio.

Para cuando la curiosidad de Logan quedó satisfecha, tenía una mejor comprensión de quién era esa mujer y cómo había llegado a convertirse en el capitán L. Trevission, dueña y comandante del Esperance.

Mientras los responsables del turno de guardia de noche subían a cubierta, Linnet se levantó y enarcó una ceja hacia Logan.

—¿Te sientes más resignado a permitirme llevarte hasta Plymouth?

Él la contempló durante unos segundos, como si solo entonces se hubiera dado cuenta de que la intención de Linnet había sido tranquilizarlo. Luego miró más allá de la cubierta, hacia donde la mayoría de los otros barcos más grandes se balanceaban bajo la débil luz de la luna.

—Supongo que sí. —La miró de nuevo—. Si eres la más rápida, la más segura... entonces supongo que debería deja de discutir y darte las gracias.

—Así es. —Linnet sonrió e inclinó la cabeza de manera regia. Contempló a los hombres de guardia y devolvió la mirada a Logan mientras sonreía—. Podrás agradecérmelo abajo.

Linnet echó a andar, sintiéndose deliciosamente osada. Él se apartó de la barandilla y la siguió sin decir una palabra. Bajaron las escaleras de la escotilla, continuaron por el estrecho pasillo y entraron en el camarote de Linnet.

Él cerró la puerta, se giró, y ella se lanzó sobre él, rodeándole el cuello con los brazos y empujándolo contra el panel de madera. Presionó sus labios contra los de Logan, sintió sus manos cerrarse en torno su cintura. Lo besó con osadía, decidida a seguir llevando las riendas, a conservar el control, a recibir los agradecimientos de Logan según sus instrucciones.

Esa era su última noche juntos. Casi con total seguridad, la última noche que tendría con él, para siempre. Cumpliría con su deber y lo llevaría a Plymouth al día siguiente. Para cuando se hiciera de noche, él habría desaparecido de su vida. Estaba segura de que así había decretado el destino que terminara su relación… Él se iría y jamás volvería a verlo.

Alargó una mano y tanteó sin ver hasta que encontró el pestillo de la puerta y lo deslizó. Después tomó el rostro de Logan entre las manos y lo besó, lo besó con toda la pasión que él le había enseñado que albergaba su alma.

¿Cómo? ¿Dónde? Linnet todavía intentaba decidir cuando, en una fracción de segundo, en un latido, él tomó el mando del beso.

Simplemente le arrancó las riendas de las manos, como no había sido capaz de hacer aquella mañana en el establo.

La empujó hacia atrás hasta que la parte trasera de los muslos de Linnet tocó el borde del escritorio mientras ella se esforzaba por recuperar el mando del campo de batalla, la voraz unión de sus bocas, que era en lo que se habían convertido el sencillo beso, pero allí el dominio era de Logan. La experiencia era un grado.

Interrumpió el beso y, con los ojos cerrados, echó la cabeza hacia atrás y jadeó.

—Mi barco. Aquí soy el capitán.

—Pero yo soy el amante del capitán. —Y como si quisiera demostrarlo, cerró una mano posesiva sobre el pecho vendado, y palpó, antes de frotar el pulgar sobre el tenso pezón—. En cualquier caso. —Logan posó la otra mano sobre el muslo y le levantó las caderas hasta sentarla sobre el escritorio—, la pasada noche fue tuya. —Le sostuvo la mirada y, atrevido, deslizó la mano entre los muslos de Linnet y a través del suave cuero, y la frotó allí—. Esta noche es mía. Esta noche soy yo quien decide. Esta noche te tomaré a mi antojo.

Logan deslizó los labios sobre los de Linnet y volvió a capturar sus sentidos, su mente, y los empujó hacia la hoguera.

Hacia el calor que ella conocía tan bien, hacia las llamas en las que ella había aprendido a deleitarse. Con una mano sobre su pecho y la otra moviéndose entre los muslos de Linnet, Logan la empujó, la llevó al límite hasta que estuvo jadeando y desesperada, y entonces abrió los botones de la cinturilla e introdujo la mano en los pantalones, y sus dedos la encontraron. Acariciaron, hurgaron y la penetraron.

La lengua de Logan llenaba la boca de Linnet, su mano sobre el pecho, los dedos hundidos en el interior de su cuerpo. La hizo girar rápidamente llevándola al borde del éxtasis.

Con el cerebro dándole vueltas, Linnet se dejó caer hacia atrás y se agarró al escritorio a su espalda. Cerró los ojos mientras se esforzaba en respirar, en pensar, en anticipar. Pero a medida que él retiraba despacio los dedos de su interior, lo único en lo que ella pudo pensar era en que los remplazara por su erección. Era lo que deseaba, lo que anhelaba, como si por dentro estuviera vacía. Pero ¿cómo? ¿Dónde? Los pantalones eran demasiado ajustados... necesitaba quitárselos antes de...

Logan apoyó una mano sobre su estómago y la empujó hasta que ella se rindió y se tumbó de espaldas sobre el escritorio. Él le bajó los pantalones hasta las rodillas y ella sintió la fría lana, los bordes del escritorio, contra su desnudo trasero. A continuación él le agarró las rodillas, las empujó hacia arriba y las separó todo lo que permitían los pantalones antes de inclinarse para saborearla.

Profundamente.

Hasta que Linnet perdió tanto la capacidad de respirar que lo único que podía hacer era sollozar y suplicar sin palabras, implorar, rogar. Con las manos agarrándole fuertemente los negros cabellos, arqueó la espalda impotente ante su mucha experiencia. Desesperadamente, respiró.

—Por el amor de Dios, Logan... Lléname. Por favor...

Y él obedeció, pero con la lengua, acariciando tan profundamente, con tanta fuerza, que ella alcanzó el clímax en una explosiva y estremecedora ola de agudo y brillante placer.

A medida que se debilitaba, ella solo se sintió aún más vacía.

Abrió los ojos con dificultad y se centró en el rostro de Logan, absorbió su expresión de masculina satisfacción mientras se erguía y la miraba a la cara. La perezosa sonrisa afirmaba que sabía exactamente lo que ella quería, lo que ella necesitaba, y cómo proporcionárselo.

—Arriba. —Y agarrándole las manos, Logan tiró de ella para apartarla de la mesa, la sujetó cuando ella se tambaleó y la hizo girar, guiando sus inestables pasos hacia la mesa. Era muy difícil caminar con los pantalones a la altura de las rodillas, pero antes de que Linnet pudiera pensar en hacer algo al respecto, las manos del Logan se cerraron en torno a sus caderas y la detuvo—. Inclínate hacia delante y agarra el borde de la mesa.

Ella obedeció y apoyó las rodillas en el borde del banco construido sobre la base de la mesa.

Mientras se daba cuenta de la vulnerabilidad de la postura, sintió las manos de Logan deslizarse sobre su desnudo trasero, provocando sensaciones y un húmedo calor bajo su piel, antes de que con sus botas sujetara las suyas y le mantuviera los pies, las piernas, juntas. Logan continuó deslizando las manos sobre ella, acariciando lentamente, saboreando, hacia arriba hasta las caderas, levantándole la camisa por encima de la cintura, exponiéndola aún más, antes de que una mano se posara sobre la parte de atrás de la cintura mientras que la otra se deslizaba hacia abajo.

El corazón de Linnet seguía galopando alocado, sin haberse calmado aún. La certeza la sacudió de golpe.

Apenas había empezado a adivinar qué planeaba Logan, apenas había conseguido recuperar el aliento realmente, cuando sintió la erección empujar entre sus muslos, sintió la marmolada cabeza empujarse entre sus pliegues… y lanzarse hacia su hogar, empujándola a ella hacia delante, sobre la punta de los pies, haciendo que su respiración se volviera entrecortada y que sus manos se cerraran con fuerza sobre la mesa.

Logan se retiró y volvió a hundirse dentro de ella mientras Linnet casi gimoteaba de placer. Logan le sujetaba las caderas con firmeza y la llenaba una y otra vez. Ella sentía sus ingles pegarse contra la suave piel de su trasero, sentía el áspero vello, la evocadora presión de sus testículos contra la parte trasera de sus muslos. Linnet se aferraba a la mesa, la cabeza inclinada a medida que la sensación de ser llenada una y otra vez, cada vez más profundamente, la inundaba y reclamaba su mente.

Las caderas de Logan basculaban con fuerza manteniendo un ritmo primitivo. Le rodeó el cuerpo con las manos y ella sintió un tirón. Él se inclinó hacia delante y se hundió más hondo en su interior. Una orden susurrada al oído le hizo obedecer y soltó una de las manos que se aferraban a la mesa y luego la otra, permitiéndole así que le quitara el abrigo y el chaleco antes de hundir las manos bajo la camisa, aflojar la venda, deslizarla hacia abajo y cerrar las manos en torno a sus pechos, cubiertos solo por la fina camisa interior.

Logan amasó, se llenó las manos y jugueteó, poseyó, mientras su cuerpo poseía el de ella de la manera más flagrante.

A continuación se pegó aún más a ella, mientras una mano abandonaba su pecho para deslizarse por la parte delantera, hasta acariciar los rizos, y luego siguió bajando, acariciándola, cerrando la mano en ese punto, sujetándola mientras cambiaba de ángulo y seguía empujando.

Linnet sacudió la cabeza desesperada, empezó a bascular las caderas para cabalgar al ritmo de Logan. Se glorificó en las sensaciones que estallaban a través de su cuerpo mientras él la cabalgaba profunda, completa, despiadadamente, hasta que volvió a estallar de nuevo. Con un grito se rompió mientras luchaba desesperada por aguantar.

Sintió que le fallaban las piernas, los brazos, oyó la profunda y gutural risa de Logan mientras la sujetaba contra él, todavía hundido en su interior por completo y con fuerza.

Linnet sintió una fugaz indignación al sentir que no estaba tan desesperado como ella.

Pero lo conocía, sus maneras, lo suficiente como para saber que buscaría su propia liberación solo después de haberla reducido a la más absoluta impotencia, después de una tanda tras otra de cegador éxtasis.

La mente de Linnet estaba tan atrapada en la gloria que solo fue lejanamente consciente de que él le retiraba las bandas deshaciendo el nudo antes de desenrollarlas.

A continuación le quitó la camisa, se retiró de ella, la llevó la corta distancia que los separaba de la cama y la tumbó encima.

Linnet apenas era capaz de abrir los ojos y, a través de las pestañas, contemplarlo. Logan permaneció durante un instante solo mirándola, la sonrisa reflejaba igual cantidad de primitiva posesión, absoluto placer y sencillo contento.

Lo último hizo que se le encogiera el corazón, pero Linnet lo apartó a un lado. Sin duda él estaría igual de contento con cualquier otra mujer, cualquier otra dama, más adelante. Después.

Logan no podía dejar de sonreír ante la visión de Linnet, su feroz capitán, tirada casi desnuda sobre la cama, la piel sonrosada, ruborizada con el deseo saciado, las marcas de su posesión ligeramente visibles sobre la delicada piel de sus pechos y caderas. Seguro que la marcaría aún más antes de que terminara la noche, pero tal y como le había dicho, esa noche era para él, para su disfrute.

Vio el brillo verde bajo las pestañas y, antes de que ella pudiese decir nada, se agachó y le quitó las botas, desenrolló las medias y le arrancó los pantalones.

La dejó completamente desnuda, todavía tirada sobre la cama, para que disfrutara de la visión mientras, deprisa, se desnudaba él también y se tumbaba sobre ella, cubriéndola, mientras que con una fuerte embestida la montaba, sintiéndola arquearse debajo de su cuerpo antes de empezar a retorcerse para acomodar sus duros huesos, sus distintos ángulos.

Cerró una mano sobre el cabecero de la cama en el punto en el que se unía a la pared y la miró bajo su cuerpo antes de soltar las riendas y dejar que su cuerpo se moviera.

Una y otra vez empujó con fuerza, se introdujo muy dentro de su cuerpo, con suavidad, con ritmo, para tomarla, poseerla. Para imprimir una sensación profunda dentro de ella.

Logan no se detuvo cuando Linnet tomó aire con fuerza, empujó con más rapidez cuando ella levantó los brazos y deslizó las manos sobre sus costados, sobre su espalda, para aferrarse con desesperación.

Y empezó a cabalgar con él, a ondular su cuerpo bajo el de él, a recibirlo de manera activa.

Y le dio todo, todo lo que él deseaba.

Todo lo que ella tenía, hasta el último aliento, cada momento de pasión que él le arrancó. Con la mano que tenía libre, Logan le agarró un muslo y la levantó. Ella lo ayudó alzándolo un poco más y rodeándole las caderas, primero con esa pierna y luego con la otra, para abrirse aún más.

Para que él pudiera llenarla más hondo, tomar aún más de ese lujurioso calor, bañarse aún más profundamente en su ardiente gloria.

Logan cerró los ojos y continuó cabalgando con más fuerza, empujándola más allá. Sentía que empezaba a perder el contacto con la realidad, sentía el canto de sirenas del cuerpo de Linnet que se tensaba alrededor del suyo, la rueda de la pasión girando inexorablemente hasta el último extremo.

Él levantó la mano que tenía libre y buscó a ciegas y encontró el rostro de Linnet, lo sujetó e inclinó la cabeza para hundirse dentro de su boca. La llenó al mismo ritmo primario con el que llenaba su cuerpo.

Engulló su grito cuando ella alcanzó el clímax, mientras, basculando y sufriendo, se fracturaba, y el éxtasis la tomaba, la atormentaba, la sacudía.

Y ella lo arrastraba a él, agarrándolo con fuerza, su seno un puño de terciopelo que se cerraba alrededor de él hasta que se rindió, hasta que con un prolongado y ronco gruñido, uno que ella absorbió, se entregó a ella.

Más tarde, Linnet despertó y se tranquilizó de inmediato al sentir el peso de la atlética pierna que se entrelazaba con la suya, el calor del fuerte torso pegado a ella. Abrió los ojos y vio a Logan apoyado en ella. La estrecha cama lo obligaba a permanecer tumbado a medias encima de ella... Nada malo en opinión de Linnet.

La luz de la luna brillaba con más fuerza a través de los ojos de buey de popa para bañar el rostro de Logan y cubría los cincelados rasgos de un tono plateado. Revelaba su expresión, los labios apretados, pero ahogaba los ojos azules entre las sombras.

—Lo dije en serio. —Tras un prolongado silencio, Logan habló con voz profunda, baja, pero firme—. No me puedo creer que concibas que exista nada en este mundo lo bastante poderoso como para hacerme renunciar a ti. Como para hacer que no regrese. Solo la muerte, o algo muy próximo a ella, evitará que regrese a ti.

Linnet no contestó, no parecía que hubiese nada que pudiera decir. En ese aspecto, sus ideas eran diametralmente opuestas, y por mucho que la amara no iba a cambiar eso. Pero...

—Entiendo que pienses así. —No le quedaba más remedio que reconocérselo—. No creo que lo digas simplemente para tranquilizar tu conciencia o la mía. Pero, y sí, hay un pero, no poseo tu misma fe en que, una vez que regreses a tu mundo, lejos del mío, sigas viendo las cosas del mismo modo.

La sonrisa que se dibujó en los labios de Logan le indicó lo que pensaba él de su falta de fe, de su incapacidad para creer. Pero después de buscar en su rostro durante unos segundos más, él se movió y se dejó caer sobre el hombro de Linnet, extendió un brazo sobre ella y la sujetó a medias.

Si bien sus mentes no estaban en sintonía, sus cuerpos, sí. El sueño los asaltó, hundiéndolos un poco más.

—Uno de los dos se equivoca —murmuró él con voz profunda antes de que el sueño los capturara por completo, con un acento ligeramente escocés, junto al oído de Linnet—. Eres una bruja testaruda de nacimiento, va a ser maravilloso cuando te des cuenta de que eres tú.

Linnet se quedó dormida con una sonrisa en los labios.

Casi medianoche
Shrewton House, Londres

Daniel entró en el dormitorio que compartía con Alex sacudiéndose unos copos de nieve que permanecían sobre el abrigo. Gracias al fuego de la chimenea, vio a Alex incorporarse en la cama mientras lo miraba arqueando las cejas de manera inquisitiva.

Daniel cerró la puerta y se acercó a la cama.

—Está nevando con fuerza. Había olvidado lo mojada que está la nieve. Las carreteras están llenas de barro.

—Pensaba que tú y el querido Roderick habíais partido para ocuparos de Hamilton en Surrey.

—Eso creíamos —Daniel hizo una mueca y se sentó en el borde de la cama para quitarse las botas—, pero cuando llegamos allí, él... o aquellos que lo acompañan, guardias como los que tenía Delborough, según los pocos de los nuestros que quedaron para contarlo, habían eliminado a nuestros hombres enviados para seguirlos, y antes de que pierdas el control, te diré que el grupo se dividió en cuatro, de modo que solo había dos hombres como mucho siguiendo a cada uno de esos grupos. —Tras deshacerse de las botas, se levantó y se quitó el abrigo—. Con nuestros rastreadores eliminados, el demonio y sus esbirros desaparecieron. Pero no todo está perdido.

Arrojó el abrigo a un lado y empezó a desabrocharse el chaleco.

—Roderick y yo conseguimos rastrear a nuestros hombres lo suficiente como para tener una idea razonable de la zona en la que está el escondite de Hamilton. Hemos dejado suficientes hombres para seguirlo vaya a donde vaya, y nos avisarán en cuanto se ponga en marcha.

—Hmmm. —Alex se acomodó en la cama—. Sigo pensando que es casi seguro que se dirige en la misma dirección que Delborough, hacia la meta final. En algún punto de condado de Cambridge, al norte de Suffolk, o Norfolk, donde quiera que se encuentre el marionetista que tira de sus cuerdas.

—¿Tuviste suerte con tu búsqueda de una nueva base más cerca de la acción? —Daniel se sacó la camisa del pantalón.

—Sí. Creighton ha resultado ser de lo más útil. Por su descripción, la casa que ha encontrado en Bury Saint Edmunds será justo lo que necesitamos. He organizado nuestro traslado allí mañana.

—¿Has informado a todos nuestros comandantes dispersos por ahí fuera? —preguntó Daniel mientras se desabrochaba los pantalones.

—Sí, lo he hecho. Pensé que sería mejor que lo supieran antes de que el tiempo empeore.

—¿Y qué va a pasar con Delborough?

—Al parecer, Larkins confía en que su pequeño ladronzuelo esté lo bastante aterrorizado como para entregarle el portarrollos de Delborough... Parece muy confiado, pero yo preferiría que Roderick fuera allí mañana para asegurarse de que nada salga mal. —Alex se apartó mientras Daniel levantaba la colcha de seda azul pálido y se metía en la cama—. En cuanto a Monteith y Carstairs, no hemos vuelto a tener noticias de ellos.

—Con suerte los dos estarán muertos ya.

—Aunque me gustaría creer eso —Alex hizo una mueca—, Delborough y Hamilton también deberían estar muertos. Pero están vivos, y todavía llevan sus portarrollos y, peor aún, se van acercando cada vez más a su meta... donde quiera que esté. En cualquier caso, nuestros sectarios están pasando dificultades aquí en Inglaterra. No solo destacan demasiado, sino que también les cuesta entender que no pueden matar, torturar e intimidar sin más, como hacen en la India.

—Por desgracia eso es verdad. Y no pueden acceder a lugares como Grillon's. —Daniel se volvió hacia Alex y sonrió entre las sombras—. Sospecho que puede que tengamos que echar una mano nosotros mismos. —La sonrisa se hizo más amplia—. Sé lo mucho que te perturba matar, querido mío, pero tendrás que limitarte a sonreír y soportarlo.

—Lo haré. —Alex rio y alargó una mano hacia Daniel—. Por ti, lo haré. Aun así, espero que hayamos traído suficientes asesinos para ayudarnos.

CAPÍTULO 10

16 de diciembre de 1822
Saint Peter Port, Guernsey

El día estaba nublado y unas densas nubes de distintos tonos de gris bloqueaban el débil sol. Un viento helado soplaba sobre la superficie del mar y batía unas olas de color gris verdoso contra el rocoso rompeolas.

De pie junto a Linnet, al timón del barco, con el viento hundiendo sus gélidos dedos entre sus cabellos, Logan observaba alejarse los emplazamientos de los cañones del castillo de Castle hacia estribor mientras, a media vela, el Esperance seguía la marea para salir del puerto.

El oleaje del Canal elevaba la proa del barco. Linnet sujetaba con fuerza el timón para mantener el rumbo, la mirada fija en el rompeolas del puerto. En cuanto la popa cruzó la línea de rocas amontonadas, empezó a dar órdenes, transmitidas por el contramaestre hacia la cubierta principal. Los marineros saltaron para obedecer, muchos ya colgados de la jarcia. Linnet siguió sus movimientos con la mirada a medida que las velas se desplegaban y ella giraba el timón, una mano sobre la otra, y con firmeza y seguridad el Esperance bordeaba las rocas.

En cuanto la proa se situó en la dirección que ella deseaba, dio más órdenes y puso rumbo norte siguiendo la costa de la isla. En cuanto bordearan el cabo, giraría al noroeste hacia Plymouth.

Logan sintió el absoluto poder del barco bajo sus pies, del viento y las olas controlados por la experiencia, y levantó la vista y admiró las tensas velas, cuadradas en el mástil de proa y en el palo mayor. En lo alto de este ondeaba la bandera de Guernsey y chasqueaba bajo la fuerte brisa.

A su lado, Linnet dio una nueva orden y un joven marinero corrió hacia el palo de mesana. Logan lo vio manipular las cuerdas de otra bandera. Hizo sombra con la mano sobre los ojos, levantó la vista y vio... Entornó la mirada... parpadeó y volvió a mirar.

Él era militar, aunque no marinero, pero reconoció una de las diversas enseñas de la marina real que ondeaba en lo alto sobre la cubierta del Esperance.

—¿Qué demonios significa eso? —preguntó él mientras se volvía estupefacto hacia Linnet.

Ella sonrió, corrigió ligeramente el rumbo y le entregó el mando a Griffiths.

—Directo hacia el norte, luego noroeste. Navegaremos por la ruta más directa a no ser que veamos algo que nos sugiera hacer otra cosa.

Griffiths asintió y se instaló tras el timón.

Volviéndose a Logan, Linnet le hizo un gesto con la mano para que se dirigieran hacia el lado de estribor de la cubierta de popa.

—Eso —Con la cabeza indicó la enseña que ondeaban en lo alto— es el mejor de los argumentos de que el Esperance es el mejor barco para llevarte a Plymouth.

—No lo entiendo. —Logan miró fijamente la enseña antes de desviar la mirada hacia ella—. ¿Cómo puede navegar el Esperance bajo patente de corso, mucho menos al tenerte a ti como capitán?

Linnet se apoyó sobre la barandilla de proa y, sonriente, contempló la estela.

—La familia Trevission posee patente de corso desde hace siglos. —Miró fijamente a Logan—. Los ingleses olvidan que los isleños son más fieles a la corona inglesa que ellos. Nosotros... los habitantes de las islas del Canal, hemos formado parte del ducado de Normandía desde hace siglos, y seguimos formando parte de él... Tu rey es nuestro duque. Somos propiedad de la corona inglesa, no del estado británico y, como tal, hemos luchado contra los franceses durante tanto tiempo como vosotros, si no más. Hemos sido un bastión contra los franceses y también contra los españoles en el pasado y, más recientemente, a través de las guerras de Península, hemos jugado un papel crucial en la defensa de Inglaterra, sobre todo al imponer nuestra supremacía naval.

Linnet hizo una pausa antes de continuar.

—Como ya te he mencionado, el Esperance, en su actual versión, pues ha habido cuatro, jugó un papel fundamental en la evacuación de Coruña. Después protegimos los barcos de vuestra tropa cuando el ejército regresó. Los barcos mercantes de Guernsey, en particular, han proporcionado siempre protección contra un ataque directo sobre la costa del Canal desde cualquiera de los puertos de Gran Bretaña hasta Cherburgo. Y como siempre vamos de aquí para allá, viajando hacia el extremo este del Canal, a menudo hemos dado aviso de un inminente ataque desde zonas más lejanas, hacia el oeste y el sur. Sin nosotros, que patrullamos estas aguas y cubrimos muchas de las rutas navieras, Plymouth y Falmouth no habrían podido concentrar sus flotas sobre el propio Canal, desanimando así a Napoleón de lanzar su invasión desde Boulogne, y luego proporcionando suministros y protegiendo al ejército cuando regresasteis de Waterloo.

Linnet miró a Logan a los ojos.

—El dominio naval de Inglaterra le debe mucho a los barcos mercantes de Guernsey, y los comandantes del castillo de Cornet y Plymouth y Falmouth lo saben.

—Lo cual explica por qué informaste al castillo antes de zarpar... Una visita de cortesía a Foxwood. —Logan estudió atentamente el rostro de Linnet y vio la pasión detrás de la historia—.

¿Sabe el almirantazgo que el capitán Trevission del Esperance es una mujer?

Los labios de Linnet se curvaron en una cínica sonrisa.

—Lo sabe, pero sospecho que jamás conseguirías que lo admitiera. De ninguna manera

—Lo que me has contado explica por qué tu familia llevó patente de corso hasta la muerte de tu padre —observó Logan mientras reflexionaba—. Lo que no explica es por qué fue renovada tras su muerte, presumiblemente contigo como titular, y por qué sigue en vigor tanto tiempo después de finalizada la guerra. —Levantó la vista y volvió a mirarla—. Asumo que estás autorizada a navegar con ella...

Linnet rio por lo bajo y se dio media vuelta para apoyarse contra la barandilla y contemplar la enseña.

—Sí, desde luego... Estoy plenamente autorizada para reclamar el derecho, poder y protección de la marina real. —Lo miró a los ojos—. Y por eso el Esperance, al navegar bajo patente de corso, es el navío perfecto para llevarte a Plymouth. Con esa enseña que ondea ahí arriba, cualquier capitán tendría que tener la cabeza llena de piedras para siquiera desafiarnos.

—Eso ya no te lo puedo discutir —Logan sacudió la cabeza—, pero aún no has contestado mis preguntas.

Linnet lo miró a los ojos y luego al frente, a lo largo del barco.

—Mi padre murió en 1313. Yo tenía diecisiete años. Ya sabes cómo estaban las cosas en la península en esa época... Tú estuviste allí. La marina necesitaba desesperadamente que el Esperance navegara, y más aún, que navegara bajo patente de corso. Era, y sigue siendo, el barco más rápido de su tamaño en estas aguas, el mejor armado, el más ágil, y su tripulación, la más experimentada y mejora entrenada. La marina inglesa no podía permitirse perder el Esperance, no en ese momento. El almirantazgo recibió peticiones urgentes de la isla, y también de los comandantes de flota en Plymouth y Falmouth.

Linnet volvió hacer una pausa.

—Sin duda, el almirantazgo protestó y palideció, pero los comandantes de las flotas y el de el castillo de Cornet me conocían. Sabían que había sido entrenada por mi padre para navegar el Esperance, que podía, y lo hacía a menudo, tomar el mando. Sabían que ya había presenciado más batallas que la mayoría de sus propios capitanes, que llevaba navegando estas aguas desde que empecé a caminar. —Miró a Logan y volvió a sonreír con cinismo—. Básicamente, el almirantazgo no tuvo elección. Renovaron la patente de corso exactamente como habían hecho durante siglos... para el capitán Trevission del Esperance.

Respiró hondo para concluir su relato.

—De modo que ocupé el lugar de mi padre y el Esperance continuó navegando, patrullando, luchando contra los franceses, en su mayor parte para mantenerlos a raya. Sin tener ninguna misión concreta, nuestro papel era asegurarnos de que ninguna fragata rápida francesa intentara espiar en Plymouth o Falmouth, y luego corriera a casa para informar. Como podrás imaginarte, el Esperance es muy conocido. En cuanto cualquier fragata francesa pone sus ojos en nosotros, iza las velas y sale huyendo.

Linnet hizo una pausa y estudió las velas, el viento, las olas.

—En cuanto a por qué la patente de corso sigue en activo, los comandantes de las flotas en Plymouth y Falmouth recomendaron que fuera permanente, básicamente porque no se fían de que, caso de que volvieran a necesitar los servicios del Esperance, fueran capaces de convencer al almirantazgo para que otorgara una nueva patente de corso a una mujer... Al menos no con la celeridad necesaria.

Se apartó de la barandilla, observó las velas y se acercó a la barandilla delantera de la cubierta de popa para ordenar un cambio en la navegación. De nuevo la tripulación saltó de inmediato para llevar a cabo la orden. Tras considerar el resultado, habló con Griffiths y luego, dejándolo al timón, bajó la escalerilla a la cubierta principal. Logan la siguió más despacio mientras ella se dirigía hacia la proa sin apartar la mirada de las olas, comprobando constantemente la brisa y las velas, leyendo el viento y el cielo.

Era como si, desde que estaban en el mar, la llamaran. Linnet parecía tener alguna conexión con los elementos que comandaban aquel ámbito, una habilidad más allá de la norma para interpretar y anticiparse. Incluso él se daba cuenta de eso, lo veía. Al ser él mismo un comandante, no necesitaba preguntar a los hombres, la experimentada y bien entrenada tripulación, qué pensaban de ella. Su respeto y, sobre todo, la inquebrantable confianza que tenían en ella, hasta el punto de que obedecían sus órdenes sin dudar, confianza con la que la seguirían en la batalla, con la total convicción de que ella los guiaría de la mejor manera, se reflejaba en cada interacción.

La tripulación confiaba implícitamente en ella. No era difícil entender por qué. Su competencia y esa certera, casi mágica, habilidad, se mostraba siempre. Mientras la cubierta se escoraba y levantaba a medida que el barco se acercaba al cabo norte y Linnet ordenaba más cambios en la navegación, para atrapar el viento mientras preparaba al Esperance para virar al noroeste en dirección a Plymouth, Logan sintió el poder bajo sus pies, sintió la corriente del viento, la creciente subida del océano y comprendió por entero las ansias de la tripulación por navegar en ese barco, y con ella.

Observó cómo, satisfecha de momento, ella caminaba ágilmente de regreso hacia el timón, y luego seguía más despacio.

Todo aquello... la inigualable, indiscutible capitana de un corsario era otra parte, una parte relevante, de quién y qué era Linnet Trevission.

Y era, admitió para sus adentros, impresionante, una parte que sacudía su mente, pero también lo llenaba de una sincera y verdadera admiración. No era una emoción que hubiera esperado sentir hacia una amante, mucho menos una esposa. Sin embargo, ella estaba demostrando ser una dama de muchas facetas, y él se sentía atraído hacia cada una de ellas.

Lo cual, sospechaba mientras subían las escalerillas hacia la cubierta de popa donde ella de nuevo reclamó el timón, era algo de lo que Linnet todavía no era consciente.

Aunque lo sería.

Sonriendo para sus adentros, Logan se acomodó contra la barandilla de popa para observar a su amante, su futura esposa a no mucho tardar, lanzar su barco sobre las olas hacia Plymouth.

Con el barco rodeando suavemente el cabo norte de Guernsey, Linnet dispuso las velas para capturar la fuerte brisa que les permitiera llegar deprisa a Plymouth. Era capaz de poner rumbo a The Sound con los ojos cerrados y con cualquier tiempo. Plymouth era el puerto al que ella y el Esperance navegaban con más frecuencia.

Aunque Cummins y sus hombres habían estado en el muelle al amanecer, al igual que un buen número de comerciantes, incluso cargado con todas las mercancías, el Esperance navegaba ligero, sin necesidad de izar todas las velas para poder surcar las olas.

A su lado, las grandes manos cerradas en torno a la barandilla, Griffiths afirmó:

—Llevamos un buen ritmo. Si el viento sigue soplando, y no hay motivo para que no lo haga, estaremos en Plymouth mucho antes del atardecer.

—Eso es lo que pretendo.

Dejó el timón en las capaces manos de Griffiths y bajó a la cubierta principal para comenzar con su circuito... una costumbre que tenía cuando se ponía en camino. Echó a andar por la cubierta, intercambiando comentarios con los miembros de la tripulación que se cruzaba. Logan, se fijó, se había detenido en la proa. La cadera apoyada contra la barandilla y los brazos cruzados sobre el poderoso torso, tenía la mirada fija en las olas.

Linnet levantó el rostro hacia la brisa y cerró los ojos un instante, para saborear, como siempre, la inexplicable felicidad de estar en el mar, de surcar las olas, del viento que tiraba de sus cabellos, del salado sabor del mar que se hundía en su alma. Era una hija del mar y el barco, del viento y la ola. Amaba el familiar y tranquilizador bamboleo de la cubierta bajo sus pies, el crujido y chasquido del palo y la vela. Amaba la absoluta felicidad de navegar bajo el amplio cielo abierto.

Abrió los ojos y continuó su camino, evaluando la situación como siempre solía hacer. Había tomado la advertencia de Logan al pie de la letra y dado órdenes que no había dado en años... no desde el final de la guerra. La bandera de la marina real podría estar ondeando sobre su cabeza, y señalar a cualquiera que estuviera sobre las olas que el navío que intentara entorpecer al Esperance estaría atacando a la marina inglesa, la marina que en esos momentos dominaba los mares, pero si bien le resultaba difícil creer que alguien pudiera intentarlo, había dado de todos modos la orden para que la tripulación fuera armada y los cañones estuvieran preparados. Dos palabras suyas y aparecerían, cargados y preparados para disparar.

Había pronunciado esas dos palabras en muy raras ocasiones. Las armas del Esperance eran especialmente mortíferas y a ella nunca le había gustado ver esas hermosas creaciones que eran los barcos aplastados, rotos y hundidos. Los naufragios provocados por la naturaleza ya eran lo bastante malos. Solo si el capitán del otro barco no le dejaba otra opción, dispararía. Se había visto obligada a hacerlo en más de una ocasión y sabía que lo haría otra vez si fuera la única manera de proteger el barco y a su tripulación.

Si cualquiera de los dos era amenazado, ella intervendría, salvaguardando el barco y la tripulación como era su deber de capitán.

El circuito la llevó hasta la proa. Al reunirse con Logan junto a la barandilla, otros barcos surgieron ante sus ojos.

—Tenemos compañía. —Él señaló hacia los barcos.

—Nada fuera de lo normal. —Observó las velas, pero desde esa distancia no veía gran cosa—. Estamos en el Canal, la vía marítima más activa del mundo.

Apoyada sobre la barandilla, lo miró y comprendió que Logan estaba contemplando la puerta cañonera más abajo.

—He bajado a la cubierta inferior para echar un vistazo a vuestras armas. —La miró a los ojos—. No están colocadas de la manera habitual.

—Mi padre construyó este navío, el cuarto en llevar su nombre. —Linnet sonrió mientras sacudía la cabeza—. Siempre buscaba hacer mejoras y diseñó e implementó una plataforma para cañones diferente, al menos de otro calibre de los que llevan los barcos de nuestro tamaño. La plataforma permite una mayor amplitud de giro de la que tienen otros barcos. Al emplearla, y cambiar el lugar y estructura de las puertas cañoneras adecuadamente, el Esperance es capaz de disparar con eficacia mucho antes de haber alcanzado la habitual posición de andanada, lo cual nos da ventaja desde el principio frente al oponente.

—¿Y puede disparar completamente de costado también?

—Incluso inclinado hacia la popa. Nos proporciona más libertad en cualquier batalla, tanto si el otro barco viene hacia nosotros como si somos nosotros los que lo perseguimos.

—¿Cuál es el mayor tamaño de cañón que podéis llevar?

Hasta cierto punto para sorpresa de Logan, ella sabía la respuesta. Se inició así una casi desconcertante conversación sobre artillería, una conversación que él jamás habría imaginado mantener con una mujer.

Finalizada la charla, un cómodo silencio los envolvió. Con Linnet apoyada sobre la barandilla a su lado, contempló el mar, las velas de los otros siete barcos que veían surcando las olas bajo el cielo gris.

Llevaban un buen rato observándolos cuando tres de ellos cambiaron de rumbo, recogiendo algunas velas mientras soltaban otras para que se hincharan y atraparan el viento.

Linnet se irguió despacio.

Logan contempló su expresión, percibió su intensidad al estudiar los tres barcos.

—¡Maldita sea! —exclamó ella apretando los labios. Tras observar con atención durante unos segundos más, se volvió hacia él—. ¡Los muy idiotas! Vienen a por nosotros. —Volvió a mirar hacia los barcos, la exasperación reflejada en su rostro—. Quizás cuando se acerquen un poco más recordarán qué significa la enseña... pero sin duda ya la habrán visto, y no voy a arriesgarme a esperar a que nos descubran.

Se giró bruscamente y corrió de nuevo hacia el castillo de popa.

—¡Todo el mundo en cubierta! —gritó con una voz fuerte que se oyó con claridad—. ¡Todos a sus puestos!

Se oyó una estampida en la parte inferior, que se intensificó cuando los hombres subieron las escaleras y salieron a cubierta, ajustándose las espadas y las bandoleras, comprobando las pistolas y los cuchillos, las espadas cortas y los sables, atándose los largos cabellos y colocándose los abrigos. Muchos se fueron directamente hacia la jarcia, trepando con concentración hacia una posición específica en el palo.

Allá adonde mirara Logan, los hombres corrían con un único propósito. Cada uno de ellos sabía con exactitud dónde necesitaba estar, qué tenía que hacer. Ni uno solo preguntó por qué habían sido convocados. Como un ejército extraordinariamente entrenado, pasaron de inmediato al modo de batalla

Siguió a Linnet lo mejor que pudo y la vio mirar en su dirección.

—Será mejor que te quedes conmigo aquí, al timón.

Logan sabía que quería decir que allí se mantendría fuera del camino de sus hombres, y él no estaba inclinado a discutir. La alcanzó y se mantuvo pegado a sus talones mientras Linnet se agachaba y se abría paso hábilmente entre el caos organizado que se había apoderado de la cubierta principal del Esperance.

Jimmy, con el sable y el cinturón de Linnet en las manos, apareció por la escalera de popa justo en el instante en que Linnet la alcanzaba. Agarró los dos objetos y subió las escaleras más deprisa que un mono, dándole a Logan una idea de la marinera mocosa que había sido.

Dio gracias al impulso que le había llevado a colocarse el

sable antes de subir a cubierta y la siguió. La daga estaba, como de costumbre, metida en la bota izquierda.

Para cuando volvió alcanzar a Linnet, ella se había ajustado el sable y recuperado el mando del timón. Al colocarse detrás de ella, a su derecha, Logan vio, sorprendido, que la cubierta, que un instante antes era un barullo de cuerpos que corrían en todas direcciones, se había transformado en el epítome de la calma tensa, todos los hombres colocados y preparados en sus puestos.

Con un ojo en Linnet, la tripulación observaba acercarse los tres barcos, pues ya no cabía ninguna duda de que se iban hacia ellos. Griffiths, a la izquierda de Linnet, tenía un catalejo pegada al ojo.

—Esos hijos de mala madre están describiendo un círculo para acercarse a nosotros por la popa. Ya tienen preparadas las flechas impregnadas y los braseros sobre la cubierta, los arqueros colocados al lado... Da la impresión de que su idea es acercarse mucho, inutilizar nuestras velas, ralentizarnos y abordarnos.

Linnet soltó un elocuente bufido.

—Son más pequeños y más rápidos que nosotros, pero no tienen lo que hace falta para derribarnos. Os diré lo que vamos a hacer.

Había hablado en un tono claro, decisivo, aunque calmado. Se detuvo e hizo una pausa para que Griffiths repitiera sus palabras en voz alta, que fueron a su vez gritadas por el contramaestre Claxton, de pie en mitad del barco, para que toda la tripulación las pudiera oír.

Cuando Claxton dejó de hablar, Linnet continuó, deteniéndose de cuando en cuando para que Griffiths y Claxton repitieran sus palabras.

—Ahí fuera hay tres barcos enemigos, todos fragatas tan rápidos como puede ser una fragata. No llevan bandera, de modo que no sabemos la experiencia que puedan tener en estas aguas. En cualquier caso, dos están describiendo un círculo para acercarse a nosotros por la popa, para colocarse a una distancia desde la que sus flechas puedan alcanzar nuestras velas, y después seguramente intentaran flanquearnos y dejarnos atrapados entre ellos para abordarnos. Por supuesto, no vamos a permitir que eso suceda. A medida que se acerquen, vamos a izar todas las velas... tal y como ellos esperan que hagamos, como si nuestra idea fuera ganarles por velocidad. Nos seguirán y también desplegarán todas sus velas para alcanzarnos. Pero nosotros no vamos a huir... En el momento preciso, vamos a virar a popa y a cruzarnos ante la proa del barco a ese lado, barriéndolo con los cañones a nuestro paso. Los cambios en las velas tendrán que ser impecables, iremos a toda velocidad, de modo que estad preparados.

Tras esperar a que las órdenes fueran transmitidas a toda la tripulación, Linnet continuó.

—En cuanto lo hayamos pasado, estaremos en posición de perseguir al tercer barco, el que de momento permanece apartado hacia estribor, seguramente el que llevará al comandante en jefe a bordo. Si nos dan la oportunidad, abordaremos ese barco y lo capturaremos, pero mientras tanto tendremos que mantener un ojo en el otro barco, el que habremos dejado dando la vuelta. Para cuando lo haya hecho, tendremos que habernos deshecho del barco del comandante, de modo que si lo abordamos, habrá que hacerlo deprisa. Esto va a ser una incursión: entramos, hacemos lo que tenemos que hacer, y salimos *toute de suite*. ¿Me habéis oído?

Un instante después, en cuanto la pregunta fue transmitida a todos, se oyó una exclamación alzarse en la cubierta.

—¡Sí, capitán!

—Bien. —Linnet continuó dando órdenes, sus palabras repetidas de inmediato—. En cuanto estemos todos de regreso, nos dirigiremos hacia Plymouth a toda vela dejando a esos bastardos atrás. No creo que nos persigan, pero ¿quién sabe? Si lo hacen, podríamos dar media vuelta y acabar con ellos, pero... —Desvió la mirada hacia Logan—. Hoy nuestro deber es llevar al mayor Monteith a Plymouth, de modo que nos atendremos a nuestro propósito en la medida de lo posible.

—Diles que si se ven frente a unos hombres de piel oscura y

unos pañuelos negros sobre las cabezas, serán sectarios indios, y que no se contengan. —Logan se acercó a ella—. Ellos no lo harán. Se mostrarán ansiosos por matar a cualquiera y del modo en que puedan hacerlo.

Linnet miró a Griffiths y asintió. Su primer oficial repitió las palabras de Logan.

—Buena suerte —gritó Linnet—. Y ahora, ¡todos preparados!

La tripulación se puso de nuevo en movimiento, algunos se dirigieron hacia los cañones, otros tomaron nuevas posiciones, esperando la orden de Linnet para cambiar las velas mientras, a popa, las dos fragatas sin bandera completaban su maniobra de rodeo y se colocaban detrás del Esperance, una a cada lado.

Tal y como había dicho, Linnet ordenó izar todas las velas. Sobre sus cabezas las telas quedaron sueltas y se bambolearon durante unos segundos antes de que el viento las llenara... y el Esperance saliera disparado.

Las fragatas perseguidoras quedaron al principio atrás, pero a medida que las tensas velas aparecían en sus mástiles, se acercaron. Empujando y empujando y empujando para acercarse cada vez más, a Logan le recordaron a unos sabuesos. Más atrás, la tercera fragata se vio obligada a izar todas las velas para mantenerse cerca.

—Contramaestre, mensaje para el jefe cañonero. —Linnet sujetaba el timón suelto, firme en su rumbo—. Puede disparar a voluntad después de que hayamos empezado a girar.

—Sí, señora. —Claxton señaló a Jimmy, que corrió a la cubierta inferior para transmitir las órdenes.

Un extraño silencio se apoderó de todo, roto únicamente por el sonido de las olas al chocar contra el casco, o el grito de alguna inoportuna gaviota.

Logan reconoció ese momento de calma, el paréntesis universal que destrozaba los nervios, anterior al inicio de la batalla... Ese momento en el que nadie desperdiciaba siquiera un aliento.

—Han aceptado nuestro desafío y vienen muy deprisa.

—Linnet miró a Griffiths, quien transmitió sus palabras—. No podrán cambiar de dirección tan rápido como nosotros. Ya sabéis lo que hay que hacer, qué velas izar, cuáles arriar. Qué ángulo debemos tomar para atrapar el viento. Lo hemos ensayado a menudo, de modo que ahora preparados y, a mi orden, cuando la dé, virad con fuerza hacia estribor.

Esperaron. Toda la tripulación permaneció inmóvil, expectante y preparada, respirando apenas. Para Logan era igual que si esperaran la orden para cargar. En el aire se percibía la tensión de estar preparados para la batalla, y aun así cada hombre permanecía listo, controlándose, temblando casi.

Él también esperaba, el puño posado sobre la empuñadura del sable mientras, al lado de Linnet, mirando hacia la popa, observaba acercarse los barcos cada vez más y más. Aun así, ella mantuvo el rumbo. Miró por encima del hombro una vez, dos, para calcular la distancia, pero siguió sujetando con firmeza el timón.

Con la mandíbula apretada, Logan soltó un juramento para sus adentros. Estaba a punto de decirle algo, que si no se movía ya, sin duda el barco que estaba a estribor partiría el Esperance en dos…

—¡Ahora! —Linnet giró con fuerza el timón.

Griffiths la ayudó a girar todavía más.

El barco se escoró tan violentamente a la izquierda que Logan tuvo que agarrarse a la barandilla para evitar caerse. En cuanto el barco giró un ángulo de ciento ochenta grados, los marineros empezaron a recoger unas velas y a izar otras, para cambiar la inclinación del velamen a medida que el barco se movía.

Logan contuvo el aliento, la mano cerrada con fuerza sobre la barandilla de popa mientras veía los cambios que se estaban produciendo ya. Notaba la fuerza del viento en las velas combinada con la presión del timón, que empujaba con suavidad al Esperance a máxima velocidad.

Vio lo ajustado de los cálculos de Linnet, y se preguntó cómo había tenido tanta valentía. Desde su posición en la popa, veía con claridad los rostros espantados de los marineros y, sí, a los sectarios agrupados en la cubierta de la fragata.

Cuando la popa del Esperance pasó frente a la proa de la fragata, él, sin duda junto a muchos otros, exhaló.

De repente, los cañones del Esperance retumbaron una, dos veces, en una descarga escalonada que abrió un largo e irregular boquete justo en la línea de flotación de la fragata.

Sobre la cubierta de esta surgió el caos. Si tenían las armas preparadas, estaban en el lado equivocado. Los arqueros, con sus flechas impregnadas y braseros, también estaban situados en el lado incorrecto, y con los sectarios agrupados en el centro del barco, no podían recolocarse a tiempo. La velocidad del Esperance y la cada vez menor de la fragata se combinaron y la distancia entre los barcos aumentó rápidamente.

Linnet y Griffiths enderezaron el timón y el Esperance hizo lo propio.

—¡A toda vela! —gritó Linnet.

Mientras la orden seguía trasmitiéndose, las velas ya estaban siendo izadas y recolocadas. En segundos, el Esperance dio otro salto hacia delante y se alejó de la fragata golpeada.

Logan miró hacia atrás. Unas cuantas flechas encendidas volaron silbando hacia ellos, pero no alcanzaron el objetivo y se apagaron por el camino.

Linnet acababa de hundir una fragata enemiga sin sufrir siquiera un rasguño, ni la tripulación ni su barco. El hecho resultaba asombroso.

Respiró hondo y se sintió invadido por una sensación de felicidad. Apartó la mirada de la maltrecha fragata y contempló a Linnet.

Tenía los ojos fijos en las velas, las manos firmes sobre el timón, daba órdenes sin parar, que Griffiths y Claxton retrasmitían al resto de la tripulación y que los marineros obedecían al instante.

La mayoría de ellos sonreía. Logan se dio cuenta de que él también. La velocidad y la fuerza alcanzadas por el Esperance en plena batalla, guiado por las manos expertas de su capitán, resultaba impresionante.

Aunque esas manos fueran delicadas.

Logan no tenía ninguna experiencia en batallas navales, pero tener a un capitán que supiera exactamente dónde necesitaba estar qué vela en cada momento, al milímetro, suponía una ventaja significativa. Linnet, con sus años de experiencia desde la infancia, conocía ese barco y esas aguas, esos vientos, como sólo unos pocos eran capaces. Su conocimiento era prácticamente instintivo.

Ya no resultaba extraño que fuera aceptada como capitán Trevission, que incluso los viejos carcamales del almirantazgo cerraran los ojos ante su sexo. Bajo sus galones de oro eran marineros de hombres, y Linnet era uno de una clase muy estimulante.

Pero la batalla no había terminado.

Con la fragata abatida hundiéndose lentamente detrás de ellos, Linnet cambió el timón por el catalejo de Griffiths. La segunda fragata, la que había intentado acercarse a la popa del Esperance junto a la primera, empezó a seguirlos cuando ella había girado a estribor, pero la salva de cañonazos había hecho que se apartaran. En esos momentos su capitán parecía dudar, y sin duda estaría enviando señales a la tercera fragata, la que ella suponía albergaba al comandante, para solicitar órdenes.

El barco del comandante tampoco parecía saber muy bien qué hacer. La poco convencional maniobra de Linnet parecía haber hecho dudar al capitán. Dada la situación, las dos fragatas seguían rumbo a Plymouth, aunque habían reducido la velocidad, mientras que el Esperance se dirigía en dirección contraria, aumentando la velocidad mientras adelantaba a la nave de mando a una distancia segura.

Con el plan de ataque original hecho jirones, las fragatas esperaban a ver qué hacía ella, que plegó el catalejo y tomó de nuevo el control del timón.

—Giraremos a estribor para virar de nuevo... Retomaremos el rumbo hacia Plymouth, y luego veremos qué hacen esos idiotas.

Linnet volvió a dar órdenes, y la tripulación respondió mientras ella conducía al Esperance en otro giro, mucho más amplio que el último, un círculo completo. Cuando pusieron de nuevo rumbo a The Sound, los tres barcos navegaban más o menos en la misma dirección. La segunda fragata estaba a estribor muy por delante de ellos, demasiado lejos para suponer una amenaza inmediata, pero la capitana, que también había quedado al lado de estribor, aunque mucho más cerca, parecía estar virando, como si quisiera interceptar al Esperance en lugar de escabullirse.

—No puede ser verdad. —Linnet sacudió la cabeza—. Nos estamos acercando a ellos por detrás y ya han visto lo que pueden hacer nuestros cañones.

—La otra fragata está virando —anunció Griffiths con el catalejo pegado al ojo.

Linnet levantó la mirada y los observó antes de fruncir el ceño.

—Es un giro demasiado grande para venir directamente hacia nosotros... Parece que su idea es describir un círculo y volver a acercarse a nosotros por la popa.

—Eso parece. —Griffiths asintió lentamente—. No quieren acercarse por estribor y sufrir de nuevo nuestros cañones.

—La nave capitana está acelerando. —Linnet observó al barco cambiar de repente el ángulo, izar todas las velas, avanzar y apartarse. Después de unos segundos, ella soltó un bufido—. ¿Qué se ha creído, que estoy ciega?

El Esperance seguía avanzando más deprisa que cualquiera de las dos fragatas. Linnet ordenó arriar las velas para ir más despacio y, como si conociera en el plan tramado por el capitán de la nave de mando, se desvió despacio de su rumbo, como si lo siguiera.

Griffiths la miró de manera inquisitiva y ella sonrió con firmeza.

—Quiere que nos enfrentemos, y da por hecho, después de nuestra última maniobra, que yo también lo quiero. Pero lo que él pretende es hacerme bailar hasta que la otra fragata pueda dar la vuelta y ayudarlo. No puedo dejarlo ahí y salir corriendo hacia Plymouth, todavía estamos demasiado lejos y volverían a alcanzarnos, intentarían colocarse a nuestra popa, pero no podré engañarlos con el mismo truco dos veces. Sospecho que su nuevo plan es que yo me distraiga al ir tras la capitana y de repente descubra que la otra fragata está pegada a popa y hacia estribor. Cuando yo reaccione e intente escapar, la nave de mando bloqueará el viento para poder girar junto a la proa. Mientras nosotros estamos distraídos a popa, ellos lanzarán a sus hombres a proa.

Logan le pidió a Griffiths el catalejo y enfocó a la nave capitana. Lo que vio hizo que se le helara la sangre. Bajó el catalejo y miró a Linnet a los ojos.

—Yo diría que tu suposición es correcta. Hay asesinos de la secta a bordo. Serán ellos los que intenten saltar a tu proa.

Linnet asintió. Logan se mantuvo a su lado mientras ella seguía a la nave de mando, que ponía rumbo a un lado y a otro, como el zorro delante del sabueso.

—Intenta frenarnos —observó Linnet—, pero, por lo menos de momento, necesita permanecer a una mínima distancia por delante de nosotros para que yo no lo adelante.

—¿Podrías llegar a adelantarlo? —Él miró hacia arriba que intentó calcular cuánta vela había izado.

—A esta velocidad, sin problema, pero no creo que él se dé cuenta. El Esperance es mucho más rápido que otros barcos de su clase. En estas condiciones, la velocidad a la que vamos ahora es la normal.

—Lo que sugiere que el capitán no conoce nuestro barco, y eso significa que no es de por aquí, no de estas aguas.

—Eso parece.

Logan la observó gritar más órdenes para cambiar las velas. No consiguió entender el propósito de todas ellas, pero supuso que estaría preparando el enfrentamiento venidero.

Y desde luego, en cuanto el Esperance volvió a navegar en línea recta, sin acercarse demasiado, pero lo más deprisa que podía, Linnet dejó el timón a Griffiths, tomó el catalejo de manos de Logan y lo enfocó sobre la fragata que intentaba acercarse por detrás.

Las personas que estaban en ella la vieron espiarlos, el capitán izó inmediatamente todas las velas y se acercó todo lo deprisa que le permitía el viento.

Linnet sonrió y bajó el catalejo, calculó la distancia entre los dos barcos y se acercó a la barandilla delantera para inclinarse sobre ella y seguir gritando órdenes.

—¡Tony, Burton, Calloway! Traed los arcos, las flechas y un brasero aquí arriba... pero mantenerlo todo oculto de la vista del barco que tenemos enfrente y debajo de la barandilla aquí arriba.

—¡A la orden, capitán!

Dos minutos después, tres jóvenes marineros subieron las escalerillas. Logan ayudó al primero a subir un brasero de carbones encendidos y lo colocó cuidadosamente cerca de la barandilla de popa. Los tres deslizaron unos largos arcos por la cubierta antes de subir, cada uno de ellos con flechas con la punta envuelta en trapos impregnados en brea en las manos.

Los muchachos dejaron las flechas junto a los arcos y se volvieron hacia Linnet. Ella se reunió con ellos, la mirada fija en la fragata que se acercaba a toda velocidad hacia la popa del barco.

—Han colocado ballestas preparadas para incendiar nuestras velas, pero vuestros arcos tienen mayor alcance. ¿Cuándo podríais incendiar la mayoría de sus velas? No hace falta que sean todas, pero necesitamos quemar las principales.

Con el Esperance navegando a menor velocidad, la fragata reducía rápidamente la distancia entre ellos.

Los muchachos entornaron los ojos y fruncieron los labios.

—Solo con que se acerquen un poquito más... —contestó uno de ellos.

—En cuanto estéis preparados, disparad a voluntad. —Linnet se dio la vuelta y regresó al timón.

Logan recuperó su posición, más o menos pegado a la espalda de Linnet, y observó a los jóvenes marineros que, sin necesidad de recibir más instrucciones, murmuraban entre ellos sobre la distancia y el viento, y luego uno de ellos se agachó y, oculto por la alta cubierta de popa, avivó el fuego del brasero. Con un ojo sobre la fragata, cada uno de ellos encontró su arco, colocó una flecha y le prendió fuego antes de levantarse los tres, en perfecta sincronización, tensar suavemente el arco y soltar la flecha.

Ni siquiera esperaron a ver cómo el fuego prendía las velas... Se volvieron a agachar y en menos de un minuto habían lanzado otras tres flechas. Eran rápidos y precisos. Con tan solo nueve flechas, incendiaron prácticamente todas las velas traseras de la fragata, obligando a la tripulación a movilizarse de manera frenética.

Casi en un instante la fragata empezó a quedarse atrás.

Linnet regresó para darle una palmada en los hombros a cada uno de los tres muchachos.

—¡Perfecto! —Detrás de ellos, la fragata estaba prácticamente detenida—. Un trabajo excelente... Y ahora, volved abajo. Nos queda una fragata más que freír.

Logan miró hacia la nave que se quedaba atrás. No tenían ya suficientes velas para seguir navegando, pero ¿cuánto tardarían los sectarios a bordo en llegar a la orilla? Y ¿a qué orilla?

La primera fragata, casi con total seguridad, se había hundido lentamente y dejado tiempo suficiente para que todos pudieran abandonar el barco.

—¡A toda vela otra vez!

El grito de Linnet le hizo apartar esas preocupaciones de su mente. Bajo sus pies, el Esperance brincó como un sabueso a quien acabaran de desatar. ¿Qué iba hacer Linnet con la tercera fragata, la que llevaba a bordo a los asesinos? Regresó a su posición, a su espalda, mientras ella permanecía al lado de Griffiths, que manejaba de momento el timón, y siguió las miradas de ambos hasta la última fragata... y la vio girar definitivamente y alejarse.

Linnet tenía los ojos entornados y los labios apretados mientras soltaba un bufido.

—Diez grados a estribor. —Griffiths obedeció y la proa del Esperance giró de forma elegante hacia el norte. Linnet ordenó varios cambios en las velas antes de recalcular la distancia que los separaba de la fragata, todavía bastante por delante de la proa—. Eso nos permitirá adelantarlos a una distancia segura. Si al final les ha entrado el sentido común y quieren quitarse de en medio, les dejaremos marchar.

Las velas atraparon más viento en su nueva posición. El Esperance aumentó la velocidad, y se alejó con agilidad de la última fragata.

Logan observaba mientras, para sus adentros, soltaba un juramento, aunque...

—Un gesto muy magnánimo.

—Ese inútil capitán sin duda se habrá dado cuenta ya de que vencer al Esperance está por encima sus posibilidades. —Linnet se encogió de hombros.

Se había vuelto hacia Logan mientras hablaba.

—¡Caramba! —El grito de Griffiths le hizo volverse de nuevo—. Mire eso.

Los tres miraron fijamente. Casi toda la tripulación dejó de hacer lo que estuviera haciendo y miró también.

En lugar de alejarse, como había empezado a hacer en una muestra de mucha sensatez, la fragata cambió bruscamente de rumbo, como si quisiera enfrentarse a ellos..., pero de repente los mástiles se inclinaron con brusquedad y el barco estuvo a punto de zozobrar.

—¿Qué demonios está pasando allí? —Linnet tomó el catalejo que había soltado y volvió a enfocarlo en la cubierta de la fragata.

Pasó un segundo antes de que informara con la voz cargada de incredulidad.

—Están peleándose a bordo. Algunos hombres, hombres de piel oscura y pañuelos negros atados a la cabeza, están peleando contra el capitán y su primer oficial, y también contra el resto de la tripulación. Se han hecho con el timón e intentan virar el barco hacia nosotros..., pero los muy idiotas lo que están haciendo es simplemente girar el timón sin cambiar las velas. Con este viento van a hacer zozobrar el barco.

Logan miró hacia la fragata con gesto sombrío. Para su inexperto ojo, el espacio entre esta nave y el Esperance era ya lo bastante grande como para asegurar que la fragata no sería capaz de abordarlos, desde luego no si la manejaban los sectarios y no los marineros.

—Lo único que podemos hacer es esperar que el capitán y su tripulación ganen la batalla —dijo Logan y pensó: «Y arrojen a los sectarios, sobre todo a los asesinos, por la borda».

—Así es. —Linnet bajó el catalejo y miró a Griffiths—. Mantén todas las velas izadas. Les dejaremos con su batalla y correremos hacia Plymouth.

Dejó el catalejo en su funda junto al timón y bajó las escalerillas para hablar con sus hombres.

Logan la observó marchar y recuperó el catalejo, se acercó a la barandilla de popa y enfocó a la fragata, a la que iban dejando poco a poco atrás.

Se había preparado para una batalla, pero su sable ni siquiera había salido de la funda. Se sentía frustrado y bloqueado, sobre todo por haber tenido que dejar a los sectarios, a los asesinos, vivos para contarlo. Para informar a sus superiores, como sin duda harían.

Sin embargo, no había tenido otra posibilidad, ninguna manera legítima de hacerlo de otro modo. La batalla había sido de Linnet, ella había dado las órdenes y los había obligado a huir, diezmando al enemigo sin que sus propios hombres sufrieran ni un rasguño.

El sello de un excelente comandante.

Pedirle que diera la vuelta y atacara al otro barco, que pusiera al Esperance y a su tripulación en peligro de nuevo para satisfacer su deseo de asegurarse de que ningún sectario que supiera que él estaba bordo del Esperance viviera para contarlo... no estaba a su alcance.

Ella había hecho lo correcto en cada momento.

Loga bajó el catalejo y contempló el puntito en el que se había convertido la última fragata, y se frotó la nuca con la mano.

Como cualquier buen comandante, Linnet había cambiado sus planes sobre la marcha, reajustándolos para salvar su barco y a su tripulación.

Y él iba a tener que hacer lo mismo. Iba a tener que enfrentarse al desafío de modificar sus planes para que todos llegaran sanos y salvo a casa.

Más tarde, aquella misma tarde, todavía en el Canal, aunque con Plymouth no muy lejos ya, Logan organizó una reunión con Edgar, John, Griffiths y Claxton en el camarote que se le había asignado junto al de Linnet. Ella seguía en cubierta, más o menos justo encima de sus cabezas, al timón.

Cuando Edgar, el último en reunirse con ellos, entró en el camarote y cerró la puerta, Logan señaló hacia el estrecho camastro para que se sentara mientras que él, apoyado contra la pared junto al pequeño ojo de buey, empezaba a hablar.

—Edgar y John ya me han oído hablar de la secta de la Cobra Negra y de mi misión, de mi papel y el de mis tres colegas, y muchos otros, para llevar a ese villano ante la justicia. Pero lo que ninguno de vosotros sabe es el motivo por el que nuestra misión es tan vital.

Con todo detalle, describió algunas de las atrocidades de la secta, suficientes como para que los cuatro marineros palidecieran.

—De eso es capaz esta gente.

Logan inclinó la cabeza hacia el mar, al otro lado del ojo de buey.

—Todos habéis visto a los sectarios a bordo de la última fragata, la mayoría eran asesinos de la secta, el grupo más mortífero, el más fanático. Ya visteis lo desesperados que estaban por alcanzar este barco... Harán cualquier cosa por llegar hasta mí y, ahora, hasta el capitán Trevission. Ella, una mujer, los ha derrotado. Su sexo convertirá la derrota en insoportable. Dudo que vayan tras el Esperance en sí mismo, ellos no piensan en esos términos en los barcos, pero sí vendrán tras su capitán para castigarlo. Cuando yo escape de ellos, como debo hacer en cuanto llegue a Plymouth, los que permanezcan en la costa estarán desesperados por, tal y como ellos lo ven, redimirse a los ojos de su líder, la Cobra Negra, matando al capitán Trevission del modo más espeluznante y doloroso que se les ocurra.

Logan hizo una pausa para observar sus rostros. Sus expresiones eran todo lo sombrías que él podría desear que fueran.

—Vosotros y la tripulación, aunque en menor medida, también estaréis en peligro, pero su venganza cargada de odio la centrarán en el capitán Trevission. —Cambió de postura y se irguió—. Cuando salimos de Saint Peter Port, mi plan era que el Esperance me llevara hasta Plymouth, donde yo abandonaría el barco, me reuniría con los guardias que me esperan en la ciudad y llevaría a cabo mi misión. Ya le he explicado al capitán Trevission que, tras completarla, tengo pensado regresar Guernsey y a Mon Coeur. Si sobrevivo, mi intención es pedirle que sea mi esposa y vivir en Guernsey con ella, pero no puedo hacer, y no haré, ninguna declaración hasta que sepa que he sobrevivido sano y entero.

Los hombres parpadearon ante la franqueza de su declaración, pero las expresiones de Edgar y John se iluminaron y asintieron tanto con aprobación como con alivio.

—Sin embargo —continuó Logan—, si después de las acciones de hoy continúo tal y como había planeado, y dejo al capitán Trevission en el Esperance, en Plymouth, la secta la señalará como objetivo.

—Podemos implicar a la tripulación —Griffiths y Claxton fruncieron el ceño—, la mantendremos a salvo.

—No me cabe la menor duda —Logan inclinó la cabeza—, y podréis hacerlo mientras ella siga a bordo. Pero dudo seriamente de que, después de lo de hoy, la secta vaya a por ella mientras esté en el *Esperance*. Esperaran hasta que desembarque y se dirija a su casa, a Mon Coeur. —Hizo una pausa y observó sus rostros mientras asimilaban el horror potencial —. Y todos sabemos qué más hay en Mon Coeur. Los sectarios no son muy hábiles en el mar, pero rastreando en tierra... son los mejores. Seguirán al capitán Trevission hasta Mon Coeur, estudiarán el lugar, reunirán a sus fuerzas, y os aseguro que son considerables en número, y esperarán el momento. Sé que en Mon Coeur hay hombres capaces de luchar, pero aunque consigáis convencer a Linnet de que permita que algunos más la acompañen a casa, no bastarán. No habrá suficientes de vosotros que comprendan el salvajismo y el fanatismo al que os enfrentaréis, no hasta que sea demasiado tarde. —Logan volvió a hacer una pausa—. En *Mon Coeur* hay demasiados inocentes como para arriesgarse —concluyó.

Ninguno de los cuatro pudo mostrarse en desacuerdo, lo veía por la expresión cada vez más protectora que mostraban sus rostros.

—¿Y qué alternativa tenemos? —Griffiths fijó su aguda mirada en Logan.

—Solo veo una. —Logan le sostuvo la mirada—. Si pudierais mantener a vuestro capitán a bordo del Esperance, bajo constante vigilancia y en The Sound, hasta que haya completado mi misión y la Cobra Negra deje de existir, creo que ella y todos los relacionados con ella estarían a salvo. La secta, en un acto de desesperación, podría intentar atacar el barco en el puerto, pero por lo que he visto de vuestra tripulación, y además estaréis rodeados de la marina y el ejército, más o menos a mano, no veo el modo en que los asesinos puedan triunfar. Y la mayoría me seguirá a mí... Lo razonable es asumir que esas son sus órdenes.

Logan vio que los cuatro hombres asentían, mostrándose de acuerdo con sus afirmaciones hasta ese momento.

—El problema es que no os veo a vosotros, a ninguno de vosotros, ni siquiera a todos juntos, capaces de mantener al capitán Trevission en Plymouth. En cuanto se dé cuenta del peligro potencial, como sin duda puede que ya haya hecho, insistirá en regresar a Guernsey y Mon Coeur lo más rápidamente posible para asegurarse de que todos allí estén a salvo, para estar allí y defenderlo, y a su familia, cuando la secta aparezca. Argumentará que, dado que el Esperance navega con la bandera de Guernsey y es muy conocido, y su capitanía un secreto a voces, la secta podrá identificar Mon Coeur como su hogar aunque ella no los conduzca hasta allí, y buscarán hacerle daño a través de su familia. —Logan hizo una mueca—. Pero en este caso, ese razonamiento está equivocado, aunque ni vosotros ni yo seremos capaces de convencerla de que así es. A la secta le encantaría descuartizar a su familia, pero querrán hacerlo delante de ella. Son de esa clase de villanos. Es a ella a quien quieren, ella es su objetivo, y permanecerán centrados en ella. Solo si se encuentra muy cerca, utilizarán a la familia o a sus asociados como herramientas para hacerla salir, debilitarla o causarle dolor. A pesar de su brutalidad, los sectarios son simples… Actuar a distancia no es su manera de hacer las cosas.

Logan estudió a los cuatro hombres y enarcó las cejas.

—Tal y como yo lo veo, la única manera de que vosotros y la tripulación podáis mantenerla a bordo, aquí en Plymouth, es con un motín. A fin de cuentas ella es el capitán Trevission del Esperance, portador de una patente de corso en vigor. Ni siquiera voy a sugerirlo… Creo que sería igualmente desastroso, aunque de otro modo.

Los cuatro hombres intercambiaron miradas intencionadas antes de que Edgar levantara la vista y asintiera sombrío.

—Tiene razón. No podríamos hacerlo. Este es su barco, y ninguno de nosotros se enfrentará a ella. Es nuestro líder, lo ha sido desde que murió su padre.

—Y así debería permanecer. —Logan se apartó de la pared, aunque el camarote era demasiado pequeño para caminar.

—Entonces ¿qué solución propone? —Griffiths lo evaluó con la mirada—. ¿Cuál es el nuevo plan? Haremos lo que sea para mantener al capitán y su familia, y al barco y la tripulación a salvo.

—Es muy sencillo. —Logan miró a los otros tres y vio la misma resolución en cada uno de sus rostros. Y en pocas palabras describió su plan.

Todos abrieron la boca para discutir, la cerraron, la volvieron a abrir y, aceptando que realmente no existía ninguna otra opción y que él había rebatido todas sus objeciones, asintieron y se mostraron de acuerdo.

Logan se apoyó sobre la barandilla de popa, junto a Linnet, de nuevo al timón, mientras observaba las costas de Inglaterra elevarse en el horizonte.

Habían pasado muchos años desde que las vio por última vez, años duros y polvorientos, de los cuales los últimos, los que había pasado persiguiendo a la Cobra Negra, fueron los más duros.

Durante largo rato se limitó a mirar, dejó que su alma se empapara del verdor, de los resplandecientes y frondosos campos de Devon... Incluso bajo el cielo gris, la visión resultaba acogedora y balsámica.

Era consciente de las miradas que le dedicaba Linnet, pero no la miró. Ella no habló, no hizo ninguna pregunta, le dejó disfrutar de su silenciosa vuelta a casa.

Y así era. En esa ocasión regresaba a casa para siempre. No volvería a marcharse por ninguna aventura, por ninguna campaña. En ese momento, lo sentía en sus huesos, estaba abandonando esa fase de su vida para adentrarse en la siguiente. Fuera la que fuera.

Hiciera lo que hiciera de ella.

Donde lo hiciera.

Logan miró a Linnet y luego al frente. El hogar, le había dicho su tío, está donde uno quiere tenerlo.

Si el destino se lo permitía, él iba a elegir tener su hogar con ella.

Con esa certeza hundida hasta la médula, permaneció al lado de Linnet y la vio guiar su barco hasta The Sound.

Si de algo sabía él era de mando. A medida que la luz del día desaparecía y ella hacía pasar el Esperance por delante de la isla de Drake, serpenteando entre los muchos navíos fondeados en las protegidas aguas, no tuvo la más mínima duda de que Linnet era un líder natural. Incluso sería capaz de enseñarle una cosa o dos sobre motivar a los hombres… Tony, Burton y Calloway, los tres jóvenes arqueros, en su opinión, le serían fieles de por vida.

Y no harían más que emular al resto de la tripulación del Esperance. Eran fieles a su capitán.

Linnet condujo el barco directamente hasta el puerto de Sutton, la principal bahía de Plymouth. Dio órdenes, de nuevo con Griffiths a su lado para retransmitirlas, y las velas fueron arriadas mientras el barco ralentizaba la marcha más y más hasta que, con el último susurro del viento era desviado con pericia para que se deslizara con suavidad hacia un amarradero vacío.

Los sacos de arena que colgaban de los costados del barco golpearon una vez, y luego un poco más, mientras el Esperance se detenía. Loga se irguió y se apartó de la barandilla, descendió a la cubierta principal y de ahí por las escalerillas hasta el camarote de popa. Solo se detuvo para agarrar las asas de las dos bolsas que había dejado allí… la de Linnet y la suya, antes de volver sobre sus pasos.

No experimentó ninguna emoción por tener que abandonar el Esperance, no sintió ninguna necesidad de mirar atrás y de quedarse con ninguna imagen grabada en la memoria. Porque iba a volver. En cuanto su misión se lo permitiera. Por supuesto, tendría que arrastrase tras los melindrosos talones de Linnet al regresar a bordo, pero él regresaría. Eso esperaba, por eso rezaba.

Al aparecer en cubierta, vio a Linnet de pie junto a la barandilla del entrepuente, observando cómo colocaban la pasarela. El barco estaba asegurado y se bamboleaba perezosamente al ritmo del oleaje. Él miró a su alrededor y luego hacia la ciudad mientras se acercaba a Linnet, que esperaba con los brazos cruzados en el espacio entre las barandillas. La luz desaparecía rápidamente y en muchos barcos empezaron a verse luces, así como en las calles.

Las sombras se alargaban y se hacían más profundas, y permitían que en ellas se ocultaran vigilantes y asesinos por igual.

Logan se detuvo al inicio de la pasarela, justo delante de Linnet, contempló su rostro y descubrió que se había dado cuenta de que portaba también su bolsa.

Ella frunció el ceño y señaló la bolsa.

—Eso es mío. Suéltalo. —Lo miró a los ojos con rabia—. Vas a marcharte para completar tu misión, y yo regreso a casa con en el Esperance. No voy a bajar a tierra contigo, ni siquiera para pasar la noche.

Logan dejó ambas bolsas y la miró de frente a los ojos.

—Hoy has aplastado a los hombres de la Cobra Negra y ellos te han podido ver. Ahora ya saben que el capitán Linnet Trevission del Esperance, una mujer ni más ni menos, los ha derrotado, ha vencido a tres barcos y los ha dejado atrás tambaleándose. Su amo no va a estar nada contento, y ellos tampoco. Por la seguridad de este barco, de tu tripulación, de tu familia, de tu hogar y, sobre todo, por la tuya... tienes que venir conmigo.

Era la verdad, nada más que la verdad.

Linnet entornó los ojos y cruzó los brazos con más fuerza para levantar una barrera entre ellos. La áspera respuesta resultó totalmente predecible.

—Soy muy capaz de cuidar de mí misma y de los míos. De todos los míos.

Logan lazó un suspiro hondo y exagerado y se acercó un poco más. Bajó la voz para que nadie más pudiera oír sus palabras y le sostuvo la mirada.

—¿Y quién va a cuidar de mí mientras estoy distraído preocupándome por ti?

Otra verdad absoluta.

—¿Qué? —Ella parecía sinceramente sorprendida.

—Ya me has oído. —Él entornó los ojos—. Si estás conmigo, sabré que estás a salvo. Si no estás conmigo... lo más seguro es que fracase en mi misión porque estaré distraído, preocupado por ti.

—No. —Los ojos de Linnet quedaron reducidos a dos líneas verdes—. No me lo trago. —Ambos parecían participar en un concurso de suspiros exagerados—. No significo tanto para ti. No tanto. Nada que puedas decir me convencerá de lo contrario. No voy a acompañarte.

—¿Es tu última palabra? —Logan le sostuvo la mirada.

Linnet buscó sus ojos, intentando encontrar alguna pista sobre lo que iba a hacer. Pero en el azul medianoche no vio nada más, aparte de la habitual e implacable determinación.

—Sí —aseguró mientras levantaba la barbilla.

—Muy bien. —Dando un paso atrás, Logan asintió hacia Edgar y Griffiths, colocados cada uno a un lado de Linnet—. Os mandaré noticias.

Ella se estaba preguntando qué había querido decir con eso, qué noticias iba a enviarles, cuando, dándole la espalda, Logan se agachó.

Colocó un hombro sobre el diafragma de Linnet y, antes de que ella pudiera reaccionar, la levantó fácilmente sobre su hombro, sujetándole las piernas contra su pecho con el brazo derecho y, en el mismo movimiento, recogió las dos bolsas con la otra mano antes de volverse y empezar a bajar la pasarela. Deprisa.

—¿Qué...?

Durante un instante, Linnet se quedó sin habla.. Totalmente muda de asombro.

«¿Cómo se atreve?».

Logan bajó de la pasarela y giró hacia el muelle, mientras ella por fin encontraba las palabras. Soltó juramentos y maldiciones utilizando toda la clase de improperios y coloridas palabrotas que había aprendido durante sus años a bordo del barco... Una extensa letanía que, sin embargo, no tuvo ningún efecto apreciable.

En realidad, Logan se reía.

Ella lo amenazó con la castración, pero él no hizo sino alargar la zancada para cruzar rápidamente el muelle hacia el casco antiguo y sus calles estrechas.

Ella cerró la mano derecha en un puño y le golpeó con fuerza la espalda.

—Bájame ahora mismo, idiota... No voy contigo.

—Cuidado con la herida —La recolocó sobre su hombro—, no querrás que salten los puntos, no después de todo lo que te has esforzado.

Linnet continuó soltando juramentos, pero cambió de lado y empezó a golpearlo con la otra mano.

—¡Logan! ¡Ya basta! —casi chilló—, ¡o me obligarás a convertir el resto de tu fracasada vida en una desgracia!

Logan se detuvo, respiró hondo y, soltando las bolsas, al fin la agarró por la cintura y la bajó, deslizándola por delante de su cuerpo hasta que sus pies tocaron el suelo.

Pero antes de que lo hicieran, la besó.

La besó como nunca antes, con pasión, cierto, pero una pasión controlada, contenida para poder...

Cortejarla, rogar, persuadir.

Suplicar.

Las manos de Linnet le sujetaron el rostro con delicadeza. Era incapaz de apartarse, incapaz de evitar sentir, saborear, saber.

Cuando él al fin levantó la cabeza, la suya daba vueltas: las certezas previas se borraban y preguntas nuevas surgían.

—Mi vida ya es tuya para que hagas con ella lo que te plazca —La miró a los ojos—, para convertirla en una desgracia, o incluso en un infierno. Mientras estés viva para hacerlo, a mí me da igual.

Él levantó la vista y recorrió con la mirada el muelle a espaldas de Linnet antes de soltarla por completo, tomarle una mano y las bolsas.

—Y ahora pórtate bien y ven conmigo.

—¿Sabes siquiera adónde vas? —preguntó mientras Logan continuaba tirando de ella hacia una calle que reconoció como la calle Looe.

—Sí. Eso creo. —La miró fugazmente—. Hacía años que no venía a Plymouth. El Seafarer's Arms... está por aquí, ¿verdad?

—Sí. —Linnet hizo una mueca mientras él continuaba tirando de ella. Porque ella se lo permitía. Resistirse, sabiendo que él volvería a cargársela sobre un hombro, no parecía merecer la pena. Pero de lo que sí estaba segura era de que quería escapar de él... ¿verdad? Frunció el ceño y miró a su alrededor—. Esto es absurdo. —La noche se estaba cerrando y había pocas personas en la calle—. No puedes mantenerme a tu lado en contra de mi voluntad.

—Seguramente no —La mirada que él le dedicó era oscura... demasiado oscura para poder interpretarla. Logan apretó la mandíbula y miró al frente—, pero puedo hacerte cambiar de idea. No hay ningún motivo para que no vengas conmigo, y sí muchos para que lo hagas.

Ella sabía que no debería animar a un hombre que había perdido la cabeza, pero...

—¿Por qué?

—Ya te lo he explicado —Logan siguió hacia delante y masculló entre dientes—: porque no puedo pensar correctamente sin saber que estás a salvo. Y mientras tú estés a salvo, también lo estarán todos los demás. Sé que no me crees, como tampoco crees que volveré a ti cuando esta misión haya terminado, pero el que lo creas o no no cambia la realidad. Esa es mi realidad, mi verdad. —Al llegar a un cruce, él se detuvo y la miró a los ojos cuando ella se puso a su lado—. Lo menos que puedes hacer es darme la oportunidad de demostrártelo.

Linnet le sostuvo la mirada bajo la luz de un farol cercano, buscando en sus ojos, y vio que la petición de Logan era sincera, quería una oportunidad para demostrarle que hablaba en serio. Y por mucho que buscara en su mirada, el azul medianoche de sus ojos no mostraba otra cosa más que una imperturbable verdad, y por debajo una convicción inquebrantable.

No era una convicción en la que ella tuviera confianza, en absoluto, pero él sí.

—De acuerdo. —Linnet se oyó a sí misma suspirar y miró a su alrededor antes de señalar—. El Seafarer's Arms está por ahí, si de verdad nos dirigimos allí.

Él asintió, buscó entre las sombras y le tomó la mano con más fuerza.

—Vamos… tenemos que llegar hasta allí. Sin duda ya nos habrán descubierto.

CAPÍTULO 11

Linnet evitó preguntar: «¿Quién nos ha descubierto?». Mantuvo la mirada fija mientras se colocaba delante y los conducía hasta la antigua posada, una de las más viejas del casco antiguo de la ciudad.

No estaba segura de qué debía hacer, pero en ese punto dejar a Logan ya no era una opción. Todavía llevaba encima su sable y él también. Estaba segura de que él llevaba la daga en alguna parte y ella tenía dos cuchillos, uno en cada bota.

Llegaron al Seafarer's Arms sin sufrir ningún percance, pero Linnet sentía unos pinchazos provocados por su instinto y por el modo en que Logan miró a su alrededor antes de entrar en la posada detrás de ella: le sucedía lo mismo.

Ella se detuvo junto a la puerta. El bar estaba a la izquierda, una estancia de techos bajos y vigas de roble macizo contra las que una persona distraída podría golpearse la cabeza. Las lámparas bañaban la larga barra con una luz dorada. Cinco viejos marineros envueltos en humo permanecían sentados ante un par de mesas enfrente del fuego. Una mujer mayor asintió en la rinconera.

Un hombre, que llevaba un grueso abrigo y brillantes botas estaba sentado a la barra, sus grandes manos acunaban una pinta. Al cerrarse la puerta de la calle, giró la cabeza y los miró.

Y lentamente sonrió. Tras soltar la jarra, se levantó y se acercó sin ninguna prisa hacia ellos.

Tenía los cabellos espesos, oscuros y rizados, y una envergadura, una presencia peligrosa, muy parecida a la de Logan. Recorrió el cuerpo de Linnet con una mirada oscura y profunda, fijándose en cada detalle, pero a medida que se acercaba, la sonrisa se dirigió hacia Logan mientras extendía una mano.

—Saint Austell. Monteith, supongo.

—Así es. —Logan tomó la mano que le ofrecía el hombre con evidente alivio. Se sentía inexpresablemente agradecido de que Saint Austell hubiese permanecido allí esperándolo. Que Linnet y él tuvieran que pasar la noche en el Seafarer's Arms para aguardar a que apareciera su contacto por la mañana, cuando los sectarios sin duda ya los habían seguido hasta allí, merodeaba por su cabeza como la peor pesadilla—. Gracias por esperar.

—Claro. —La mirada de Saint Austell se desvió hacia Linnet—. Paignton y yo estamos ansiosos y dispuestos a comenzar nuestra participación en esta aventura. —Enarcó una ceja negra hacia Logan—. Pero ¿qué le ha pasado?

—La secta me descubrió en cuanto desembarqué en Lisboa, de modo que tuve que volver a embarcar de inmediato, antes de lo planeado. Desgraciadamente, sufrí un naufragio frente a Guernsey. Por suerte, sobreviví y conseguí llegar a la orilla. Este es el capitán Trevission del Esperance. Sus empleados me encontraron y me cuidaron hasta que me recuperé lo suficiente para poder continuar. —Logan miró a su alrededor—. Si no le importa, le explicaré el resto más tarde. El barco del capitán Trevission fue atacado cuando veníamos hacia aquí, y con casi total seguridad nos han seguido desde los muelles.

—Y ahora la secta tiene todavía más motivos para querer... —La aguda mirada de Saint Austell volvió a fijarse en Linnet—, ¿a los dos muertos?

—Exactamente. —Trabajar con personas tan ágiles de mente suponía todo una alivio, aunque por lo que había oído del legendario Dalziel, Logan ya esperaba que sus operativos fueran de lo mejor.

—En ese caso sugiero que nos dirijamos al carruaje que

tengo esperando para que nos lleve a la seguridad de Paignton Hall. —Saint Austell señaló con una mano hacia la parte trasera de la posada—. Podemos salir por ahí. Por favor —Tomó la bolsa de Linnet de manos de Logan—, déjeme llevar eso.

Avanzaron por un estrecho pasillo y salieron de la posada por la puerta trasera. Saint Austell los condujo a través de un pequeño patio hasta una callejuela.

—Esta es la parte más vieja de la ciudad, una maraña de callejuelas demasiado estrechas para un carruaje. Será mejor que nos mantengamos en silencio hasta que lleguemos. No está muy lejos, y entonces estaremos...

La callejuela se abrió a otro patio. Cuando Saint Austell se interrumpió y se detuvo, Linnet miró más adelante y vio a unos hombres, vestidos con una extraña mezcla de ropa asiática e inglesa, materializarse entre las sombras. Todos llevaban unos pañuelos negros con los que se envolvían la cabeza.

Todos llevaban cuchillos desenvainados en las manos.

Logan, Saint Austell y ella no tenían ninguna otra opción más que enfrentarse y luchar. La única posibilidad de retirada era el estrecho arroyuelo a sus espaldas, y jamás conseguirían alcanzarlo. Pero allí había... Contó nueve sectarios. Esperaba que no fueran los asesinos que Logan había mencionado.

Saint Austell se colocó a la derecha de Linnet. Un siseo hizo que ella volviera la cabeza hacia él. La hoja de un sable idéntico al de Logan brilló bajo la débil luz. Lo sujetaba en la mano derecha mientras sostenía la bolsa de Linnet en la otra.

Notó a Logan pasar junto a ella, miró en su dirección y lo vio colocarse a su izquierda, el sable desenvainado, la bolsa en la otra mano.

Linnet respiró hondo, dio un paso atrás y desenvainó su sable.

El inesperado movimiento, la aparición de un tercer cuchillo defensor hizo que todos los hombres... los dos que la flanqueaban y los atacantes... titubearan. No necesitó mirar para sentir el breve intercambio de miradas que pasó por encima de su cabeza entre Saint Austell, las negras cejas enarcadas, y Logan, que se limitó a asentir antes de volver a centrar su atención en los atacantes.

Ligeramente agachada, Linnet mantuvo la mirada sobre los enemigos, que ocupaban el pequeño patio y bloqueaban cualquier salida hacia delante. De repente, al comprender su vulnerabilidad, con el arroyuelo a sus espaldas, solo pudo aplaudir cuando Saint Austell se abrió un poco más a su derecha. Ella lo imitó, al igual que Logan, y formaron simultáneamente una línea apoyados de espaldas contra un sólido muro.

Los atacantes comprendieron de repente que habían perdido una posible ventaja. Unos susurros bruscos pasaron de un lado a otro hasta que uno de ellos alzó la espada, gritó algo incomprensible y se lanzó contra Saint Austell.

Él mantuvo su posición hasta el último momento, cuando lanzó la bolsa de Linnet contra el pecho del atacante y siguió el movimiento limpiamente con el sable. Y de repente había un atacante menos.

Incluso antes de que cayera el primer hombre, Logan ya se había hecho cargo de otro con el mismo movimiento, la misma eficacia. Sin embargo, los otros siete lo siguieron con un movimiento acordado.

Los sables lanzaban destellos a izquierda y derecha de Linnet, Logan y Saint Austell los mantenían a raya... apenas. Desde su lugar entre los dos hombres, Linnet esperaba tener la oportunidad de ayudarlos, ya que se estaban enfrentando cada uno a tres atacantes, pero eso dejó a uno desparejado, y este, sonriendo de manera espeluznante, se lanzó directamente a por ella.

Linnet contuvo el primer golpe y lo devolvió con uno propio, vio la sorpresa del hombre al comprobar que una mujer era capaz de blandir una espada. Pero la sorpresa no iba a durar, no la salvaría.

No le gustaba matar, pero le habían enseñado a hacerlo, y ella había aprendido la lección en tiempos de guerra, en el fragor de la batalla. Había aprendido a reprimirlo todo salvo el instinto de supervivencia, a olvidarse de pelear limpio y a pelear para vivir.

Pero a pesar de su buena forma física, la mayoría de los hombres eran más fuertes que ella. Desenvainó uno de los cuchillos que tenía oculto en una de sus botas y devolvió el siguiente golpe del sectario con la espada antes de animarlo a dar un golpe alto. Cuando el hombre lo hizo, ella contuvo la espada con la suya y la sostuvo en alto, dio un paso al frente y deslizó el cuchillo entre las costillas del atacante.

Linnet retrocedió un paso y lo dejó caer mientras desviaba su atención de inmediato hacia el sectario que tenía a su derecha, quien, viendo caer a su compañero, lanzó un grito y fue tras ella.

Linnet ya tenía el otro cuchillo en la mano. Lo único que necesitaba era rechazar el enloquecido golpe, dar un paso al frente y colocar el cuchillo en posición. El segundo sectario cayó encima del primero y levantaron una barrera. Una mirada a su derecha le permitió ver a Saint Austell derribar a otro de los oponentes, lo que le dejaba solo con uno. Por lo que ya había visto de ese hombre, faltaba poco para que terminara su trabajo.

No resultaba nada sorprendente que los sectarios más fuertes y capaces se hubiera lanzado a por Logan. Linnet observó, eligió el momento y se metió en la pelea, obligando a uno de los sectarios que tenía más cerca a desviar su ataque hacia ella.

Rápidamente, Logan blandió la daga e hizo caer al sectario que tenía a su izquierda antes de, derribar al otro, que había permanecido preparado para enfrentarse a él, con dos ágiles y profundos cortes.

Sin el menor atisbo de duda, blandió el sable y se introdujo sin piedad en la pelea de Linnet, una acción peligrosa, aunque no para ella. El sectario que había estado amagando con su cuchillo, intentando encontrar el modo de atravesar sus defensas, tuvo que reajustarse a la desesperada a un contrincante más alto y más fuerte: era demasiado tarde. Se reunió con sus compañeros sobre el frío suelo empedrado… en el mismo instante en que Saint Austell hacía caer al último.

Saint Austell levantó una mano para imponer silencio. Con la respiración agitada y los sables ensangrentados en las manos, tanto Logan como Linnet se agacharon y recuperaron el resto de sus armas.

De repente oyeron pisadas a la carrera que se acercaban a ellos desde las profundidades del laberinto que había a sus espaldas. Sin pronunciar palabra, Logan agarró su bolsa, Saint Austell la de Linnet y los tres echaron a correr. Por fuerza, era Saint Austell quien mostraba el camino. Linnet lo seguía y, pisándole los talones, iba Logan. Ella apenas tenía aliento, al menos no el suficiente para siquiera pensar mientras se esforzaba por mantener el paso de esos dos hombres de largas piernas.

Pero Saint Austell conocía bien el camino, no lo había dicho en vano. Desembocaron en una calle más amplia, aunque secundaria, y allí estaba el carruaje. Saint Austell abrió la portezuela de golpe y la sostuvo para que Linnet y luego Logan saltaran al interior antes de arrojar la bolsa de Linnet y seguirlos arrojándose en el asiento de enfrente.

Antes de que la puerta se cerrara, el conductor ya había sacudido las riendas. El carruaje se alejó rápidamente aunque con suavidad.

Jadeando y esforzándose por recuperar el aliento, todos prestaban atención a sus oídos. Cuando el carruaje entró en una de las plazas principales y luego continuó por una calle amplia, todos respiraron profundamente y se irguieron en el asiento, Logan y Linnet en el banco en dirección a la marcha, Saint Austell y las bolsas en el otro. Por fin podía relajarse.

Saint Austell se agachó y revolvió bajo el asiento. Sacó un trapo y alargó una mano hacia el sable ensangrentado de Linnet.

—Permítame, capitán señora.

Los labios de Linnet se curvaron con ironía, aunque le entregó la espada.

—Dadas las circunstancias, y después de lo que acabamos de vivir juntos, pienso que lo más apropiado sería tutearnos. Quizás deberíamos volver a hacer las presentaciones. Soy Linnet

Trevission de Mon Coeur, Guernsey, dueña de la naviera Trevission, y también capitán del Esperance.

—Y poseedora de una patente de corso en vigor —añadió Logan.

Saint Austell la miró sinceramente impresionado.

—Un nuevo aspecto de tus bastante asombrosos talentos. También eres muy buena con la espada. Soy uno de los dos guardias que se os han asignado. —Hizo una exagerada media reverencia—. Charles Saint Austell, conde de Lostwithiel, a vuestro servicio, pero por favor llámame Charles. —Le devolvió a Linnet el sable limpio e hizo un gesto para que Logan le entregara el suyo.

—Logan Monteith —se presentó él—, y como ya supongo sabrás, soy antiguo mayor de la Honorable Compañía de las Indias Orientales. Y tú no eres menos hábil con la espada. ¿La Guardia Real?

—Al principio. —Charles le devolvió a Logan el sable limpio y tomó el suyo—. Pero Royce, Dalziel como se llamaba entonces, me reclutó a los pocos meses. Después de eso pasé la mayor parte de los años de la guerra tras las líneas enemigas. Sobre todo en Toulouse.

—Debiste sufrir bastantes dificultades allí —observó Logan—. ¿Estabas cuando atravesamos las líneas?

Linnet dejó vagar su atención mientras Logan y Charles comparaban experiencias de la toma de Toulouse y el segundo limpiaba los cuchillos.

Habían abandonado Plymouth y se dirigían... Consultó su brújula interna: hacia el este. No conocía bien Inglaterra, al menos no más allá de los principales puertos del sur, pero supuso que viajaban por la carretera de Exeter.

Estaba temblando, unos pequeños escalofríos recorrían su cuerpo.

Sin interrumpir la conversación, Logan tomó la bolsa de Linnet, se la colocó sobre la rodilla, la abrió, hundió la mano y sacó la capa de viaje. Devolvió la bolsa al asiento de enfrente y, sin dejar de hablar con Charles, sacudió la capa y se la ofreció a Linnet, ayudándola a envolverse los hombros con ella.

Ella aceptó feliz el calor que le proporcionaba y permitió que se sostuviera la mentira de que temblaba por el creciente frío. Pero no era frío lo que tensaba tanto sus músculos que temblaban. Ni era el agotamiento o la simple estupefacción. Había participado en batallas mucho peores y más duraderas, había visto la muerte de cerca, había tenido que pelear por su vida, había tenido que matar.

Pero jamás tuvo que pelear al lado de alguien que le importaba tanto como Logan. Jamás se había colocado junto a alguien con quien había compartido ese grado de intimidad, a sabiendas de que sus oponentes estaban obsesionados con matarlo.

Un escalofrío más profundo y gélido la recorrió por dentro.

Levantó la cabeza y la sacudió, como si al hacerlo pudiera sacudirse el pánico emocional que persistía. Miró a Logan, segura de que ya se había dado cuenta. Bajo los pliegues de su capa la mano de Logan se cerró cálidamente sobre la suya, la apretó con delicadeza, pero aparte de eso no hizo ningún gesto revelador, lo cual ella agradeció.

—¿Qué noticias tienes de los demás? —La mirada de Logan permanecía sobre Charles.

Charles devolvió los cuchillos a Linnet y la daga a Logan. Mientras los volvían a esconder en las botas, contestó.

—Delborough está en Inglaterra. Llegó a Southampton el diez de este mes. Al parecer allí tuvo algunos problemas, pero escapó sin sufrir daño y lleva varios días en Londres, aunque sospecho que ya se habrá trasladado. Al parecer él será el primero en llegar hasta Royce. Hamilton está en Boulogne, o al menos lo estaba hace unos días. Esperamos que Royce nos envíe noticia de que ha llegado a Inglaterra y que se dirige hacia él, pero cualquier mensaje tarda algún tiempo en llegar a nosotros aquí abajo.

—¿Carstairs?

—No hemos tenido noticias de él, pero eso no significa que

Royce tampoco. Nuestro antiguo comandante tiene la tendencia a compartir solo lo que percibe que el otro necesita saber.

—Oímos que él, Dalziel, es ahora Wolverstone.

—Durante todos sus años de servicio fue el marqués de Winchelsea —afirmó Charles—, aunque jamás lo supimos. Era una de esas retorcidas leyendas que deben permanecer solo en la nobleza británica.

—En cualquier caso, su fama es legendaria. ¿Cuánto tiempo estuviste bajo su mando?

Logan y Charles iniciaron una conversación sobre el espionaje en tiempos de guerra. La tensión de Linnet se dispersó, calmada por el rítmico bamboleo del carruaje, y se centró en la negra noche, el viento que agitaba los árboles que bordeaban la carretera.

No sintió ninguna ráfaga helada entrar en el carruaje. Al registrar ese hecho, observó más de cerca y, a pesar de la creciente oscuridad, se fijó en la extraordinaria mano de obra, el lujoso acabado. Aquel no era un simple carruaje, era uno muy caro.

Seguramente de Charles... el conde.

Ella estaba fuera de ese ambiente social, pero ya había oído lo suficiente sobre los logros de Charles, visto lo suficiente de ese hombre, como para saber que era muy parecido a Logan. Un hombre de acción y aventura, sin duda infinitamente más feliz cabalgando hacia la batalla que cortejando en el saloncito de alguna anfitriona.

Era capaz de manejar a Charles, de tratar con él y cualquiera como él. Tanto mejor.

Todavía no había tomado ninguna decisión razonada y definitiva a la insistencia de Logan de que, por su seguridad y la de todos aquellos relacionados con ella, debía continuar viaje con él.

Y sin embargo allí estaba. La huida de la posada y la pelea en el estrecho patio había convertido cualquier discusión en irrelevante. Tras ver a los miembros de la secta cara a cara, ver a Logan intentando defenderse contra tres a la vez, algo que ningún espadachín, por brillante que fuera, podría hacer y vivir para contarlo, ya no estaba obsesionada con regresar al Esperance y poner rumbo a casa. Todavía no.

Ante el gélido temor que había experimentado en ese diminuto patio, y dado los efectos, las sensaciones que todavía no habían abandonado sus músculos, cada uno de sus huesos, permanecería con Logan y viajaría con él hasta que su misión hubiese sido completada.

No por su seguridad, sino por la de él.

El que fuera capaz de inclinar la balanza en encuentros como el del patio, seguramente de la misma clase que tendrían mientras intentaban alcanzar la meta de Logan, donde quiera que fuera en Inglaterra, no era de un optimismo estúpido y ensoñado, sino la simple realidad. Los hombres nunca esperaban que una mujer peleara. Lo primero que hacían eran descartar su presencia y su habilidad, y eso le proporcionaba al instante, a ella y a la batalla en la que luchaba, una gran ventaja, una ventaja que estaba más que bien equipada para explotar.

Linnet hizo una pausa y obligó a su mente a examinar su decisión con raciocinio: sí, era una decisión impulsiva, pero todos sus instintos le aseguraban que era correcta. Daba igual como retorciera los hechos, siempre llegaba a la misma conclusión, al mismo plan.

Continuaría con Logan, cuidándolo mientras él la cuidaba a ella, hasta que él alcanzara su meta y concluyera con éxito su misión. Después se despediría de él y regresaría a casa, a Guernsey, a Mon Coeur y le dejaría vivir la vida que sin duda iba a escoger en cuanto regresara al mundo al que pertenecía.

Lo miró a él y luego a Charles, y se arrebujó en la capa para acomodarse en el asiento acolchado.

Unos minutos más tarde, el carruaje redujo la velocidad y giró a la derecha. Al asomarse por la ventanilla, vio un poste de carretera y consiguió descifrar Totnes.

—¿Hacia dónde nos dirigimos? —Linnet miró a Charles y recordó—. Creo que mencionaste algo sobre Paignton Hall.

—Está al sur del mismo Paignton —Charles asintió—, en la costa, más allá de Totnes. Es la casa solariega de Deverell, el vizconde de Paignton.

—¿Mi otro guardia? —preguntó Logan.

—Así es. Venís cuatro y Royce podía convocar a ocho de nosotros, de modo que cada uno dispone de dos guardias para llevaros ante la presencia de nuestro otrora líder. Os tranquilizará saber que para la ocasión está pasando el invierno en su propiedad de Suffolk y no en su dominio principal, el castillo de Wolverstone, en la frontera con Northumbria. —Charles miró a Linnet y sonrió para tranquilizarla—. Paignton Hall es nuestro refugio de momento, un lugar seguro para evaluar la situación. Está construido en el interior de las ruinas de un viejo castillo bastante bonito. Conservan las vistas, la situación, los muros exteriores, el patio, pero no el destacamento.

Charles deslizó la mirada sobre ella, la expresión, la sonrisa, lo que ella veía en la penumbra, cargada de ironía.

—Penny, mi esposa, y la esposa de Deverell, Phoebe, van a sentirse absolutamente entusiasmadas de conocerte. Si me permites mencionarlo, si pudieras evitar darles demasiadas ideas, Deverell y yo nos sentiríamos eternamente agradecidos.

Linnet lo miró. Se sentía tentada de preguntar a qué se refería, pero... Acababa de saber que iba a alojarse en una residencia aristocrática, en parte castillo, ni más ni menos, en la compañía de unas damas, y lo único en lo que podía pensar era que solo llevaba con ella un vestido, y era uno de viaje.

—Quería mencionar —Sin dejar de sonreír, Charles desvió la mirada hacia Logan—, que tenemos una especie de conexión a través de nuestros padres. En algún momento, mi padre el conde conoció a tu padre el conde. Al parecer, tomaron posesión de sus asientos en la Cámara de los Lores el mismo día, y desde entonces mantuvieron una relación, conectada a través de un calvario compartido, podría decirse.

Lentamente, apenas capaz de creer lo que oía, Linnet giró la cabeza hacia Logan. ¿Era el hijo de un conde?

—Mi padre murió hace años. —Logan fijó la mirada en Charles y se encogió de hombros—. Jamás mencionó la relación, pero no estábamos unidos.

Preguntó por el hogar de Charles, que, al parecer, era el castillo de Lostwithiel Castle, un verdadero castillo, con su destacamento y todo, en Cornualles.

Linnet lo oía todo, aunque no escuchaba realmente. Continuar viaje junto a Logan la estaba conduciendo a oscuras aguas, cada vez más profundas y más plagadas de arrecifes de lo que había previsto.

Como si quisiera enfatizar hasta qué punto estaba fuera de su ambiente, la llegada a Paignton Hall resultó por completo contraria a sus expectativas.

La mansión en sí misma era todo lo que Charles había prometido. Pero desde el momento en que el carruaje se detuvo en el antiguo patio interior y siguió a los hombres fuera del coche, con un guiño al decoro femenino al permitir que Logan la ayudara a bajar, nada fue tal y como había esperado.

Para empezar, una joven rubia y esbelta, vestida con un sencillo vestido de lana, apareció corriendo por las escaleras para arrojarse en brazos de Charles. Él la atrapó con una carcajada y la besó apasionadamente antes de que ella se apartara y lo mirara con los ojos entornados.

—Has estado peleando. Lo noto. ¿Te han herido?

La sonrisa de Charles mientras rodeaba los hombros de la dama con un brazo resultaba sobrecogedora.

—Menuda confianza en mis habilidades de espadachín. Pero no, ni siquiera he sufrido un rasguño.

Charles levantó la vista hacia otra pareja que bajaba las escaleras para reunirse con ellos, el caballero de cabellos oscuros y aspecto distinguido, una versión en cierto modo menos obvia de Logan y Charles, la dama colgada de su brazo, de cabellos caoba oscuro y una amable y acogedora sonrisa en la cara.

Resultaron ser sus anfitriones, el vizconde y la vizcondesa Paignton. Charles hizo las presentaciones.

Mientras los hombres se estrechaba las manos y Paignton, cuyo nombre era Deverell, expresaba su disgusto por haberse perdido la acción, las damas, lejos de levantar altivamente sus aristocráticas narices, tal y como había esperado Linnet que hicieran, sonrieron encantadas y la recibieron entusiasmadas, cogiéndola de las manos antes de flanquearla y escoltarla para subir la escalera principal.

—Eres muy bien recibida —le aseguró Phoebe, vizcondesa Paignton—. No tenía ni idea de que Monteith fuera a traer a una dama con él, pero estoy encantada de que lo haya hecho.

Linnet miró de un delicado rostro al otro, percibió sinceridad y cierta determinación en ambos y sintió la suficiente curiosidad como para admitir:

—Lo cierto es que no tenía ni idea de que iba a viajar con él. Naufragó en mis tierras, en Guernsey, mis empleados lo cuidaron hasta que recuperó la fuerza y la memoria, y yo lo llevé a Plymouth en mi barco, pero mi idea era dejarlo allí y navegar de vuelta a casa...

Linnet se interrumpió cuando las damas se detuvieron bajo la luz de la lámpara del vestíbulo delantero y lady Penelope agitó las manos en el aire para hacerla callar.

—¡Espera, espera!, ya me estoy muriendo de envidia. Primero permíteme decir que, al igual que Phoebe, me siento verdaderamente entusiasmada de verte, porque es evidente que sabes algo sobre esta misión en la que están a punto de embarcarse todos nuestros hombres, de modo que podrás contarnos, darnos un punto de vista femenino de la cuestión. Sin embargo, mi cabeza empieza a dar vueltas, llena de una ávida envidia.

Bajo la luz de las lámparas, como Phoebe, lady Penelope deslizó su aguda mirada sobre Linnet para evaluar su chaqueta, pantalones de cuero, botas altas y el sable que seguía colgado de su cadera. A continuación señaló el arma con un delicado dedo.

—¿No me digas que te permitieron pelear a su lado?

Linnet miró de un sorprendido rostro al otro, pero no consiguió detectar ni un leve gesto de censura.

—En realidad no les pedí permiso.

—¿Y cómo no se me ha ocurrido nunca hacer eso? —Lady Penelope parpadeó, su pregunta no estaba dirigida a nadie en particular.

—También llevo dos dagas en mis botas —añadió Linnet intrigada.

—¿Te deshiciste de alguno de los atacantes? —preguntó Phoebe con la mirada endurecida y la barbilla firme.

—De dos. Pero no nos detuvimos para comprobar si estaban muertos. Empezamos siendo nueve contra tres, y en cuanto nos deshicimos de los nueve, oímos que llegaban más y echamos a correr.

—¿Puedo?

Linnet se volvió y descubrió a lady Penelope con una mano levantada sobre su muslo, agitando los dedos, deseando tocar los pantalones. Divertida, y ya fascinada por esas mujeres de buena cuna totalmente inesperadas, Linnet asintió.

—Por supuesto.

La condesa de Lostwithiel deslizó la mano sobre el delicado y suave cuero, sintió la calidad y emitió un prolongado suspiro.

—Por favor, llámame Penny... y me encantaría tener un par de estos. ¿Podría convencerte para que me contaras dónde los conseguiste? ¿En Guernsey o en algún lugar lejano? No es que me importe, enviaré a Charles adonde sea.

—En realidad vienen de mucho más cerca —Linnet sonrió ante la expresión entusiasmada de Penny—, de Exeter, hay un curtidor al que convencí para que me hiciera unos. Puedo darte su dirección.

Penny se llevó las manos al pecho y su rostro se iluminó.

—¡Maravilloso! Acabo de descubrir cómo podrá hacerse perdonar Charles por haberme excluido de su última aventura.

—Yo todavía estoy pensando en qué podré arrancarle a

Deverell —intervino Phoebe—. Pero tengo otra pregunta. Has dicho que llevaste a Monteith hasta Plymouth en tu barco. ¿Eres propietaria de un barco? ¿Sabes navegar?

Linnet no pudo reprimir una sonrisa mientras saludaba airosamente.

—Me temo que me dejé el sombrero de capitán a bordo, pero soy el capitán Trevission, dueña de la naviera Trevission y, sobre todo, del barco Esperance. —Miró hacia Logan por encima del hombro y frunció ligeramente el ceño—. Aunque, en este momento preciso, no estoy segura del todo de dónde está mi barco. Mi tripulación fue seducida para que le permitieran sacarme de él, pero sospecho que el Esperance está en The Sound, bien resguardado entre los barcos de guerra de Su Majestad.

Los hombres las habían seguido hasta el vestíbulo. Logan oyó el comentario, sonrió e inclinó la cabeza.

—Creo, Penny —anunció Phoebe mientras tomaba a Linnet del brazo—, que tú y yo deberíamos escoltar al capitán Trevission hasta un agradable salón de invitados para que nos cuente cómo ha conseguido hacer tantas cosas en el mismo tiempo del que hemos dispuesto nosotras.

—En efecto. —Penny tomó el otro brazo de Linnet—. Está claro que aquí hay mucho por aprender.

Cuando Phoebe se detuvo para darle instrucciones al amable mayordomo y al ama de llaves, de aspecto muy eficiente, Linnet echó un vistazo a los tres hombres y vio las expresiones ligeramente preocupadas de Charles y Deverell, y recordó el comentario del primero sobre no dar ideas a las damas... Y por fin lo entendió.

Sonriente, devolvió la mirada al frente y permitió que Penny y Phoebe la llevaran escaleras arriba.

—En realidad, hay una cosa con la que me podrías ayudar —Al llegar al final de las escaleras, ella miró a Penny y, mientras echaban andar por el pasillo, confirmó que eran más o menos de la misma estatura y constitución— a cambio de la dirección del fabricante de mis pantalones.

—¡Cualquier cosa! —exclamó Penny—. Ahora mismo

incluso te regalaría a mi hijo mayor, que lleva todo el día dando la lata, queriendo seguir a su padre, por supuesto.

—Gracias —Linnet rio—, pero ya tengo yo uno de esos… bueno, no es mío, pero es uno de mis tutelados. Lo que realmente necesito son vestidos.

—Mi armario es tuyo. —Penny sonrió—. Siempre que nos cuentes todo lo que sabes.

—Todo —intervino Phoebe mientras se detenía frente a una puerta en el pasillo principal— lo que nuestros queridos esposos se guardan para sí mismos.

Dándose media vuelta, abrió la puerta y empujó a Linnet al interior de la estancia.

—Y ahora, ¿qué te parece un baño?

Linnet decidió que había aterrizado en algún extraño paraíso.

Jamás había disfrutado de compañerismo entre mujeres como aquel, ofrecido libremente por damas de su propia clase, de su propia generación. Era… toda una revelación.

Siguiendo órdenes de Phoebe, le habían preparado un baño y Linnet había disfrutado de él antes del que llegara Penny con una selección de vestidos, todos los cuales le había insistido en que se quedara, asegurándole que siempre viajaba con mucha más ropa de la que necesitaba.

Mientras se vestía, se secaba el pelo y lo peinaba, las otras dos mujeres habían permanecido sentadas en el asiento de la ventana charlando. Le habían contado detalles de sus vidas y Linnet se había sorprendido a sí misma dándoles detalles de la suya.

Penny y ella habían intercambiado impresiones sobre caballos y equitación, naufragios y navegación, y ella había escuchado con atención mientras Phoebe le hablaba sobre su agencia; por último, las dos damas habían escuchado con verdadero interés mientras Linnet describía Mon Coeur y les hablaban de sus tutelados.

Phoebe le había ofrecido inmediatamente su agencia en caso de que alguno de los tutelados de Linnet quisiera buscar trabajo en Inglaterra.

—Siempre podré colocar a una joven bien educada, incluso a un hombre joven, como acompañante o secretario personal.

Linnet jamás habría pensado que unas damas de la aristocracia estuvieran tan implicadas y fueran tan activas.

Al compartir su opinión con ellas, Penny había torcido el gesto.

—Por desgracia, muchas no lo son, pero nosotras sí, y todas a las que vas a conocer cuando lleguéis a Elveden... el final de vuestro viaje. Tenemos la posición, los recursos y la habilidad, y por eso lo hacemos. Quedarse sentadas a bordar desde luego no es para nosotras.

—De hecho —Phoebe soltó una carcajada—, casi ninguna de nosotras sabe bordar. Minerva, la esposa de Royce, sí, y muy bien. Y puede que Alicia también sepa. Pero la mayoría de nosotras no estamos, podría decirse, dotadas en ese aspecto.

—Por lo menos en ese aspecto —Linnet sonrió— encajaré.

Cuando las tres mujeres bajaron a reunirse con los hombres para cenar, Linnet se sentía, para su sorpresa, relajada, a gusto y, desde luego, disfrutaba.

Aún tenía un par de asuntos que tratar con Logan, pero eso podía esperar hasta más tarde.

Durante la cena, los demás se mostraron ansiosos por saber sobre la misión de Logan, desde el principio en la India hasta cuando Linnet y él habían llegado al Seafarer's Arms.

Tranquilizado al comprobar que todo parecía ir bien con Linnet, muy consciente de que ante su insistencia había sido obligada a entrar en un mundo al que no estaba acostumbrada, y que cualquier infelicidad consiguiente sería culpa suya... y por tanto aliviado y eternamente agradecido a Penny y a Phoebe por facilitarle el camino, Logan se dispuso a satisfacer la curiosidad de los demás de manera sucinta.

Linnet también escuchaba atentamente, sin duda añadiendo

sustancia a lo poco que le había contado antes, pero dejó que los demás hicieran todas las preguntas. Charles y Deverell eran experimentados interrogadores y sabían qué preguntar para aclarar la historia de Logan.

Cuando llegó a la parte en la que aparecía Linnet, Logan no se contuvo. Ella se sonrojó ante los cumplidos, sus sinceras alabanzas, intentó desviar la atención asegurando que no había hecho ni más ni menos de lo que habría hecho cualquiera, argumento que ninguno de los demás aceptó.

—No hay nada que hacer —Penny agitó una mano en el aire para mostrarse en desacuerdo con las palabras de Linnet—, estás hecha del material de una heroína. No sirve de nada intentar bajarte del pedestal. Vas a tener que acostumbrarte a la altura.

Las palabras de Penny hicieron callar a Linnet. Logan tuvo la impresión de que estaba abrumada lo cual, en su breve experiencia, era lo nunca visto.

Se apiadó de Linnet y resumió aprisa la experiencia en Plymouth, que los llevó al presente y a Paignton Hall.

Hicieron una pausa para que se llevaran los platos vacíos del postre.

—Entonces ¿tu misión es la de señuelo? —preguntó Deverell cuando los lacayos se hubieron retirado.

Logan asintió.

—Por el modo en que Royce está manejando los cuatro hilos de esta campaña —intervino Charles—, sospecho que Delborough también debe ser un señuelo. Sobre Hamilton no estoy tan seguro.

Logan pensó en sus compañeros, en Gareth y, sobre todo en Rafe, sobre el que todavía no tenía una información concreta. Se removió en el asiento, miró a Deverell en un extremo de la mesa y a Charles enfrente de él.

—¿Y ahora qué? ¿Cómo seguimos a partir de aquí?

—¿Nos acomodamos en el salón para hacer nuestros planes? —Deverell enarcó las cejas hacia Phoebe, sentada en el otro extremo de la mesa.

—Sí —Phoebe asintió con decisión—, vayamos. De todos modos, nosotras, las damas, no estamos dispuestas a dejaros a vosotros, los caballeros, a solas para contar secretitos mientras tomáis un oporto. Si queréis licor, traed los decantadores con vosotros.

Deverell consultó con Charles y Logan, pero dado que ninguno de ellos sentía la necesidad de más licores, dejaron los decantadores sobre la mesa lateral y siguieron a las damas, que encabezaron la comitiva hacia el salón.

Se produjo un pequeño revuelo cuando las niñeras llevaron a los pequeños Deverell y Saint Austell para que desearan buenas noches a los mayores. Logan se fijó en la sonrisa de Linnet, que estrechó la mano de los dos niños de Charles y de la hija mayor y el hijo de Deverell, y reconoció que sí, era un capitán de barco y que sí, su barco era grande con un montón de velas, un navío para el mar, no un barquito de vela, pero que todavía no había ordenado a nadie caminar por la tabla.

Satisfechos, los niños sonrieron resplandecientes, hicieron pequeñas reverencias y sacudidas de cabeza y se despidieron a coro.

Penny y Phoebe entregaron a los niños más pequeños, la hija de Penny y la segunda niña de Phoebe, a sus maridos para que las agitaran un poco, les dieran un beso y luego las devolvieran a los brazos de las niñeras.

Cuando la puerta por fin se cerró detrás del pequeño desfile, Penny fijó la mirada en el rostro de su esposo.

—Muy bien. Ahora cuéntanos cuáles son las órdenes que tienes.

Charles enarcó una ceja hacia Deverell.

—He enviado a un mensajero para informar a Royce de que Logan ha llegado a nosotros sano y salvo —Sentado al lado de su esposa, en el mismo diván, Deverell contestó—, y con el portarrollos todavía en su poder. Sin embargo, como Logan ha llegado con retraso a Plymouth, Royce ya nos ha enviado las órdenes para la siguiente etapa. Tenemos instrucciones de estar a Oxford la noche del diecinueve, iremos vía Bath, donde nos alojaremos en The York House. Habrá más órdenes esperándonos en University Arms, en Oxford. Nuestra meta final es la casa de Royce, Elveden Grange, muy cerca de Thetford, en Suffolk, pero él quiere que vayamos por una ruta muy específica y en un día muy concreto. Seguramente conoceremos la ruta y el día cuando lleguemos a Oxford.

—Dado que el enemigo sabe que estás en Inglaterra —intervino Charles, sentado junto a Penny en el diván de enfrente—, y casi con total seguridad nos seguirá hasta Totnes, sugiero que permanezcamos aquí a salvo y luego vayamos rápido en el mínimo de días necesarios para llegar a Oxford el diecinueve.

—Aquí desde luego estamos a salvo. —afirmó Deverell desviando la mirada hacia Logan—. Es prácticamente imposible atacar con éxito esta casa.

—¿Y cuál es el mínimo de días necesarios para ir de aquí a Oxford? —Logan inclinó la cabeza.

—Dos —contestó Deverell—. Siendo los días tan cortos, y al no querer viajar de noche... para no animar un ataque, nos llevará un día largo llegar a Bath y otro más corto de viaje hasta Oxford.

—Eso nos concedería cierta flexibilidad en cuanto a las carreteras por las que transitar —opinó Charles—, aunque supongo que nos ceñiremos básicamente a las vías principales.

—A no ser que tengamos motivo para hacer otra cosa, ese sería mi plan. —Deverell se reclinó en el asiento.

—De acuerdo —intervino Phoebe—. Hoy es dieciséis, eso nos deja mañana para hacer los preparativos y organizarlo todo, y pasado mañana partiréis hacia Bath.

Todos asintieron y Charles miró a Phoebe, y luego a Penny, a su lado.

—Todavía no me puedo creer que Minerva os haya invitado a vosotras y a los niños, y a las demás esposas con sus hijos también, a Elveden.

—Minerva —explicó Penny en deferencia a Logan y

Linnet— es la duquesa de Royce, una dama eminentemente sabía y sensata. Y ahora es una de las más grandes entre las *grandes dames*, de modo que, por supuesto, no podemos rechazar la invitación.

—Sobre todo cuando esa invitación se ajusta tan a la perfección con vuestros propios deseos—apostilló Deverell con cierta mordacidad.

Phoebe se esforzó por no sonreír mientras le daba una palmadita en la mano a su esposo.

—Así es. Sobre todo —miró a Penny— si nos marchamos pasado mañana —Desvió la mirada hacia Deverell—, supongo que vosotros partiréis al amanecer.

—Deberíamos partir con las primeras luces —Su esposo asintió con gesto de resignación—, incluso justo antes. Si va a haber alguna sorpresa, quiero que se produzca por nuestra parte.

—Bueno, pues entonces —Phoebe miró a Penny— no veo ninguna razón por la que no podamos marcharnos alrededor de una hora después.

—Si es posible —Logan se removió en el asiento y frunció el ceño mientras se imaginaba la situación—, sería más sensato esperar por lo menos unas cuantas horas. —Miró a Deverell y luego a Charles a los ojos—. Tenemos que dar por hecho que la secta nos va a localizar aquí, que puede que nos estén vigilando. Si nos marchamos, nos seguirán, pero sería preferible que no se dieran cuenta de que alguien más sale poco después.

—¿Por si se les ocurriera tomar rehenes? —preguntó Charles.

—No tiene ningún sentido correr riesgos. —Logan miró a Phoebe—. No empecéis a hacer preparativos, ninguno que pueda ser visto desde el exterior, hasta que hayan pasado por lo menos dos horas desde que nos hayamos marchado. Si hay otros esperándonos más adelante en la carretera, los que estén vigilando podrían quedarse por aquí un rato después de que nos hayamos marchado, pero si no sucede nada, no se quedarán… seguirán nuestros pasos.

Charles y Deverell asintieron con rotundidad.

—Eso es lo que debéis hacer. —Charles miró a su esposa—. ¿Dónde teníais pensado pasar la noche durante el viaje?

—Habíamos pensado llegar a Andover la primera noche, lo cual todavía sería posible. —Penny intercambió una mirada con Phoebe, que asintió—. Hay un hotel muy grande allí, y con nuestros guardias acompañándonos estaremos totalmente a salvo. El segundo día viajaremos a través de Londres hasta Woodford.

—A otro hotel muy grande, y de nuevo con mucha gente alrededor —intervino Phoebe—. Lo cual significa que llegaremos a Elveden sin problemas el tercer día. Estaremos allí para daros la bienvenida cuando lleguéis.

—Supongo —Charles miró a Deverell e hizo una mueca—, que dado que ninguna de vosotras consentirá en no ir, lo mejor que podemos hacer el rodearos de guardias.

—Aceptaremos todos los que nos quieras enviar, pero si me permites señalarlo, ya tenemos el aspecto de una procesión real.

Charles emitió un gruñido.

Linnet hizo una pregunta sobre Elveden Grange y la conversación se desvió hacia aguas menos turbulentas.

Linnet, Phoebe y Penny dejaron a los tres hombres recordando la guerra y su respectiva implicación en ella y subieron las escaleras dispuestas a descansar. El día había estado repleto de sucesos y, aparte de recuperarse físicamente, Linnet tenía muchas cosas que repasar y digerir. Tras despedirse de las otras dos en lo alto de las escaleras, encontró el camino hasta su cómoda habitación y lo que prometía ser una excelente cama.

Se desvistió bajo la luz de una pequeña lámpara que una doncella había dejado encendida, y permitió que su mente vagara sobre todo lo que había aprendido ese día: el verdadero peligro de la misión de Logan, la realidad de que ella era capaz de, y estaba dispuesta a, jugar una parte en esa misión, en su mente como su guardiana, su protectora, independientemente de lo que él pudiera pensar. El brusco cambio en su punto de vista sobre las damas de la aristocracia, la comprensión de que, por lo menos en cuanto al mundo de Phoebe y Penny, ella podría encajar perfectamente, pues pensaban como ella, tenían mucho en común, compartían muchas actitudes y tenían la misma poca paciencia con la pretensión social que ella. Tenía una fuerte sensación de que, dadas las circunstancias, las dos damas podrían ser tan valientes y guerreras como ella.

También le resultaban interesantes las actitudes de Deverell y Charles hacia sus esposas. Reveladoras, intrigantes, sus matrimonios desde luego no eran convencionales, o por lo menos no tal y como ella entendía el matrimonio convencional. Había muchas cosas que asimilar, un gran número de puntos de vista que reajustar y reescribir a la luz de lo que había observado. Pero un tema, una noticia, se extendía por su mente y capturaba cada vez más sus pensamientos, gobernando cada vez más toda su atención.

Logan era el hijo de un conde.

¿Qué significaba eso con respecto a ella?

Vestida con el camisón que le había prestado Penny, envuelta en la colcha para tener más calor, se situó junto a la ventana y estaba mirando hacia el revuelto mar mientras luchaba contra esa pregunta cuando la puerta se abrió y Logan entró.

—Me preguntaba si vendrías. —Linnet lo miró—. No tengo ni idea de qué habitación se te ha asignado.

—Podría decirte que fueron mis extraordinarias habilidades para el rastreo las que me han traído a tu puerta —Logan enarcó las cejas y se sentó en el borde de la cama mientras se agachaba para quitarse las botas—, pero lo cierto es que mi habitación está a dos puertas de la tuya, y al bajar para cenar pasé a su lado y oí tu voz. —Dejó a un lado las botas y la miró—. En cualquier caso, te habría encontrado. No estaba dispuesto a mantenerme apartado de ti.

—¿No estabas dispuesto a dormir solo? —Linnet se colocó frente a él aunque no se atrevió a acercarse.

Logan estudió su rostro a la luz de la lámpara, su gesto no le proporcionó ninguna información y los ojos estaban sumidos en sombras.

—No. —No tenía ningún interés en volver a dormir solo nunca jamás, no si podía evitarlo—. Sin embargo, si te estás preguntando si eso es en parte el motivo por el que insistí en que vinieras conmigo, la respuesta es no... Eso no se me ocurrió en su momento y no influyó en mi decisión. Pero ya que estás aquí, conmigo, no me imagino no acostarme contigo, no dormir contigo en mis brazos.

A Linnet le pareció que las palabras eran sinceras, pero aun así titubeó, los brazos envueltos en la colcha, la mirada fija en Logan.

—¿El hijo de un conde? —preguntó al fin con los labios apretados y la mirada afilada.

La pregunta fue formulada en un tono tranquilo, aunque cargado de intensidad. De intencionalidad.

—Mi padre era el conde de Kirkcowan —afirmó él mientras mentalmente maldecía su suerte.

—¿Era? Está muerto. ¿Quién es el conde ahora?

—Su hijo mayor. —Logan se levantó, se quitó el abrigo y lo arrojó sobre una silla cercana antes de empezar a desabrocharse el chaleco.

—Por la respuesta tajante, me atrevo a sospechar que no estáis unidos.

—Yo soy... —«Un bastardo» pensó antes de seguir— la oveja negra de la familia. —Tenía que decírselo, y sin duda ese era el mejor momento, pero todavía no había encajado todas las piezas. Era un comandante demasiado bueno como para cargar cuando las tropas aún no estaban preparadas—. No tienes por qué preocuparte por mis... elevadas conexiones —añadió apretando la mandíbula—. En todos los aspectos son irrelevantes.

—¿Lo son?

—Sí. —Dejó a un lado el chaleco y se volvió mientras ella se acercaba, pero Linnet se detuvo a un metro, estudió su rostro y, alzando la barbilla, desató y soltó su pañuelo del cuello.

Por su postura, los brazos doblados, por su expresión cada vez más decidida, por el ceño fruncido, estaba preparada para la batalla.

Sin duda alguna...

—Desde el principio aseguraste que regresarías a mí. Y, sin embargo, lo que has conseguido es llevarme contigo. —La mirada verde atrapaba los ojos de Logan—. Pero no puedes mantenerme a tu lado. Al final tendrás que dejarme marchar.

Él le sostuvo la mirada retadora con adamantina cabezonería y comenzó a desabrocharse la camisa.

—No voy a alejarme de ti. —«Bruja testaruda», pensó—. No voy a dejarte marchar. Ni ahora ni más adelante. Más vale que te acostumbres.

El bufido que soltó Linnet constató que estaba muy lejos de eso.

—¿Y cómo vas a conseguirlo?

Con su temperamento a punto de estallar, Linnet extendió un brazo, englobándolos a ambos y la cama. Sentía un terrible pánico por dentro, y eso la asustaba todavía más. La desesperada batalla en el estrecho patio, la carrera a través del laberinto con enemigos persiguiéndolos, la seguridad de que sus enemigos seguían allí, merodeando al otro lado de los gruesos muros de la mansión para caer sobre ellos de nuevo... Su reacción ante eso, y lo que esa reacción significaba y podría significar, la sacudía hasta la médula.

Se había enamorado de ese testarudo, irritante, imposible hombre, y jamás volvería a ser la misma.

Su corazón jamás volvería a ser el mismo.

Pero eso no significaba que fuera a permitirle que lo aplastara, que le causara más dolor... más dolor aún del que sentiría de todos modos cuando se separaran.

Linnet dio un paso hacia él y clavó su mirada en la de Logan.

—Me niego a permitirte mantenerme a tu lado. No seré retenida. —Levantó un dedo y señaló la patricia nariz de Logan—. No seré una mujer mantenida. No seré tu amante, esa que espera sentada en tu casa de Glenluce a que vuelvas.

Algo llameó en los ojos de Logan, una emoción tan fuerte que el rebelde corazón de Linnet dio un salto y sus nervios echaron a volar, pero rápidamente él apretó la mandíbula y sujetó lo que iba a decir.

—No te quiero como mi amante —masculló entre dientes con la mirada oscura.

—¿Cómo entonces? —Le sostuvo la mirada

—Te quiero como esposa, ¡maldita sea!

Linnet soltó lentamente el aire que había estado reteniendo.

—Esposa —afirmó. Había supuesto que se refería a eso, pero…—. Nunca habías hablado de matrimonio. Jamás mencionaste una sola palabra relacionada con él, con esposas, novias, bodas. —Se acercó beligerante y su genio empezó a surgir mientras las emociones se retorcían en su interior, todavía más fuera de control que antes. Por Dios, ¿cómo era capaz de hacerle sentir tanto? Volvió a señalar con el dedo, agitándolo bajo la aristocrática nariz de Logan—. Y ni te atrevas a sugerir que el hecho de que yo no haya creído oír campanas de boda sea una mancha en tu honor. Soy incapaz de leer tu condenada mente, y no es nada nuevo que los vástagos de la nobleza tienen amantes. ¡Es una tradición ancestral para los hijos de los condes!

Era la cuestión que había estado merodeando en su mente desde hacía horas. Se cruzó de brazos para levantar una barrera entre ellos y lo miró furiosa desde muy cerca.

Y para su sorpresa, él no le devolvió la misma mirada airada.

Con los puños cerrados a los lados del cuerpo, la mandíbula apretada, Logan controlaba el fuego… porque ella tenía razón. Había explicado sus intenciones a los hombres de Linnet, pero no a ella, no con claridad. Había jurado que jamás renunciaría ella, que insistiría en que, una vez libre, quería compartir su vida con ella, pero no había mencionado el matrimonio.

Había omitido decir lo que para él era obvio. Supuso que Linnet, al igual que él, había llegado a contemplar su relación como algo que cualquier hombre en su sano juicio buscaría formalizar, y que siendo, en efecto, una mujer en su sano juicio, ella lo vería bajo la misma luz... pero no lo había hecho.

Estaba claro que los pensamientos de Linnet no habían ido por esos derroteros. Derroteros de matrimonio. Votos y permanencia.

Y eso supuso un golpe para el orgullo de Logan, así como una repentina decepción... peor aún, una amenaza. Una amenaza a lo que él deseaba, no, a lo que él necesitaba que fuera su vida. Una amenaza a sus sueños de futuro.

Por otra parte no podía culparla. Ella siempre había afirmado que, tal y como lo veía, su relación acabaría inevitablemente. Pensaba que terminaría en Plymouth, pero él la había secuestrado y en esos momentos...

Logan le sostuvo la mirada y respiró hondo, lentamente, llenando los pulmones y esforzándose por aclarar la mente mientras intentaba pensar en la manera de seguir adelante. La descripción que había hecho Linnet de una amante sentada esperándolo en una casa en Glenluce... Esa imagen lo había sacudido, lo había herido en lo más profundo más que ninguna otra cosa. La idea de que él pudiese someterla a eso...

Pues esa había sido la vida de su madre. Pero jamás sería la de Linnet, no mientras él viviera.

Logan obligó a sus manos a abrirse, a su mandíbula a relajarse, y levantó lentamente las manos y las cerró con delicadeza sobre los brazos de Linnet para sujetarla mientras la miraba a los ojos.

—Estás molesta, irritada, y no es la primera vez que rechazas cualquier argumento que yo pueda formular en el sentido de que deberías haberte figurado cuáles eran mis intenciones, cualquier afirmación honrada de que, como caballero, jamás me habría acostado contigo, ni continuado haciendo el amor contigo si mis intenciones no hubiesen sido honorables...

Echando fuego por la mirada, ella abrió la boca...

—No, ahora te toca escuchar.

Con evidente fastidio, casi incandescente, ella accedió.

—Rechazaste esos argumentos antes de que yo los pronunciara porque ya habías hecho un repaso y comprendido que, desde un principio, podría ser que mis intenciones hubieran sido el matrimonio... y por eso asumiste que no lo eran. —Le sostuvo la mirada—. Pero sí lo eran. A Dios pongo por testigo que jamás se me habría ocurrido convertirte en mi amante, que no es así como yo te quiero. Te quiero en mi cama, pero también quiero desayunar contigo, pasar el día, el tiempo, contigo. Quiero cenar contigo, acompañarte en tus rondas y comprobar las puertas detrás de ti, y subir tras de ti por las escaleras hasta la cama. —Logan respiró hondo—. Así quiero yo que sea mi vida, mi futuro. Te dije que quería compartirlos contigo, pero no dije nada sobre el matrimonio porque podría morir, o quedar seriamente herido, y no tener una vida que compartir. Ya has visto a qué me enfrento, la secta está decidida a matarme y a hacerse con el portarrollos. Hasta que lleguemos al final de esto, no puedo, de una manera tradicional y honorable, hacer ninguna proposición formal y pedir tu mano. —Logan volvió a respirar hondo—. Pero lo que sí puedo decirte es que eres la mujer con la que quiero compartir el resto de mi vida, consientas en casarte conmigo o no. No voy a renunciar a ti voluntariamente y si bien, como me recuerdas sin piedad, no puedo obligarte a que te quedes conmigo, sí puedo, y lo haré, hacer todo lo posible para que cambies de idea.

Sin dejar de sostenerle la mirada, él la atrajo hacia sí y deslizó las manos despacio alrededor de la sedosa colcha en la que ella estaba envuelta.

—Te quiero como mi esposa —afirmó—, para amarte y respetarte, y nunca dejarte marchar desde el día en que intercambiemos nuestros votos.

Linnet parpadeó, lo vio inclinar la cabeza hacia ella, pero no se apartó.

Él leyó en su mirada, en la incertidumbre de su postura, en su inusual indecisión sobre si hundirse contra él o mantenerse rígida en sus brazos, que también estaba atrapada en un torbellino emocional.

Un torbellino inesperado. Las cosas no estaban saliendo entre ellos como al parecer ninguno de los dos había pensado.

Entenderla añadió un tono de amargura a su voz mientras, deslizando los labios por la sien de Linnet, murmuraba:

—Te deseo. Quiero tener una vida contigo, una vida tradicional de matrimonio consagrado contigo, y preferiría no tener que conformarme con nada menos. —Logan hizo una pausa y acarició la mejilla de Linnet con su aliento—. He sido soldado, comandante, durante toda mi vida adulta y voy a pelear por ti. Y ganaré. Haré todo lo necesario para ganar. Porque para mí no existe otra elección. —Inclinó la cabeza lo poco que le faltaba para que sus labios rozaran los de ella—. Eres mi futuro, el único futuro que quiero.

Logan la besó, apretó los labios sobre los de ella y la acarició. La abrazó con más fuerza, aliviado cuando ella se lo permitió más aún, se pegó a él… cuando Linnet se hundió despacio contra él, acomodándose, las caderas contra los muslos de Logan, el vientre firme acunando su erección.

Excitándolo todavía más.

Logan la deseaba con un poder, una fuerza, una cruda necesidad que lo desgarraba. Una necesidad que su discusión, la mala interpretación que había hecho Linnet de sus intenciones, no había hecho más que aumentar.

Esa no era una batalla que pudiera ganarse por la fuerza y el poder. Solo mediante la persuasión.

De manera que Logan se dispuso a persuadir, a mantener todo el poder, la fuerza y la salvaje envergadura de su necesidad bajo control… para que ella lo viera, lo sintiera, supiera que estaba allí, pero que, por ella, la mantenía a raya.

Él se apartó para mostrarle, demostrarle y revelarle, lo real y vital, lo vibrante y profundo que era su ardor. Su pasión, su deseo, su insondable necesidad de ella, algo que surgía de su corazón, no solo de su carne, que vivía en su alma, no solo en su mente.

Linnet sintió la diferencia, la intención de Logan. Sintió el pesado tirón de su corazón bajo la palma de la mano que ella había colocado sobre su pecho. Lo sintió en la manera en que los labios de Logan se movían sobre los suyos, seductores, persuasivos, sin tomar.

Y lo supo por la fuerza, masculina y exigente, aunque esa noche no resultara dominante, que se cerraba su alrededor, rodeándola con delicadeza.

Casi con reverencia.

Y aun así, la pasión aumentó, el ardor, el calor y las llamas, hasta que la necesidad de Linnet también creció. Hasta que los labios de ambos se volvieron ansiosos, hambrientos y necesitados, hasta que sus cuerpos se anhelaron.

Él la soltó y se quitó la camisa mientras ella le desabrochaba los botones de la cinturilla del pantalón y cuando él se apartó para quitarse los pantalones, ella dejó caer la colcha y se desató con premura las cintas del cuello.

Desnudo, él agarró el camisón y, con un tembloroso y contenido cuidado, se lo quitó por encima de la cabeza.

Después lo arrojó a un lado y alargó las manos hacia ella, que se arrojó en sus brazos.

Logan la levantó y ella, sin aliento, le rodeó la cintura con las piernas y el cuello con los brazos mientras daba un respingo, inclinaba la cabeza hacia atrás y él la llenaba lentamente.

La llenaba hasta que Linnet estuvo ahíta y completa entre sus brazos, mientras los dos, durante ese mágico instante, disfrutaban.

Después, Logan levantó la cabeza y sus labios encontraron los de ella, y la besó y ella lo besó, y se aferró a él mientras la movía.

Mientras la levantaba, la bajaba, se metía en su interior.

Sus cuerpos tenían prisa por hundirse y devorarse, pero él los contuvo. A pesar de que el martilleo de su mutuo deseo había escalado, aunque, firme, despiadadamente los empujaba hacia delante, él se tomó su tiempo, mantuvo el ritmo en una cadencia controlada y la enseñó.

Más.

Prodigó sentimiento y sensación, y un delicioso placer en ella, en su cuerpo. Alimentó su mente con otro tipo de felicidad, comunicada mediante las manos mientras sujetaba con firmeza su cuerpo, utilizado con miles de maneras para darle placer.

Y ella no pudo luchar contra eso, no pudo resistirse a la atracción. No pudo fingir que no veía, que no sabía, que no entendía lo que estaba haciendo Logan, lo que quería que ella viera.

Lo que quería que ella quisiera.

A él. Así. El resto de su vida.

Linnet podría haberle dicho que lo había comprendido, que esa misma necesidad era un dardo profundamente clavado en su corazón, en su alma. Pero no lo hizo. Echó la cabeza atrás y, respirando con dificultad, se sacudió todo pensamiento de la mente, se entregó al momento y cabalgó por un paisaje coloreado de sensaciones. Él la encontró, la atrapó, la empujó hacia arriba deprisa, con fuerza, hacia la cima del deseo, y ella estalló en una brillante incandescencia.

Mientras la tumbaba bocarriba sobre la cama, Logan la siguió y volvió a introducirse dentro de ella con fuerza, dureza y rapidez, profunda y poderosamente, otra vez. Linnet no encontraba palabras, no sabía qué decir.

Qué podría decir, qué debería decirle.

De modo que se deshizo de toda inhibición, se unió a él y le dejó conducirlos a ambos hacia un paisaje más rico, más vibrante, más brillante, más intenso... Liberó todos sus sentimientos para que inundaran su cuerpo y se encontraran con toda la pasión, el deseo, la necesidad que él le mostraba.

En ese momento Linnet aceptó lo que había entre ellos, lo que él sentía, lo que ella sentía, lo que en cierto modo habían creado juntos.

Porque era real.

Porque era poderoso, intenso.

Esa realidad estaba grabada en el rostro de Logan mientras, levantando la cabeza, gruñó y su cuerpo se tensó antes de estremecerse con la liberación.

Linnet lo acompañó, permitió que el poderoso placer la tomara, haciéndola estallar, mientras juntos volaban...

Regresaron a tierra abrazados el uno al otro.

Mientras él se derrumbaba sobre ella, sacudido y saciado, mientras ella lo rodeaba con sus brazos y lo abrazaba con fuerza y su cuerpo recibía su peso, su calor, saboreaba ese increíble momento de intimidad, Linnet tuvo que admitir que aquello estaba bien, que era real, que, por encima de todo era su realidad, la realidad de ambos.

Saberlo, reconocerlo, sería suficiente por esa noche.

Al día siguiente, bajo la dura luz de un día de invierno, ella lo sopesaría, lo evaluaría.

Iba a tener que hacer reajustes.

Porque aquello, y Logan, jamás la abandonarían. De eso estaba por fin segura.

Muy tarde por la noche
Bury Saint Edmunds, Suffolk

—¿Entonces, cuál es nuestra situación realmente?

En el dormitorio que Alex había elegido como suyo y de su hermano, en la casa temporalmente vacía, escondida tras los arcos de las ruinas de la vieja abadía, a la que se habían trasladado ese día, Daniel observaba a su amante caminar de un lado a otro.

Acababan de separarse de Roderick, que los había informado de que con la fuerte nevada que cubría la región, el ladronzuelo que el hombre de Roderick, Larkins, había introducido en el séquito de Delborough, acuartelado en esos momentos en Somersham Place con los Cynster, tendría que esperar a que amainara la tormenta antes de entregarle el portarrollos a Larkins en la cercana catedral de Ely.

—¿Por qué estás tan inquieto? —Daniel se agachó para calentarse las manos frente al fuego. La casa seguía helada. Su gente llevaba allí menos de un día, tiempo insuficiente para que los fuegos de las chimeneas hubieran eliminado el frío invernal—. Delborough no irá a ninguna parte con esta nieve, y Larkins parece haber montado una estratagema razonable para poner sus manos sobre el portarrollos del coronel. En ese frente solo tenemos que esperar y observar. No hay nada que tú y yo podamos hacer para mejorarlo.

Alex frunció el ceño mientras se mordía una uña... siempre una mala señal.

Daniel suspiró para sus adentros y continuó hablando con voz firme y tranquilizadora.

—Hamilton ha desembarcado, y dado el tiempo que hace, es poco probable que pueda desplazarse hacia el norte hasta dentro de unos días. Pero cuando lo haga, lo sabremos antes de que cruce el Támesis. En cuanto a los otros dos... un mensajero acaba de llegar con noticias.

Tal y como esperaba, la información llamó inmediatamente la atención de Alex.

—El barco de Monteith —continuó Daniel mientras sonreía para sus adentros—, en el que embarcó en Lisboa, no ha llegado a puerto. Se cree que se perdió en una tormenta en el Canal. —Miró a los pálidos ojos de Alex y sonrió fríamente—. Creo que podemos dar por hecho que, de un modo u otro, Monteith estará alimentando a los peces mientras nosotros hablamos.

Alex respondió con una sonrisa gélida, pero no dejó de moverse.

—¿No sabemos nada más sobre Carstairs?

—No, pero eso puede ser buena señal. Nos proporciona tiempo para ocuparnos de los demás sin tener a otro ya a la puerta de casa.

—Cierto. —Alex hizo una mueca.

Daniel esperó, tranquilamente, alguna explicación para la persistente preocupación que mostraba Alex.

—Es por esa idea del marionetista. —Alex agitó una mano en el aire—. Más que una idea... Tiene que haber alguien detrás de esto dirigiendo todo el plan y no sabemos quién es. Eso, querido, es lo que me preocupa. No soporto no conocer a nuestro oponente. —Alex se detuvo y miró a Daniel a los ojos—. Como dije antes, este marionetista es alguien de mucho poder.

—¿Estás seguro de que no se trata de Saint Yves?

—Sí. Si lo que dice Roderick es cierto, no es él. Saint Yves es... un teniente, por así decirlo. Lo cual no hace más que subrayar la posición de nuestro marionetista. Él gobierna a un nivel muy alto y está en alguna parte por aquí. —Alex se sentó en la cama y miró a Daniel con el ceño fruncido—. Es, como poco, preocupante que tengamos a alguien de ese calibre implicado.

Daniel se apartó de la chimenea y se detuvo delante de Alex mientras se preguntaba qué debía decir.

Alex podía ser una persona difícil. Pero al mismo tiempo, casi nunca se equivocaba.

—Quizás —se aventuró Daniel— Delborough o Hamilton podrían conducirnos hasta su marionetista... después de que los liberemos de sus portarrollos, por supuesto.

—Por supuesto. —Alex suspiró y se tumbó atravesado en la cama—. Ojalá pudiera tener la seguridad en que es Delborough quien lleva la carta de Roderick. De ese modo, en cuanto la tengamos, podremos abandonar este gris, inhóspito y húmedo lugar, y nunca tendremos que enredarnos con el marionetista.

—Yo pensaba —Daniel se inclinó sobre Alex—, que te gustaban los desafíos.

Alex sonrió a su hermano con sus ojos pálidos como el hielo invernal.

—Únicamente cuando estoy seguro de ganar, querido. Solo entonces.

CAPÍTULO 12

17 de diciembre de 1822
Paignton Hall, Devon

Linnet bajó tarde a desayunar. Al entrar en el salón descubrió que la causa de su tardanza ya había roto su ayuno y había salido a cabalgar con Charles y Deverell.

—Por supuesto —explicó Penny—, si bien tienen mucho cuidado en no mencionarlo, están ansiosos por ver si encuentran a algún sectario que pudiera estar vigilando este lugar.

—¿Has dormido bien? —Desde su lugar a la cabeza de la mesa, Phoebe sonrió a Linnet.

La pregunta podría haber resultado inocente si no fuera por el brillo en la mirada de su anfitriona.

Por suerte, esa pregunta podía contestarla Linnet con absoluta sinceridad.

—Sí. —Se sentó frente a Penny, sacudió la servilleta y se volvió para darle las gracias al mayordomo que acababa de servirle una bandeja de tostadas—. Estaba tan agotada que he dormido como un tronco. —Se volvió hacia sus nuevas amigas y respondió con la verdad.

Penny rio por lo bajo y Phoebe sonrió.

Tras completar el ritual de mordisquear la tostada y beber té a sorbos, un ritual que no se diferenciaba mucho del desayuno habitual de Linnet en Mon Coeur, Phoebe y Penny anunciaron que le ayudarían a hacer el equipaje, y así a cambio ella les ayudaría a hacer el suyo y el de sus hijos.

Las dos damas y sus niños la mantuvieron ocupada y entretenida durante la mayor parte del día, pero a pesar de todo, una y otra vez, Linnet descubría su mente vagando hacia otros asuntos. Asuntos personales.

Nada sorprendente. Su hombre imposible estaba decidido a casarse con ella.

Linnet no había considerado seriamente cuáles eran las intenciones de Logan, no hasta el día anterior, cuando el espectro de que la deseara como amante había sobrevolado tras la revelación de su condición de hijo de un conde. Pero, muy al contrario de lo que ella le había permitido desear, sí que había asumido inconscientemente que el matrimonio era la meta de Logan.

En cualquier caso, Linnet no había dedicado tiempo a considerar la perspectiva porque estaba convencida de que él se marcharía de Guernsey para proseguir su misión, y que la consiguiente separación determinaría su relación, y su impulso de casarse con ella se marchitaría y moriría. Pero después de que se la hubiera llevado con él y que ella decidiera, se sintiera obligada a permanecer a su lado, no iba a producirse ninguna separación inmediata y, lejos de marchitarse y morir, lo que había surgido entre ellos estaba haciéndose más profundo, floreciendo y creciendo cada vez más fuerte.

Mientras abrillantaba sus cuchillos y el sable sentada en el asiento de ventana de su habitación, y Phoebe y Penny revolvían entre la ropa, casi toda de ellas dos, para elegir la que debería llevarse, Linnet reflexionó sobre ese hecho. Sobre la dirección que Logan había señalado sin cesar esa mañana de un modo forzosa e innegablemente emocional. Estaba empeñado en casarse con ella, y no era solo sincero, se mostraba decidido, empecinado y tan cabezota como ella.

La mayoría de las damas estarían absoluta, delirantemente encantadas, pero ella era quién era, y hacía años que había renunciado a toda idea de casarse, a toda esperanza de hacerlo. A fin de cuentas era la reina virgen en su reino. No había visto ninguna posibilidad de casarse sin renunciar a la responsabilidad y la capacidad para actuar en consonancia con su derecho por nacimiento.

Y eso, las dificultades surgidas de ser una reina virgen, era lo que Logan estaba poniendo a prueba. Linnet sospechaba que él era consciente de esto. Era una cuestión de poder y mando, y el ejercicio de ambas cosas era algo que él entendía bien, algo con lo que tenía una prolongada y auténtica experiencia.

Logan, en efecto, la estaba desafiando. Para que reconsiderara, repensara. Explorara.

Se arriesgara.

¿Y si se casaba con él? ¿Funcionaría un matrimonio entre ambos? ¿Cómo podría saberlo? ¿Cómo podría decirlo?

Sin embargo la respuesta era vital, y no solo para ella. Toda su casa, sus tutelados, todos los que navegaban para Barcos Trevission se verían afectados si las cosas salían mal.

Ese era el gran desconocido. Otro obstáculo era, al menos para ella, claramente obvio. Ella era una dama por nacimiento. Y podría reclamar por derecho propio ser llamada la honorable Linnet Trevission, pero su vida nunca había sido la de una dama, desde luego no la de una dama que se casaba con el hijo de un conde…

Mientras su mente permanecía atascada, Penny se acercó con los pantalones de cuero de Linnet en las manos.

—Todavía me hacen sentir locamente celosa, pero por lo menos sé que dentro de poco tendré un par para mí. No estaba segura de si los doblas o los enrollas para guardarlos en el equipaje.

—Los enrollo. —Linnet los tomó y le hizo una demostración—. Cuantas menos arrugas queden, más durarán.

Durante unos minutos charlaron sobre el cuidado del cuero, qué hacer, qué evitar, antes de que Phoebe las llamara.

—Linnet, ven y elige qué vestido llevarás puesto mañana. —Tras contemplar las opciones colocadas sobre la cama, Phoebe frunció el ceño—. Me estaba preguntando si había algún modo de llevar encima el sable, aunque oculto.

Mientras consideraba las posibilidades, en la mente de Linnet seguía resonando el temor de no ser la clase de dama adecuada para Logan.

Finalmente se sentó en la cama y levantó la mirada hacia Phoebe y Penny.

—Contadme, antes de casaros, ¿hubo algún momento en que os preguntarais si erais... no sé cómo decirlo, lo bastante damas para él?

Tanto Phoebe como Penny la miraron con gesto sombrío y se dejaron caer sobre la colcha.

—Para mí —comenzó Penny— no fue eso. Yo soy hija de un conde y conozco a Charles de toda mi vida. Nos movíamos en los mismos círculos sociales y nuestras familias se frecuentaban. Mi problema no era social, era más bien una duda de si era suficiente mujer para aceptarlo por completo, todas esas partes que nos había ocultado a todos, no solo a mí, sino a toda su familia. Era como intentar abrazar a un hombre cuya mitad permanecía siempre en la sombra. En su momento me pregunté si sería lo bastante fuerte como para verlo en su conjunto, conocerlo por entero y, a pesar de todo, seguir amándolo, no solo al jovial y aventurero que cualquiera que tuviera ojos en la cara podía ver, sino al devoto y mortífero espía que había debajo. —Hizo una pausa y una expresión que Linnet solo pudo definir como de serena felicidad iluminó sus rasgos al sonreír—. Pero descubrí que sí que era lo bastante fuerte, y todavía estoy recogiendo las recompensas.

—Bueno... —Phoebe se dio unos golpecitos en la barbilla con el dedo—. Yo sí que me pregunté en su momento si era adecuada, «adecuadamente adecuada», podría decirse. Ya estaba implicada en la agencia, que me ocupaba casi todo el tiempo del que disponía, y me había convencido a mí misma de que el matrimonio no era para mí. —Sonrió con una expresión de tanta felicidad como la de Penny—. Deverell me convenció de lo contrario, pero percibo los paralelismos con tu situación. —Phoebe miró a Linnet a los ojos con comprensión—. Lo que hay que recordar es que, si bien puede que nosotras no seamos las damas más convencionales del mundo, ellos, sin ninguna duda e indiscutiblemente, no son caballeros convencionales.

—Eso es cierto. —afirmó Penny—. Nuestros caballeros son mucho más. Y como tales, me he dado cuenta de que las damas convencionales no son de su gusto y, más aún, es poco probable que sean capaces de manejarlos —afirmó con decisión—. Ese es mi relato, y tengo intención de aferrarme a él. Sin embargo —Se levantó—, quizás te guste saber que ni uno solo de los antiguos operativos de Royce, ni el propio Royce, se ha casado con una dama convencional. —Hizo una pausa y ladeó la cabeza—. Minerva es probablemente la que muestra una imagen más convencional, y Letitia y Clarice… las conocerás a todas en Elveden. Pero incluso esas tres… en cuanto conozcas sus pasados, y si les planteas un desafío, un problema o, que Dios no lo quiera, amenazas a alguien a quien estiman, entonces descubrirás algo que se sale bastante del dominio de lo convencional.

—Desde luego. —Phoebe soltó un bufido—. De todas nosotras, esas tres no dudarían ni un instante en atacar al mismísimo ministro de Justicia y reducirlo a un despojo. En cuanto al príncipe regente, lo más probable es que acabara balbuceando.

Tanto Phoebe como Penny sonrieron como si se deleitaran ante la idea.

A lo lejos sonó un gong. Phoebe contempló la ropa pulcramente doblada sobre la cama.

—Vamos. Apartaremos lo de mañana y guardaremos todo lo demás. Después de comer podemos empezar con el equipaje de los niños.

Con muchas cosas en las que pensar y el corazón todavía dubitativo, Linnet siguió a su anfitriona.

Después de comer, acompañó a Phoebe y a Penny hasta el cuarto de los niños, que ocupaba la mayor parte de la planta superior de una de las alas irregulares de la casa. En un extremo había una gran estancia circular que ocupaba una de las torres del viejo castillo. Con las grandes ventanas que proporcionaban unas maravillosas vistas del mar y la costa, era el lugar perfecto para que jugaran los niños.

Enseguida se hizo evidente que el mejor modo en que Linnet podía ayudar con el equipaje de los niños era distrayendo a los cuatro mayores. Aprovechándose de su condición de capitán del Esperance, no tuvo ninguna dificultad en llevárselos hacia los amplios bancos bajo las ventanas de las habitaciones de la torre. Instalados allí, jugaron a encontrar el barco, luego a encontrar el pájaro. Dado que de lo segundo había muchos ejemplares muy visibles, y dado que la fascinación de los niños por los barcos todavía no había menguado, se mostraron felices al señalar y demostrar su conocimiento, discutiendo, y luego escuchando, mientras Linnet explicaba y corregía. Al final, ante una sugerencia suya, empezaron a inventar historias sobre los barcos que veían, sobre los viajes, sus capitanes y tripulaciones.

Apoyada relajada contra el marco de la ventana, Linnet sonrió, rio y animó la fantasía de los niños... Los tres chicos eran especialmente inventivos al describir piratas y tesoros y batallas en el mar.

La hija de Phoebe, Jessica, cansada de tantas tonterías, se sentó al lado de Linnet, alargó una mano y acarició el moño suelto. Su rostro se iluminó de inmediato ante el tacto sedoso.

—¿Te lo puedo trenzar? A veces le arreglo el pelo a mamá.

Linnet sonrió a unos ojos verdes muy parecidos a los suyos, e incluso más parecidos aún a los de Phoebe.

—Si quieres. —Se giró para que Jessica pudiera arrodillarse a su espalda y levantó las manos para quitarse las horquillas que sujetaban el moño. Cuando los cabellos cayeron en cascada sobre sus hombros, Jessica soltó una exclamación de admiración y deslizó sus pequeños dedos por los mechones.

—Una trenza grande —decidió la niña.

Linnet sonrió y se prestó a ello, dedicando su atención a zanjar una discusión sobre los méritos relativos de la espada frente a los cuchillos para deshacerse de los canallescos piratas.

Jessica era delicada y utilizaba sus dedos cuidadosamente para peinar los largos cabellos de Linnet antes de trenzárselos. Tuvo que comenzar varias veces, deshaciendo la trenza para rehacerla con más fuerza, recta, pero al final se apartó de la espalda de Linnet y corrió hacia la estancia principal, de la cual regresó en pocos segundos con un lazo.

Volvió a trepar detrás de Linnet y frunció el ceño concentrada mientras ataba el final de la trenza, se apartaba y se sentaba sobre los talones para supervisar el resultado. Y sonrió. Una enorme y hermosa sonrisa.

—Ya estás. —La niña colocó la gruesa trenza sobre el hombro de Linnet y le dio una palmadita—. Así quedará aseada.

—Gracias. —Linnet se inclinó hacia delante y besó la cabeza de Jessica. Se apartó y echó un vistazo a la trenza ligeramente torcida—. Es preciosa, pero no te disgustes si después tengo que cepillarme el pelo y recogérmelo para cenar. —La miró a los ojos con convicción—. Las damas tenemos que hacer esas cosas.

—Lo sé —afirmó Jessica con gesto solemne—. Mamá también tiene que hacerlo.

—Y nuestra mamá también —intervinieron a coro los hijos de Penny.

Linnet se echó a reír y, abriendo los brazos, consiguió abrazarlos a todos. Los acunó durante un momento, los brazos llenos de cálidos, confiados, enérgicos cuerpos, cuerpos que reían cuando ella los soltó... muy despacio.

Se irguió despacio y recorrió la habitación con la mirada antes de parpadear y volverse hacia la ventana.

—Mirad... ¿eso que está ahí fuera es un barco de remos o un barco pesquero?

Los niños corrieron a la ventana, se arrodillaron y miraron hacia fuera para verlo mejor, y discutieron entre ellos cuando localizaron el barco que ella les señalaba y que se balanceaba sobre las olas en la bahía.

Ella respiró hondo y les dejó que discutieran entre ellos y aprovechó el momento para recuperarse.

Deseaba tener hijos.

Había olvidado hasta qué punto lo deseaba. Hacía tanto tiempo que enterró ese deseo que había olvidado lo mucho que le dolió, y durante cuánto tiempo, cuando tomó la decisión de no casarse.

En ese momento ya había empezado a acoger a sus tutelados, se había dicho a sí misma que con ellos bastaría, que sería suficiente para absorber y satisfacer cualquier instinto materno que tuviera.

Pero no era ese lo que le dolía en su interior, lo que le hacía apretar el puño contra el pecho, esforzarse por respirar hondo.

En el instante en que los chicos habían hablado a coro, en su mente surgió un pensamiento de la nada, aunque no tanto, un pensamiento errante de cómo sería contemplar unos ojos color azul medianoche que brillaran con ese grado de travesura. Cómo sería ver unos ojos así reír ante ella en un rostro inocente.

Y había deseado, durante ese breve instante, había soñado tener un hijo de Logan. Hijo o hija, su visión no había sido tan específica, pero la idea de un pequeño Logan correteando salvaje...

le había provocado un profundo dolor.

Había vuelto a abrir la vacía y profunda cueva que había bajo su corazón.

Respiró hondo y obligó a sus pulmones a funcionar, mientras volvía a parpadear, se erguía en el asiento y luego se volvía para mirar por la venta.

—Se trata de un esquife de pesca —intervino después de unos minutos—. ¿Veis la redes que arrastra? Mirad cómo se agita el agua detrás de él.

Linnet estuvo más que dispuesta a acompañar abajo a Phoebe y a Penny cuando ellas declararon que era hora de hacer su propio equipaje. Penny aseguró que el suyo era una simple cuestión de volver a guardar todo lo que había llevado a Paignton Hall, no había ninguna decisión que tomar, de modo que Linnet y ella acompañaron a Phoebe al interior de su vestidor.

La siguiente hora, y algo más, pasó rápidamente. Linnet dejó a un lado sus elucubraciones privadas y se abrió a la novedad de la experiencia de reír, de disfrutar en compañía de unas damas que estaban en sintonía con ella. Entonces sonó el primer gong y fue el momento de vestirse para cenar.

De nuevo en su habitación, Linnet se lavó y se puso uno de los vestidos que Penny le había prestado. Delante del tocador, deshizo a la trenza de Jessica. En lugar de llamar a una doncella, decidió cepillarse los cabellos y volver a trenzarlos, en esa ocasión en dos trenzas apretadas que pudiera enroscar alrededor de la cabeza y sujetar simulando una brillante diadema dorada.

Estar sola le permitió pensar, repasar los eventos del día y considerar todo lo que había sentido, todo lo que había salido a flote mientras estaba con las otras dos damas, ya casadas, y sus hijos.

Sobre todo con los niños.

Podría incluso darse el caso de que ya llevara al hijo de Logan en su seno. Dado que sus anteriores incursiones en la intimidad habían sido tan breves, había ignorado el riesgo de un embarazo, y con Logan... había olvidado recordarlo. Sus intercambios habían sobrepasado con mucho una única ocasión y, desde luego, continuarían..

Por mucho que lo intentara, Linnet era incapaz de ver un embarazo de un hijo de Logan como otra cosa que no fuera una bendición, una felicidad.

Y eso hizo que sintiera aún más inquietud.

Linnet bajó pronto al salón. Penny y Charles ya se encontraban allí, además de Deverell. Logan llegó poco después y por último Phoebe. Mientras charlaban e intercambiaban experiencias del día, ella observaba vigilante, tomaba nota de cómo Charles y Deverell interactuaban con Penny y Phoebe, y viceversa.

Desde que los conocía mejor a todos, veía, detectaba, la auténtica conexión que fluía en cada pareja. Un sincero afecto, un toque de orgullo, de protección y, cierto, incluso en ese ambiente, cierta posesividad por parte de los hombres y un recíproco, aunque más abierto afecto por parte de las mujeres, una aceptación y una confianza profunda en todo lo que sus hombres eran y proporcionarían. Si ella buscaba alguna demostración de cómo sería una base sólida para un matrimonio entre personas como ellos, ahí la tenía, delante de sus ojos.

Logan se colocó al lado de Linnet mientras seguían a Phoebe hasta el comedor, y aprovechó el momento para estudiar su rostro y preguntarse en qué estaría pensando. Se había fijado en cómo observaba a los demás, en su silencio, mayor de lo acostumbrado. La había visto completamente absorta y escuchando con avidez, como si estuviera estudiando lo que sucedía a su alrededor.

Le sujetó la silla para que se sentara y se acomodó a su lado. De inmediato desvió su atención a la sopa que le acababan de servir.

La conversación cesó poco a poco mientras todos cenaban.

No sabía qué estaría sucediendo dentro de la cabeza de Linnet. No sabía qué debía, o no debía decir en ese momento. Se encontraban en un paréntesis, un frustrante interludio durante el que no podían seguir adelante, no podían tomar decisiones, tenían que esperar a que los problemas externos se resolvieran antes de poder hacer nada en absoluto.

Y en efecto, el día entero había supuesto una frustración para él. A caballo junto a Charles y Deverell, había cabalgado alrededor de Paignton, haciendo un amplio barrido, pero no habían encontrado ningún rastro de sectarios. Ningún vigilante, ni sectarios ni locales contratados, ninguna pista de los habitantes de los pueblos de alrededor sobre la presencia de forasteros.

Quizás se habían deshecho temporalmente de la secta, pero, tal y como les había asegurado a Charles y a Deverell, estarían vigilando en las carreteras principales hacia el norte y el este, conscientes de que él intentaría huir en esa dirección en algún momento.

Mientras cabalgaban por los caminos y los campos, Logan había tenido tiempo para reevaluar su estrategia personal, para reafirmarse en la idea de que mostrarle a Linnet el hombre que era, el hombre en el que le habían convertido los años, dándole a ella la oportunidad de ver por sí misma qué clase de hombre era, qué había hecho con su vida hasta ese momento, proporcionándole hechos con los que juzgar qué podría aportarle a ella y a Mon Coeur, y todo antes de hablarle de su condición de bastardo, era la decisión más acertada.

La decisión que lo llevaría con mayor probabilidad al éxito.

La inclusión de Linnet en el grupo durante la última etapa hasta Elveden significaba que ella iba a tener la oportunidad de ver con sus propios ojos y evaluar su estatus, su círculo de amigos, sus logros pasados, sus capacidades, incluso iba a poder hacerse una idea de su riqueza.

Él podría explicárselo todo, recitarle todo el catálogo, pero prefería que ella lo viera por sí misma y llegara a sus propias conclusiones. Sería más rápido, más directo, más seguro.

Sobre todo dado que él no sabía exactamente cómo iba a reaccionar Linnet a la revelación de que era un bastardo, si bien un bastardo noble. En la alta sociedad sería aceptado como el hombre que era. Él no navegaba en el mismo barco que el bastardo habitual, cuya madre provenía de una clase inferior. En su caso, su madre también había pertenecido a una familia de la alta nobleza. Su posición era más parecida al de los hijos de la vieja lady Melbourne, todos los cuales eran ampliamente conocidos por haber tenido padres diferentes, y ninguno era de lord Melbourne.

La sociedad aceptaba a Logan, siempre lo había hecho, pero ¿lo aceptaría Linnet? A algunas personas les resultaba más difícil que a otras ignorar un nacimiento bastardo.

No creía que su nacimiento fuera a suponer un problema para Linnet, pero mientras vaciaba el plato de sopa, tuvo que reconocer para sus adentros que, cobardemente, no quería correr el riesgo.

Se había enfrentado a armas y a cañones, había dirigido cargas en la batalla, pero Linnet era tan importante para él que no quería correr ni siquiera el más mínimo riesgo de que ella lo rechazara, no sí era evitable de algún modo.

De manera que esperaría hasta el final de la misión para darle la noticia. Aparte de eso, desde la mañana del día siguiente, su misión sería prioritaria, y ellos dos iban a tener que dejar forzosamente a un lado todas las cuestiones personales.

Phoebe miró a su esposo, sentado al otro lado de la mesa y luego a Charles.

—Bueno, más os vale a vosotros dos explicarnos el plan que habéis ideado para nuestro viaje a Elveden.

Logan rio para sus adentros mientras Deverell y Charles obedecían.

Los tres habían pasado la tarde organizando los preparativos necesarios, eligiendo al cochero que viajaría con Linnet y con él, preparando el carruaje en el que irían. Después Charles y Deverell habían centrado su atención en los otros dos carruajes que transportarían a Penny y a Phoebe, así como a los niños, en su viaje al este, organizando a los conductores, los guardias, y las armas.

Los preparativos de Charles y Deverell lo habían impresionado, tranquilizado y reasegurado. Ni siquiera se imaginaba a la secta superando la caravana, fuerte aunque discretamente armada, que habían organizado. Los guardias eran experimentados, leales, y conocían bien su trabajo. Penny, Phoebe y los niños estarían a salvo.

La idea lo inquietó. Miró a Linnet, sentada a su derecha, absorta en la discusión, silenciosa aunque sin perder detalle. Logan permitió que su mirada se posara en su rostro, en la delicadeza bajo la determinación.

Algo en su interior se removió, pero apartó la mirada antes de que ella lo percibiera.

Ella también debería estar a salvo... él debería mantenerla a salvo, del mismo modo que Charles y Deverell estaban centrados en mantener a Penny y a Phoebe a salvo.

Logan frunció el ceño para sus adentros sin poder evitar

preguntarse si mantenerla a su lado, y por tanto saber que estaba a salvo y él aliviado de su ansiedad en ese aspecto, sería lo mejor para ella... o solo lo mejor para él.

Todavía fruncía el ceño para sus adentros cuando, concluida la cena, se levantó con los otros dos hombres y siguió a las damas al salón.

Todos se retiraron bastante temprano. Los planes para el día siguiente exigían partir antes del amanecer, por lo menos los tres hombres y Linnet. Penny y Phoebe también estarían levantadas a esa hora para ayudar a sus esposos y luego despedirlos.

Linnet permanecía junto a la ventana de su dormitorio aprovechando concienzudamente los minutos, antes de que Logan se reuniera con ella, para evaluar la situación, para fijar en su mente dónde estaban ellos dos antes de embarcarse en un viaje que sería, sospechaba ella, parecido a pasar por baquetas. Ellos correrían y la secta atacaría. Por lo que había oído de las suposiciones de los hombres, así esperaban que se desarrollaran los siguientes días.

No había tiempo, no era el momento oportuno para tomar ninguna decisión sobre ellos dos, pero Linnet no quería encontrarse al final del viaje sin una idea clara de dónde estaban, qué preguntas seguían sin respuesta, qué debía hacer después.

Logan había declarado que quería casarse con ella, que esa era su firme intención. La reacción inicial de Linnet había sido la de pensar que jamás podría ser la clase de esposa que él necesitaba, pero después de convivir con Penny y Phoebe, y observar a Charles y Deverell, de ver y sentir cómo funcionaban sus matrimonios, había cambiado de opinión. Sí podría ser una esposa adecuada para él.

Suponiendo que fuera capaz de cumplir las expectativas últimas de Logan, sus requerimientos específicos. Ese era un asunto que no habían discutido y para el que no había tiempo en ese momento.

Miró hacia la noche e hizo una mueca. No le gustaba sentirse indecisa, pero era incapaz de decidir si iba a poder ocupar una posición sin saber cuáles eran las especificaciones, antes de comprender qué implicaba esa posición, pero cualquier discusión en ese sentido tendría que esperar hasta que la misión de Logan hubiese concluido.

Aparte de esa salvedad, hasta donde ella podía ver, solo quedaba un obstáculo, aunque grande y a muchos niveles, pero hacerle frente antes de decidir aceptar la proposición de Logan carecía de sentido.

Lo que ella ya no podía hacer era negarse a seguirle los pasos, no después de ese día, no desde que sabía, sin ningún lugar a dudas, todo lo que él le ofrecería.

Aparte del hecho de que la reina virgen ya no permanecería virgen al llegar a la vejez.

Hijos. Nunca había considerado tener hijos. Todavía seguía sin podérselo imaginar. Solo con Logan. Con Logan... sí podía, y si se casaba con él, Dios mediante, llenaría ese doloroso y vacío hueco que residía más abajo de su corazón.

Oyó pisadas al otro lado de la puerta y se apresuró a repasar sus pensamientos. Asintió para sus adentros. Hasta donde era capaz, sabía dónde estaba.

Alargó los brazos y echó las cortinas sobre las ventanas. Se giró y esperó a que él entrara en la habitación, la viera, cerrara la puerta y avanzara hacia ella. Había dejado una vela encendida sobre el tocador y, bajo la suave luz, vio que Logan... No era exactamente un ceño fruncido, pero la expresión estaba allí, en sus ojos.

—¿Qué sucede?

A Logan pareció sorprenderlo que ella preguntara, y solo entonces permitió que el gesto se materializara en un ceño fruncido.

—Estaba pensando... —Se detuvo delante de ella, hizo una mueca y deslizó ambas manos en los bolsillos de los pantalones mientras bajaba la mirada—. Estaba pensando que quizás estarías más segura viajando con las otras damas.

Linnet parpadeó. Quizás en efecto estuviera más segura con Penny y Phoebe... pero ¿y él?

—No. —Apretó los labios en un gesto que muchos habrían descrito como de testarudez, captó la mirada de Logan y sacudió la cabeza con decisión—. Desde luego que no. Yo voy contigo.

—Pero... —Logan apretó los labios.

—No. —Se volvió y se dirigió hacia la cama—. No, no, no. —Se giró bruscamente y lo fulminó con la mirada—. Me arrancaste de mi maldito barco delante de toda mi tripulación, por el amor de Dios... Y sí, sé que conseguiste que te apoyaran en tu descabellado plan convenciéndolos de que lo más seguro para mí era ir contigo... Pero eso no cambia el hecho de que fue idea tuya que yo viniese, que viajara contigo hasta el final de tu misión. De manera que ahora, no. No vas a cambiar de melodía. —Levantó la barbilla y le sostuvo la mirada—. Me quedo contigo, viajaré contigo hasta que finalice tu misión y eso, por lo que a mí respecta, es inamovible.

Logan la estudió durante largo rato antes de enarcar las cejas. Sacó las manos de los bolsillos y se acercó lentamente a ella.

Se detuvo delante y la miró a la cara.

Sus ojos seguían teniendo esa expresión de preocupación.

—¿Estás absolutamente segura de que es eso lo que quieres... Enfrentarte a los riesgos que puede que tengamos que correr?

Linnet buscó en sus ojos y oyó en su interior la resonancia entre la misión de Logan y sus vidas, el futuro putativo que seguía sin estar resuelto. «A los riesgos que puede tengamos que correr». La misma pregunta se aplicaba también en la otra esfera.

¿Sería la respuesta la misma?

Ella no lo sabía, pero sí sabía cuál era la respuesta correcta allí y en ese momento.

—Sí. Estoy absolutamente segura.

—De acuerdo. —Él asintió lentamente.

Pero su expresión no se relajó.

En un fugaz instante de clarividencia, Linnet comprendió el problema de Logan.

—Deja de preocuparte. —Le rodeó el cuello con los brazos y se acercó más a él—. Es mi decisión, y tú estarás allí, a mi lado todo el tiempo, en caso de que necesite que me rescaten.

Se apretó contra él, sintiendo los brazos de Logan levantarse instintivamente y abrazarla, y contempló sus labios y permitió que los suyos se curvaran antes de, mirándolo a través de las pestañas, sostenerle la mirada.

—Tú solo recuerda lo agradecida que me podría sentir si, en efecto, tienes que rescatarme.

Logan suspiró y cedió. Inclinó la cabeza.

—Cualquier cosa mientras estés a salvo —susurró él sobre sus labios.

—Lo estaré —respondió ella en otro susurro—. Porque tú estarás allí.

Con la última palabra, Linnet lo besó y él se lo permitió, le permitió dirigir por una vez. Le permitió disfrutar haciéndole disfrutar a él, antes de tomar delicadamente las riendas y devolverle el placer.

En toda su medida.

Una y otra vez, no con palabras sino con hechos, devoción, compasión y deseo espoleado por el hambre y la necesidad, por la verdad de todo lo que le había dicho, que ella era la mujer que deseaba, la que codiciaba, que para él, ella lo era todo.

Todo lo que deseaba, todo lo que necesitaría jamás.

Mucho más tarde, cuando ella estaba saciada y relajada bajo su cuerpo, los dedos revolviéndole distraídos los negros cabellos, Linnet vio en su interior una verdad que hasta entonces había pasado por alto.

Logan era todo lo que deseaba, todo lo que necesitaría jamás.

CAPÍTULO 13

18 de diciembre de 1822
En la carretera de Paignton Hall a Exeter

Sufrieron la primera emboscada a unos ocho kilómetros de Paignton Hall. La espesa niebla ocultaba la costa. La repentina aparición del carruaje entre las tinieblas sorprendió a los ocho sectarios adormilados que acampaban al otro lado del foso. Rápidamente se levantaron para formar una barrera humana que atravesaba la carretera, mientras blandían las espadas cortas.

El cochero, David, a quien, en opinión de Linnet, habían elegido Charles y Deverell por su descuidado entusiasmo, hizo chasquear el látigo para cargar contra ellos. Gritando y chillando, los sectarios se dispersaron saltando a un lado y de nuevo hacia el embarrado foso.

Linnet vio bocas abiertas y rostros sorprendidos al paso del carruaje a toda velocidad.

—Bueno —observó Charles mientras volvía a envainar la espada, se acomodada en su esquina y cerraba los ojos—, esto se ha pasado sin ningún incidente.

Linnet meneó la cabeza para sus adentros y se arrebujó en la capa que llevaba sobre el vestido rojo de viaje y, con el sable cómodamente colocado contra su cadera, se acomodó en su propio rincón, opuesto al de Charles en diagonal. Deverell estaba sentado frente a ella y Logan a su lado.

Habían abandonado Paignton Hall bajo un frío helador una hora antes del amanecer. Phoebe y Penny los habían despedido en las escaleras agitando una mano en el aire. La absoluta confianza de las dos damas mientras despedían a sus esposos, asegurándoles que pronto se verían todos en Elveden había resultado contagiosa.

Un buen presagio cuando uno se dirigía al encuentro de los villanos.

—He contado cinco a este lado —murmuró Deverell.

Linnet lo miró.

—Tres por este —añadió Logan.

—Lo cual —concluyó Charles sin abrir los ojos— hace un total de ocho... y eso podría ser motivo de preocupación.

—Si tienen ocho hombres apostados como vigilantes en una carretera secundaria como esta... —Deverell miró a Logan a los ojos—. ¿Otro grupo antes de Exeter?

—Es más que probable —afirmó Logan

—En ese caso, será mejor que nos preparemos para empezar a reducir el número de enemigos. —Charles abrió los ojos, se levantó, alargó una mano hacia la estantería sobre las cabezas de Logan y Linnet y bajó cuatro pequeñas ballestas de caza y un puñado de flechas—. A fin de cuentas, ese es el propósito principal de una misión señuelo: atraer y debilitar al enemigo. —Repartió las ballestas y se detuvo en Linnet—. ¿Sabes disparar una de estas?

—En el barco llevamos ballestas pesadas —Tomó una y la examinó— y esas sí sé dispararlas cuando están montadas, pero esta... —La sopesó— es lo bastante ligera para que yo pueda sujetarla, de modo que sí. —Aceptó el pequeño dispositivo utilizado para cargar el arco y unas cuantas flechas, y enarcó las cejas—. Puede que incluso sea capaz de recargarla.

—No deberíamos necesitar hacer eso de inmediato, a no ser que consigan detener el carruaje. —Charles cargó la suya mientras volvía a sentarse—. Si cazan en grupos de ocho, y si cada uno de nosotros hace caer a uno, será suficiente para poder continuar hasta su siguiente emboscada.

—No sabrán que somos nosotros hasta que miren dentro del carruaje. —Se trataba de uno de los coches de Deverell, construido para la velocidad además de la comodidad, pero anónimo y sin ninguna marca. Deverell dejó su ballesta cargada en el suelo—. Si disminuimos la velocidad cuando nos corten el paso, esperamos a que estén lo bastante cerca y dejamos caer las ventanillas, disparamos y David arranca de inmediato, lograremos pasar.

Linnet se fijó en las ventanillas, cristal enmarcado en madera, que se deslizaban hacia abajo al interior de los laterales del carruaje y se aseguraban con un pestillo en la parte de arriba.

—No veo ningún punto débil en eso —afirmó Logan.

Deverell se levantó, abrió el pestillo del techo del carruaje y transmitió a David las nuevas órdenes.

Mientras volvía a sentarse, dejó abierto el pestillo. El carruaje ralentizó la marcha antes de girar a la derecha hacia la carretera entre Plymouth y Exeter.

—Este es el camino que esperarán que tomemos. —Logan miró hacia delante por la ventanilla—. La Cobra Negra... Ferrar es listo y ha tenido tiempo de enviar a sus sectarios a todos los principales puertos de la costa del sur. Sabemos que tenía hombres en Plymouth. No se le habrá pasado por alto Exeter.

—Y al saber que huisteis de Plymouth en esta dirección, y que todavía no habéis llegado a Exeter, estarán esperando. —Charles sonrió anticipándose.

El carruaje se bamboleó mientras el gris y húmedo amanecer se extendía por toda la tierra.

—Paganos al frente, milord. —Las palabras entraron por la escotilla abierta—. Nueve de los bastardos llevan espadas en las manos. Supongo que lo mejor será que sonría y parezca inocente. —El carruaje aflojó la marcha

—Cambia de sitio conmigo —le sugirió Deverell a Linnet.

Ella no discutió y se limitó a hacerlo.

Al igual que Logan, Deverell se situó al fondo del rincón, con la mirada fija al otro lado de la ventanilla. Todos tenían las ballestas en la mano. El coche se detuvo y Linnet se desembarazó de la capa, posó una mano en el pestillo de la ventanilla y vio a los hombres hacer lentamente lo mismo.

—¡Ahora! —Deverell abrió su pestillo.

El sonido de las cuatro ventanillas bajando de golpe sobresaltó a los sectarios que se aproximaban, tres a cada lado.

Las ballestas de Logan y Deverell chasquearon. Dos sectarios cayeron. Linnet giró la suya, vio una túnica de color pardo, un pañuelo negro que colgaba sobre un hombro y apretó el gatillo. Se echó para atrás de inmediato y levantó la ventanilla mientras el carruaje daba un tirón y se lanzaba hacia delante.

Linnet volvió a cerrar el pestillo, miró hacia fuera y vio a dos sectarios, que debían haber estado junto a los caballos, tirados en el suelo.

Mientras ellos seguían adelante.

—Han caído cuatro. —Charles dejó su ballesta en el suelo—. Me pregunto cuántos más nos encontraremos.

Minutos más tarde pasaban junto a las casas de las afueras de Exeter.

—Nos están siguiendo, mis lores —avisó David—. Son tres, pero se mantienen alejados, no intentan alcanzarnos.

—Déjalos que nos sigan. —Deverell miró a Logan—. Supongo que es poco probable que organicen un ataque en la ciudad.

—Ese no es su estilo, sobre todo si nosotros solo la estamos atravesando. Es difícil detener un carruaje sin que nadie se dé cuenta. —Logan se acomodó en el asiento—. Suelen preferir lugares más aislados, pero no porque les importe violar la ley, para ellos la violencia que emplean es la única ley que importa. Tampoco los testigos, pero si bien se mostrarán encantados de matar a cualquiera que se interponga en su camino, la gente los distrae y entorpece, y su amo insiste en el éxito de las tareas que les encomienda.

—De modo que nos están siguiendo —Charles asintió—, esperando a que nosotros les hagamos el favor de dirigirnos directamente hacia la siguiente pequeña banda de los suyos más adelante en la carretera.

—Pues se van a sentir decepcionados —intervino Deverell—. Esperarán que nos dirijamos hacia el este, a la carretera de Londres... ¿adónde si no? —Miró a Logan y enarcó una ceja—. ¿Qué probabilidades hay de que, una vez estemos rodando por la carretera de Londres, envíen a unos cuantos de los suyos por delante para alertar al siguiente grupo?

—Es una absoluta certeza.

—De modo que cuando giremos al norte, tendrán que enviar a un segundo hombre de vuelta para alertar a los demás de nuestro cambio de dirección.

—Y eso nos dejará con un solo hombre. —Logan sonrió—. Y ese no podrá abandonarnos para alertar a nadie por miedo a perdernos a todos.

—Lo cual, debo recordarte, no es realmente lo que queremos que hagan. —Charles se echó hacia atrás—. El truco de una misión como esta es reducir sus efectivos todo lo que podamos sin arriesgarnos a que nos desborden.

—Este es el centro de la ciudad. —Deverell le hizo un gesto a Linnet para que cambiaran de nuevo los asientos y le dejó el más cómodo, el que estaba en el sentido de la marcha—. Estamos saliendo en dirección este, de modo que veamos si nuestras predicciones son correctas. —Todavía de pie, Deverell habló a través de la escotilla—: David, sigue por la ruta planeada hasta Bridgwater, pero tómate tu tiempo hasta llegar al desvío de Cullompton. Dales la oportunidad de que uno de sus jinetes nos adelante.

—Sí, milord.

Deverell se sentó.

Y en efecto, cinco minutos después, cuando las últimas cabañas de Exeter quedaron atrás, Charles señaló por una de las ventanillas.

—Allá va.

Todos miraron en esa dirección y vieron cómo uno de los sectarios, envuelto en un abrigo abotonado sobre una túnica de color pardo, pero con el distintivo pañuelo de cabeza ondeando al viento, espoleaba a su montura sobre el encharcado campo que bordeaba la carretera. Poco después los adelantó.

—Se ha ido, milord —avisó David minutos más tarde—. Ha desaparecido de la vista al girar en la siguiente curva. El desvío de Cullompton está justo ahí enfrente.

—Tómalo —le ordenó Deverell— y continúa lo más rápido que puedas con decisión.

El carruaje ralentizó la marcha antes de girar a la izquierda hacia una carretera más estrecha que discurría entre altos setos. Cuando el coche completó el giro, David chasqueó el látigo y los caballos aceleraron para acomodarse a un buen ritmo.

—Se está produciendo un bonito altercado entre los dos bárbaros que siguen con nosotros, milord. Da la sensación de que uno de ellos va a dar media vuelta.

—Bien. —Deverell sonrió y se reclinó en el asiento—. Sigue hacia Bridgwater lo más deprisa que puedas.

Continuaron avanzando a lo largo de toda la mañana a través de una húmeda bruma que impedía ver el paisaje con nitidez. El húmedo frío se calaba hasta los huesos. Linnet se acurrucó en su capa, contenta de ir en un carruaje y no a lomos de un caballo. Atravesaron Taunton sin sufrir ningún contratiempo, pero su solitario perseguidor seguía tras ellos cuando alcanzaron Bridgwater. David redujo la marcha de los caballos y luego hizo que el carruaje entrara en el patio del Monmouth Arms.

Deverell condujo a la comitiva al interior, contrató un salón privado y la mejor comida que pudiera proporcionar la posada. Linnet se vio guiada entre reverencias al interior del salón por el posadero, y antes de que pudiera quitarse la capa de los hombros, Logan la retiró y le sujetó la silla para que se sentara a la mesa.

Una vez sentada, los tres hombres la imitaron. Casi de inmediato se abrió la puerta y la posadera entró con un grupo de sirvientas que llevaban bandejas cubiertas y una enorme sopera. Con una floritura, la posadera dejó esta delante de Linnet.

—Señora.

Tras hacer una reverencia, se giró, empujó a las chicas para que salieran delante de ella y cerró la puerta del salón.

Linnet no necesitó mirar los rostros de los otros tres sentados a la mesa para saber que ellos también esperaban que sirviera la sopa. Con una ligera mueca en los labios, lo hizo. El caldo de rabo de buey estaba delicioso, al igual que las distintas carnes asadas y guarniciones de verduras y pudín que les habían traído como acompañamiento.

Enseguida llegó el posadero con tres jarras de cerveza para los hombres y un vaso de vino de jengibre para Linnet. De nuevo, el respetuoso «señora» del posadero irritó a Linnet. A pesar del hecho de que no llevaba anillo, todos, incluido Logan, la trataban como si fuera su esposa.

Se sentía ligeramente descolocada y no le gustaba la sensación.

Sin embargo, Logan, Charles, Deverell y ella tenían preocupaciones más apremiantes.

Cuando solo quedaba el plato de queso y nueces, Charles se metió un pedazo de queso en la boca, tomó un puñado de nueces y se apartó de la mesa.

—Voy a salir a echar un vistazo.

—Te acompañaré —afirmó Deverell.

—Danos al menos media hora antes de enviar a la caballería. —Desde la puerta, Charles se volvió hacia Logan.

Logan asintió y los dos hombres se marcharon.

Regresaron veinte minutos después. Logan se volvió desde la ventana al oír abrirse la puerta y vio entrar a Charles con expresión perpleja.

—Están aquí. —Charles esperó hasta que Deverell entrara y cerrara la puerta—. Pero por algún extraño motivo están reunidos los ocho más atrás en la carretera.

—Saben que estamos aquí. —Deverell se detuvo junto a la puerta y frunció el ceño—. Fuimos primero hacia delante y luego describimos un círculo en el camino de regreso aquí antes de encontrarlos. —Miró a Logan—. Da la sensación de que su intención es seguirnos en lugar de atacar, aunque son ocho.

—No veo cómo van a poder hacerlo desde atrás, no es un terreno propicio, en esta clase de carretera y contra un carruaje rápido con cuatro personas. —Charles miró también a Logan—. Aquí hay algo que se nos escapa.

—Creo que sé lo que es. —Logan contestó después de reflexionar unos segundos—. ¿Tienes un mapa? —le preguntó a Deverell.

Deverell hundió la mano en el bolsillo y sacó un mapa que desplegó cuidadosamente sobre la mesa. Linnet se levantó del sillón en el que estaba sentada y se reunió con los hombres. Todos contemplaron el mapa.

—Estamos aquí —Deverell señaló un punto etiquetado como Bridgwater—, ahora mismo en la carretera hacia Bristol. Nuestro destino, Bath, está aquí. —Señaló la ciudad al noreste de Bridgwater y al sureste de Bristol—. A vuelo de pájaro, está a unos cincuenta y seis kilómetros, y a ochenta o más por carretera. Unas cinco horas de viaje, quizás menos. El motivo por el que hemos venido por aquí es que desde este lugar hay muchas rutas diferentes que podemos tomar para llegar a Bath. —Señaló unas cuantas de esas rutas—. Ninguna resulta de utilidad para preparar un ataque desde atrás, de modo que ¿para qué enviar a ocho hombres a seguirnos cuando uno, todo lo más dos, bastaría?

—Porque creen que vamos a Bristol y no se limitan a seguirnos. —Logan señaló esa ciudad al hacia elnoroeste y luego levantó la vista para mirar a los demás—. Sabemos que Ferrar envió a sus hombres a los puertos de la costa sur al ser allí donde nosotros, los correos, llegaríamos con más probabilidad. Pero ¿las tres fragatas que atacaron el Esperance? Dado que nadie pensaba que ningún capitán de la costa sur dejaría de reconocer el barco y, por tanto, se negaría a atacarlo, sobre todo dado que navega con patente de corso, le pregunté a la tripulación de Linnet de dónde pensaban que podrían venir esos barcos. Su experta opinión fue que de algún puerto de la costa este. Y si Ferrar envió hombres a los puertos de la costa este, sin duda habrá enviado hombres también a Bristol.

—Es uno de los principales puertos comerciales. —Charles hizo una mueca.

—Por tanto —intervino Deverell—, es probable que el grupo que nos sigue ya haya enviado a alguien para alertar a sus colegas de Bristol y, mientras avanzamos con los ocho detrás vamos directos a un recibimiento de la secta más adelante.

—Y quedaremos atrapados entre los dos grupos. —Charles miró a Logan—. ¿Diecisiete o más? No son cifras que me gusten.

—A mí tampoco —contestó Logan—, pero así funciona la secta. Asfixian a los oponentes... con abrumadores efectivos para asegurarse la victoria. A Ferrar le da igual cuántos hombres pierda, y muchos sectarios se han vuelto tan fanáticos del fervor religioso que Ferrar ha fomentado que contemplan la muerte en acto de servicio a la Cobra Negra como una especie de gloria alcanzada.

—En ese caso —observó Deverell mientras se inclinaba sobre la mesa y estudiaba el mapa— necesitamos romper el grupo que nos sigue o apartarnos de su trampa.

—O ambas cosas —contestó Charles—. La cuestión es cómo.

Evaluaron las diferentes carreteras que podrían tomar.

—El problema —concluyó Logan— es que si tomamos cualquiera de estas carreteras a Bath, en el carruaje vamos a ir más despacio que un jinete que haya visto la dirección que hemos tomado y que cabalgue como el demonio hacia Bristol al encuentro del comité de bienvenida que habrá allí para redirigirlos hacía Bath. Podrán llegar a Bath, incluso al sureste, para encontrarse con nosotros cuando entremos. No saldremos mejor parados, y puede que incluso nos encontremos en un terreno peor y menos frecuentado.

Todos contemplaron el mapa.

—Eso significa —intervino Deverell al cabo de unos segundos— que, en cualquier caso, la mejor ruta que podemos tomar a Bath es la que sea más rápida desde el momento en que abandonemos la carretera de Bristol. —Trazó una ruta—. Esta...

Giramos en Upper Langford y continuamos vía Blagdon, Compton Martin, Bishop Sutton y Chelwood hasta Marksbury, y de ahí a Bath. Para nosotros es el camino más rápido.

—Aun así ellos llegarán a Bath mucho antes que nosotros. —Logan hizo una mueca.

—No, si no ven qué camino tomamos. —Linnet tamborileó sobre el mapa con un dedo y miró a los tres hombres, que se limitaron a esperar, de modo que ella sonrió fugazmente y bajó la mirada de nuevo al mapa—. Aquí... nada más pasar esta aldea llamada Star. Hay un recodo en el camino y luego, a casi un kilómetro, está Upper Langford y el desvío que buscamos. Y si bien es difícil preparar un ataque desde atrás, nosotros estaremos por delante. Nosotros podremos atacarlos a ellos. Y si lo hacemos y causamos suficiente pánico y caos, justo después de Star, y justo antes de este recodo, entonces podremos seguir adelante por la carretera de Blagdon y desaparecer antes de que nos den alcance y nos vean girar.

—Se darán cuenta de que hemos girado —Deverell estudiaba el mapa atentamente—, pero no sabrán hacia dónde. Nada más pasar ese recodo hay carreteras que conducen a Cheddar, Weston-Sur-Mare, Congressbury y la que nosotros queremos tomar.

—Perderán tiempo mirando a su alrededor, intentando descubrir qué camino hemos tomado. —Linnet miró a Logan—. Puede que no los retrase mucho rato, pero nos permitirá ganar tiempo, quizás el suficiente como para llegar a Bath antes que ellos.

—Hasta ahora este es nuestro mejor plan —afirmó Logan.

—La única alternativa es matar a todos los que nos siguen —Charles se irguió—, y dado que todos van a caballo, es muy probable que por lo menos uno de ellos consiga huir y seguir adelante, de modo que esa no es una opción viable.

—Voto por el plan de Linnet —afirmó Deverell de nuevo.

—Yo también. —Logan asintió hacia ella.

—Desde luego. —Charles sonrió y le dedicó una reverencia

a Linnet—. Y tengo justo lo necesario para asegurar el suficiente pánico y caos para poder escapar sin ser vistos.

Cuando el carruaje salió traqueteando del patio del Monmouth Arms, solo Logan y Linnet iban en dentro de él. Charles y Deverell estaban tumbados sobre el techo con dos rifles cargados cada uno. Logan y Linnet tenían cada uno un rifle y dos pistolas. Con las pistolas era poco probable que tuvieran alguna oportunidad de alcanzar a algún sectario, pero los disparos aumentarían la confusión.

David, que se había mostrado absolutamente encantado al conocer el plan, se tomó su tiempo en acomodar al nuevo tiro, galopó con él en los trechos más rectos y redujo el ritmo al trote cuando atravesaban pequeñas ciudades, antes de retomar un ritmo uniforme pero rápido.

Según Charles, que informaba a través de la trampilla abierta, los cambios de ritmo, por sí solos, ya provocaban incertidumbre en quienes los perseguían.

Aunque no dejaron de perseguirlos.

Linnet llevaba encima el mapa y no dejaba de consultarlo mientras avanzaban. Deverell, Charles y Logan se había mostrado de acuerdo en que el comité de recepción de Bristol estaría esperando para tenderles una emboscada a lo largo de una recta particularmente vacía y aislada entre dos pueblos. Por suerte, esa recta estaba a cinco kilómetros o más de donde tenían pensado girar.

El carruaje redujo la marcha y cuando Linnet miró por la ventanilla vio un poste.

—Eso es Sidcot. —Consultó el mapa antes de dirigirse a los dos que estaban sobre el techo—. Star está a menos de un kilómetro más adelante.

Dejó a un lado el mapa, se desató la capa y la dejó caer de los hombros. Al entrar en la posada para comer, había dejado el sable en el carruaje, pero al abandonar Bridgwater se había apresurado a colgárselo de nuevo. Aunque el plan no implicaba un combate cuerpo a cuerpo, prefería estar preparada. De pie en el carruaje, reajustó el cinturón a las caderas y contempló la caja que Charles había dejado en el asiento de enfrente.

Estaba llena de botellas de cristal con mechas hechas de trapos y todo envuelto en papeles arrugados.

—¿De verdad crees que van a funcionar?

—He visto bombas incendiarias mucho menos profesionales funcionar con brillantez. —Logan contempló las botellas.

—Nos acercamos a Star. —La voz de David les llegó desde arriba.

El cochero siguió el ritmo que había establecido para atravesar las ciudades pequeñas, reduciendo la marcha para avanzar con suavidad para luego espolear a los caballos en cuanto las últimas casas quedaron atrás.

Continuó hacia delante durante varios cientos de metros y después redujo bruscamente la velocidad del carruaje y se detuvo por completo.

Los sectarios, para entonces alejados de la aldea, se acercaron al principio a su acostumbrado galope, pero, al darse cuenta de que el carruaje se había detenido, redujeron la velocidad, confusos... aunque no dejaron de acercarse.

—¡Ahora! —gritó Charles mientras tanto él como Deverell abrían fuego.

En cuanto se produjo la primera descarga, Logan y Linnet abrieron las puertas del carruaje y, con un pie sobre el escalón, apuntaron y dispararon. Volvieron a meterse en el interior mientras la segunda descarga se oía desde arriba.

Logan dejó caer el rifle que había utilizado y tomó el yesquero que había dejado preparado.

Linnet sacó una de las botellas del envoltorio y la sostuvo.

Logan encendió la mecha, agarró la botella y la pasó por la trampilla a las manos que esperaban, inmediatamente encendió una segunda y también la pasó por la trampilla.

El carruaje se tambaleó cuando Charles y Deverell se

pusieron de pie. Logan se los imaginaba esperando, y entonces el carruaje se inclinó cuando lanzaron las pequeñas bombas incendiarias.

—¡Adelante!

Antes de que Charles y Deverell volvieran a dejarse caer en el techo, David ya había puesto el carruaje en marcha.

En el instante en que las bombas estallaban.

Logan y Linnet permanecieron asomados a las ventanillas y vieron una escena de carnicería y confusión, de sectarios tirados en el suelo —algunos se sujetaban las heridas y gritaban—, de caballos que huían. Las bombas habían aterrizado, según lo planeado, justo delante de los sectarios. Las llamas estallaron, aunque la humedad pronto las apagaría, pero el espectáculo fue suficiente como para que las monturas de los sectarios entraran en pánico, se soltaran e intentaran huir al galope.

Las llamas murieron dando lugar a una humareda que envolvió a los sectarios, que casi se ahogaban mientras el carruaje empezado a tomar el recodo.

Tras el recodo, giraron hacia Bath.

El coche avanzaba a un ritmo enloquecedor a lo largo de la carretera secundaria, por suerte bordeada por altos setos de espino sin podar. David redujo ligeramente la velocidad al pasar por otra aldea. En cuanto volvieron a acelerar, Charles se asomó por la trampilla.

—Ninguno de ellos consiguió llegar al recodo antes de que girásemos. Los hemos perdido, por lo menos de momento.

Se entretuvieron en limpiar los restos de las bombas incendiarias y en recoger los rifles y las pistolas. En la siguiente aldea, David se detuvo el tiempo suficiente para que Charles y Deverell bajaran del techo y volvieran a sus asientos dentro del carruaje.

—Hace un condenado frío ahí fuera. —Charles golpeó el suelo con los pies y se sopló las manos—. Pero por lo menos hemos provocado algún impacto.

—Hemos cumplido con nuestro deber —afirmó Deverell—, por lo menos de momento.

Todos se acomodaron en sus asientos y se arrebujaron en sus capas. Linnet miró por la ventanilla y pensó en el compromiso recientemente adquirido.

Reducir efectivos, evitar ser sobrepasados.

Ese, al parecer, era el mantra de su misión.

Como suele decirse, los mejores planes de ratones y hombres están, por desgracia, sujetos al capricho de los dioses.

Los esbirros de los dioses, en ese caso, eran ovejas. Muchas. El carruaje se vio obligado a detenerse nada más pasar la pequeña ciudad de Compton Martin por culpa de un gran rebaño que era trasladado hacia los pastos de invierno. No se podía hacer nada salvo esperar a que los animales, que balaban sin cesar, terminaran de desfilar lentamente por delante de ellos.

Cuando la carretera por fin estuvo despejada, David espoleó a los caballos... pero solo para tener que detenerlos de nuevo nada más pasar West Harptree, y de nuevo cerca de Sutton Wick.

—Es como una condenada migración organizada —murmuró Charles.

Para cuando llegaron a Marksbury y enfilaron hacia Bath en el último tramo del viaje de ese día, aunque nadie dijo nada, todos estaban tensos y atentos. La ventaja que pudieran haber ganado con su acción sorpresiva cerca de Star había sido completamente anulada por las ovejas.

Existían muchas probabilidades de que los hombres de la Cobra Negra hubiesen llegado a Bath antes que ellos, incluso podían estar merodeando en la carretera que conducía a la ciudad.

Mientras avanzaba el atardecer y las sombras se hacían más profundas, la tensión de los cuatro creció a medida que se acercaban a la famosa ciudad balneario. Logan conocía poco de ella más allá de sus famosas aguas. Todos se apartaron de las ventanillas, atentos, oteando, buscando cualquier pañuelo negro que delatara a su portador.

El hecho de que llegaran al centro de la ciudad sin haber

visto a un solo sectario no consiguió aliviar la preocupación de Logan. Los más mortíferos, los asesinos, ocupaban una gran parte de su mente.

David, que tenía órdenes de conducir discretamente para no llamar la atención hacia el vehículo, se detuvo por fin fuera del hotel elegido, The York House. Las farolas estaban encendidas y bañaban la acera frente al hotel en una cálida bienvenida. Al ser casi la hora de cenar, no había mucho tráfico por los alrededores.

Después de toda las preocupaciones de Logan, resultaba decepcionante bajarse del carruaje, ayudar a bajar a Linnet, y encontrar un augusto portero con librea esperando para hacerles entrar con una reverencia.

—Logan.

Él se volvió ante la llamada de Charles. Sin apartar la mano de la espalda de Linnet, la empujó hacia el interior.

—Adelante... enseguida vamos.

La dejó en manos del solícito portero y regresó junto a Charles y Deverell para ayudarlos a guardar los rifles y las demás armas, y ocultar el resto de las bombas incendiarias mientras entregaban los efectos personales a los lacayos que había salido corriendo del hotel.

Linnet contempló la escena con las cejas enarcadas antes de darse media vuelta y seguir al portero por la amplia acera hasta la puerta delantera. Había oído hablar del York House. Hacía mucho tiempo que era el alojamiento preferido de la nobleza que visitaba la ciudad. Recorrió la elegante fachada con la mirada y sonrió con cinismo al imaginarse sus caras cuando les contara a Jen y a Gilly, y a Muriel y a Buttons también, que se había alojado allí. Por lo menos, gracias a Penny y Phoebe, su guardarropa estaría en condiciones de revista.

El portero se había adelantado para abrir y sujetar la pesada puerta de latón, cristal tallado y madera pulida, mientras hacía una majestuosa reverencia a su paso. Con los labios curvados, ella se deslizó por la puerta...

Y oyó el característico silbido de una flecha.

Instintivamente se agachó y enroscó para formar un objetivo más pequeño antes de mirar a su alrededor. El portero se quedó helado, los ojos desorbitados antes de rodear la puerta abierta y ponerse a cubierto tras el grueso panel.

Dando un respingo, el lacayo que había seguido a Linnet con su bolsa cayó al suelo. Los ojos desorbitados de espanto, se agarró un brazo del que asomaba una flecha de ballesta.

Linnet no pensó, solo actuó. Había participado en demasiadas batallas como para entrar en pánico, era una líder e se ponía al mando al instante.

Se movió con agilidad medio agachada, se volvió, agarró su bolsa con una mano, el brazo ileso del lacayo con la otra y tiró de él para ponerlo en pie... dando gracias a los astros de que no fuera más alto ni mucho más corpulento que ella. A medida que más flechas caían sobre ellos, y con la bolsa cubriéndose las espaldas, lo empujó a través de la puerta delantera, que seguía abierta.

Linnet se detuvo en el vestíbulo y soltó al lacayo, que se derrumbó sobre el suelo. Ella se volvió hacia la puerta y se puso a cobijo para echar un vistazo al exterior. El portero eligió un momento entre la lluvia de flechas y corrió al interior. Despojado de su rígido control, se afanó sin embargo en ayudar a su lacayo, dio órdenes para tapar las ventanas y a continuación acudió junto a Linnet, mirando por encima de su hombro mientras ella supervisaba la escena.

—No ha caído nadie más —murmuró ella tanto para sí misma como para el portero. Al iniciarse el ataque, Logan estaba dentro del carruaje, pero sin duda debía haberse bajado de un salto y corrido hacia ella para ayudarla cuando Linnet se había puesto en marcha para alejarse del peligro. Por tanto él se había puesto a cubierto detrás de la puerta abierta del carruaje de su lado, protegido hasta cierto punto por el vehículo. Deverell también estaba dentro y seguía allí. Moviéndose frenéticamente, tal y como ella pudo ver, le pasaba a Logan un rifle y luego otro.

Logan se colocó en la parte trasera del carruaje, llamó a

Charles, que se acercó a él y tomó un rifle, antes de regresar a su posición en el rincón más alejado del carruaje.

Las flechas seguían cayendo en oleadas impredecibles. Parecían provenir de la parte alta de un edificio calle abajo. Linnet veía a todos los lacayos en un compacto grupo en la parte trasera del carruaje y mirando hacia la puerta delantera con envidia. Pero David… ¿dónde estaba? En el momento de iniciarse el ataque estaba sentado en el pescante del carruaje, a plena vista del enemigo. ¿Había resultado herido? ¿Se estaría muriendo en esos momentos?

De repente vio una sombra bajo el carruaje, bajo el mismo pescante, y comprendió que se había puesto a cubierto allí. Hasta donde ella podía decir, no estaba herido, solo temporalmente atascado en un espacio muy reducido.

Linnet sintió un inmenso alivio. Solo conocía David desde hacía un día, más que nada como una voz y una presencia que conducía a los caballos, pero ya pensaba en él como un miembro más de su pequeña banda. Volvió a concentrarse en el incesante peligro y vio un carruaje que traqueteaba por la calle hacia ellos. Charles se apartó, agitó los brazos, gritó unas órdenes y volvió a esconderse, sin duda soltando juramentos mientras otra lluvia de flechas caía sobre ellos.

El sobresaltado cochero detuvo a los caballos, se bajó del pescante y se puso a cubierto… asomándose por un lado del carruaje para explicar a su señor lo que estaba sucediendo.

Tras comprobar que en la otra dirección todo estaba despejado, Logan miró hacia atrás y dio unas órdenes a los lacayos, que asintieron a modo de respuesta.

A continuación se deslizó hacia delante, pegado al borde del pescante, y se agachó para apuntar con el rifle… hacia algo que ni Linnet ni el portero podían ver.

—¡Esto es intolerable! —exclamó ofendido el hombre—. Estas cosas no suceden en The York House. ¡Ni en ninguna parte en Bath!

Linnet se esforzó por contener una fugaz sonrisa.

—Por desgracia, sí que está sucediendo. Consuélese con la

idea de que nadie murió jamás por un poco de emoción, y su hombre —Ladeó la cabeza hacia lacayo herido— no está malherido. Ahora hágase a un lado... creo que el resto de sus lacayos está a punto de regresar.

Logan disparó su rifle y Charles lo siguió.

Formando un compacto grupo, los lacayos corrieron por la acera y entraron por la puerta en el instante en que Deverell disparaba por una de las ventanillas del carruaje.

Logan y Charles ya estaban arrojando sus rifles al interior del vehículo y se apartaron con las pistolas y las espadas en la mano. Deverell apareció y los tres, todos armados hasta los dientes, se separaron... Charles y Deverell rodearon la parte trasera del carruaje antes de echar a correr al otro lado de la calle. Logan miró a Linnet, y mediante gestos le explicó lo que iba a hacer para rodear la posición de los sectarios y asegurarse de que el enemigo había huido.

Desde que habían comenzado a disparar, no habían caído más flechas.

Linnet asintió y esperó, vio a Logan correr al otro lado de la calle y, amparado por las sombras de las fachadas de las tiendas, desaparecer de su vista. Suspiró para sus adentros, se dio media vuelta y adoptó el papel que le habían dejado. Se quitó los guantes y se acercó al pesado mostrador tras el cual permanecía el conserje con expresión perpleja. Vagamente recordó haber oído a Deverell decir que las habitaciones ya habían sido reservadas.

—Creo que si consulta el registro encontrará una reserva a nombre de Wolverstone.

El nombre obró milagros. En pocos minutos fue conducida a una de las principales *suites* del hotel.

Lujosa, incluso opulenta en su decoración, tenía dos dormitorios que daban a un salón central. Linnet reclamó el dormitorio de la izquierda y dejó el otro para los hombres, pero cuando un lacayo llevó la bolsa de Logan al interior de la habitación que ella había elegido, no protestó.

Pues no tenía ningún sentido, pensó mientras hacía una mueca para sus adentros.

Estuvo a tiempo de evitar que una doncella, que le seguía los pasos al lacayo, abriera la bolsa de Logan. El portarrollos estaba allí. Linnet se sintió obligada a permitirle a la doncella deshacer su propio equipaje y colgar los vestidos a cambio.

Cuando la mujer preguntó entusiasmada qué vestido iba a ponerse para cenar, ella eligió arbitrariamente uno de los vestidos de noche, confeccionado en seda verde. La pregunta de la doncella le recordó que alguien debía ordenar la cena.

Linnet tenía poca experiencia eligiendo menús, pues normalmente era Muriel la que se ocupaba de esos asuntos, pero tuvo la feliz idea de consultar al *maître* del hotel, quien se mostró a la vez tan encantado porque contaran con su opinión como solícito en organizar una cena apropiada.

Una vez hecho, ella supervisó el estado de las armas de los hombres y luego llamó a David para pedirle un informe. Confirmó que no estaba herido y que el alojamiento que le habían asignado era de su gusto y, al quedarse contenta de su reacción, se dispuso a pasear de un lado a otro, interrumpiéndose constantemente para atender a una sucesión de empleados del hotel que llamaban a la puerta para ofrecer esto o aquello.

Para cuando sus tres acompañantes entraron por la puerta, ella estaba al borde de la locura por los ofrecimientos de las doncellas y por una desacostumbrada, aunque muy real, preocupación que se evaporó en el instante en que Logan entró en la habitación y sus ojos confirmaron que estaba ileso.

El que pareciera ligeramente indignado no venía al caso.

Dejándose caer en un sillón, fue Charles quien explicó el motivo del disgusto.

—Han huido.

Cruzada de brazos, Linnet lo miró, luego a los demás, y por último se dio media vuelta y se dirigió a su habitación.

—La cena es dentro de media hora. Voy a cambiarme.

En ese entorno, incluso en esa compañía, se sentía obligada a representar el papel de una dama, por poco que encajara en él.

La cena fue exquisita, servida con una delicada y silenciosa eficacia que les permitió concentrarse primero en los platos y luego, en cuanto llegó la bandeja de quesos y los sirvientes se retiraron, en sus planes.

—No creo que hubiera más de cuatro artilleros apuntándonos ahí fuera. —Deverell movió la cabeza y señaló hacia la parte delantera del hotel—. Dado que seguramente habrá más sectarios por aquí, creo que podremos concluir que llegaron antes que nosotros y dispusieron emboscadas en todos los hoteles principales... Aquí no hay demasiados.

—Creo que nuestra maniobra de distracción cerca de Star funcionó más o menos como lo habíamos planeado —afirmó Logan—, y que cuando llegaron aquí, sin saber que habíamos sido retenidos, supusieron que ya estábamos en los alojamientos. Esos arqueros estaban apostados para atacarnos si salíamos. Por eso estaban en esa posición... perfecta para disparar a alguien que sale del hotel, pero no tan ideal para hacerlo cuando el objetivo aparece en un carruaje y se dispone a entrar.

—Mañana será un mejor día —afirmó Charles—, apenas tendremos que recorrer unos noventa y seis kilómetros sobre caminos cómodos y carreteras concurridas. —Miró a Logan—. ¿Alguna idea sobre qué será lo más probable que hagan?

—Este hotel es demasiado sólido, demasiado seguro, y hay demasiadas personas en su interior como para atacar. No tendrán tiempo de organizar nada complicado, como contratar a algún lugareño para irrumpir en estas habitaciones. —Logan hizo una pausa antes de continuar—. He estado pensando que nuestra presencia aquí debe estar provocando a los miembros de la secta de esta zona no poca consternación. Sería razonable esperar que todos los sectarios que hay en Inglaterra sepan ya que tres correos han llegado a nuestras costas, pero que todavía queda uno por llegar. No saben por dónde entrará Rafe en Inglaterra, de modo que tienen que seguir vigilando todos los puertos. Lo cual significa que el grupo que está aquí, en su mayoría proveniente de Bristol, no puede permitirse el lujo de seguirnos. Quizás prescindan de unos pocos para comprobar hacia dónde vamos y así poder alertar a algún otro grupo que se encuentre más adelante, más cerca de Elveden, pero la mayoría tendrá que regresar, quizás ya lo hayan hecho, a Bristol.

—Esa es una suposición razonable —observó Deverell—. Sugiere que mañana no sufriremos ningún ataque al ponernos en marcha.

—A no ser que intentemos marcharnos muy temprano —precisó Logan tras considerar las palabras de Deverell—, antes de que haya más gente por aquí. El contingente de Bristol podría quedarse el tiempo suficiente para comprobar si intentamos partir antes del amanecer otra vez, esperando poder organizar un ataque fuera de la ciudad, pero si nos marchamos más tarde, con más viajeros por aquí, no creo que intenten nada.

—No hay ninguna necesidad de marcharse temprano. —Deverell intercambió una mirada con Charles.

—Desde luego —Charles suspiró—. Estableceremos la hora de salida a media mañana, digamos las diez. Aun así llegaremos a Oxford como muy tarde a las cuatro de la tarde. Y si bien preferiría salir de caza esta noche, intentar localizar y eliminar al grupo de Bristol, algo así haría que resultara demasiado obvio que el papel que estamos transportando es un señuelo. Reducimos su número a cada oportunidad que tenemos, pero tenemos que esperar a que sean ellos los que vengan a nosotros.

El tono de voz dejó claro que no era su *modus operandi* acostumbrado. Deverell también hizo una mueca de resignación.

—Las órdenes de Wolverstone dejan muy claro que debemos comportarnos como si llevásemos la carta original. —Logan miró a los otros dos hombres y sacudió la cabeza.

—Lo sé. —Charles suspiró—. Y lo entiendo, pero permitir que unos sectarios asesinos se nos escapen sin castigo va dolorosamente en contra de mi naturaleza.

—Los sectarios no utilizarán armas de fuego —los labios de Logan se curvaron sardónicamente—, de modo que en ese aspecto estamos a salvo, a no ser que contraten gente local, algo que podrían hacer. Y si os encontráis frente a un sectario con un cuchillo en cada mano, será un asesino, de modo que esperad lo inesperado. Lucharán hasta la muerte para ganar como sea.

—Hablando de lo inesperado —intervino Deverell—, ¿deberíamos disponer turnos de guardia?

Logan titubeó antes de asentir.

—He aprendido a no confiar en la lógica cuando se trata de la secta.

Acostumbrada a levantarse antes del amanecer, Linnet reclamó el primer turno de la mañana, deseó buenas noches a todos y se dirigió a su habitación.

De repente agotada, se desnudó, se puso el camisón que la atenta e impresionada doncella le había sacado, y se metió en la cama tapándose hasta los hombros.

Estaba medio dormida cuando la cama se inclinó y Logan se reunió con ella bajo el montón de mantas. Linnet se había tumbado de costado con la espalda hacia él y Logan se deslizó hasta pegarse a ella, duro y cálido, y la envolvió con su cuerpo.

A través del sopor del sueño, ella noto que la miraba, que estudiaba su rostro. Y de repente le besó dulcemente el hombro.

—¿Estás bien? Pareces muy… agotada.

Físicamente no, pero desde que había regresado con los otros dos, Logan había notado cierta tensión subyacente, una sensación de que, bajo la competente calma, Linnet estaba irritada, molesta… preocupada por algo.

Logan cerró una mano sobre su cadera y se pegó más a ella para deslizar los labios sobre su oreja.

—Siento mucho si los enfrentamientos de hoy te han preocupado. Sin duda nunca habías matado a tantos hombres… Puede resultar inquietante.

Linnet soltó un bufido, abrió los ojos y lo fulminó con la mirada, una mirada que él sintió incluso en la penumbra.

—No seas tonto. Están intentando matarnos, sus muertes recaerán sobre ellos. Eso no es lo que me ha desgastado. —Entornó los ojos sin dejar de mirarlo—. Y no te atrevas a intentar dejarme al margen de algo solo porque pienses que estoy a punto de convertirme en una especie de histérica.

No era la intención de Logan. Había sugerido esa excusa para poder preguntarle.

—Entonces ¿qué es lo que te preocupa?

Ella apretó los labios, lo miró con los ojos entornados y se volvió apoyando la cabeza y mirando hacia el otro lado.

—Si tanto insistes en saberlo, es fingir ser una dama lo que me está volviendo loca. Tener que vigilar lo que digo, lo que hago, cómo me comporto... Y ahora estos encantadores inocentes han decidido que soy una especie de heroína, y no lo soy. Esa no soy yo. —Linnet soltó otro bufido y continuó hablando en tono aún más bajo—. Y además de todo eso, todos piensan que soy tu esposa. Incluso Charles y Deverell han adquirido la costumbre de pensar así, de modo que incluso cuando estoy con ellos tengo la sensación de tener que representar un papel, encajar en una especie de molde que no soy yo. Francamente, empieza a darme dolor de cabeza.

Logan la miró durante un prolongado momento. Después se deslizó más abajo en la cama, colocó la cabeza al lado de la de ella, la rodeó con sus brazos y la atrajo hacia sí. La abrazó.

—No lo entiendes... no hace falta que cambies. Yo no quiero que cambies. La mujer que quiero como esposa es la mujer que eres tú, Linnet Trevission, capitán y todo eso. Y los empleados del hotel... La dama a la que reverencian es la dama que, sin pensar en su propia seguridad, salvó a uno de los suyos. Les da igual qué más puedas ser, qué otros rasgos puedas tener, es lo que ellos vieron en ese instante, la verdadera tú, lo que ha cimentado su lealtad. —Hizo una pausa y contempló la cabeza de Linnet—. Tú, tal y como eres, inspiras lealtad a muchas personas.

Incluyéndolo a él. Logan esperaba que ella lo supiera.

Se había dejado el pelo recogido. Con la mejilla, él rozó los mechones de fuego de su nuca y la besó dulcemente.

—Eres como eres, la esposa perfecta para mí en todos los sentidos.

Linnet se retorció, acomodándose entre sus brazos.

—Calla —susurró—. Duérmete. Tienes que levantarte para tu turno de vigilancia dentro de dos horas.

En cuestión de minutos ella se había relajado, su respiración ralentizada, uniforme.

Logan prestó atención al sonido, reconfortado por él, aunque extrañamente inseguro. Ligeramente inquieto, solo un poquito preocupado.

No estaba seguro de cuál era el problema, ni siquiera de si existía un problema. Si ella estaba debatiéndose con la idea de ser su esposa... ¿eso era bueno o no?

El sueño se adueñó de él antes de que pudiera decidirlo.

CAPÍTULO 14

19 de diciembre de 1822
The York House, Bath

Exactamente a las diez de la mañana del día siguiente, Logan siguió a Linnet fuera del hotel, esforzándose por no sonreír mientras los empleados, el patriarcal portero incluido, le hacían reverencias y dedicaban miradas de arrobo, como si ella perteneciera a la realeza.

Linnet se había cambiado el vestido rojo de viaje por otro azul oscuro que seguramente le había prestado Penny. Con los cabellos recogidos en una corona roja y dorada, parecía la auténtica reencarnación de la reina virgen original. En ocasiones mostraba un aspecto increíblemente regio, pero Logan ni siquiera estaba seguro de que ella fuera consciente.

Linnet llevaba la capa colgada del brazo, y solo él sabía que entre los pliegues escondía el sable. Arrojó ambas cosas al interior del carruaje, se volvió, dio las gracias a los empleados por sus atenciones y subió al vehículo.

Logan vio de reojo las botas mientras ella subía el escalón, sus botas de corsario, las que le llegaban a la rodilla y que llevaba a bordo del barco. La imagen de esa mujer con solo una camisa y esas botas paseando por la habitación esa misma mañana, la débil luz de una vela que lanzaba destellos sobre ella mientras se preparaba para su turno de vigilancia en el salón, había sido suficiente para que no pudiera dormir más.

Tras asentir hacia el portero, Logan la siguió al interior del carruaje. Se acomodó en el asiento a su lado, encontró su mano, entrelazó sus dedos con los de ella y apretó delicadamente. Cuando Linnet se volvió hacia él, Logan le sostuvo la mirada.

—Eres lo que eres —murmuró, a salvo de los oídos de los demás, que seguían apilando el equipaje—. Da igual lo que lleves puesto, si haces algo de esta manera o de la otra. Da igual que hagas un bordado brillante o críes burros. De todos modos la gente te ve como la dama que eres. —Levantó sus manos entrelazadas, rozó sus nudillos con los labios—. Nunca finges ni te andas con rodeos sobre ti misma... y eso es bueno, no es malo. Resulta tranquilizador. Es fuerte. Es el motivo por el que las personas se sienten atraídas hacia ti. —Bajó la voz y volvió a deslizar sus labios sobre los dedos de Linnet antes de sonreír—. Por eso te adoro.

Linnet lo miró fijamente a los ojos, a esos fascinantes ojos del color de la medianoche, y parpadeó rápido para después apartar la mirada mientras los demás subían al carruaje.

Maldito hombre, hombre imposible. Era evidente que lo había entendido.

En lo más íntimo de su corazón, Linnet era capaz de admitir que su punto débil, una debilidad que hacía todo lo posible por ocultar, era su inseguridad sobre cómo los demás, los habitantes del mundo exterior, la veían. Había crecido sobre un barco, pero fuera de sus dominios debía ser una dama. No tenía la formación adecuada, y cuando se encontraba fuera de su mundo, no se sentía nunca segura de poder cumplir con el comportamiento que su posición exigía.

En su propio mundo, sabía quién y qué era, sabía por qué era como era, conocía sus fortalezas y debilidades, y siempre mostraba una total confianza.

Fuera de sus dominios, yacía la incertidumbre. Y ella odiaba, odiaba sentirse insegura.

Y de algún modo, él lo entendía.

Y eso la inquietaba más que todo lo demás.

Miró fijamente por la ventanilla mientras el carruaje rodaba inadvertido fuera de Bath y se dirigía a buen ritmo hacia Swindon y Oxford.

A medida que los grises kilómetros y el cielo plomizo pasaban sin pena ni gloria, su confusión interna amainó. En gran medida, el motivo por el que Logan, su comprensión y consuelo libremente ofrecidos, jamás impuestos, allí, en el momento adecuado y de la manera adecuada, le resultaban tan irritantes era por esa idea de que siempre era la fuerte, la que reconfortaba a los demás, la persona hacia la que los demás se volvían en busca de fuerza y apoyo. Ese era su papel. Siempre lo había sido.

Solo Muriel se daba cuenta de que a veces necesitaba consuelo, fuerza y apoyo... y Muriel solo lo veía porque ella le importaba...

Pero Logan también lo había visto... porque a él también le importaba. Le importaba lo suficiente como para ver más allá de su superficie.

Linnet no fingía, no se le daba bien mentir, pero sí ocultaba bien sus inseguridades, sus debilidades. Y sin embargo él las había visto porque la miraba con los ojos de alguien a quien ella importaba.

Respiró hondo y retuvo el aliento.

A Logan le importaba. Y ella lo amaba.

Ni siquiera lo amaba porque le importara... Esa era la estupidez del amor en todo su esplendor. Lo amaba independientemente de todo lo demás, a ese hombre imposible que el mar había arrojado a su cala, que había despertado en su cama y cambiado su vida.

Ese hombre que también le había hecho desear lo imposible.

Linnet lo amaba. Y solo hacía poco que empezaba a comprender qué significaba eso, pero dado cómo se sentía, cómo se había sentido al verlo atacado cuando los sectarios habían blandido espadas contra él con intención de matar, no tenía ningún sentido evitar la ineludible conclusión que estaba grabada en piedra.

Grabada en su corazón de reina virgen.

Debía enfrentarse a ello, porque desde ese momento tenía que afrontarlo…

No, en ese momento, no. Más tarde.

Después.

Sí, después. Al reafirmarse, lo convirtió en su resolución. No pensaría más en él, en ella, ni en ningún futuro posible hasta que la misión de Logan hubiera terminado.

El día, que transcurrió sin ningún suceso, no sirvió de mucha ayuda.

Tal y como había vaticinado Charles, la ruta que tomaron no era una carretera secundaria, sino una con mucho tráfico. Atravesaron Chippenham, Lyneham y Wootton Basset. Para cuando se detuvieron a comer en una abarrotada posada de la calle principal de Swindon, se sentían todos mortalmente aburridos.

Sin embargo, cuando se detuvieron en el bullicioso patio de la posada y miraron a su alrededor, vieron unas cuantas cabezas envueltas en pañuelos negros.

—Por lo menos hay tres. —Logan la agarró del codo y la condujo hacia la puerta de la posada—. Podría haber más, no es fácil saber con tanta gente.

Durante la comida, celebrada en un salón privado, los hombres volvieron a desplegar el mapa sobre la mesa y lo estudiaron, bromeando entre ellos con la perspectiva de que, quizás, podrían sufrir una emboscada más adelante. Al final, sin embargo, el consenso fue que no. Ese día no. La carretera hacia Oxford era demasiado abierta, demasiado vacía de obstáculos geográficos de utilidad, demasiado bulliciosa y, tal y como señaló Logan, condenadamente lejos de cualquier puerto.

Si acaso, la falta de acción afectaba aún más a Charles y a Deverell. Los dos parecían muy inquietos por salir y actuar. A Logan no le sorprendió cuando decidieron volver a jugar a los espías, alquilar caballos y describir un círculo para seguir a sus perseguidores.

—Por lo menos así tendremos una mejor idea de cuántos son —se defendió Charles.

A Logan nada le habría gustado más que volver a montar a caballo, el aire libre, aunque hiciera un frío propio del ártico. Pero Linnet se quedaría en el carruaje, y cualquier otra cosa resultaba demasiado problemática y él se sentía obligado a quedarse junto a ella.

Si por casualidad se equivocaban y el carruaje era atacado, necesitaba estar allí para defenderla y protegerla. Cualquier otra opción era inviable.

Tras alquilar los caballos, Charles y Deverell partieron con intención de encontrar un lugar desde el que vigilar el carruaje y verlo pasar antes de colocarse detrás de cualquier sectario que los estuviera siguiendo. Quince minutos después, Logan condujo a Linnet de regreso al vehículo y arrancaron de nuevo.

Tal y como habían supuesto, avanzaron a buen ritmo en la sombría tarde, atravesaron Faringdon y siguieron hacia Oxford sin sufrir ningún contratiempo. Sin ver a ningún sectario, mucho menos a Charles o a Deverell.

Tras recorrer varios kilómetros en silencio, Linnet se removió inquieta y lo miró.

—Un penique por tus pensamientos.

—Estaba pensando en los demás —admitió Logan mientras la miraba brevemente a los ojos—, mis tres compañeros de armas.

—¿Qué pasa con ellos? —preguntó Linnet cuando él no dijo nada más.

—Del lo ha conseguido, por lo menos ha llegado hasta Sommersham Place. —Logan titubeó, respiró hondo y contestó. Si iban a ser marido y mujer...—, y Gareth está en Boulogne, posiblemente ya estará en Inglaterra. Pero nadie sabe nada de Rafe... y, de todos nosotros, es al que más le gusta el riesgo, el más temerario. —La miró a los ojos—. Su apodo es «Temerario», pero más que eso, es el que estaba más unido a James.

—¿El que murió? —preguntó ella buscando en su mirada.

—Todos pensábamos en James como en nuestro pequeño —dijo él asintiendo—, pero para Rafe era más como un hermano. La muerte de James lo golpeó a él con más dureza.

—¿Estás preocupado por él... por Rafe?

—Lo entenderás cuando lo conozcas —Logan dibujó en su rostro una expresión mitad sonrisa, mitad mueca—, pero todos nosotros, Del, Gareth y yo estaremos preocupados por Rafe hasta que volvamos a verlo.

Para alivio de Logan, Linnet asintió y se sumió de nuevo en el silencio, y así él no tuvo necesidad de explicar que, en parte, su preocupación era porque no quería enfrentarse a la posibilidad de perder a otro amigo cercano, sobre todo a manos de la Cobra Negra.

Cuando toda perspectiva de poder ver algo de acción, de cualquier clase, se fue apagando junto con la gélida luz del invierno, a Linnet le resultó cada vez más difícil aferrarse a su resolución. Por mucho que intentara pensar con lógica en Logan, al estar sentado a su lado, una de sus manos agarrando una de las suyas, su sólida presencia, su calidez masculina elemental inundando constantemente sus sentidos, era una tarea casi imposible, el impulso era una constante tentación.

Al fin se rindió y cedió. Cerró sus sentidos lo mejor que pudo ante la proximidad de Logan y, a la luz de todo lo que había averiguado y sentía, intentó evaluar los pros y los contras de casarse con él. Hasta entonces había estado pensando en su matrimonio desde un punto de vista puramente práctico... ¿cómo funcionaría? Pero quizás, con ellos dos, había otros aspectos que considerar. Posiblemente más importantes.

Ella lo deseaba, y eso en sí mismo ya era inesperado. Jamás había deseado a ningún otro hombre, pero a él sí, ansiaba conservarlo su lado, y no solo por los evidentes beneficios físicos. La lujuria formaba parte de su deseo, pero no era de ningún modo la suma de ese deseo. La perspectiva de tener a un hombre fuerte, honrado, formal, dispuesto a protegerla, a permanecer a su lado y no delante de ella, a ayudar de la manera en que ella lo necesitara con la propiedad, con sus tutelados a medida que se hicieran mayores suponía una desmesurada tentación.

Una clase de compañía que ella nunca había disfrutado, suficiente para eliminar la soledad de su vida privada. Un hombre que la entendía mejor incluso que su padre, que había apreciado su espíritu salvaje, su amor por los desafíos, su alma aventurera, pero que no había comprendido su obsesión por cuidar, criar, proteger en el plano emocional además del físico.

Sobre todo, Logan era un hombre en quien se podía confiar. Podía confiarle su vida, la vida de todos aquellos que significaban algo para ella.

Logan representaba todo eso, parecía captar todo eso, todo lo que era ella. Con él, incluso podría tener un hijo propio, un deseo fundamental que había enterrado profundamente desde hacía muchos años, tantos que debería haber muerto ya, pero que de repente estaba ahí. La perspectiva pendía ante ella y Linnet había descubierto que el deseo solo se había hecho más fuerte con los años. Más intenso, más atractivo.

Logan le ofrecía todos los elementos fundamentales de una relación, de un amor con el que ella se había resignado a no vivir desde hacía muchos años.

Una embriagadora tentación, un anhelo visceral.

Pero contra todo eso estaban sus reservas. Su temor, por mucho que dijeran los demás, de no ser una esposa socialmente apropiada para él. De no ser capaz de estar a la altura y manejarse en sociedad. Como, al final, él también esperaría que hiciera. Logan le había dicho que ella era todo lo que deseaba, le había asegurado que no le importaba ningún otro requerimiento, pero todavía no estaba convencida. Y sin embargo ese era el menor de los obstáculos.

El mayor, el que no veía modo alguno de sortear, era tener que vivir con él en Glenluce, Escocia. Así solían hacerse las cosas, pero abandonar Mon Coeur sería casi imposible para ella. Sinceramente, no se creía capaz.

Era el hijo de un conde, sin duda tendría ataduras, profundas ataduras con la tierra, con alguna propiedad en alguna parte. Era esa clase de hombre. El sentido de responsabilidad que había visto en él debía tener sin duda alguna piedra angular, alguna fuente, algún lugar que resultara fundamental para él. Su hogar.

Pero Linnet no podía abandonar el suyo para compartir el de él. Y a pesar de que él quisiera casarse con ella, no era capaz de ver al hombre que sabía que era cortando todos los lazos con su hogar, dándole felizmente la espalda para vivir con ella en Mon Coeur.

En la vida había un elemento, por encima de todos los demás, que importaba a la gente como él y como ella: la tierra, las raíces, el hogar. Independientemente de lo mucho que él pudiera desearla, Linnet no creía que ese deseo fuera suficiente para aplastar la necesidad de estar en su hogar.

Parpadeó y se reconcentró en el día gris al otro lado de la ventanilla, y sintió el adormecedor embotamiento calarla hasta los huesos.

El carruaje continuó su marcha.

Al fin aparecieron las agujas de Oxford elevándose por encima del marrón moteado de los esqueléticos árboles.

Linnet se removió inquieta y recordó su anterior conclusión: que aceptaría lo que él quisiera ofrecer. Que durante el tiempo que durara su relación, se entregaría a él, se ofrecería como él se ofrecía a ella, tomaría todo lo que pudiera y lo almacenaría en la memoria hasta que, con el final de la misión, él comprendiera las dificultades, se enfrentara al insuperable obstáculo que ella ya había visto y, quizás con tristeza, aunque sin dudar, estaría de acuerdo en que debían separarse.

Esa conclusión inicial seguía pareciendo la más sensata.

Las ruedas del carruaje alcanzaron el suelo empedrado.

Logan le soltó la mano, miró afuera y se estiró. Relajado de nuevo, hizo un barrido con la mirada de los edificios y calles mientras David conducía hasta el hotel que Wolverstone había elegido, el University Arms, uno de los más antiguos y mejores de la calle Oxford High.

—De momento no hay ninguna señal de ningún sectario. No veo ningún motivo por el que Ferrar haya enviado hombres a Oxford, de manera que, seguramente, los únicos sean los que nos están siguiendo.

Logan miró a Linnet. Creía haber hecho un buen trabajo al calmar sus preocupaciones esa mañana, pero se había mantenido muy callada... claro que él también. Era una vieja costumbre de soldado, una suspensión de la mente y el pensamiento mientras se avanzaba sin ningún enemigo a la vista.

Ella le sostuvo la mirada, pero Logan fue incapaz de interpretar su estado de ánimo. El carruaje se detuvo y los labios de Linnet se curvaron con ironía.

—Supongo que deberíamos poder entrar ahí sanos y salvos... sin ninguna lluvia de flechas.

—Gracias a Dios. —Logan alargó una mano hacia la portezuela, la abrió y se bajó del carruaje. Después de un rápido vistazo para confirmar que no había ningún sectario merodeando, se hizo a un lado y le ofreció a Linnet una mano.

Tras ayudarla a bajar, colocó su mano en sobre su brazo plegado y la escoltó al interior de la posada.

Como de costumbre, había una *suite* reservada. Mientras seguía a Linnet escaleras arriba, Logan se preguntó qué tal les habría ido a los otros dos.

Al parecer, no había novedades.

—Son ocho. Se turnan en grupos de cuatro para no perder de vista del carruaje. —Charles se sirvió una loncha de rosbif. Deverell y él no aparecieron hasta que ya había caído la noche. Entraron en la *suite* hacía media hora, pero, helados y empapados, se habían dirigido a su habitación para lavarse y cambiarse antes de reunirse con Logan y Linnet para cenar.

Los sirvientes habían colocado las bandejas de plata sobre la mesa, atendido a todas sus necesidades y luego se habían retirado para dejarlos tranquilos y que hablaran con libertad.

—Los seguimos desde las afueras de Swindon. —Deverell meneó la cabeza—. Los cuatro de guardia no hicieron nada más que avanzar detrás de vosotros a una buena distancia. Lo único que querían era manteneros a la vista.

—Cuando llegasteis aquí, se detuvieron en la esquina. —Charles ladeó la cabeza hacia el final de la calle—. Os vieron entrar, cómo metíais las bolsas, y luego dos de ellos fueron a la taberna que hay más abajo para reservar habitaciones y dejaron a los otros dos vigilando este lugar.

—Se nos ocurrió retirarlos permanentemente del servicio, pero... —Deverell hundió la mano en su bolsillo y sacó un pergamino doblado, lo colocó sobre la mesa y le dio un golpecito con la punta del dedo— sabíamos que las órdenes más recientes de Royce nos estarían esperando aquí. Era posible que quisiera que los condujéramos más allá, o que fuésemos prudentes y no les proporcionásemos ninguna pista de que sabemos que nos están siguiendo.

—¿Lo has leído? —dijo Logan mirando el mensaje.

—Solo le he echado un vistazo. Hay noticias que tendrán más sentido para ti que para mí. —Deverell deslizó el pergamino hacia Logan—. Léelo y explícanos.

Logan tomó el mensaje, desdobló las tiesas hojas y las leyó.

—Primero, las noticias. Delborough se reunió con los Cynster en Sommersham Place el día quince tras reducir el número de sectarios en catorce miembros entre Londres y Sommersham. Ahora él y los Cynster están planeando una trampa para Ferrar, o por lo menos para su hombre, Larkins, en Ely... —Logan comprobó la fecha en el encabezado de la carta—. Wolverstone dice que mañana, pero esto fue escrito ayer, de modo que debe referirse a hoy. Una vez haya saltado la trampa, Del y Devil tienen órdenes de llevar a quienquiera que atrapen a Elveden.

—¿De modo que es posible que Ferrar ya haya sido atrapado? —Charles levantó la mirada.

—Me sorprendería que fuera así. —Logan meneó la cabeza—. Ferrar lleva años siendo demasiado listo y precavido como para, de repente, caer en una trampa. No lo veo claro.

—Mañana por la mañana lo sabremos —intervino Deverell—. Royce enviará noticias de inmediato si han tenido éxito, porque entonces el objetivo de nuestra misión cambiaría por completo.

—¿Y qué hay de tus amigos? —preguntó Linnet.

—Gareth consiguió llegar a salvo a Dover y se dirige hoy hacia el norte —contestó Logan tras volver a repasar el mensaje—. Se lo espera en Elveden mañana por la noche. En este punto no están seguros de cómo acabará su incursión, pero se espera que su grupo y él lleguen a Chelmsford esta noche con los sectarios pisándoles los talones.

—Eso me suena familiar —bromeó Charles.

—Las localizaciones son interesantes. —Deverell soltó el cuchillo y el tenedor y apartó el plato a un lado—. Elveden está al sureste de Thetford, a unos dieciséis kilómetros al norte de Bury Saint Edmunds, y más o menos a unos cuarenta y ocho de Sommersham Place. Y entre Sommersham Place y Elveden está Newmarket, donde Demon Cynster y sus amigos tienen sus dominios. De modo que hay una especie de línea que va de oeste a este, entre Sommersham Place y Elveden, en donde Royce dispone de, por así decirlo, muchas tropas. Ha traído a Delborough hacia el norte de Londres hasta Sommersham, eliminando sectarios por el camino y despejando así el flanco oeste. Ahora lleva a Hamilton hacia el norte desde Chelmsford hasta Elveden… despejando el flanco este. Nosotros venimos desde el oeste. —Deverell se interrumpió dándose una palmada en los bolsillos—. ¿Dónde está el mapa?

—Nos lo dejaste a nosotros. —Linnet se levantó y fue a buscarlo a su habitación.

Al regresar, descubrió a los tres hombres llevando los platos y bandejas a la mesa auxiliar para despejar la mesa. Ella desplegó el mapa sobre la mesa. Todos retomaron sus asientos.

Deverell, cuya voz estaba impregnada de cierto entusiasmo, trazó las rutas que Delborough había tomado y que Gareth Hamilton estaba siguiendo hasta Elveden.

—Y ahora —Deverell miró hacia los demás— Royce quiere que nos dirijamos a Bedford. Tendrá que ocuparse de Hamilton mañana si no quiere arriesgarse a que el portarrollos que lleva consigo llegar a su destino, de modo que la atención de la Cobra estará puesta en el este mientras nosotros nos acercamos por el oeste.

—Lo cual sugiere que no deberíamos tropezarnos con una gran oposición mañana —afirmó Charles—. Pasado mañana, sin embargo... —Sonrió maliciosamente—. Royce es todo un maestro de la planificación. Ferrar estará cruzando de uno a otro lado del campo de batalla elegido por Royce, de adelante atrás, y de este a oeste, corriendo de un lado a otro para detener primero a Delborough, luego a Hamilton y luego a nosotros.

—¿Por qué es tan importante empujar a Ferrar? —Logan frunció el ceño.

Charles y Deverell lo miraron y Deverell sonrió.

—Lo siento, se me olvidaba que tú nunca has estado a las órdenes de Royce. —Miró hacia el mapa—. Por lo que hemos podido deducir, la intención de Royce nunca ha sido utilizar vuestra carta, la que habla de los crímenes cometidos en la lejana India, para procesar a Ferrar, no si puede evitarlo. Pero no te equivoques, si Ferrar no tropieza, Royce le sacara el máximo provecho a vuestra misión, pero ¿no resultaría mucho más convincente si él, o alguno de nosotros capturara a Ferrar cometiendo algún acto ilícito aquí, sobre suelo inglés, bajo las estrictas leyes inglesas?

La expresión de Logan era de quien hubiese experimentado una revelación.

—De manera que ¿todo esto está diseñado para obligar a Ferrar a actuar, a tropezar, y atraparlo? —preguntó mientras señalaba el mapa.

—Exactamente. —Charles dio unos golpecitos al mapa con los dedos—. Y siguiendo esa lógica, yo diría que lo más seguro es que Delborough y Hamilton, al igual que tú, sois los señuelos. La carta original será la que llegue la última... con Carstairs.

—¿Y por dónde entrará Rafe? —Logan estudió el mapa con renovado interés.

—Si Ferrar no es atrapado mañana —Deverell hizo una mueca—, entonces tendrá que regresar corriendo otra vez hacia el oeste para evitar que nosotros lleguemos de Bedford a Elveden, pero cualquier intento de detenernos sucederá casi seguro entre Cambridge y Elveden, en alguna parte de los dominios de los Cynster. —Deverell estudió el mapa antes de tomar una decisión—. Yo diría que Royce hará que Carstairs llegue desde uno de los puertos del este... Great Yarmouth, Lowesoft, Felixstowe o Harwich.

—Y así Ferrar tendrá que correr de nuevo hacia el este... a no ser que lo atrapemos. —Linnet miró a los hombres.

—Así es —contestó Charles—. Pero con Royce nunca se sabe. Podría tener ya a Carstairs sano y salvo en Kings Lynn en espera del momento perfecto para dirigirse al sur.

—¿Se tirará Royce un farol, o un doble farol? —dijo Deverell—. No hay manera de saber en qué dirección irá, ni qué tiene planeado.

Después de unos segundos, Logan tomó de nuevo la carta de Wolverstone y volvió la página.

—Aquí hay más. Son nuestras órdenes. Tenemos que continuar mañana hasta Bedford, donde recibiremos nuevas instrucciones en el Swan. Él, Wolverstone, no espera que encontremos ninguna oposición seria mañana, pero nos advierte de que deberíamos prepararnos para una gran emboscada al día siguiente. Sugiere que salgamos temprano e intentemos asegurarnos de que cualquier acción se produzca más allá de Cambridge. Los Cynster estarán preparados para ayudar a partir de las afueras de esta ciudad.

—Justo lo que pensábamos —afirmó Charles.

Logan dejó la carta de Wolverstone y contempló el mapa.

—Solo hay una cosa —observó después de unos segundos—. He aprendido por las malas a nunca confiar en la Cobra Negra. Royce da por hecho que Ferrar necesita estar presente para dirigir cualquier acción de importancia y, si bien reconozco que jamás me he topado con sectarios que actúen con independencia de algún alto mando, supuestamente Ferrar, en todos los meses que hemos estado luchando contra ellos en el campo, ninguno de nosotros consiguió ver siquiera fugazmente al propio Ferrar.

—Eso sugiere —Linnet continuó la línea de pensamiento de Logan— que Ferrar tiene secuaces en quienes confía, por lo menos en algunos, para dirigir a los demás en el campo, y así él puede dar las órdenes y estas serán llevadas a cabo aunque él no esté. Por tanto, es posible que ya haya establecido algún plan para que se ocupen de nosotros... no de nosotros en concreto, sino de cualquier correo que venga desde esta dirección.

Logan asintió y miró a Deverell a los ojos.

—Nos siguen ocho hombres, que no hacen otra cosa. Es evidente que nos espera una emboscada más adelante en alguna parte, pero ¿dónde? ¿Será a este lado de Bedford o a este lado de Cambridge? Si yo fuera Ferrar, no querría que fuera más adelante. Y aunque Del y su grupo hayan reducido sus efectivos en catorce hombres en esta zona, Ferrar tiene muchos más.

—Sobre los barcos que incapacitamos —intervino Linnet—, había por lo menos treinta sectarios, y la mayoría de ellos habrá sobrevivido.

—Poneos en el lugar de Ferrar. —Logan miró a Charles y a Deverell—. Ahora sabe, o por lo menos sospecha, que los correos se dirigen todos hacia Elveden, por lo menos hacia esa zona. Sabe que se enfrenta a correos que vienen del sur y del sureste y que existe la posibilidad de que alguno venga del oeste. Cuenta con un número ilimitado de hombres. —Señaló el mapa con una mano—. Si fuerais él, ¿dónde apostaríais un grupo para detener a un correo que viniese del oeste?

Tanto Charles como Deverell contemplaron el mapa.

—En algún punto por aquí. —Deverell señaló el mapa—, al oeste de Cambridge.

—Tienes razón —afirmó Charles—. Mañana no nos detendrán, no antes de Bedford. Será una vez que abandonemos ese lugar que nos convertiremos en una amenaza activa en nuestro último día de viaje hacia Elveden. Él no quiere que lleguemos allí, de modo que dará un paso al frente y nos detendrá... antes de Cambridge. —Apoyó los antebrazos en la mesa y contempló el mapa con el ceño fruncido—. Pero Royce quiere que los evitemos hasta después de Cambridge.

—Esa no es mi principal preocupación —aseguró Logan mientras los demás lo miraban—. Como habéis dicho, Ferrar solo tendrá un objetivo, detenernos, aplastarnos antes de que lleguemos a Cambridge. El grupo que habrá dejado para cumplir con su misión será grande. Habrá dispuesto a los hombres a su manera habitual... en números descomunales para aplastar al enemigo y asegurarse, sin ninguna duda, la victoria. —Miró a Deverell a los ojos y luego a Charles—. Por experimentados que seamos, no podemos enfrentarnos a una fuerza como esa y esperar ganar, no antes de establecer contacto con los Cynster.

Charles hizo una mueca y bajó la mirada al mapa.

Pasaron varios minutos mientras los cuatro estudiaban la difícil situación a la que se enfrentaban.

—Aunque eliminemos a esos ocho sectarios esta noche... —Deverell hizo una mueca—. Es improbable que lo logremos, no sin arriesgar prematuramente nuestras vidas.

—Por mucho que odio admitirlo, tienes razón —afirmó Charles—. No podemos eliminar a ocho de una vez.

—No nos hará falta. —Linnet se inclinó hacia delante con la mirada fija en el mapa—. Mañana lo único que tenemos que hacer es eliminar a los cuatro que no nos pierden de vista.

—Pero los otros cuatros se limitarán a ocupar su lugar. —Deverell frunció el ceño.

—No, si no saben en qué dirección hemos ido, dónde pensamos pasar la noche mañana. —Linnet miró a Logan y luego a los otros dos—. Podrán estar razonablemente seguros de que nos dirigimos hacia Cambridge, o más allá, pero no pueden saber que vamos vía Bedford. —Puso un dedo en el mapa—. Estamos aquí, en Oxford. En algún momento tendremos que pasar por aquí: por

Cambridge o más al sur. Como habéis dicho, allí es donde tendrán posicionada a la mayor cantidad de hombres. Pero necesitamos pasar una noche en el camino entre aquí y allí, y podríamos tener pensado detenernos en Stevenage, Luton, Dunstable, Letchworth, Baldock, Hitchin, o en cualquiera de entre un montón de pequeñas ciudades. Ellos no saben en cuál, y no hay modo de que lo averigüen, y por eso tenemos a ocho hombres simplemente siguiéndonos. Quieren estar por completo seguros de averiguar dónde estamos y, sobre todo, qué carretera tomaremos hacia Cambridge.

—Estoy de acuerdo contigo —señaló Logan.

—De modo que si mañana nos deshacemos de nuestros cuatro seguidores en un punto antes de que nuestro destino resulte demasiado obvio, y seguimos adelante y desaparecemos de su vista antes de que los otros cuatros se den cuenta y aceleren el paso para encontrarnos, entonces simplemente no sabrán qué camino hemos tomado y tendrán que mantener sus fuerzas donde están, dispersas y esperando hasta que averigüen dónde estamos, hacia dónde deben desviarse.

—Y si partimos antes del amanecer del día siguiente —continuó Deverell— tendremos una posibilidad de llegar a Cambridge antes de que consigan agrupar a sus tropas. —Sonrió a Linnet—. Podría funcionar.

—Desde luego. —Charles se acercó un poco más al mapa—. Ahora lo único que necesitamos es encontrar el lugar perfecto para eliminar a nuestros cuatro fieles seguidores.

Al final, fue de nuevo Linnet quien sugirió el mejor plan.

A altas horas de la noche
Bury Saint Edmunds

—¡Todavía no me lo puedo creer! —Alex, la pura imagen de la violencia reprimida, entró en el dormitorio.

Daniel lo seguía y cerró la puerta.

—Esto es... bastante impactante —observó Daniel tras una pausa mientras se concentraba en Alex, que paseaba ante el fuego—. No tenía ni idea de que Roderick pudiera ser tan... increíblemente estúpido.

—Es evidente que sí puede serlo... es evidente que lo es. —Alex continuaba paseando agresivamente y con los brazos cruzados—. No puedo perdonarle que haya utilizado nuestros nombres verdaderos, los haya puesto negro sobre blanco en un papel y luego se haya olvidado por completo; que haya sido tan estúpido como para sellar la carta de la Cobra Negra con su sello personal, centrándose únicamente en la amenaza sobre sí mismo.

A Daniel la cabeza le daba vueltas. Se acercó a la cama y se sentó. Alex sin duda pensaba mucho más deprisa que él, pero a veces merecía la pena señalar los hechos con claridad.

—Todavía necesitamos a Roderick. Asumiendo que consiga recuperar las cuatro copias de la carta, tal y como nos ha prometido, de hecho ya se ha asegurado la copia que llevaba Delborough...

—¡Gracias a los dioses! —Alex se volvió bruscamente y fulminó a Daniel con una gélida mirada—. De no haberlo hecho, nosotros, tú y yo, querido mío, no tendríamos ni idea del peligro en el que estamos ahora gracias a Roderick.

—Eso es verdad. Sin embargo, tiene una de las cuatro copias y mañana partirá con hombres suficientes para asegurarse la recuperación de la segunda carta, la de Hamilton. —Daniel inclinó la cabeza ante la mirada de Alex—. Y sí, estaré a su lado para asegurarme de que Roderick mantenga la mente centrada en lo que ahora deber ser nuestro objetivo primordial: conseguir todas las copias de la carta.

—Bien. En ti sí confío. En Roderick... —Los ojos de Alex brillaron con frialdad—. Debo admitir que tengo serias dudas sobre nuestro querido hermanastro.

—Esperemos hasta que recupere todas las cartas y entonces... vamos a tener que repensarlo. —Daniel miró a los fríos ojos de Alex—. Solos tú y yo... así será mucho más sencillo. Pero eliminar a Roderick ahora es demasiado peligroso, aquí en Inglaterra no podemos hacerlo. Después de que acabe todo este caos y estemos de vuelta en la India, a salvo y seguros en el regazo de la secta, podremos reevaluar la situación.

Alex apretó los labios y el silencio se prolongó.

—Vinimos aquí para apoyar a Roderick —apostilló Alex con voz fría y precisa— pensando que únicamente estaba en peligro su cuello. Ahora descubrimos que si algún conocido nuestro, alguien que conozca la relación que tenemos con él lee esa carta, aunque sea una copia, deducirá la implicación y, aparte de la cabeza de nuestro querido Roderick, las nuestras estarán también con la soga al cuello.

Daniel todavía seguía intentando asumir ese hecho, y no le suponía ninguna dificultad entender la ira de Alex. Aunque apenas contenida, parecía apropiada. Pero... obligó a su mente a abrirse paso entre el sobresalto y a revisitar los detalles.

—Tú y yo hemos sido cuidadosos. No se me ocurre nadie más, aparte de nuestro padre que, si llegara a tener acceso a la carta, copia o lo que sea, comprenda al instante cuál es nuestro papel en la secta.

—Eso es verdad. —Después de reflexionar unos segundos, Alex asintió lentamente.

—Si Roderick se muestra merecedor de nuestro apoyo al recuperar las cuatro copias de la carta, entonces podremos mostrarnos magnánimos y dejarlo vivir. —Daniel miró a Alex a los ojos—. De momento.

Pasó un tenso y prolongado silencio antes de que Alex soltara el aire que estaba reteniendo y asintiera.

—De momento.

Como una marioneta cuyas alas hubiesen sido cortadas, Daniel se dejó caer en la cama con la mirada fija en el dosel sobre su cabeza.

Pasó otro largo momento antes de que Alex apareciera en su línea de visión y se detuviera a sus pies para contemplarlo.

Daniel enarcó las cejas.

—Cuando todo esto haya terminado, Roderick pagará por ello.

—Desde luego que lo hará. —La sonrisa de Daniel era genuina—. Ya nos aseguraremos de ello.

—Quítate la ropa. —Alex asintió sin apartar la mirada de los ojos de su hermano.

—Con mucho gusto. —La sonrisa de Daniel adquirió un tinte lascivo.

CAPÍTULO 15

20 de diciembre de 1822

Abandonaron Oxford temprano y viajaron bajo una constante llovizna, aunque al menos el viento había amainado. Siguieron el plan de Linnet y en lugar de dirigirse directamente a Bedford por la carretera que atravesaba Buckingham y Newport Pagnell, fueron hacia el sur por la ruta que atravesaba Aylesbury. Allí se detuvieron para tomar una comida temprana, y también para confirmar que sus ocho perseguidores seguían con ellos. Después, volvieron a ponerse en marcha y se dirigieron hacia el noreste hacia Linsdale.

Linnet se sentó en el carruaje envuelta en su capa y desplegó el mapa sobre su regazo. Mientras continuaban camino, repasó el plan por enésima vez, pero no consiguió ver más mejoras que pudiera hacerle.

Miró a Logan, que iba sentado a su lado y observaba distraído el paisaje. Charles estaba sentado frente a ella, recostado en su rincón con los ojos cerrados, aparentemente relajado. Los sables amontonados de Logan, Charles y Linnet descansaban junto a Charles con las dos finas, aunque resistentes cuerdas que le habían encargado a David que comprara en Oxford esa misma mañana. Deverell, ya armado, viajaba sentado en el pescante junto a David, con la mirada fija en el punto en que Linnet había elegido para la emboscada.

Pasaron de largo el desvío hacia una carretera secundaria marcada con un poste indicador. Linnet volvió la cabeza y retuvo el nombre escrito antes de consultar el mapa. Si bien se había sentido bastante confiada en que los tres hombres, de mentes preclaras como solían ser, y por tanto completamente centrados en conseguir el objetivo común, apreciaran el mérito de su plan, no se había sentido tan segura de que fueran a seguir sus órdenes en lugar de cambiarlas.

Pero no. Les había gustado el plan, lo habían apreciado y no habían mostrado ninguna señal de querer tomar el mando. Incluso habían aceptado sus órdenes, incluía, al parecer, la parte que ella tenía intención de jugar en la ejecución del plan.

Tampoco habían dicho nada cuando, en Aylesbury, había decidido bajar su bolsa del carruaje, pedido al posadero el uso de una habitación, y se había cambiado de ropa, poniéndose los pantalones. Una vez vestida, se había envuelto por completo en la capa para que nadie pudiera ver el escandaloso atuendo, al menos no hasta que estuviera de nuevo a salvo en el carruaje.

Logan había apretado los labios, pero él tampoco había hecho ningún comentario, impidiendo la respuesta cuidadosamente preparada de Linnet de que era imposible blandir bien una espada, de cualquier clase, vestida con faldas.

—Linsdale está más adelante —anunció Deverell—. Veo el puente que hay más allá, pero solo porque estoy sentado aquí arriba... —Tras un instante, añadió—: Parece el lugar perfecto para nuestro propósito.

David ralentizó la marcha al entrar en la pequeña ciudad rural. Dentro del coche, Linnet, Logan y Charles se prepararon rápidamente ajustándose los cinturones de las espadas y comprobando los cuchillos. Linnet se quitó la capa y miró por la ventanilla, hacia la plaza que quedaba a un lado.

—Es día de mercado.

—Una ventaja añadida —afirmó Logan—. Ralentizará un poco más a los cuatro que nos siguen y a los que van detrás. Y eso no nos hará ningún mal. —Habían confirmado en Aylesbury que sus perseguidores seguían fieles al mismo patrón que el día anterior.

David tuvo que serpentear por la abarrotada calle que bordeaba la plaza, pero al cabo de un rato consiguió atravesar la multitud. Linnet, Logan y Charles se pusieron de pie y ajustaron sus armas. Logan y Charles agarraron las dos cuerdas mientras David seguía las órdenes que había recibido y espoleaba a los caballos para salir lo más deprisa posible de la pequeña ciudad hacia el puente que había más adelante.

—Ya casi estamos —anunció Deverell— y todavía no veo a nuestros perseguidores.

—Bien —contestó Linnet. Eso era esencial para que funcionara su plan.

El carruaje ralentizó la marcha bruscamente. Charles salió por una de las portezuelas, la espada colgada de la cadera, la cuerda en una mano. Deverell saltó del carruaje por el otro lado desde el pescante. Linnet lo vio levantarse y correr hacia el pilar del puente del lado de la ciudad.

Los caballos continuaron despacio hacia delante. Linnet y Logan se agarraron con fuerza mientras el carruaje se sacudía al cruzar el estrecho puente antes de que David los sujetara de nuevo.

—Buena suerte. —Logan miró a Linnet a los ojos antes de volverse hacia la portezuela.

—Lo mismo digo. —Linnet agarró la manecilla de la portezuela de su lado, la abrió, puso un pie en el escalón, esperó a que el carruaje hubiera reducido la marcha lo suficiente y saltó a la carretera.

El pilar de ese lado del puente quedaba a unos cuantos pasos por detrás y ella corrió en su dirección mientras David fustigaba a los caballos para que aceleraran el paso. Un poco más adelante había una curva, David se dirigiría hacia ella como si no hubiera pasado nada y se detendría en cuanto la hubiera superado, fuera de vista desde el puente.

El río Ouzel corría raudo por debajo del puente, caudaloso

y ruidoso, e impedía que se oyera cualquier otro sonido. Las orillas se inclinaban profundamente desde los pilares a los lados del puente de piedra, pobladas de ramaje, helechos y hierbas. Junto a su pilar, Linnet miró al otro lado del río y apenas consiguió atisbar a Deverell, agachado junto al pilar de ese lado, y solo lo vio porque tenía la espalda vuelta hacia ella.

Un breve silbido llamó su atención al otro lado de la carretera. Logan frunció el ceño en su dirección y lanzó la cuerda que llevaba en una mano. Ella atrapó un extremo y ágilmente, manteniéndose todo lo agachada que pudo, la enganchó alrededor del pilar de piedra y la ató con fuerza con un nudo marinero. Con el otro extremo en la mano, Logan se dejó caer fuera de vista junto a su pilar.

Linnet hizo lo mismo y se agachó hasta quedar oculta entre los helechos. Aguzó el oído en un intento de escuchar por encima del incesante borboteo del río.

Un detalle que no había previsto.

Pero de repente oyó el fuerte golpeteo de cascos los caballo sobre el puente. Enseguida le llegó un grito agudo y un fuerte estruendo.

Linnet miró hacia arriba y vio a un jinete por encima de ella que miraba hacia atrás.

Antes de ver su expresión de horror en la cara, ella supo que los dos sectarios que cabalgaban detrás de ellos, y que habían salido volando de las sillas por culpa de la cuerda que Charles y Deverell habían alzado de repente, estaban siendo despachados.

Los dos primeros, que ya estaban sobre el puente, querían ayudar a sus compañeros, pero el puente era demasiado estrecho para ellos, que cabalgaban en fila y estaban siendo empujados por las monturas de sus compañeros, y los obligó a darse la vuelta. Primero tenían que abandonar el puente. Tal y como ella había supuesto, y esperado, gritaron y espolearon a los caballos para que continuaran hacia adelante.

Logan tiró con fuerza de la cuerda que había estado sujetando para levantarla lo suficiente como para pasarla por encima de las cabezas de los caballos y derribar al segundo par de sectarios de su sillas.

Cayeron al suelo y sus caballos continuaron hacia delante, seguidos por los de sus compañeros. Los sectarios se hicieron un ovillo para evitar ser atropellados.

En cuanto los caballos pasaron, Logan ya estaba en el puente atacando a su sectario y arrastrándolo hacia la carretera. El sectario gritaba, se retorcía, pero no tenía ninguna posibilidad ante Logan, que utilizó la empuñadura del sable para golpearlo en la cabeza y dejarlo sin sentido antes de levantarlo, darse la vuelta y arrojarlo hacia el segundo sectario que, espada en mano, se encontraba cara a cara con Linnet.

Los dos sectarios cayeron al suelo en una maraña de extremidades. Linnet eligió el momento, avanzó un paso y con la empuñadura de su arma golpeó limpiamente a su sectario, el que seguía peleando, en la cabeza. Logan llegó hasta ellos, agarró a uno de los hombres inconscientes y volvió con él hacia el río. Dio unos cuantos pasos con cuidado en la ribera del río, levantó al sectario inconsciente y lo arrojó en mitad de las rápidas aguas. La corriente atrapó el cuerpo al instante, lo hizo girar y se lo llevó deprisa. Al volverse vio a Linnet arrastrando el otro cuerpo hacia él.

Logan levantó la desmayada forma y la arrojó tras el primer cuerpo. Charles y Deverell ya habían hecho lo mismo con los dos que habían derribado. Recogieron las cuerdas y saltaron rápidamente al puente. Con la cuerda que Logan había utilizado ya entre sus manos, Linnet se volvió y echó a correr hacia el carruaje.

Logan llegó a la parte alta de la ribera y miró fugazmente a su alrededor. No había sangre, no había destrozos. Nada que alarmara a los otros cuatros sectarios, los que en ese momento no estaban de guardia, cuando llegaran poco después.

Satisfecho de que el plan de Linnet hubiera funcionado a las mil maravillas, Logan sonrió mientras los otros dos se reunían con él y los tres echaban a correr detrás de Linnet.

La alcanzaron junto al carruaje. Logan abrió la portezuela y la sostuvo mientras ella saltaba al carruaje, y luego se lanzó al interior.

Charles y Deverell entraron por el otro lado.

David no esperó a que las portezuelas se cerraran antes de espolear a los caballos. Las cuatro monturas de los sectarios ya habían pasado al galope. Daba igual adónde fueran los caballos sueltos siempre que se mantuvieran fuera de vista desde la carretera.

Desplomado en el asiento del carruaje mientras esperaba a recuperar el aliento, Logan era consciente de que sonreía ampliamente y vio las mismas expresiones de júbilo en los rostros de Charles y Deverell. Incluso Linnet sonreía mientras desplegaba el mapa, echaba un vistazo y levantaba la cabeza para gritarle a David:

—A la izquierda, eso es hacia el norte, en el cruce en Leighton Buzzard, David... mantente fiel a la ruta que hemos hablado.

—A la orden mi capitán, señora —fue la respuesta que llegó desde arriba.

Linnet soltó una carcajada y de inmediato todos reían felices, dando rienda suelta a su alegría y euforia.

La operación «El puente a las afueras del Linsdale», como Charles la había bautizado, resultó todo un éxito. Mientras traqueteaban bajo la cada vez más débil luz, no detectaron ninguna señal de sus perseguidores.

Incluso después de llegar a Bedford y al hotel Swan, y de que Charles y Deverell se quedaran atrás para echar un vistazo a la carretera y comprobar si los últimos cuatros sectarios habían conseguido retomar su rastro, no vieron aparecer a ninguno.

Todos estaban de un excelente humor cuando se sentaron a cenar en el salón privado que Wolverstone les había reservado. Disponían de un par de grandes habitaciones en la primera planta de la posada, una en cada esquina. Una daba a la ribera del río, el Great Ouse, mientras que la otra proporcionaba unas excelentes vistas de la calle Bedford High.

Decidieron cenar temprano, con el propósito de partir al día siguiente antes del amanecer. Aunque no era su intención celebrar lo que todos sabían era solo un alivio temporal, su humor se fue relajando a medida que iban satisfaciendo su apetito con la excelente comida de la posada, y cuando les fue servida una bien surtida fuente de queso y un cuenco de fruta, y también unas copas de excelente oporto para los hombres, se acomodaron para repasar las órdenes que Wolverstone les había dejado allí.

—Bueno. —Charles hizo los honores leyendo la carta de Wolverstone. Se reclinó en su asiento y tomó un sorbo de oporto antes de centrarse en las hojas que tenía en la mano—. Como de costumbre, empezaremos con lo más reciente hasta esta mañana, cuando Royce escribió esto. La acción de ayer en Ely resultó en que Delborough y los Cynster hicieron saltar la trampa y, aunque Larkins, el hombre de retén, resultó muerto, al parecer a manos del propio Ferrar, el villano consiguió escapar sin ser visto y se llevó con él la copia de la carta que llevaba Delborough, un señuelo tal y como habíamos supuesto.

—Ya lo he dicho —afirmó Logan—, Ferrar es muy listo y tiene mucho cuidado de no ser visto jamás. Dicho lo cual, parece que en esta ocasión ha escapado por poco. Puede que se haya puesto nervioso.

—Esperemos que sea así. —Charles continuó con la lectura—: Hamilton y su compañía llegaron a Chelmsford a última hora de la noche y hoy se dirigirán al norte seguidos, al menos, por ochos sectarios. Royce, Delborough y los Cynster tienen idea de estar en Sudbury a la hora de comer, ya que suponen que cualquier emboscada de importancia tendrá lugar después de ese punto, en el tramo más abierto que conduce a Bury.

—Royce dice —Charles frunció el ceño— que le ha pedido a Hamilton, que viaja con una dama, una tal señorita Ensworth…

—¿La señorita Ensworth? —interrumpió Logan sorprendido.

—¿Quién es? —preguntó Deverell.

—La sobrina del gobernador de Bombay. Ella estaba allí de visita... era la dama a la que escoltaba Macfarlane desde Poona, el motivo por el que estaba allí y encontró la carta... Y ella fue quien la llevó a Bombay cuando Macfarlane se quedó atrás. —Logan meneó la cabeza—. ¿Qué demonios estará haciendo con Gareth?

—Seguramente lo mismo que hace Linnet contigo. —Charles sonrió a Linnet y se encogió de hombros de manera exagerada—. Se habrá implicado demasiado como para poder quedarse atrás sin peligro.

Linnet reaccionó con una mueca. Ella no tenía nada que ver con esa delicada sobrina del gobernador.

—De todos modos —Charles regresó a las órdenes—, Royce le ha pedido a Hamilton que redacte otra copia de la carta señuelo que lleva encima, de manera que, caso de que fuera necesario, Hamilton pueda sacrificar su portarrollos con la copia señuelo y aun así Royce y los otros en Elveden puedan estudiar la carta y evaluar su contenido. Después de que Delborough haya sacrificado su copia, Royce necesita leer esa importante misiva.

—Royce no debe haberse sentido muy feliz. —Deverell sonrió—. Un antiguo maestro del espionaje al que se le niega la pieza esencial de inteligencia.

—Así es, pero añade que, dado que dispondrá de una copia a través de Hamilton, si fuera necesario nosotros también podemos sacrificar la nuestra si hacerlo supusiera alguna ventaja. En su opinión, la Cobra parece estar comportándose tal y como se espera de él al intentar recuperar todas las copias, ya que no tiene ninguna idea de cuál de los cuatro correos lleva la original. —Charles se detuvo antes de continuar con la lectura—. Nuestra ruta específica para mañana es exactamente la que habíamos supuesto... Desde aquí tenemos que ir directamente hasta

Elveden vía Saint Neots, Cambridge y Newmarket. Serán casi ciento cinco kilómetros al parecer, y nos aconseja que no nos detengamos, que vayamos directamente allí. Los Cynster estarán situados alrededor de Cambridge y más allá, pero dependiendo de los movimientos del enemigo, puede que ni siquiera los veamos…

Charles miró a Linnet y sonrió.

—Será mejor que pidamos una cesta con comida para llevar.

Ella enarcó las cejas con un gesto altivo, sin inmutarse ya por sus bromas.

—Pues eso es todo. —Charles se irguió y arrojó la carta sobre la mesa—. Parece que nuestra idea de partir antes del amanecer y viajar a toda prisa hacia Cambridge es, en efecto, lo más acertado.

Todos estuvieron de acuerdo. Deverell señaló que con la temprana salida, la consiguiente temprana aparición en Cambridge, a unos cincuenta kilómetros, podría pillar a los Cynster desprevenidos.

—Eso da igual. —Tras reflexionar, Charles se encogió de hombros—. Tenemos que partir temprano, de eso no hay ninguna duda, pero aunque volemos hasta allí y nuestra escolta no nos siga, es poco probable que no vean a algún sectario a quien dar caza. —Sonrió—. Conociendo a los Cynster implicados, estarán más que felices de hacer limpieza.

Deverell asintió. Salió del salón para confirmar la hora de partida con David y pedir la comida necesaria. Logan se levantó, se acercó a la ventana y miró afuera.

Cuando Deverell regresó y cerró la puerta, Logan se dio media vuelta y se detuvo junto a la mesa.

—Hemos despistado a nuestros perseguidores, pero los sectarios nos estarán buscando. Con suerte, no nos encontrarán antes de que nos marchemos, pero he aprendido a nunca fiarme de la Cobra Negra. Dispone de muchos hombres y, en anteriores ocasiones, cuando se le ha presionado, ha mostrado cierta tendencia a lo inesperado, a actuar de una manera tan descabellada que a nosotros jamás se nos ocurriría pensar en ello, mucho menos prepararnos para hacerle frente. —Miró a los demás a los ojos—. Sigue siendo necesario montar guardia.

—Estoy de acuerdo. —Charles se apartó de la mesa—. Pero dada nuestra temprana partida, solo nos harán falta tres guardias... ¿Por qué no hacéis Linnet y tú la primera, yo la del medio y Deverell la última?

Todos asintieron para mostrar su acuerdo.

—Al menos —observó Logan mientras Linnet se levantaba y se dirigía hacia la puerta—, en un edificio tan sólido como este, con la humedad que hay aquí y el río tan cerca, no tendremos que temer que prendan fuego a la posada.

Bury Saint Edmunds

—Entiendes que tenía que morir, ¿verdad? —En el salón de la casa que habían convertido en su cuartel general en Bury Saint Edmunds, Alex llenó la copa de Daniel del decantador de brandi que Roderick había encontrado en el aparador cerrado con llave.

Mientras tomaba un buen trago, a Daniel le pareció muy oportuno. Como de costumbre, Alex se mantenía abstemio, pero esa noche él también había tomado un pequeño sorbo.

—Pobre Roderick. —Alex sacudió la cabeza y dejó el decantador en el aparador—. Tan... tristemente ineficaz.

—Así es —Daniel bebió otro trago.

Todavía estaba ligeramente conmocionado, no por la muerte de Roderick, pues eso, sospechaba, se lo llevaba buscando desde hacía tiempo, pues había sido la falta de previsión del idiota de su hermanastro ante las posibles consecuencias lo que había terminado con los tres en esa situación. Aun así, él no lo había visto venir, no vio la Muerte en los ojos de Alex hasta que la daga encontró su entrada.

Pero Alex tenía razón. Roderick tenía que morir, allí y entonces, en ese momento. Gracias a la agilidad mental de Alex, ellos dos habían conseguido escapar.

Daniel alzó su copa y sostuvo la mirada de Alex, que se había sentado en el sofá.

—Por Roderick, el muy idiota, que estuvo convencido hasta el último momento de que nuestro padre siempre lo salvaría. Era un imbécil, pero era nuestro hermano. —Bebió.

—Medio hermano —le corrigió Alex mientras sus labios se curvaban—. Por desgracia, le faltaba la mejor mitad, la mitad más lista.

Daniel inclinó su copa en un gesto de reconocimiento, pero no dijo nada. Alex y él compartían padre, pero sus madres eran otras, de manera que la mitad más lista a la que había aludido Alex, le faltaba a él también. Contempló su copa y decidió que era mejor dejar de beber.

—Pero Roderick ya no importa, querido. Nosotros sí. —La voz de Alex era baja aunque clara y siempre atrayente—. Y debemos dar los pasos necesarios para asegurar que nuestros cuellos permanezcan libres de la soga.

—Desde luego. —Daniel soltó la copa y sostuvo la mirada de Alex—. Como siempre, estoy a tus órdenes, pero sospecho que lo mejor sería que fuera a vigilar a Monteith. Necesitamos su copia de la carta.

—Mientras estás en ello —dijo Alex—, yo organizaré el siguiente paso. Por desgracia, aquí estamos demasiado cerca de donde Roderick encontró su final. Nuestros enemigos podrían pensar en buscar por aquí. Iré a otro sitio, no demasiado lejos, para cuando regreses con la carta de Monteith.

—Y luego necesitaremos un lugar para darle la bienvenida a Carstairs.

—En efecto. —Los ojos de Alex brillaron—. Empezaré a trabajar en ello también mañana. Ahora que sabemos que viene por el Rin, y con bastante rapidez, es casi seguro que pasará por Rotterdam. Ya he dado órdenes a todos a los que están al otro lado del Canal para que se aseguren de que reciba una recepción muy cálida. Pero dado que los otros tres han venido por aquí, ¿qué probabilidades crees que hay de que se dirija hacia Felixstowe o

Harwich? A fin de cuentas son los puertos más cercanos y convenientes a este lado del país.

—Será él quien lleva la carta original, ¿verdad?

—El hecho de que venga por la ruta más directa... —dijo Alex—. Nuestro marionetista no está intentando atraer a los sectarios hacia él, sino proporcionarle la ruta más corta y segura, la mayor posibilidad de llegar hasta su amo. Por eso es el último, y también por eso Monteith viene desde la dirección opuesta.

—De modo que Carstairs no tardará mucho.

—No, pero lo que tengo planeado para él en Rotterdam por lo menos lo retrasará, y eso es todo lo que necesitamos. —Alex miró a Daniel—. Tú ocúpate de Monteith y déjame a mí organizar la bienvenida a Carstairs. Para cuando regreses con la carta de Monteith, todo estará preparado. —Alex sonrió maliciosamente—. Quienquiera que sea nuestro marionetista, te aseguro que Carstairs nunca llegará a él.

—Será mejor que me ponga en marcha si quiero reunirme esta noche con los hombres —dijo Daniel asintió y se puso de pie.

—¿Exactamente dónde están?

—En un granero desierto a las afueras de un pueblo llamado Eynsbury. Los dejé allí con órdenes estrictas de mantener la vigilancia sobre Monteith y asegurarse de que no llegue a Cambridge. Sabrán dónde pasa la noche. —Daniel sonrió al imaginarse la masacre—. Creo que voy a hacerle al mayor Monteith una visita a medianoche.

—Muy bien. —Alex entendió lo que estaba planeando su hermanastro—. Y quién sabe qué posibilidades nos traerá el mañana. Cuídate, querido, te veré mañana, en cuanto hayas conseguido la copia de Monteith.

—Hasta mañana — se despidió Daniel.

Se dio media vuelta y echó a andar hacia la puerta; por eso no vio la mirada que Alex posaba sobre él.

No sintió el frío y penetrante peso de esos ojos azul hielo.

Después de que hubiera cruzado el umbral y desaparecido, Alex permaneció contemplando el espacio vacío.

Debatiendo.

Pasaron varios minutos.

Hasta que se volvió y miró hacia la puerta situada en el extremo más alejado de la habitación.

—¡M'wallah!

Cuando la fanática cabeza de su guardia personal apareció, Alex le habló con frialdad:

—Que ensillen mi caballo y preparen mis pantalones y chaqueta de montar, y mi abrigo. Tengo previsto estar fuera toda la noche.

Al darse la vuelta, Alex miró de nuevo hacia la puerta por la que había salido Daniel.

Daniel era, Alex estaba convencido, totalmente de fiar.

Pero en ocasiones la confianza no bastaba.

Tenía una muy mala sensación sobre lo que estaba sucediendo. Sobre la calidad de sus oponentes.

Con los pálidos ojos todavía fijos en la puerta, Alex se levantó y soltó la copa de brandi que apenas había tocado.

—Espero equivocarme, querido mío. Espero equivocarme.

El gato escaldado del agua fría huye. Alex abandonó la habitación para cambiarse y partir.

21 de diciembre de 1822
Hotel Swan, Bedford

Linnet permanecía sentada junto a Logan en el último escalón de la primera planta del hotel. A su alrededor, el lugar estaba en silencio, tranquilo, adormecido. La oscuridad los envolvía y, en lugar de haber dejado una vela encendida que revelara su posición, habían permitido que la noche los abrazara tras acomodar la vista a la oscuridad.

Hacía un rato que los relojes de la ciudad habían dado las

campanadas de medianoche, pero el hotel se había sumido en el silencio mucho antes. En esa época del año no había clientes deseosos de trasnochar. La mayoría de los que había visto Linnet parecían viajeros de camino hacia algún lugar.

Igual que ellos.

En su caso, sin embargo, ya no estaba segura de hacia dónde iba. Primero a Elveden, pero ¿y después? ¿Adónde la llevaría la vida? ¿De regreso a Mon Coeur y a una vida en soledad, rodeada de su gente?

Se sacudió los molestos pensamientos que giraban en círculo en su mente y deslizó una mano por el muslo, el suave cuero del pantalón le resultaba familiar y tranquilizador. Se había puesto un vestido para cenar, pero después se había cambiado de nuevo a sus pantalones. Si la secta iba a buscarlos, en ese momento o más tarde, no podría huir o pelear contra nadie con un vestido puesto. Al menos no con eficacia. Y mientras estuviera con Logan, luchando junto a él, necesitaba la máxima eficacia.

Su movimiento había llamado la atención de Logan, cuya mirada notaba incluso en la penumbra.

Con los codos apoyados en las rodillas, las manos aprisionadas entre ellos, Logan estudió el perfil de Linnet durante unos segundos.

—Hoy... No debería decir que ha sido divertido, pero lo fue. Mucho más que quedarse sentado en un carruaje, avanzando paso a paso, esperando a que la Cobra ataque. Quedarse sentado y esperar no encaja con ninguno de los dos... ni con los otros dos. Tu plan fue genial, y tu ayuda en su ejecución muy apreciada.

—Sé que quieres asegurarme que no sientes repulsión al verme blandir una espada. —Se volvió y lo miró a los ojos antes de colocar una mano sobre el brazo de Logan y apretar delicadamente—. Sé que no tiene importancia para ti... que no vas a pensar menos de mí por ello. Pero —A través de las sombras, Linnet intentó interpretar la mirada de Logan—, créeme, otros, muchos otros, en realidad la mayor parte de la sociedad, lo verá de otro modo. No, no digas nada, no intentes convencerme de lo contrario, pues lo sé. —Le sostuvo la oscura mirada—. No soy, y jamás seré, una esposa adecuada para el hijo de un conde. Sí, sé que a Penny le gusta montar a caballo en pantalones, y que seguramente le encantaría blandir una espada, pero esa no es la cuestión. Ella no solo es de alta cuna, sino muy bien educada y capaz de hacer todas esas cosas que yo no sé. Las cosas sociales, cómo comportarse en los salones de las duquesas, asistir a bailes, saber qué decir a cada momento. —Linnet se detuvo y respiró hondo—. Soy la que soy y no puedo cambiar, no solo porque me resultaría difícil, sino porque para ser quien debo ser a ojos de todos los que dependen de mí, necesito ser quien y lo que soy ahora.

Logan había abierto la boca una vez, pero tras un gesto de Linnet, la había cerrado para permitirle hablar sin interrupciones, para escucharla con atención, concentrado, como ella le había pedido. Y seguía mirándola, aunque con el ceño fruncido.

Logan obligó a sus manos a permanecer relajadas, ligeramente entrelazadas. Ella acababa de proporcionarle la ocasión perfecta para confesarle la verdad sobre su nacimiento, pero... aún no había visto todo lo que deseaba mostrarle antes de contarle la verdad. Linnet no había visto, y por tanto no conocía, todos los factores que, a su juicio, la convencerían más allá de toda duda de que casarse con un bastardo de buena cuna era precisamente lo que debía hacer.

Se dijo a sí mismo que era el momento de hablar a pesar de todo. Aun así... el miedo, frío, férreo en su simplicidad, se lo impidió. No podía arriesgarse. La mera idea de no conseguir convencerla le helaba la sangre. Lo agitaba. La necesitaba muchísimo... como su esposa.

—No quiero que cambies. —Le sostuvo la mirada—. Te quiero exactamente como eres... la corsaria bucanera, la reina virgen de Mon Coeur. Valoro todo lo que eres ahora mismo, cómo eres ahora mismo y la verdad, la auténtica verdad, es que me enfrentaría a cualquiera que intentara obligarte a cambiar.

—¿Y cómo podrá funcionar? —preguntó Linnet mientras

suspiraba y sus labios describían una mueca de resignación—. ¿Cómo podré estar a la altura de lo que tú necesitarás cuando retomes tu puesto por derecho? —Extendió los brazos—. ¿Cómo puedo yo, alguien como yo, encajar en el molde de tu esposa?

—No existe tal molde. —Logan apretó la mandíbula—. Y si lo hubiera, yo lo rompería. —Se volvió hacia ella, le tomó el rostro entre las manos, buscó en su mirada y deslizó la suya por cada uno de los amados rasgos. Finalmente la miró a los ojos—. Destrozaré cualquier molde y lo remodelaré... para que encajes en él. Solo tú. Tú eres la dama que yo deseo. Tú eres todo lo que yo deseo. Todo lo que necesitaré siempre, ahora y eternamente. Sé que no entiendes cómo puede ser posible, cómo y por qué esto... tú y yo, casados, un equipo para siempre... funcionará, y ahora mismo, aquí, no te lo puedo explicar. Lo haré en cuanto estemos sanos y salvos. En Elveden tendremos tiempo. —Le sostuvo la mirada implacable, deseando contagiarle esa certeza, imprimirla en ella con su mirada y sus palabras—. Confía en mí... tú eres la dama que yo deseo. No consentiré tener a nadie más y jamás dejaré de desearte. Solo a ti. —Logan buscó de nuevo en los ojos de Linnet—. Jamás dejaré de necesitarte. Solo a ti. —Lentamente, inclinó la cabeza, sujetó el rostro de Linnet y la atrajo hacia sus labios—. Así —susurró sobre esos labios.

Y la besó.

Y por una vez dejó caer su coraza de guerrero. Permitió que todo lo que sentía por ella, y que normalmente ocultaba..., no la pasión y el deseo, sino la ternura, el amor, el anhelo..., se elevara y se mostrara. Permitió que esos sentimientos más tiernos, aunque no menos intensos, colorearan el beso. Les permitió brillar resplandecientes.

Permitió que ella los viera.

Y Linnet los vio. Embelesada, fascinada, los vio y sintió que se desmayaba. Levantó una mano y la posó sobre el dorso de la mano de Logan..., su ancla. Percibió, la sintió en lo más profundo, la ternura que habitaba en él.

Y en ese instante, creyó.

En ese instante supo que lucharía por aquello, por mantenerlo..., a él y su amor, porque ¿qué si no podía ser aquello?... Eternamente.

Profundamente, cuan ancho era el mar, Linnet lo sintió como algo que no conocía límites ni ataduras.

Que englobaba todo lo que era ese hombre y era una promesa eterna.

Los labios de Linnet se movieron bajo los de Logan, delicadamente, tan delicados como habían sido los de él, para devolverle la misma promesa. La misma ternura.

La revelación de un amor infinito y eterno.

Durante largo rato, esa realidad se sostuvo en la palma de la mano de Logan.

Hasta que un sonido llegó hasta ellos.

Se apartaron bruscamente, de inmediato en alerta, los dos demasiado guerreros para resistirse a la llamada durante más de un segundo.

Miraron a su alrededor, buscaron, escudriñaron entre las sombras. Escucharon con atención.

—¿Alguna idea? —preguntó Logan al fin soltando el aire que había estado reteniendo.

Linnet meneó la cabeza mientras despacio, en silencio, ambos se levantaban.

De nuevo escucharon, se volvieron y ladearon las cabezas.

Arañazos, algo que se movía contra las paredes exteriores. Un golpe, un sonido suave y sibilante.

—Es más de media noche y hace muchísimo frío. —Linnet frunció el ceño—. ¿Qué demonios puede estar haciendo alguien ahí fuera?

Antes de terminar de pronunciar las palabras, oyeron un fuerte crujido. Y luego otro.

Segundos más tarde los dos olieron el humo.

—¿La secta? —Linnet miró a Logan con ojos desmesurados.

Él frunció el ceño, le agarró la mano y echó a andar hacia la habitación.

—Esto es ridículo incluso para ellos… El edificio está hecho casi todo en piedra y lo que no es de piedra estará empapado. No va a arder. ¿Qué demonios intentan conseguir?

—¡Fuego! —gritó alguien desde el exterior, como si le estuviera respondiendo.

Y se desató el caos.

CAPÍTULO 16

Desde la entrada del callejón en el lado opuesto de la calle Bedford High, Daniel Thurgood observaba a los sectarios reunidos llevar a cabo sus órdenes con su habitual celo. Montado sobre su caballo negro, contemplaba con creciente entusiasmo la actividad alrededor del hotel.

Una hora antes había llegado cabalgando al campamento cerca de Eynesbury y descubierto que su meticuloso plan había dado fruto. Si bien los hombres que seguían a Monteith y sus guardias habían perdido su rastro, el hombre que dejó apostado en Bedford ya había regresado a caballo para informar de que el mayor, una mujer y dos guardias pasaban la noche en el hotel Swan.

Daniel había llevado su propia guardia de doce, ocho asesinos y cuatro guerreros, cada uno de ellos más experimentado que el sectario habitual. Aunque en la persecución de Delborough y Hamilton habían sufrido pérdidas de hombres y muchos seguían desperdigados por las costas del sur y el sureste; aunque Alex retenía a un número significativo para desplegar en el este, además de su guardia personal, muy parecida a la suya, tenía sectarios más que suficientes en Bedford esa noche para llevar a cabo su misión: atrapar a Monteith y su portarrollos.

Su guardia se mostraba inquieta, deseosa de participar en la diversión. Los doce se encontraban en ese momento de pie tras él, ocultos en las profundas sombras del estrecho callejón. El resto de los sectarios, en grupos de ocho, habían rodeado el hotel, situado al final de la manzana, y en los tres lados, la parte delantera que daba a la calle, el lado que daba al río y la parte trasera que daba a las caballerizas, habían encendido sendas hogueras junto a todas las puertas y bajo cada ventana.

En esos momentos el humo se estaba espesando, alzándose para engullir el edificio.

No tenía ninguna intención de quemar el edificio, construido en sólida piedra y pizarra, que no ardería. Pero era invierno en Inglaterra, había mucha madera y carbón amontonados en cobertizos en la parte trasera del hotel. Y lo único que necesitaban él y sus hombres era humo.

Suficiente humo para provocar el pánico y que todo el mundo saliera corriendo del hotel.

Oliendo la victoria en el humo que impregnaba el aire, los firmes labios curvados en una cruel certeza, Daniel levantó el pañuelo de seda negra que llevaba atado al cuello y lo ajustó para ocultar sus rasgos mientras contemplaba las nubes de color gris sucio y otras blancas más espesas crecer y tragarse el hotel.

A unos noventa metros calle Bedford High arriba, más allá del río y el hotel Swan, Alex, también a caballo, se ocultaba entre las sombras en la esquina de una callejuela y estudiaba la actividad que tenía lugar en la fachada delantera del hotel.

Vestido con chaqueta y unos elegantes pantalones de montar, envuelto en un grueso abrigo, la cabeza cubierta con un sombrero y una gruesa bufanda tapándole la cara, Alex manejaba distraídamente el enorme caballo castaño que M'Wallah había requisado, toda la atención fija en la puerta principal del hotel, que se abrió de golpe para dar paso a los confusos y aterrorizados residentes.

Al observar cómo las personas, vestidas con ropa de dormir y batas que ondeaban al viento, tosían en medio de la calle, y fijarse en cómo el humo entraba por la puerta delantera, Alex se preguntó si Daniel habría situado hombres en todas las salidas del edificio. Miró hacia arriba y, a pesar de la oscuridad, vio columnas de humo alzarse desde los otros dos lados accesibles del hotel, y sus labios se curvaron en un gesto de aprobación. Daniel no había pasado por alto las puertas traseras.

Evaluó el plan de Daniel, calculó el probable desenlace, y su satisfacción aumentó más y más. Al parecer ese ataque, en las manos más capaces de Daniel, sí iba a tener éxito.

A pesar de todo, el propósito de Alex esa noche no era el de ayudar.

El gato escaldado del agua fría huye.

En la oscuridad y mientras observaba atentamente la incursión, el único objetivo de Alex era asegurarse de que en esa ocasión nada saliera mal.

Era el ataque que Logan había temido, pero seguía sin encontrarle ningún sentido. Ni siquiera un sectario iluso podría imaginar que sería capaz de convertir el hotel Swan en un ardiente infierno.

Linnet y él habían recorrido toda la galería de la primera planta llamando a las puertas a su paso. Linnet había seguido por el pasillo, llamando y gritando, dejándole a él la tarea de despertar a sus amigos.

Logan llegó a la habitación de Charles y Deverell y golpeó la puerta con fuerza mientras gritaba «¡Fuego!», y luego se dirigió a la habitación que compartía con Linnet. Rebuscó en su bolsa, recuperó el portarrollos y lo sujetó con el cinturón a la espalda para mantenerlo fijo contra la columna, oculto por la caída del abrigo. Ya llevaba la daga en la bota. Se abrochó el cinturón del sable, aflojó la hoja y agarró la capa y el cuchillo de Linnet mientras corría hacia fuera.

La galería se estaba llenando de humo y de personas desorientadas, que empujaban y tosían, algunas gritaban. Logan se volvió hacia la puerta de los otros dos justo en el momento en que se abría y Deverell salía, seguido de Charles, ambos completamente vestidos y armados.

Miraron a su alrededor y no se molestaron en preguntar qué estaba sucediendo.

El personal del hotel apareció en la planta baja, mientras que otros bajaban desde el ático. Todos estaban muertos de miedo, pero hicieron lo mejor que supieron para llevar a los clientes a la planta inferior y a la puerta delantera.

Alguien había abierto de par en par la doble puerta para facilitar aún más la entrada del humo y que subiera por la escalera, que ejercía de chimenea. Logan salió a la galería y escudriñó a través de las nubes de humo: había más entrando por las puertas del comedor y el salón delantero del hotel, que se añadía al ya espeso que llenaba el vestíbulo al elevarse.

Un humo que se enrollaba y ondulaba, y que con cada nuevo soplo de aire rebotaba para llenar cada espacio disponible.

Linnet regresó tosiendo, casi asfixiada. Contempló la gruesa nube de la planta inferior y, desatándose el pañuelo del cuello lo dobló rápidamente y se lo ató sobre la nariz y la boca. Los demás hicieron lo mismo, aunque no sirvió de mucho.

Linnet aceptó el sable y la capa que le ofrecía Logan, se ajustó el cinturón y se echó la capa sobre los hombros.

—Vamos —dijo mientras echaba a andar hacia la galería.

Logan y los demás la siguieron. Él seguía pensando, evaluando, intentando ver...

Al llegar a las escaleras, cuando Linnet empezó a bajarlas, de repente lo supo... de repente Logan vio el peligro.

—¡No!

Agarró a Linnet del brazo y tiró de ella hacia atrás.

—¿Qué? —Sorprendida, ella se lo permitió.

—Por eso lo han hecho —Bajo el pañuelo, la expresión de Logan era sombría—, para hacernos salir. No hay ninguna verdadera amenaza de fuego... No puede haberla.

—Están utilizando el humo para asustar a la gente y que salgan corriendo a la calle. —Deverell se reunió con ellos—. Estarán esperando a que aparezcamos nosotros.

—Exactamente.

Miraron a su alrededor atentos a cualquier sonido. La mayoría las personas ya había bajado. Unos cuantos se tambalearon al pasar a su lado y corrieron escaleras abajo. Se oían las pisadas apresuradas en la planta inferior y gritos y llantos provenientes del exterior.

—Echemos un vistazo afuera. —Charles echó a andar hacia la puerta de una habitación que daba a la parte delantera del hotel. La abrió de un empujón y fue directamente a la ventana.

El humo se enrollaba y ascendía cubriendo la calle de una espesa capa que no hacía más que crecer.

—Deben tener hombres alimentando los fuegos ahí abajo —observó Deverell.

—Seguramente pegados al edificio. —Logan se esforzó por ver—. Desde este ángulo, no podemos verlos.

—No, pero sí podemos ver a los arqueros sobre los tejados al otro lado de la calle. —Charles señaló hacia ellos

Les llevó un momento distinguir las formas recortadas contra el cielo nocturno, pero los extremos de los pañuelos ondeando al viento sobre las cabezas dejaba poco lugar a dudas sobre a quién y qué estaban mirando.

—Una emboscada de otro tipo —observó Deverell—. Necesitamos hacer un reconocimiento antes de movernos. ¿Charles?

Charles asintió y los dos abandonaron la habitación.

Linnet permaneció junto a Logan y se asomó a la escena que transcurría más abajo. Entre las nubes en movimiento, los clientes y empleados del hotel andaban de un lado a otro, confusos. Las gentes del pueblo, que se habían despertado, portaban antorchas que proyectaban un espeluznante fulgor dorado bajo la capa de humo cada vez más gruesa.

—Cuando intenten apagar los fuegos, lo único que van a conseguir es generar más humo. Por lo menos a corto plazo.

—Eso suponiendo que los sectarios entreguen sus hogueras sin pelear —dijo Logan.

—A fin de cuentas están ahí abajo, a plena vista. —Linnet había visto figuras más oscuras a través de los claros que se abrían entre las columnas de humo.

—Sí, y eso significa que se trata de un ataque sin cuartel. Harán cualquier cosa y todo lo necesario para atraparnos y conseguir el portarrollos. —Logan contempló la escena antes de agarrar a Linnet del brazo—. Vamos.

Salieron de nuevo a la galería cada vez más llena de humo.

—Por aquí no hay salida —Charles apareció a su izquierda—, el hotel está adosado al siguiente edificio. No hay ningún callejón, ninguna ventana.

Deverell surgió de una habitación a la derecha de la galería. Avanzó corriendo hacia ellos mientras sacudía la cabeza.

—También tienen hombres apostados a lo largo del río. Debajo de los árboles, observando como halcones, y otros más que alimentan los fuegos contra la fachada a ese lado.

A su alrededor el humo se espesaba cada vez más y se elevaba para llenar las plantas superiores del hotel. Todos tosían. A Linnet le escocían los ojos.

—Aunque no haya llamas —Deverell meneo la cabeza—, no podemos quedarnos aquí.

—El humo puede matar igual que el fuego. —Charles se apretó el pañuelo.

—Veamos si podemos salir por la puerta de atrás. —Logan asintió con expresión sombría.

Agachados y sin dejar de toser, corrieron por la galería intentando evitar las zonas con más humo. Logan encontró las escaleras traseras y empezó a bajarlas con Linnet pisándole los talones. Charles y Deverell los seguían.

Había descendido medio tramo, directos hacia el creciente humo, cuando Logan se detuvo bruscamente.

—Mirad. —Señaló con la cabeza hacia la ventana que se abría en la pared, a su lado.

Por su tono de voz, Linnet supo lo que iba a ver cuando se asomara. Logan bajó otro peldaño y ella también para permitir que Charles y Deverell también pudieran echar un vistazo.

Había sectarios situados tras carretas y barriles en el patio trasero de la posada. Ella contó diez.

Charles meneo sombrío la cabeza, se irguió y miró a Logan a los ojos.

—No me gustan las probabilidades. Quizás seamos capaces de deshacernos de aquellos a los que vemos, pero si hay más a una distancia prudente, lo cual parece probable, estamos en un buen lío.

«Y llevamos a Linnet con nosotros». Logan oyó alto y claro estas palabras no pronunciadas, pues resonaban en su cabeza. Miró a Deverell por encima de Charles.

—Charles dijo que el edificio junto a la cuarta fachada del hotel está adosado a él, por tanto tendrá que ser por el tejado.

Nadie discutió.

—Creo que el hotel es el edificio más alto de toda la zona. —Deverell se volvió—. Con suerte, los arqueros al otro lado de la calle no nos verán.

Se dirigieron todo lo deprisa que podían de regreso a la galería de la primera planta.

—Por aquí. —Linnet tomó la delantera y se dirigió hacia la puerta por la que habían aparecido los empleados del hotel que bajaban desde los áticos. Al otro lado de la puerta encontraron las escaleras que subían allí, por suerte con mucho menos humo. Ascendieron rápidamente mientras Deverell cerraba la puerta tras ellos.

Una vez en el ático, se dispersaron para buscar. El aire era más respirable, pero el humo se filtraba sin cesar. Desde la calle llegaron gritos, alaridos, un creciente alboroto. Linnet intentó mirar por las ventanas, pero los balcones que había debajo le bloqueaban la vista.

—Suena como si se hubiese desatado una refriega —anunció Deverell—. Como si los parroquianos se hubieran ofendido con los forasteros que han prendido fuego a su hotel.

—Que tengan suerte —contestó Charles—. Desafortunadamente, no podemos arriesgarnos a salir para unirnos a ellos.

Logan por fin encontró la puerta que buscaban.

—Por aquí.

Esperó hasta que todos estuvieran reunidos.

—Subimos y salimos y, con suerte, no habrá ningún sectario esperándonos, pero hay que estar preparado... Puede que ya hayan pensado en el tejado.

Logan se volvió y subió las escaleras. Linnet echó a andar detrás de él, pero Charles la sujetó por el hombro y la empujó hacia atrás.

—En este caso, las damas lo último.

Pasó por delante de ella, al igual que Deverell, antes de que a Linnet se le ocurriera alguna respuesta. Soltó un bufido y aprovechó el momento para ajustarse la capa sobre los hombros, atándosela con firmeza al cuello antes de soltar el sable de su vaina y seguir a los tres hombres.

Logan abrió la puerta al final de la estrecha escalera y la empujó con cuidado, dando gracias a quienquiera que hubiera mantenido engrasados los goznes. Silencioso como un fantasma, manteniéndose agachado, se deslizó hacia el exterior y, a través del humo, examinó el tejado. Era casi plano, sin ningún saliente lo bastante grande como para ocultar a un sectario.

Y estaba vacío.

—Todo despejado —murmuró mientras se erguía y Charles se unía a él. El ruido de lo que parecía una batalla en la calle ocultaría cualquier sonido que ellos hicieran.

Charles miró hacia atrás mientras Deverell y luego Linnet aparecían en el tejado. Señaló hacia el lado más apartado del río, el que daba al edificio colindante.

Rápidamente corrieron hacia el parapeto, que les llegaba a la altura de la cintura. El aire era algo más limpio allí, un poco más fresco, y el espeso humo se había convertido en una ventaja para ellos a envolver las fachadas del hotel y ocultarlos de las miradas vigilantes.

Deverell había acertado. El edificio colindante era más bajo que el hotel, el tejado quedaba por debajo, pero por fortuna no demasiado. Y ese tejado también estaba libre de sectarios.

—Han colocado a todos sus arqueros al otro lado de la calle —murmuró Charles.

—Por suerte para nosotros. —Tras echar un vistazo a los arqueros, Logan se aprovechó de la ventaja que le proporcionó una gruesa ráfaga de humo para levantar una pierna sobre el parapeto, luego la otra, y por último dejarse caer sin ruido al tejado colindante.

Charles y Deverell ayudaron a Linnet hacer lo mismo antes de seguirlos.

Manteniéndose agachados, pues a esa altura, si se erguían demasiado cerca del borde, los arqueros de los tejados de enfrente podrían verlos, buscaron pero no encontraron ningún acceso al edificio. No había ninguna manera de bajar.

—Vamos con el siguiente —señaló Logan.

El siguiente edificio era un poco más bajo. Con aún más cuidado, se dispersaron y lo estudiaron para encontrar algún modo de entrar, pero ni ese tejado ni los dos siguientes, todos de similar altura, tenían una entrada directa al edificio.

Siguieron avanzando y contemplaron el tejado del siguiente edificio, más pequeño y más bajo, de dos plantas, pero con un tejado a varias aguas. Desde arriba, lo estudiaron, buscaron y por fin Linnet señaló con el dedo.

—Allí... en ese porche cubierto. —Se trataba de una pequeña estructura de una sola planta construida contra el dorso del edificio—. Podemos bajar por la tubería del agua desde este tejado hasta el del porche, y luego desde allí al pequeño patio trasero.

El edificio siguiente al del tejado a varias aguas era significativamente más alto y trepar hasta él sería un problema. Logan miró hacia atrás. Estaban lo bastante lejos del hotel como para arriesgarse a bajar a la callejuela que discurría por la parte de atrás de los edificios. Además, el pequeño patio cuadrado al que caerían no se abría directamente a esa callejuela, sino que estaba unida a ella por un callejón de unos nueve metros de largo. A no ser que un sectario apareciera en su entrada y mirara hacia dentro, el grupo no sería visto por los sectarios que vigilaban la callejuela.

Además, cuanto más tiempo permanecieran sobre los tejados, más riesgo tenían de ser vistos.

—Adelante —ordenó Logan al fin.

Aunque el humo seguía espesándose alrededor del hotel, donde ellos estaban era mucho más fino, apenas un velo. Las llamaradas que se veían en la calle se concentraban en su mayor parte fuera del hotel, pero de vez en cuando algún parroquiano pasaba corriendo cerca de ellos con una tea para unirse a la algarabía que tenía lugar allí, e iluminaba así el muro por el que debían descender.

Cada uno eligió el momento adecuado y se dejaron caer al tejado uno tras otro antes de avanzar con cuidado hasta la cañería que les facilitaría el acceso al tejado del porche.

En cuestión de diez minutos tenían el suelo a su alcance.

—¡Malditos cretinos entrometidos! —exclamó Daniel—. ¿Es que no podían dejar de meter las narices?

Ninguno de los hombres a su espalda ofreció una respuesta.

Todavía envueltos en las sombras del callejón, observaron la lucha desencadenada en la calle, que se había convertido en una auténtica refriega. Cada vez llegaban más ciudadanos para unirse y, a medida que pasaban los minutos, aumentaba los que portaban armas: horcas, palas, lo que fuera que tuvieran a mano.

Había subestimado el hecho de que el inglés común no era como el indio común y corriente, que era más probable que reaccionara con beligerancia que con cobardía. Era culpa suya, su error, y lo sabía.

En cuanto los ciudadanos que se iban reuniendo, y los que salían del hotel, habían comprendido que la fuente del fuego que amenazaba el edificio era un grupo de forasteros que seguían alimentando diligentemente las llamas, habían empezado a soltar juramentos, gritos, y se habían lanzado sobre los sectarios. Por su parte, estos esperaban que cualquiera cuya casa estuviera quemándose se acobardaría, y habían devuelto el ataque esperando una victoria instantánea. Antes de que Daniel pudiera pensar en algún modo de intervenir, se había desatado la batalla.

Había suficientes sectarios para mantener el humo, pero las filas de los buenos ciudadanos de Bedford aumentaban sin cesar.

Se oyó un disparo.

Daniel tiró con fuerza de las riendas para sujetar al caballo antes de que se encabritara. Se mantuvo sobre él y soltó algún juramento más. Los sectarios odiaban las armas de fuego, como luchadores era su único punto débil. Incluso los hombres situados detrás de él, mucho mejor entrenados, se habían acobardado. La tensión que sufrían se había elevado varios puntos.

Sonaron más disparos, probablemente sobre la multitud.

Unos segundos después, tres sectarios huyeron por la entrada del callejón y se alejaron de la pelea.

—¿Dónde demonios está Monteith? —preguntó Daniel mientras rechinaba los dientes.

A pesar de todas las distracciones, había mantenido los ojos fijos en la puerta principal del hotel. Tenía hombres situados alrededor del edificio que vigilaban cada salida. Si Monteith había salido por cualquier otra puerta, debería saberlo ya.

Debería haber sido informado de que el molesto mayor había sido capturado. Desde luego había reunido a suficientes hombres como para asegurarse de lograrlo.

¿Estaría pensando Monteith en permanecer agazapado en el hotel? En cuanto el humo disminuyera lo suficiente, Daniel tenía intención de enviar a sus asesinos al interior para registrar el lugar.

Su montura se removió, tan inquieta como él. Otro buen ciudadano llegó corriendo por la calle desde la izquierda, una tea encendida que sujetaba en alto, una horca en la mano. La luz llamó la atención de Daniel.

Calle arriba, la luz de la tea destacó fugazmente un objeto, un objeto que caía de un tejado al siguiente. Un objeto del tamaño de un hombre, de un hombre agachado. Daniel dejó de respirar y observó con atención. El hombre no apareció en la parte delantera del tejado. Debía haber ido...

—¡Conmigo! —ordenó Daniel mientras aflojaba las riendas,

hundía los talones y se lanzaba fuera del callejón. Girando a la izquierda, apartándose de la refriega que tenía lugar delante del hotel, galopó calle arriba.

Con sus asesinos, que corrían como uno solo justo detrás de él, Daniel casi saboreaba ya el éxito mientras rodeaba el edificio, tiraba de las riendas, desenvainaba la espada y entraba en la callejuela que discurría por la parte trasera de los edificios.

Logan se dejó caer sobre el empedrado del estrecho patio. Rápidamente hizo un barrido del abarrotado lugar. Había cajas apiladas y barriles vacíos que taponaban la entrada al callejón que conducía a la callejuela trasera. El patio era oscuro y estaba en calma relativa, los altos muros a su alrededor camuflaban la mayor parte del ruido y la furia de la calle. El humo apenas penetraba en él.

Irguiéndose, levantó los brazos y ayudó a bajar a Linnet. Mientras ella desataba los extremos de la capa que había anudado a su cintura, él comprobó que el portarrollos estuviera en su sitio y lo acomodó contra la columna.

Mientras Charles y luego Deverell se unían a ellos, Logan encontró la puerta trasera escondida en el interior del porche e intentó abrirla. No solo estaba cerrada, sino firmemente sujeta por un pestillo. No había ningún acceso, ni siquiera un lugar donde esconderse por un tiempo.

Volvió la vista hacia el callejón. Los muros eran de ladrillos sencillos, sin adornos y lisos todo el camino hasta los tejados vecinos, sin puertas ni ventanas. Miró hacia arriba y a su alrededor. No había otro modo de salir.

—Por lo menos no nos pueden ver los arqueros al otro lado de la calle —murmuró mientras se miraban todos a los ojos y él señalaba con la cabeza hacia el callejón—. Vamos a tener que ir por ahí.

Los demás asintieron, se reacomodaron los abrigos y las armas y Logan encabezó la marcha, con Charles detrás, luego Linnet y Deverell cerrando la fila.

Apenas habían despejado las cajas apiladas para salir al callejón cuando vieron una sombra en su entrada. Todos a una se detuvieron.

La sombra se convirtió en un jinete con un abrigo negro, pantalones y botas de montar, a lomos de un caballo negro.

Había hombres detrás del caballo formados en fila de a dos, que seguían al jinete en su lento avance por el callejón hacia ellos.

El golpeteo de los cascos retumbaba de manera inquietante contra el muro de ladrillo, un portentoso redoble.

Como si quisiera participar del drama, la luna asomó sobre ellos e iluminó desde atrás el callejón bañando a la figura que se acercaba y a sus seguidores, resaltando cada línea con una gélida luz plateada.

Una luz plateada que arrancaba destellos de las numerosas cuchillas.

El jinete llevaba un pañuelo negro sobre la cabeza que ocultaba su nariz y barbilla. Los ojos los observaban fríamente por encima del extremo superior del pañuelo mientras se detenía lo bastante apartado para permanecer seguro de cualquier ataque proveniente de Logan o Charles, colocados hombro con hombro en la entrada del pequeño patio. Los dos habían desenvainado sus sables. Logan no recordaba haberlo hecho, la empuñadura de repente había aparecido en la palma de su mano, los dedos cerrados en torno a ella, la hoja contra su costado.

Cada uno de sus sentidos, cada instinto permanecía atento al jinete, incluso cuando dos de los sectarios avanzaron para colocarse uno a cada lado del caballo negro.

Los dos sectarios, al igual que sus compañeros detrás de ellos, portaban cuchillos en ambas manos.

—Esos —murmuró Logan— son asesinos de la secta.

—Vaya —dijo Charles, quien, extraño en él, no añadió nada más.

Detrás de Logan, Linnet oyó el intercambio de palabras. Miró por encima de su hombro y por fin comprendió lo que había movido a ese hombre y a sus amigos a luchar con tanta fuerza durante tanto tiempo, a enfrentarse a tantos peligros para hacerlo caer, para derrotarlo.

Era mal en estado puro.

Y ese mal la miraba directamente, no desde los oscuros e imperturbables ojos de los asesinos de la secta, sino desde los del jinete. Ese hombre... por algún motivo hacía que se le erizara el vello de la nuca, hacía que se le pusiera la piel de gallina. Cuando su mirada encontró la de ella y, como si se sintiera intrigado, permaneció sobre ella, Linnet tuvo que esforzarse por controlar un escalofrío.

Una reacción, un miedo instintivos.

Llevaba un abrigo negro, cabalgaba sobre un caballo negro, sus cabellos eran negros. Pero lo más negro de todo era su alma, ella lo supo con absoluta certeza.

Linnet ya tenía el sable en la mano y agarró la empuñadura con más fuerza. A su mente no acudió ni un solo pensamiento de huir. Estaba allí para pelear junto a Logan y tenía intención de hacerlo.

Aun así, las probabilidades... eran muy escasas. Pero eso no significaba que no pudieran sobrevivir. Contó doce asesinos, pero la mayor amenaza era el hombre a caballo. Llevaba la espada desenvainada firmemente sujeta y atravesada sobre la parte delantera de la silla.

Si pudieran deshacerse de él...

El jinete había desviado su mirada hacia Logan.

—Por fin nos conocemos, mayor Monteith —saludó tras un prolongado silencio.

Su voz era educada, muy inglesa, la dicción solo un poco camuflada por el pañuelo.

Cuando Logan no contestó, una sonrisa asomó a los ojos del jinete.

—Me imagino que ya sabe lo que quiero. Por favor, no pierda tiempo diciéndome que no lo tiene... que no lo lleva encima en este momento.

Oportunidad. Posibilidad... Linnet se inclinó hacia delante

y le susurró a Logan al oído, pero lo bastante alto como para que el jinete pudiera oírlo:

—Dáselo. No servirá de nada si estamos muertos.

Sabía que era un señuelo, que de todos modos no servía de nada a nadie. Pero el jinete no lo sabía, y si podían engañarlo para que se lo llevara y se marchara, tendrían una posibilidad de sobrevivir incluso a ese ataque.

Logan se removió inquieto, frunció el ceño. Hizo gestos ostensibles de reticencia, le agradeció a Linnet el haberle dado esa oportunidad. Quienquiera que fuera ese hombre, solo con que él se la ofreciera sabría de inmediato que la carta era un señuelo.

Logan esperó a que el hombre profiriese alguna amenaza, preferiblemente contra Linnet, para tener alguna excusa más y entregar el documento por el que había arriesgado su vida a lo largo de medio mundo.

Pero la mirada del jinete permaneció fija en él sin volver a Linnet. Al fin, el jinete enarcó una ceja como si empezara a aburrirse.

¿Quién demonios era ese hombre? No era Ferrar, pero por el color de su piel se notaba que había estado en la India y hacía no mucho. Era evidente que dirigía a esos asesinos sectarios de modo que era, como mínimo, un colaborador cercano del líder de la secta. El abrigo, los pantalones, las botas y el caballo eran todos de una calidad excelente, y el jinete vestía y montaba con el distraído aire de alguien acostumbrado a tales lujos desde hacía mucho.

—¿Quién es? —preguntó Logan con el ceño profundamente fruncido y sin encontrar ningún motivo para no preguntar.

—Mi nombre no es algo que necesite saber. —La mirada del jinete se endureció—. Lo único que ha de comprender es que yo soy, en este momento, en este lugar, la Cobra Negra.

—La Cobra Negra es Ferrar.

—¿En serio? —Una expresión alegre regresó a sus ojos, parecía divertirse de verdad—. Creo que descubrirá que está equivocado. Sin embargo... —La mirada se endureció de nuevo junto con la voz— lo que debe preocuparle es que estoy aquí,

Cobra Negra o no, para recuperar la carta que inadvertidamente cayó en sus manos. —El jinete deslizó la mirada sobre los demás antes de regresar al rostro de Logan—. Y estoy dispuesto a hacer un intercambio: sus vidas por la carta. —Al ver que Logan no respondía, el jinete continuó—: Palabra de caballero.

Logan consiguió no soltar un bufido, no reaccionar en absoluto. La oferta era lo mejor que podían esperar, aunque no se lo había creído. Sabía de sobra que no podía fiarse de la Cobra Negra cualquiera que fuera su disfraz. Aun así... moviéndose lentamente, retiró el portarrollos de la parte trasera del cinturón y lo sostuvo en alto para que lo viera el jinete.

—De acuerdo —La mirada del jinete se cargó de superioridad—, ¿pero hay algo ahí dentro?

Logan soltó el sable, que quedó colgando, y lentamente abrió el portarrollos antes de inclinarlo hacia el hombre para que viera el pergamino en su interior.

—Deme la carta —El jinete suspiró de manera teatral y le hizo un gesto para que se acercara—, no voy a cambiar sus vidas por una simple hoja de papel. Podrá quedarse el portarrollos como recuerdo.

Logan también suspiró, aunque para sus adentros. No esperaba que el jinete les permitiera vivir, que retirara a sus asesinos... Nadie perteneciente a la jerarquía de la Cobra Negra sería jamás tan clemente, pero si hubiese agarrado el portarrollos y se hubiera marchado, quizás tendrían la oportunidad de pelear.

Mientras hundía la mano en el interior del portarrollos y sacaba el pergamino enrollado, Logan planeaba, ideaba, evaluaba a los asesinos que tenía más cerca imaginándose cómo podría comenzar la pelea. El minuto de apertura sería crucial.

Sacó la carta y se la arrojó al asesino más próximo. El hombre la atrapó con la mano derecha y se la pasó a su amo.

Logan conservó el portarrollos vacío, el extremo de latón abierto y colgando de la mano izquierda mientras deslizaba la mano derecha hacia la empuñadura del sable y la agarraba con fuerza.

A su lado, sintió a Charles moverse ligeramente, tensándose también para la acción.

El jinete, tal y como Logan se había temido, desenrolló el pergamino, lo inclinó hacia la luz de la luna, que brillaba con la suficiente fuerza como para que pudiera confirmar que la carta era un señuelo.

El jinete giró la hoja para confirmar que no había ningún sello delator, y de nuevo la piel alrededor de sus ojos se arrugó a consecuencia de una sonrisa.

Logan parpadeó. ¿Una sonrisa? Se trataba de una copia señuelo. El jinete, de ser uno de los directores de la campaña para impedir que Logan llegara a Elveden, había perdido a numerosos hombres ¿y todo por una copia? Debería estar furioso.

Pero, si acaso, la sonrisa del jinete se hizo más profunda mientras doblaba la carta, la guardaba en el bolsillo interior del abrigo y levantaba la vista para luego inclinar la cabeza.

—Un placer hacer negocios con usted, mayor.

Levantó las riendas e hizo recular al caballo. Sus hombres se apartaron para dejar pasar a la bestia, pero no se retiraron. Se mantuvieron firmes mientras el caballo se separaba de ellos.

En cuanto hubo sobrepasado a sus hombres, el jinete hizo girar a su montura, pues el callejón era justo lo bastante ancho para permitirlo. A continuación avanzó hacia la entrada del callejón.

Durante un instante, Logan se preguntó... Pero seguía sin podérselo creer.

El jinete se detuvo en la entrada del callejón, miró hacia atrás por encima de las cabezas de sus hombres, hacia ellos, y les hizo un saludo. A continuación, el rostro, hasta dónde podía verse, quedó desprovisto de toda expresión, sustituida por algo frío y siniestro.

—Matadlos.

La orden fue dada en un tono uniforme y plano.

—Yo creía que era un caballero —gritó Logan espoleado por el instinto.

El jinete soltó una gélida carcajada antes de adoptar bruscamente una expresión seria.

—Nací bastardo... Solo hago honor a mi nacimiento.
Sin decir nada más, espoleó al caballo y se alejó.
Y al primer golpeteo de los cascos, los asesinos atacaron.

Alex estaba a punto de darse media vuelta y huir de la debacle en la que había degenerado el plan de Daniel cuando lo vio salir de repente de su escondite en la calle frente al hotel, mucho más cerca del barullo de sectarios y ciudadanos. Alex se había retirado de nuevo a su escondite, para observar a Daniel cabalgar calle arriba y girar hacia donde estaba él, solo que al otro lado. Tras avanzar unos pasos, Daniel detuvo el caballo y desenvainó la espada. Con su guardia pegada a él, procedió lentamente por la callejuela detrás de los edificios que daban a la calle, la callejuela que, Alex estaba seguro, discurría por todo el camino hasta la parte trasera del hotel.

¿Qué había podido llamar la atención de Daniel? ¿Qué asunto había ido a atender?

Alex esperaba, esperaba sinceramente que la respuesta fuese Monteith.

Pero mientras los minutos pasaban sin ninguna señal más de Daniel y la pelea calle abajo se inclinaba cada vez más a favor de los ciudadanos, la compulsión por abandonar la escena se hizo más grande. Alex no quería ser atrapado allí, un forastero que miraba la refriega, y a esas horas. Sería difícil mentir de manera convincente.

Alex remoloneó, y estaba levantando las riendas, a punto de marcharse, cuando Daniel salió de la callejuela. Envainó la espada, miró hacia arriba, aunque sin poder ver a Alex escondido entre las sombras al otro lado de la calle y más al fondo de la callejuela.

Alex observó a Daniel avanzar de regreso hacia la calle High, detenerse, apartarse el pañuelo de la cara y contemplar la calle, observar la pelea, que se había vuelto algo vacilante. De repente sonrió.

Lentamente, Alex también sonrió.

Daniel, la expresión triunfal, apartó al caballo de la pelea y se dirigió sin prisa fuera de la ciudad.

De nuevo entre las sombras, Alex se relajó y sintió la tensión desaparecer de sus músculos y tendones. Daniel había tenido éxito. Había conseguido la carta de Monteith y eso era lo único que importa.

De un humor boyante, Alex jugueteó con la idea de cabalgar tras Daniel, darle alcance y retarlo a una jubilosa carrera de regreso a Bury, pero... ¿cómo explicarle su presencia allí? Daniel no era el idiota que había sido Roderick. Daniel se daría cuenta de inmediato de que la presencia de incógnito de Alex en Bedford demostraba una auténtica falta de confianza.

Y así era. Pero permitir que Daniel lo supiera no serviría a la causa.

Tras reflexionar varios minutos, Alex se dio cuenta de que la guardia de Daniel, los doce, todavía no había salido de la callejuela. Y eso significaba, casi con total seguridad, que estaban peleando... lo cual sugería que Alex debería marcharse antes de que algún buen ciudadano tropezara con alguna escena macabra y diera la voz de alarma.

Puso el caballo castaño a un lento trote y se dirigió por la calle High por la misma ruta que había tomado Daniel.

El castaño era un animal más fuerte, más poderoso, que el negro que montaba Daniel. A Alex no le iba a resultar nada difícil adelantarlo en algún punto del camino sin ser visto, y llegar a Bury antes que él para estar allí, preparado y dispuesto a recompensarlo generosamente cuando llegara victorioso y depositara el trofeo a sus pies.

Sonriendo con expectación, Alex continuó la marcha.

La pelea en el patio al final del callejón fue rápida, furiosa, sangrienta y desesperada.

Para sorpresa de Logan, todos ellos seguían vivos.

Con cortes, golpes, arañazos, heridas, pero todavía vivos, todavía en pie.

Habían conseguido que la estrechez del callejón jugara a su favor. En cuanto los sectarios se habían movido, Charles y Deverell sacaron sus pistolas. Habían disparado de cerca y los dos primeros sectarios se habían desplomado.

El humo de las pistolas todavía no había desaparecido, ni los otros sectarios se habían recuperado de su retirada instintiva, cuando Linnet agarró a Logan del cinturón y tiró de él.

—¡Atrás!

Él había retrocedido y ella había lanzado un montón de cajas a hacia el final del callejón. Al verla, Charles había hecho lo mismo por el otro lado.

Consciente de que la mayor altura, caso de que la alcanzaran los sectarios, supondría la muerte para su grupo, Logan había saltado a lo alto de las cajas y arremetido violentamente contra el sectario que trepaba sobre el cuerpo de su compañero caído para conseguir esa ventaja.

No se había contenido, y por tanto ese sectario también se había reunido con la basura caída delante de las cajas.

Charles se había subido al montón de cajas por el otro lado para atacar a los sectarios que se acercaban a él. Deverell trabajaba con Linnet para apalancar las inestables cajas con otras, hasta que, tanto Logan como Charles, tuvieron una sólida plataforma desde la que actuar.

La ventaja resultó incalculable. Añadida a eso, las espadas más largas y de mayor alcance y la estrechez del callejón, que solo permitía a dos asesinos hacerles frente a la vez, les proporcionó la oportunidad que necesitaban.

Y ellos procuraron sacarle el mayor partido.

Para alivio de Logan, Linnet no intentó reclamar un puesto sobre las cajas. En un espacio tan confinado, la fuerza de cada golpe resultaba crítica y ella no podría enfrentarse a sus oponentes de esa manera y en un lugar como aquel.

Linnet permaneció detrás de él, no a salvo, pero sí más

segura, aunque de ninguna manera acobardada. Cuando otro asesino se abrió paso junto al que estaba peleando contra Logan y amagó hacia las piernas de este, que tenía las manos ocupadas con la daga y el sable y no podía bloquear el golpe, Linnet detuvo el cuchillo del asesino con el suyo antes de que alcanzara el muslo de Logan, y luego atacó con el sable acertando con dureza y profundidad la muñeca expuesta del sectario.

La sangre salió a borbotones. El cuchillo del sectario cayó, aunque con el caos Logan no fue capaz de ver qué le estaba sucediendo al asesino, pero dudaba que el hombre viviera para seguir luchando.

Una daga se clavó en su antebrazo y Deverell le dio un golpecito en el hombro para cambiar posiciones con él.

Antes de que Logan pudiese reflexionar, Linnet agarró la daga, la arrancó, presionó sus dedos alrededor de la herida para detener la hemorragia y, enrollando su pañuelo alrededor del corte, rodeó el antebrazo con el cinturón de su sable y lo ajustó con fuerza.

Logan la miró a los ojos y vio una expresión que sin duda sería la misma que tendría él. En la batalla había que permanecer alerta, había que hacer lo que había que hacer y apartar a un lado toda emoción.

Ella enarcó una ceja hacia él.

Logan flexionó el brazo. Como vendaje de emergencia serviría.

—Gracias —dijo antes de volver a la lucha.

Remplazó a Charles, que había recibido un corte en el muslo que no era incapacitante, pero sí lo bastante malo como para necesitar atención.

Logan regresó a lo alto de las cajas y despachó al asesino responsable. Se trataba de golpear y seguir, no había tiempo para la ciencia, solo para un trabajo rápido, duro y sangriento, ir a matar de cualquier manera posible pero con suerte y habilidad...

Deverell y Logan por fin se hicieron cargo de los dos últimos sectarios.

Se giraron en la cima de sus plataformas improvisadas y miraron hacia abajo a los cuerpos caídos y enredados que bloqueaban el callejón.

Entonces Charles les dio a ambos un golpecito en el hombro, esperó a que se apartaran y bajaran y pasó al otro lado de la barricada para recorrer el callejón sable en mano y asegurarse de que ninguno de los asesinos que habían derribado se volviera a levantar.

Con el corazón latiendo desbocado, el aire entrando y saliendo con dificultad, Logan se dejó caer sobre una caja colocada bocabajo. Deverell se deslizó lentamente contra el muro del patio.

Charles regresó trepando sobre las cajas y se sentó en el borde de la plataforma improvisada.

—Eso ha sido... —Hizo una pausa para tomar aliento— más acción de la que creo haber visto jamás... por lo menos en tan corto espacio de tiempo.

—Es la cercanía, la estrechez. —Deverell levantó la cabeza y mostró un simulacro de sonrisa—. No te puedes mover, no encuentras el ritmo, no puedes realizar un buen giro. Mucho más difícil pelear tan constreñido.

Logan apoyó la cabeza contra las cajas y miró a Linnet, la única de ellos que permanecía de pie, aunque apoyada contra un lado del pequeño porche. El ataque había sido tan rápido, tan intenso, que no había tenido ocasión de sentir miedo por ella. Pero en esos momentos... El alivio que sentía nunca había sido tan grande, tan absolutamente arrollador. Atrapó su mirada y después de unos segundos sonrió agotado.

—Pero seguimos todos vivos. —Se sentía casi mareado por las emociones que lo atravesaban, y señalo con la cabeza hacia el callejón—. Y ellos están todos muertos.

—Eso es verdad. —Charles respiró hondo—. Sin embargo, nuestra noche... o mejor dicho mañana, pues ya es el día siguiente, todavía no ha terminado. —Miró a Logan—. ¿Alguna idea de quién podía ser?

No hubo ninguna necesidad de especificar a quién se refería.

—Jamás lo había visto. —Logan sacudió la cabeza y se apartó de las cajas a su espalda para estirarse—. Dicho lo cual, podría muy bien ser lo que dijo, o por lo menos insinuó: alguien que representaba la autoridad de la Cobra Negra.

—Por lo menos un teniente de mucha confianza —intervino Deverell—. Iba bien vestido, hablaba bien, parecía bien educado, y por el tono de su piel hacía poco que había estado en la India, y comandaba una numerosa tropa de la élite de sectarios. —Miró a Charles, y luego a Logan—. Y eso significa que deberíamos seguirlo.

—Era de tanta confianza que sabía lo de la carta —afirmó Logan—, lo de la importancia del sello, aunque por qué se mostró tan contento de recuperar una simple copia escapa a mi comprensión. —Se levantó al mismo tiempo que los otros dos hombres—. En cualquier caso, aunque puede que no sea la Cobra Negra, hay muchas probabilidades de que lleve nuestra copia...

—Hasta la verdadera Cobra Negra. Así es. —Charles apartó a un lado dos cajas—. Vámonos.

Los establos detrás del hotel parecían estar desiertos. Por lo que podían oír, la pelea continuaba en la calle y, menos activa, en los márgenes del río. Los sectarios que habían visto junto a los establos debían haber acudido en ayuda de sus compañeros.

Sin embargo, a medida que se acercaban vieron a un sectario solitario, una figura delgada y que temblaba acurrucada junto a una carreta, sin duda apostado allí para vigilar la parte trasera del hotel. Miraba la puerta trasera tan fijamente que estuvieron casi encima de él antes de que se diera cuenta.

—¡Ay! —El muchacho se levantó de un salto y blandió su espada.

Era más un niño que un hombre. La espada temblaba, pues estaba muerto de miedo.

Charles, que encabezaba la comitiva, suspiró profundamente

y avanzó deprisa mientras con un golpe de su sable lanzaba la espada del muchacho hacia el establo. Charles miró al niño.

—¡Bu!

El muchacho pegó un brinco y, temblando, se limitó a mirar fijamente. Charles dio otro paso hacia él y agitó los brazos en el aire con la espada ensangrentada en una mano.

—¡Vete! ¡Márchate! ¡Largo!

Con un grito ahogado, el muchacho se dio media vuelta y huyó.

Al girar la esquina hacia el paseo junto al río tropezó, en realidad rebotó, con una figura de gran envergadura. La figura se detuvo, se volvió hacia el muchacho que seguía huyendo, y siguió su camino.

Los otros cuatro se habían ocultado entre las sombras del establo antes de que el hombre, pues en la oscuridad no sabían decir si era amigo o enemigo, se acercara aún más. Se detuvo justo ante la puerta del establo para mirar hacia un lado y otro de la callejuela antes de entrar... y encontrarse con la punta de la espada de Charles en el cuello.

David gritó y se tambaleó hacia atrás, pero cuando vio quiénes eran, en su rostro se dibujó una enorme sonrisa.

—¡Están todos bien! Alabado sea Dios. —Miró a Deverell—. Cuánto me alegro de verlo sano y salvo, milord. Milady dijo que me despellejaría vivo si se lo devolvía en cualquier otro estado.

La idea de lo que el pobre David podría haber hecho para evitar la muerte de Deverell a mano de los asesinos a los que acaban de enfrentarse hizo reír a Linnet. Y de inmediato los cuatro estallaron en carcajadas. David se limitó a quedarse allí, encantado de haberles hecho sonreír.

Cuando se recuperaron, idearon un plan.

Decidieron que retrasarse para explicarles a las autoridades locales lo que acababa de suceder y su participación en ello, sobre todo en la carnicería del callejón, les mantendría atascados en Bedford durante días.

Logan y Linnet subieron a hurtadillas para recuperar las bolsas y que David las llevara en el carruaje. Deverell ya le había explicado a David la ruta que tenían intención de seguir.

—Atente a ella. —Deverell le entregó una bolsa—. Podrás pagar nuestra estancia aquí y luego ponerte en marcha hacia Elveden. Dile al posadero que los caballos de los que nos vamos a apropiar serán devueltos sanos y salvos en cuatro días, y si tropiezas con algún problema, diles simplemente que estás operando bajo las órdenes del duque de Wolverstone.

—Ese nombre —intervino Charles— te sacará de cualquier apuro.

Encontraron cuatro caballos decentes. Charles y Deverell los ensillaron.

—¿Te va bien a horcajadas? —le preguntó Charles a Linnet.

—Por favor —dijo ella.

Charles no discutió. A Linnet le pareció que había mucho que decir sobre los caballeros bien educados.

En cuestión de minutos estaban en marcha. No habían dormido, pero seguían excitados por la pelea. Tardarían un buen rato en calmarse lo suficiente como para poder dormir, de manera que no estaba de más aprovechar ese tiempo para perseguir a la persona responsable.

Y si les conducía hasta la Cobra Negra, tanto mejor.

Se dirigieron fuera de la ciudad y, bajo la luz de la luna que empezaba a desaparecer, tomaron la ruta más directa hasta Cambridge, una carretera secundaria que atravesaba campos y ciénagas. Si bien no podían estar seguros de la ruta de su enemigo, suponían que la Cobra Negra merodeaba en alguna parte entre Cambridge y Elveden.

A unos cientos de metros después de la última cabaña de Bedford, Logan, que había estado estudiando la superficie de la carretera, señaló unas huellas más adelante, visibles cuando atravesaron una capa de escarcha.

—Dos jinetes, no hace mucho. —Ralentizó la marcha para mirar con atención—. Uno primero y otro después. Separados, no juntos. Los dos corpulentos y con caballos grandes y fuertes a un galope constante.

—¿Qué posibilidades hay de que uno de ellos sea nuestro hombre? —preguntó Charles.

—Muchas diría yo —contestó Deverell—. ¿Quién si no viajaría a caballo a estas horas y con este frío?

—¿Pero quién es el segundo jinete? —preguntó Linnet.

—Ni idea. —Logan levantó la cabeza y miró hacia los campos abiertos. Bajo la débil luz de la luna el panorama era gélido y un tanto espeluznante. El cielo estaba negro, sin nubes. El frío era cada vez más intenso. La mañana sería fría y clara—. Quizás un guardia. Da igual. Con este creciente frío, si mantenemos un paso constante, con suerte daremos alcance a nuestro hombre. O mejor aún, lo seguiremos hasta su guarida.

Se recolocaron los abrigos y las capas antes de sacudir la riendas y continuar la marcha, espoleados por la idea de que, en cualquier caso, estaban llegando al final del viaje.

Daniel había cabalgado desde Bedford sintiendo un salvaje triunfo. En cuanto había salido de la ciudad, le había permitido al caballo negro correr a placer durante los primeros ciento sesenta kilómetros. Pero después se había impuesto la precaución. Aunque era de madrugada, no había necesidad de arriesgarse a que alguien recordara a un loco cabalgando a gran velocidad.

De modo que obligó al caballo a acomodarse a un galope constante.

Atravesó la carretera Great North y continuó entre los campos planos y vacíos hacia Cambridge. La ruta más directa hasta Bury y Alex era la que pasaba por la ciudad universitaria y luego atravesaba Newmarket más adelante.

A medida que la euforia del alivio, mezclada con la del éxito, se iba apagando poco a poco hasta quedar reducida a un pequeño rescoldo, Daniel hizo balance, aunque el alivio y la alegría de su triunfo seguían presentes. Se preguntó cuántos de sus hombres habrían muerto o sido capturados, atrapados por la gente de Bedford y entregados a las autoridades. A Alex le daba igual cuántos sectarios, asesinos o soldados de a pie hubiera perdido siempre que tuviera la carta. Y ninguno de los que lo habían acompañado, ni siquiera su guardia, conocía su nombre, mucho menos el de Alex.

La mayoría sí conocía el nombre de Roderick, pero con Roderick muerto, eso ya no importaba.

Miró hacia atrás, preguntándose cuándo lo alcanzaría su guardia, pero sin duda tardarían un rato todavía. Se había fijado en la mujer... Había recibido noticias confusas de que Monteith viajaba con una, junto con el capitán de un barco que había provocado innumerables problemas a los sectarios que patrullaban el Canal, pero aparte de sus dos guardias, Monteith solo iba acompañado por la mujer... una mujer que portaba un sable y pantalones bajo la capa.

Después de unos minutos, sacudió la cabeza para apartar de su mente las preguntas, junto con la visión de lo que su guardia estaría probablemente haciendo en ese momento en el pequeño patio. Le hubiera gustado poder haberse quedado una o dos horas para averiguar más sobre la mujer de su propia boca, delante de Monteith, pero el deber lo llamaba. Su guardia sin duda disfrutaría haciendo el trabajo en su lugar. Ya lo informarían más tarde.

Roderick había sido despiadado, pero de una manera vulgar. Él, Daniel, era mucho más inventivo, mucho más imaginativo.

Alex, sin embargo, los superaba a ambos.

Su relación, aunque íntima, era en el fondo una batalla por la supremacía: eran los bastardos de su padre. Con la carta a resguardo en el bolsillo de su abrigo, Daniel cabalgó durante toda la noche, los labios curvándose lascivamente mientras maquinaba lo que iba a reclamar como recompensa por el éxito de la noche... Lo que iba a obligarle a Alex que hiciera para recompensarlo adecuadamente.

Alex se mantuvo a una distancia prudente detrás de Daniel. Al saber cuál era su destino, no temía perderlo. Mientras tanto, siguiéndole el paso, podía estar alerta ante cualquier señal de una persecución.

Hasta ese momento, con las agujas de Cambridge elevándose desde las ciénagas que había más adelante, unas densas sombras contra el cielo nocturno, no había habido ninguna señal de que alguien los persiguiera. Cuanto más se alejaran de Bedford, y más horas pasaran, la perspectiva de ser perseguidos se volvía cada vez más escasa.

En cualquier caso, Alex continuó jugando sobre seguro y cabalgó a una prudente distancia de su hermano. Fuera cual fuera su relación, y ni siquiera Alex era capaz de especificar exactamente cómo era, al margen de que pudiera confiar en Daniel, lo apreciara, lo valorara y no quisiera perderlo, no podía permitir que arriesgara su cuello.

Cuando Daniel aflojó la marcha, Alex hizo lo propio. Desde las sombras de un bosquecillo observó a Daniel desatar el pañuelo negro de seda de su cuello y metérselo en un bolsillo antes de levantar las riendas y continuar la marcha.

Alex aprobó el gesto. Aunque no habría muchas personas despiertas a esas horas, quizás sí habría alguna, y nadie necesitaba ver a un caballero como Daniel luciendo la insignia de la secta.

Tras un momento de silencioso debate, Alex decidió bordear la ciudad y alcanzar a Daniel cuando saliera de ella, en la carretera hacia Newmarket. Mientras avanzaba por los oscuros caminos del campo, Alex decidió que se encontrarían un poco más adelante, en el propio Newmarket o incluso más allá, cuando una inesperada aparición a caballo pudiera pasar por un comité de bienvenida, como si Alex hubiese cabalgado ansioso por reunirse con un victorioso Daniel.

Hasta entonces había poco más que hacer salvo mantener las distancias y observar.

Daniel se detuvo en una pequeña taberna en un pueblo al oeste de Cambridge, en la carretera de Newmarket. La taberna acababa de abrir y él necesitaba tomar algo caliente para mitigar el frío que había empezado a mordisquearle los huesos, y además podría aprovechar para vigilar la llegada de un posible perseguidor.

Agazapado en una esquina del bar, de bajos techos y ambiente lleno de humo, con el posadero atizando el fuego de la chimenea, Daniel mantuvo un ojo en la carretera al otro lado de la ventana mientras bebía a sorbos una jarra de humeante sidra. El líquido ardiente lo calentó en su camino de descenso. A medida que el calor se extendía, su mente regresó a lo que pasaría a continuación.

Se preguntó si Alex seguiría en la casa de Bury o si ya habría encontrado un nuevo cuartel general. Esa era su intención cuando él se fue a Bedford. Quizás ya se había mudado. En cualquier caso Alex, o bien le dejaría una nota o esperaría para encontrarse con él. Daniel apostaba por lo segundo. La carta que acababa de recuperar había supuesto una amenaza tanto para Alex como para él.

Y Alex sin duda querría verla lo antes posible, y luego querría verla arder.

A pesar de la temprana hora, ya había tráfico en la carretera… la ocasional carreta que se dirigía al mercado, el ocasional jinete que se dirigía a Newmarket, o que iba en dirección opuesta hacia Cambridge. También pasaron unos cuantos coches, uno de ellos un correo nocturno. Sin embargo, no había ninguna señal de perseguidores.

Y para sorpresa de Daniel tampoco había señal de su guardia. Claro que, aunque sin dudar ellos cabalgarían más deprisa que él y ya estarían cerca, incluso contando con el tiempo que debían haber pasado torturando a esos cuatro en el patio, sabían de sobra que en esa zona debían mantenerse apartados de las carreteras principales, ceñirse a los campos y, en caso necesario, descansar en algún granero durante el día.

Los miembros de su guardia estaban entre los mejores de sus guerreros, superados únicamente por la guardia de Alex. Pronto aparecerían.

Daniel apuró la jarra y la soltó, se levantó, arrojó un puñado de monedas sobre la mesa y se marchó. Echó un vistazo a la carretera en dirección a Cambridge. Nadie lo perseguía. Cada vez estaba más seguro. Montó de nuevo y reanudó la marcha.

No había ningún motivo para atravesar Newmarket. La ciudad funcionaba con los horarios del entrenamiento de los caballos de carreras y, aunque era temprano, los páramos y los numerosos establos que la rodeaban ya estarían despiertos y muy ocupados. En efecto, a medida que se acercaba a las afueras, vio filas de caballos de carreras montados bajo la luz previa al amanecer. Las estrechas calles de la ciudad ya estarían llenas de jinetes y calesas. Iría más deprisa si evitaba atravesarla.

También decidió rodear los establos desperdigados.

Mientras cabalgaba en la gris y fresca mañana, se imaginó dueño de un caballo de carreras, o de tres. Era el deporte de los reyes. La perspectiva sin duda le resultaría atractiva a Alex y ya tenían dinero más que suficiente para permitírselo. En efecto, pensándolo bien, en cuanto hubieran destruido las cuatro copias de la desafortunada carta de Roderick, ¿qué mejor camuflaje que permanecer allí en Inglaterra durante un tiempo? Podrían enviar a los sectarios a casa, dejar encargados a los más veteranos para que la cosa siguiera funcionando en la India, y organizarlo todo para que Alex y él disfrutaran de su botín allí en Inglaterra, por lo menos durante un tiempo. La perspectiva de pavonearse delante de tantos, de utilizar su riqueza para satisfacer todos los caprichos que habían tenido antes de trasladarse a la India, pero que en su momento no pudo permitirse por falta de capital o del poder asociado, desde luego resultaba atractiva.

De repente su caballo empezó a cojear.

Daniel soltó un juramento y evaluó el paso del caballo negro, pero no había modo de seguir. Desmontó y miró a su alrededor. Un poco más adelante había un gran establo, situado en una amplia hondonada del páramo. Desde su perspectiva solo veía un lateral hacia la parte trasera, no las puertas delanteras. Sin embargo, mientras observaba, una larga fila de caballos salió del edificio y se alejó.

Atravesando el páramo para realizar sus ejercicios matinales.

Seguro que todavía quedarían caballos en el establo... para empezar los de los yoquis, pero casi con toda seguridad otros más, caballos de carreras más viejos o que estaban descansando. La idea de montar uno de esos animales lo animó a dirigirse todo lo deprisa que podía el caballo negro hacia el establo.

Se llevó consigo al caballo, pues la visión de un hombre a pie por los páramos de Newmarket resultaría demasiado extraña como para evitar llamar la atención.

Vio unas puertas traseras e intentó abrirlas, pero estaban cerradas y con el pestillo echado. Rodeó el establo y encontró las puertas delanteras abiertas de par en par y sin un alma a la vista.

Sin dejar de sonreír, entró con decisión hasta un amplio espacio despejado y siguió por un largo pasillo central con boxes a cada lado. Era un establo muy grande y había, tal y como había esperado, ocupantes en bastantes boxes, y una selección de caballos atados hacia la parte trasera, seguramente los caballos sobre los que habían llegado los yoquis.

Ató al caballo negro cojo junto a los jamelgos de los jinetes y dedicó algún tiempo a repasar a los caballos de los boxes. Hacía años que no vivía en Inglaterra, pero todavía reconocía un buen caballo cuando lo veía. Y algunos de aquellos eran auténticas bellezas. Se decidió por un enorme ruano y fue en busca de la silla y las bridas del suyo. Por último abrió el box del ruano y entró.

Le habló con dulzura y se tomó unos minutos para admirar las líneas del caballo antes de colocarle las bridas y ensillarlo. Estaba ajustando la silla cuando un sonido en la puerta del box desvió su atención en esa dirección.

Un anciano ligeramente encorvado, con manos grandes y retorcidas, estaba en el pasillo contemplándolo con sus ojos saltones.

—¡Eh! ¿Qué se cree que está haciendo? Este establo es privado.

—¿En serio? —Daniel hizo girar suavemente al ruano y lo condujo fuera del box—. En ese caso, será mejor que me marche.

—¡Eh... no! No puede coger uno de esos caballos. —El anciano agarró a Daniel por la manga.

Daniel le asestó un golpe en la cara con el antebrazo. Soltó las riendas del ruano, se giró, y hundió su puño derecho en el estómago del anciano antes de propinarle un fuerte golpe en la cabeza.

El anciano cayó jadeando y gruñendo sobre el suelo de tierra cubierto de paja y se hizo un ovillo. Daniel lo miró antes de echar hacia atrás una pierna y patear al hombre con saña una y otra vez en las costillas.

Después de jadear con fuerza tras la primera patada, el anciano dejó de hacer ruido.

Daniel se irguió, se acomodó el abrigo y agarró las riendas del ruano. Se había perdido la diversión en Bedford, se merecía un poquito de violencia.

Retomó su expresión de caballeroso aburrimiento, caminó por el pasillo, se detuvo para montar en el espacio despejado junto a las puertas y, con el ruano agitándose bajo su cuerpo, anticipando sin duda una larga caminata, Daniel levantó las riendas y salió al trote del establo.

Segundos más tarde estaba galopando por los páramos.

Carruthers soltó un juramento por lo bajo, pues apenas podía respirar lo suficiente como para hacerlo en voz alta. Le dolían las costillas y le palpitaba la mandíbula. Consiguió encoger las piernas y, agarrándose a la puerta de un box, se levantó.

Con la mirada fija en su meta, consiguió llegar a la puerta abierta y, tras volver a jadear, agarró la cuerda que colgaba de la campana del establo. La campana repicó mientras el anciano caía contra el marco de la puerta. El tañido volvió a sonar cuando la cuerda se escapó de las manos del hombre, que se deslizó lentamente hasta derrumbarse en el suelo.

Con una oreja pegada al suelo, oyó el sonido que había esperado oír: el pesado golpeteo de los cascos de los caballos. Sonreír estaba más allá de sus posibilidades, aunque sí logró hacerlo para sus adentros.

Le pareció que apenas habían pasado unos segundos cuando Demon se agachó a su lado, las fuertes manos de su jefe agarrándolo con delicadeza mientras lo ayudaba a sentarse apoyado contra la puerta.

Demon miró a Carruthers a los ojos, vio que sufría, pero estaba consciente.

—¿Qué demonios ha pasado?

Más caballos llegaron al galope, la reata que había seguido a Demon de regreso al establo.

—Estaba en el cuarto trastero. —Carruthers se humedeció los labios—. Oí un ruido. Salí y encontré a un tipo ensillando a The Gentleman. Le pregunté que qué hacía, le dije que tenía que marcharse, intenté detenerlo cuando condujo a The Gentleman fuera. Me golpeó. Un par de veces.

Demon contempló los moratones que empezaban a formarse bajo la moteada piel de Carruthers.

—Y cuando caí al suelo me pateó.

—¿Cómo? —exclamó Demon mirándolo fijamente antes de soltar un juramento—. Da igual, te he oído. Quédate aquí y recupérate. Déjame a mí a ese bastardo.

Demon se levantó y se giró mientras señalaba a Jarvis, el teniente de Carruthers.

—Cuida de él. —Demon ya se había puesto en marcha y tomó el catalejo que colgaba junto a la puerta. Normalmente se utilizaba para observar el entrenamiento de los caballos.

Salió fuera y se llevó el catalejo a un ojo para repasar con la mirada el páramo en la dirección en que debía haberse marchado el ladrón del caballo. No se había cruzado con Demon ni con la reata de caballos que regresaban, de modo que tenía que haberse dirigido hacia Bury.

El páramo, en apariencia plano, en realidad estaba lleno de

pequeñas hondonadas y elevaciones, un mar verde con pequeñas olas muy dispersas. Un jinete podría estar bastante cerca, pero momentáneamente oculto, y luego reaparecer al ascender por la siguiente elevación.

Mientras avistaba el ahumado flanco de The Gentleman galopando feliz hacia el este sobre el páramo, Demon barajaba sus opciones. ¿Qué probabilidades había de que el ladrón del caballo tuviera algo que ver con la misión en la que él y sus primos estaban colaborando? Ferrar, al parecer la Cobra Negra, había aparecido asesinado en Bury el día anterior.

Demon ajustó el catalejo para enfocar mejor al jinete. Wolverstone y Devil lo iban a despellejar vivo, al menos verbalmente, si no intentaba al menos echarle un buen vistazo al rostro de ese hombre...

Allí. Jinete y caballo tuvieron que girar ligeramente, y el jinete mostró su perfil. Durante un instante, a través de la lente, Demon tuvo una buena imagen. Y también consiguió echarle un vistazo fugaz a las manos. Profundamente bronceadas.

Demon bajó el catalejo antes de girarse de nuevo hacia el establo.

—¡En marcha! —Señaló y agitó las manos en el aire hacia la reata—. Id tras él... Seguidlo. Si podéis, atrapadlo. Yo os alcanzaré.

Los yoquis, impresionados y furiosos por la paliza sufrida por su viejo entrenador, no necesitaron más estímulo. Bajo un atronador golpeteo de cascos, arrancaron.

Demon agarró las riendas de su montura. Había abandonado la reunión en Sommersham Place para celebrar una sesión de entrenamiento, y dado que su esposa, Flick, no había podido acercarse desde hacía días, había elegido el caballo de ella, The Mighty Flynn. The Flynn adoraba a Flick, pero toleraba, soportaba a Demon. Aunque ya retirado, el enorme caballo era muy resistente. Demon no podría haber elegido mejor montura para perseguir a un ladrón de caballos.

Pero tras mirar a Carruthers, atendido por Jarvis y dos mozos de cuadra, se detuvo.

Carruthers se dio cuenta y lo fulminó con la mirada... lo mejor que pudo.

—¿A qué esperas? ¡Atrapa a ese bastardo y trae a The Gentleman de vuelta!

Demon sonrió, hizo un saludo, saltó a lomos del caballo y arrancó.

Daniel estaba encantado con su nueva montura, un caballo muy bueno y elegante. A pesar del impulso de huir a galope tendido, era demasiado listo como para llamar la atención, sobre todo en un lugar como ese, rodeado de lugareños que poseían caballos muy veloces.

Lugareños que, se imaginaba, podrían reconocer al caballo robado.

De todos modos, si mantenía ese paso uniforme, pronto pondría kilómetros entre él y el establo, y pocas personas por ahí prestaban atención a un jinete que cabalgaba despreocupadamente. Sin duda pasaría una hora, quizás más, antes de que encontraran al viejo. Daniel no había mirado atrás, pero había escuchado atentamente y no oyó ninguna alarma o grito.

Ya había adelantado a dos reatas que se ejercitaban y ni siquiera lo habían mirado.

Totalmente satisfecho, Daniel sonrió y continuó la marcha. Primero la carta y luego ese excelente caballo: todo parecía estar saliendo a pedir de boca.

Desde un lugar estratégico, en una de las más altas elevaciones un poco más adelante, a una significativa distancia al este y ligeramente al sur desde donde cabalgaba Daniel, y oculto por un bosquecillo, Alex observaba con un catalejo la escena que se desarrollaba en el páramo.

Horrorizado. Sin dar apenas crédito a lo que veía.

Todo iba perfectamente cuando el caballo de Daniel se

había quedado cojo. Pero su hermano había hecho lo más sensato: deslizarse dentro de un establo para cambiarlo por otro.

Alex aprovechó la oportunidad para adelantarse y se había dispuesto a esperar pacientemente. Y pocos minutos después, Daniel había salido del establo montado en otro caballo.

Hasta ahí todo bien, pero... algo había sucedido que había alertado a la gente del establo para que dejara de ejercitarse con los caballos, y había llevado al entrenador y a sus jinetes volando de regreso al lugar.

Alex no tenía ni idea de qué los había convocado, pero el hombre que conducía la reata de regreso, por su vestimenta un caballero, había vuelto a salir prácticamente de inmediato... con un catalejo en la mano.

Ese hombre había localizado a Daniel.

A Daniel, que ya no llevaba su pañuelo de seda negro. Su rostro estaba descubierto, desnudo, a la vista de cualquiera.

El hombre del catalejo se había quedado fuera del establo mirando, mirando, mirando demasiado tiempo para estar interesado únicamente en identificar a su caballo.

Alex supo sin ningún lugar a dudas que el rostro de Daniel había sido escrutado y memorizado.

Y en esos momentos, una atronadora horda de hombres y caballos cargaba tras Daniel, y él aún no había reaccionado. No había mirado a su alrededor, no había oído nada... Alex comprendió el porqué. El viento, una agradable brisa, soplaba directamente en la cara de Daniel, empujando sus oscuros rizos hacia atrás.

Alex quiso gritar y señalar, pero Daniel seguía demasiado lejos para poder oír. Y lo habían visto. Lo iban a reconocer.

Los caballos se acercaban rápidamente, increíblemente deprisa, pero seguían a cierta distancia. El hombre que había portado el catalejo también lo seguía sobre un enorme caballo cuyas largas zancadas parecían devorar la distancia.

Para cuando Daniel pudiera oírlos lo bastante bien como para distinguirlos de las reatas a la que había adelantado sería demasiado tarde.

No podría escapar. Sería detenido como ladrón de caballos.

Eso en sí ya era bastante malo, pero además tenía la carta, copia u original, en su poder.

¿Qué probabilidades había de que ese documento esencial encontrara el camino hasta las manos del marionetista, ese hombre nebuloso al que Alex estaba aprendiendo a respetar, más aún, a temer?

La montura de Alex se removió inquieta. Recorrió desesperadamente el páramo con la mirada y la sujetó sin pensárselo. No podía desperdiciar ni un pensamiento.

¿Qué debía hacer? ¿Qué debía hacer?

¡Eso era! Una oportunidad, solo una, un camino hacia delante y ningún otro.

Si fuera capaz de aprovecharlo.

Si...

Soltando un salvaje juramento, Alex clavó los talones en los costados del caballo castaño y descendió veloz por una ruta que se cruzaría con la de Daniel en un punto en particular. Un lugar un poco más allá de otra elevación, algo más alta que la mayoría, que cobijaba una profunda hondonada en la que había una hilera de abetos y pinos con gruesas y pesadas ramas... una de las pocas protecciones eficaces en el páramo invernal.

Daniel lo vería pasar un poco más allá del extremo norte de esa hilera de árboles.

Alex alcanzó el lado este de los árboles con tiempo suficiente para calmarse, acomodar al caballo, tranquilizar su nerviosismo. Respirar profundamente y dibujar en su rostro una expresión expectante de bienvenida.

Daniel surgió al final de la hilera de árboles.

Alex lo llamó y agitó una mano en el aire.

Daniel lo oyó, lo vio, sonrió con confianza y dirigió su montura robada hacia él.

Alex esperó, aparentemente tranquilo y seguro, mientras Daniel aflojaba el paso y acercaba su caballo hasta detenerse junto al caballo castaño.

—La tengo. —Daniel sonrió mientras su rodilla rozaba la de Alex.

—Lo sé. —Los labios de Alex se curvaron en respuesta mientras alargaba una imperiosa y exigente mano—. Lo sé por tu sonrisa.

Daniel rio. Hundió la mano en su abrigo y sacó la carta, que puso en la mano de Alex.

Alex la abrió y echó un vistazo.

—Lo mismo que las otras dos… una copia.

—Lo cual significa que solo queda una más por recuperar. La original, que debe portar Carstairs.

—Así es. —Alex dobló la carta y la deslizó en uno de sus bolsillos antes de levantar la vista a los ojos de Daniel y sonreír resplandeciente—. Excelente.

Alargó una mano enguantada elegantemente, sujetó la nuca de Daniel y acercó su rostro hacia él.

Para besarlo.

Amorosa, pausadamente.

Y mientras mordía ligeramente el labio de Daniel, hundió el cuchillo entre sus costillas, directo al corazón.

Alex se apartó, soltó a Daniel, pero dejó el cuchillo donde estaba.

Lo miró a los ojos, el aterciopelado color marrón ya nublándose.

Vio la muerte deslizarse en su interior para reclamarlo.

La mirada en la cara de Daniel, el absoluto horror y la incredulidad, conmovió incluso al propio Alex.

—Te han visto. Vienen detrás de ti… ¿Me oyes? No podía permitir que…

Daniel se derrumbó hacia delante sobre la silla.

El ruano se agitó nervioso.

Con el rostro tenso, Alex agarró el sombrero de Daniel, que tenía el nombre grabado en la banda, y lo metió dentro de una de las alforjas del caballo castaño, reunió las riendas e hizo una pausa.

Se detuvo.

Alargó una mano enguantada y, por última vez, revolvió con delicadeza los cabellos negros de Daniel.

Después, con los labios apretados y la expresión transformada en una máscara de granito, Alex se apartó, le propinó una brusca palmada en el flanco al caballo y lo lanzó hacia delante.

En cuanto el caballo sintió el cambio de peso en la silla y descubrió que las riendas estaban sueltas, arrancó hacia el sur.

Alex tomó aire y lo dejó escapar. Volvió a centrarse y prestó atención al creciente ruido de los caballos perseguidores, calibrando la posible distancia. Estaban acercándose a la elevación por el oeste.

Siguiendo un impulso, espoleó al caballo castaño para que continuara hacia el norte y se curzara directamente en el camino de los jinetes que se acercaban. Alex se apartó de los árboles, y había avanzado unos cuarenta y cinco metros cuando el grupo perseguidor asomó por la cima y ralentizó el paso.

Alex continuó cabalgando hacia el norte sin prisa, con aspecto despreocupado.

Oyó las voces de los yoquis mientras bordeaban la elevación y buscaban a su enemigo. Con suerte, los árboles ocultarían la carrera del ruano durante una considerable distancia.

De repente otra voz, más profunda y autoritaria, se unió al coro.

A Demon le llevó un buen rato asimilar lo que sus hombres estaban contando. The Gentleman y su jinete habían desaparecido.

Otro jinete, un hombre envuelto en un grueso abrigo de invierno, con un elegante sombrero y el rostro protegido del viento por una bufanda, trotaba sobre un enorme caballo castaño hacia el norte de donde estaban ellos.

Si el ladrón de caballos había ido en esa dirección…

—¡Hola! —Demon alzó la voz y levantó una mano a modo de saludo.

El otro jinete miró hacia atrás, aflojó la marcha y levantó la mano para indicar que había oído.

—¿Ha visto a un hombre, abrigo oscuro, sombrero oscuro, pelo oscuro, piel bronceada, montando un ruano?

El jinete dudó antes de volverse y señalar hacia el este-nordeste. Allí había otra elevación que podría haber ocultado al jinete.

—¡Gracias! —Demon hizo girar bruscamente a The Flynn en esa dirección y descendió al galope la ladera. Sus yoquis lo siguieron.

El jinete permaneció unos segundos observando la escena antes de continuar su camino sin ninguna prisa.

Alex continuó cabalgando, el rostro impasible, atento al sonido de los cascos de los caballos que se alejaba.

Pronto regresó el silencio al vacío y amplio páramo.

Y Alex lo abrazó.

Tras unos minutos, un pensamiento grabado en el extraño vacío de su mente se elevó a través del inesperado sobresalto.

La supervivencia, a fin de cuentas, estaba reservada a los más aptos.

Después de reflexionar un poco más, un plan se formó en su mente. Se dirigiría al norte un poco más, lo bastante para alejarse del todo del camino de algún perseguidor y luego describiría un círculo, se detendría en Bury el tiempo suficiente para alertar a los que quedaban allí, y se dirigiría hacia la nueva casa, el nuevo cuartel general de la secta, que habían encontrado M'Wallah y Creighton.

Creighton podría suponer un problema tras la muerte de su amo, pero M'Wallah y la guardia de Alex eran excepcionalmente buenos resolviendo los problemas a los que debía enfrentarse Alex. Los dejaría encargados de Creighton.

A medida que el sol se alzaba lentamente, Alex continuó su camino a medio galope.

Poco después del amanecer, Demon se detuvo al fin.

Habían llegado a una franja del páramo aún congelada por el rocío, y era evidente que ningún jinete la había cruzado esa mañana.

—Lo hemos perdido. —Hizo girar a The Mighty Flynn, sacó el catalejo y recorrió el páramo hasta donde podía verlo.

—Pero ¿cómo hemos podido perderlo? —preguntó uno de los yoquis—. Le íbamos pisando los talones... bueno, como mucho a unos pocos minutos detrás de él, y de repente... ya no está.

Demon frunció el ceño y rememoró lo sucedido mientras cerraba el catalejo y lo deslizaba en su bolsillo de las alforjas.

—¿Lo tuvisteis a la vista hasta que ascendió la ladera donde os detuvisteis... la ladera donde preguntamos al otro jinete?

Todos asintieron.

Demon conocía cada hondonada y montículo de ese páramo, montaba allí desde niño. Cerró los ojos durante unos segundos y se preguntó si ese otro jinete se había equivocado o...

Abrió los ojos e hizo girar a The Flynn de nuevo hacia Newmarket.

—Volvamos a casa, pero formando una línea de norte a sur y a un paso lento. Si veis algo, gritad.

Los caballos empezaban a estar cansados y nerviosos, necesitaban regresar al establo, al calor, y ser atendidos. La carrera había roto su habitual rutina.

Demon formó a sus hombres en una línea y se pusieron en marcha.

No sabía qué pensar. Estaba sumido en unos profundos pensamientos sopesando las posibilidades cuando Higgins, situado en el extremo sur de la línea, gritó.

—¡Allí! ¿No es ese The Gentleman?

Demon tiró de las riendas, sacó el catalejo y se lo llevó a un ojo.

Y allí estaba The Gentleman... con un sospechoso bulto sobre la silla. The Gentleman estaba muy al sur, las riendas colgaban mientras pastaba perezosamente sobre la hierba, antes de continuar unos pasos más con el bulto sin vida balanceándose con su movimiento.

Demon respiró hondo y soltó un suspiro. Volvió a guardar el catalejo en las alforjas y afirmó:

—Es él. Vamos.

Todos a una sus hombres y él cambiaron de rumbo y se acercaron al caballo que iba a la deriva.

The Gentleman levantó la cabeza al verlos acercarse, pero al oler a sus compañeros de cuadra volvió a su tarea de comer hierba. El bulto sobre su espalda no se movió.

—Alto. —Demon hizo un gesto a sus yoquis para que sujetaran las monturas a cierta distancia, los caballos habían percibido que algo iba mal con el bulto que descansaba sobre la espalda de The Gentleman y se habían puesto aún más nerviosos.

Demon se acercó al paso. The Flynn era caballo viejo, confiaba ciegamente en Demon e iba hacia donde él lo condujera.

Y sí, eso era un cadáver. Al parecer, el ladrón de caballos había encontrado su fin.

—Regresad a los establos. —Demon se giró hacia los inquietos caballos de carreras y los despidió con un gesto de la mano—. Enseguida estaré con vosotros. Esta mañana no habrá más entrenamiento. Ya han corrido bastante. Llevadlos al establo y atendedlos.

Los yoquis más jóvenes estaban pálidos, pero asintieron y se marcharon. Los de más edad titubearon, pero al final asintieron y dieron media vuelta.

Y dejaron a Demon para que se acercara un poco más a The Gentleman, se agachara y recuperara las riendas sueltas antes de acercarse un poco más y, sin demasiada esperanza, comprobar si tenía pulso en el cuello. Al no encontrarlo, se inclinó para estudiar el rostro del hombre muerto... lo suficiente como para confirmar que, en efecto, era su ladrón de caballos.

Y a juzgar por las manos y la piel bronceada del cuello, hasta hacía muy poco había estado en algún lugar soleado, como la India.

Demon se incorporó en la silla y frunció el ceño hacia el cadáver.

—¿Quién demonios eres? ¿Y qué demonios está pasando aquí?

CAPÍTULO 17

Demon condujo a The Gentleman y su espeluznante carga de regreso a los establos. Necesitó la ayuda de dos de sus hombres para bajarlo de la silla y tumbarlo sobre un carro de heno vacío.

Carruthers salió renqueante del cuarto de herramientas, donde había estado tomándose un brandi medicinal. Después de echar un vistazo al cadáver, asintió.

—Es él. Cabrón insolente y cruel. Ya no se le ve tan insolente. Parece que recibió su merecido muy pronto. —Miró a Demon—. ¿Alguna idea de quién lo hizo?

Demon pensó en el otro jinete que habían visto, pero ¿cómo era posible que alguien hubiera atravesado el corazón de un hombre con una daga y, en cuestión de minutos, pareciera tan despreocupado? Negó con la cabeza—. Ni idea. Pero lo perdimos de vista durante un buen rato. A saber con quién se encontró.

—Esa daga tiene un aspecto muy raro. —Carruthers observó la empuñadura que sobresalía del pecho del hombre.

—Es marfil —anunció Demon tras inclinarse y mirarla más de cerca. De inmediato, cualquier duda de que ese hombre tuviese algo que ver con la Cobra Negra se esfumó. La empuñadura era idéntica a la de las dagas que habían matado primero a Larkins y luego a Ferrar, de quien habían pensado que era la Cobra Negra.

El sonido de jinetes aproximándose, seguido de un grito de

«¡Eh, Cynster!», hizo que Demon se volviera y saliera rápidamente por las puertas delanteras a la zona delante del establo.

Logan desmontó en cuanto apareció Demon y, por primera vez en días, sonrió.

Demon posó la mirada en él y el rostro de su viejo amigo se iluminó.

—¡Logan Monteith! Perdón... mayor Monteith. Desde luego, qué gusto verte... aunque estés medio cubierto de... ¿qué es eso? ¿Hollín?

—Escapamos de un incendio, y de unos cuantos inconvenientes más, de ahí nuestro lamentable estado. Pero por lo que he oído, te has vuelto serio. —Logan le ofreció una mano, que fue aplastada por los fuertes y largos dedos de Demon.

—¡De eso nada! —Demon le dio una palmada en la espalda y retorció su mano—. Si es verdad lo que he oído yo, eres tú el qué te has vuelto serio desde hace unos meses... Y también has corrido serios peligros.

—Por desgracia, eso es verdad. Y a propósito... —Logan soltó a Demon y se volvió hacia los otros tres, que ya habían desmontado y permanecían de pie y observándolos con diversos grados de empatía—. Permíteme presentarte al capitán Linnet Trevission, capitán del Esperance, de Guernsey.

—Un placer, señor. —Linnet le ofreció a Demon una mano.

Demon agarró los dedos de Linnet e hizo una elegante reverencia.

—El placer es enteramente mío. —Se irguió y contempló los pantalones de Linnet—. Te advierto que mi esposa, Flick, va a pedirte la dirección de tu sastre.

Linnet enarcó las cejas sutilmente e inclinó la cabeza mientras Logan continuaba con las presentaciones.

Aunque Demon no conocía a Charles ni a Deverell, sí su misión.

—¿Y bien? —preguntó Logan—. ¿Qué novedades hay por aquí?

—¿Sabes ya que Delborough consiguió llegar sano y salvo,

pero tuvo que sacrificar su portarrollos en una trampa que tendimos con la esperanza de capturar a Ferrar, pero su hombre, Larkins, fue quien resultó atrapado en su lugar y luego Ferrar lo mató y se largó de rositas?

Cuando Logan asintió, Demon continuó.

—Ayer llegó Hamilton desde Chelmsford vía Sudbury. Esos malvados habían preparado una emboscada a las afueras de Sudbury, pero nosotros estábamos también allí como apoyo, y la señorita Ensworth, que viaja con Hamilton, consiguió dejar el portarrollos y tentar a Ferrar para que lo tomara, lo cual hizo. Mientras mis primos y yo nos ocupamos de los sectarios en el lugar de la emboscada, otros —Demon asintió hacia Charles y Deverell—, Wolverstone y alguno de vuestros antiguos colegas siguieron a Ferrar con la esperanza de encontrar su guarida, pero lo asesinaron en las ruinas de la vieja abadía en Bury Saint Edmunds y lo único que se encontró fue su cadáver.

—¿Ferrar está muerto? —El rostro de Logan, y el de los demás, reflejaba claramente la conmoción que sentían.

—Ayer por la tarde. —Demon asintió con gesto serio y los miró con sus afilados ojos azules—. Sé que se esperaba que llegarais hoy desde Bedford... ¿Estoy en lo cierto al suponer que el motivo por el que estáis aquí ahora, tan temprano y en ese estado, es porque habéis perseguido a un hombre, alto, pelo negro, abrigo negro, sin duda un caballero?

—¿Lo has visto? —preguntó Logan.

—Él también está muerto. —Demon señaló con la cabeza hacia el establo—. Venid y echad un vistazo.

Demon los condujo hasta la carreta. Logan permaneció al pie con Linnet a su lado y contempló al hombre que habían visto abandonar el callejón de Bedford a caballo.

—Esto ha sucedido hace muy poco —observó Charles tras examinar la daga y la herida.

—Hace menos de una hora. —Demon les contó todo lo que sabía de lo que había hecho ese hombre hasta el momento en que lo encontraron desplomado, muerto, sobre la silla.

Envió a un mozo de cuadra para que les llevara el caballo del hombre.

—Por cierto, ¿cómo sabíais que debíais venir aquí? —preguntó Demon mientras esperaban—. ¿Lo seguisteis hasta aquí?

—Seguimos su rastro desde las afueras de Bedford —Logan afirmó con la cabeza— y lo avistamos fugazmente a este lado de Cambridge, pero lo perdimos al acercarnos a Newmarket. Pero cuando atravesamos la ciudad, no se hablaba de otra cosa: alguien se había atrevido a robar un caballo de tu establo. Eso parecía una coincidencia demasiado grande... Sabemos que esta gente se apropia de bienes, caballos, cualquier cosa que necesiten a su antojo. La gente de la ciudad nos indicó el camino hasta aquí.

Demon señaló el caballo negro que el mozo de cuadra acababa de llevar.

—Ese tipo dejó este caballo cuando se llevó el nuestro.

Logan, Deverell y Charles observaron con detenimiento al caballo. Y todos asintieron.

—Ese es el que montaba en Bedford —confirmó Deverell.

—De modo que cabalgaba hacia aquí —intervino Charles—, no porque huyera de nosotros, ya que él nos había dado por muertos en Bedford, sino por otro motivo.

—Presumiblemente para entregarle a alguien la carta que se llevó. —Deverell contempló el cuerpo—. Ya no la tiene, ¿verdad?

—En el bolsillo del abrigo —recordó Linnet—. Ahí la metió.

Deverell palpó el abrigo y lo abrió lo suficiente para meter la mano en el bolsillo sin mover la daga—. Aquí no hay nada. —Palpó los demás bolsillos del hombre—. Ni en ninguna parte. No está.

—Creo que podemos asumir que quienquiera que recibió la carta lo recompensó con esa daga —Logan frunció el ceño.

—Lo estábamos persiguiendo a la vez que lo mataba. —Demon se encogió de hombros—. Podrían haberlo matado por el mismo motivo por el que acabaron con Larkins, y sin duda a Ferrar, sacrificados porque habían sido vistos y podrían, casi con total seguridad, ser atrapados en algún punto

—E interrogados —añadió Charles—. Eso tiene sentido.

—¿Lo reconoces? —le preguntó Linnet a Logan.

Logan fijó la mirada en el rostro del hombre e hizo una mueca.

—Me resulta vagamente familiar. Puede que lo haya visto en Bombay... donde estuvimos cinco meses. Quizás fuera amigo de Ferrar. Si lo es, Gareth o Del sin duda podrán identificarlo.

—Entonces será mejor que llevemos su cuerpo a Elveden. —dijo Demon con decisión—. Hay un lavadero por si queréis curaros todas esas heridas y lavar lo peor de ese hollín mientras preparo los caballos; después podemos cabalgar juntos.

Era media mañana cuando los cinco se aproximaron a la gran mansión jacobina oculta en la no menos extensa propiedad. Se habían adelantado, dejando atrás el coche que llevaba el cadáver y que los seguía lo más deprisa posible. Congelada por la reciente helada, la nieve seguía amontonándose bajo los árboles. Demon les había comentado que habían sufrido una fortísima nevada pocos días atrás.

Al surgir del bosque a la explanada cubierta de grava, Linnet estudió la laberíntica casa con tejados a muchas aguas y asimétricas alas, y tuvo la sensación de que era antigua. Tenía un aura de permanencia, de paz consolidada hacía mucho tiempo. En el interior las lámparas estaban encendidas y, a través de las numerosas ventanas, la casa parecía brillar con calidez y ser acogedora.

Una acogedora calidez que salió corriendo para recibirlos. Phoebe y Penny ya estaban en la residencia y debían de estar sentadas junto a alguna ventana, pues salieron corriendo para abrazar a sus esposos, haciendo caso omiso de los restos de hollín y sangre, exclamando ante las numerosas heridas y arañazos, y luego se volvieron hacia Linnet para abrazarla, y a Logan también.

Una mujer rubia y delgada, aunque escultural, con aspecto seguro y sereno, había seguido a las dos damas al exterior. Resultó ser Minerva, la gran duquesa de Wolverstone.

Al ser presentada, Linnet hizo amago de hacer una reverencia, pero Minerva no lo consintió, agarró las manos de Linnet y sonrió con calidez.

—Bienvenida a Elveden, Linnet... Aquí no somos muy amigos de las ceremonias, de modo que, por favor, llámame Minerva. Las otras damas estarán encantadas de conocerte. Y, por favor, no dudes en pedirme cualquier cosa que haga tu estancia más confortable. —Miró hacia la casa de donde surgían numerosos ruidos de pisadas—. Vaya, aquí viene la otra cara de la moneda.

Un pequeño ejército de hombres apareció en las escaleras delanteras, guiado por uno al que Linnet identificó instantáneamente como Wolverstone. Era alto, aunque no el más alto, de pelo negro y pómulos marcados, con cierto aire depredador en sus austeros rasgos normandos. De su persona emanaba el poder como si fuera un manto invisible, pero fue la mirada que intercambió con Minerva, la de la resignación masculina que se superponía a un profundo e infinito afecto, la que lo resolvió todo.

Minerva sonrió y le presentó a Linnet y luego a Logan.

Wolverstone los saludó con sincero placer y evidente aprobación, y luego insistió en que todo el grupo, que había crecido considerablemente a medida que más y más damas y caballeros salían de la residencia, se trasladara al cálido interior de la casa.

En el extenso vestíbulo con paneles de madera, Linnet miró a su alrededor y pensó que sin duda ese debía haber sido el vestíbulo principal de la mansión. Wolverstone, que respondía al nombre de Royce entre los amigos, les presentó a todos los demás.

Dos de ellos, por su aspecto soldados, fueron los primeros en saludar a Logan. Royce se mantuvo apartado mientras, con enormes sonrisas, los tres se estrecharon las manos y se palmearon los hombros antes de que Logan se los presentara a Linnet.

—Derek Delborough y Gareth Hamilton. Ya me has oído hablar de ellos.

Linnet estrechó sus manos, intercambió sonrisas y percibió la cercanía que había entre los tres hombres, la de hermanos de armas desde hacía mucho tiempo, hombres que habían luchado hombro con hombro, espalda con espalda, cuya amistad se había forjado en el fragor de la batalla.

Delborough y Hamilton se mostraron tan sorprendidos de verla a ella como Logan de ver a las damas que cada uno de ellos tenía a su lado.

—¿Señorita Ensworth? —Logan estrechó la mano de la dama de cabellos marrones—. Me habían contado que viajaba con Gareth, pero... ¿cómo llegó eso a suceder?

La dama sonrió con dulzura, aunque Linnet percibió de inmediato un corazón de acero.

—Emily, por favor. Y es una historia muy larga. —Ella miró a Hamilton—. Os la contaremos después.

Hamilton enarcó las cejas.

Delborough, Del, les presentó a la impresionante morena a su lado.

—Deliah Duncannon. Ignorantes de nuestra misión, mis tías habían acordado que yo escoltara a Deliah al norte, de modo que tuve que traerla conmigo.

—Aunque por supuesto no quería hacerlo —intervino Deliah con un brillo enérgico en sus ojos verdes—, pero cuando yo lo rescaté de una muerte segura, ya no pudo rechazarme.

—Esa también es una larga historia, otra para más tarde. —Del rio—. De momento, tienes que ponernos al día de la tuya.

—Terminemos primero con las presentaciones —intervino Royce—. Después podremos ocuparnos del trabajo

Royce paseó a Logan y a Linnet por todo el vestíbulo, y en cuestión de minutos, a Linnet le daba vueltas la cabeza. Se esforzó por intentar recordar todos los nombres. Gervase y Madeline, Tony y Alicia, y Letitia, Jack y Clarice, Tristan y Lenore, y Kit. El esposo de Letitia, Christian, y el esposo de Kit, otro Jack, al parecer se encontraban en la costa este esperando la llegada de Rafe Carstairs.

Mientras Logan hablaba con los hombres, la pelirroja Kit se acercó a Linnet.

—No vas a salir de esta casa sin contarme dónde conseguiste esos —murmuró mientras bajaba la mirada, claramente envidiosa, a los pantalones de Linnet.

—Estaba a punto de preguntarte lo mismo. —Madeline se acercó sonriente—. Parecen tan... prácticos.

Linnet dejó de ignorar lo que había considerado un atuendo inapropiado.

—No lo es tanto en pleno verano, pero durante la mayor parte del año, sí. Protegen mucho más que la tela, incluso que el ante. —Linnet miró de la una a la otra—. ¿Conoces a Flick... la esposa de Demon?

—Sí, claro... Ella también te atará y te torturará si no se lo cuentas —contestó Madeline.

—Hablaré —Linnet rio—, ya se lo he contado a Penny. Me los hace un artesano del cuero de Exeter.

—Luego nos darás las direcciones —intervino Kit—. Pero ¿he entendido bien a Royce? ¿Ha dicho que eres capitán de tu propio barco? —Cuando Linnet asintió, Kit la miró impresionada—. Estoy absolutamente celosa. Siempre he deseado navegar en mi propio barco, pero Jack siempre reclama el timón. Una pensaba que con un esposo marinero, podría tener aunque solo fuera un pequeñito yate de mi propiedad.

—¿Jack Hendon? —El cerebro de Linnet estableció rápidamente la conexión—, ¿de la naviera Hendon?

—Ese mismo —Kit asintió—. ¿Por qué?

—Soy la dueña de Barcos Trevission. Es un competidor.

—Espera a que se entere. Seguramente te hará una oferta.

—O puede que sea la haga yo a él —contestó Linnet.

—¡Oh, por favor! —exclamó Kit—, asegúrate de que esté yo presente cuando tenga lugar esa conversación.

Alguien llamó a la puerta. Demon y Wolverstone acudieron a ver quién era. Wolverstone regresó a la habitación.

—Hamilton, Delborough. Si sois tan amables... aquí hay un cadáver al que necesitamos que echéis un vistazo por si podéis identificarlo.

Naturalmente, en dos minutos todos estaban de nuevo agrupados en el patio, alrededor de la carreta de heno. Todo el mundo contemplaba el cuerpo. Royce había retirado la lona de manera que pudiera verse la daga. Al estudiar los rostros, Linnet se dio cuenta de que, si bien todo el mundo estaba mortalmente serio, ninguno había palidecido, ni siquiera se había inmutado.

Devolvió la mirada al rostro gris del hombre muerto y tuvo una sensación de propósito compartido, de personas unidas en persecución de un fin común. Por primera vez se sintió parte de ese todo. Se había comprometido a ayudar a Logan, pero de una manera personal. Pero en ese momento, ella también formaba parte del grupo dedicado a buscar justicia y a sacar a la luz a la Cobra Negra.

—¿Alguna idea de quién es? —Royce miró a Delborough y a Hamilton.

—Era socio de Ferrar en Bombay, pero nunca supe su nombre. —Del miró a Gareth—. ¿Lo sabes tú? Gareth contempló fijamente al hombre durante un largo rato antes de contestar.

—Thurgood. Daniel Thurgood —levantó la vista a los expectantes rostros—. Era amigo de Ferrar, de su círculo.

—¿Amigo íntimo? —preguntó Tristan.

—No más que otros que podría nombrar —Gareth hizo una mueca—, por lo menos en público. En privado —Se encogió de hombros—, ¿quién sabe?

—Así es. —Royce contempló la daga—. Es el mismo tipo de daga, el mismo tipo que apuñalamiento: desde muy cerca. Lo mató alguien en quien confiaba incondicionalmente.

—Y ese alguien sigue ahí fuera —observó Logan.

—Todavía no hemos conseguido descabezar a la Cobra Negra —afirmó Royce—. Ya sea un grupo de iguales o una jerarquía escalonada, la cabeza, el verdadero poder, el más peligroso de esos villanos sigue suelto.

—Y no muy lejos de aquí —añadió Jack Warnefleet.

Royce miró a los demás. Algunos de los otros hombres hicieron lo mismo. A pesar de los intentos del débil sol invernal por atravesar las nubes, seguía haciendo mucho frío y todos habían salido sin los abrigos.

—Vayamos dentro —sugirió Royce—. Podremos hablar sobre este último giro y escuchar el informe de Logan cómodamente. En el salón —añadió, como si quisiera asegurarles a las damas que no iban a ser excluidas.

Royce dio un paso atrás y los demás se movieron al unísono, como si siguieran una orden.

Sin embargo, ninguna de las damas se movió. Minerva agitó distraídamente una mano en el aire.

—Un momento. —Estaba estudiando el rostro de Daniel Thurgood y le dio un codazo a Letitia, de pie junto a ella—. ¿Es cosa mía o tiene cierto parecido con Ferrar?

Letitia, que también había estado estudiando el rostro de Thurgood, asintió lentamente.

—Son los huesos: el entrecejo, la colocación de los ojos, la barbilla. Si uno se lo imagina con los ojos claros de Shrewton y el pelo más rubio... se parece mucho a Ferrar.

Clarice, que estaba junto a Letitia, enarcó las cejas.

—Yo apostaría a que se parece todavía más al propio Shrewton.

—Él... Thurgood —Deverell frunció el ceño—, dijo algo sobre ser bastardo. —Se volvió hacia Logan—. ¿Qué fue lo que dijo exactamente?

—Cuando rompió su promesa —fue Linnet, situada junto a Logan, quien contestó—, la palabra de honor que nos había dado y ordenó a sus hombres que nos mataran, Logan lo instó a ser un caballero. Thurgood se rio y dijo que había nacido bastardo y que solo hacía honor a su nacimiento.

Todo el mundo contempló el cuerpo.

—¿Y si por «hacer honor a su nacimiento» —murmuró Royce— quiso decir no comportarse como un bastardo, sino como Ferrar... como uno de los muchos bastardos de Shrewton?

—Todo el mundo sabe que Shrewton ha engendrado varios —afirmó Clarice—, pero su identidad no es muy conocida. Dada la semejanza, y a mí me parece grande, la despedida de Thurgood suena como la típica muestra de la arrogancia de Ferrar.

—La arrogancia desmesurada, maliciosamente superior, siempre ha sido el sello de la secta de la Cobra Negra desde su creación —señaló Delborough.

Todo el mundo miró a Royce, que, con los ojos clavados en el cuerpo de Thurgood, el rostro endurecido, asintió despacio.

—Creo que este cuerpo también deberíamos entregarlo en Wymondham Hall.

—Desde luego —contestó rápidamente Minerva—. Podréis hacerlo después de comer. —Miró a Charles, Deverell, Logan y Linnet—. Supongo que vosotros cuatro os habéis perdido el desayuno y eso significa que estaréis hambrientos. —Abrió los brazos para animarlos con elegancia a que se dirigieran hacia la puerta—. Entremos y haré que os muestren vuestras habitaciones. Podréis lavaros y refrescaros, y después nos sentaremos a comer temprano, y mientras lo hacemos, nos contaréis los detalles de vuestras aventuras. —Miró a su esposo a los ojos—. Y añadiremos las más recientes informaciones a todo lo que ya sabemos, y así decidiremos dónde estamos.

Minerva repitió el gesto con las manos y todo el mundo obedeció entrando en orden al interior de la mansión. Los labios de Royce se curvaron sardónicamente mientras se giraba hacia Demon. Del, Gareth y Logan también se quedaron atrás.

—Yo no me quedaré —anunció Demon—. Si no regreso a Somersham, me van a desollar vivo. Llevaré conmigo estas últimas noticias… —Señaló el cuerpo de Thurgood con la cabeza—, y le contaré a Devil y a los otros la conexión que sospechamos que existe.

—Hazlo —afirmó Royce.

—Estaremos preparados y esperando por si nos necesitáis. —Demon hizo un saludo y se retiró.

—Estad preparados —Royce lo miró a los ojos—, tengo la fuerte sensación de que voy a necesitaros a todos antes de que esta misión concluya.

Demon asintió hacia los otros tres antes de dirigirse hacia su caballo, agarrar las riendas, saltar con facilidad a lomos del animal y, con un último saludo, alejarse cabalgando.

—Esos Cynster... son buenos hombres —señaló Del.

—Buenos guerreros —añadió Gareth.

—Buenos amigos —sentenció Logan.

—Así es. —Royce miró a Logan y sonrió—. Pero será mejor que entres ahí para que te enseñen tu habitación o la duquesa se disgustará.

No hizo falta explicar que nadie en esa casa querría disgustar a Minerva.

Gareth volvió a cubrir el cuerpo de Thurgood con la lona y, dejando la carreta en el patio, los cuatro hombres entraron en la casa.

Media hora después, estaban todos sentados alrededor de la larga mesa del comedor. Linnet, que llevaba un vestido azul claro que Penny le había prestado, y Logan, tan reluciente y elegante como se podía estar, estaban sentados en sendas sillas a cada lado de Wolverstone, de manera que, cuando hablaban, todos en la mesa podían oírlos.

Tanto a ellos como a Charles y a Deverell les permitieron saciar su hambre primero, mientras el resto del grupo mordisqueaba la comida y charlaba sobre temas más triviales. Los niños, se fijó Logan, eran la principal fuente de comentarios.

—Por lo menos las ventanas de la habitación de los niños no dan al patio —observó Kit—. Si supieran que hay un cadáver en esa carretera, mis dos mayores estarían trepando por ella ahora mismo —Hizo una pausa—, sin duda arrancando la daga solo para ver cómo es.

—Royce les ha encontrado un juego de soldaditos de plomo —intervino Jack—. Hace un rato subí para echar un vistazo a nuestros dos, y tus hijos mayores, ayudados por unos cuantos de los demás, debo añadir, todavía no habían terminado con Waterloo... Estarán ocupados durante horas.

Por varios de los comentarios, Logan dedujo que Minerva, la que no debía ser disgustada, había aprovechado la misión de su esposo para invitar a todas las familias de los antiguos camaradas que Royce había convocado para la misión a pasar la Navidad allí, en Elveden.

La casa, por tanto, estaba llena de niños pequeños. Y dado que cada familia había llevado consigo a las niñeras y gobernantas, no suponían mucha molestia, entre otras cosas porque, según había entendido Logan, esos niños se conocían bien entre ellos y se podía confiar en que se quedaran jugando juntos, aunque en ocasiones el resultado no fuera el más deseable.

Nunca había formado parte de un grupo así, tan abiertamente relajado y cómodo, con tantos adultos y niños, todos a gusto, en armonía los unos con los otros. Miró a Linnet, sentada al otro lado de la mesa, y la descubrió charlando con Alicia, que al parecer también tenía hijos mayores, aunque no suyos, sino hermanos a los que tutelaba. Mientras la observaba, Madeline y Gervase se incorporaron a la conversación. Madeline también era la guardiana de sus hermanastros más pequeños, y Gervase tenía tres hermanas pequeñas bajo su protección.

Dejó que su mirada vagara por la mesa. A Logan le pareció que allí estaban representadas todas las posibilidades de familia, y todas parecían felices y contentas. Se fijó en que Del y Gareth también observaban y escuchaban, asimilándolo todo. Ellos, al igual que él, todavía tenían que construir una familia: era el camino que tenían por delante.

Y como ejemplos a seguir, no podían haber encontrado mejores.

Esos hombres eran como ellos, guerreros hasta la médula, sus damas idénticas entre ellas. En cuanto a las familias que habían creado... Había tanta felicidad, tanto orgullo en sus miradas al hablar de sus hijos.

Incluso Royce y Minerva, la pareja más augusta y poderosa de los allí presentes, compartían esa misma clase de conexiones entre ellos, con sus hijos, con las otras parejas casadas sentadas alrededor de la mesa.

Cada una de esas parejas había encontrado su camino hacia el matrimonio y forjado una fuerte relación de compañerismo y una vida que merecía la pena vivir. La perspectiva pendía ante los ojos de Logan. Miró a Linnet, todavía más decidido que antes a capturarlo, asegurarlo, a tener esa clase de futuro para él mismo.

Cuando el plato estuvo vacío, soltó el tenedor y el cuchillo y alargó una mano hacia la copa de vino.

Ante una señal de Minerva, los lacayos aparecieron para retirar en silencio los platos sucios.

En cuanto fueron sustituidos por cuencos de nueces, bandejas de queso y frutos secas, Royce miró a Logan, a Charles, a Deverell y por último a Linnet.

—Si estáis preparados, os sugeriría que empezarais por el principio. —Su mirada regresó a Logan—. Desde el momento en que abandonaste Bombay.

Logan asintió y contó la historia limitándose a lo básico. Aun así, al describir el naufragio frente a Guernsey, no pudo ocultar lo cerca que había estado de la muerte.

Cedió el relato a Linnet durante una parte del tiempo, y luego lo recuperó cuando ella llegó al punto en que él lo recordó todo. Sucintamente, describió el viaje hasta Plymouth, el ataque por parte de los otros tres barcos, el resultado, su encuentro con Charles en la taberna, los sectarios de los que se deshicieron antes de refugiarse en Paignton Hall.

Deverell se hizo cargo del relato y aportó los detalles de su viaje a Bath y luego a Oxford, con Charles señalando de forma concisa cómo se habían deshecho de sus perseguidores antes de dirigirse hacia Bedford.

—Debían tener algún vigilante en la ciudad.

—No querían correr ningún riesgo. —Logan asintió y describió cómo Linnet y él estaban de guardia cuando empezó el humo fuera del hotel, cómo habían quedado atrapados, con la secta esperando fuera para saltar sobre ellos en cuanto salieran.

Les habló de su huida por los tejados y del inesperado encuentro en el pequeño patio.

Al volver a contar el incidente, los detalles regresaron con mayor claridad. En su momento, no había tenido tiempo de analizarlo. Intercambió una mirada con Charles y Deverell antes de concluir.

—He peleado muchas veces contra los sectarios, pero con ese número de asesinos... tuvimos suerte de escapar con vida.

Los otros dos hombres asintieron. Linnet no dijo nada.

Logan buscó su mirada firme, calmada, segura.

—No esperamos a ver el resultado de la batalla entre los sectarios y los vecinos —continuó Logan—, aunque los ciudadanos parecían estar ganando.

Mi cochero podrá informarnos de eso: nos sigue con el carruaje y el equipaje —intervino Deverell—. Debería llegar en breve.

—De modo que Thurgood tomó la carta y se dirigió hacia aquí. —Royce se inclinó hacia delante—. En el páramo, su caballo se quedó cojo y él cometió el error de intercambiarlo por uno del establo de Demon.

—Y de atacar al viejo entrenador de Demon cuando el anciano intentó detenerlo —añadió Charles—. Un hombre lo bastante mayor como para ser el padre de Thurgood.

—Cuando Demon lo vio —Royce enarcó las cejas—, le dio caza... ¿y entonces qué?

—El entrenador dio la voz de alarma, Demon llegó enseguida, vio a Thurgood huir por el páramo. —Deverell relató la historia tal y como se la había contado Demon—. Demon envió a sus hombres, que ya estaban montados sobre los caballos que estaban ejercitando, tras Thurgood, pero él mismo se detuvo para comprobar que el anciano estuviera bien antes de seguir a los demás. Dio alcance a sus hombres justo en el momento en que perdieron a Thurgood de vista. Llegaron a una elevación y simplemente ya no estaba delante de ellos. Había otro jinete, un hombre al parecer de paseo, bien vestido, buen caballo. Demon lo llamó, describió a Thurgood y el caballo robado y le preguntó si lo había visto. El jinete señaló hacia delante, y Demon y los demás siguieron su camino. Pero no encontraron ninguna señal de Thurgood. Dieron media vuelta y cabalgaron, barriendo una zona muy amplia, y entonces descubrieron el caballo con el cadáver de Thurgood todavía en la silla.

—¿Vieron a algún otro jinete, alguien más aparte de ese con el que hablaron, alguien que pudiera ser el asesino de Thurgood? —preguntó Royce después de una pausa.

—Demon dijo que podría haber sido el jinete con el que habló o, dado el tiempo que perdieron de vista a Thurgood, alguien totalmente diferente —contestó Deverell mientras meneaba la cabeza—. Él se inclinaba por lo segundo, porque el jinete con el que habló no dio ninguna señal de tener ninguna prisa o de sentir ninguna preocupación y, a decir de Demon, su caballo tampoco. —Deverell miró alrededor de la mesa—. Todos sabemos lo difícil que es ocultar las emociones de nuestras monturas. Si el jinete que vieron había matado a Thurgood, entonces acabaría de hacerlo, y debería seguir estando nervioso o, como mínimo, tenso.

—Entonces —Royce hizo una mueca de desagrado—, tenemos a Thurgood que, al igual que Ferrar, ha sido asesinado por una persona, o personas, desconocida, pero de una manera idéntica, de modo que estamos contemplando al mismo asesino o asesinos. —Se irguió en la silla y hundió la mano en el bolsillo para sacar una hoja doblada—. Veamos cómo encaja esta información más reciente con la que ya tenemos.

Desde el otro lado de la mesa, Emily Ensworth se inclinó hacia delante.

—¿Esa es mi copia de la carta? —cuando Royce asintió, ella continuó—: Estoy segura de que Thurgood es uno de los que mencionan en la charla social de la primera mitad.

—Creo recordar haber leído el nombre. —Royce desdobló la hoja y miró a Logan—. Emily hizo una copia de la carta para que yo pudiera estudiar su contenido... el cual adquirió una mayor pertinencia cuando Ferrar se mostró tan claramente feliz de recuperar la copia de Hamilton, aunque solo fuera una copia. Tú acabas de decirnos que Thurgood también se mostró encantado de poner sus manos sobre una copia. Más aún, Thurgood en persona fue a por ti, y envió a sus sectarios tras de ti en un intento sin cuartel de arrancarte esa copia... y todo después de que Ferrar hubiera muerto.

Royce dejó la carta sobre la mesa.

—Es evidente que la amenaza de que el sello familiar señale a Ferrar ya no es pertinente —Dio unos golpecitos con un largo dedo sobre la carta— y Thurgood es en efecto mencionado, aunque cómo podríamos haber adivinado...

Royce se interrumpió y miró fijamente la carta.

—¡Pues claro! Si hubiésemos mostrado una copia de la carta a Shrewton, y le hubiésemos preguntado si reconocía algún nombre escrito en ella, cualquiera que pudiera tener algún motivo para matar a su hijo... —Miró a Clarice—. ¿Supongo que Shrewton conoce las identidades de sus bastardos?

—Es un tirano —Clarice asintió—, de modo que yo diría que sí, sin lugar a dudas.

—De modo que si, tal y como sospechamos, Thurgood es el bastardo de Shrewton, entonces Shrewton habría podido señalar ese nombre en la carta...

—Y dado que Roderick era su hijo favorito, su chico de oro —intervino Letitia—, Shrewton lo habría hecho... Habría entregado a su hijo bastardo también. Thurgood tenía motivos para temerlo.

—Y por eso él, por lo menos, tenía tanto interés en recuperar hasta la última copia.

—Pero tú ya tienes una copia —observó Linnet.

—Cierto, pero la Cobra Negra... quienquiera que sea o sean... no lo sabe. —Royce sonrió brevemente a Linnet—. Hay tres copias en camino hacia mí, ¿para qué iba a pedirle a uno de mis correos que hiciera otra copia más?

—No tuvieron en cuenta tu meticulosidad. —Linnet le devolvió la breve sonrisa.

—Sin embargo —Royce inclinó la cabeza—, la pregunta que esto nos deja es: ¿se menciona también en esta carta al miembro o miembros del grupo que controlan la secta de la Cobra Negra?

—Sí —contestó Delborough—. Tienen que aparecer. Por lo menos uno de ellos.

—No es que esté en desacuerdo —Royce enarcó una ceja—, pero ¿por qué estás tan seguro?

—Porque Thurgood llevaba esa carta a alguien. Tuvo que haberse encontrado con alguien en el páramo... ¿Para qué si no iba a detenerse? Llevaba un caballo fuerte, no estaba herido... de hecho, el modo en que lo mataron, dado que seguía sentado en la silla... tuvo que haber abordado a su asesino muy de cerca.

—Tienes razón. —Royce parpadeó—. Me olvidé de ese detalle. Quienquiera que lo matara...

—Tenían que estar abrazados. —Charles miró a Royce a los ojos—. No hay otra manera posible de haberlo hecho.

—Quizás lo estaban celebrando —afirmó Royce—, lo cual, en efecto, y dado que la carta no se quedó en el cuerpo de Thurgood, encaja con la idea de que por lo menos hay una persona más que dirige la secta y que es nombrada en esta carta.

—Thurgood no aseguró exactamente ser la Cobra Negra en Bedford —intervino Logan—. Dijo que en ese momento, y en ese lugar, era la Cobra Negra... como si fuese un representante con autoridad directa, pero no la máxima autoridad.

—De modo que buscamos, por lo menos, a uno más. —Royce leyó los nombres mencionados, tanto hombres como mujeres, y miró a Logan, Gareth y Del—. ¿Alguna idea de cuál de ellos podría ser?

Los tres intercambiaron miradas antes de menear las cabezas, decepcionados.

—Ni siquiera fuimos capaces de identificar a Thurgood —señaló Gareth—. Se menciona a cinco hombres más, y no hay modo de saber cuál de ellos podría ser el cómplice, convertido en asesino, de Thurgood.

—Si me permites señalar una cosa —anunció Minerva

desde el otro extremo de la mesa—, aunque esa persona sea nombrada en la carta, ¿quién podría reconocer su implicación lo suficiente como para señalarlo? —Sostuvo la mirada de su esposo y enarcó una ceja—. ¿A quién temen? ¿Sigue siendo Shrewton la clave? ¿Es él a quien la verdadera Cobra Negra teme que puedas mostrar la carta?

—Una pregunta excelente. —Royce miró alrededor de la mesa—. ¿Alguna idea?

Todos reflexionaron, pero nadie habló hasta que intervino Jack Warnefleet.

—Es un buen lugar por donde empezar. Y Shrewton nos pilla a mano.

—Así es. —Royce se apartó de la mesa—. Caballeros... creo que tenemos un cadáver que entregar.

Royce se llevó con él a Charles, Gervase y Gareth al considerar que un duque y dos condes, además de un mayor con conocimiento directo de las maldades de la Cobra Negra, eran suficientes para convencer a Shrewton de la gravedad de sus pesquisas.

Era bien entrada la tarde cuando llegaron a la casa de campo del conde, Wymondham Hall, cerca de Norwich. Llevaban menos de cinco minutos en el salón cuando la puerta se abrió y el hijo mayor de Shrewton, el vizconde Kilworth, apareció.

—Excelencia. —Kilworth hizo una reverencia—. Me temo que no he tenido ninguna noticia de aquellos a quienes pregunté por las amistades de Roderick.

—Por desgracia —Royce agitó una mano en el aire quitándole importancia—, ha habido más violencia y otra muerte más. Tengo más preguntas que hacerle a su padre, y hay otro cadáver que, sospecho, querrá ver.

Kilworth, un caballero desgarbado de cabellos revueltos y ojos marrones, palideció.

—¿Otro cadáver?

—¿El conde? —se limitó a preguntar Royce

—Sí, por supuesto —Kilworth se sacudió la impresión de encima—. Estaba en la biblioteca. Yo... —Miró a Royce y apenas disimuló un respingo—. Supongo que querrán venir conmigo.

Royce inclinó la cabeza y señaló con una mano, indicándole a Kilworth que los guiara.

Los condujo hasta una enorme biblioteca, con altas estanterías repletas de libros encuadernados en cuero. En un extremo había un enorme escritorio. El hombre sentado tras ese escritorio levantó la vista cuando entraron... y frunció el ceño bajo sus prominentes cejas grises.

—Su Excelencia desea hablar con usted, señor —anunció Kilworth.

Royce sonrió para sus adentros, una sonrisa que jamás permitiría que viera un alma tan sensible como Kilworth. El vizconde había empleado el título honorífico de Royce a modo de recordatorio para que su padre se comportara civilizadamente. A pesar de su aparente e inefectiva amabilidad, Kilworth era un hombre sensato y cuerdo. Bajo su suavidad había una armadura de acero.

Cuando Royce se detuvo y esperó, el conde se levantó e inclinó la cabeza con tirantez.

—Wolverstone. ¿Qué le trae de nuevo por aquí? Ya le he contado todo lo que sé... y sigue siendo lo mismo, nada. En esta casa se está viviendo un duelo. ¿No puede dejarnos a solas con nuestro dolor?

—Ojalá pudiera, milord. Por desgracia, sin embargo, al otro lado de estos muros los asuntos continúan. Unos asuntos en los que su hijo, Roderick, estuvo sin duda implicado, por lo menos al principio.

—Pero está muerto. —El conde estaba inquieto, era incapaz de dejar de mover las manos. Con un gesto poco elegante, señaló hacia unas sillas y consiguió esperar hasta que Royce tomara la suya antes de dejarse caer de nuevo en el sillón tras el escritorio—. ¿No puede dejarlo estar?

Tanto el tono como la expresión eran quejumbrosos. Si la muerte de un hijo podía vaciar a un padre de toda vida, toda energía y propósito, Royce juzgó que eso era lo que le había sucedido a Shrewton. La presencia del conde parecía haber menguado de un día para otro.

—Antes de que lo pregunte. —Royce presentó a Charles, Gervase y Gareth, mencionando sus títulos completos y esperando a que Shrewton saludara a cada uno de ellos. Después se reclinó en el asiento.

—Estoy aquí porque ha habido otro asesinato relacionado con este asunto. He traído otro cadáver que creo querrá ver. —Shrewton abrió la boca para soltar algún improperio, pero Royce continuó con calma sin permitírselo—. Este hombre era un conocido asociado de su hijo en Bombay. ¿Alguna vez le escribió Roderick sobre un amigo suyo llamado Daniel Thurgood?

—¿Qué? —El horror del conde estaba escrito claramente en su rostro. Parecía anonadado—. ¿Thurgood?

—¿Conocía a Daniel Thurgood? —preguntó Royce tras asentir.

El conde fijó la mirada en el empapador.

Al ver que su padre no decía nada, Kilworth, que se había colocado a la izquierda del sillón del conde, se aclaró la garganta.

—¿Está diciendo que el cadáver que ha traído aquí hoy es el de Daniel Thurgood? —preguntó delicadamente cuando Royce lo miró.

—Sí. —Royce devolvió la mirada al conde.

Pero este seguía resistiéndose a levantar la mirada.

El silencio se prolongó.

Para sorpresa de Royce, fue Kilworth quien lo rompió.

—¿Va a decírselo? —preguntó con tono calmado mientras miraba a su padre—. ¿O lo hago yo?

El conde sacudió lentamente la cabeza de lado a lado. Por lo poco que Royce podía ver de su expresión, era de testarudez... de negación.

—Ese hombre no era nada para mí —gruñó el conde.

Kilworth suspiró, se irguió y miró a Royce a los ojos.

—Thurgood era hijo natural de mi padre.

—De modo que tanto Roderick como Daniel Thurgood eran hijos de su padre. —Royce asintió. El comentario era en realidad una afirmación. Aunque los pecados de los padres recaían habitualmente sobre los hijos, lo contrario funcionaba igual. Y era igual de dañino.

Ni Kilworth ni el conde respondieron.

—Hemos entregado el cuerpo de quien creemos es Daniel Thurgood a sus sirvientes —continuó Royce después de una pausa—. Sin duda ya lo habrán colocado. Le pediría que fuera a verlo ahora, delante de nosotros, y confirme que, en efecto, es el cuerpo de su hijo natural, Daniel Thurgood.

El conde levantó brevemente la mirada y sostuvo la de Royce antes de asentir con reticencia.

—De acuerdo.

Todos se levantaron y salieron de la biblioteca. Kilworth se quedó atrás e hizo un gesto con las manos para que los demás salieran delante de él para cerrar la comitiva mientras el conde guiaba a Royce hasta la vieja lavandería de piedra. El cuerpo de Roderick, envuelto y preparado para enterrarlo, estaba tumbado sobre el banco. En la penumbra, detrás, estaba el de Larkins, igualmente preparado, aunque menos envuelto con menos lujo.

El mayordomo del conde había dispuesto que el cuerpo de Daniel Thurgood fuera depositado sobre un banco a la derecha del de Roderick. Siguiendo instrucciones de Royce, la daga no se había tocado, y la pequeña habitación estaba bien iluminada con múltiples lámparas.

El conde permaneció junto al banco y contempló un rostro que, Royce tuvo que admitir, se parecía aún más al propio conde que el de Roderick. Pasaron varios segundos antes de que el conde respirara hondo, aunque entrecortadamente.

—Sí —afirmó. Este es el cuerpo de mi hijo natural, Daniel Thurgood.

—¿Tiene alguna idea de a qué se dedicaban sus hijos en la India? —preguntó Royce un poco apartado del banco.

—No. Ya se lo dije. No tengo ni idea.

—¿Recuerda que Roderick mencionara alguna vez a alguien con quien estuviera especialmente unido, ya fuera aquí o en la India, aparte de Thurgood?

—¡Jamás mencionó a Thurgood! —Los labios del conde se comprimieron y el color de su rostro aumentó—. Maldita sea... ni siquiera sabía que se conocían. Y si yo no sabía eso... es evidente que no podía saber nada relevante.

—¿Tiene algún hijo más cuya existencia yo desconozca?

—No. —El conde señaló los dos cadáveres—. Mis hijos están muertos. —Hizo una pausa antes de inclinar la cabeza hacia Kilworth, de pie a un paso de su padre—. Bueno, salvo él, y nunca he pensado que fuera mío.

Kilworth puso los ojos en blanco, pero no reaccionó al insulto implícito. Por lo que Minerva, Clarice y Letitia le habían contado, Royce tenía entendido que era una vieja comidilla a la que nadie prestaba la menor atención en la alta sociedad. Lo que el conde quería decir era que Kilworth había salido a su madre, tanto en su aspecto como en su disposición, y por tanto carecía de la crueldad que corría por las venas de la familia.

—Si me lo permite —Royce ignoró el comentario y su implicación mientras sacaba su copia de la carta—, me gustaría que echara un vistazo a esto —le ofreció la carta.

El conde titubeó, aunque la curiosidad consiguió vencer y al final tomó la hoja y la inclinó para colocarla a la luz. Kilworth se movió para poder leer por encima del hombro de su padre.

—¿Hay algún nombre que reconozca ahí? —preguntó Royce después de concederles un minuto—. ¿Alguien a quien pueda conocer o a quien haya oído a Roderick mencionar como amigo?

El conde continuó leyendo. Royce observó cómo se endurecía su rostro a medida que su mirada recorría los últimos párrafos, los que detallaban la relación de la Cobra Negra con Govind Holkar.

Cuando llegó al final, el conde respiró hondo. La mano que sujetaba la carta temblaba, aunque Royce fue incapaz de adivinar la naturaleza de la emoción: ira, miedo o espanto. Al fin el conde miró a Royce a los ojos.

—¿Es esto lo que estaba haciendo Roderick? ¿El motivo de su muerte?

—Indirectamente, sí. Todo giraba en torno al dinero, pero sobre todo en torno al poder.

El conde devolvió la carta a Royce. Parecía realmente enfermo. No solo estaba impresionado, daba la sensación de que algo se había roto en su interior.

—¿Los nombres? —preguntó Royce mientras tomaba la carta.

El conde, la mirada distante, sacudió despacio la cabeza.

—No he reconocido a ninguno de los hombres mencionados.

Kilworth, que no apartaba la mirada del rostro de su padre, parecía preocupado.

Tras doblar la carta de nuevo, Royce la devolvió a su bolsillo, asintió hacia el conde y luego hacia Kilworth.

—Gracias. De momento esto es todo lo que necesito saber.

Royce se dio media vuelta y encabezó la comitiva que salía de la casa. Los mozos de cuadra estaban llevando a los caballos al patio delantero. Los reclamaron y montaron, y se marcharon, dejando al conde para que pudiera enterrar a su hijo legítimo... y al ilegítimo.

CAPÍTULO 18

Ante la sugerencia de Minerva, Linnet y Logan aprovecharon las horas de espera hasta que regresaran Royce y los demás de Wymondham para refrescarse y recuperar algo de sueño.

Linnet se retiró a la habitación que le habían asignado y descubrió un humeante baño esperándola, junto a una doncella que colocaba toallas y jabones aromáticos. Mentalmente bendijo a Minerva.

—Gracias. —El tono de voz de Linnet era tan sentido que la doncella rio.

—Me llamo Ginger, señora. —Hizo una pequeña reverencia—. Su Excelencia dijo que sin duda iba a necesitar esto. Permítame ayudarla con ese vestido, después desharé su equipaje, ¿de acuerdo?

—Su Excelencia es capaz de leer la mente. Si me ayudas con las cintas... Y luego, por favor, deshaz mi equipaje, por lo menos lo poco que hay, pues me temo que no esperaba realizar este viaje y he tenido que tomar prestado mucho de lo que hay de lady Penelope.

—Eso no importa, señorita, en esta casa estamos acostumbradas a sucesos extraños. Cualquier cosa que necesite, simplemente pídala.

Linnet ocultó una sonrisa mientras Ginger se afanaba en ayudarla a desvestirse y luego revoloteaba por la habitación.

—Acomódese en la bañera... el agua caliente le irá bien, y luego podrá descansar. —Ginger corrió en busca de la bolsa de Linnet, que estaba junto a la puerta.

—Supongo que nuestro coche y su conductor, David, han llegado bien. —Linnet se relajó contra el borde de la bañera y estuvo a punto de soltar un gemido de placer.

—Sí, señora. Todo está bien en ese aspecto.

Linnet cerró los ojos. Del agua surgía un vapor aromatizado que la envolvió. Por primera vez en más horas de las que era capaz de recordar, tuvo la sensación de que el calor le llegaba a los huesos.

Ginger permaneció en la habitación en silencio. Ese respiro era justo lo que Linnet necesitaba. Al fin se incorporó e hizo buen uso del jabón y la manopla. Ginger la ayudó a lavarse el pelo y a escurrirlo antes de envolverlo en una de las toallas. Para cuando el agua se hubo enfriado y Linnet se levantó a regañadientes para salir de la bañera y secarse el cuerpo con una toalla, se sentía caliente y limpia, y totalmente relajada.

—Dejaré la bañera aquí hasta más tarde, señora. —Ginger señaló hacia la cama, abierta y acogedora—. Puede dormir una pequeña siesta. No se espera que Su Excelencia regrese hasta prácticamente la hora de cenar, y la duquesa ha ordenado que sea hacia las siete de esta tarde, dado que todos han comido temprano. Y ahora... —Ginger hizo una pausa para respirar—, ¿necesita algo más, señora?

—No, gracias, Ginger. —Linnet sonrió—. Si necesito algo, te llamaré.

La doncella hizo una reverencia con una sonrisa de satisfacción y salió de la habitación.

Envuelta en una enorme toalla de baño, Linnet se quitó la toalla mojada de la cabeza. Sus cabellos cayeron en cascada, en un revuelo de rizos. Se acercó a la chimenea, deslizó los dedos entre la húmeda masa de pelo antes de inclinarse y dejar que los mechones casi rozaran el suelo, para calentarlos con el calor del fuego que Ginger, por supuesto, había reavivado antes de marcharse.

Delante de la chimenea había una gran y gruesa alfombra. Linnet se arrodilló sobre ella para secarse mejor el pelo. La bañera de cobre estaba fuera de la alfombra, y el lado bruñido reflejaba el calor del fuego, caldeando todavía más el ambiente.

La puerta se abrió con un crujido. Linnet se irguió y miró por encima de la bañera, y vio entrar a Logan. Él recorrió la habitación con la mirada antes de verla. Entró en la habitación, cerró la puerta y se acercó.

Llevaba puestos unos pantalones y una camisa, y se frotaba los cabellos negros con una toalla.

—Mi habitación está al lado de la tuya. —Miró a su alrededor—. Esta es mucho más grande.

—Tú eres un hombre. —Los labios de Linnet se curvaron—. Y dudo seriamente que Minerva haya pensado que vayas a dormir en la cama de esa habitación.

Logan suspiró y se dejó caer sobre la alfombra al lado de Linnet.

—Da un poco de miedo, esa duquesa de Wolverstone.

—Tengo serios motivos para pensar que sabe leer la mente.

Sin dejar de frotarse los húmedos cabellos, Logan enarcó las cejas.

—Intentaré no olvidarlo. —Los ojos color azul medianoche brillaron traviesos.

Ella sonrió y, durante un prolongado momento, perdida en sus ojos, disfrutó del hecho de que ambos estuvieran allí, vivos, quizás con algún rasguño, pero sanos y salvos.

Feliz de que hubiesen llegado al final del viaje, a partir del cual...

La expresión de Logan cambió.

—Linnet... —Dejó la toalla a un lado y respiró hondo.

—No. Espera. Necesito hablar primero. —Sentada sobre los talones, Linnet se echó los cabellos hacia atrás y aprovechó la pausa para reunir todo su coraje, ingenio, todas sus palabras. Al igual que él, respiró hondo antes de levantar la barbilla y fijar los ojos en los de él—. Dijiste que querías casarte conmigo... ¿Sigues pensando lo mismo?

—Más que nunca.

—Me alegro. Porque yo quiero casarme contigo. —Linnet levantó una mano cuando Logan hizo amago de hablar, cuando su rostro se iluminó con una felicidad que ella no podía malinterpretar, cuando alargó una mano hacia ella. Ella lo sujetó con la mirada y habló con el corazón—. Quiero ser tu esposa. Quiero pasar el resto de mi vida contigo, a tu lado. Te quiero a mi lado. Quiero… todo aquello que jamás pensé que podría tener, y quiero todo eso contigo. —Volvió a respirar hondo antes de dejar salir el resto de las palabras—. Y estoy dispuesta a hacer lo que sea necesario para tener todo eso, y a ti. —Antes de que él pudiera interrumpirla, Linnet se apresuró a continuar—. Sabes bien que no te creí, no en tu compromiso en sí mismo, sino en el hecho de que pudiera bastar para eliminar los problemas que yo veía por delante. Me concentré en las dificultades prácticas. En su momento no entendí, no aprecié, que el amor no versa sobre las cosas. El amor no hace caso de las cosas, no hace concesiones hacia las cosas. Hacia los impedimentos menores. El amor es… —Extendió una mano para abarcarlo todo— emoción. Es necesidad y deseo —Le sostuvo la mirada—. Es un hambre como no hay otro igual, y una vez que te enamoras, no hay otra elección salvo la de aceptarlo y seguir adelante.

Acercándose un poco más, ella tomó el rostro de Logan entre sus manos y se hundió en los ojos azul medianoche.

—Sabía que me había enamorado de ti, pero no comprendí, no hasta esta mañana en ese pequeño patio, lo que significaba amarte a ti. Si subestimé tu amor por mí, apenas vi mi amor por ti… No tenía idea de la fuerza y el poder del amor. No me di cuenta de que, al amarte, mi corazón ya había tomado una decisión, se había entregado a ti y permanecería siendo tuyo al margen de todo lo demás. No comprendí que ahora estoy preparada, inextricablemente unida a ti, haga lo que haga, diga lo que diga… que tú eres, ahora, siempre y eternamente, todo lo que yo deseo, todo lo que yo necesito. Todo lo que siempre desearé.

La siguiente bocanada de aire de Linnet fue temblorosa,

aunque impulsada por la esperanza, la comprensión, el amor que brillaba en los ojos de Logan.

—De modo que —Ella sonrió, los ojos humedecidos, y continuó— sí, Logan Monteith, me sentiré feliz de casarme contigo. Todavía no sé cómo funcionarán nuestras vidas, cómo vamos a enfrentarnos a mis dificultades prácticas, pero entiendo que tengo que confiar en nuestro amor, posar mi mano sobre la tuya para seguir adelante juntos y encontrar las respuestas. —Linnet buscó los ojos de Logan y permitió que su amor coloreara los suyos—. Tú querrás vivir en Escocia, y yo lo acepto, pero tendrás que entender que no puedo abandonar completamente Mon Coeur, no durante todo el año. Tendré que regresar por lo menos algunos meses...

—No sigas —Logan le tomó una mano, la apretó, y luego aflojó la presión. Era consciente de que su expresión se había vuelto seria, sombría... no podía ser de otro modo. Ella acababa de ofrecerle renunciar a su vida, a su corona de reina virgen, para estar con él. Para ser su esposa—. Yo... —Buscó en los ojos verdes—. Me humillas con tu valor. Me impresionas con tu amor. No hay nada que desee más que pasar el resto de mi vida contigo... pero en Guernsey. En Mon Coeur.

Cuando Linnet parpadeó perpleja, él sonrió fugazmente.

—Te amo... más de lo que puede expresarse con palabras. Te necesito más de lo que podría explicarte. Y no quiero vivir en Escocia.

—Pero... —Lo miró con expresión de total confusión.

—Me toca dar una explicación. —Se tomó un momento para reunir sus pensamientos, calmar su corazón, ordenar sus revelaciones—. Supongo que lo más sencillo será empezar por el principio.

Linnet enarcó una ceja con cierta altivez y él rio fugazmente. Tiró de ella hasta sentarla sobre la alfombra delante de él, para tenerla cara a cara. Respiró hondo y se lanzó.

—Soy bastardo. Cierto que soy el hijo de un conde, y mi madre también era de buena familia, pero nací bastardo, fuera del matrimonio, como quieras decirlo. Yo —Logan curvó los labios al comprenderlo de repente— soy igual que Thurgood en ese aspecto.

—Tú no eres como Thurgood en ningún aspecto. —Linnet entornó los ojos—. Independientemente de las condiciones de tu nacimiento, has vivido una vida que demuestra lo poco que importa ese detalle, mientras que él hizo lo contrario. Él hizo honor a las peores expectativas posibles de su nacimiento, de todas las maneras posibles. —Se acercó a él y lo miró a los ojos—. ¿Y bien?

Logan buscó en los ojos verdes que lo miraban y dejó caer los párpados. Sintió que un increíble peso, un silencioso temor, abandonaban sus hombros. El alivio casi lo mareó. Abrió los ojos y le sostuvo la mirada.

—No te importa.

—Por supuesto que no me importa .—Levantó las manos en el aire—. Sigues siendo tú, ¿no? Las circunstancias de tu nacimiento no importan. Lo que importa es la clase de hombre que eres. Y si algo he aprendido en estas últimas semanas, desde que apareciste en mi cala, es qué clase de hombre es Logan Monteith.

—Bueno —Dejó escapar el aire—, esa era la clave de mi plan. Me alegra saber que tuvo éxito.

—¿Tenías un plan? —Las cejas de Linnet se alzaron, de nuevo altivas.

—Desde el momento en que decidí que tenía que convencerte para que me tomaras como tu consorte —Sonrió—, el consorte de la reina virgen. Ese era el puesto que yo ambicionaba, pero antes de declararme, antes de hablarte de mi nacimiento y pedir formalmente tu mano, quería mostrarte qué clase de hombre soy. Así, al llegar a este momento, me conocerías tan bien que mi nacimiento no importaría.

Logan alargó una mano y tomó un mechón de los cabellos de Linnet, llameantes como el fuego y brillantes como el oro a la luz de las llamas.

—Quería mostrarte por lo menos lo suficiente como para

que te hicieras una idea de en qué me había convertido. Comencé mi vida siendo el hijo bastardo del conde de Kirkcowan. Desde el principio me reconoció, me envió a la escuela, a Hexham, y luego compró mi nombramiento en la Guardia Real. Sin embargo, aparte de eso, no tengo nada de él... ni propiedad, ni casa. Ni hogar. —Logan levantó la mirada hasta los ojos de Linnet—. Durante años combatí en las campañas de la Península. Hice amigos como Del, Gareth y Rafe, y más tarde James y los Cynster. Los cinco primeros nos fuimos a la India. Juntos los cuatro, aparte de disponer de nuestra paga de oficiales, aprendimos a comerciar, invertimos en algunos negocios y terminamos siendo unos potentados. Soy rico, lo suficiente como para permitirme una esposa y una familia. Pero al embarcarme rumbo a Inglaterra, fui consciente de que no tenía ni familia ni hogar a los que regresar. —Volvió a respirar hondo antes de continuar.— Y entonces naufragué en Guernsey, y fui salvado por un ángel. Y encontré una familia, y un hogar... un hogar del que deseaba formar parte. Un hogar al que deseaba unirme. —Levantó las manos y tomó delicadamente el rostro de Linnet, mirándola a los ojos—. Jamás tuve intención de pedirte que te marcharas... solo de que me permitieras quedarme allí contigo. Que me permitieras ser el consorte de la reina virgen. Que me permitieras vivir a tu lado y protegerte, a ti y a los tuyos. Me da igual si prefieres que no nos casemos formalmente, si sientes que eso podría complicarte las cosas en la comunidad, en Guernsey, con la compañía naviera. En realidad me da igual cómo, solo quiero vivir el resto de mi vida contigo. —Sus labios se curvaron—. Incluso criaré a tus burros.

El rostro de Linnet no solo se iluminó, sus rasgos brillaban con una absoluta felicidad. Soltó una carcajada, un exuberante y glorioso sonido, antes de rodearle los hombros con sus brazos y besarlo.

Un beso que se prolongó, que extrañamente no los llevó a un frenesí de urgente necesidad sino que se deslizó suave, perfecto, hacia un prolongado intercambio de esperanzas y deseos, de deseos y necesidades compartidos.

De amor.

Fue ella la que lo arrastró de nuevo sobre la alfombra. Él se lo permitió con una sonrisa y la ayudó a despojarle de la ropa. A continuación, Linnet se deshizo de la toalla y se incorporó para tomarlo, y amarlo.

Logan la sostuvo, la sujetó, maravillado ante el reflejo dorado que las llamas dibujaban en sus curvas. Maravillado de encontrarse allí, de que ella estuviera con él, de que estuvieran vivos y libres, y capaces de aprovechar esa oportunidad, el futuro que ambos deseaban.

La pasión estaba allí, pero ya no poseía la embriagadora y urgente necesidad de lo nuevo, de la emoción recién nacida. Lo que los unía en ese momento había crecido, madurado hasta formar un torrente infinitamente más profundo, infinitamente más lento y poderoso.

El deseo que alimentaban todavía los atrapaba, la necesidad última todavía los sacudía, pero en esos momentos, con los dedos entrelazados, sosteniéndose la mirada, cuando el éxtasis los hizo estallar y los arrojó al vacío, eran conscientes hasta el fondo de sus almas de la unión profunda y permanente.

De la unión. De la intimidad. De la realidad que vincula los corazones y forja una única alma.

Más tarde, cuando ella se derrumbó encima de él, sus cabellos un cálido velo esparcido sobre ambos mientras yacían agotados, disfrutando, esperando a recuperar la respiración y a que sus galopantes corazones volvieran a la normalidad, Logan giró la cabeza y le besó la sien.

—Nunca entendí a mis padres —murmuró él—, pero ahora creo que sí.

—Humm. —Linnet se volvió para besarle el torso—. Cuéntame.

—Se enamoraron muy jóvenes. Querían casarse... Mi madre era una Gordon, su nacimiento tan noble como el de mi padre. Pero entonces mi abuelo, el viejo conde, murió, y mi padre heredó el título y descubrió que el condado estaba profundamente endeudado. De repente se vio responsable del bienestar de innumerables personas, incluidos sus hermanos pequeños. Tuvo que casarse por dinero... no había otro modo. —Logan permaneció en silencio durante unos segundos—. Cuando yo era joven, no entendía, no podía aceptar que la responsabilidad obligara a alguien a renunciar a lo que deseaba verdaderamente. Ahora, por supuesto, lo entiendo.

Abrazada, segura y caliente en sus brazos, Linnet sonrió.

—Tu segundo nombre debería ser «Responsabilidad». Supongo que lo habrás heredado de él.

Logan soltó un bufido.

—Intentó romper con mi madre, pero ella no se lo consintió. Lo amaba, y sabía que él la amaba y eso le bastaba... Le daba igual dónde viviera, que jamás pudiera ser su esposa, su condesa. Pero ella era la dueña de su corazón y él del suyo, y eso, para ella, lo era todo. Supongo que habrás oído la frase «todo por amor, aunque te cueste la vida». Pues ella vivía según ese principio. Su familia la repudió, la apartó por completo, pero te aseguro que eso nunca le importó, ni en su lecho de muerte. Si era el precio a pagar por poder amar a mi padre, estaba encantada de pagarlo. Jamás miró atrás. Mi padre le compró una casa en Glenluce y la visitaba a menudo. No tengo ni idea de qué pensaba su esposa, su otra familia... aunque jamás se interpusieron, él se preocupó de ello. A mi madre y a mí jamás nos faltó de nada.

—Salvo un padre —murmuró Linnet.

—Sí y no. Echando la vista atrás, comprendo que fue todo lo buen padre que las circunstancias le permitieron ser. Pasaba todo el tiempo que podía conmigo, no intentó fingir que era normal, ni siquiera el modo en que debería ser, pero hizo lo que pudo. No interfirió cuando mi tío, uno de los hermanos de mi madre, decidió apartarse de la familia. Edward terminó por venir a vivir con nosotros a Glenluce. Era instruido, un caballero, y le encantaba navegar. Para entonces era económicamente independiente y por tanto podía desobedecer a su familia... Él también era una especie de oveja negra. Llenó los huecos que mi padre no pudo, me enseñó a navegar, y tantas cosas más. —Logan deslizó los labios sobre los cabellos de Linnet—. Mi madre murió poco después de que yo terminara mis estudios en Hexham, de unas fiebres. Luego, mi padre se sentó con Edward y conmigo y me preguntó qué quería hacer con mi vida. Edward y yo ya habíamos hablado del ejército, de modo que le pedí ser propuesto para la Guardia Real. Mi padre estuvo de acuerdo. Creo que era..., que le molestaba no poder hacer más por mí, pero eso era todo lo que yo deseaba, y aunque los cofres del condado se habían recuperado hasta cierto punto, todavía no era rico. —Logan hizo una pausa antes de continuar—. Perdí el contacto con él durante las campañas de la Península. Cuando regresé a Londres, descubrí que había muerto y, para entonces, Edward también. —Logan abrazó a Linnet con más fuerza—. De modo que, ya ves, no me queda ninguna familia a la que regresar. Pero quiero tener una familia... quiero construir una contigo. Hijos...

Logan dejó la frase en suspenso, una silenciosa pregunta...

—Sí, por favor. —Sonrió y le mordisqueó el torso—. Un montón.

—Pensé que quizás con tus tutelados tendrías suficiente. —Se giró para poder mirarla a la cara.

—No... Ellos son mi compensación. —Linnet le sostuvo la mirada—. Seguiré teniendo tutelados, por supuesto. Me quedaré con los que ya tengo y, te advierto, con los años vendrán más. Y para mí seguirán siendo en cierto modo como mis hijos, pero no serán, no pueden ser, míos.

Ella lo miró a los ojos y sintió la realidad, la realidad de su futuro en común, florecer, crecer y llenarse de color.

—Nunca pensé que fuera a tener un esposo con quien tener hijos.

Linnet alargó una mano y deslizó un dedo por la mejilla de Logan, a lo largo de la mandíbula.

—Entonces ¿volverás conmigo para vivir en Mon Coeur?

—No podrás mantenerme apartado de ese lugar. —Sonrió—. Siempre que tú y los demás me aceptéis.

—Desde luego que te aceptamos. —Abrió una mano y la deslizó sobre el torso de Logan—. Estoy segura de que encontraremos alguna utilidad para estos anchos hombros y todos esos encantadores músculos.

Logan rio, le agarró la mano y se retorció debajo de ella.

Linnet se deslizó a un lado y se sentó sobre los talones. Le ofreció una mano y tiró de él.

—Empezaremos con lo que ya tenemos en Mon Coeur, y luego seguiremos añadiendo. Construyendo sobre eso.

Logan se sentó y le agarró la otra mano. Le sostuvo la mirada y se llevó una mano y luego la otra a los labios

—Cásate conmigo y lo convertiremos en algo nuestro... en algo más.

—Sí. —Linnet le agarró las manos y sonrió con los ojos húmedos.

—Tú me completas —Logan le sostuvo la mirada— de un modo que jamás imaginé posible —afirmó delicadamente.

—Tú haces lo mismo conmigo. —El corazón de Linnet alzó el vuelo.

Alex permanecía sentado en un sillón del salón en la pequeña casa solariega a las afueras de Needham Market, que M'wallah y Creighton habían encontrado y requisado. La familia, al parecer, se había marchado a pasar las fiestas navideñas fuera, dejando la casa cerrada y los muebles cubiertos por sábanas.

M'Wallah y sus ayudantes habían estado ocupados. Las sábanas habían desaparecido y, con la noche cerrándose sobre ellos, un fuego crujía alegremente en la chimenea.

Alex miraba las llamas. El pasado ya estaba tras él, acabado, aunque aún no enterrado. Por delante quedaba una última tirada de dados. La pregunta era si Alex necesitaba jugar.

Había alternativas. Aunque la última carta cayera en manos del marionetista, aunque ese hombre, quienquiera que fuera, se la mostrara a Shrewton, no había nada que asegurara que Shrewton, el típico viejo tirano, comprendiera la parte que él había jugado. Si Shrewton no apuntaba su regordete dedo hacia él... tenía todo el camino despejado para llevarse lo que quedaba de la secta y retirarse a la India, para continuar allí amasando fortuna y poder, aunque de un modo más sutil y anónimo.

Por otra parte, no había ningún motivo para no quedarse en Inglaterra, tomar todo el dinero que quedaba y retirarse de nuevo entre las sombras.

Los labios de Alex se curvaron. La idea de retirarse una vez más a la oscuridad, convertirse en un don nadie, no era una opción.

No. La única pregunta que había que formular era si debía intentar recuperar la cuarta y última carta o dejarlo estar... junto con el riesgo asociado de enredarse más profundamente con el desconocido marionetista y sus secuaces.

Sin embargo esa decisión también dependía de que Shrewton desestimara a Alex, como siempre había hecho, y no se le ocurriera relacionarle con Roderick y Daniel de ninguna manera.

Las probabilidades, llegado el momento, no resultaban tranquilizadoras. Shrewton era un malnacido vengativo al que acababan de asestarle una profunda herida personal. Sin duda estaría buscando a quien culpar, alguien contra quien arremeter.

De modo que... no había marcha atrás. No había ninguna posibilidad de retirarse entre las sombras, todavía no.

Al menos, si conservaba en solitario la riendas de la secta, no había necesidad de complacer el ego de nadie más, y los asuntos procederían con mayor eficacia y con un éxito proporcionalmente mayor.

A pesar de los obstáculos, los inevitables sacrificios, tres de las cuatro cartas habían sido destruidas. Recuperar la última eliminaría cualquier posible amenaza, dejaría el camino expedito para regresar a la India y al reino del terror que tan satisfactorio le resultaba a tantos niveles.

Los labios de Alex volvieron a curvarse. La decisión estaba tomada.

Alargó un brazo, tomó una campanilla de latón y la hizo sonar. Un segundo después, apareció M'Wallah, un hombre alto y desgarbado de edad indeterminada, de rostro color nuez y una larga barba gris. Desde hacía tres años era el asistente personal de Alex y había probado su devoción de todas las maneras posibles.

—Busca a Saleem —le ordenó—. Quiero repasar nuestros preparativos para darle la bienvenida a Carstairs.

M'Wallah hizo una profunda reverencia y desapareció sin decir una palabra, para reaparecer minutos más tarde con el capitán de la guardia de Alex. Saleem era un pastún de elevada estatura y temible brutalidad. Vivía para inspirar miedo y terror. En opinión de Alex, se crecía ante esas emociones, las necesitaba como una droga.

En ocasiones los adictos resultaban útiles, sobre todo cuando la adicción iba acompañada de un férreo control.

Alex señaló dos taburetes, esperó a que se sentaran, e hizo una teatral pausa antes de comenzar.

—He decidido que Carstairs, a diferencia de los tres que iban por delante de él, no puede escapar a nuestra venganza. Y para eso, el hecho de que los otros tres hayan conseguido pasar sanos y salvos jugará a nuestro favor. Esperarán que el capitán haga lo mismo... Pero no lo hará.

Con absoluta frialdad, Alex miró a M'Wallah y a Saleem.

—Y no lo hará porque esta vez seré yo quien comandará nuestras tropas y las conducirá sobre el terreno. Tengo intención de jugar un papel activo en la captura y tortura del capitán.

—Sabia decisión —murmuraron los dos hombres mientras asentían.

—Desde luego. —Alex volvió a sonreír con frialdad—. De modo que vamos a repasar lo que ya hemos puesto en marcha y a decidir qué más necesitamos hacer para asegurarnos que el buen capitán no se nos escape.

Con una puntillosa atención al detalle, repasaron el despliegue de los miembros de la secta y confirmaron el número distribuido en la costa cercana, en los lugares específicos que Alex había señalado con anterioridad y, sobre todo, el número de navíos que ya patrullaban activamente las aguas frente a la costa este.

—Esta vez —concluyó Alex— no esperaremos a que Carstairs llegue a Inglaterra. Atacaremos antes y lo haremos con fuerza suficiente para desviarlo de su rumbo. Después lo seguiremos y volveremos a atacar. Pero en cuanto el capitán llegue a Inglaterra, se tendrá que enfrentar a mí y a mis guardias... Tú, Saleem, dirigirás a la élite. No vamos a confiar como hemos hecho recientemente en los miembros de rango más bajo de la secta, no son lo bastante eficaces en estas tierras.

Los dos hombres inclinaron las cabezas en señal de aceptación.

Los dos pares de ojos brillaron con fanática expectación.

—La Cobra Negra estará mañana sobre el terreno. —El tono de voz de Alex era puro hielo—. Y todos sabemos que la Cobra Negra es mortífera.

Tanto M'Wallah como Saleem sonrieron con una evidente y malévola certeza. A ninguno de los dos les habría gustado tener que mantenerse en la retaguardia, contenidos por el papel más reservado que Alex había decidido desempeñar en Inglaterra. En esos momentos, sin embargo, estaban a punto de ser liberados, y se morían de ganas de volver a saborear la sangre.

Alex los despidió agitando una mano en el aire.

Los dos se levantaron y, tras hacer una profunda reverencia, salieron de la habitación.

Y dejaron a Alex a solas.

Completamente a solas... aunque estar solo tenía sus ventajas.

Reflexionó sobre todo lo que podría ganar, imaginándose a Carstairs y, a través de él, al evasivo marionetista, recibiendo su merecido. Alex transformó su violenta y vengativa certeza en una capa que mantendría el frío de la noche bajo control.

Royce presidía la mesa de la cena, ampliada para acomodar a los Cynster, los seis primos y sus esposas, a Gyles Chillingworth y la suya, así como a todos los que ya estaban alojados bajo el techo de Royce. Los Cynster y los Chillingworth habían llegado en masa probablemente, aunque Royce no estaba seguro, invitados por Minerva a una hora en que se quedaran a cenar era la conclusión inevitable.

Honoria, la duquesa de Devil, había entrado en el saloncito, saludado a Minerva y luego se había sentado y demandado que le hicieran un completo resumen de todo lo que estaba sucediendo.

A Royce no le importaba la compañía, lo cierto era que valoraba el apoyo de los hombres, tanto físico como mental, pero tener a tantas mujeres independientes y de fuerte voluntad juntas en el mismo lugar, un lugar que no estaba muy lejos del verdadero peligro, lo ponía nervioso.

Y no solo a él.

Aun así, al parecer se trataba de una de esas cruces con la que había que cargar en mayor interés de la armonía conyugal. A lo largo de los últimos años había mejorado notablemente su capacidad para aceptar lo que debía ser.

De sus tropas combinadas, solo faltaban Christian Allardyce y Jack Hendon, que ya se encontraban apostados en la costa esperando la llegada de Carstairs, y el propio Rafe Carstairs. Royce sospechaba que los tres llenaban la mente de unos cuantos de los sentados a la mesa.

Devil, sentado en el otro extremo, a la derecha de Minerva, se inclinó hacia delante.

—No tiene ningún sentido que la última persona, quienquiera que sea, que quede de la Cobra Negra no sea mencionada en esa carta.

—A mí también me cuesta creer —intervino Gabriel Cynster desde la mitad de la mesa— que Shrewton no sepa quién es esa persona.

—Lo cierto es —observó Gyles Chillingworth— que eso sí me lo creo. Sin embargo, estoy de acuerdo en que podría, como estoy seguro de que nosotros también podríamos, hallar la respuesta... averiguar quién es esa otra persona, si tuviéramos tiempo.

—Por desgracia, no lo tenemos —sentenció Lucifer Cynster sin rodeos.

La discusión se mantuvo alrededor de la mesa.

Royce, Charles, Gervase y Gareth habían informado sobre su visita a Wymondham Hall. El resultado fue discutido y desmenuzado, las suposiciones remodeladas, reformadas, reformuladas, pero una y otra vez regresaban al mismo punto, a la única e inevitable conclusión.

—En cualquier caso —dijo Del—, lo que sí sabemos sin duda es que hay alguien más ahí fuera y que no sabemos quién es.

—Peor aún —intervino Royce, reclamando la palabra—, Carstairs está a punto de llegar. Se le espera en nuestras costas mañana. —Era la primera vez que informaba de ese detalle, de que su agenda fuera tan apretada. La comida hacía tiempo que había terminado. Royce apartó la silla—. Sugiero que nos retiremos al salón y unamos nuestras mentes para tejer una red lo más tupida posible por toda la zona.

Todos se levantaron con presteza y siguieron a Minerva de regreso al salón. Una vez acomodados, las damas en los divanes y sillones, los hombres apoyados contra las paredes o los muebles, algunos con las caderas contra el respaldo del sillón de su dama, Royce recorrió todos los rostros con la mirada desde su lugar delante de la chimenea.

—Jack Hendon y Christian Allardyce ya están en sus puestos. Según tengo entendido, Jack está vigilando el puerto mientras que Christian patrulla por la ciudad. En cuanto llegue Carstairs, tienen órdenes de ocultarlo de inmediato y avisarnos. Esta será con casi toda seguridad nuestra última oportunidad de atrapar a la Cobra Negra en el acto de cometer un crimen en suelo inglés.

—¿Y si no lo atrapamos? —La arrogante pregunta la hizo Minerva, sentada en su sillón habitual a la derecha de Royce.

—Si no lo hacemos —Royce sonrió a su esposa—, entonces lo perseguiremos de otro modo. —Miró a los demás—. Pero no negaré que una persecución así será más difícil y con menos garantías de éxito. En cualquier caso, tal y como ha señalado Gyles, identificar al villano, o villanos, que quedan nos va a llevar tiempo y ellos no se quedaran en Inglaterra esperando a que lo hagamos.

—De modo que poner toda la energía que tengamos en capturar al villano que nos queda, la cabeza de la Cobra Negra, es nuestra opción preferente, nuestro mejor camino hacia delante —sugirió Devil mientras enarcaba las cejas hacia Royce.

Royce asintió.

—¿A qué puerto se dirigen Rafe? —preguntó Logan.

—Felixstowe —contestó Royce mirándole a los ojos.

Logan dormía rodeando a Linnet con su brazo cuando un inesperado sonido lo arrancó del sueño.

El sonido era distante, pero... levantó la cabeza para oír mejor.

Linnet se movió antes de quedarse quieta y... también lo oyó.

El sonido se transformó en el golpeteo de unos cascos al galope. A medida que pasaban los segundos, resultó evidente que el jinete se dirigía hacia la casa.

Logan apartó las mantas.

—Eso no presagia nada bueno —murmuró Linnet mientras saltaba de la cama, agarraba el cubrecama y se envolvía con él.

Logan se abrochó los pantalones y se puso las botas tirando de ellas mientras echaba a andar y, a su paso, agarraba la camisa de la silla. Su rostro era sombrío cuando, mientras se ponía la camisa, abrió la puerta.

Linnet lo siguió al pasillo. Había más puertas abriéndose, y tanto los caballeros como las damas salían en distintos grados de desnudez.

Nadie preguntó qué estaba sucediendo, ni quién había llegado. Con el rostro sombrío, todos se dirigieron hacia las escaleras principales.

A nadie se le ocurrió que las noticias pudieran ser buenas.

Se detuvieron en las escaleras y en la galería de la planta superior, todos mirando hacia abajo, al vestíbulo principal. Las velas ardían sobre la mesa central. Mientras observaban, Minerva encendió una lámpara. Royce ya estaba junto a la puerta descorriendo los pestillos.

Hamilton, el mayordomo personal de Royce, llegó vestido con su chaqueta negra justo a tiempo para abrir la puerta de par en par.

Todos vieron al agotado jinete subir penosamente las escaleras delanteras.

Royce habló con él, en voz demasiado baja para que ninguno de los demás pudiera oír, y luego invitó al hombre a entrar. Hamilton cerró la puerta y corrió el pestillo, y Royce le encomendó el cuidado del jinete.

Todos vieron la carta que Royce sostenía en la mano izquierda.

Minerva se reunió con él y sujetó la lámpara mientras Royce alzaba la carta, rompía el sello y desdoblaba la hoja. Y leía.

Todos contenían la respiración. Esperaban. Solo Minerva estaba lo suficientemente cerca como para ver el rostro de su esposo.

—¿Qué ha pasado? —preguntó mientras posaba una mano sobre su brazo.

Royce la miró antes de levantar la vista hacia todos los demás.

—Carstairs ha desaparecido —anunció al fin después de una pausa—. No se encontró con sus guardias en Felixstowe, pero otros dos de su grupo... su ayudante personal y la doncella de cierta dama, sí llegaron a la cita. El caso es que nadie sabe dónde están Carstairs y la joven dama inglesa que, al parecer, viaja con él.

El silencio se prolongó.

Al final, fue Charles quien lo rompió al formular en palabras el pensamiento de todos.

—Carstairs está en alguna parte ahí fuera y todavía no sabemos quién es la Cobra Negra.

www.ingramcontent.com/pod-product-compliance
Lightning Source LLC
LaVergne TN
LVHW040130080526
838202LV00042B/2859